MAEVE CARELS

Schneewittchens Unschuld

BASTEI LÜBBE

BASTEI-LÜBBE-TASCHENBUCH
Band 14 220

Erste Auflage: August 1999

Originalausgabe

Lektorat: Karin Schmidt
Einbandgestaltung: Gisela Kullowatz
Titelfoto: Nino Gehring Photography
Satz: hanseatenSatz-bremen, Bremen
Druck und Bindung: Brodard & Taupin, La Fleche
Printed in France
ISBN 3-404-14220-9

Sie finden uns im Internet unter
http://www.luebbe.de

Der Preis dieses Bandes versteht sich einschließlich
der gesetzlichen Mehrwertsteuer.

Für
Werner Czech

Freundschaft ist weit tragischer als Liebe.
Sie währt länger.
(Oscar Wilde)

1

Pia blieb stocksteif stehen. Sie hatte ein Geräusch gehört, leise und verstohlen. Irgendwo da in den Büschen hatte sich etwas bewegt. Und jetzt wußte sie nicht, was sie tun sollte.

Und das war fatal.

Das Gelände war so weitläufig – so voller Möglichkeiten, sich zu verstecken. Und so wenig Möglichkeit, davonzulaufen. Pia war keine große Läuferin. Sie wußte es. Sie war nicht schnell. Ein Verfolger würde sie leicht einholen. Nichts würde ihn aufhalten, hier, auf den nirgendwo eingezäunten Rasenflächen, den gepflasterten Wegen. Sie selbst könnte vielleicht stolpern, vor Angst, und weil sie sich umsehen würde – er nicht.

Angst. Sie erinnerte sich daran, was man nicht tun durfte, wenn man Angst hatte: Man durfte sich nicht die Katastrophen ausmalen, die passieren konnten.

Die Phantasie abschalten. In der Realität bleiben.

Aber die Realität kann ein verteufelt einsamer Ort sein. Die großen Gebäude der Universität standen drohend und verschlossen in der Nacht herum, und die Nacht war feindlich. Pia atmete zu rasch und zu flach. Sie hörte ihre kurzen, keuchenden Atemzüge lauter werden und wußte, daß sie in Panik geriet.

Das Geräusch, das sie erschreckt hatte, die Bewegung, wiederholte sich nicht. Pia zuckte zusammen, als von weitem Musikfetzen zu ihr herüberdrangen. Irgendwo fand eine Fete statt. Weit fort. Viel zu weit.

Pia fror plötzlich ganz erbärmlich, trotz der milden Frühlingsluft, aber sie stand immer noch reglos da. Ein Seminar, das abends stattfand – welcher Teufel hatte sie geritten, sich dafür einzutragen?

Sie hatte überhaupt nicht darüber nachgedacht. Das Gebäude der Philosophischen Fakultät war Pia so vertraut wie ein zweites Zuhause; es war unmöglich, es in Verbindung zu bringen mit dem Gedanken an Gefahr. Es beherbergte ihren Fachbereich Anglistik, und nichts an dem Bau, dessen Name im studentischen Sprachgebrauch handlich zu ›PhilFak‹ verkürzt wurde, war ihr je unheimlich vorgekommen.

Daß der Weg von dort zum Parkplatz nachts unangenehm werden könnte, obwohl auch das vertrautes Gelände war, hatte sie nicht bedacht.

Und dann verquatschte sie auch noch die halbe Nacht mit ein paar anderen Studenten, wie immer. Und die waren längst weg, sie hatten ihren verbeulten, kleinen Wagen auf einem anderen Parkplatz abgestellt gehabt. Ebenfalls wie immer.

Niemand hier.

Bis auf den, natürlich, der sich da bewegt hatte. – Ein ›der‹? Das war wohl so gut wie selbstverständlich. Sie waren ja immer männlich. Nur nicht männlich genug, Frauen bei Licht und freundlich anzubaggern.

Und wieso wußte sie eigentlich nicht, was sie tun sollte? Darüber war oft genug geredet worden. Es gab ausreichend Bücher darüber, und Pia hatte sie gelesen. Und sie hatte es oft genug geübt. Sie hätte wissen müssen, was zu tun war. Statt dessen stand sie stocksteif da, mit leerem Kopf.

Pia lauschte. Nichts. Sanfter Wind strich durch ihre

schulterlangen, rotbraun gefärbten Haare. Vielleicht war es überhaupt nur der Wind gewesen, der etwas bewegt hatte.

Sie stand noch lange so da, bevor sie sich entschließen konnte, weiterzugehen. Sie hatte nicht genau gehört, aus welcher Richtung das Geräusch gekommen war – also war es nun auch egal, in welche Richtung sie lief. Jedenfalls konnte sie nicht für den Rest der Ewigkeit hier stehenbleiben. Der Parkplatz, auf dem ihr signalroter, kleiner Toyota stand, war in dieser Situation vielleicht das sicherste. Wer wußte das schon. Was für ein Gefühl, nicht zu wissen, ob das Verhängnis vor, hinter oder irgendwo neben ihr lauerte!

Falls es ein Verhängnis gab.

Pia überquerte die Straße, auf der tagsüber sogar Busse über das Universitätsgelände fuhren, und die um diese Zeit vollkommen still dalag. Das Bewußtsein, daß niemand vorbeikommen, niemand ihr zu Hilfe kommen würde, lastete auf ihr wie ein zusätzliches Gewicht.

Den von Bäumen umstandenen Parkplatz zu betreten bedeutete keine Erleichterung. Pia erinnerte sich schwach, es hübsch gefunden zu haben, daß man die Uni als ›Schiff der Wissenschaft‹ mit einer Landschaftsarchitektur umgeben hatte, die an Wellen erinnerte. Im Moment fand sie den in zwei ›Wellen‹ gegliederten Parkplatz mit seinen beiden von Büschen und Bäumen umgebenen Treppchen zur höheren Ebene nichts weiter als unheimlich. Und zu groß. Sie hatte zwar eine Parkbucht nah an der Einfahrt bekommen, aber an der hinteren Einfahrt. Nicht hier vorn. Vorhin war ihr der Parkplatz auch gar nicht so riesig vorgekommen. Jetzt erstreckte er sich genau so vor ihr, wie die Landschaftsarchitekten sich das gewünscht haben mochten: wie das Meer. Unendlich.

Pia wünschte, sie wäre wenigstens weniger auffällig

gekleidet. Ihr orangefarbenes T-Shirt leuchtete wie ein Fanal, und mit der engen weißen Weste kam sie sich plötzlich vor, als trüge sie eine Zielscheibe spazieren. Pia widerstand dem Impuls, sie auszuziehen. Keine Zeit. Sie wollte weg hier. Als sie ihren Wagen sah, ging sie schneller. Sie wußte, das nützte nichts und war vielleicht verkehrt. Aber sie begann trotzdem zu rennen, heilfroh, daß sie Turnschuhe trug.

Obwohl Margot natürlich gesagt hätte, mit High Heels könne man wesentlich effektiver zutreten. Aber Pia wollte nicht ans Zutreten denken. Das letzte, womit sie sich jetzt befassen mochte, war die Aussicht, nicht mehr weglaufen zu können, sondern sich verteidigen zu müssen. Sie versuchte verzweifelt, nicht daran zu denken, und trotzdem wurde es in ihrer Kehle eng. Sie schnappte nach Luft. Warum war keine ihrer Freundinnen bei ihr? Warum war nicht wenigstens Margot hier, die Ritterin ohne Fehl und Tadel, in mancher Hinsicht eine Schreckensvision – die Emanze mit missionarischer Berufung, vor deren kritischem Blick kaum eine Frau standhalten konnte. Margot war Frauenrechtlerin, WenDo-Kämpferin, unsympathisch und zutiefst arrogant. Und zum erstenmal seit Beginn ihres Studiums wäre Pia jetzt aufrichtig froh gewesen, Margot bei sich zu haben.

Aber sie war allein, niemand neben ihr, niemand hinter ihr, der ihr Rückendeckung gab. Allein mit dem Gefühl, trotzdem jemanden im Rücken zu haben, jemanden, vor dem man nicht schnell genug davonlaufen konnte. Ihre Beine kamen ihr steif vor, ihre Bewegungen zu langsam, bleischwer, wie in einem scheußlichen Alptraum.

Und wie in einem Alptraum wurde ihr mit ohnmächtiger Verblüffung plötzlich bewußt, daß sie nicht nur auf ihren Wagen zulief, sondern auch auf das Gebüsch, vor dem er stand, oder besser: den Baum. Die absurde und völlig unwichtige Information, daß es sich bei diesem Gewächs um eine ungewöhnliche Eichenart handelte, zog durch ihre Gedanken wie eine Leuchtspur. Als müsse sie sich mit Gewalt von der Tatsache ablenken, daß nicht nur die Art dieser Eiche ungewöhnlich war und ihr buschartiger Wuchs, sondern daß damit noch etwas anderes absolut nicht stimmte.

Mit diesem Busch war etwas ganz und gar nicht in Ordnung. Pia blieb so abrupt stehen, als sei sie gegen eine Wand gelaufen. Sie streckte abwehrend die Arme aus, als der Schwung ihrer Bewegung sie noch ein Stück vorwärts tragen wollte.

Unter den tief am Stamm angesetzten Zweigen ragten zwei Beine hervor.

Es dauerte lange, bis sie den Mut fand, darauf zuzugehen. Pia hatte Zeit genug zu registrieren, daß die Beine in Jeans steckten, genau wie ihre eigenen. Nur daß ihre eigenen Beine dünner waren. Pia war zart. Sie hielt ihre Jeans mit Hilfe eines eng zusammengezogenen Gürtels am Platz. Die Jeans da vor ihr hatten keinen Gürtel nötig. Und sie lagen vollkommen ruhig.

Pia hörte den Laut, mit dem die Gummisohlen ihrer Schuhe auf den Beton trafen, so totenstill war es plötzlich in dieser Welt, in der es nichts weiter mehr zu geben schien als diesen Parkplatz und dieses Gebüsch, aus dem zwei Beine ragten. Als sie nähertrat, klopfte ihr Herz so wild, daß sie glaubte, auch das hören zu können. Sie sah, daß das, was so hell durch die noch zarten, frühlingsgrünen Blätter schimmerte, der Oberkörper eines Mannes war. Er war nackt, unheimlich, obszön. Er war mit getrocknetem Blut besudelt. Und die Jeans auch.

Sie schrie.

*

»Ich hätte mit Pia nach Hause fahren sollen«, sagte Frank ins Telefon. Eine lange Strähne seiner rotblonden Lokken verfing sich in den Windungen der Schnur des Hörers, und er zog sie heraus und strich sich das Haar aus dem Gesicht. »Angeboten hat sie es mir natürlich. Aber ich Dussel dachte doch, die andere nimmt mich mit, dieses blonde Stachelmonster, ich vergesse immer ihren Namen. Nimmt mich mit und lädt mich auf einen Kaffee ein. Und so weiter. Tja, glatt verkalkuliert, mein Lieber. Das kleine Monster ist gar nicht mit dem Auto gekommen, sondern mit ihrer Freundin, hintendrauf auf deren Motorrad. In mancher Hinsicht ist Emanzipation für mein Sexualleben tödlich. Und Pia ist jetzt natürlich weg. Holst du mich ab?«

»Ja, sicher«, sagte Alexander. »Ich komme.«

Erleichtert lehnte Frank sich an die gläserne Wand des Telefonhäuschens und schob die linke Hand in die hintere Tasche seiner Jeans. In der rechten Tasche steckte sein Portemonnaie, in dem sich außer der Telefonkarte nicht sehr viel befunden hatte. Für ein Taxi nach Hause hätte es nicht gereicht. Ein Student im zweiten Semester war selten ein reicher Mann, und Frank hatte zwei jüngere Geschwister. Seine Mutter floß nicht gerade über vor Großzügigkeit. Doris Wingard war Alleinerziehende und hatte ein ausgeprägtes Talent, Geld zusammenzuhalten.

Daß Franks Jeans ausgefranst war und sein geringeltes T-Shirt verwaschen, war allerdings kein Zeichen von Armut. Es war eine Übung in wohldosiertem Understatement. Er trug nicht gern kräftige Farben und auch nichts auffallend Modisches. Frank war groß und schlank und fand sich mit seinem langen, rotblonden Haar, der sahneweißen Haut und den Sommersprossen auffällig genug. Nicht, daß es ihn gestört hätte. Er wußte die Aufmerksamkeit, die ihm entgegengebracht wurde, sehr wohl zu schätzen.

Er lächelte. Daß Alexander, der sonst alles andere als ein umgänglicher Mensch war, sich von ihm rufen ließ wie ein Taxi, wußte er ebenfalls zu schätzen. Frank hatte nur diesen einzigen Freund, aber auf den jedenfalls konnte er sich blind verlassen. Und tat es auch. »Gut. Dauert es lang? Wo bist du denn gerade?«

Alexanders Handy schickte Störgeräusche durch die Leitung. Franks Freund verfügte über eigenes Geld und erlaubte sich einigen Komfort. Es hörte sich an, als säße er im Auto. »Ich glaube nicht, daß es lang dauern wird. Warte an der Mensa, ja?« Seine ruhige, dunkle Stimme kam jetzt wieder unverzerrt durch.

»Ich steh' sowieso an der Mensa, die Telefonzelle vor der PhilFak ist kaputt. – Bis gleich!« Frank legte den Hörer auf, und im selben Moment hörte er das Geräusch rennender Füße. Alarmiert blickte er auf, verließ die Zelle und sah sich um.

Pia kam auf ihn zugestürzt.

Er breitete die Arme aus, und sie flog hinein, zitternd, keuchend und tränenüberströmt. Er hielt sie fest. Sie war einen halben Kopf kleiner als er, zart wie ein Kind, und sie bebte wie ein kleines Tier. Wenn überhaupt etwas seinen schläfrigen Beschützerinstinkt wecken konnte, dann Pia. Während sie an seiner Brust lehnte und nach Luft rang, um ihre Stimme wiederzufinden, streichelte er vorsichtig ihr glänzend glattes, rotbraunes Haar und blickte sich wachsam nach einem Verfolger um.

»Ein Toter«, stieß sie atemlos hervor. »Ein Toter. Da hinten. Am Parkplatz. Ich ruf' die Polizei.«

Frank war beinahe erleichtert. Nicht, daß er sie nicht gern verteidigt hätte, im Gegenteil. Er gehörte nicht zu der Sorte Mensch, die Rangeleien aus dem Weg ging, und mit einem Vergewaltiger hätte er sich gern und sehr ausgiebig auseinandergesetzt. Aber nicht mit dem heulenden Elend der betroffenen Frau.

»Ganz sicher ein Toter?« fragte er skeptisch. Ein Betrunkener, der Hilfe brauchte, war viel wahrscheinlicher. Irgendwo fand gerade eine Fete statt, und daß jemand sein Fassungsvermögen für Alkohol überschätzte, kam vor. Aber Frank hatte nicht die Absicht, Pia hier alleinzulassen und nachzusehen.

»Tot«, schluchzte sie. »Völlig sicher.« Sie hatte die Tür der Telefonzelle aufgerissen und wählte mit zitternden Fingern die Notrufnummer. Sie glitt von den Tasten ab, der Hörer rutschte ihr aus der Hand, und sie fluchte wild. Frank zog den Hörer an der Schnur wieder hoch und wählte die Nummer selbst. Er wartete das Rufzeichen ab, dann gab er ihr das Telefon zurück.

*

»Tja, ich vermute, Sie haben den jungen Mann nicht gekannt?«

Pia schüttelte den Kopf. »Ich glaube nicht. Ich weiß nicht. Ich habe gar nicht so genau hingesehen.«

»Das hätte ich an Ihrer Stelle auch nicht getan«, sagte der Kommissar. Es hatte eine ganze Weile gedauert bis zu seinem Auftauchen, nach dem Streifenwagen, der als erster eingetroffen war, lange bevor die Spezialisten anrückten und ihre weißen Overalls und Handschuhe überstreiften. Mittlerweile war der Parkplatz so belebt, wie Pia sich das vorhin gewünscht hätte.

Der Kommissar hatte den Ort gründlich inspiziert und sich nach getaner Arbeit einen kleinen, stinkenden Zigarillo angezündet. Dann hatte er seine Aufmerksamkeit Pia zugewandt, die zitternd am Kotflügel des Streifenwagens lehnte, mütterlich besorgt im Auge behalten von der Beamtin, die den Wagen gefahren hatte.

Pia klammerte sich an Franks Hand mit einer Kraft, die er ihr gar nicht zugetraut hatte und die ihm weh tat. Er legte den Arm um ihre schmalen Schultern. Einen Moment lang lehnte sie sich an ihn, aber dann schien sie zu der Überzeugung zu kommen, daß sie Haltung bewahren mußte, angesichts der Profis, von denen sie jetzt umgeben waren. Sie löste sich von Frank, und er trat erleichtert ein paar Schritte zurück.

»Ich mußte ihn mir ja ansehen«, sagte der Kommissar und stopfte sich das Hemd in die Hose zurück. Er war untersetzt und hatte einen kleinen Bauch, und beim anstrengenden Bücken, während er den Fundort der Leiche in Augenschein genommen hatte, war seine Kleidung verrutscht. Er zog den Gürtel hoch, richtete seine häßliche Krawatte und zupfte sein Jackett zurecht. »Ist nun mal mein Beruf, mir so was anzugucken. Angenehm war's nicht. Da ist jemand ganz schön ausgeflippt.«

»Ist er erstochen worden?« fragte Pia ängstlich.

Er schüttelte den Kopf mit den strähnigen, eisengrauen Haaren, die sorgfältig über den Ansatz einer Glatze am Hinterkopf gekämmt worden waren und dort wie festgeklebt saßen. »Genaugenommen nicht. Kommen Sie, lassen wir das – das müssen Sie nicht wissen, und glauben Sie mir, das wollen Sie auch gar nicht wissen. Ich wollte es auch nicht wissen, eigentlich. Ich meine, es steht ja auch noch nicht fest. Aber der Arzt hat so einiges angedeutet, was ich lieber nicht gehört hätte.«

»Mein Gott«, sagte Pia leise. »Jemand hat ihn umgebracht. Warum?«

Der Kommissar runzelte die Stirn und zog seine buschigen, grauen Brauen hoch wie jemand, der etwas zu sagen hat, was er nicht gerne sagt. »Das war ein Sexualmord, junge Dame.«

»Bitte?!«

»Tja, das kommt schon vor, daß es keine Frau erwischt«, erklärte er beinahe entschuldigend. »Allerdings ... so was wie hier hab' ich noch nie zu Gesicht gekriegt.«

Pia starrte den Kommissar an. Plötzlich sagte sie: »Ich möchte ihn sehen.«

»Das lassen Sie mal lieber«, empfahl er väterlich. »Da kriegen Sie bloß Alpträume von. Sie haben ihn ja gesehen. Ist doch nicht nötig, daß Sie noch genauer hingukken.«

»Ich möchte es aber.« Vielleicht war das eine Art von Schuldbewußtsein. Sie hatte diese Bewegung gehört, irgendwo, und sie hatte geglaubt, jetzt – jetzt erwischt es mich.

Aber es hatte ihn erwischt. Man konnte wohl kaum sagen: statt dessen. Besonders logisch war ihre Reaktion nicht. Aber sie wollte ihn trotzdem noch einmal sehen.

Der Kommissar legte die Hand auf ihren Arm, und sie gingen zusammen zu der Stelle zurück, wo sie den Toten gefunden hatte.

Sie schaute auf ihn hinunter. Sein Gesicht wirkte eigenartig friedlich, als wäre der Tod als Freund zu ihm gekommen. Es war wie eine letzte Lüge.

»Ich kenne ihn«, sagte Pia überrascht, und dann schlug sie die Hände vor den Mund, um ihr Herz daran zu hindern hinauszuflattern, denn genau das schien es vorzuhaben. Sie begann zu schluchzen. »Ich kenne ihn«, sagte sie durch ihre Finger hindurch. »Nur flüchtig, aber ich kenne ihn. Er heißt Michael. Michael ... und irgendwas ganz Einfaches. Schneider ... nein. Bäcker?« Plötzlich fiel es ihr ein: »Michael Kamp.«

»Sie kennen ihn also doch.«

»Ja.« Er besuchte das Theaterseminar, genau wie sie. Und Frank. »Ja, ich kenne ihn. Ich ... ich habe vorhin sein Gesicht nicht richtig gesehen, und ... Er sieht so anders aus.«

»Ja«, sagte der Kommissar. »Ich weiß, was Sie meinen.« Er war dem Tod oft genug begegnet, um es zu wissen. Wenn das Leben erloschen war, dann war ein Mensch kein Mensch mehr, und er sah auch nicht mehr so aus. Schon gar nicht wie ein Mensch, den man kannte.

»Warum hat er nicht geschrien?« fragte sie verzweifelt. »Warum hat er sich nicht gewehrt?«

Der Kommissar seufzte. »Nun, er ist ein schmächtiges Kerlchen, und so wie es aussieht, ist er auf jemanden gestoßen, der größer und kräftiger war als er. Aber er hat durchaus versucht, sich zu wehren.«

»Nein. Das hätte ich gehört.«

»Nein«, widersprach er sehr bestimmt. »Das hätten Sie nicht. Er war längst tot, als Sie kamen, und er ist nicht hier gestorben. Man hat ihn nur hier abgeladen.«

»Aber ...«

Er schüttelte den Kopf. »Fragen Sie mich nicht, wie und von wo. Vermutlich aus einem Auto heraus, denke ich. Obwohl ich es erstaunlich finde, daß man ausgerechnet hier, neben Ihrem Wagen, gehalten hat, um die Leiche abzuladen. Das war ein Risiko.« Er schaute an sich hinab und inspizierte seine Hosenbeine. Neben dem Gebüsch gab es eine Rasenfläche – oder eher eine Wiese, mit hohem, in diesem Jahr sichtlich noch nicht gemähtem Gras. Sie hatte ihre Spuren hinterlassen. Der Kommissar beugte sich umständlich vor, wobei ihm sein Bauch im Weg war, und klopfte ein paar Stäubchen Grassamen von seiner Kleidung. »Andererseits, wenn diese Parkplatzeinfahrt für den Täter die nächstliegende war – oder einfach die, an der er sich kurzfristig entschied, den Toten loszuwerden –, dann hat er den kürzesten Weg gewählt. Er ist hier reingefahren, hat fast sofort gehalten, sich der Leiche entledigt und ist verschwunden.«

»Aber dann ...«

»Ganz genau«, stimmte er zu. »Der Tote liegt hier noch nicht lang. Das Auto, mit dem man ihn hergebracht hat, können Sie durchaus noch gehört haben. Haben Sie ein Auto gehört?«

»Ja.«

Er nickte. »Sehen Sie ...«

Nein. Sie sah nichts. Und hatte nichts gesehen. Außer einem toten jungen Mann, den sie nicht wieder vergessen würde. »Ich könnte nicht mal sagen, was für ein Motor ...« Sie stockte und schaute verwirrt und hilflos um sich, betrachtete ihren eigenen Wagen und versuchte sich zu erinnern, wie der andere geklungen hatte. »Man sollte meinen, daß man es auseinanderhalten kann, oder?«

»Sie hatten keinen Grund, darauf zu achten«, tröstete der Kommissar.

»Vielleicht fällt es mir trotzdem wieder ein.«

Er nickte nur. Er sah keinen Anlaß, sie mit der Bemerkung zu entmutigen, daß vieles von dem, was einem Zeugen später wieder einfiel, nichts weiter darstellte als das Produkt einer allzu diensteifrigen Phantasie.

*

Frank zuckte zusammen, als hinter ihm plötzlich jemand sagte: »Dich abzuholen kann ja ganz schön abenteuerlich sein.«

Er fuhr herum. Alexander legte eine Hand auf seine Schulter. Beruhigend. Beruhigend, ihn zu sehen, auch wenn er in dem gespenstischen Licht der weit entfernten Straßenlaternen aussah wie ein Dämon mit diesem halben Lächeln, das seine Augen nicht erreichte, und den dunklen Haaren, von denen einige widerspenstige Strähnen in die Stirn fielen. Er war ein paar Zentimeter größer als Frank und kräftiger. Frank lehnte sich erleichtert an ihn. Er dachte daran, wie Pia ihm in die Arme geflogen war, vor der Telefonzelle. Er war keine große Hilfe gewesen. Alexander wurde mit Krisensituationen besser fertig.

»He«, sagte Alexander leise und legte beide Arme um ihn. »So schlimm?«

»Ziemlich.« Frank klammerte sich einen Moment lang an ihm fest, froh, daß sie nicht angewiesen waren auf das sonst zwischen Männern übliche, scheußlich steife Begrüßungsritual, das sich hauptsächlich in Schulterklopfen und verlegenem Grinsen erschöpfte. Warum es außerdem erforderte, daß man dabei ständig von einem Bein aufs andere trat, hatte ihm auch noch niemand erklären können. Er war jedenfalls dankbar, daß er das bei Alexander nicht tun mußte. Er konnte kaum stehen. »Mir ist übel.« Seine ohnehin ziemlich helle Stimme klang plötzlich so kläglich wie die eines unglücklichen kleinen Jungen.

»Der Polizeibeamte, der mich da hinten aufgehalten hat und meine Papiere sehen wollte, als ich dich gesucht habe, hat gesagt, man habe einen Toten gefunden.«

»Ja.« Frank versuchte, tief und ruhig zu atmen, um seinen Mageninhalt zu veranlassen, da zu bleiben, wo er hingehörte. »Willst du ihn dir anschauen? Ich habe ihn nur von weitem gesehen. Das hat mir gereicht. Ich brauchte erst mal wieder Luft. Wir sollten aber vielleicht versuchen, ihn zu identifizieren. Pia hat in ihrer Panik wahrscheinlich gar nicht wahrgenommen, wen sie da vor sich hat.«

»Meinst du denn, ich könnte das?« fragte Alexander.

Frank schluckte. »Also, mich hat ja keiner gefragt, aber so von weitem ... Ich weiß nicht, ob es stimmt, Alex, vielleicht hab' ich mich ja getäuscht. Aber ... er sieht aus wie Michael.«

Alexander ließ ihn los, vorsichtig, nicht sicher, ob Frank auf eigenen Beinen stehen konnte. »Bleib hier«, sagte er sanft und trat dann an die Gruppe heran.

»Wer sind Sie?« fragte der Kommissar, ohne sich umzudrehen.

»Alexander Tiberius.« Benannt nach Alexander dem Großen, für den sein Vater tiefe Bewunderung gehegt hatte, und mit einem Nachnamen gesegnet, der seinen Freund Frank dazu veranlaßte, ihn spöttisch »mein Imperator« zu titulieren.

Der Kommissar nickte geistesabwesend vor sich hin. »Ungewöhnlicher Name. Verwandt mit dem berühmten Forscher Franz Tiberius?«

»Er war mein Vater.« Mit der Geduld jahrelanger Routine im Beantworten ständig wiederkehrender Fragen fügte Alexander präzise hinzu: »Er war schon über fünfzig, als er heiratete.«

»Ich habe seine Bücher gelesen. Faszinierend.« Der Kommissar betrachtete die kleine, bodennah verzweigte Eiche, unter der die Leiche gelegen hatte, und das hohe Gras der ungemähten Rasenfläche daneben, als sei im Moment dieser Anblick das Faszinierendste, was er sich vorstellen konnte. Dann ließ er seinen Blick mit derselben Gründlichkeit über den Parkplatz wandern, die Wagen seiner Kollegen, die verwaisten Reihen der Parkbuchten dahinter, die Bäume und die ›Welle‹, in der die beiden Fußgängertreppchen zum zweiten, höher gelegenen Parkplatz führten. Schließlich fragte er: »Was machen Sie hier?«

»Ich bin hier, um Frank abzuholen, er hatte mich von

der Telefonzelle aus angerufen. Wissen Sie, wer der Tote ist?«

Der Mann wandte sich um, stand plötzlich erstaunlich nah vor ihm und schaute zu ihm auf. Seine scharfen, kleinen Augen waren von einem gelblichen Braun, wie von Nikotin verfärbt. Der Qualm des stinkenden Zigarillos zog über Alexanders Gesicht. Der Kommissar nahm das Ding aus dem Mund und betrachtete es, als habe es eine Funktionsstörung. »Glauben Sie, Sie könnten ihn identifizieren?«

»Wenn er ein Student ist, ist das immerhin möglich.«

»Bitte ...« Der Kommissar zuckte gleichmütig mit den Schultern. »Wir haben ihn noch nicht verpackt.«

Man hatte den schmächtigen Körper des jungen Mannes aus dem Gebüsch geholt und in einem Leichensack ordentlich auf den Rücken gelegt. Alexander trat näher und schaute auf ihn hinunter. Daß er sich gegen seinen Mörder gewehrt haben mußte, konnte man erkennen. Er war mit solcher Kraft festgehalten worden, daß Blutgefäße geplatzt waren und sich große, fast schwarze Flecken unter der Haut gebildet hatten. Auch im Gesicht gab es Flecken, als habe ihm jemand mit brutaler Gewalt den Mund zugehalten. Er hatte aus einem Riß an der Lippe geblutet, aber das Blut an seiner schmächtigen Brust stammte nicht allein daher. Und das Blut, das seine Jeans im Schritt dunkel gefärbt hatte, schon gar nicht.

»Das ist Michael Kamp«, stellte Alexander sachlich fest.

Es sah nicht aus, als habe er damit eine große Neuigkeit mitgeteilt. Wahrscheinlich hatte Pia den Toten doch erkannt und seinen Namen bereits angegeben. Jedenfalls zückte niemand ein Notizbuch.

Der Kommissar klemmte das Zigarillo zwischen die Zähne und betrachtete aufmerksam Alexanders Gesicht. »Kannten Sie ihn gut?«

»Besonders gut nicht. Wir besuchen nur einmal die Woche dieselbe Veranstaltung, den Theaterkurs.«

»Das bedeutet wohl nicht viel, bei dieser Masse an Studenten.«

»Nein. Das bedeutet nicht viel. Ich glaube nicht, daß ich Ihnen mehr als seinen Namen sagen kann. Ich wüßte zum Beispiel nicht, warum er überhaupt hier sein sollte – abends. Oder liegt er schon länger hier?«

»Nein, lange noch nicht«, sagte der Kommissar. »Und warum sollte er nicht hier sein? Da hinten findet eine Fete statt.«

»Ja, aber ziemlich weit von hier«, bemerkte Alexander. »Und dies ist nicht der Weg zur Bushaltestelle.«

»Nein«, stimmte der Kommissar zu. »Hier ist ein Parkplatz. Aber nur ein Auto. Und das gehört dem Mädchen, das ihn gefunden hat. Hatte er selbst auch eins?«

»Ich glaube nicht«, sagte Alexander. »Aber sicher bin ich mir nicht.«

Der Kommissar hob einen Fuß und strich das Zigarillo sorgfältig an seiner Schuhsohle aus. »Geben Sie meinem Mitarbeiter bitte Ihre Personalien? Wegen des Formularkrams. Sie haben ihn identifiziert, da müssen wir das haben, wissen Sie.« Er kniff die Augen zusammen und ließ den Blick aufmerksam über Alexanders Erscheinung wandern, über die widerspenstigen, dunklen Haare, den schlichten, dünnen Rollkragenpulli, die millimeterflache Uhr mit dem Armband aus Eidechsenleder, die verwaschenen Jeans, die ausgefransten Turnschuhe. »Tiberius. So, so.«

*

Frank fuhr Pias kleinen, roten Toyota. Sie hatte ihn gebeten, sie nach Hause zu bringen, weil sie viel zu zittrig und zu unkonzentriert war, um selbst zu fahren. Sie saß bleich und schweigsam auf dem Beifahrersitz, und Alexander fuhr hinter ihnen her.

»Soll ich heute nacht bei dir bleiben?« fragte Frank. Und dann fügte er hastig hinzu: »Und komm jetzt bitte nicht auf den Gedanken, ich könnte die Situation ausnutzen wollen, wie man so sagt. Mir ist nicht danach, wirklich nicht. Ich denke nur, du solltest vielleicht nicht allein sein.«

»Ich hab' mal gelesen«, sagte Pia leise, »daß es in irgendeinem Volk Tradition hat, den Tod eines Menschen mit ... damit ... also, das Leben zu feiern. Wenn du weißt, was ich meine. Um den Tod zu überwinden.«

Frank verzog das Gesicht. Er holte tief Luft und ließ sie langsam, mit einem hörbaren Seufzer, wieder heraus. »Ich fürchte, da verlangst du vielleicht zuviel von mir.« Der Frühling machte ihn zwar jedes Jahr schier wahnsinnig, aber so weit ging es nun auch wieder nicht.

»Ich habe es nicht verlangt«, erwiderte sie stoisch. Ihr hübsches, zartes Gesicht war starr wie eine Maske. »Ich denke, du solltest nicht mit raufkommen. Ich werde eine Freundin anrufen.«

»Ja, das ist wohl das beste.« Er hoffte inständig, daß ihm die Erleichterung nicht allzu deutlich anzumerken war.

Den Rest der Fahrt legten sie schweigend zurück. Frank suchte lange nach einem Parkplatz, und dann begleitete er Pia bis vor die Tür des Hauses, in dem sie ihr kleines Apartment hatte. Sie verabschiedete sich nicht, aber sie drehte sich noch einmal um, als sie im Flur stand, und schaute ihn an. Einen Moment lang befürchtete er schon, sie könne es sich anders überlegen und ihn doch noch bitten zu bleiben. Sie sah so verletzlich aus, so schrecklich schutzbedürftig, er hätte es nicht ablehnen können. Verzweifelt suchte er nach einer Ausrede oder sonst etwas, was ihm helfen könnte, diese Nacht irgendwie zu überstehen. Aber dann wandte sie sich abrupt ab und ging die Treppe hinauf.

Alexander wartete mit dem Wagen direkt vor der Tür, mit offenem Fenster, und rauchte eine Zigarette. Frank stieg ein und ließ sich mit einem tiefen Seufzer in die Polster fallen.

»Vielleicht hättest du bei ihr bleiben sollen«, sagte Alexander und warf den Zigarettenstummel hinaus.

»Fahr los«, erwiderte Frank ungeduldig. »Sie wird eine Freundin anrufen, und ich will auch gar nicht hierbleiben. Ich will nach Hause und mir die Bettdecke über den Kopf ziehen.« Zweifellos das erste Mal, daß er diese Reaktion zeigte angesichts erotisch angehauchter Einladungen. Aber es war ja auch das erste Mal, daß er einen Kommilitonen tot im Gebüsch liegend gesehen hatte.

»Leg den Sicherheitsgurt an«, sagte Alexander.

»Was spielt das für eine Rolle?« fragte Frank müde.

»Tu es einfach.«

Er tat es, und Alexander fuhr los. Es war beruhigend, ihn neben sich zu haben, und beruhigend, sich durch die Nacht kutschieren zu lassen, über beruhigend bekannte, beruhigend leere Straßen. Frank schrak auf, als Alexander den Wagen parkte, und stellte fest, daß er eingeschlafen war.

»Geh ins Bett«, sagte Alexander. »Du bist völlig erschöpft.«

Frank nickte und stieg aus. Während Alexander den Wagen abschloß, wankte er zur Haustür wie ein Betrunkener auf unsicheren Beinen. Staub und Pollen rieselten auf ihn herab, als ein sanfter Windhauch durch die Bäume fuhr, und der durchdringende Blütenduft aus den Gärten nahm ihm fast den Atem. Was für eine romantische Nacht. Frank verzog schmerzlich das Gesicht. Er drehte sich noch einmal um und winkte seinem Freund zu, der gerade die Tür des Hauses schräg gegenüber öffnete, in dem er wohnte. »Bis morgen«, sagte Frank, nicht sicher, ob seine Stimme überhaupt weit genug trug.

Aber Alexander hörte ihn. Er nickte.

Einen Moment lang fragte Frank sich, warum er überhaupt hier vor der eigenen Haustür allein herumstand, und Alexander vor seiner, in einer solchen Nacht. Sie kannten sich seit ihrer frühen Kindheit und verbrachten ihre Nächte häufig gemeinsam in einem Zimmer. Wollte er ausgerechnet heute nacht allein sein?

Er wollte es nicht. Aber Alexander war schon im Haus verschwunden. Frank erwog, trotzdem hinüberzulaufen, und tat es dann doch nicht. Er konnte kaum noch stehen vor Müdigkeit. Laufen kam nur für die kürzeste aller möglichen Strecken in Betracht. Und sein eigenes Bett war näher.

*

»Geht ihr mit mir essen? Oder einen Kaffee trinken?«

Frank lächelte auf Pia hinunter. »Den Mensa-Fraß tu' ich mir bestimmt nicht an. Aber wir können uns was zu trinken aus der Cafeteria holen und dir oben in der Mensa beim Essen Gesellschaft leisten.« Natürlich hatte er in der Uni-Mensa normalerweise nichts verloren, er war ja bei seiner Mutter gut versorgt mit wesentlich besserem Essen und auch besserem Kaffee. Ganz davon abgesehen, daß er bei Alexander ebenso zu Hause war und dort auch nicht schlechter verpflegt wurde. Aber er würde trotzdem mitgehen, Pia zuliebe, weil er sie mochte.

Pia wußte das. Sie mochte ihn auch. Das einzige, was sie an ihm nicht leiden konnte, war sein Übermaß an männlichem Ego. Frank hatte sich durch den halben Lateinkurs geschlafen und inzwischen offenbar entschieden, daß er da alles geholt hatte, was es zu holen gab. Jedenfalls war er, wenn man der Gerüchteküche glauben durfte, inzwischen schon mit dem zweiten Mädchen aus dem Seminar für irische Literatur ins Bett gegangen. Pia fragte sich, wann er sich dem Theaterkurs zuwenden würde, den sie zusammen besuchten. Und ob sie dann zu denen gehören würde, die er seiner Aufmerksamkeit für wert befand.

Jedenfalls tobte er seinen überbordenden Paarungsdrang zur Zeit noch in anderen Seminaren aus, sie war also mit ihrer Einladung zum Kaffee eigentlich zu früh dran. Aber sie war deprimiert nach der langen, scheußlichen Nacht. Die sie nicht, wie vorgesehen, mit einer Freundin verbracht hatte, sondern allein. Sie hatte sich nicht dazu durchringen können, jemanden anzurufen. Nachdem Frank sie nach Hause gebracht hatte und sie in die Stille ihrer eigenen, kleinen Wohnung eingetaucht war, schien es einfacher, nicht zu reden. Sie wollte vergessen, was sie erlebt hatte. Aber die meiste Zeit hatte sie aufrecht im Bett gesessen und vor sich hin gestarrt, völlig entnervt von einer langen Serie scheußlicher Träume.

Jetzt brauchte sie Gesellschaft, und sie wollte Gesellschaft von jemandem, der nachvollziehen konnte, wie sie sich fühlte. Eine völlig unbeteiligte Außenstehende, auch wenn sie eine Freundin war, konnte ihr jetzt nicht helfen. Was sie brauchte, war jemand, der die Erfahrung mit ihr geteilt hatte, einen Toten zu finden. Sie wollte Frank. Sie hatte nach ihm Ausschau gehalten. Franks helle, kringellockige Haare, die ein bißchen rötlich glänzten, wirkten immer wie ein Signal – sie fingen das Licht ein, man sah sie schon von weitem. Sehr praktisch.

Und er wirkte, als würde er auch das Licht abfangen, das eigentlich auf seinen Freund hätte fallen sollen.

Alexander war eine düstere Erscheinung. Sein relativ kurzes Haar war fast so dunkel wie das staubig schwarze Kreuz aus mattiertem Onyx, das er an einer Goldkette um den Hals trug. Es zeigte eine ganz ähnliche, stumpfe Farbe – ein störrischer Schopf, von dem ihm mindestens eine Strähne ständig in die Stirn fiel und halb über die Augen hing. Alexander hatte beunruhigende Augen von eigenartig dunklem Grau, undurchdringlich wie Stein, und war mit einem schwer erträglichen Maß an studentischem Ernst geschlagen. Er war vom Geiste reiner Wissenschaft beseelt. Er las ständig. Es gab nichts, was er nicht wußte, und niemanden, mit dem er es teilte, außer Frank.

Er blätterte auch jetzt in einem Buch, und Frank stieß ihn an. »He, soll ich dich an die Hand nehmen und dich zur Mensa führen, damit du unterwegs lesen kannst?«

Alexander sah nicht einmal auf. »Dafür hab' ich dich doch, oder?«

»Meine Mutter hat mich nicht zum Blindenhund erzogen«, protestierte Frank, nahm aber trotzdem seinen Arm und zog ihn voran.

Alexander ließ sich ziehen und widmete weiterhin dem Buch seine ungeteilte Aufmerksamkeit, während er geistesabwesend antwortete: »Deine Mutter hat dich überhaupt nicht erzogen. Das habe ich getan.«

Pia war geneigt, Alexander das zu glauben. Sie hatte keine Probleme damit, sich vorstellen, daß ein weibliches Wesen an dem Versuch, Frank zu erziehen, nur scheitern konnte.

»Du hast mich erzogen, damit ich dein Blindenhund werde?« murrte Frank.

Alexander klappte das Buch zu und klemmte es sich unter den Arm, während sie sich in den Strom der Studenten einreihten, die in Richtung Mensa unterwegs waren. »Ich lese ja gar nicht. Können wir vielleicht etwas schneller gehen, damit ich mich endlich setzen und beim Kaffeetrinken lesen kann?«

Pia warf ihm einen Blick zu. Die Sonne brannte auf ihre Köpfe, und es war warm, als wäre längst Sommer. Alexander schien das nicht zu bemerken. Er machte den Eindruck, als gäbe es außerhalb seiner Bücher für ihn nicht ausreichend Welt, um seine Aufmerksamkeit zu fesseln.

Frank seufzte übertrieben. »Diese reizende junge Dame möchte mit uns Kaffee trinken, und du willst lesen?«

Pia begann daran zu zweifeln, daß sie die richtige Gesellschaft gewählt hatte. Sie hatte nichts dagegen, ›reizende junge Dame‹ tituliert zu werden. Aber das Kompliment konnte den Verdacht nicht aus der Welt räumen, daß Frank sie im Moment ebensowenig zur Kenntnis nahm, wie Alexander das tat. Wenn Alexander bei ihm war, schien Frank sich selbst auf reizende, junge Damen nur schwer konzentrieren zu können.

Sie gingen am Uni-Buchladen vorüber, dessen Angestellte das schöne Wetter dafür genutzt hatten, auch draußen Büchertische und Regale aufzustellen. Alexander blieb prompt stehen. »Für die Damen bist du zuständig«, sagte er geistesabwesend und betrachtete interessiert die Auslagen.

»Ja, das behauptest du immer.« Frank stupste seinen Freund ungeduldig an, damit er weiterlief. »Und wenn ich sie fast so weit habe, daß sie meinem berühmten Charme erlegen sind, dann schaust du plötzlich von deinem Buch auf, und sie verlieben sich in dich. Und da steh' ich dann. Du vögelst sie, und mir bleibt nichts, als dein Buch zu lesen.«

»Sei froh, daß ich mich opfere«, erwiderte Alexander gelassen. »So kriegst du wenigstens ein bißchen Bildung.«

»Vielleicht solltest du dich öfter opfern«, schlug Frank vor und erklärte, zu Pia gewandt: »Es passiert nicht wirklich häufig, weißt du. Beschäftigungen, bei denen man nicht lesen kann, sind ihm unheimlich.«

Pia unterdrückte einen urgewaltigen Seufzer. Franks männliches Imponiergehabe gehörte unabdingbar zu seinem Balzverhalten – dem einzigen Verhalten, das er überhaupt an den Tag zu legen schien. Sie hatte heute morgen keinen Sinn dafür. Und sie konnte sich auch nicht vorstellen, daß er tatsächlich in bester Flirtlaune herumlief. Vermutlich war sein Geplänkel um sexuell orientierte Themen nur Gewohnheit. Beruhigende, heilsame Gewohnheit, genau das Richtige nach einem Schock.

Alexander ertrug Frank mit der Unerschütterlichkeit, die so typisch für ihn war. »Tatsächlich ist es nur einmal passiert«, erklärte er und hielt für Pia die Glastür der Uni-Mensa auf. »Ich weiß auch nicht, was mich da überkommen hat. Jedenfalls wird er mir das garantiert nie verzeihen.«

Pia versuchte sich vorzustellen, wie Alexander Frank eine Frau abspenstig machte, und konnte es nicht. Die Vorstellung, daß eine Frau, die von einem bunten Schmetterling wie Frank spielerisch angezogen wurde, sich plötzlich und bestürzend ernst in seinen Freund verliebte, fiel ihr dagegen erschreckend leicht.

Sie senkte die Augen, als sie an Alexander vorbei in das Mensa-Gebäude hineinging. Vielleicht lag es an dem Schock von gestern, jedenfalls zitterten ihre Nerven plötzlich wieder vor Anspannung.

Pia mogelte sich neben Frank und berührte wie unabsichtlich seine Hand. Seine Gegenwart wirkte beruhigend. Aufatmend schaute sie sich um. Die Warteschlange zog sich von der Essensausgabe im ersten Stock bis hier unten zum Fuß der Treppe. Sie reihten sich ein und rückten Stufe für Stufe voran.

Alexander hätte es vorgezogen, zuerst den Kaffee unten aus der Cafeteria zu holen, über die Hintertreppe in die Mensa zu gehen und dort auf Pia zu warten. Aber ihm war klar, daß sein Freund das Mädchen nicht allein hier zurücklassen würde. Frank war trotz seiner radikal beziehungsfeindlichen Einstellung zur Sexualität ein gutmütiger Kerl.

Jedenfalls war er es, solange nichts und niemand seinen Jähzorn weckte. Wer das einmal erlebt hatte, verlangte nicht nach einer zweiten Vorstellung. Frank wurde gefährlich, wenn er ernsthaft in Wut geriet. Er konnte völlig die Kontrolle über sich verlieren und zuschlagen wie ein Berserker. Seine Mutter hatte ihn als Kind nicht etwa zum Karate-Training geschickt, damit ihr kleiner Sohn sich verteidigen lernte, sondern damit ihm jemand beibrachte, die Kontrolle zu behalten. Es hatte gewirkt – zum Teil. Jedenfalls kam es nicht mehr so leicht vor, daß er jemanden verletzte.

»Ich habe von den beiden Mädchen gehört«, sagte Pia beiläufig zu Frank, »die in dieser Woche deinem Charme erlegen sind. Übrigens: Nur zwei in dieser Woche – bleibst du da nicht weit unter deinem üblichen Schnitt?«

»Keine Panik«, erwiderte er und schob Pia ein Stückchen weiter nach vorn, als die Warteschlange wieder in Bewegung geriet. »Es ist ja erst Freitag. Den Rest hol' ich am Wochenende locker auf.«

Sie hätte eigentlich gern das Wochenende mit ihm verbracht – oder wenigstens einen Teil davon. Aber nach dieser Bemerkung hätte das für ihren Geschmack ein bißchen zu deutlich nach einem unmoralischen Angebot ausgesehen. Pia rümpfte unwillkürlich die Nase. »Weißt du eigentlich, daß die beiden sich vorhin deinetwegen ziemlich gefetzt haben? Du hattest wohl nicht zufällig vergessen, der ersten mitzuteilen, daß eure Beziehung beendet ist?«

Franks grüne Augen musterten die mehr oder weniger ansprechenden Kehrseiten der Studentinnen in der Warteschlange vor ihnen. Manche boten einem erotisch interessierten jungen Mann eine Menge Grund, froh zu sein, daß der Winter vorüber war. Er lächelte, ohne Pia anzuschauen. »Wer sagt, daß die Beziehung beendet ist?«

»Du bist ein Ekel«, erwiderte sie mit Nachdruck.

»Unsinn.« Er warf ihr einen verschmitzten Blick zu. »Wenn ich ein Ekel wäre, ginge niemand mit mir ins Bett.«

Pia zog die Nase kraus. »Das tut auch niemand, der ein bißchen auf sich hält.«

Um seine schmalen Lippen zuckte ein unterdrücktes Lächeln. »Du wärst erstaunt.«

»Ich weiß, daß du mit unserer Dozentin für ›Poetry and Poetics‹ geschlafen hast«, sagte Pia, ohne ihn anzusehen. »Es hat sich rumgesprochen.« Sie fragte sich, warum sie den Unterton von Eifersucht selbst so deutlich heraushören konnte, wo sie ihm doch eigentlich nur hatte mitteilen wollen, daß seine sexuellen Eskapaden weder neu waren noch ein interessantes Gesprächsthema.

Frank schien außer dem Anflug von Eifersucht nichts herausgehört zu haben. Er grinste sie an. »Ach, das war nur eine kleine Auseinandersetzung über meine Note in der Klausur.«

»Du hattest aber doch eine Eins!«

»Ja, hinterher.« Er wandte sich ab und schaute wieder die Schlange vor ihnen entlang.

Pia biß sich auf die Lippen. Die Eifersucht kämpfte mit einem Lachen, das sie Frank jetzt auf gar keinen Fall gönnen wollte. Sie war abgelenkt und verpaßte den Treppenabsatz. Pia stolperte, und Alexander fing sie auf.

Er hatte blitzschnell zugegriffen, und in seinem Griff lag erstaunlich viel Kraft. Einen Moment lang hielt sie sich an seinen breiten Schultern fest, obwohl er sie mit der Geschicklichkeit eines Sportlers, der eine alltägliche Übung absolviert, auf die Füße zurückgestellt hatte. Ihr war schwindelig.

Es wurde nicht besser davon, daß sie in seine Augen sah. Auf merkwürdige Weise waren sie noch viel verwirrender als Franks schlangengrüne. In Franks Augen konnte man sich verlieren. In Alexanders dunklen Augen hatte sie Angst, sich zu verlieren.

Er gab ihren Blick ruhig zurück und rührte sich nicht. Sie starrte ihn unverwandt an, ein bißchen erschrocken und plötzlich sehr schüchtern, bis ihr mit einem Mal bewußt wurde, daß er darauf wartete, daß sie ihre Hände von seinen Schultern nahm.

»Mein Gott, Pia«, stöhnte Frank. »Wenn du ihn küssen möchtest, dann tu es doch bitte, damit wir es hinter uns haben und weitergehen können. Wir halten ja den ganzen Verkehr auf.«

»Ich möchte ihn nicht küssen«, leugnete Pia und ließ Alexander los, als habe sie sich verbrannt.

»Und ich erkenne eine Lüge, wenn ich eine höre.« Frank schob sie energisch voran. »Los jetzt. Ich will Kaffee.«

*

Kurz vor der Essenstheke setzte Alexander sich ab, um den Kaffee zu besorgen. »Soll ich für dich einen Nachtisch mitnehmen?« fragte Pia, während sie mit Frank an der Theke entlangging und ihr Essen zusammenstellte. Sie schob sich langsam mit ihrem Tablett vor und brauchte schon allein Minuten dafür, um zu entscheiden, ob sie die Vorsuppe wollte oder nicht. Ratlos kaute sie auf ihrem

Daumennagel, bis Frank schließlich mit der Hand den Wärmegrad des halben Dutzends Suppenschälchen überprüfte, das auf der Theke stand, ihr das heißeste aufs Tablett stellte und sie weiterschob.

»Der Pudding sieht besorgniserregend blaß aus«, bemängelte er. »Für mich bitte keinen.«

»Das Mensa-Essen ist nicht schlecht«, sagte Pia verteidigend. »Außerdem kann man sich ja aussuchen, was man haben will. Die Auswahl ist nicht gerade klein, oder? Man sollte meinen, da sei für jeden was dabei.«

»Ich habe es dreimal versucht und dreimal Magenschmerzen bekommen«, behauptete Frank. »Ich müßte verrückt sein, wenn ich mir das noch mal antäte.«

»Probier doch das Vollwertessen!« schlug Pia vor und packte nach langer Überlegung zwei Schüsselchen Pudding auf ihr Tablett. Sie mochte Pudding, und die Schüsseln waren klein. »Das ist hervorragend.«

»Hab' ich schon«, sagte Frank seufzend. »Es ist wirklich eine großartige Alternative. Ich hatte tatsächlich keine Magenschmerzen hinterher. Mir war bloß sterbenselend.« Er nahm ihr das Tablett ab und trug es zur Kasse. »Sei froh, wenn du den Fraß verträgst. Ich hatte jedesmal Mühe, vom Geschmack her abzuleiten, was ich überhaupt esse. Der optische Eindruck hilft mir da auch nicht weiter, mit Lebensmitteln hat das Zeug wenig Ähnlichkeit. Und bei den Soßen wundert's mich, daß die sich nicht durch die Teller ätzen. Meine Magenwände haben sie jedenfalls nachhaltig geschädigt.«

Pia zuckte mit den Schultern. »Du bist verwöhnt.« Sie gab der Kassierin ihre Mensa-Karte, um die Summe abbuchen zu lassen.

Er warf ihr einen schrägen Blick zu. Eigentlich kam er sich nicht besonders privilegiert vor, aber vielleicht war das kurzsichtig gedacht. Ihm war gelegentlich schon aufgefallen, daß Studenten, die in Düsseldorf keine Familie hatten, sich mit Begeisterung zum gemeinsamen Essenkochen trafen. Er hatte ihre ungezügelte Lust am kollektiven Gemüseputzen und Zwiebelschneiden nie so ganz nachvollziehen können. Vielleicht entsprang sie ja wirklich nur dem ganz normalen Hunger nach dem, was Frank so gut wie täglich serviert bekam, ohne sich dafür abplagen zu müssen: gutes Essen.

»Ich weiß wirklich nicht, was er auf dem Campus gemacht hat um die Zeit«, sagte Pia, als sie das Tablett auf einem Tisch in der hintersten Reihe abstellte, auf dem Alexander bereits den Kaffee serviert hatte. »Michael, meine ich.« Sie hoffte, daß Frank sich neben sie setzen würde, aber er landete wie selbstverständlich neben seinem Freund.

Alexander rührte selbstvergessen in seinem Kaffee, obwohl er weder Milch noch Zucker hineingetan hatte. »Da war 'ne Fete.«

Pia riß die Augen auf, als schlagartig ein Stück Erinnerung an den gestrigen Abend zurückkehrte, die Musikfetzen von irgendwoher, viel zu weit fort, um ein Gefühl von menschlicher Nähe und Sicherheit zu geben. »Stimmt! Daran hab' ich gar nicht gedacht.«

»Er war schwul«, sagte Frank.

Pia sah angeekelt zu, wie er drei Päckchen Zucker in seine Tasse rührte. »Woher weißt du das denn?«

Frank lächelte sie an. »Er hat mich oft genug so angesehen, wie du das tust.«

»Echt?« fragte Pia, und dann wurde sie rot.

»Erwischt.« Frank grinste. »Sag Bescheid, wenn du dich zwischen mir und Alexander entschieden hast.«

»Frank, du bist geschmacklos«, sagte Pia verzweifelt. »Ich kann bloß daran denken, wie er da gelegen hat.«

Sein Grinsen verblaßte. Er senkte den Blick und starrte

die Tischplatte an. »Fang bloß nicht an zu weinen. Sonst heul' ich mit. Ich will so was nie wieder sehen.«

»Ich hoffe, du wirst so was nie wieder sehen«, sagte Alexander. Seine felsengrauen Augen sondierten unablässig die Umgebung, kühl und wachsam, als sei die Mensa mit ihrer Ansammlung hungriger, junger Studenten feindliches Terrain. »Ich hoffe, es wird nicht noch einmal passieren. Ich hoffe, das war irgendein blöder Unfall oder so was. Ich hoffe, es war kein Haufen Irrer, der was gegen Schwule hat. Denn wenn es ein Haufen Irrer war, die was gegen Schwule haben, dann war er vielleicht nicht der Letzte, der dabei draufgeht.«

Pia zog unruhig die Schultern hoch. Alexanders tiefe Stimme hatte einen unangenehm gruseligen Effekt, wenn er solche Dinge von sich gab. Sein Ernst war oft irritierend. Heute fand sie ihn beängstigend.

»Alex, du liest zuviel.« Frank probierte seinen Kaffee, verzog das Gesicht und rührte ein weiteres Päckchen Zucker hinein. »Wenn deine Phantasie einmal in Gang ist, dann geht sie auch gleich mit dir durch. Hör bloß auf.«

»Phantasie?« Alexander schüttelte den Kopf.

Frank hob abwehrend die Hand. »Ja, ich weiß. Ich weiß, daß so was in der Realität auch vorkommt. Hör trotzdem auf, ja?«

»Laßt uns von was anderem reden«, bat Pia. Sie fror schon wieder und legte die Hände um die heiße, halbvolle Tasse. »Das heißt – Frank, wir sollten der Polizei das schon sagen. Daß er schwul war, deiner Meinung nach.«

Frank seufzte. »Ich ruf' sie an. Gleich nach dem Kaffee. Den ich vielleicht noch austrinken darf. Oder?«

*

Alexander starrte in seine Tasse. Pia saß ihm unbehaglich gegenüber. Es war einfach nervtötend, mit ihm allein zu sein. Und sie fühlte sich allein, selbst hier, in der Mensa, umgeben von Studenten, die aßen, tranken, redeten, diskutierten. Es war laut.

Aber sie saßen allein an einem der weißen Tische, die zu langen Reihen zusammengeschoben waren. Pia hielt ihre Kaffeetasse immer noch mit den Händen umfaßt, er seine ebenfalls, und ihre Tassen standen dicht voreinander. Es hätte leicht sein müssen, jetzt die Hand auszustrecken und ihn zu berühren. Eigentlich hätte sie es gern getan. Es war ein schreckliches Gefühl, so isoliert zu sein von dem Gewoge schnatternder, lachender Menschen um sie herum. Niemand hier schien zu wissen, was passiert war. Niemand da, der es mit ihr geteilt hätte, außer Alexander. Sie hätte gern seine Hand genommen, um sich nicht mehr so einsam zu fühlen. Ganz davon abgesehen, daß die eigenwillige Haarsträhne, die ihm ständig halb in die Augen hing, bei Pia einen unwiderstehlichen Drang hervorrief, sie zurückzustreichen.

Bei jedem anderen hätte sie es einfach getan. Aber bei Alexander war das nicht so leicht. Der einzige, der ihn anzufassen wagte, war Frank. Frank tat das ständig. Nicht nur bei seinem Freund, er war überhaupt sehr impulsiv und umarmte viel und gern. Von ihm ließ Alexander es sich gefallen. Nicht etwa wie ein schlechtgelaunter Hund, der stoisch erträgt, gestreichelt zu werden, sondern mit sichtlicher Zuneigung. Die zeigte er bei anderen nicht. Nicht einmal ihr, als sie ihm die Hände auf die Schultern gelegt hatte, vorhin, als sie gestolpert war.

»Ihr kennt euch schon unheimlich lange, oder?« fragte Pia.

»Wir sind zusammen aufgewachsen«, sagte er, ohne

nachfragen zu müssen, worüber sie sprach. Als sei ihre Frage eine, die oft gestellt wurde, und seine Antwort automatisch.

Sie betrachtete ihn. »Sag mal, hat dir das eigentlich nichts ausgemacht, gestern? Da einfach so hinzugehen und dir den Toten anzugucken und ihn zu identifizieren?«

Er sah auf. »Doch, natürlich. Du mußt bedenken, daß ich wußte, was mir bevorstand. Ich bin nicht zufällig über ihn gestolpert, so wie du.« Er streckte die Hand aus und legte sie über ihre.

Vollkommen überrascht blinzelte sie ihn an. Sie schluckte schwer. Seine Hand war warm und trocken. Sie wußte nicht, warum, aber sie mußte an die Schlange denken, die sie mal gestreichelt hatte, auf einer Tierschau im Zirkus, eine riesige Python. Sie hatte erwartet, daß eine Schlange glitschig sein würde, aber das war sie natürlich nicht. Sie war warm und trocken. Überraschend und faszinierend.

Dann kam Frank zurück. »Erledigt. Nachricht hinterlassen. Wollen wir gehen? So fürchterlich gemütlich finde ich's hier nicht.« Er warf einen Blick auf die plötzlich sehr fest ineinander verschlungenen Hände auf dem Tisch und zog seine feinen, rotblonden Brauen hoch. »Störe ich?«

»Pia«, sagte Alexander, ließ ihre Hand los und stand auf. »Tu mir einen Gefallen: Nimm ihn in den Arm. Sein Ego braucht das jetzt.«

Ihre Seele brauchte es auch. Alexanders plötzlicher Sympathiebeweis, wenn es denn einer war, hatte ihren verzweifelten Hunger nach Trost aufgewühlt. Daß er ihr seine Hand wieder nahm und sich abwandte, fühlte sich ganz unangemessen schmerzlich an. Pia wußte selbst nicht so genau, woher sie den Mut nahm, es tatsächlich zu tun, aber sie legte beide Arme um Frank, und sie umarmte ihn sehr fest.

Er fühlte sich vollkommen anders an als sein Freund. Sich gegen Alexander zu lehnen, da unten auf der Treppe der Mensa, hatte ihr das Gefühl vermittelt, gegen einen Baum gelaufen zu sein. Aber Frank blieb nicht einfach stocksteif stehen. Er kam ihr entgegen, sein Körper war nachgiebig, und seine Hände waren zärtlich. Es war ein gutes Gefühl, ihn zu umarmen, tröstlich und schön. Sie küßte ihn auf die Wange, und als er ihr behutsam sein Gesicht zuneigte, küßte sie ihn auf die Lippen.

Sie war überrascht, daß sein Griff nicht fester wurde und er auch den Kuß kaum erwiderte. Aber noch bevor ihre schüchterne Natur Zweifel an der eigenen Attraktivität aus ihrem Unterbewußtsein zerren konnte, wurde ihr klar, warum er es nicht tat: Alexander hatte ihre Hand gehalten, also würde Frank sich erst einmal sehr gründlich vergewissern, daß Alexander damit wirklich keinen Anspruch anmelden wollte.

Sie fragte sich, ob ihr ein Liebesverhältnis zu einem der beiden Freunde wirklich zwei Ritter einbringen mochte, oder eher eine Rolle als fünftes Rad am Wagen. Manchmal kam es ihr vor, als sei die Verbindung zwischen den beiden viel zu stark, um einem Dritten im Bunde – beziehungsweise einer Dritten – den Platz einzuräumen, den Pia eigentlich in einer Beziehung für selbstverständlich hielt. Sie hatte nicht vor, nur eine von Franks nächtlichen Eskapaden zu werden.

»Warum läßt du mich schon wieder los?« fragte Frank.

»Das war ja nur, um dein Ego zu streicheln«, antwortete sie. »Im übrigen, denke ich, hast du zur Zeit mehr als genug Frauen.«

»Och ... es wäre schon noch Platz für ein oder zwei.«

Dem Funkeln in diesen grünen Augen war schwer zu

widerstehen, vor allem, wenn man wußte, wie es sich anfühlte, ihn zu umarmen. Pia wandte sich ab, und es kostete mehr Überwindung, als ihr lieb sein konnte. »Ich teile nicht«, erwiderte sie.

*

»Welchen von uns will sie denn nun?« fragte Frank, als sie in Alexanders Auto saßen. Sein Wagen war ein Japaner, allerdings kein Kleinwagen, sondern riesig wie ein Schlachtschiff und genauso grau, alt und verbeult. Seine Tante war die einzige gewesen, die es gewagt hatte, vorsichtig anzufragen, warum er sich kein schickes Cabrio geleistet hatte, da das Geld dazu doch schließlich vorhanden sei. Er hatte lediglich geantwortet: »Der hier ist praktischer.«

»Sie möchte uns beide.« Alexander fuhr von dem Parkplatz herunter. »Wir sind unterschiedlich wie Tag und Nacht, aber wir gehören auch zusammen wie Tag und Nacht. Mir ist schon öfter aufgefallen, daß manche Mädchen das genauso zu sehen scheinen. Sie können sich nicht entscheiden.«

Frank lachte. »Willst du mir damit etwas vorschlagen, oder sind deine Ausführungen rein philosophischer Natur?«

»Eigentlich war das rein philosophisch.«

Frank warf ihm einen amüsierten Blick zu. »Eigentlich. Aha.«

Alexander verzog keine Miene. »Was haben die Herren von der Kripo gesagt?«

»Nichts. Ganz davon abgesehen, daß ich mit einer Dame gesprochen habe. Federing oder so ähnlich. Nicht sehr zugänglich.« Frank zog an dem unbequemen Sicherheitsgurt, um sich mit der Schulter an die Tür lehnen zu können. Sein Bewegungsdrang war groß, und er brachte es selten fertig, auf einer Sitzgelegenheit in der Stellung zu verharren, die der Designer vorgesehen hatte. Er haßte es, sich einengen zu lassen. »Die Herren waren unterwegs. Ich habe nur eine Nachricht hinterlegt. Wahrscheinlich wußten sie sowieso längst, daß Michael schwul war.«

»Vielleicht, ja.«

Frank lehnte den Kopf an die Scheibe und sah aus dem Fenster, den Blick auf die Fahrbahn gerichtet oder das, was der vorbeifließende Verkehr davon übrigließ. Das ergab eine merkwürdig hypnotische Folge von Bildern, die sinnlos wirkten, als stünde er unter Drogen. »Es ist schwer wieder loszuwerden. Jedesmal, wenn ich die Augen zumache, sehe ich Michael da liegen.«

»Geht mir auch so.« Alexander rammte seinen mächtigen, grauen Panzer rücksichtslos zwischen die Straßenbahn und einen bunten französischen Kleinwagen, aus dem ein paar hübsche Frauen düstere Blicke in seine Richtung warfen. Er achtete nicht darauf. »Ich habe ziemlich genau hingesehen. Manchmal wünschte ich, ich hätte das gelassen.«

»Ja«, sagte Frank. »Das glaube ich. Du bist verdammt mutig.« Er schenkte der Fahrerin des giftgrünen kleinen Autos neben ihm einen langen, tiefen, verträumten Blick. Vortäuschung falscher Tatsachen, aber das konnte sie ja nicht wissen. Frank war alles andere als ein verträumter Typ, und er flirtete so automatisch wie ein Taschenrechner rechnete.

»Hör auf damit, sonst kommt sie noch hinterher«, sagte Alexander. »Und laß uns das Thema wechseln. Ich bin nicht mutig genug, lange über Michael zu reden, ehrlich gesagt.«

Der kleine, grüne Wagen bog ab, nach einem letzten,

sehnsüchtigen Blick der Fahrerin in Franks Richtung. Sein Lächeln verblich, so wie das LCD-Display eines Taschenrechners langsam blasser wird, wenn die Energie fehlt. Er rutschte so tief hinunter, wie sein Sicherheitsgurt es zuließ, und stemmte einen Turnschuh gegen das Handschuhfach. »Warum zum Teufel hast du Pia nicht geküßt, als sie gestolpert und dir um den Hals gefallen ist? Sie hat dir verdammt viel Zeit gelassen, es zu tun, weißt du.«

Alexander kniff ärgerlich die Augen zusammen, und die kritischen Falten über seiner Nasenwurzel vertieften sich. »Kannst du eigentlich jemals an was anderes denken?«

»Selten. Ich würde es eben einfach gern wissen.«

»Ich habe einen Ruf zu verlieren. Ich gelte als absolut unnahbar.«

Frank seufzte. »Irgendwie ist das nicht die Antwort, die ich haben wollte.«

»Was ist denn los?« fragte Alexander ungeduldig. Er mußte vor einer roten Ampel halten und musterte seinen Freund mit gerunzelter Stirn. »Hast du plötzlich Angst, daß ich dir in die Quere kommen könnte? Ist sie wichtig?«

Frank lachte hellauf. »Sie ist weiblich, Alexander. ›Weiblich‹ und ›wichtig‹ sind zwei Begriffe, die einander ausschließen. Nein. Es ist nur ziemlich selten, daß dich eine Frau ernstlich zu interessieren scheint, und du hast sie so komisch angeguckt.«

»Unsinn«, antwortete sein Freund unwirsch. »Sie hat eine Reaktion erwartet, und sie hat keine bekommen. Das hat sie verwirrt, und sie hat gewartet. Und ich habe nicht reagiert.« Die Ampel sprang um, und Alexander schob den winzigen Kleinwagen seines träge reagierenden Vordermannes fast mit der Stoßstange an, um voranzukommen. Er drückte kurz auf die Hupe. Das kleine

Gefährt machte einen Satz nach vorn und sah aus wie ein erschrockener Käfer. Es wackelte gefährlich, während es eilig rechts abbog, als gälte es, einen lebensgefährlichen Verfolger abzuschütteln. »Und das ist alles«, sagte Alexander. »Den Rest bildest du dir ein.«

»Ja, vor allem, daß du ihre Hand gehalten hast.«

Alexander schüttelte resigniert den Kopf. »Weißt du, es gibt Momente, da komme ich mir vor, als sei ich mit dir verheiratet.«

»Dir könnte Schlimmeres passieren«, erwiderte Frank grinsend. »Und mir auch. Immerhin bist du reich.«

»Ich nehme zur Kenntnis, daß du mich als Ehepartner in Betracht ziehst, und werde das Für und Wider sorgfältig abwägen«, sagte Alexander. »Du solltest dich allerdings dafür schämen, daß der Hinweis auf mein Vermögen alles ist, was dir an Positivem dazu einfällt.«

»Wie du im Bett bist, weiß ich ja nicht«, stellte Frank nüchtern fest. »Und worüber man nichts sagen kann, darüber muß man schweigen, wie schon Wittgenstein sagte.«

»Er hat es wirklich nicht verdient, an dieser Stelle zitiert zu werden«, antwortete Alexander ärgerlich. »Das ist das Elend mit euch Halbgebildeten, ihr habt vor nichts und niemandem wirklich Ehrfurcht.«

Frank seufzte. »Alex, was ich dich eigentlich gefragt habe, ist: Willst du sie haben, oder willst du nicht?«

»Verdammt noch mal, nein, Frank, ich will sie nicht«, erwiderte Alexander, und es klang so ungnädig, daß sein Freund ihm einen erschrockenen Blick zuwarf. »Nimm sie dir, oder laß es sein, mir ist es egal. Hast du heute nachmittag was vor?«

Alexander konnte auf seine Weise launisch sein, vor allem, wenn es um Frauen ging, und Frank wußte, daß es manchmal besser war, nicht nachzufragen, warum.

»Nichts«, erwiderte er friedlich, »abgesehen von unserem Theaterseminar. Hast du das vergessen?«

»Ich hatte nicht die Absicht, hinzugehen. Michael saß mir im Seminar meistens direkt gegenüber, und ich möchte nicht da rumsitzen und daran denken, wie er aussah, als er tot war. Das kann ich dann besser zu Hause machen.« Seine Stimme klang hart, und sein Gesicht war düster, als er hinzufügte: »Da ist auch der Weg zum Bad nicht so weit, wenn mir wieder schlecht wird.«

Frank bewegte unbehaglich die Schultern. Daß sogar Alexander Probleme damit zu haben schien, Michaels Tod zu verkraften, machte die ganze Sache noch viel beunruhigender. Aber sich aus dem, was danach kommen mußte, heraushalten zu wollen, empfand Frank nicht als richtig. »Ganz unrecht hast du nicht. Aber Pia wird hingehen. Und da finde ich, wir sollten es auch.«

»Im Grunde deines Herzens«, sagte Alexander lächelnd, »irgendwo da, wohin seit Jahren schon kein Licht mehr gefallen ist, bist du ein Ritter, Frank.«

»Ich bemühe mich jedenfalls, diesen Eindruck zu vermitteln«, erwiderte Frank ernst. »Wenn ich anders bei einer Frau nicht weiterkomme.«

Sie waren inzwischen im Stadtteil Lohhausen angekommen, und Alexander bog in die Seitenstraße ein, an deren Ende die beiden Häuser standen, in denen sie wohnten.

»Was gibt's bei euch zu essen?« erkundigte sich Frank gewohnheitsmäßig. Es kam zwar auch vor, daß er allein im Schoße seiner Familie zu Mittag aß und Alexander mit seiner Tante und seinem Onkel, bei denen er wohnte, seit seine Eltern tödlich verunglückt waren. Aber im allgemeinen saßen die beiden zusammen an dem Tisch, der das bessere Essen zu bieten hatte.

Alexander überlegte. »Was haben wir denn ... Freitag. Fisch. Urks.«

Frank zuckte mit den Schultern. »Früher war das doch eigentlich immer ganz gut.«

»Damit ist ja wohl Schluß, seit meine Tante damals gelesen hat, daß der sogenannte frische Fisch in unseren Geschäften bakterienverseucht ist.« Alexander parkte den Wagen, und sie stiegen aus. »Ich hab' seit Monaten bloß noch eckigen Fisch gesehen. Und ich kann dieses Tiefkühlzeug einfach nicht essen.«

»Okay, gehen wir zu uns«, entschied Frank und wartete neben dem Auto, bis Alexander abgeschlossen hatte. »Es gibt Spaghetti mit Muscheln.«

»Na, dann los. Das hört sich gut an.«

*

Alexander war noch nicht ganz durch die Tür, als ihm Franks zwölfjähriger Bruder Benjamin schon mit beiden Armen am Hals hing. »Alex, hilfst du mir bei Mathe?«

Frank versetzte dem schmächtigen Teenager einen boshaften Stoß in die Nierengegend. »Mensch, hau ab! Du nervst.« Der Junge zuckte zusammen und ließ los.

»Ich hab' nicht dich gefragt«, sagte er weinerlich.

Alexander warf seinem Freund einen bösen Blick zu und legte schützend einen Arm um Benjamin. »Ich helfe dir.«

Frank schleuderte seinen dünnen, schwarzen Plastikrucksack mit den Büchern und Ordnern in Richtung Garderobe. Die schwere Tasche rutschte über den abgetretenen Parkettboden und landete geräuschvoll an der Fußleiste, die aussah, als wäre dies nicht die erste Begegnung der brutalen Art. »Laß ihn seine Arbeit selbst machen«, fauchte Frank. »Der ist bloß zu faul dazu.«

»Das sagst du bloß«, ertönte hinter ihnen plötzlich die quäkende Stimme von Benjamins Zwillingsschwester,

»weil du es als verwöhntes Einzelkind nicht verkraftet hast, daß deine Mutter plötzlich für zwei neue Babys sorgen mußte, als du schon ein Schulkind warst.« Maren schaute triumphierend zu ihrem großen Bruder auf und harkte sich mit allen zehn Fingern den Wust blonder Locken aus dem Gesicht – honigblond, nicht rötlich wie Franks, und wesentlich üppiger. Die ausladende Haarmähne ließ ihr Gesicht viel zu schmal erscheinen. Sie war ein winziges, zerbrechliches Persönchen, das jünger aussah als zwölf, was zur Folge hatte, daß ihre Kommentare fast immer unerträglich altklug wirkten.

»Ich geb' dir gleich was, was du nicht verkraften wirst, du vorlaute, kleine Ratte«, zischte Frank. Dann drehte er sich zu Alexander um und beschwerte sich: »Hör auf zu lachen! Ihr neuer Deutschlehrer hat eine Schwäche für Psychologie. Sie kommt mit den merkwürdigsten Ideen nach Hause.«

Alexander ließ Benjamin los, schlang beide Arme um dessen großen Bruder und drückte ihn an sich. »Du weißt, daß sie recht hat. Wir waren beide einsam, du und ich. Zwei Waisen.«

Frank schloß für einen Moment die Augen und lehnte sich an. Zum erstenmal, seit gestern nacht Pia auf dem Campus tränenüberströmt auf ihn zugerannt war, nachdem sie Michael gefunden hatte, fühlte er sich halbwegs wieder in Ordnung. Es war ein Fehler gewesen, allein ins Bett zu gehen. Er war erschöpft genug gewesen, um zu schlafen, aber vor Alpträumen hatte ihn das nicht geschützt. Er war müde. Und entschlossen, die nächste Nacht in Alexanders Bett zu verbringen. Vielleicht würden die Alpträume wiederkommen, aber Alex würde es merken und ihn wecken. Das tat er immer.

»Alexander«, nörgelte Benjamin, »wann hilfst du mir mit Mathe?« Er hatte feines, aschblondes Haar und war ebenfalls ziemlich klein für sein Alter. Alexander reichte er nicht einmal bis an die Schulter.

»Wenn er damit fertig ist, Frank zu knutschen«, warf seine Schwester kühl ein.

Doris Wingard kam aus der Küche, eine zierliche, aber höchst energische Frau, mindestens so frech wie ihre kleine Tochter und genauso rehäugig. Und mit derselben üppigen Mähne, die im Laufe der Jahre allerdings wesentlich dunkler geworden war. »Aus dem Weg, die ganze Bagage! Ich hab' die Spaghettischüssel in der Hand, und sie ist heiß.«

Alexander half ihr, die schwere Schüssel auf dem vollgestellten Eßzimmertisch unterzubringen. Sie nahm sich nicht die Zeit, ihm zu danken, und griff nach den Tellern der Zwillinge, um ihnen ihre Portionen zuzuteilen. Das hätten sie zwar auch selbst gekonnt, aber Doris war einfach zu sehr daran gewöhnt, für die beiden zu sorgen. Sie hatte den größten Teil ihrer Erziehung im Laufschritt bewältigen müssen. Als sie Babys waren, hatten sie nie zur selben Zeit nach Nahrung geschrien und auch nie zur selben Zeit geschlafen. Und während sie älter wurden, hatten sie sich mit allen Krankheiten abgewechselt, die ein Kind überhaupt kriegen kann. Doris hatte sich sehr schnell angewöhnt, ihren einst angebeteten, erstgeborenen Sohn Frank zum Spielen nach draußen zu schicken. Alexander hatte ihn dort aufgesammelt und für ihn gesorgt. Und dabei war es geblieben.

Franks Vater war für Doris keine große Hilfe gewesen. Er hatte in dem anstrengenden Jahr nach der Geburt der Zwillinge entdeckt, daß es anderswo in Düsseldorf Frauen gab, die bereit waren, sich mit ihm zu beschäftigen statt mit Babys. Seine neueste Eroberung hatte er vor einem Jahr geheiratet. Die junge Dame – sie war nur wenig älter als Frank – hatte allerdings genau so viel Mühe wie ihre Vorgängerinnen, Franks Vater darüber hinwegzutrösten, daß sein ältester Sohn ihm seine Desertation nicht verzeihen konnte. Frank hatte während des Scheidungsverfahrens kategorisch vor Gericht erklärt, seinen Vater nicht wiedersehen zu wollen, und er hatte Wort gehalten.

Daß sie sich zufällig begegneten, kam vor. Alexander wußte, was für ein merkwürdiger Anblick das war, er hatte es einmal mitbekommen. Da standen sich zwei gleich große, schlanke Männer gegenüber, der eine zwanzig, der andere vierzig, der eine in verwaschenen Jeans und einem löchrigen T-Shirt, der andere im grauen Anzug, der eine mit langen, rotblonden Locken, die sich bis weit über die Schultern hinunterkringelten, der andere mit zentimeterkurz geschorenem Haar, das trotzdem noch zum Kringeln neigte. Beide mit funkelnden, grünen Augen, und sogar die Sommersprossen auf ihren spitzen, schmalen Nasen schienen an den gleichen Stellen zu sitzen. Der ältere fragte schüchtern: »Wie geht es dir«, und der jüngere zischte: »Was interessiert's dich? Du bist doch abgehauen.«

»Verfütter bloß nicht die ganze Schüssel an die beiden Ratten«, knurrte Frank.

»Setz dich hin und halt den Schnabel«, erwiderte Doris ungerührt. »Falls ich Ketchup auf den Tisch gestellt habe. Falls nicht, geh in die Küche und hol ihn.«

»Ich lass' euch keine Minute hier allein«, widersprach Frank. »Die fressen mir alles weg. Außerdem ist das pervers, Ketchup zur Muschelsauce. He, laß die Finger von den Muscheln, Benjamin. Du hast deinen Anteil gekriegt.«

»Erspar uns weitere Eifersuchtsszenen«, erwiderte Doris aufgebracht, »und hol den Ketchup. Oder muß ich es dir erst buchstabieren?« Sie fing eine Nudel auf, die vom Teller ihrer kleinen Tochter rutschen wollte, wischte sich die Finger an ihrer Jeans ab und setzte dem Mädchen die Portion vor die Nase.

Alexander reichte Benjamin die Schale mit der Muschelsoße. »Ich werde dein Essen mit meinem Leben verteidigen«, sagte er zu Frank. »Für dich tu' ich alles. Das weißt du doch.«

»Okay.« Frank setzte sich hin. »Hol du den Ketchup. Du weißt ja, wo er steht.«

*

»Jetzt stehen wir hier herum, und deine Pia kommt nicht. Und wir besuchen bloß ihretwegen dieses dämliche Seminar.« Alexander lehnte in dem engen Flur an der schlammgrün gestrichenen Wand, die Arme vor der Brust verschränkt, und war ungnädigster Stimmung. Es lag ihm nicht, mehr als eine Zigarettenlänge auf jemanden zu warten, und schon gar nicht auf eine von Franks Eroberungen. Er hatte keine Geduld mit Franks Liebschaften, weder den gegenwärtigen noch den vergangenen oder den zukünftigen.

»Wir müssen nicht rumstehen.« Frank spähte durch die offene Tür. Der Seminarraum war kaum halbvoll. »Pia ist nicht meine Pia, das Seminar ist nicht dämlich, und ich bin nicht nur ihretwegen hier. Die Leute in diesem Seminar kannten Michael, also wissen sie vielleicht was.«

»Was?« fragte Alexander gereizt. Er stieß sich von der Wand ab, drehte sich um und betrachtete desinteressiert die Aushänge auf einem der Schwarzen Bretter.

Frank seufzte laut. »Ich weiß nicht, was.«

»Und ich will es nicht wissen.« Alexander wandte sich zum Gehen. »Ich bin ja kein Kripo-Beamter.«

»Aber ich bin neugierig«, beschwerte sich Frank.

Alexander drehte sich um. »Frank, dann sei bitte allein neugierig! Ich gehe.«

»Wohin?« Frank lief hinter ihm her.

»Weg«, knurrte Alexander, stieß die Glastür zum Treppenhaus auf und erhöhte das Tempo. »Ich hab' dir gleich gesagt, ich will da nicht sitzen und seinen leeren Platz anstarren.«

»He, warte!« Frank trabte hinter ihm die Treppe hinunter. »Wenn du wirklich gehst, dann komm' ich mit.«

»Ich gehe.«

»Okay, verschwinden wir«, stimmte Frank resigniert zu. Sein Bedürfnis nach einer gemütlicheren Umgebung war im Grunde nicht weniger stark als Alexanders. Im allgemeinen hatte er nichts gegen die nüchterne Architektur der Universität, aber heute wirkte auf ihn alles deprimierend. Die Seminarräume waren häßliche weiße Kästchen, die einen neuen Innenanstrich gut vertragen hätten, und das Treppenhaus hatte den Charme eines Wehrmachtsbunkers. Frank wollte vorschlagen, im Erdgeschoß zu bleiben, in der Cafeteria der Philosophischen Fakultät. Aber bei dem Gedanken an den mit ausgetretenen Zigaretten übersäten Fußboden und die Tische voller Pappteller und Plastikmüll überlegte er es sich anders. Er war zwar daran gewöhnt, weil Alexander in regelmäßigen Abständen Kaffee brauchte, und hielt sich eigentlich ganz gern mit ihm dort auf, aber im Moment reagierte sein Magen extrem überempfindlich.

Sie verließen das Gebäude und liefen zum Parkplatz zurück. Demselben Parkplatz, auf dem Michael gefunden worden war. Alexander hatte sich geweigert, den Vorschlag, woanders zu parken, auch nur in Erwägung zu ziehen. Frank hatte nicht darauf bestanden. Es war nicht wichtig. Er würde wahrscheinlich überhaupt keinen Parkplatz mehr sehen können, ohne an Michael zu denken. »Es fällt mir einfach schwer, das auf sich beruhen zu lassen. Ihn gesehen zu haben, wie er da ...«

»Ich weiß, was du meinst«, unterbrach Alexander ihn. »Aber ich kann mir das Gerede vorstellen, das es jetzt geben wird, und ich will es nicht hören. Nicht heute jedenfalls.« Er schloß den Wagen auf, stieg ein und beugte sich über den Beifahrersitz, um für Frank die Tür zu öffnen.

»Hast du die Zeitungen gelesen?« fragte Frank, als sie vom Uni-Gelände hinunterfuhren.

»Nein, auf den Gedanken bin ich gar nicht gekommen. Ich hätte gedacht, daß die längst Redaktionsschluß haben. Steht was drin, was wir noch nicht wissen?«

»Ich weiß nicht, ich hab' keine gesehen. ›Antenne Düsseldorf‹ hat einen kurzen Bericht im Radio gebracht. Daß er auf der Fete war, die auf der anderen Seite des Uni-Geländes lief. Und daß er da, wo er gefunden wurde, nicht gestorben ist. Man weiß nicht, wann er die Fete verlassen hat. Die Polizisten sind wohl noch da hingegangen und haben ein paar Leute aufgetrieben, die ihn gesehen haben, aber er ist mehr als einmal rausgegangen und wieder reingekommen. Und was das Mordmotiv angeht, so gibt es eigentlich nichts, was man für ausgeschlossen hält, außer vielleicht Raubmord. Falls die Kripo irgendwelche Spuren hat, so schweigt sie drüber. Sieht aber eher aus, als stünden die vor einem Rätsel.«

»Wird wohl so sein.«

Es war heiß im Wagen, und Frank kurbelte das Seitenfenster herunter. Der Fahrtwind wirbelte ihm eine Haarsträhne ins Gesicht. Er schloß einen Moment lang die Augen und lehnte den Kopf zurück, froh über die Wärme und das Versprechen eines langen, sonnigen Sommers. Dann warf er seinem Freund einen Blick zu. »Dich interessiert das nicht besonders, oder?«

»Interessieren tut es mich durchaus«, sagte Alexander

leise. »Andererseits möchte ich eigentlich nicht darüber reden. Ich wünschte, ich könnte es vergessen.«

Frank runzelte die Stirn. »Das machen meine Vorstellungen von Ethik nicht mit. Ich kann nach so einer Sache nicht einfach zur Tagesordnung übergehen.«

»Nein, wahrscheinlich nicht. Auch wenn es mich überrascht, das Wort ›Ethik‹ in deinem Vokabular zu finden.«

»Normalerweise sorge ich dafür, daß es versteckt bleibt. Es könnte meinen Ruf ruinieren. Aber reden wir von was anderem. Wo zum Teufel steckt Pia?«

»Was fragst du mich das?« fragte Alexander ärgerlich.

»Ich finde, wir sollten nachsehen.«

Alexander stieß einen tiefen Seufzer aus. »Aha, da ist er wieder, der Ritter. Na gut. Fahren wir zu ihrer Wohnung. Warum sollten wir schwimmen gehen bei dem Wetter, wie jeder normale Student, wenn es statt dessen vielleicht irgendwo eine Jungfrau zu retten gibt.«

»Daß sie Jungfrau ist, glaub' ich nun nicht«, bemerkte Frank prompt. Alexander seufzte tief. »Und die Baggerseen sind mir um diese Jahreszeit noch viel zu kalt«, fügte Frank der Ordnung halber hinzu.

*

»Siehst du ihren Wagen hier irgendwo?« fragte Alexander, als er langsam an dem Haus vorbeifuhr, in dem Pia wohnte.

»Nein.« Frank schaute sich suchend um. »Aber was hat das schon zu bedeuten. Den kann sie weiß der Geier wo geparkt haben. Sie lebt ja nicht so hochherrschaftlich wie wir, wo man das Auto direkt vor dem Haus abstellen kann.«

»Wie wahr. Okay, halt nach einem Parkplatz Ausschau, damit wir bei ihr klingeln können.«

»Quatsch. Laß mich aussteigen. Ich klingle, und wenn sie aufmacht, dann kannst du immer noch einen Parkplatz suchen. Vielleicht ist sie ja gar nicht zu Hause, dann können wir uns die Rumkutschiererei hier sparen.«

Alexander fuhr an den Straßenrand und hielt. Frank stieg aus und ging zu dem Haus zurück, in dem Pia ihre kleine Wohnung hatte. Er klingelte, und dann sprach er in die Sprechanlage. Er öffnete die Tür und winkte seinem Freund zu. Alexander machte sich auf die Suche nach einem Parkplatz.

Frank lief die Treppe hoch durch den düsteren, engen Flur. Die schmutzige Wandfarbe, ursprünglich vielleicht mal ein freundliches Mintgrün, war an vielen Stellen abgestoßen von Hunderten von Möbelstücken, die hier schon von verzweifelten Möbelpackern hindurchgequetscht worden waren. Pia wohnte in der zweiten Etage, und sie lehnte im Türrahmen ihres winzigen Apartments und sah schrecklich aus.

»Hi, Mädchen.« Er nahm sie in den Arm. »Was ist los?«

»Wieso?« Sie blinzelte schläfrig zu ihm auf.

Sanft sagte er: »In der Uni läuft unser Theaterseminar, und du stehst hier rum und bist damit beschäftigt, blaß auszusehen.«

Pia verzog den Mund. Einen Moment lang schien es, als wolle sie anfangen zu weinen. »Ich konnte da einfach nicht hingehen und mir zwei Stunden lang Michaels leeren Stuhl angucken.«

»Hat Alexander auch gesagt. Hast du was zu trinken?« Frank trat in den engen Flur. Die Badezimmertür stand offen, und er erhaschte einen Blick auf ein Chaos aus Kleidungsstücken und feuchten Handtüchern, die größtenteils auf dem Boden verstreut lagen. Er hatte Verständnis dafür, daß sie vermutlich sowohl gestern abend als auch heute morgen sehr ausgiebig geduscht hatte. Er hatte dasselbe getan.

Sie fuhr sich mit den Fingern durchs Haar und sah aus, als käme sie gerade aus dem Bett. Einen Moment lang stand sie hilflos und desorientiert herum, dann fiel ihr plötzlich ein: »Willst du Cola?«

Er schüttelte den Kopf. »Nee, was Alkoholisches. Sonst geh' ich noch mal runter und hol' was.«

»Ich hab' noch jede Menge Wein, wenn dir das genügt«, sagte sie und ging ins Wohnzimmer.

»Jede Menge dürfte genügen, ja.« Er folgte ihr in die kleine Küche, die einen Balkon hatte und immer nach Hochsommer aussah mit den weißen Möbeln und großen Postern mit bunten Früchten.

Frank hatte eine sehr geschickte Art, sich zu bewegen, und brachte es ganz beiläufig fertig, Pia zwischen Küchentür und Küchentisch in eine Situation zu bringen, in der es vollkommen natürlich wirken mußte, daß er sie in den Arm nahm. Er beugte sich zu ihr hinunter und küßte sie auf den Mund.

»He«, sagte sie nach einer Weile. »Laß das. Denk dran, was ich gesagt habe. Du hast genug Frauen, und ich teile nicht.« Ihre großen, blauen Augen glänzten verräterisch.

»Wir sollten drüber verhandeln«, schlug Frank vor. Ihre schmalen Schultern fühlten sich unter seinen Fingern zerbrechlich an, und er gab der Versuchung nach, Pias zarten Hals zu umfassen. »Vielleicht kommen wir ja zu einem für alle Beteiligten annehmbaren Kompromiß.«

Sie gab ihm die Weinflasche, um seine besitzergreifenden Hände zu beschäftigen, und er nahm sie, sah sich um und entdeckte den Öffner auf dem Schrank. Er öffnete die Flasche und goß zwei Gläser voll.

Es klingelte. »Heute werden wir dann ja wohl nicht

zum Verhandeln kommen«, sagte Pia erleichtert und ging zur Tür.

»Das ist nur Alexander.« Frank wanderte hinter ihr her, sein Glas in der Hand. »Der stört uns nicht.«

»Na, weißt du«, erwiderte sie. »Das kommt ja drauf an.«

Frank grinste. »Mir scheint, da bist du in Gedanken schon ein bißchen weiter als ich. Ich war noch bei den Verhandlungen.«

»Du bist unmöglich«, sagte Pia zerstreut. Sie hatte die Tür geöffnet und starrte mit gespannter Aufmerksamkeit ins Treppenhaus. Frank seufzte, als er das Lächeln sah, mit dem sie Alexander begrüßte. Sie würde einer jener schwierigen Fälle werden, einer dieser Grenzfälle. Er kannte die Anzeichen. Frauen, die, sehr übertrieben ausgedrückt, nur deshalb mit ihm vorlieb nahmen, weil sie Alexander nicht haben konnten, bekamen seinem männlichen Selbstwertgefühl nicht.

»Hallo, Schönheit.« Typisch für Alexander, so etwas zu sagen. Seine Komplimente waren ebenso sachlich wie bedeutungslos. Aber keine Frau schien jemals zu merken, wie unpersönlich sie gemeint waren. Komplimente waren etwas, was sie von Alexander nicht erwarteten, und der Überraschungseffekt warf sie um. Sie reagierten ungeheuer geschmeichelt. Was Alexander wiederum nicht beeindruckte.

Pia jedenfalls errötete und vergaß, daß sie Alexander für unberührbar gehalten hatte. Sie wagte zwar nicht mehr, als seinen Arm zu streicheln, während er an ihr vorüberging, aber immerhin. Er nahm es zur Kenntnis und quittierte es mit einem amüsierten Blick. Frank wollte gerade eine gezielte Boshaftigkeit anbringen, da klingelte es erneut.

»Das wird Margot sein«, kündigte Pia an. »Sie hat mich angerufen.«

Alexanders Gesichtsausdruck wurde spontan absolut nichtssagend. Frank unterdrückte einen Seufzer. Margots Anwesenheit wäre auch unter besseren Umständen nicht das gewesen, was er sich jetzt gewünscht hätte. Sie war ein Weib von der bitterernsten, radikal frauenbewegten Sorte, bei der Frank keinen Fuß auf den Boden bekam. Sie gehörte auch ins Theaterseminar, normalerweise, und sie hatte ein eigenartiges Talent, Frank zu verunsichern. Er hatte zwar gelernt, ihre männerfeindliche Einstellung zu ertragen. Aber sie war die einzige Frau, die er kannte, bei der ihn die hochhackigen Schuhe nervös machten, die sie so gern trug. Irgendwie verfolgte ihn das Gefühl, daß sie ständig drauf und dran war, ihn damit genau dahin zu treten, wo es am meisten weh tun würde.

Ihr schusseliger Golden Retriever war der erste, der erschien. Er beschäftigte die Anwesenden eine Weile damit, ihn dazu zu bringen, sich irgendwo hinzulegen, wo er keinen Schaden anrichten und niemanden nerven konnte. Das gestaltete sich schwierig, denn Pias Wohnzimmer war nicht groß. Das Bett, ein fragiles, weißes Metallgestell, dominierte den Raum. Ansonsten war nur noch Platz für einen kleinen Schreibtisch vor dem Fenster und einen großen Nachtspeicherofen, der im Winter die ganze Wohnung heizen mußte. Sitzgelegenheiten hätten das Zimmer hoffnungslos überfüllt. Bei Pia saß man auf dem Teppich. Und der Hund wurde nach einigem Hin und Her unter den Schreibtisch verfrachtet.

Margots eigene Ankunft gestaltete sich vergleichsweise unspektakulär, auch wenn Frank beim ersten Blick auf sie ein trockenes Schlucken nicht unterdrücken konnte. Sie trug hautenge Leggings aus einem Stoff, der aussah wie künstliches Fell von ganz ähnlicher goldener Farbe wie das ihres Retrievers. Und eine Bluse, die sozusagen nichts zu wünschen übrig ließ. Frank sah weg, denn sie schaute ihn an, als wüßte sie sehr genau, was er dachte, und sei nicht gewillt, es gutzuheißen.

Frank setzte sich neben den Hund auf den Boden, der neugierig und kommunikationsfreudig unter dem Schreibtisch wieder hervorgekrabbelt war, und nahm ihn in den Arm. Der jedenfalls wehrte sich nicht, er war ein freundliches Tier und für jede Aufmerksamkeit dankbar.

»Du besitzt weder Geschmack noch Würde, Lakota«, sagte Margot zu dem Retriever, der sich halbwegs auf Franks Schoß schob und sich willig von ihm streicheln ließ. Frank zog es vor, diese Bemerkung unkommentiert zu lassen. Margots spitze Zunge war ein Instrument, dessen Gefährlichkeit er nur zu gut kannte.

»Ich hab' die Tür aufgelassen«, informierte sie Pia, streifte ihre roten Lackpumps mit den bleistiftdünnen, hohen Absätzen von den Füßen und ließ sich im Schneidersitz auf dem Boden nieder. »Ich bin mit Immo gekommen. Er ist noch unten und sucht einen Parkplatz.«

Frank rümpfte seine sommersprossige Nase und beschäftigte sich damit, den Hund zu kraulen. Immo war auch nicht gerade sein Wunschkandidat. Der stoische Blonde, dessen Intelligenzquotient sich sorgfältig hinter etwas verbarg, das wie Phlegma aussah, gehörte eher zu den Mitmenschen, denen er gern aus dem Weg ging. Frank warf Alexander einen Blick zu.

»Versammeln wir uns hier, um über Michaels Tod zu reden?« erkundigte Alexander sich.

»Wie kommst du darauf?« fragte Frank verblüfft.

»Michael und Immo hatten sich ein bißchen angefreundet in letzter Zeit«, erwiderte er.

Das war erstaunlich genug, aber Frank fand es noch viel erstaunlicher, daß Margot und Immo gemeinsam hier erschienen. Zwar studierten sie beide Anglistik, genau wie Frank und Alexander, aber weitere Übereinstimmungen in ihren Interessen gab es eigentlich nicht. Margot studierte im Nebenfach Geschichte – ein unglückliches Zusammentreffen, wie Frank fand, denn das war auch sein und Alexanders zweites Studienfach. Er hatte nicht viel Spaß daran, wenn Margot Vorlesungen unterbrach und Seminare aufmischte, weil ihr die angeblich männlich orientierte Geschichtsschreibung gegen den Strich ging. Alexander behauptete allerdings, sie habe meistens recht und sei beeindruckend gut informiert auf diesem Gebiet.

Immos Nebenfach war Sport, und eigentlich machte er den Eindruck, als könne ihn alles andere sowieso nur ganz am Rande interessieren. Langsam und relativ bequem war er merkwürdigerweise trotzdem. Ungewöhnlich genug für einen Sportstudenten, bei dem sonnigen Wetter nicht mit dem Fahrrad unterwegs zu sein. Immo war immer glücklich, wenn seine Eltern ihm für eine Weile ihren Wagen liehen. Es kam selten genug vor, aber er nützte es jedesmal weidlich aus.

Für einen sportbegeisterten Menschen hatte er erstaunlich wenig Bezug zu seinem eigenen Körper, und das machte sich an seiner schlaffen Haltung und seinen ungelenken Bewegungen deutlich bemerkbar. Obwohl er groß und breit war, sah er keineswegs aus wie jemand, der seine Muskeln gezielt trainiert. Seine schlechtsitzenden Jeans und die ewig gleichen karierten Hemden trugen auch nicht zu seiner Attraktivität bei.

Seine Anglistik-Vorlesungen saß Immo mit einer Mischung aus Langeweile und Staunen ab, und in den Seminaren wurde häufig klar, daß er bei weitem nicht alles verstand. Er wirkte ein bißchen hilflos. Um so leichter fiel es ihm, jemanden zu finden, der ihn bemutterte. Immo wurde oft aus reinem Mitleid mit durchgezogen, sowohl von den Dozenten als auch von den Kommilitonen.

Margot allerdings war nicht der Typ Frau, der Männer bemuttert. Sie beurteilte Hilflosigkeit sowohl bei Männern als auch bei Frauen als verwerflich. Und da Immo außer Sportergebnissen eigentlich kaum ein Gesprächsthema kannte, bei dem er Kenntnisse demonstrieren konnte, war schwer vorstellbar, was sie sich zu sagen hatten.

Die Wohnungstür klappte zu, und gleich darauf erschien Immo im Wohnzimmer, bleich und mit tiefen Schatten unter den Augen. Seine mächtigen Schultern wirkten gebeugt. Er schien vergessen zu haben, sich zu rasieren, und auch, sich zu waschen. Sein etwas schütteres blondes Haar war verstrubbelt. Er sah aus, als habe er entweder in seinen Jeans und dem nichtssagenden Hemd geschlafen, oder auch gar nicht. Und als habe er geweint. Das paßte nicht zu ihm, so wenig wie Margot als Begleiterin zu ihm paßte. Im Gegensatz zu ihr war er ein häßlicher Mensch und außerdem jemand, der mit Begriffen wie ›Emanzipation‹ einfach nichts anzufangen wußte.

Er nickte in die Runde und ließ sich dann auf den Boden nieder, direkt neben Frank. Immo war der älteste von ihnen. Er war nicht viel größer als Frank, aber wesentlich breiter gebaut als Alexander, mit einer deutlichen Schicht Fett auf den Muskeln. Neben Immo kam Frank sich immer zart und schwächlich vor, obwohl er das durchaus nicht war.

Pia schleppte Getränke aus der Küche heran und verteilte Gläser. Jeder nahm sich etwas, und dann erklärte Immo übergangslos: »Margot war heute nacht bei mir, um es mir zu sagen. Ich war mit Michael auf der Fete, aber ich hab' ihn eigentlich bloß hingefahren und bin dann sehr schnell wieder gegangen. Ich war müde. Ich hab' im Bett gelegen und geschlafen, bis Margot mich geweckt hat. Die Polizei hat nicht viele Anhaltspunkte. Sieht aus, als hätte sie gar keine. Ich bin nicht so blöde zu glauben, wir könnten Detektiv spielen und den Mörder zur Strecke bringen. Aber ich finde, wir sollten tun, was wir können. Wir sollten mit so vielen Leuten reden wie möglich. Die Polizei kann gar nicht mit jedem reden. Vielleicht stolpern wir über etwas, was ihnen entgeht. Ich will jedenfalls, daß sie das Schwein kriegen, das Michael auf dem Gewissen hat.«

»Der hat kein Gewissen«, murmelte Margot.

Alexander sah aus, als wolle er etwas antworten, aber dann tat er es doch nicht. Genau wie Frank hatte er relativ schnell die Angewohnheit entwickelt, sich bei Margot jeglichen Kommentars zu enthalten.

»Ich fand das jedenfalls sinnvoller, als im Seminar zu hocken, eine Schweigeminute einzulegen und dann zur Tagesordnung überzugehen«, sagte Margot und trank einen Schluck Wasser aus ihrem Glas. »Und deshalb sind wir hier.«

Franks Blick war an ihren vollen, leuchtend kirschrot geschminkten Lippen hängengeblieben, auf denen sich winzige Wassertröpfchen abzeichneten. Er blinzelte und zwang sich, wegzusehen. Er fand nicht, daß sie eine besonders gute Erklärung für ihr Hiersein geliefert hatte. Im Gegenteil, es warf die Frage auf, warum Alexander und er nur rein zufällig in Pias Wohnung gelandet waren. Aber er hielt es nicht für angebracht, darauf hinzuweisen.

»Sammeln wir doch erst mal, was wir wissen«, schlug Margot vor. Sie hielt den Blick auf die Tabakpackung gesenkt, die in ihrem Schoß lag. Ihre schönen, schmalen Hände schienen schon seit einer Ewigkeit an derselben Zigarette zu drehen. Frank fing einen Blick von Alexander auf, der erst ihn, dann Margots rastlose Hände ansah und sich mit einer ungeduldigen Bewegung selbst eine Zigarette anzündete, als Margot weitersprach. »Bislang sieht es aus, als sei ich die letzte, die ihn gesehen hat. Das war gegen halb elf, also noch sehr früh. Von allen, die ich gut kenne, war ich die einzige, die überhaupt so lange geblieben ist. Die anderen sind schon viel eher verschwunden. Die Fete war ein bißchen öde, sie kam erst kurz vor Mitternacht so richtig in Fahrt. Zufällig liebe ich Rock'n Roll wirklich, sonst wäre ich auch längst weg gewesen. Weiß einer von uns, wann er die Fete verlassen hat?«

Niemand wußte es.

»Hat ihn jemand außerhalb dieser Fete gesehen?«

Keiner.

»Also wissen wir nichts«, stellte Margot nüchtern fest. »Oder hat er mit jemandem irgendwann mal darüber gesprochen, ob er nach der Fete was vorhatte?«

Nichts.

»Das ist nicht viel«, sagte sie. »Aber wenn jeder von uns mit jedem spricht, den er auf der Fete oder überhaupt auf dem Campus gesehen hat an dem Abend, dann kommt vielleicht noch was raus. Vielleicht ist irgendwer ihm da draußen noch begegnet.«

Frank war kurz davor, zu bemerken, daß das offensichtlich sei, aber er konnte es gerade noch hinunterschlucken. Margot hatte zwar durchaus Humor, aber sie wandte ihn nicht auf Männer an. Und in ernsten Situationen wie dieser konnte es sehr unangenehm werden, etwas zu sagen, was sie als pietätlosen Scherz auffassen mochte. Oder, schlimmer noch, als Kritik.

Über Alexanders Gesicht huschte die Andeutung eines Lächelns, gerade noch rechtzeitig wieder fortgewischt, ehe Margot darauf aufmerksam werden konnte. Er wußte, was Frank dachte.

»Soviel zum Thema ›Gelegenheit‹.« Margot warf einen Blick in die Runde, wobei es ihr auf wundersame Weise gelang, Frank und Alexander auszuschließen. »Kommen wir zum zweiten Teil, dem Motiv.«

»Nein«, sagte Immo leise.

Margot legte eine Hand auf sein Knie. Alle schauten überrascht zu ihr hinüber. Ihre herrische Altstimme klang ungewöhnlich sanft. »Wir müssen nicht darüber reden, wie es passiert ist. Nur, warum es passiert sein könnte. Und auch darüber müssen wir eigentlich nicht reden – wir müssen nur versuchen, Dinge in Erfahrung zu bringen. Mit wem er sonst so zusammen war, zum Beispiel. Und ob er beliebt war. Ob er Feinde hatte. Ob er in irgendeinem Projekt steckte, das vielleicht irgend jemandem nicht gefiel. Solche Sachen.«

»Ja.« Seine Stimme klang dumpf.

»Okay.« Margot nahm ihre Hand von Immos Knie und kümmerte sich wieder um ihren Tabak. »Versuchen wir es.«

»Er gehörte nicht mal zum Schwulenreferat.« Immo schüttelte den Kopf. Er sah aufgewühlt und fassungslos aus, als müsse er mühsam an sich halten, um ruhig sitzenzubleiben. »Er ging bloß zu ihren Feten. Er war total harmlos. Und völlig unpolitisch. Ich kenne ein paar Leute, mit denen er häufiger zusammen war ...« Immo räusperte sich verlegen. Seine Stimme klang, als könne er jeden Moment in Tränen ausbrechen. »Ich meine, ich kenne sie vom Sehen. Und ich werde sie ansprechen.«

»Ich rede mit den Leuten aus den anderen Seminaren, die er besucht hat«, bot Margot an. »Ein paar hatten wir gemeinsam belegt.«

»Ich auch«, sagte Pia.

Frank schwieg. Er hätte nicht gewußt, was er tun sollte. Er hatte Michael kaum beachtet und wußte überhaupt nichts über ihn. Seit ihr erster Blickkontakt klargestellt hatte, daß Michael schlanke Rotblonde äußerst attraktiv fand und daß Frank nicht gewillt war, mehr zu tun, als das schmeichelhaft zu finden, waren sie einander mit vorsichtiger Freundlichkeit aus dem Weg gegangen.

Soweit er wußte, ging Alexander das nicht anders. Natürlich konnte Frank mit dem faszinierenden blonden Stachelmonster reden, dem er seit ein paar Tagen den Hof machte, und mit ihrer Motorrad-Freundin. Die beiden waren ja immerhin auch auf dem Campus gewesen, und vielleicht hatten sie etwas gesehen.

Frank seufzte. Unter diesen Umständen erschien ihm ein Wiedersehen mit dem Mädchen, mit dem er gestern eigentlich hatte schlafen wollen, nicht besonders verlokkend.

*

»Was sollten wir tun?« fragte er, als sie wieder im Auto saßen und nach Hause fuhren.

»Nichts«, erwiderte Alexander. »Das heißt, nichts Konkretes jedenfalls. Ich wüßte niemanden, den ich ansprechen würde, weil ich glauben könnte, daß er Informationen hat.«

»Geht mir auch so«, murmelte Frank.

»Ich bin auch nicht gerade begeistert davon, daß Margot die Leitung der privaten Ermittlungen übernimmt«, sagte Alexander spöttisch. »Sie wird es generalstabsmäßig angehen, und es wird eine garantiert unangenehme Sache. Es kommt mir durchaus gelegen, daß sie die Gewohnheit hat, uns beide zu ignorieren, und offenbar auch jetzt nicht gewillt ist, davon abzuweichen.«

Frank grinste.

»Ich hoffe nur«, sagte Alexander, »daß sie nicht eines Tages feststellen muß, daß es gefährlich sein kann, seine Nase in solche Angelegenheiten zu stecken.«

»Das klingt wie eine Drohung.« Kopf und Schultern an die Beifahrertür gelehnt, einen Fuß auf das Armaturenbrett gestützt, musterte Frank aufmerksam seinen Freund. Er selbst hätte Margot durchaus gemocht, wenn sie freundlicher zu ihm gewesen wäre. In dem Ton, den Alexander jetzt anschlug, würde er nie über sie sprechen. »Du kannst sie nicht leiden, was? Dabei ist sie so ein hübsches Weib.«

»Weiber«, bemerkte Alexander trocken, »kann ich oft nicht leiden.«

»Apropos Weiber«, fiel Frank plötzlich ein. »Beate hat heute die Einweihungsfete für ihre neue Wohnung, und sie legt Wert auf unser Erscheinen. Weil wir ihr beim Renovieren geholfen haben.«

»Ach du lieber Himmel. Es wird nur ein Gesprächsthema geben.«

»Das glaube ich eigentlich nicht«, meinte Frank. »Die meisten von uns haben Michael wirklich kaum gekannt, und am wenigsten wahrscheinlich die Leute, mit denen Beate zusammen ist.«

»Ja, du hast recht. Gehen wir hin.«

»Es wäre arg unhöflich, es nicht zu tun«, sagte Frank ernst, und Alexander verzog den Mund.

Frank warf einen Seitenblick auf Alexanders düsteres Gesicht und lernte daraus, zu schweigen. Er kannte seinen Freund lang genug, um mit ihm in jeder Stimmungslage zurechtzukommen. Was Alexander in seinem augenblicklichen Zustand brauchte, war erfahrungsgemäß Stille und Zuwendung von der das körperliche Befinden betreffenden Art. Frank bedachte die häuslichen Gegebenheiten und entschied sich, seinen Freund mit zu sich zu nehmen. Er würde ihn vor den Computer setzen, ein neues Spiel ausprobieren und ihn mit dem Vorrat an Schokolade und heißem Kakao vollstopfen, der eigentlich für Benjamin und Maren im Schrank gelagert wurde.

Alexander behauptete stets, keine Schokolade zu mögen, und bei ihm zu Hause gab es so etwas überhaupt nicht. Seine Tante achtete streng auf eine nicht zu kalorienreiche Ernährung, um ihre schlanke Figur zu halten, und sein Onkel hatte nach einem Herzinfarkt die Notwendigkeit eingesehen, sich fettreicher Nahrungsmittel zu enthalten. Er war früher noch dicker gewesen als sein Sohn, Alexanders Cousin Oskar, der seinen Bauchumfang gern unter raffiniert geschnittenen Designerjacketts verbarg.

Im Gegensatz zu Oskar, der mit seinem Vater ständig im Streit gelegen hatte, kam Frank mit Alexanders Onkel gut zurecht. Alexander selbst hatte ein leicht unterkühltes Verhältnis zu dem Mann, der nach dem Tod seiner Eltern sein gesetzlicher Vormund geworden war. Er warf ihm vor, sich mehr für die geschäftlichen Belange seiner alteingesessenen Industriellenfamilie zu interessieren als für Kultur. Frank vermutete allerdings, daß Alexander seinem Onkel hauptsächlich ganz einfach übelnahm, daß er so völlig anders war als sein Vater.

Es kam Alexander sehr entgegen, daß sein Onkel vor ein paar Tagen zu einer langen Rundreise durch die USA aufgebrochen war, um Freunde und Geschäftspartner zu besuchen und sich ein paar potentielle Investitionen vor Ort näher anzusehen. Seine Frau hatte er diesmal zu Hause lassen müssen, weil Alexanders Tante sich zur Zeit bei einem neuen sozialen Projekt leidenschaftlich engagierte. Ehrenamtlich selbstverständlich. Laut Alexanders gehässiger Behauptung sollte ihr soziales Engagement lediglich pressewirksam davon ablenken, daß sein Onkel die Arbeiterschaft gnadenlos ausbeutete. Alexander nannte die Spenden für wohltätige Zwecke den ›Blutzoll‹.

Er sprach nie über seinen Vater, aber Frank wußte, daß sein Freund stolz darauf war, daß der Altertumsforscher Prof. Dr. Franz Tiberius seine Reichtümer mit wissenschaftlichen Arbeiten verdient hatte, die ihn berühmt gemacht hatten. Und – wie auch Alexander bereit war zuzugeben – dadurch, daß er reich geheiratet hatte.

Sein Sohn betrachtete das geerbte Geld mit demselben beiläufigen Respekt, den auch Franz Tiberius ihm entgegengebracht hatte. Alexander wußte zu schätzen, daß er sich niemals Sorgen um sein finanzielles Wohlergehen würde machen müssen. Er hatte keinerlei Bedenken, Geld auszugeben, aber er verschwendete es auch nicht. Er hatte als kleines Kind mit seinen Eltern viel Zeit in exotischen Ländern verbracht. Er war zu jung und zu behütet gewesen, um dadurch wirklich zu lernen, was Armut ist. Aber er hatte von seinem Vater den Respekt vor dem einfachen Leben übernommen. Er gönnte sich von seinem Geld zwar durchaus Sachen, die seiner Bequemlichkeit dienten, aber er war davon nicht abhängig. Luxus, der nur dazu da war, zur Schau gestellt zu werden, stieß ihn ab.

»Laß uns das neue Computerspiel installieren«, sagte Frank, als Alexander den Wagen geparkt hatte. »Ich hab' heute keine Lust mehr, mich mit Uni-Kram zu befassen.«

»Hab' ich dir gesagt, daß ich es auf dem Schwarzmarkt besorgt habe?« fragte Alexander und schloß den Wagen ab. »Es ist verboten.«

»Warum?« Frank hängte sich seinen Rucksack über die Schulter und stopfte die Hände in die Taschen seiner Jeans. Er blinzelte in die Sonne und fragte sich, ob es klug war, einen Frühlingsnachmittag wie diesen ausgerechnet vor dem Computer zu verbringen. Aber er war zu träge, um etwas anderes vorzuschlagen. Entweder waren das noch die Nachwirkungen von Michaels Tod, oder er litt ganz profan an Frühjahrsmüdigkeit.

»Angeblich enthält es gewaltpornografische Szenen«, gab Alexander Auskunft. »Wenn es bei dem bleibt, was ich bisher davon gesehen habe, ist das allerdings reichlich übertrieben ausgedrückt. Wenn das schon ausreicht, um verboten zu werden, sollten sie mich auch auf den Index setzen.« Er grinste. »War ziemlich teuer, die CD.«

Frank warf ihm einen schrägen Blick zu. Alexander über Sex reden zu hören war ein seltenes Ereignis. Aber ganz entgegen seiner sonstigen Interessenlage war Frank im Moment nicht geneigt, das Thema zu vertiefen. Er fand Pornografie im allgemeinen eher abstoßend, und er hatte nie gewagt, anders mit einer Frau umzugehen als zärtlich. Außerdem verspürte er keine Lust, über Alternativen nachzudenken, nachdem er vor kurzem erst jemanden gesehen hatte, der einem Sexualmord zum Opfer gefallen war.

»Ich hoffe, das Spiel überfordert nicht meine intellektuellen Fähigkeiten«, sagte Frank. »Ich bin ziemlich müde heute.«

»Dann sollten wir vielleicht lieber ein paar der StarTrek-Folgen abarbeiten, die du in der letzten Zeit auf Video aufgenommen hast«, schlug Alexander vor. »Sonst sind wir bald so im Rückstand, daß wir ein ganzes Weltraumwochenende einlegen müssen.«

»Großartige Idee.« Frank schloß die Haustür auf. »Geh schon mal nach oben und bereite die Technik vor. Ich sorge für den Rest.«

Als er mit einer Kanne Kakao und ein paar Tafeln Schokolade zur Auswahl nach oben kam, hatte Alexander es sich auf dem Bett bequem gemacht. Frank schaltete den Videorecorder ein, goß seinem Freund einen Becher Kakao ein und überreichte ihn kommentarlos. Alexander griff danach, ohne hinzusehen. Als ihm der Geruch in die

Nase stieg, hellte sich sein Gesicht endlich ein wenig auf, und er warf Frank einen amüsierten Seitenblick zu. »Ich nehme an, du hast auch Schokolade mitgebracht?«

Frank grinste. »Wozu? Du magst doch keine Schokolade.« Er kuschelte sich an Alexanders Seite, brach eine Packung auf und legte sie ihm in den Schoß.

»Ich glaube, ich sollte mal drüber nachdenken, ob es nicht doch sinnvoll wäre, dich zu heiraten«, sagte Alexander und nahm ihn in den Arm.

»Denkst du immer mit den Tentakeln nach?« fragte Frank. »Du solltest eigentlich wissen, wie ich mich anfühle, du hattest reichlich Gelegenheit, es herauszufinden.« Er lehnte den Kopf an Alexanders Schulter und gähnte. Seine Ansprüche an das Thema Freizeitgestaltung waren für heute befriedigend erfüllt. Am liebsten wäre er für den Rest des Tages einfach hiergeblieben.

*

Der Abend war schon ziemlich fortgeschritten, bevor sie sich entscheiden konnten loszufahren. »Ich dachte schon, ihr kommt nicht mehr, ihr Schufte«, tadelte Beate, als sie endlich erschienen. Alexander erstickte ihren Ansatz zu weiteren Protesten mit einem Kuß, ein Mittel, zu dem er sich äußerst selten verstieg. Schon gar nicht bei pummeligen, kleinen Frauen wie Beate, die über stämmigen Säulenbeinchen breite Matronenhüften schwenkten und zu denen er sich weit hinunterbeugen mußte. Seine Nerven schienen nicht die besten zu sein heute.

Frank grinste. Beate sah aus, als sei ihr Weltbild soeben auf eine Weise geradegerückt worden, die sie niemals erwartet hätte. Sie vergaß, Frank überhaupt zu begrüßen, starrte Alexander an und wurde erst wieder wach, als es erneut klingelte. Beate war eine beliebte Frau, ihre Gastlichkeit berühmt, und ihre Fetentermine wurden gehandelt wie Geheimtips.

Sie gingen ins Wohnzimmer, das vollgestopft war mit Studenten und außerdem total verräuchert, obwohl inzwischen jemand, der Rauch nicht leiden konnte, das Fenster sperrangelweit aufgerissen hatte. Der Lärm von Straßenbahnen, S-Bahnen und Automotoren konkurrierte mit Musik, Gelächter und Stimmengewirr.

Beates Wohnung war im Vergleich zu anderen Studentenbuden riesig. Sie war billig, weil sie nicht über eine Heizung verfügte. Im Winter mußte Beate mit einem elektrischen Heizkörper auskommen. Zum Ausgleich dafür verfügte sie über den Luxus zweier geräumiger Zimmer und einer großen Küche. Frank verzog das Gesicht, als er an die Arbeit dachte, die es gekostet hatte, die dikken Schichten Lack und Bohnerwachs von dem alten Holzfußboden zu schleifen. Jedenfalls paßte er gut zu Beates knarrenden Rattanmöbeln und dem Urwald aus Grünpflanzen.

Frank sah sich suchend um und entdeckte eine Menge Leute, die er kannte, aber niemanden, mit dem er unbedingt reden wollte. Außer Anni. Sie stand am Fenster und sah großartig aus – wie immer. Sie war die hübscheste Frau, die er überhaupt je gesehen hatte, mit ihrem schlanken, biegsamen Körper, dem schönen Gesicht und den langen, rabenschwarzen Locken. Schneewittchen, dachte er und lächelte. Aber die Märchengestalt unterhielt sich, wie meistens, ausgerechnet mit Margot, der Frank auf keinen Fall in die Quere kommen wollte.

Er lächelte Anni an, als sie sich umwandte und im Zimmer umsah. Aber ihr Blick ging an ihm vorbei. Sie starrte Alexander an. Und im nächsten Moment war sie totenbleich.

Frank seufzte. Er hatte absolut kein Verständnis für diese dramatische Ader, die so viele Frauen zu besitzen schienen. Anni und Alexander hatten sich ziemlich gut verstanden zu Anfang des Studiums. Anni hatte sich verliebt, Alexander hatte sich nach ein paar Wochen eiserner Gegenwehr schließlich verführen lassen. Aber schon nach kurzer Zeit hatte es dann irgendein fürchterliches Drama gegeben. Eins von der Art, die Frank bei seinen Frauen tunlichst zu verhindern suchte, aber immer war es halt nicht zu vermeiden. Manche waren wohl einfach so. Sie schienen die Tragödie zu brauchen.

Frank wußte nicht, was zwischen Anni und Alexander vorgefallen war. Sein Freund sprach nicht darüber. Aber was immer auch schiefgelaufen war, Frank war überzeugt davon, daß es keine ausreichende Rechtfertigung für Annis Reaktion auf Alexanders Erscheinen abgab. Die ganze Sache war inzwischen immerhin Monate her. Frank fand schon allein die Semesterferien lang genug, um sich von einer so kurzen, wenn auch leidenschaftlichen Affäre wieder zu erholen. So langsam hätte Anni sich mal wieder beruhigen können.

Aber das hatte sie ganz offensichtlich nicht. In den Seminaren, die sie zusammen besuchten, verhielt sie sich, als sei Alexander nicht da, und war kaum ansprechbar. Kam im letzten Moment und verschwand, sobald es möglich war, im Laufschritt, als würde sie flüchten.

Und wenn sie Alexander irgendwo begegnete, wo sie ihn nicht direkt erwartet hatte, dann wurde sie immer noch blaß. Frank schüttelte unwillkürlich den Kopf. Er fand das reichlich übertrieben. Er wußte, daß sie jetzt gehen würde. Er erlebte das nicht zum ersten Mal.

Frank warf seinem Freund einen Blick zu. Anni starrte ihn immer noch an, und Alexander starrte zurück, mit einem merkwürdigen Ausdruck in seinen steingrauen Augen. Er wirkte weit fort, genau wie Anni. Als existiere zwischen ihnen eine Verbindung, die sie von allem anderen um sie herum trennte. Er lächelte nicht, aber er war auch nicht ernst. Er hatte einen Gesichtsausdruck, den Frank einfach nicht deuten konnte.

Es dauerte lange, bis Anni sich gewaltsam von dem intensiven Blickkontakt losriß. Sie schwankte einen Moment, als wäre etwas mit ihr passiert.

Frank wandte sich verlegen ab. Er fand ihr Verhalten peinlich, und er bedauerte das, denn er mochte Anni wirklich. Sie war nicht nur eine Schönheit, sie war außerdem nett. Und sehr intelligent. Sie war ihm in jeder Hinsicht gewachsen, und sie hatte sich von ihm nie herumkriegen lassen. Anni hatte über seine Annäherungsversuche nur gelacht. Nicht hämisch und bösartig, wie Margot das so wunderbar beherrschte, sondern ganz offen und vergnügt.

Sie hatte überhaupt viel gelacht, früher. Was immer auch zwischen Alexander und ihr passiert war, es hatte Anni verändert. Einen Freund hatte sie seitdem auch nicht wieder gehabt. Sie hing bloß noch mit ihrer Busenfreundin Margot zusammen.

Anfangs hatten Margot und Anni zusammen den Raum verlassen, wenn Alexander auftauchte, aber das war schon lange vorbei. Margot stand auf dem Standpunkt, daß man sich wegen eines Mannes nicht einschränken dürfe, und Frank stimmte ihr in dem Punkt vorbehaltlos zu. Warum sollte Anni gehen? Wenn sie Alexanders Anwesenheit nicht ertragen konnte, warum zwang sie stattdessen nicht ihn zu verschwinden – das hätte wenigstens mehr Würde gehabt.

Frank wunderte sich darüber, daß Margot das nie versucht hatte. Sie wäre sicherlich problemlos in der Lage, Alexander den Aufenthalt auf so einer Fete derart unangenehm zu gestalten, daß er es vielleicht vorziehen würde, den beiden aus dem Weg zu gehen. Aber merkwürdigerweise hielt Margot sich aus dieser Sache völlig heraus.

Anni ging nicht sofort, das tat sie nie. Sie nahm sich die Zeit, noch etwas zu trinken und der Gastgeberin dann zu sagen, sie habe Kopfweh. Was auch niemand bezweifelte, weil sie weiß war wie eine Wand. Daß ihre Kopfschmerzen immer einsetzten, kurz nachdem Alexander den Raum betreten hatte, fiel den wenigsten auf.

Frank ging hinter ihr her, als Anni im Flur verschwand und an der völlig überfüllten Garderobe ihre Jacke suchte.

»Hi, Anni«, sagte er.

Sie zuckte zusammen und fuhr herum. Dann lächelte sie ihm zu, ein unwillkürliches Lächeln, das über ihr schönes, blasses Gesicht huschte und sofort verschwand.

»Wie lange willst du das eigentlich noch betreiben?« fragte Frank.

Sie mußte nicht nachfragen, was er meinte. »Du weißt doch, daß ich mit Alexander ... einen Streit hatte.«

»Vor langer Zeit, ja«, sagte Frank. »Ich weiß, daß etwas vorgefallen ist, worüber ihr beide nicht redet. Ihr solltet das vielleicht mal tun. Miteinander.«

Anni senkte den Kopf. Sie hatte ihre Jacke gefunden und zog sich an. »Ich ziehe es vor, ihm aus dem Weg zu gehen.«

Frank seufzte ungeduldig auf. »Verdammt, Anni, warum sind Frauen nur immer so unversöhnlich! Sich mit ihm wieder zu vertragen wäre viel einfacher. Du kannst ihm doch gar nicht dauernd aus dem Weg gehen. Ihr habt zu Anfang dieselben Seminare belegt, und manche davon gehen über mehrere Semester. Ihr begegnet euch also zwangsläufig.«

»Versöhnen«, sagte Anni leise. Sie hatte den Kopf immer noch gesenkt, und die langen, schwarzen Locken verdeckten ihr Gesicht, während sie den Reißverschluß ihrer Jacke zuzog. Schließlich sah sie auf und strich die Haare zurück. »Mir ist es lieber, jede Begegnung zu vermeiden. Ich versuche das, so gut ich eben kann.«

»Na, wie praktisch«, bemerkte Frank sarkastisch. »Mir fällt in letzter Zeit auf, daß du nur noch Seminare belegst, in denen wir nicht auftauchen. Während es anfangs gerade umgekehrt war: Da hast du dir die Seminare ausgesucht, in denen du Alexander begegnen konntest, oder?« Er schüttelte den Kopf. »Mensch, Anni, merkst du nicht, wie unsinnig das ist? Du kannst doch dein Studium nicht danach ausrichten, welche Männer in welchen Seminaren sitzen. Ich glaub's nicht, echt.«

»Ja, und wenn ich ihm auf einer Fete begegne, dann verlasse ich sofort das Gebäude.« Anni hängte sich ihre Tasche über die Schulter. Sie schaute Frank nicht an. »So wie gestern. Und jeder denkt, das sei verrückt. Da bist du nicht der einzige.«

»Na, das beruhigt mich ja kolossal«, sagte Frank. Dann stutzte er. »Welche Fete?«

»Die auf dem Unigelände gestern, am Donnerstag, so 'ne komische Mottofete. Diesmal war's Rock'n Roll. Sie war ziemlich gut besucht. Na ja, für mich wurde es eine kurze Party.« Sie schaute auf. Ihre Augen waren von einem schönen, rauchigen Blau, und sie sah so traurig aus, daß Frank unwillkürlich schluckte. »Die Party, von der Michael ...«

»Ja«, sagte Frank leise. »Ja, ich weiß.« Er hätte sie am liebsten in den Arm genommen. Aber seit dieser Sache mit Alex hatte er immer Angst, sie zu erschrecken. Sie wirkte, als würde sie weglaufen, wenn ihr jemand zu nahe kam.

»Ich hab' mich noch mit Michael unterhalten gestern abend.« Anni biß sich auf die Lippen. »Er schien schon ein bißchen betrunken zu sein, obwohl's noch ziemlich früh war. Er war süß, irgendwie. Ganz anders als sonst. Ich meine, ich fand ihn immer schon nett, aber gestern mochte ich ihn richtig gern. Ich habe mit ihm gesprochen, und dann bin ich weitergegangen. Als ich mich später wieder nach Michael umsah, stand Alexander neben ihm. Ich bin sofort gegangen. Aber ich wünschte, ich wäre geblieben. Weißt du, irgendwie macht man sich Vorwürfe. Als hätte man verhindern können, was passiert ist. Verstehst du das?«

»Nein«, sagte Frank leise. »Nein, das verstehe ich nicht.« Aber es war keine Antwort auf die Frage, die Anni gestellt hatte. Er stand versunken und nachdenklich da und schaute erst auf, als die Wohnungstür zuklappte. Er stand allein in dem langen, mit bunten Postern behängten Flur, in dem sich Jacken, Mäntel und Taschen stapelten. Anni war fort.

*

Franks Einschätzung, daß die wenigsten Leute hier Michael Kamp überhaupt gekannt hatten, erwies sich als nicht ganz richtig – Beate zumindest hatte ihn gekannt. Sie war erschüttert. Das hinderte sie nicht daran, die Einweihung ihrer Wohnung zu feiern, aber die Erinnerung an Michael und die Empörung über den brutalen Mord waren ständig präsent.

Alexander stand in der Küche und sprach mit ein paar jungen Männern, die Frank nicht kannte. Einem von ihnen, einem riesigen Typ mit kurzgeschorenen, weißblonden Haaren und einem T-Shirt, aus dem eine Menge Muskeln quollen, hing ein Nickituch weit aus einer der hinteren Hosentaschen. Einen Moment lang überlegte Frank, ob der Kerl im Begriff war, sein Taschentuch zu verlieren, oder ob das eine Art Schmuck darstellen sollte. Dekorativ war es zweifellos. Und es zwang einen dazu, die Tatsache zur Kenntnis zu nehmen, daß der dazugehörige Hintern in den engen Jeans die Perfektion einer Skulptur besaß.

Frank lächelte, und als er sich dessen bewußt wurde, schüttelte er unwillkürlich den Kopf und wandte sich ab.

Er schaute sich um und sah Margot in einer Ecke sitzen. Sie unterhielt sich mit Beate, die ihre plattgetretenen Gesundheitssandalen ausgezogen hatte und mit bloßen Füßen breitbeinig dasaß, den Rücken an die Wand gelehnt und das Weinglas auf ihren mütterlich wirkenden Bauch aufgestützt. Sie gestikulierte lebhaft und war mehr als einmal kurz davor, Margots noch halb gefülltes Glas umzustoßen. Beate war eine Frau, die viel Raum brauchte, und alles, was ihr im Wege stand, lief Gefahr, umgeworfen zu werden.

Erstaunlicherweise galt das auch für Männer. Jedenfalls fand Frank das erstaunlich, der sich nur für ausgesprochen schöne oder jedenfalls hübsche Frauen interessierte. Beate war für ihn ein geschlechtsloses Wesen, eine intelligente, lustige Dicke, die er gern hatte. Aber es gab eine Menge Männer, die Beate umwerfend zu finden schienen. Sie ließ sie in ihr Leben, in ihr gemütliches, breites Bett und ihre Küche, bekochte sie eine Weile und warf sie wieder hinaus. Für den jeweiligen Mann war das eine furchtbare Tragödie, ein absolutes Tief in der persönlichen Bilanz. Und die Nachfolger standen bereits Schlange.

Wahrscheinlich hatte Beate sich überhaupt noch nie um einen Mann bemühen müssen, die rannten ihr ganz von selbst die Tür ein. Frank und Alexander konnte sie zwar nicht umwerfen und hatte es auch nie versucht, aber sie dazu zu bringen, ihr die Wohnung zu renovieren, hatte sie problemlos geschafft. Auch darum hatte sie sich nicht großartig bemühen müssen. Zumindest in dieser Hinsicht hatten die beiden ihr die Tür eingerannt wie andere Männer auch.

Frank grinste. Er hatte nicht die leiseste Ahnung, warum er sich für eine Frau mit fetten Schenkeln und zertretenen Gesundheitssandalen abgestrampelt hatte. Eins der großen Geheimnisse des Universums. Hoffentlich würde sie nicht noch mehr von ihm verlangen, nachdem die Wohnungsrenovierung ja nun zum Abschluß gekommen war. Er hatte so einen Verdacht, als würde er Beate keinen Wunsch abschlagen können.

Aber vorerst stellte Beate nur fest, daß die Schüssel mit ihren geliebten Erdnußflips leer war. Sie rappelte sich auf, schlüpfte wieder in ihre Sandalen und ging in die Küche, um Nachschub zu besorgen. Frank holte tief Luft, versammelte um sich, was ihm von seinem männlichen Mut geblieben war, und hockte sich neben Margot auf den Boden.

Sie beachtete ihn nicht. Sie fuhr in aller Ruhe fort, sich aus einem Rest krümeligen Tabaks in einer fast leeren Packung eine Zigarette zu drehen.

Vielleicht war es besser, nicht sofort mit dem herauszurücken, was er eigentlich wissen wollte. Sie vorher ein bißchen aufzutauen konnte nicht schaden. »Sieht aus, als sei der gesamte AStA hier versammelt«, bemerkte er beiläufig. »Mit sämtlichen Referaten.«

»Das ist bei Beate immer so«, antwortete Margot gleichmütig. »Sie ist sehr engagiert und kennt jeden.«

Er merkte, daß sie seinem Blick folgte, der wieder auf dem Muskelmann ruhte. »Schwulenreferat?« fragte er und hob mokant eine Augenbraue. Zu spät fiel ihm ein, daß er keine Ahnung hatte, wie Margot zu homosexuellen Männern stand. Vielleicht war er soeben bis zu seinen schönen, schlanken Lenden in einem der vielen Fettnäpfe versackt, die unsichtbar um sie herumstanden und schon im Normalfall schwer zu vermeiden waren. Aber Margot nickte nur.

Frank war erleichtert. »Er scheint es drauf anzulegen, sein Schnupftüchlein zu verlieren. Ob das so 'ne Art Kontaktversuch darstellen soll, wie es bei den Damen vergangener Zeitalter üblich war? Vielleicht verliert er es solange, bis es ihm jemand hinterherträgt, der ihm gefällt. Kein schlechter Trick. Sollte ich vielleicht auch mal ausprobieren.«

Zu seiner Überraschung sah Margot plötzlich aus, als müsse sie sich zusammenreißen, um nicht lauthals loszulachen. Ihre Mundwinkel zuckten verräterisch. Sie hielt den Blick auf ihre Tabakpackung gerichtet. Es dauerte eine Weile, bis Margot ihre Beherrschung vollends wiederhatte und ihm antwortete. »Das nachzumachen, würde ich dir nicht raten. Außer, du bist dir über die Bedeutungen der Farben und der Seiten im klaren.«

»Wieso?« fragte er neugierig. »Was bedeutet das denn?«

»Bei dem da?« Sie warf einen abschätzenden Blick auf den wohlgeformten Hintern des Muskelmannes. »Arschfick«, sagte sie gelassen. »Passiv.«

Frank schwieg verblüfft und verlegen. Er fragte sich, ob es ein Zeichen besonderer Naivität war, das nicht zu wissen. Er wußte, daß Margot in der Frauenbewegung sehr aktiv war. Sie hatte auch Kontakt mit Lesbengruppen, die wiederum Kontakt mit Schwulengruppen hatten, also war dergleichen für sie vielleicht Alltag.

Franks Kontakte mit Homosexuellen beschränkten sich darauf, daß er ihre Flirtversuche genauso automatisch erwiderte, wie er es bei Frauen tat. Allerdings stellte ein tiefer Blick in seine grünen Elfenaugen so ziemlich den Höhepunkt dessen dar, was er fremden Männern zugestand. Sie verwirrten ihn, und er war nicht geneigt, sich mit dieser Art von Verwirrung näher auseinanderzusetzen. Daß sich Schwule ebenso leicht in ihn verliebten wie Frauen, was er auch nicht weiter verwunderlich fand, war so ziemlich das einzige, was er über sie wußte.

Das war ja vielleicht auch normal, aber er kam sich trotzdem dämlich vor. Nicht der beste Einstieg in ein Gespräch mit Margot. Oder andererseits vielleicht doch. Sie fand es ja amüsant, ihn in Verlegenheit zu bringen.

»Du warst doch auch auf der Fete am Donnerstag?« fragte Frank.

Sie leckte das Zigarettenpapier an, und er fragte sich zum hundertsten Male, ob sie eigentlich wußte, wie erotisch das aussah. Diesmal war das allerdings kein Gedanke, bei dem er lange verweilte. Er hatte andere Sorgen.

Margot zündete sich die Zigarette an, ehe sie sprach. »Ja, sicher war ich auf der Fete. Ich liebe Rock'n Roll.«

»Hast du Alexander getroffen?«

Sie gönnte ihm keinen einzigen Blick. »Ich habe ihn von weitem gesehen.« Margot legte deutliche Betonung auf das ›von weitem‹.

Frank seufzte. Es war ziemlich offensichtlich, daß sie nicht nur Alexander, sondern auch ihn lieber von weitem sah. »Du sprichst überhaupt nicht mit Alex. Sehe ich das richtig?«

»Das siehst du richtig.«

»Vertraust du mir den Grund dafür an?«

»Nein.«

Er wußte nicht, was er erwartet hatte, aber das nicht. Ein hämischer Vortrag über Männer im allgemeinen und ihn und Alexander im besonderen wäre wohl eher das gewesen, was zu ihr gepaßt hätte. »Du magst ihn einfach nicht.«

»Nein.«

»Irgendwie ist das keine Antwort«, sagte Frank ungeduldig. Keine gute Taktik, aber er kannte auch keine Taktik, um mit Frauen wie Margot fertigzuwerden. Vielleicht gab es keine.

»Du wirst auch keine Antwort bekommen.«

»Warum? Weil ich sein Freund bin? Meinst du, ich verrate ihm was, oder wie?«

»So ist es.«

»Das täte ich nie«, sagte er sanft und ernst. Ob es dadurch glaubwürdiger klang, bezweifelte er. Margot war alles andere als dumm und bestimmt nicht leicht zu überzeugen. Schon gar nicht von ihm.

»Es gibt nichts, was mich dazu bringen könnte, dir in diesem Punkt zu vertrauen, Frank. Du wirst keine Antwort bekommen. Finde dich damit ab. Es wird dich nicht umbringen.«

Er lächelte. »Da wäre ich mir nicht so sicher. Ich bin eine ziemlich neugierige Natur. Hast du mit Michael gesprochen an dem Abend?«

»Nein.« Er dachte schon, das wäre alles, was aus ihr herauszukriegen war, aber dann fügte sie hinzu: »Ich war übrigens überrascht, wie vertraut er mit Alexander umging. Ich wußte gar nicht, daß sie befreundet sind. Und schon gar nicht, daß sie ... in dieser Weise befreundet sind.«

Frank schwieg.

Es wurde ein langes Schweigen. Er betrachtete den breiten Rücken des weißblonden Muskelmannes in der Küche, mit dem Alexander sich immer noch unterhielt. Er registrierte die vollkommen entspannte Haltung der beiden und sah, wie Alexander dem anderen Feuer gab und der Blonde sich vorbeugte. Als die Flamme im Windzug vom offenen Fenster her flackerte, umfaßte er Alexanders Handgelenk und wölbte die andere Hand schützend über die Flamme. Alexander lächelte und sagte etwas, und der andere lachte. In Franks Kopf begannen kleine Bruchstücke sehr ähnlicher, eigentlich ganz unwichtiger Erinnerungen sich zusammenzufügen wie Puzzleteile. Er hätte niemals angenommen, daß sie eines Tages ein Bild ergeben würden – jedenfalls bestimmt nicht dieses Bild. Aber das taten sie nun. Ein schlüssiges Bild. Es erklärte eine Menge.

Eine ganze Menge. Nur eins nicht: Warum er Margot gebraucht hatte, um zu merken, was mit Alexander los war. Er hätte ausreichend Gelegenheit gehabt, von allein drauf zu kommen. Im Grunde wußte er, daß er es gespürt hatte. Er hatte ganz einfach vorgezogen, sich nicht damit zu befassen. Ihre Kinderfreundschaft war nahtlos in eine ungewöhnlich unbefangene und zärtliche Männerfreundschaft übergegangen, und Frank hatte Angst gehabt, daran zu rühren. Angst, Stellung beziehen zu müssen, Angst, nein sagen zu müssen – und noch eine Angst, eine, mit der er sich überhaupt nicht auseinandersetzen wollte. Auch jetzt nicht.

Frank schaute sich um und sah zu, wie andere Männer miteinander umgingen. Der Unterschied war groß genug, um auffällig zu sein. Sobald sie aufeinandertrafen, zeigten sie die Überreste des Imponiergehabes, das in der Tierwelt einen Bestandteil von Revierkämpfen bildet. Ihre freundschaftlichen Berührungen erinnerten eher an kleine Schaukämpfe als an Umarmungen. Daß sie nebeneinander Arm im Arm im selben Bett schlafen würden, war schwer vorstellbar.

Frank schloß die Augen, aber im nächsten Moment riß er sie rasch wieder auf. Die Gegenwart in Gestalt von Margot war zwar nicht besonders angenehm, aber was er sah, wenn er die Augen zumachte, damit wurde er überhaupt nicht fertig.

Innerhalb weniger Minuten zu verdauen, was er erfahren hatte, war unmöglich. Aber das Bild, das er jetzt kannte, warf auch Fragen auf. Und er wollte sie stellen. Frank holte tief Luft. »Sag mal, was ist passiert zwischen Anni und Alexander?«

Margot stand auf, nahm ihr Glas und ging auf die andere Seite des Raumes. Sie begann, sich mit einer Frau zu unterhalten, die gerade Beates Bücherregal einer eingehenden Prüfung unterzog. Margot kannte sie aus dem Frauenreferat. Sie war eine von Beates vielen informatikorientierten Freunden und Freundinnen, ein berüchtigtes Mathe-Genie und merkwürdigerweise das Exotischste, das hier herumlief. Sie trug einen Anzug, der dem Kapitän eines Kreuzfahrtschiffes eine kleidsame Uniform hätte liefern können, rauchte ihre Zigaretten aus einer Spitze und hatte einen üppigen Seidenschal um den Hals geschlungen, der auf so grandiose Weise kitschig war, daß er immens teuer gewesen sein mußte.

Das Gerücht, sie sei lesbisch, hielt sich hartnäckig, aber Frank zweifelte trotzdem daran. Ihr Lächeln, wenn sie ihn abschätzend betrachtete, was sie ziemlich oft tat, war eindeutig nicht lesbisch. Es gelang ihr jedesmal, eine Menge pornografischer Vorschläge darin unterzubringen – genug, um Frank zu verschrecken.

Margot beachtete Frank nicht mehr. Es war, als sei er gar nicht da.

Frank blieb sitzen, trank langsam sein Glas Wein leer, füllte es aus irgendeiner Flasche nach, die in seiner Nähe stand, und starrte vor sich hin. Ihm war bewußt, daß er wahrscheinlich ungewöhnlich abweisend wirkte, denn normalerweise ließ man ihn nicht so lange in Ruhe. Aber er hätte jetzt mit niemandem reden können.

Margot war wohl nicht die einzige, die so tun konnte, als sei Frank nicht vorhanden. Als sei er völlig unwichtig, einfach belanglos. Es sah aus, als würde sein Freund Alexander dieses Kunststück ebenfalls beherrschen. Seit wie vielen Jahren schon?

Frank lehnte den Kopf an die Wand, schloß die Augen und versuchte, seine Erinnerungen zu sortieren und seine Gedanken zu ordnen.

*

Er schrak auf, als Alexander eine Hand auf seine Schulter legte. »Was ist los, Frank? Bist du müde? Möchtest du gehen?«

Er hockte vor ihm, und Frank sah zu seinem Freund auf und betrachtete ihn, als hätte er ihn nie zuvor gesehen. Was in gewisser Hinsicht vielleicht auch stimmte.

Frank wußte, daß die kleinen Falten um die ungewöhnlich dunkelgrauen Augen herum keine Lachfältchen waren, sondern daher kamen, daß Alexander die Augen zusammenkniff, sobald ihm etwas nicht gefiel. Er war ausgesprochen kritisch und sah auch so aus. Zwischen seinen Brauen standen zwei steile Furchen, die sich vertieften, wenn er sprach. Er war ein ernster Mensch, und wenn er lächelte, war es selten mehr als ein halbes Lächeln, das Heraufziehen nur eines Mundwinkels, so daß es oft ein bißchen spöttisch wirkte. Und distanziert.

Alexanders Gesicht war Frank völlig vertraut, vielleicht mehr als sein eigenes. Und es hatte durchaus auch vorher schon Momente gegeben, in denen er genauso deutlich wahrgenommen hatte wie jetzt, daß es ein attraktives Gesicht war. Aber diesmal hatte er trotz aller Vertrautheit das Gefühl, seinen Freund zum erstenmal wirklich zu sehen.

»Ja, laß uns gehen«, sagte er entschlossen und stand auf. Er bemerkte, daß Alexander sich nach Beate umsah, um sich zu verabschieden, aber Frank wollte nicht darauf warten. »Komm.« Er legte ungeduldig die Hand auf Alexanders Arm. »Gehen wir einfach. Ich hab' keinen Bock auf lange Abschiedsszenen.«

»Erstaunlich.« Alexander folgte ihm. »Normalerweise staubst du doch mindestens ein Dutzend heftige Umarmungen ab, bevor du dich entschließt, einen Raum zu verlassen.«

Unangenehm berührt von seiner eigenen Verwirrung, schluckte Frank die mehr ungnädige als flapsige Erwiderung herunter, die er schon auf der Zunge gehabt hatte. Er kniff die Lippen zusammen und schwieg. Sie trabten die Treppe hinunter, und er war froh, daß sie das Glück hatten, unten nicht vor verschlossener Haustür zu stehen.

Draußen schien es beinahe wärmer zu sein als in der zugigen Wohnung, in der alle Fenster offenstanden. Alexander atmete die milde Luft tief ein. »Laß uns ein paar Schritte durch den Park gehen. Ich brauche ein bißchen Bewegung und etwas Sauerstoff. So viele Raucher auf einem Haufen sind anstrengend.«

»Mitten in der Nacht durch den Park?« Frank schaute sich zweifelnd um. Beate hatte ihre Wohnung in der Nähe des Bilker S-Bahnhofs, und hier waren die Straßen um diese Tageszeit immer noch relativ belebt. Aber um den Floragarten herum, hinter dem Pia wohnte, würde es stiller sein. »Ich weiß nicht recht.«

»Ach, komm«, sagte Alexander leichthin. »Es ist noch gar nicht spät. Und ich bin gut als Bodyguard.«

Damit hatte er unbestreitbar recht. Er war stark und ein ausgezeichneter Karatekämpfer. Das waren sie beide, und sie hatten ihre kriegerischen Qualitäten schon als Kinder oft und gern aneinander ausprobiert. Alexanders kräftemäßige Überlegenheit konnte Frank manchmal durch seine Gewandtheit wettmachen, aber einfach war das nicht.

Es war überhaupt nicht einfach, mit Alexander umzugehen. Nicht, wenn der es nicht wollte. Und manchmal wollte er eben nicht. Er war verschlossen. Alexander konnte stundenlang über Sachverhalte diskutieren, aber er redete nicht über Gefühle. Und er neigte dazu, Dinge, nach denen er nicht direkt gefragt wurde, für sich zu behalten.

Im Gegensatz zu Alexander war Frank kein besonders aufmerksamer Beobachter. Kein Wunder, daß er manchmal versäumte, nach Dingen zu fragen, die vielleicht wichtig gewesen wären. Die Erkenntnis, daß er seinen Freund bei weitem nicht so gut kannte, wie er geglaubt hatte, war sehr bitter. Und daß er die Schuld an seiner Unkenntnis teilweise sicherlich auch sich selbst zuzuschreiben hatte, machte es nicht besser. Er war Alexander kein so guter Freund gewesen, wie er immer geglaubt hatte.

Auch das war bitter. Und es nagte an seinem Selbstverständnis. Oder an seiner Eitelkeit, wie er, wenn auch ungern, zugeben mußte. Ähnlich als hätte man einen großartigen Aufsatz abgeliefert, in den man viel Arbeit, Mühe, Liebe und Engagement gesteckt hatte und von dessen Qualität man euphorisch überzeugt gewesen war – um ihn wiederzubekommen mit der schlichten Randbemerkung: *Thema verfehlt. Sechs.*

Nur daß einem in solchen Situationen wenigstens der Ausweg blieb, auf den Lehrer zu schimpfen und schließlich die ganze Sache ad acta zu legen, gemeinsam mit dem anderen Unangenehmen, das Schule und Studium mit sich brachten.

Mit Alexander war das anders. Er war der wichtigste Mensch in Franks Leben. Bei Alexander versagt zu haben, lag ihm wie ein Mühlstein auf der Seele. Er fühlte sich scheußlich. Aber viel schlimmer war, daß er Angst hatte. Angst, daß in Zukunft nichts mehr so sein würde, wie es war. Vielleicht hatte er seinen Freund längst verloren und es nur noch nicht gemerkt. Oder vielleicht würde er ihn jetzt verlieren.

Von diesem Gedanken war es nicht weit bis zu der Erkenntnis, daß genau das vielleicht der Grund sein mochte, warum Alexander nie über seine Homosexualität gesprochen hatte. Aber das hätte einen Mangel an Vertrauen bedeutet, der Frank genauso tief kränkte wie das Gefühl, ausgeschlossen worden zu sein.

Er stellte fest, daß er von Alexander einen völlig ungewohnten körperlichen Abstand hielt, während sie unter der S-Bahn-Brücke hindurchgingen, am Parkplatz vorbei und in den Floragarten hinein. Der Spielplatz am Eingang sah im spärlichen Licht der Laternen unheimlich aus. Als seien Schaukeln und Klettergerüste nichts weiter als Verstecke, in deren Schutz etwas Gefährliches lauern kann. Frank war nervös, als hätte er plötzlich wieder Angst im Dunkeln wie ein kleines Kind. Er wußte nicht, was er tun sollte. Er wußte nur, daß es Fragen gab, die er stellen mußte – und daß es außerdem höchste Zeit wurde, über das zu reden, was Alexander so sorgfältig vor ihm verbarg.

Es war das Schwierigste, was Frank je getan hatte. Um so schwieriger, weil Alexander die Hände in den Taschen trug und den Abstand, den Frank zwischen sie gelegt hatte, einfach akzeptierte. Er dachte offenbar an etwas ganz anderes. Er sah müde aus, völlig ausgelaugt.

Frank wünschte, er wäre wenigstens schneller gegangen. Er fand den Platz mit den Tischen und Bänken, an dem sie gerade vorbeigingen, schon tagsüber häßlich. Dunkel und verlassen, so wie jetzt, war er trostlos.

Frank atmete auf, als sie auf die Lichtung mit der großen Wiese kamen. Hier, wo der Teich begann, der den ganzen Floragarten durchzog, war es schön. Beinahe idyllisch, solange man nicht merkte, daß das, was auf der Oberfläche des Wassers so geheimnisvoll glitzerte, leere Bierdosen waren. Das Wasser, das in hohem Bogen aus einem Rohr in den Teich schoß, plätscherte laut. Frank legte den Kopf in den Nacken und betrachtete die Sterne. Es war eine klare Nacht. Der Löwe, sein Sternzeichen, war deutlich zu erkennen. Wie eine Mahnung, sich gefälligst zusammenzureißen und sich den Dingen zu stellen.

Frank überprüfte im Geiste ein paar mögliche Gesprächsanfänge, verwarf sie alle, erwog, das Ganze zu verschieben, und gab zu, daß das unmöglich war. Er konnte es nicht ertragen. Er würde es jetzt sagen. Es gab keine ideale Einleitung für ein Gespräch wie dieses. Sein Anfang war mit Sicherheit falsch, idiotisch, ungeschickt, aber im Moment war wichtiger, daß er überhaupt einen Anfang fand.

»Alexander, ich denke, du hast mir was zu sagen.« Das war, wurde ihm plötzlich bewußt, der schlechteste Einstieg, den er überhaupt hätte finden können, und es kam ganz ungewohnt leise heraus.

Für eine ganze Weile blieb es still, abgesehen vom Plätschern des Wassers, den Geräuschen der vorbeifahrenden Autos auf der Straße, weit entfernten Stimmen, dem Klingeln einer der letzten Straßenbahnen, die jetzt noch fuhren. Dann sagte Alexander: »So?«

»Ja«, erwiderte Frank knapp.

Alexander seufzte, ungeduldig und genervt. »Keine Ratespielchen, bitte. Du weißt, daß ich das hasse. Wenn du was zu sagen hast, dann spuck es aus.«

Ja, er hatte eine Menge zu sagen. Was war das Wichtigste? Schon allein, das herauszufinden, war schwierig genug. Sein Gehirn verweigerte ihm einfach den Dienst, konnte nicht mehr differenzieren und nicht mehr nach Prioritäten sortieren. Schließlich platzte Frank mit dem Erstbesten heraus, was ihm auf der Zunge lag, und erst als er es gesagt hatte, wußte er, daß ihn das am meisten gequält hatte: »Du kanntest ihn.«

»Wen?«

»Michael.«

»Ja, sicher. Du kanntest ihn doch auch.«

Zum erstenmal seit vielen Jahren ertappte Frank sich bei der Versuchung, seinen Freund zu schlagen. Er holte tief Luft, bevor er schließlich einigermaßen ruhig sagte: »Alexander, das hab' ich jetzt nicht gemeint.«

»Sondern?«

»Das frag' ich dich.«

»Ich weiß nicht, wovon du sprichst.«

Frank begann seinen eigenen Jähzorn zu fürchten. Er war selbst nicht begeistert davon, berüchtigt zu sein für seine unkontrollierten Wutanfälle, und auch dafür, daß er eine ausgeprägte Neigung dazu hatte, Streitereien in Prügeleien ausarten zu lassen. Er steckte die Hände in die Taschen seiner Jeans, atmete tief und ruhig wie bei einer Meditationsübung und hoffte, daß es helfen würde. »Du wußtest, daß er schwul ist.«

»Ja?«

»Ja.«

Eine Weile gingen sie still nebeneinander her. Dann sagte Alexander: »Stimmt. Ich wußte es.«

Frank atmete auf. Das war endlich ein Anfang, der eigentliche, echte Anfang eines Gesprächs. Wenigstens hörte sein Freund auf zu leugnen. »Dich hat er aber nie angebaggert«, sagte Frank. »Mit dir ist er ganz anders umgegangen. Ihr habt euch unterhalten. Nicht oft, aber manchmal. Ich meine ... Jedenfalls hat er dich im Seminar nicht angemacht.« Er schwieg verwirrt.

»Ich kannte ihn schon vor dem Studium«, erklärte Alexander. »Er hatte in regelmäßigen Abständen immer mal wieder kurze, aber äußerst heftige Affären mit meinem lieben Cousin.«

»Ach du lieber Himmel.« Das bezog sich weniger auf die Neuigkeit über Michael als vielmehr auf die Erwähnung von Oskar. An dem Tag, an dem Oskar nach München gezogen war, hätte Frank damals am liebsten gefeiert. Alexanders Cousin hatte er noch nie leiden können. Weder ihn noch seine handgreiflichen Annäherungsversuche. Ganz davon abgesehen, daß er es Oskar nie verziehen hatte, wie er sich Alexander gegenüber verhalten hatte, als der verwaiste kleine Junge zum Mitglied seiner Familie wurde. Oskar hatte ihn nicht gerade mit offenen Armen empfangen. Er hatte jede Gelegenheit genutzt, ihn zu triezen, ehe Frank es bemerkt und seinen neuen Freund beschützt hatte.

Er runzelte die Stirn bei der Erinnerung. Alexander hatte seinen Schutz nicht lange gebraucht. Nachdem er gelernt hatte, sich zu wehren, waren Oskar und Alexander besser miteinander ausgekommen.

Besser, als Frank geglaubt hatte, möglicherweise. Er biß sich auf die Lippen. Vielleicht wußte er ja auch darüber weniger, als er angenommen hatte.

Es war, als würde er den Boden unter den Füßen verlieren, gerade jetzt, während sie die hölzerne Brücke über den Teich betraten. Einen Moment lang hatte er tatsächlich das Gefühl, zu fallen. Er unterdrückte den Impuls, nach Alexanders Arm zu greifen, er wollte ihn jetzt nicht anfassen – seinen Bodyguard. Alexander war inzwischen kräftiger als Frank, und im allgemeinen war er derjenige, der die Beschützerrolle einnahm. Frank hoffte inständig, daß er sich irrte und daß Alexander seine Hilfe auch jetzt nicht brauchte. Er mußte es herausfinden.

Das Gespräch war unterbrochen, und es wieder aufzunehmen fiel Frank beinahe genauso schwer wie der Anfang. Plötzlich hatte es etwas Widerliches, die Diskrepanz zwischen dem, was er als Lüge, als Verrat empfand, und dieser romantischen Brücke über einen romantischen Teich in einer romantischen, sternklaren Frühlingsnacht. Sie gingen unter dem alten Laubbaum hindurch, der seine Zweige wie ein schützendes Zelt über die Brücke hängte, in frühlingsgrünes Zwielicht getaucht von einer ein paar Schritt weiter stehenden Laterne, deren Licht durch die Blätter schimmerte. Frank fand die Idylle unerträglich.

Er schluckte und holte ein paarmal tief Luft, ehe er herausbrachte: »Du warst auch auf dieser Rock'n Roll-Fete.«

»Nur kurz.«

»Ja«, sagte Frank unwirsch. »Ja, das weiß ich. Nur kurz. Und du hast dort auch nur kurz mit Michael gesprochen.«

Alexander schwieg.

Frank blieb stehen. Ausgerechnet vor der wunderschönen Marmorstatue zweier Liebender in inniger Umarmung. Er versuchte sie zu ignorieren und faßte Alexander ins Auge. »Wo warst du, als ich dich angerufen habe an dem Abend, damit du mich vom Campus abholst?«

»Ich weiß es nicht mehr.« Es klang ungeduldig, genervt und viel zu laut. Dann blieb Alexander ebenfalls stehen. Er drehte sich nicht zu Frank um. »Ich war mit dem Auto unterwegs.«

»Ja. Ja, das ist mir klar«, fauchte Frank. Dann riß er sich gewaltsam zusammen und fügte etwas ruhiger hinzu: »Das beantwortet nicht meine Frage. Von wo bist du gekommen, als du mit dem Auto unterwegs warst?«

Sie waren wie abgeschnitten vom Rest der Welt. Von den Betonschluchten der Stadt getrennt durch Sträucher und Bäume, von ihren Geräuschen durch das Plätschern des Wassers, von ihren Bewohnern durch die absolute Einsamkeit des nächtlichen Parks. Selbst die Liebenden aus Marmor wandten ihnen den Rücken zu. Es war still, so still, wie es in einer großen Stadt eben sein kann. Man hörte Autos, Gelächter, Polizeisirenen, Straßenbahnen, aber für Frank erschien das im Moment vollkommen unerreichbar fern.

So unerreichbar fern wie Alexander, der regungslos dastand, mit dem Rücken zu ihm, und ihm nicht antwortete. Die Stille war erschreckend.

Alexanders Stimme klang gepreßt, als er schließlich sagte: »Frank, warum glaubst du, ich hätte etwas mit Michaels Tod zu tun?«

»Verdammt noch mal, das glaube ich ja gar nicht!« zischte Frank wütend.

»Nein?« Alexander drehte sich zu ihm um. Sein Gesicht erschien in dem spärlichen Licht, das eine Laterne darauf warf, genauso geisterhaft bleich wie die Statue aus Stein.

Frank explodierte. »Mensch, du Irrer, glaubst du wirklich, ich könnte ernsthaft annehmen, daß du jemanden vergewaltigst und erdrosselst?«

Sie starrten einander an. Die Spannung in Alexanders Körper war deutlich spürbar, Frank konnte sie in seinen eigenen, verkrampften Muskeln nachfühlen wie einen leisen Schmerz. Er ertrug es nicht. Er senkte den Blick und hörte Alexander aufatmen, als Frank sich von ihm abwandte.

Frank wußte nicht, was er davon halten sollte. Sekundenlang starrte er blicklos vor sich hin, völlig versunken in seine eigene Verwirrung. Dann spürte er unvermittelt Alexanders Nähe. Seine überreizten Sinne funkten einen schrillen, erschreckenden Alarm, und er drehte sich abrupt wieder zu ihm um.

Alexander war so dicht vor ihm, daß Frank seinen warmen Atem fühlte. Im nächsten Moment packte sein Freund mit beiden Händen seine Schultern mit einem so harten Griff, daß es weh tat. Alexander zog ihn an sich und küßte ihn auf den Mund, nicht freundschaftlich, sondern leidenschaftlich.

Hätte ein anderer Mann das auch nur im Ansatz versucht, er hätte Frank von seiner gefährlichen Seite kennengelernt. Aber Alexander war ihm so vertraut, daß Franks Gehirn reagierte wie ein überlastetes Computersystem. Das Verteidigungsprogramm versank im Chaos widersprüchlicher Befehle und stürzte ab. Vollkommen verblüfft hielt er still. Jedenfalls einen Moment lang.

Dann erwiderte er den Kuß, ohne darüber nachzudenken. Er hörte überhaupt auf zu denken, vage erstaunt darüber, daß sein rühriger Intellekt sich diskret abwandte, ohne zu protestieren. Alexanders Arme umschlangen ihn in einer besitzergreifenden Gebärde, und Franks Körper antwortete ganz von selbst und erwiderte auch die Umarmung. Seine Hände fuhren behutsam und streichelnd durch Alexanders Haar, als sei das etwas, was sie immer schon hatten tun wollen.

War es auch. Er liebte diese widerspenstigen Strähnen, die Alexander in die Stirn fielen. Er hatte auch vorher gewußt, wie es sich anfühlte, sie zurückzustreichen, es war nicht das erste Mal, daß er sie berührte. Aber es war das erste Mal, daß er es auf diese Weise tat.

Wenn er überhaupt je darüber nachgedacht hatte, wie es sein könnte, einen Mann zu küssen, dann hatte er geglaubt, das wäre vielleicht interessant. ›Interessant‹ war kalt. Aber es ließ ihn nicht kalt. Alles andere als das. Frank schloß die Augen und wußte, daß er die Kontrolle über sich und alles andere verlor, und dann vergaß er auch das.

Sein Bewußtsein meldete sich erst zurück, als Alexander zum dritten Mal seinen Namen sagte. Er blinzelte, schaute in die dunkelgrauen Augen dicht vor seinem Gesicht und mußte plötzlich lachen.

»Ich glaube, wir tun das zur falschen Zeit und am falschen Ort«, sagte Alexander ernst. »Ganz davon abgesehen, daß wir es überhaupt nicht tun sollten.«

»Oh, sicher«, antwortete Frank zerstreut. »Ich werde es nie wieder tun.« Er legte eine Hand auf Alexanders Nakken, zog ihn näher zu sich heran und küßte ihn noch einmal. Verwundert stellte er fest, daß sein wiedererwachtes Bewußtsein ihn dabei nicht störte. Frank irritierte nicht einmal die Tatsache, daß irgend jemand sie zusammen sehen könnte. Er hörte jemanden, wenn auch in weiter Ferne. Aber es war ihm völlig gleichgültig. Was er tat, fühlte sich richtig an. Das war das Letzte, womit er gerechnet hätte, und er verstand es überhaupt nicht. Trotzdem wäre ihm die Vorstellung, daß andere Menschen vielleicht nicht richtig finden könnten, was er tat, völlig fremd gewesen, hätte sie im Moment in seinem Gehirn überhaupt Platz gefunden.

»Laß uns bitte gehen«, drängte Alexander. »Ich glaube, wir haben gleich einen Trupp Wermutbrüder auf dem Hals. Die übernachten hier auf den Bänken, wenn's warm ist.«

»Arme Schweine«, kommentierte Frank roh und völlig unbekümmert und schob seine Hände unter Alexanders dünnen Rollkragenpullover. Er schloß die Augen wieder und war kurz davor, sich endgültig und vollkommen zu vergessen, als sein Freund leise auflachte und seine Hände festhielt.

»Komm, hör auf. Wir können hier nicht bleiben.« Er legte einen Arm um Franks Schultern und steuerte ihn behutsam weiter.

»Zu mir oder zu dir?« fragte Frank übermütig. Alexander schüttelte nur den Kopf und schwieg.

Frank konnte ihn immer noch spüren, als sei er plötzlich hypersensibel für jedes Molekül fremder Materie, das eine Berührung hinterließ. Er schloß die Augen und atmete tief durch. Sein Verstand wurde wieder wach. Und meldete, daß etwas geschehen war, was im Lehrbuch unter den Ausnahmen verzeichnet stand, von denen er geglaubt hatte, sie hätten mit ihm nichts zu tun. Die Zellen seiner Großhirnrinde unterzogen den Vorgang einer sorgfältigen Analyse und kamen zu dem Schluß, eine Erfahrung wie diese sei auch für Frank nur eine Ausnahme – eine erinnernswerte, prickelnd erotische Ausnahmesituation und im übrigen eine absolut einmalige Angelegenheit.

Klein- und Zwischenhirn legten gegen das Urteil ›einmalig‹ vehementen Protest ein.

Frank versuchte, nicht daran zu denken, wie sich das weiterentwickeln könnte. Ihm war schon schwindlig genug. Er legte im Gehen den rechten Arm um Alexanders Taille und die linke Hand auf seine Schulter. Er schloß die Augen. Er mußte sich konzentrieren. Es ging um etwas völlig anderes. Die Erinnerung daran traf nicht nur sein Bewußtsein, sondern auch seinen Magen, wie mit einer Faust. »Alex, bitte, wenn es noch etwas gibt, was ich besser wissen sollte, dann sag es mir jetzt, ja?«

Einen Moment lang hörte er nichts anderes als ihre Schritte auf dem Weg, als befänden sie sich mitten in der Stadt in einer eigenen, stillen Welt, allein.

»Ich sollte dir vielleicht sagen, daß ich schwul bin«, erwiderte Alexander spöttisch. Er machte eine Bewegung, als wolle er Frank abschütteln.

»Ja«, sagte Frank ungeduldig und hielt ihn fest. »So weit war ich nun auch schon. Aber trotzdem danke. Schön, daß du dich entschlossen hast, mich darüber zu informieren. Wirklich. Ein bißchen spät vielleicht, aber besser spät als nie, und überhaupt, es geht mich ja auch gar nichts an, nicht wahr? Wer bin ich denn schließlich.« Es klang beschämt, als er hinzufügte: »Ziemlich blöd bin ich, scheint mir. Ich hätte es wissen müssen.«

»Nein.« Alexander streifte Franks Hand von seiner Schulter. »Nicht, wenn ich nicht will, und ich wollte es nicht.«

»Darüber reden wir noch«, sagte Frank traurig und ließ ihn los. Er blieb stehen. »Jetzt, bitte, erzähl mir den Rest.«

Er wartete, müde, ungeduldig und ängstlich, während Alexander ein paar Schritte Abstand zwischen sie legte und dann ebenfalls stehenblieb, die Arme verschränkt, und mit unbewegtem Gesicht ins Leere starrte. »Michael und ich haben uns zufällig auf der Fete getroffen. Er hat mich begrüßt, und er war alles andere als nüchtern.«

»Weiter«, sagte Frank leise. »Das ist ja nicht alles.«

»Er wurde ziemlich zudringlich.«

»Weiter.«

»Ich war nicht interessiert.«

»Ach.«

»Ach ja«, entgegnete Alexander scharf. »Ich bin gegangen.« Und nach einer Weile, sehr leise: »Er ist mir gefolgt.«

»Aha. Und?« Ungeduldig drängte Frank: »Nun mach schon. Ist das so schwer?«

»Ja, ist es!« fauchte Alexander ungewohnt hitzig. Dann atmete er tief durch und sagte etwas ruhiger: »Aber den Rest kannst du dir denken, nehme ich an. Hinterher ist er jedenfalls wieder reingegangen, und ich bin weggefahren.«

Frank kniff die Augen zu. Natürlich. Das hatte er ja hören wollen.

Jedenfalls den letzten Teil hatte er hören wollen. Den anderen eigentlich lieber nicht. Unvermittelt gewann sein Jähzorn die Oberhand. Noch ehe er so richtig wußte, was er tat, hatte er Alexanders Schultern gepackt und schüttelte ihn mit aller Kraft. »Du verdammter, treuloser Hund!«

»Wie bitte?« Sein Freund sah völlig verdutzt aus, zu verblüfft, um sich zu wehren.

Frank funkelte ihn an, wütend und verzweifelt. »Du hast mich betrogen!« Es tat weh, und es schnürte ihm die Kehle zu vor Bitterkeit. Er wußte nicht einmal, worin der Betrug bestand, was am schlimmsten war, was er wollte und was er nicht gewollt hätte. Er wußte nur, daß er sich auf Alexander blind verlassen hatte und daß ihm nun plötzlich bewußt wurde, daß er die Hälfte der Zeit wahrscheinlich nicht einmal geahnt hatte, was sein Freund dachte oder fühlte, wohin er ging und was er dort tat. Das war schlimm genug. Und trotzdem, das allein war es nicht.

Daß Alexander das wußte, stand deutlich in seinen Augen zu lesen. Er lächelte. »Oh. Ist es das, was dich so fuchsteufelswild macht?« Er griff nach Franks Armen und hielt ihn fest. »Du und deine verdammte Eitelkeit.«

Frank hätte plötzlich heulen können. Eitelkeit, das war anscheinend alles, was man ihm überhaupt zutraute – das, und jede Frau ins Bett kriegen zu können, die er haben wollte. Die Summe seiner Eigenschaften. Seine Stimme wurde dunkel vor unterdrücktem Zorn. »Mensch, Alexander, hör auf damit. Und sag mir nicht, daß einen das kaltläßt, wenn man mit jemandem pennt, und ein paar Stunden später muß man ihn identifizieren, weil er tot in irgendeinem Gebüsch gesteckt hat. Den coolen Macker kannst du woanders markieren. Ich kenne dich.«

Alexanders spöttisches Lächeln war verblaßt, und seine

Augen waren geschlossen. Langsam und zögernd zog er Frank an sich, und schließlich umarmte er ihn fest und vergrub sein Gesicht in den langen, rotblonden Haaren. »Es war leicht. Ich war wie betäubt. Ich habe überhaupt nichts gefühlt. Gar nichts mehr. Das kam erst später.«

»Später, ja.« Frank legte den Kopf auf Alexanders Schulter, erschöpft und mit einem Gefühl, als hätte ihn jemand verprügelt. »Später. Nachdem du mich pflichtgemäß nach Hause kutschiert und dich höflich verabschiedet hast, nehme ich an.« Nachdem man ihn abgeladen hatte wie eine Last. Oder wie man ein Kind nach Hause schickt, ein hübsches, aber anstrengendes, unverständiges kleines Kind. »Warum bist du nicht zu mir gekommen«, flüsterte Frank. »Warum nicht. Mit der ganzen, verdammten Geschichte. Warum konntest du mir das nicht sagen. Warum mußt du immer mit allem allein fertigwerden wollen. Warum wußte ich nicht mal, daß du schwul bist. Warum, warum, warum. Warum, Alexander?«

»Ich weiß nicht, warum. Ich bin so.«

»Aber es ist nicht richtig.« Frank hob den Kopf. »Es ist unfair. Ich bilde mir ein, du seist mein Freund, aber du bist es nicht, wenn du mich aus allem raushältst. Du läßt mich nicht dein Freund sein, Alex.«

»Bitte, Frank. Mach jetzt kein Drama draus, ja?« Er kniff die Augen zusammen, deutliches Zeichen seiner Mißbilligung. »Außerdem stimmt das nicht mal. Manchmal ist es mir eben einfach wichtiger, dich zu schützen. Auch das gehört zu einer Freundschaft.«

»Mich schützen!« schnaubte Frank böse.

»Ja, dich schützen.« Alexander schob ihn von sich. »Jetzt gib Ruhe, verdammt noch mal. Du weißt, was du wissen wolltest, und nun sei bitte wieder friedlich. Mein Nervenkostüm ist ziemlich mitgenommen. Reiß es nicht in Fetzen.«

»Okay. Okay, ich bin ja wieder friedlich. Laß uns zu dir gehen. Ich will meine Sippe nicht auf dem Hals haben.« Böse sagte er: »Und an deinem Hals will ich sie auch nicht sehen.«

*

Er schwieg, während sie nach Hause zurückfuhren. Die Schulter gegen die Beifahrertür gelehnt, hing er vorschriftswidrig und sicherheitsgefährdend, aber entspannt in seinem Sitz. Er schaute nicht aus dem Fenster, sondern starrte ins Leere – wobei das Leere meistens ziemlich in Alexanders Nähe zu liegen schien. Manchmal schaute er ihn auch direkt an und gab einem unerklärlichen Drang nach, seinen Freund sozusagen in Einzelteilen zu betrachten – seine Hand zum Beispiel. Alexander hatte schöne Hände. Keine neue Erkenntnis, aber heute interessanter als zuvor.

Frank musterte aufmerksam den goldenen Ring mit dem kleinen Skarabäus an Alexanders rechter Hand. Ein Skarabäus war, soweit Frank wußte, eine Art Mistkäfer, und er hatte die Vorstellung, daß dieses Tier den Ägyptern heilig war, immer lächerlich gefunden. Das gehörte zu den Dingen, die er Alexander nie gesagt hatte. Der Ring kam aus dem Nachlaß von Franz Tiberius. Er war alt und wertvoll und eine Art Talisman, den Tiberius viele Jahre lang getragen hatte – bis zu seinem Tod. Offenbar kein guter Talisman. Zum Schluß jedenfalls hatte er versagt. Aber auch diese Überlegung behielt Frank tunlichst für sich.

Franks Blick wanderte Alexanders Arm hinauf und blieb schließlich wieder an seinem Gesicht hängen. Alexander bemerkte es und warf ihm einen amüsierten Seitenblick zu. Aber er gab keinen Kommentar dazu ab.

»Ich hab' Hunger«, sagte Frank, als sie an einem China-Imbiß vorbeifuhren, und Alexander hielt an der nächsten Straßenecke an und suchte einen Parkplatz. Sie gingen zurück und bestellten ein paar Sachen zum Mitnehmen. Frank führte in einer merkwürdigen Mischung aus deutsch, englisch und Zeichensprache eine fröhliche Unterhaltung mit einer jungen Chinesin, die sich über seine rötlichen Kringellocken amüsierte.

Es heiterte ihn auf. Immerhin gut zu wissen, daß seine vielgeliebten Eigenschaften noch in Funktion waren. Auch wenn er wild entschlossen war, sich niemals wieder darauf reduzieren zu lassen.

Er schlief schon halb, als sie endlich zu Hause waren und sich in Alexanders Zimmer über Chop Suey und gebackene Bananen mit Honig hermachten, aber er hatte wirklich Hunger. Als hätte er schwere körperliche Arbeit geleistet an diesem Abend. Und mit genau diesem Gefühl schlief er auch ein. Er erinnerte sich nicht einmal daran, sich überhaupt ausgezogen zu haben, aber er spürte, daß Alexander ihn zudeckte.

*

»Die Chinesin war süß«, sagte Frank, als sie auf dem Bett saßen, das Frühstückstablett zwischen sich. Inzwischen war es nur noch ein kleines Schlachtfeld mit leeren Eierschalen und Käseresten. Es war ein reichlich verspätetes Mahl. Sie hatten den Morgen verschlafen, den Mittag verpaßt, und der Nachmittag hatte ebenfalls ohne sie angefangen. »Manche von ihnen sehen aus wie Puppen, so zierlich und winzig und zerbrechlich.«

Alexander verzog den Mund. »Du schreckst auch vor keinem Klischee zurück. – Ich dachte schon, du würdest sie mitnehmen.«

Frank hatte die bissige Frage, ob er eigentlich abgesehen von seinem Glück bei Frauen als Mann ohne Eigenschaften galt, schon auf der Zunge. Er schluckte sie hinunter und rührte sinnlos in seiner Kaffeetasse herum, wieder genauso verwirrt und hilflos wie gestern auch.

Es war ein ungewohntes Gefühl, ungewohnt jedenfalls in dieser Gesellschaft. Sich an Alexanders Seite, in Alexanders Zimmer hilflos zu fühlen, das paßte nicht in ihre gemeinsame Biografie. Frank war hier zu Hause.

Er sah sich um, als müsse er sich vergewissern, daß noch alles beim alten war. Es war ein großes Zimmer, als sei es von vornherein Absicht gewesen, hier ausreichend Platz für zwei Menschen zu bieten. Alexander hatte nicht den Fehler begangen, den Raum mit Möbeln vollzustellen. Er kam mit Bett, Schreibtisch, einem Schrank und einem riesigen Bücherregal völlig aus. Wer weder auf den beiden Schreibtischstühlen noch auf dem großen Bett sitzen wollte, mußte sich auf dem sandfarbenen Teppichboden niederlassen, den die beiden selbst verlegt hatten, letzten Sommer.

Den einzigen Schmuck für die weiß gestrichenen Wände bildete ein großes Aquarell, das von der Wand neben dem Schreibtisch leuchtete, als besäße es ein eigenes, inneres Licht. Es zeigte eine orientalische Basarszene. Frank dachte oft, daß dieses Bild eigentlich sehr untypisch für Alexander war. Er wußte, daß sein Freund das Gemälde von seinem Vater geerbt hatte. Es war ein Original und einigermaßen wertvoll.

Frank liebte es, und zu ihm paßte es auch. Zu Alexanders eher düsterer Erscheinung bildete es einen genauso auffälligen Gegensatz wie er selbst. Das Gemälde war hell und harmonisch, bunt und frei von Details, erfüllt von Bewegung und so lebenswarmen Farben, daß sie

Düfte auszuströmen schienen nach Muskat und Zimt, Staub und Sonne.

Um zu Alexander zu passen, hätte es eher ein Studierzimmer zeigen müssen – Sonne, die durch ein Fenster hereinfällt, Bücher, und vor allem jede Menge Details. Alexander kam nicht aus ohne Details. Frank brauchte keine. Wenn Frank eine fremde Wohnung betrat, schaute er sich um und sagte: »Es ist schön hier.« Alexander würde eher zum nächstbesten Regal gehen, einen Gegenstand aussuchen, ihn in die Hand nehmen, sorgfältig studieren und dann sagen: »Das ist schön.«

Auch ihn selbst konnte man nicht wahrnehmen, ohne Details zu sehen: die felsgrauen Augen, seinen ruhigen Blick, die verschränkten Arme. Während Frank immer auch ein Teil der Umgebung war, in der er sich gerade befand, war Alexander in jeder Umgebung ganz ausschließlich er selbst.

Plötzlich fühlte Frank Alexanders Blick mit durchdringender Intensität und sah auf. Sie starrten einander an.

Frank griff nach dem Tablett, stellte es zur Seite, nahm Alexander die Tasse aus der Hand, brachte sie ebenfalls auf dem Nachttisch unter und sagte: »Ich will mit dir schlafen.«

Es war ein typisches Beispiel dessen, was Alexander ihm häufig vorwarf: daß Frank nicht wußte, was er dachte, bevor er sich reden hörte. Normalerweise pflegte er das tief beleidigt abzustreiten, aber diesmal traf es zu. Erst nachdem er es ausgesprochen hatte, war ihm klar, daß es wirklich das war, was er wollte. Genau das. Er unterdrückte ein unwillkommenes Lächeln, plötzlich verunsichert über die Art, wie seine Gefühle seinem Verstand davonliefen. Aber er besaß eine viel zu abenteuerlustige Natur, um auch nur den Versuch zu machen, sie zurückzuhalten. Er strich sich die Haare aus der Stirn, eine unbeabsichtigt sinnliche Geste, die ihm erst bewußt wurde, als Alexander sie mit einem deutlich amüsierten Blick zur Kenntnis nahm.

Um Alexanders Mundwinkel zuckte plötzlich ebenfalls ein unterdrücktes Lächeln. Es ließ sich nicht lange unterdrücken. Seine Augen funkelten, seine Schultern bebten vor mühsam zurückgehaltenem Gelächter, und schließlich ließ er es heraus.

Einigermaßen fassungslos starrte Frank ihn an. Daß Alexander sich vor Lachen den Bauch hielt, war ein seltenes Ereignis.

»Mann, bist du niedlich.« Alexander japste nach Luft. »Aus welchem kulturpreisgekrönten Problemstück hast du denn diese Szene?« Er ließ sich zur Seite fallen, stützte sich auf einen Ellenbogen auf und grinste seinen Freund an. »Echt, Frank. Weißt du, normalerweise bist du schon im Urzustand ziemlich sexy. Aber im Moment siehst du aus wie etwas, das aus einer Talkshow entsprungen ist. Du hast so was wild entschlossen Missionarisches im Blick – so etwa wie die Leute, die Frösche von Autobahnen retten. Echt betroffen sozusagen.« Er legte den Kopf schief und musterte Frank von oben bis unten mit einem gnadenlos spöttischen Blick. »Du sieht absolut nicht aus, als hättest du ernstlich vor, mit mir zu schlafen. Du machst mir eher den Eindruck, als hättest du vor, mit mir darüber zu diskutieren, daß du mit mir schlafen willst. Vergiß es, Frank. Da hab' ich keinen Bock drauf.«

Es war nicht schwer zu sehen, daß der sarkastische Pfeil getroffen hatte, und zwar dahin, wo es ernstlich weh tat. Alexanders Lächeln verblaßte. Ihm war selbst klar, daß er diesmal mehr getan hatte, als Franks Eitelkeit einen Dämpfer zu versetzen. Er beugte sich vor und zog ihn in seine Arme. »Mensch, jetzt guck mich bloß nicht an wie ein angeschossenes Reh. Du brichst mir ja das Herz.«

»Meiner Beobachtung nach läuft das genau umgekehrt«, berichtigte Frank kläglich.

»Ach, komm.« Alexanders Lippen wanderten zärtlich über seine Stirn, über seine Augen, seine Nase, und berührten schließlich vorsichtig seine Mundwinkel. »Ich kenne dich, und ich wußte, was auf mich zukommt, und ich war gewappnet und fest entschlossen, der Versuchung zu widerstehen. Aber verletzen wollte ich dich nicht. Es tut mir leid.«

»Wer diskutiert jetzt?« Frank schaute zu ihm auf, noch leicht angeschlagen und mit einem eher traurigen Lächeln, aber halbwegs wieder hergestellt. Ausreichend hergestellt jedenfalls, um sich auf die Kunst der Verführung zu besinnen, die er ja durchaus beherrschte. Er hatte sie zwar noch nicht an einem Mann ausprobiert, aber er stellte schnell fest, daß im Anfangsstadium der Unterschied nicht groß zu sein schien.

»Frank«, sagte Alexander spöttisch, »hör auf. Deine Hormone gehen mit dir durch.«

»Ja, das tun sie.« Frank starrte in die undurchdringlich kühlen Augen seines Freundes und wußte, daß er dieses eine Mal kein leichtes Spiel haben würde. »Das passiert gelegentlich«, sagte er kriegerisch. »Vor allem im Frühjahr. Bisher hat sich aber noch niemand darüber beschwert. Was ist los, hast du Angst vor mir?«

Er erwartete eine spöttische Reaktion, aber Alexander stieß einen für seine Verhältnisse gewaltigen Seufzer aus. Er ließ Frank los, rollte sich auf den Rücken und schüttelte resigniert den Kopf. »Vielleicht.«

Frank entspannte sich wieder. Er stützte sich auf einen Ellenbogen und schaute auf Alexander hinunter. »Ach komm, hör auf. Was kannst du denn schon verlieren?

Möchtest du, daß wir unsere alten Freundschaftsschwüre vorsichtshalber erneuern? Für den Fall, daß ich als Liebhaber deinen Erwartungen nicht entspreche und unsere Beziehung plötzlich ungeheuer konfliktträchtig wird? Ich werde dich nicht verlassen, Alex.«

Alexander lächelte, weniger gerührt als vielmehr erheitert. Als sei ihm völlig klar, daß Franks selbstbewußte Gelassenheit nichts weiter darstellte als den perfekten Rahmen für einen eigens auf ihn abgestimmten Annäherungsversuch. »Kann schon sein, daß ich Angst habe, dich zu verlieren. Aber das allein ist es nicht.« Er schüttelte den Kopf. »Du denkst nie nach, bevor du handelst, und außerdem bist du so gnadenlos neugierig wie ein Welpe. Aber ich werde ganz bestimmt nicht zulassen, daß du aus schierem Spieltrieb etwas tust, wonach du mir dann nicht mehr in die Augen sehen kannst.«

»Warum sollte ich dir danach nicht in die Augen sehen können?« fragte Frank abwehrend und runzelte die Stirn. »Schämst du dich deiner Sexualität?«

Abrupt stand Alexander auf. Er schlenderte zum Fenster hinüber, lehnte sich mit der Schulter an die Wand und starrte hinaus. Seine Stimme klang rauh. »Hör auf, Frank. Ich schäme mich meiner Sexualität nicht, aber ich werde garantiert nicht mit dir schlafen, nur um dir das zu beweisen. Das war ein verdammt plumper Versuch, ehrlich.« Er wandte sich um und griff nach den Zigaretten, die auf dem Schreibtisch lagen, zündete sich eine an und rauchte, schweigend, mit ärgerlich zusammengekniffenen Augen.

»Das war überhaupt kein Versuch«, widersprach Frank. »Es war eine Frage, mehr nicht.« Und ein Fehler, der schwer rückgängig zu machen war. Aber dies war nicht die erste Kraftprobe, die sie sich lieferten. Frank beherrschte die Choreographie ihrer Auseinandersetzungen nicht weniger gut als Alexander. Er machte vielleicht mehr Fehler, weil er zu ungeduldig war, aber andererseits war es seine Spezialität, unerwartete Pirouetten zu drehen, um das auszugleichen. »Du sagst mir ja nie was. Wann sprichst du denn schon mal über deine Gefühle?« Er schüttelte den Kopf. »Du verläßt dich darauf, daß ich dir blind vertraue, so als sei das völlig selbstverständlich. Aber umgekehrt legst du ganz andere Maßstäbe an. Du selbst hast zu mir so wenig Vertrauen, daß es manchmal schon verdammt beschämend für mich ist.«

Diesmal war er es, der getroffen hatte. Alexander schlug die Augen nieder und lehnte den Kopf gegen die Wand. Er sah zu traurig aus, um Frank Platz für eine Empfindung wie Triumph zu lassen. Schuldbewußt, aber vor allem traurig. Es war diese Traurigkeit, die Frank wieder wütend werden ließ, dieser Schmerz, den er nicht verhindern konnte und der trotzdem völlig unnötig gewesen wäre – wenn Alexander ihm nur vertraut hätte.

»Willst du wissen, warum ich dir nie erzählt habe, daß ich schwul bin?« fragte Alexander plötzlich.

»Ja«, sagte Frank bitter. »Ja, das wüßte ich wirklich gern.«

»Okay. Ich sag's dir.« Er schaute immer noch aus dem Fenster. »Du warst der erste, der mich in den Arm genommen hat, als ich hier herkam, nachdem meine Eltern verunglückt waren. Alle anderen haben sich gar nicht erst getraut. Sie hatten Angst davor, daß ich anfangen würde zu heulen. Sie waren erleichtert, daß ich so ›tapfer‹ war. Sie wollten nichts tun, was mich vielleicht aus der Fassung gebracht hätte.« Er zuckte die Schultern und zog an seiner Zigarette. Dann sagte er: »Aber ich war nicht tapfer, Frank. Ich war nur völlig betäubt vor Schmerz und entsetzt darüber, was mit meinem Leben geschah. Als ich dann zum erstenmal darüber weinen konnte, daß ich meine Eltern nie wiedersehe, hab' ich in deinen Armen geweint.«

Frank nickte. Er erinnerte sich daran, an das Zelt im Garten und an die Schlafsäcke mit ihrem muffigen Geruch nach Staub und Mottenkugeln. Es war eine ziemlich kühle Sommernacht gewesen. Eigentlich viel zu kalt, um draußen zu schlafen, aber als tapferer kleiner Indianer konnte man das nicht so ohne weiteres zugeben. Hineinzugehen und die Nacht drinnen im warmen Bett zu verbringen war gar nicht in Frage gekommen.

Sie hatten nicht schlafen können und statt dessen ihre Taschenlampen eingeschaltet und Comics gelesen. Es hatte eine Weile gedauert, bis Frank plötzlich gemerkt hatte, daß sein neuer Freund nicht wirklich las. Er hatte hinter dem Heftchen, das er sich vors Gesicht hielt, nur seine Tränen versteckt. Frank war zu ihm in den Schlafsack gekrochen und hatte ihn in den Arm genommen, und Alexander hatte den Kopf an seine Schulter gelehnt und bitterlich geweint.

Zu zweit im Schlafsack war es warm genug gewesen in dieser Nacht. Daran konnte Frank sich genausogut erinnern, und daß Alexander in seinem Arm eingeschlafen war. So tief und fest, als hätte er zum ersten Mal seit Wochen wieder Schlaf gefunden.

Seit jener Nacht hatte Frank so oft neben Alexander geschlafen, daß er manchmal Schwierigkeiten hatte, überhaupt einzuschlafen, wenn er allein im Bett lag.

»Ich wollte nicht«, sagte Alexander scharf, »daß du in Zukunft jedesmal, wenn ich dich anfasse, zurückzuckst und dich fragst, welche Art von Berührung das jetzt ist. Ob das noch Freundschaft ist oder schon mehr. Ich wollte dieses Mißtrauen zwischen uns nicht. Ich habe schon den Gedanken daran gehaßt.« Er starrte aus dem Fenster. »Ich bin nun mal kein kleiner Junge mehr. Und du bist ein verdammt hübscher Kerl. Du hast überhaupt keine Hemmungen, und deine Berührungen sind in aller Unschuld manchmal sehr verführerisch. – Ich wollte nicht, daß du glaubst, meine seien es auch.«

Frank lächelte. »Du hast ja gar keine Ahnung, wie das aussieht, wenn ich jemanden verführen will.«

Alexander stieß einen leisen Laut aus, ein zynisches, kleines Lachen, zog an seiner Zigarette und blies den Rauch langsam durch die Nase aus. »O doch«, sagte er schließlich spöttisch. »O doch.« Er drehte sich um, lehnte sich mit den Hüften an die Fensterbank und verschränkte die Arme. »Abgesehen davon, daß du gerade eben erst eine hübsche, kleine Kostprobe abgeliefert hast – ich kenne dein ganzes Repertoire, Frank. Es ist dir vielleicht nicht bewußt, aber du wendest es dauernd an, egal, was du gerade durchsetzen willst. Ich kenne deine Samtstimme und deinen Augenaufschlag und auch deine verdammten, zärtlichen Finger. Und ich weiß, daß du überzeugend bist, genauso wie du es selber weißt. Aber vergiß es trotzdem. Ich mach's nicht.«

Frank stand vom Bett auf und ging auf ihn zu. Alexander sah aus, als müsse er ein nervöses Blinzeln gewaltsam unterdrücken, aber er fing sich sofort wieder. Seine Hände lagen gelassen auf seinen Unterarmen. Nur die Zigarette, die er hielt, zitterte fast unmerklich. Frank blieb provozierend dicht vor ihm stehen. »Okay. Dann sieh mir in die Augen und sag mir, daß du mich nicht willst.«

»Den Teufel werd' ich tun«, sagte Alexander kalt. Er haßte es, bedrängt zu werden. Und er war es nicht gewohnt, seine Entscheidungen zu rechtfertigen. Er hatte nach dem Tod seiner Eltern notgedrungen die Hilfe seiner Verwandten angenommen, niemals aber ihre Versuche, ihn zu erziehen. Sie hatten seine Selbständigkeit ebenso akzeptieren müssen wie seine Unnahbarkeit.

»Darum geht es überhaupt nicht. Ich will dich. Aber du bist nicht homosexuell. Für dich ist das hier ein Spiel. Für mich ist es das aber nicht. Und vor allen Dingen, Frank, bin ich kein Spielzeug. Ich bin keins deiner dummen Weiber, mich wirst du nicht ausprobieren und dann zurück in meine Ecke stellen. Mich kriegst du nicht rum.«

Vielleicht nicht. Das war Frank inzwischen bewußt. Genauso bewußt wie die Bitterkeit, die hinter dem Ausdruck »dumme Weiber« stand, die nie ausgesprochene Eifersucht. Aber was ihn vor allem weitertrieb, war die Art, in der Alexander gesagt hatte: »Ich will dich.« Diese Botschaft war angekommen. In jedem Winkel seiner Seele, vermutlich. Vor allem aber in jeder Zelle seines Körpers, den diese kühle Bemerkung mit plötzlicher Hitze geflutet hatte.

Er lachte auf, übermütig und wütend zugleich, wandte sich ab und legte ein paar Schritte Abstand zwischen sich und Alexander. »Ach ja – ich bin also nicht homosexuell. Interessant. Und wer hat dir das verraten, mein Imperator? Dein Orakel? Toll, wirklich. Du solltest das Ding mal durchchecken lassen, da muß ja wohl was mit den Sensoren nicht in Ordnung sein.«

Alexander antwortete nicht. Frank schüttelte den Kopf und kam zurück. »Ob ich nun schwul bin oder nicht, vielleicht sehe ich diese Dinge auch bloß anders als du. Vielleicht hat dieses Wort für mich gar keine Bedeutung.«

»Sicherlich«, erwiderte Alexander spöttisch und beugte sich etwas zur Seite, um seine halb gerauchte Zigarette in dem schweren, gläsernen Aschenbecher auszudrücken, der auf dem Schreibtisch stand. Ein Ausweichmanöver, aber nur ein kurzes, als hätte er nur einmal tief Luft holen müssen, um Franks unmittelbare Nähe wieder ertragen zu können. »Du kannst dir das ja auch locker leisten, dem Wort ›Homosexualität‹ kurz mal eben seine Bedeutung zu klauen. Du kannst es antesten und jederzeit wieder aussteigen, wenn es dir nicht zusagt. Ich nicht. Ich muß damit leben, ob es mir gefällt oder nicht. Und ich hab' absolut keinen Bock drauf, nach etwas süchtig zu werden, was ich nur kriegen kann, wenn dir zufällig mal der Sinn danach steht und grad keine Frau verfügbar ist.«

Frank biß sich auf die Lippen. »So meine ich das nicht«, sagte er leise.

»Ja, ich weiß. Sex ist für dich ganz einfach in jeder Form interessant.« Alexander verschränkte wieder fest die Arme, und der Blick seiner steingrauen Augen war kalt. »Du kämpfst mit dem Problem, daß Mädchen in unserem Alter nicht unbedingt so scharf drauf sind wie du, nicht wahr? Da entsteht ein spürbares Defizit. Klar, manchmal hast du Glück und kriegst kurz hintereinander gleich zwei, so wie letztens, und gelegentlich fällt dir auch mal eine ältere Dame in den Schoß. Aber auch die sind nicht so dankbar, wie du es gern hättest. Es kostet dich eine Menge Arbeit und Überredungskunst, an Sex zu kommen. Je schlechter dein Ruf wird, um so weniger Frauen lassen sich noch rumkriegen. Und feste Freundinnen sind nie ein Ausweg, denn sie neigen zu Migräne. Das ist natürlich alles ziemlich lästig. Aber ich kann dir da leider nicht aushelfen, Frank. Oder ich will es nicht. Je nachdem, was dir lieber ist. Sagen wir ruhig, ich will es nicht.«

Sie starrten einander in die Augen wie zwei Kater, die sich unerwartet begegnet sind, unerbittlich und feindlich.

Dann wandte Frank den Blick ab. Er wußte, daß Alexander es geschafft hatte, ihn auf ein Terrain zu ziehen, auf dem er sich nicht durchsetzen konnte. Frank ließ die Schultern fallen, in einer ganz absichtlichen, resignierten Geste, und spürte gleichzeitig, wie die aggressive Spannung aus ihm abfloß. Der Impuls, Alexander einfach in den Arm zu nehmen, war stark, aber Frank stellte fest, daß er nicht den Mut dazu hatte. Ihm war endlich bewußt, daß er mit etwas zu spielen versuchte, das dafür nicht gedacht war.

Aber ihm war auch klar, daß das Spiel nur ein Teil dieser Angelegenheit war, und nicht der wichtigste. Er wandte sich ab und schaute aus dem Fenster. »Sei nicht so bitter, Alexander. Dazu hast du längst nicht so viel Grund, wie du zu glauben scheinst.«

»Es sollte nicht bitter klingen.«

»Tat es aber.«

»Tut mir leid, wenn es wie ein Vorwurf geklungen hat. Das sollte es gar nicht werden.«

Frank starrte in den sonnigen Garten hinaus. Die frühlingszarten Blätter der alten Blutbuche vor dem Fenster bewegten sich im Wind und filterten das strahlende Nachmittagslicht zu einem sanften Flirren, das auf seinem rötlichen Haar feurigen Glanz entfaltete. Es war ihm bewußt. Genau wie ihm bewußt war, wie es aussah, wenn er die Augen halb geschlossen hatte und den Kopf abwandte – schöne, stolze, tragische Traurigkeit. Er hätte über sich selbst gelacht, wäre da nicht die Tatsache gewesen, daß er ausnahmsweise um etwas kämpfte, das er tatsächlich wollte. Er wollte es wirklich. »Zu einer Frau habe ich noch nie ›Ich liebe dich‹ gesagt. Aber zu dir kann ich das sagen, und ich weiß, daß es wahr ist. Ich habe dich immer geliebt. Du kannst es Freundschaft nennen, wenn dir das besser gefällt, aber guck dir doch andere Freundschaften an. Nichts davon läßt sich mit dem vergleichen, was zwischen uns existiert. Das weißt du ebenso gut wie ich.«

Langsam faltete Alexander seine abwehrend verschränkten Arme auseinander. Frank hätte beinahe die Luft angehalten vor Spannung, aber er zwang sich, ruhig weiterzuatmen. Und die Augen halb geschlossen zu lassen, denn jedes Aufblitzen von Triumph darin wäre ein fataler Fehler gewesen.

Alexander zögerte kurz und legte dann seine Hände auf Franks Schultern. Frank fühlte ihre Wärme, und seine Fähigkeit, klar zu denken, rollte sich zusammen wie eine schläfrige Katze und blinzelte nur noch schwach. Er hörte Alexanders dunkle Stimme mit so übertriebener Deutlichkeit, als sei sie das einzige Geräusch in diesem Universum, das nicht aufgehört hatte zu existieren. »Frank, mein Freund zu sein und mich zu lieben, das ist doch was völlig anderes, als mein Liebhaber zu sein. Du hast ja keine Ahnung, was das überhaupt heißt.«

Mit einiger Mühe tauchte Frank ein Stück weit aus der Versunkenheit auf und riß sich energisch zusammen, wohl wissend, daß er noch lange nicht gewonnen hatte. »Oh, natürlich nicht. Ich bin ja nur das Kind an deiner Hand.« Er grinste spöttisch, als er sah, daß Alexander Mühe hatte, seinem Blick standzuhalten. »Komm, mein Junge, jetzt werd nicht albern, ja? Ich bin doch nicht mehr acht Jahre alt. Betrachte mich als aufgeklärt.«

»Mein Gott, Frank, daß du weißt, was technisch möglich ist, das ist mir auch klar, aber ...«

»Glaub doch bloß nicht«, unterbrach Frank ihn ungeduldig, »daß du der einzige bist, der gelegentlich mit schwulen Phantasien zu kämpfen hat, wenn wir in einem Bett schlafen.« Er lächelte und riskierte einen sehr direkten und sehr berechnenden Blick. »Ich denke, ich weiß ganz gut, was ich will. Oder was du willst.«

In Alexanders Augen flackerte etwas auf, und seine Finger auf Franks Schultern verkrampften sich kurz. Dann entspannte er sich wieder, aber er ließ seine Hände langsam über Franks Seiten wandern, legte sie schließlich fest auf Franks Hüften und zog ihn zu sich heran, bis sie sich berührten. Frank lehnte sich an ihn, nur den Oberkörper leicht zurückgebeugt, weil Alexander immer noch unverwandt in seine Augen sah und er diesen Blick nicht loslassen wollte. Als sei es eine Kraftprobe, die er gewinnen mußte, unbedingt.

Aber er verlor sie. Er besaß nicht die Selbstbeherrschung, Alexanders Reaktion auf seine Berührung zu ignorieren. Und sein eigener Körper verriet ihn auf genau dieselbe Weise, die sein Intellekt tags zuvor noch zur einmaligen Ausnahme deklariert hatte. Frank schlang die Arme um seinen Freund und schloß die Augen.

»Trotzdem«, sagte Alexander dicht an seinem Ohr. »Nicht jetzt. Nicht hier. Nicht heute. Ich will, daß du darüber nachdenkst. Daß du wenigstens noch einmal darüber nachdenkst.«

»Du bist ja verrückt«, protestierte Frank heiser und ungeduldig. »Hör auf damit. Du gebärdest dich wie eine viktorianische Jungfrau. Du beschämst unsere Freundschaft. Ich liebe dich. Ertrag das gefälligst wie ein Mann.«

»Ich werde es versuchen«, erwiderte Alexander spöttisch. »Aber ich werde es nicht heute versuchen. Du wirst dich damit abfinden müssen, daß ein Tag nicht reicht, um mich ins Bett zu kriegen.«

»Was zum Teufel willst du? Daß ich vor dir auf die Knie falle? Ich tue es. Verlaß dich drauf.«

»Ich komme darauf zurück«, sagte Alexander. »Verlaß dich drauf. Aber nicht jetzt, Frank. Ich höre meine Tante die Treppe heraufkommen, und ich weiß, daß sie hereinkommen wird. Ich glaube zwar nicht, daß sie sonderlich überrascht wäre, aber ich würde es aus verschiedenen Gründen trotzdem vorziehen, ihr den Anblick zu ersparen.«

»Das verstehe ich«, antwortete Frank friedlich.

*

Alexanders Tante war vollkommen anders als er – niemand in dieser Familie war so wie Alexander. Ihre Augen hatten die gleiche, eigenartig dunkle graue Farbe wie seine, aber ihre sprühten vor Temperament. Ihr volles, schulterlanges Haar war von einem eleganten, weiß gesträhnten Grauton, und die Seide ihres schlichten Hemdblusenkleides raschelte und knisterte um sie herum, als sei ihr hochgewachsener Körper aufgeladen mit Energie.

Ein bißchen davon schien sich spontan zu verflüchtigen, als sie Alexander und Frank eng umschlungen am Fenster stehen sah. Im ersten Moment verschlug es ihr die Sprache. Sie seufzte, und es klang ein bißchen resigniert, aber sie erholte sich schnell von ihrer Verblüffung. Immerhin, erinnerte sich Frank, war sie Oskars Mutter. Sie hatte sich also gezwungenermaßen mit dem Thema Homosexualität auseinandersetzen müssen. Daß Oskar schwul war, ließ sich nicht übersehen. Er lief herum wie ein wandelndes Klischee und schien sich dabei prächtig zu amüsieren.

»Alex«, sagte sie, »da unten sind zwei Beamte von der Kripo, die dich sprechen wollen. Es geht um diesen fürchterlichen Mord an eurem Freund.«

»Er war keineswegs mein Freund«, zischte Frank mit einer plötzlichen Aufwallung wütender Eifersucht, für die er sich im nächsten Moment fürchterlich schämte.

»Nun, meiner war er genaugenommen auch nicht«, erwiderte Alexander ruhig. »Aber immerhin. – Sag ihnen doch bitte, sie möchten nach oben kommen.«

Sie nickte zustimmend und verschwand.

»Die kommen hierher?« fragte Frank. »Das finde ich aber merkwürdig.« Merkwürdig genug, um sich eine Menge Sorgen zu machen.

»Laß nur.« Alexander fuhr mit beiden Händen durch Franks Locken und strähnte sie mit den Fingern. Dann ließ er ihn los. »Irgend jemand wird ihnen erzählt haben, daß ich auf der Fete war, und wahrscheinlich haben sie sich gewundert, daß ich nichts darüber gesagt habe.«

Frank verzog das Gesicht. Ungünstig. Andererseits einfach genug zu erklären. Aber nicht angenehm, es erklären zu müssen. Frank ließ sich auf das Bett fallen und starrte die Tür an wie ein Verhängnis.

Es klopfte, sie öffnete sich, und der Kommissar trat ein, dicht gefolgt von einer Frau in Jeans und Lederjacke, die jung genug war, seine Tochter zu sein. Und auch häßlich genug, wie Frank beiläufig bemerkte. Allerdings war sie beträchtlich größer.

»Tja«, sagte der Kommissar und unterzog sich nicht der Mühe, seine Mitarbeiterin vorzustellen. »Wir haben etwas gefunden.«

Seine Begleiterin trat vor. »Federing«, identifizierte sie sich und nickte knapp. Die Bewegung brachte die weißblonden Haare, die wie Nadeln in ihrem Kopf staken, nicht ins Wanken. Insofern hatte sie Ähnlichkeit mit der jungen Dame, die Frank als ›Stachelmonster‹ zu bezeichnen pflegte und die er erotisch fand. Frau Federing und den Gedanken an Erotik konnte er allerdings nicht zusammenbringen.

Frank hob die Brauen. So jung und schon mit einer Aura versehen, als würde es in ihrer Gegenwart überhaupt niemand wagen können, an etwas Unsittliches, oder schlimmer noch, etwas Illegales auch nur zu denken. Mit ihr hätte er sich ungern angelegt. Er hatte den vagen Verdacht, daß Margot im Vergleich mit dieser Dame als friedfertiges Unschuldslamm durchgehen konnte.

Sie trug einen Umschlag, den sie jetzt öffnete. Sie nahm etwas heraus und hielt es Alexander auf der Handfläche hin. So wie man einem Pferd einen Leckerbissen anbietet. Nur ihr angeekelter Gesichtsausdruck paßte nicht dazu. »Kennen Sie dieses Feuerzeug?«

»Natürlich«, erwiderte Alexander und bestätigte damit etwas, das Frank auf den ersten Blick gesehen hatte. »Jedenfalls glaube ich das. Es ist meins. Drehen Sie es um, meine Initialen sind eingraviert. Ich vermisse es seit einiger Zeit.«

»Seit wann?«

Er zuckte mit den Schultern. »Genau weiß ich es nicht. Seit einigen Wochen. Zwei Wochen vielleicht.«

»Wo haben Sie es verloren?«

»Da Sie es sind, die es mir zurückbringt, gehe ich jetzt davon aus, daß ich es in der Wohnung von Michael Kamp vergessen habe.«

Frank schluckte. In der Wohnung. Und vor zwei Wochen. Eine so lange Beziehung hatte er selbst selten zu jemandem gepflegt, mit dem er ins Bett ging.

Der Kommissar betrachtete Alexander aufmerksam. Er hob beide Hände und strich äußerst vorsichtig, als berühre er etwas Zerbrechliches, über sein stark gelichtetes, über die kleine Glatze gekämmtes Haar. »Wir fanden das bemerkenswert«, sagte er nachdenklich, »weil ich der Ansicht war, Sie hätten gesagt, daß Sie ihn so gut wie gar nicht kannten.«

»Das ist auch durchaus richtig.« Alexander verschränkte die Arme. »Ich kannte ihn tatsächlich kaum. Aber vor etwa zwei Wochen war ich in seiner Wohnung. Wir waren uns in einer Schwulenkneipe über den Weg gelaufen, und dann habe ich bei ihm übernachtet.«

»Und?« fragte die Dame namens Federing. »War das die einzige Begegnung dieser Art?«

Frank hielt den Atem an.

»Nein«, antwortete Alexander. »An dem Abend, als er starb, war er auf dieser Rock'n-Roll-Fete auf dem Campus. Wir sind uns da ebenfalls über den Weg gelaufen. Mir gefiel es dort nicht, und ich bin sehr früh wieder gegangen. Er kam hinter mir her, bis zu meinem Auto.«

»Und ich nehme an, auch das führte zu einer sexuellen Begegnung.« Ihr Blick war penetrant.

Alexander zuckte mit keiner Wimper. »Richtig.«

»Ebenfalls in seiner Wohnung?«

Er erwiderte spöttisch ihren Blick. »Nein.«

»Sie wollten keine Zeit mit unnötigen Wegen verlieren?«

Er zuckte ungerührt mit den Schultern. »Wozu.«

Die Federing legte ihr herbes, ausdrucksstarkes Gesicht vor allem um die Mundwinkel herum in Abwärtsfalten, als sei ihr körperlich übel. »Und dann?«

»Danach bin ich weggefahren. Die Zeit weiß ich nicht mehr, aber es war noch sehr früh. Ich habe von anderen gehört, daß er wieder zurück zur Fete gegangen ist und noch lange dort war.«

»Ja«, sagte sie betont. »Wir wissen, wann Sie gegangen sind und wann er wieder hereinkam.«

Frank entdeckte, daß er kurz vorm Ersticken war, holte hastig Luft und atmete weiter.

»Warum haben Sie nichts davon gesagt, als Sie ihn identifiziert haben?« fragte der Kommissar.

»Ach du lieber Himmel!« Alexander stopfte beide Fäuste in die Taschen seiner Jeans, als müsse er einen Impuls unterdrücken, auf etwas einzuschlagen. »Haben Sie eine Ahnung, wie ich mich gefühlt habe, nachdem ich ihn erkannt hatte? Ich hatte Probleme, mich an meinen eigenen Namen zu erinnern, als Sie mich danach fragten.«

»So?« fragte der Kommissar im Tonfall wohlwollenden Interesses wie ein guter Onkel. Er verschränkte die Hände hinter dem Rücken, streckte seinen nicht unbeträchtlichen Bauch vor und wippte auf den Fußballen vor und zurück. »Davon habe ich allerdings nichts bemerkt.«

Alexander lehnte sich mit den Hüften an die Fensterbank und legte die Arme über der Brust zusammen, hielt seine eigenen Schultern fest. Eine Geste, die einerseits abweisend wirkte und andererseits hilflos, als sei ihm kalt. »Das glaube ich Ihnen. Davon bemerken die meisten nichts. Ich bin nicht gerade bekannt dafür, daß ich mit meinen Gefühlen hausieren gehe.«

Wie wahr. Frank unterdrückte einen Seufzer.

»Haben Sie beide ebenfalls eine homosexuelle Beziehung?« fragte die Federing. Ihre Stimme war unangenehm laut.

»Nein«, antwortete Alexander, bevor Frank den Mund aufmachen konnte. »Und ich hatte auch zu Michael keineswegs das, was ich eine Beziehung nennen würde.«

»Flüchtige Begegnungen.« Sie verzog spöttisch ihre dünnen Lippen, und ihre Mundwinkel wanderten wieder abwärts.

»Ja«, erwiderte Alexander ernst. »Er war ein netter Kerl.«

»Nett genug für eine flüchtige Begegnung.«

»Wollen Sie mir Schuldgefühle einreden, weil ich ihm nicht die Ehe angeboten habe?« fragte Alexander aggressiv. »Keiner von uns beiden hatte die Absicht, mehr als das daraus zu machen, was Sie eine flüchtige Begegnung nennen. Aber wenn ich gewußt hätte, daß ihn jemand da draußen erschlägt, dann hätte ich ihn bestimmt mit nach Hause genommen, das können Sie mir glauben.«

»Er wurde nicht erschlagen«, sagte sie kalt. »Er wurde brutal vergewaltigt und, ja, geschlagen wurde er auch. Außerdem gewürgt und mit einem scharfkantigen Gegenstand traktiert, von dem wir nicht wissen, was es war. Die Todesursache waren schwere innere Verletzungen.«

»Danke.« Auf Alexanders Stirn erschienen Schweißtropfen, und er war sehr bleich geworden. »Ich hätte gut weiterleben können, ohne das zu erfahren.«

»Und was *ich* erfahren möchte, ist Ihr Alibi.«

»Ich habe keins. Ich bin in die Stadt gefahren und ein bißchen über die Rheinuferpromenade gewandert, aber ich habe niemanden getroffen, den ich kenne. Als ich nach Hause fahren wollte, rief Frank mich an ...«

»Wie bitte?«

»Ich hatte ein Handy dabei.«

»Ah so«, sagte sie spöttisch.

»Und ich habe ihn vom Campus abgeholt.«

»Wo Sie was gemacht haben?« wandte die Federing sich an Frank.

»Ein Abendseminar besucht«, gab Frank prompt Auskunft. »Zusammen mit dem Mädchen, das Michael dann in dem Gebüsch gefunden hat, vor dem sie ihr Auto geparkt hatte.«

»Wieso hätte das Mädchen Sie nicht nach Hause fahren können?« fragte die Federing und begutachtete Frank von oben bis unten wie ein Stück Fleisch, dessen Qualität in Zweifel zu ziehen war.

Frank starrte unbewegt zurück. »Hätte sie. Aber sie ist ein paar Minuten eher gegangen als ich, und ich hab' zu spät gemerkt, daß ich ohne Fahrgelegenheit dastehe. Also hab' ich Alexander angerufen, und danach kam sie dann angerannt, weil sie die Polizei rufen wollte. Ich hatte gedacht, sie wäre schon weg.«

»Sind Sie homosexuell?« Ihr Blick sagte deutlich, daß er in ihren Augen aussah wie ein billiges Männerspielzeug und daß sie eine positive Antwort erwartete.

»Ja«, bestätigte er trotzig.

Alexander seufzte.

»So.« In ihrer harschen Stimme schwebte zum erstenmal ein Beiklang von Befriedigung. »Aber eine Beziehung haben Sie nicht miteinander. Was haben Sie dann – flüchtige Begegnungen?«

»Wir befinden uns in der Flirtphase«, knurrte Frank. »Anschließende Beziehung wird meinerseits angestrebt. Er wehrt sich noch.« Seine grünen Augen streuten Blicke über ihre knochige Gestalt wie reines Gift. »Wenn Sie einen Tip für mich haben, wie man einen Mann verführt, dann sagen Sie's nur.«

Er war sichtlich nicht der einzige, der den bösen Blick in allen Varianten meisterhaft beherrschte. Frank war für einen Moment erleichtert, als die Federing sich von ihm abwandte. Das Gefühl verflüchtigte sich allerdings abrupt, als sie hämisch zu Alexander sagte: »Da wird Ihnen der Verlust Ihrer ›flüchtigen Begegnung‹ ja fix und sehr angenehm ersetzt, könnte man behaupten, ja?«

»Sie können es ruhig auch noch dreckiger ausdrücken, wenn es Ihnen Spaß macht«, erwiderte Alexander kühl. »Sie sind ja Kripobeamtin, Sie dürfen das. Ich kann Sie nicht daran hindern.«

»Und Sie?« wandte sich die Polizistin wieder an Frank. Völlig ungerührt. »Waren Sie eifersüchtig auf Michael Kamp?«

»Er wußte überhaupt nichts davon«, sagte Alexander.

Sie starrte immer noch Frank an, ohne eine Miene zu verziehen. »Kann er nicht für sich selbst sprechen, Ihr kleiner Freund?«

»Falls Sie mich damit meinen«, erwiderte Frank beleidigt, »ich wußte wirklich nichts davon. Wenn ich es gewußt hätte, wäre es zweifellos zu unangenehmen Szenen gekommen. Aber keiner von uns wäre daran gestorben, da können Sie ganz sicher sein.«

»Ich bin mir im Moment über gar nichts sicher«, bemerkte die Federing. »Außer darüber, daß ich alles daran setzen werde, Ihre Rolle in dieser Angelegenheit gründlich aufzuklären. Das gilt für Sie beide.«

»Sie verschwenden Ihre Zeit.« Alexanders kalte Augen

fixierten die Federing mit einem Blick, der deutlich besagte, was er von ihr hielt.

Sie wandte sich nach ihm um, als habe hinter ihr eine Ratte gequiekt, und starrte ihn an mit einer gut gespielten Mischung aus Ekel und Erstaunen. Sie war eine hochgewachsene Frau, aber Alexander war ein ganzes Stück größer als sie.

Er schaute unbewegt auf sie hinab. »Mir wäre lieber, Sie würden den Mörder suchen. Ich war's nicht. Aber ich wüßte gern, wer's war. Ich wüßte es gern, weil ich wissen will, wer Michael umgebracht hat, der überhaupt nichts weiter war als ein kleiner, naiver, viel zu netter Kerl. Und ich wüßte es gern bald, weil ich fürchte, daß Michael sonst vielleicht nicht der letzte naive, nette Kerl ist, der auf diese Weise stirbt.«

»Nun basteln Sie uns mal aus einem kleinen Schwulendrama nicht gleich einen Serienmörder.« Sie lächelte mit subtilem Klapperschlangencharme, und Frank starrte sie fassungslos an.

»So wie Sie seinen Tod beschrieben haben«, erwiderte Alexander kalt, »ist der Ausdruck ›kleines Schwulendrama‹ etwas, für das ich nur deshalb keine offizielle Entschuldigung verlangen werde, weil so etwas unentschuldbar ist. Und jetzt raus. Wenn Sie noch was von mir wollen, dann schicken Sie einen Kollegen oder laden Sie mich vor. Dieses Haus werden Sie nicht wieder betreten.«

*

Nachdem die beiden Kripobeamten gegangen waren, ging Alexander hinunter, um seiner Tante Bericht zu erstatten. Allerdings erst, nachdem Frank ihn darauf hingewiesen hatte, daß er das für angemessen hielt. Die Vorstellung, er könnte seinen Pflegeeltern gegenüber zu irgend etwas verpflichtet sein, pflegte Alexander hartnäkkig zu ignorieren. Aber in diesem Fall war es ausnahmsweise leicht, ihn zu überzeugen.

Er war immer noch ziemlich blaß, als er wieder heraufkam.

»Kümmern wir uns um die Seminararbeit?« fragte Frank, um ihn abzulenken. Alexander nickte nur.

Sie machten es sich am Schreibtisch bequem, der groß genug war, um ihnen beiden mehr als ausreichend Platz zu bieten. Sie hatten ein Referat für ein Geschichtsseminar vorzubereiten, und in einen anderen, längst vergangenen Zeitabschnitt einzutauchen war genau das, wonach Frank jetzt der Sinn stand. Die Gegenwart mit ihren bedrohlichen Verwicklungen behagte ihm nicht. Die Geschwindigkeit, mit der Alexanders von Frank gerade erst entdeckte Homosexualität an Gefahrenpotential zunahm, war beängstigend. Während Frank sich noch damit aufhielt, ihm Betrug vorzuwerfen, waren andere inzwischen dazu übergegangen, ihn des Mordes zu verdächtigen.

Und die Solidarität, die Frank so bereitwillig zu liefern entschlossen gewesen war, machte ihn nun selbst zum Objekt polizeilicher Ermittlungen. Aber das war ihm nicht wichtig, er wäre mit Alexander durch jede Hölle gegangen. Und er konnte sich spontan Schlimmeres vorstellen, als Schlüsselfigur in einer Mordermittlung zu werden. Aber unheimlich war es trotzdem.

Frank versenkte sich in einen historischen Bericht über ein Ausbildungslager keltischer Krieger. Er grinste, als er auf die zeitgenössische Kritik stieß, die jungen Nachwuchssoldaten würden nicht nur ihre waffentechnischen Talente schamlos zur Schau stellen. In der keltischen Kriegerkaste schien die Homoerotik zu ungewöhnlich intensiver Blüte gelangt zu sein. Und Frank wurde endlich bewußt, nach welchem Gesichtspunkt Alexander unter anderem seine Referate aussuchte.

Und ihre Referate schrieben sie fast immer gemeinsam. Also war Frank nicht nur im Fach Geschichte, sondern auch in Anglistik immer wieder auf das Thema Homosexualität gestoßen. Im nachhinein fand er es schwer verständlich, daß ihm gelungen war, es trotzdem zu verdrängen. Alexander als der klassische Bücherwurm pflegte für alle ihre Arbeiten die Literaturauswahl zu treffen, und Frank hatte seine Auswahl nie angezweifelt. Er hatte Gedrucktes, das sich mit Homosexualität befaßte, mit derselben Beiläufigkeit zur Kenntnis genommen, mit der Alexander es präsentierte. Und der bezog sich nie direkt auf dieses Thema. Er pflegte auch zu behaupten, er würde zum Beispiel Christopher Marlowes Werke denen Shakespeares einfach deshalb vorziehen, weil dort ›mehr gehandelt und weniger geschwafelt‹ würde. Aber im Licht neueren Wissens betrachtet kam Frank zu der Überzeugung, daß Alexanders Vorlieben sich eher da bündelten, wo er seine Andersartigkeit gespiegelt sah.

Vielleicht hatte er auch auf seine Weise versucht, Frank mit der Nase auf das zu stoßen, was der nicht zur Kenntnis nehmen wollte.

Frank seufzte. Alexander warf ihm einen Blick zu, aber Frank zog es ausnahmsweise vor, das nicht zu bemerken. Er hatte das Gefühl, sich außergewöhnlich dämlich angestellt zu haben, und nicht das Verlangen, jetzt jemandem in die Augen zu sehen. Schon gar nicht seinem Freund.

Sie arbeiteten eine Weile, erst jeder für sich, dann gemeinsam, immer konzentrierter und schließlich völlig versunken. Es war erholsam, eine Weile nicht an das zu denken, was geschehen war.

Schließlich streckte Frank sich und gähnte. »Ich glaube, weiter kommen wir heute nicht. Der Rest der Bücher, die wir brauchen, liegt drüben bei mir, und ich hab' keine Lust, sie zu holen. Oder willst du es tun?«

»Frank, es wäre nett, wenn du mich alleinlassen würdest«, sagte Alexander.

Frank schüttelte energisch den Kopf. »Die Zeiten sind vorbei, in denen du mich wegschicken konntest. Dir geht es dreckig, und das heißt, du brauchst mich. Ich bleibe.«

»Ich werde nicht mit dir schlafen.«

Frank lächelte. »Ich besteh' nicht drauf. Nicht heute jedenfalls. Aber ich bleibe bei dir. Komm, gehen wir ins Bett. Es ist schon wieder dunkel. Wenn wir gleich schlafen gehen, wachen wir morgen vielleicht mal zu einer halbwegs zivilen Zeit auf. Morgen ist zwar Sonntag, aber trotzdem. Wir könnten ja auch mal bei Tageslicht was Erheiterndes und Entspannendes unternehmen und uns Montag dann endlich wie anständige Studenten verhalten und ein paar Vorlesungen besuchen.«

»Genaugenommen ...« Alexander seufzte resigniert. »Genaugenommen schwebte mir eigentlich vor, das Bahnhofsviertel aufzusuchen und mich in die härteste auffindbare Domäne schwuler Subkultur zu schleichen, um mich ganz grauenvoll zu besaufen.«

»Bitte«, sagte Frank einladend. »Ganz wie du möchtest. Du säufst, ich fahre. Es wird mir ein Vergnügen sein.«

Alexander lachte. »Frank, bei allem Respekt, aber du warst noch nie in einer Schwulenkneipe. Wenn du mitkommst, kann ich nicht saufen. Dann muß ich dich vor den anderen beschützen.« Er stand auf und reckte sich, beugte sich über Franks Stuhl und umarmte seinen Freund. »Du weißt doch«, sagte er ironisch, griff mit beiden Händen fest in die rotblonden Locken und hob sein Gesicht zu sich auf. »Wir sind wilde Tiere, die ihre Triebe hemmungslos ausleben.«

»Klar.« Frank zog ihn zu sich herunter, so weit Alexander es zuließ. »Willst du mich nun küssen, oder ist das bloß eine Art Rückengymnastik, was du hier betreibst?«

»Rückengymnastik«, bestätigte Alexander ernst, befreite sich aus Franks Griff und richtete sich wieder auf.

»Dachte ich mir«, murrte Frank, stand ebenfalls auf und knuffte seinen Freund kräftig in die Seite. »Und wenn ich das Wort ›beschützen‹ noch mal von dir höre, du Superschwuchtel, dann wirst du Mühe haben, dich vor meinem Zorn zu schützen. Jetzt komm. Mußt du erst noch dein ›kleines Schwarzes‹ anziehen, oder lassen sie dich so rein?«

*

Es wurde ein denkwürdiger Abend. Frank hielt aufmerksam nach Tüchern Ausschau und versuchte herauszufinden, was die Farben bedeuteten. Alexander war dabei keine große Hilfe, weil die Menge an Tequila, die er innerhalb kürzester Zeit in sich hineinschüttete, sein Sehvermögen und sein Gedächtnis stark beeinträchtigte. Als erstes ging ihm die Fähigkeit verloren, zwischen linken und rechten Hosentaschen zu unterscheiden, und danach wurde er farbenblind. Der Schaden betraf nicht nur das Sehzentrum, sondern zog auch den Bereich der Sprachverarbeitung in Mitleidenschaft. Er konnte Worte wie ›grau‹ und ›rot‹ zwar hören und auch aussprechen, aber sie sagten ihm einfach nichts. Merkwürdigerweise war er dennoch in der Lage, einen vehementen Vortrag über die Rolle geistiger Getränke bei der Erlösung der Seele von den körperlichen Begrenzungen zu halten, und zwar in fehlerfreiem Latein.

Frank, der sich zur Klärung seiner Fragen vertrauensvoll an andere Besucher wandte, stellte fest, daß die verbale Kommunikation als Lehrmethode out war. Er erntete den wohlmeinenden Vorschlag, in einem der hinteren Räumlichkeiten seinen Wissensdurst statt dessen unter Zuhilfenahme anschaulicherer Methoden zu stillen, und trat vorsichtig einen Schritt zurück. Der Schritt brachte ihn zwar dem Barhocker wieder näher, auf dem Alexander hing, führte ihn aber gleichzeitig in den ausgebreiteten Arm eines jungen, blonden Mannes und zu einem wesentlich zärtlicheren Angebot. Frank lehnte wiederum höflich ab, merkte allerdings selbst, daß das in diesem Fall mit deutlichem Zögern und auch mit einem gewissen Bedauern geschah. Er entschied, daß zwei Tequila offensichtlich mehr als genug für ihn waren und er wieder auf Cola umsteigen sollte.

Es wurde höchste Zeit. Er war benebelt genug, nicht vom Tequila, sondern vom Halbdunkel, Zigarettenrauch und den Nebelschwaden, die von der Tanzfläche hinüberwogten, und vom Hämmern eines gnadenlosen Techno-Sounds, der seinen Herzschlag zu steuern schien.

Er hatte nicht erwartet, sich hier wohl zu fühlen, vor allem, weil er mitbekommen hatte, daß Lokalitäten wie diese mit deutlich negativem Beiklang als ›der Sub‹ oder ›die Szene‹ bezeichnet wurden. Studenten zogen eher alternative Projekte vor, die kommerzielle Variante schwuler Subkultur stand bei ihnen in schlechtem Ruf. Frank war nicht ganz klar, was sie daran zu meckern hatten. Er fand es grandios. Laut, hitzig, bunt und aufregend.

Er merkte, daß Alexander ihn beobachtete, lächelte ihm zu und lehnte sich an ihn. Alexander legte einen Arm um seine Schultern. Vielleicht aus Zärtlichkeit, vielleicht nur, um nicht vom Hocker zu fallen. Seine Stimme klang schwer und heiser. »Freiheit und Abenteuer«, sagte er ironisch, und Frank lachte.

»Ja, so wirkt es. Ist es so?«

»Manchmal.«

In dieser aufgeladenen Atmosphäre und zwischen Dutzenden von Homosexuellen Arm in Arm mit Alexander herumzustehen, war ganz entschieden etwas anderes als ihr alltäglicher Umgang miteinander. Frank hatte plötzlich Probleme damit, in Alexanders Augen zu sehen, und bekam zittrige Knie. Um so mehr, als Alexander das zu bemerken schien. Für einen Moment klärte sich dessen tequilaverhangener Blick. Er lächelte und machte eine Bewegung, als würde er sich vorbeugen wollen, um Frank zu küssen, aber dann seufzte er und hielt sich an seiner Schulter fest. »Uff. Ich fürchte, in diesem Stadium der Betrunkenheit gibt es nur eins, was ich noch kann. Weitersaufen.«

Der Anfang war noch relativ verständlich an Franks Ohr gelangt, das Ende konnte er bestenfalls raten. Der Thekenkellner, ein wahrer Profi, schien nicht aufs Raten angewiesen. Er wartete ungefragt mit einem weiteren Tequila auf. Vielleicht hatte er gelernt, telepathische Schwingungen von Gästen aufzufangen, die zu betrunken waren, um auch nur die Hand zu heben. Frank hätte ihn gern gefragt, wie abgefüllt man eigentlich sein mußte, um in dieser Kneipe nicht weiter bedient zu werden. Aber er hegte die Befürchtung, daß die Frage als aggressiver Akt mißdeutet werden könnte. Er hatte nicht das Verlangen danach, mit dem Kellner aneinanderzugeraten. Die äußerst spärliche Version von Lederbekleidung, die der Mann trug, legte eine Muskulatur frei, die vom Umfang her gut und gern für drei gereicht hätte. Frank kannte seine Grenzen, auch wenn er sich nicht immer daran hielt.

Versonnen und mit leisen Neid, vor allem aber mit einer gehörigen Portion Respekt, betrachtete Frank den Oberarm, der größeren Umfang hatte als seine eigenen

Schenkel. Er hätte um ein Haar einen Satz rückwärts gemacht vor Schreck, als der Arm plötzlich fast vor seiner Nase landete und der Kellner ihm ein Glas Cola auf die Theke knallte. »Wohl bekomm's. Geht aufs Haus.«

Frank hätte wetten mögen, daß er aussah wie ein zu Tode erschrockenes Zwerghäschen, als er schräg nach oben blinzelte und einen vorsichtigen Blick in das Männergesicht riskierte, das sich ziemlich dicht vor ihm befand. Er fand seine Reaktion schändlich, aber er konnte es nicht ändern. Er war schon froh, daß er es überhaupt fertiggebracht hatte hochzugucken, statt verschüchtert zu Boden zu schauen wie ein kleines Mädchen. Ein Flirtversuch von so einem Kaliber hatte schon etwas Beeindruckendes. Franks Gehirn begann in hektischer Eile, sämtliche möglichen Arten, ›nein‹ zu sagen, aufzuzählen, die sich in seinem Wissenspeicher auffinden ließen, und dachte sich spontan ein paar neue aus. Aber die Anstrengung erwies sich als unnötig. Der erschrockene Blick hatte gereicht. Ein gutmütiges Grinsen, und der Kellner widmete sich wieder anderen Gästen.

Weit nach Mitternacht stand Frank schließlich vor der Aufgabe, Alexander von seinem Barhocker dahin zu verfrachten, wo er den Wagen geparkt hatte, und ihn auf dem Beifahrersitz unterzubringen. Frank hatte ausreichend Gelegenheit, sich zu wünschen, wenigstens über halb so viel gutgepflegte Muskelmasse zu verfügen wie der Thekenkellner. Er brauchte eine Menge Kraft, und als er es geschafft hatte, war er völlig außer Atem. Alexander schlief inzwischen. Er schlug die Augen erst wieder auf, als Frank in Lohausen angekommen war und den Wagen parkte. Aber völlig wach wurde er nicht. Ihn ins Haus und die Treppe hinaufzubringen überforderte fast Franks Fähigkeiten, aber er gab nicht auf.

Er hatte Alexander kaum ins Bett gewuchtet und war neben ihm in die Kissen gesunken, als er auch schon schlief.

*

Frank wachte abrupt wieder auf, als sein Freund eine erschreckend kühle Hand auf seine Schulter legte. Alexander stand neben dem Bett, immer noch halb angezogen. Seine Haltung hatte etwas Lauerndes, und er schaute mit vor Anstrengung zusammengekniffenen Augen wie gebannt in Richtung Fenster.

»Was ist los?« Frank sah schlaftrunken und verwirrt zu ihm auf.

»Schau mal raus«, sagte Alexander leise. »Vielleicht bin ich ja nur sturzbetrunken. Aber ich sehe da unten was.«

»Was?« fragte Frank müde und unzufrieden. Und mit dem Gefühl, als könne das, was immer da draußen war, gemessen an seinem Schlafbedürfnis nichts anderes sein als völlig unwichtig. Aber er stand trotzdem auf. Frank verzog das Gesicht, als seine Muskeln protestierten und behaupteten, sie hätten mehr als genug geleistet in dieser Nacht.

Alexander schwankte leicht, aber völlig betrunken war er mit Sicherheit nicht mehr. Er hatte seinen Pullover ausgezogen, trug aber noch Jeans. Frank, immer noch vollständig bekleidet, ging ans Fenster und schaute hinaus. Draußen war es bereits wieder hell geworden, aber noch nicht taghell. Dämmerung.

»Da unten.« Alexander trat hinter ihn. Er streckte den Arm aus und zeigte hinunter in den Garten.

Frank kniff die Augen zusammen. Da war etwas. Irgend etwas, was dort nicht sein sollte. Mehr konnte er im Moment nicht erkennen. Es war beunruhigend genug.

Denn das Etwas war groß. So groß wie ein Mensch, vielleicht. Aber mehr ließ sich darüber einfach nicht sagen. Außer, daß es sich in einem Gebüsch befand.

Es dauerte eine Weile, bis Frank merkte, daß das, was so laut hämmerte, sein eigenes Herz war. Das festzustellen war so erschreckend, daß er unwillkürlich nach Alexanders Arm griff. Alex legte beruhigend die Hände auf seine Schultern. »Wir sollten nachsehen, was das da unten ist.«

Das war sicherlich richtig, aber Frank hätte es vorgezogen, wieder ins Bett zu gehen, die Decke über seinen Kopf zu ziehen und sich in Alexanders tröstlicher Wärme zusammenzurollen.

Das war natürlich nicht sehr männlich. Er seufzte. *Freiheit und Abenteuer.* Und kein Gewehr zur Hand. Na, was soll's, dachte er, bisher sind wir auch ohne ausgekommen. »Gehen wir runter.« Er schaute sich in dem Zimmer vergeblich nach etwas um, das man als Waffe hätte benutzen können.

Sie hätten mit Büchern werfen können, vielleicht.

Aber Alexander war schon auf dem Weg zur Tür.

Immerhin hatten sie Karate gelernt, und dieses Wort bedeutete, wenn Frank sich recht erinnerte, ›leere Hand‹ – die Kunst, ohne Waffe zu kämpfen. Allein hätte Frank sich allerdings im Moment darauf nicht gern verlassen.

»Was hat dich denn geweckt?« fragte er leise, als sie die Treppe hinunterschlichen.

»Harndrang«, erwiderte Alexander trocken. »Vielleicht war es auch ein Geräusch, aber erinnern kann ich mich daran nicht. Jedenfalls dachte ich, wenn ich schon mal auf bin, dann kann ich vielleicht auch endlich die Jeans und den Pullover ausziehen, na ja, und wie das so ist, irgendwie schaut man dann erst mal aus dem Fenster.«

Sie gingen ins Wohnzimmer, und Alexander öffnete vorsichtig und völlig lautlos die Terrassentür. Darin hatten sie beide große Übung. Sich nachts aus dem Haus zu schleichen war etwas, was sie früher mit größtem Vergnügen betrieben hatten.

Heute fand Frank es nicht besonders vergnüglich. Irgendwie war der Kick dabei nicht mehr derselbe. Vor allem nicht, wenn da draußen etwas auf einen wartete, das mannsgroß und noch nicht identifiziert worden war. Er konnte es sehen, ein Teil davon leuchtete aus dem Gebüsch heraus.

Plötzlich griff er nach Alexander, erwischte einen Arm, und seine Finger gruben sich in Fleisch. Er hörte ein ersticktes Aufstöhnen und ein leises »Frank, was ist denn?«

»Michael«, flüsterte Frank entsetzt. »Das ist Michael.«

*

Zwei mit Jeans bekleidete Beine ragten aus dem Gebüsch, und zwischen den Zweigen und Blättern hervor leuchtete ein unbekleideter Oberkörper. Er war nackt, obszön und schmutzig. Er war blutverschmiert. Und die Jeans ebenfalls.

Frank war kurz davor, zu schreien.

Alexander stand stocksteif neben ihm, eine Hand auf seinem Arm, schützend und schutzsuchend. Er war bleich, und auf seiner Stirn standen Schweißtropfen. Schweiß lief ihm in einem kleinen Rinnsal den Rücken hinunter. Frank spürte die Feuchtigkeit unter seinen Fingern und nahm die Hand weg, nur um sie sofort wieder nach ihm auszustrecken, wie ein Kind, das Hilfe sucht.

»Wir müssen nachsehen«, sagte Alexander schließlich.

»Ja«, flüsterte Frank.

Das war leichter gesagt als getan.

»Es kann nicht Michael sein«, sagte Alexander. Sie standen immer noch still da, nebeneinander, aneinandergeklammert.

»Nein«, gab Frank zu. Die Stimme der Vernunft.

Alexander setzte sich in Bewegung, langsam und steif. Frank hielt sich dicht neben ihm, eine Hand auf den Rükken seines Freundes gelegt, so wie ein Kind nach der Hand seiner Mutter greift. Und er war nicht mal so weit bei Bewußtsein, sich darüber zu ärgern, daß er sich schon wieder mit einem Kind verglich. Er wußte nur, daß er hier nicht allein stehenbleiben wollte. Und daß er ganz bestimmt Alexander auch nicht allein da hingehen lassen würde, zu diesem ... Ding.

Sie kamen näher. Frank konnte erkennen, daß es die alten Johannisbeersträucher waren, in denen das ... Ding ... lag. Was das Ding war, erkannte er immer noch nicht. Jeans. Ein nackter Oberkörper. Blut.

Und irgend etwas daran stimmte einfach nicht.

Sie kamen näher. Wurden langsamer – noch langsamer. Sie standen direkt davor. Das Ding rührte sich nicht.

Sie blieben stehen.

Ganz, ganz langsam veränderte sich Franks Perspektive. Er sah immer noch Jeans. Aber er sah, daß in diesen Jeans keine Beine steckten. Er sah etwas, das man als Oberkörper hätte mißdeuten können, aber das war es nicht. Es war eine Art Puppe, eine Masse aus Styropor. Sie war fleischfarben bemalt, und sie war mit etwas überschüttet, was eigentlich weniger wie Blut als vielmehr wie Ketchup aussah.

»O Gott«, sagte er leise. Die Figur lag halb auf der Seite. Der meiste Ketchup war über die Rückfront der Jeans verschüttet. Und zwischen den beiden hinteren Taschen steckte etwas in den Jeans und dem Styroporkörper, über den man die Hose gezogen hatte.

Er wollte sich vorbeugen, aber Alexander hielt ihn zurück. »Faß das nicht an. Komm. Wir rufen die Polizei.«

*

»Ein abgewetztes, schartiges und stumpfes altes Taschenmesser«, sagte der Kommissar. »Wir werden es untersuchen lassen. Aber wenn ich mir diesen Zacken hier so ansehe, dann könnte ich fast vermuten ...«

»Was?« fragte Frank müde.

»... daß es das ist, womit Michael Kamp seine Verletzungen zugefügt wurden. Nun ja, wir werden das im Labor prüfen lassen. Das ist nicht schwer herauszufinden.« Nachdenklich sah er sich im Garten um, mit trüben Augen, müde, aber nicht zu müde, um jede Kleinigkeit genau zu registrieren. »Ich wünschte, Sie würden mich Ihren Freund vernehmen lassen.«

»Nein«, sagte Frank. »Der Arzt, den ich gerufen habe, hat ihm ein Beruhigungsmittel verpaßt, das ein Pferd umgelegt hätte. Alexander schläft.«

Alexanders Fähigkeit zur Krisenbewältigung hatte ihn abrupt im Stich gelassen, nachdem er die Polizei angerufen hatte. Frank hatte ihn zum zweiten Mal an diesem Morgen ins Bett befördert. Ein Erlebnis, das Frank in solche Wut versetzt hatte, daß er jede Krise, und sei sie auch noch so übel, mit links gemeistert hätte. Er hatte nicht oft in seinem Leben das Gefühl gehabt, Alexander beschützen zu müssen, aber wenn er es hatte, dann war es elementar.

»Ich habe Ihnen geschildert, wie wir den Tag verbracht haben«, sagte Frank kalt. »Ich kann Sie nicht davon abhalten, zu glauben, einer von uns hätte Zeit gefunden, diese

Show für Sie zu inszenieren – und das womöglich auch noch als eine spektakuläre, wunderschöne Möglichkeit, eine Mordwaffe loszuwerden.«

»Wenn es überhaupt dieses Ding war«, überlegte der Kommissar. »Er starb an ...«

»Nein!« unterbrach Frank ihn laut. »Hören Sie auf. Ich will die Details nicht wissen. Woran auch immer er starb, Alexander war daran nicht schuld. Irgend jemand scheint zu glauben, daß er schuld ist, oder scheint ihm die Schuld in die Schuhe schieben zu wollen. Ich weiß nicht, wie ich die Aktion mit dieser Kleiderpuppe einordnen soll.«

»Darüber läßt sich im Moment noch nichts sagen«, erwiderte der Kommissar und fügte hinzu: »Sie sollten vorsichtig sein.«

»Wovor soll ich mich vorsehen?« fragte Frank.

»Vor falschen Freunden«, sagte der Kommissar, drehte sich um und ging.

*

Es war Nachmittag, als Alexander die Augen zum erstenmal wieder öffnete. Frank, der ihn behutsam geweckt hatte, brachte Kaffee und Schinkenbrötchen aus der Küche herauf. Alexander rappelte sich im Bett auf, lehnte sich an das Rückenteil und griff mit einer Hand nach der Tasse und der anderen nach einem Brötchen, noch bevor er irgend etwas sagte.

Er verzehrte ein halbes Schinkenbrötchen und trank zwei Tassen Kaffee. Dann fragte er: »War das Taschenmesser der bewußte ›scharfkantige Gegenstand‹?«

»Nein«, antwortete Frank. »Ich habe vor einer halben Stunde angerufen. Es war nicht das, was sie suchen. Wahrscheinlich jedenfalls nicht. So genau konnten sie es nicht feststellen.«

»Ich denke, so was können die«, sagte Alexander dumpf. »Elektronenmikroskop und das alles.«

»Vielleicht wollten sie den negativen Befund einfach nur nicht rausrücken, damit wir ein bißchen schmoren.« Frank reichte ihm ein weiteres Brötchen, und nach einigem Zögern nahm er es an. Frank schenkte Kaffee nach.

»Wieso verhaften die mich eigentlich nicht?« fragte Alexander.

»Sei nicht albern. Frag dich lieber, wer dich so haßt, daß er dir dieses Ding in den Garten legt.«

»Margot«, behauptete Alexander zu seiner Überraschung völlig spontan.

»Die haßt jeden Mann«, erwiderte Frank philosophisch. »Das ist noch kein Grund. Okay, an dem Mord an Michael hat sie sich irgendwie festgebissen – das finde ich allerdings auch erstaunlich. Ich kann mich nicht erinnern, daß sie jemals Interesse an ihm gezeigt hätte, solange er noch gelebt hat. Na ja. Wir werden mal mit ihr reden, denke ich. Aber daß sie wirklich hierfür verantwortlich ist ... Glaubst du das denn tatsächlich?«

»Ich weiß nicht.« Alexander schloß die Augen. Frank nahm ihm die Kaffeetasse aus der Hand und stellte sie auf den Nachttisch. Er nahm seinem Freund das Kissen aus dem Rücken und brachte ihn dazu, sich wieder hinzulegen. Dann streckte er sich neben ihm aus.

Alex schlief. Frank lag mit weit offenen Augen an seiner Seite und starrte die Decke an.

Ebensogut hätte er nach Hause gehen und seine Zeit sinnvoller nutzen können, aber er brachte es nicht über sich, seinen Freund allein zu lassen. Nervös wie ein Muttertier bei Gefahr lauschte er auf jeden seiner Atemzüge, mißtrauisch, daß das starke Beruhigungsmittel ihm schaden könnte. Frank fand diesen tiefen, unstörbaren Schlaf unheimlich.

Außerdem wollte er unbedingt da sein, wenn Alexander wieder aufwachte. Ihm war klar, daß nicht der Schock über die Bösartigkeit des Streiches, den man ihm gespielt hatte, Alexander veranlaßt hatte, neben dem ketchupbeschmierten Puppentorso, dieser groben Karikatur von Michaels Leiche, in die Knie zu sinken und in Tränen auszubrechen. Gegen Bösartigkeit hatte Alexander gut funktionierende Abwehrmechanismen. Er konnte kalt werden wie Eis.

*

Zu Franks Überraschung stand Alexander gegen Abend plötzlich auf und verkündete, er würde Margot zur Rede stellen.

»Alex, die ist vielleicht gar nicht zu Hause«, gab Frank zu bedenken, während sein Freund leicht schwankend dastand und sich mit merkwürdig langsamen Bewegungen das Hemd zuknöpfte. Er hatte es falsch herum angezogen und Probleme damit, die Knöpfe zu finden und damit zurechtzukommen, aber er arbeitete sich stoisch Stück für Stück weiter nach oben.

»Ja, vielleicht.« Mit gerunzelter Stirn blinzelte er Frank an, der auf ihn zutrat, seine Hände nahm, sie auf seinen eigenen Schultern ablegte und Alexanders Hemd wieder aufknöpfte. »Aber einen Versuch ist es ja wohl wert, oder? Wieso machst du das wieder auf?«

»Ich gehe mit niemandem auf die Straße, der sein Hemd linksrum trägt«, antwortete Frank. Regungslos duldete Alexander, daß er ihm das Hemd auszog, es herumdrehte, wieder anzog und zuknöpfte. Er lehnte sich an Frank, als sei es ihm zu schwierig, allein zu stehen, und starrte ausdruckslos in seine Augen, geduldig wie ein verstandloses Tier. Frank wußte nicht, ob Alexander ihn überhaupt sah. »Du bist viel zu mitgenommen, um irgendwo hinzugehen. Wir können einen Spaziergang durch den Park machen, wenn du unbedingt raus willst. Aber Margot fällt heute flach.«

»Margot fällt so leicht nicht flach«, erwiderte Alexander pragmatisch. »Du hättest es längst versucht, wenn du nicht derselben Überzeugung wärst. Und ich werde hinfahren.«

»Geh bitte ins Bad und schau in den Spiegel«, sagte Frank. »Ich glaube, dann wird dir ganz von selbst klar, daß du heute nirgendwohin fahren wirst.«

»Du wirst fahren«, ordnete Alexander an. Er kramte die Schüssel aus seiner Hosentasche und hielt sie Frank hin.

»Alex, ich bin nicht geduscht, mein Deodorant hat schon vor Stunden versagt, und meine Jeans ist auch übers Haltbarkeitsdatum. In diesem Zustand möchte ich keiner Frau gegenübertreten, schon gar nicht Margot. Laß mich wenigstens mal kurz ins Bad, ja? Leg dich so lange wieder hin. Du kippst mir noch um, wenn du hier stehenbleibst.«

Alexander ließ sich zum Bett führen wie ein alter Mann, schwer auf die Schulter seines Freundes gestützt. Als Frank aus dem Bad kam, schlief er wieder tief und fest. Frank warf einen zweifelnden Blick auf ihn und entschied sich, gar nicht erst den Versuch zu machen, ihn wieder auszuziehen. Er wollte nicht das Risiko eingehen, ihn zu wecken. Wenn Alexander darauf bestand, mit Margot zu reden, war es auf jeden Fall besser, sich erst mal gründlich auszuschlafen.

Frank deckte ihn vorsichtig zu und legte sich neben ihn. Kurz bevor er selbst einschlief, schreckte er noch einmal auf und stellte den Wecker. Montags begannen ihre Seminare schon früh, und es wurde wirklich Zeit, sich wieder an der Uni sehen zu lassen.

2

Das Anglistik-Seminar lief bereits, als Frank und Alexander kamen. Die Dozentin wandte sich um und schaute ihnen zu, wie sie sich ihren Platz suchten. Ohne eine Miene zu verziehen, brachte Claudia Bertram es fertig, deutlich werden zu lassen, daß sie es überhaupt nicht schätzte, wenn jemand zu spät kam und dadurch ihren Vortrag unterbrach. Sie sprach erst weiter, als Frank und Alexander saßen.

Sie hatten sich zwischen Margot und Immo gequetscht. Frank hatte einsehen müssen, daß Alexander nicht aufzuhalten war, und ihn schließlich doch hier hergefahren. Vielleicht waren es die letzten Auswirkungen des starken Beruhigungsmittels, die Alexander dazu brachten, Vernunft und Vorsicht über Bord zu werfen. Er verlor jedenfalls keine Zeit. Kaum, daß er sich gesetzt hatte, wandte er sich an Margot. »Jemand hat mir ein Geschenk in den Garten gelegt. Du weißt nicht zufällig etwas darüber?«

»Ein Geschenk wäre so ziemlich das letzte, was ich dir zukommen lassen würde«, zischte Margot zurück.

Frank beobachtete Immo, der nach vorn schaute, als würde er dem Vortrag der Dozentin lauschen. Ein bißchen zu demonstrativ, um glaubhaft zu wirken.

»Ja, das sehe ich ein.« Alexander senkte seine Stimme nicht, er sprach mit beinahe normaler Lautstärke. Die

Kommilitonen sahen sich nach ihm um. »Aber als Leiterin unserer privaten Ermittlungsgruppe ...«

»Ich bin mir nicht darüber bewußt, dich als Teil dieser Ermittlungsgruppe bezeichnet zu haben«, sagte Margot kalt.

»Merkwürdig genug.« Alexanders Tonfall wurde lauter. »Jedenfalls solltest du wissen, was ich in unserem Garten gefunden habe.«

»Ich weiß es nicht, und es interessiert mich auch nicht«, behauptete Margot.

»Kann ich hier bitte ein bißchen Ruhe haben?« fragte die Dozentin.

»Es sollte dich aber interessieren«, sagte Alexander, ohne sie zu beachten. »Weil es mit Michaels Tod zusammenhängt. Jemand hat mir eine Puppe in den Garten gelegt, die so zurechtgemacht war, wie man Michael gefunden hat.«

Margot lachte.

Das Geräusch hallte durch den Raum, überraschend und sehr laut. Die Dozentin drehte sich um und betrachtete Margot, als habe sie die junge Frau nie zuvor gesehen.

»Entschuldigung«, sagte Margot.

Die Dozentin wandte sich ab. Sie überflog die Stichworte, die sie in ihrer gestochen scharfen Handschrift an der Tafel notiert hatte, mit einem prüfenden Blick. Nichts, was sie dort las, schien unwichtig genug, um eine Störung zu entschuldigen. Stirnrunzelnd konzentrierte sie ihre Aufmerksamkeit wieder auf ihre Zuhörer und fuhr mit leicht erhobener Stimme, einem deutlichen Anzeichen ihres Ärgers über die Respektlosigkeit, in ihrem Vortrag fort.

Immo grinste. Alexander sah es, und eine Weile starrte er ihn fassungslos an. Dann stand er langsam auf.

Die Dozentin stieß einen Seufzer aus, der beinahe so laut durch den Raum hallte wie Margots Gelächter ein paar Minuten vorher. »Meine Herren«, begann sie.

Alexander wartete nicht ab, was sie zu sagen hatte. Er verließ den Seminarraum.

*

»Alexander, warte doch.« Frank lief hinter ihm her den Flur hinunter zum Treppenhaus. »Was hast du vor?«

»Ich habe gar nichts vor«, erwiderte Alexander ungehalten und trabte die Treppe hinunter. »Außer vielleicht, mich irgendwie wieder abzuregen. Laß uns einfach zurück nach Hause fahren und eine Kaffeepause einlegen.« Er durchquerte die weitläufige Eingangshalle mit raschem, ärgerlichem Schritt, seinem Freund immer einen halben Meter voraus.

Frank streckte die Hand aus und hielt ihn zurück. Alexander sah sich irritiert um, und Frank legte den Arm um seine Taille. »Renn doch nicht so. Der Kaffee läuft uns nicht weg.«

Einen Moment lang blieb Alexander stehen, und Frank beugte sich vor und küßte ihn zärtlich auf den Mund. Alexanders überraschter Blick brachte ihn zum Lachen. »'tschuldigung. Ist es das, wovor du Angst hast? Daß ich dich in aller Öffentlichkeit kompromittiere?«

»Nein.« Alexander zog die Brauen zusammen, faßte nach Franks Handgelenk und zerrte ihn weiter, als könne das Gebäude der Philosophischen Fakultät jeden Moment über ihren Köpfen zusammenbrechen. In seiner Hast, nach draußen zu kommen, wirkte er wie ein Fremdkörper zwischen den anderen Studenten, die vor dem Schwarzen Brett und vor den Fenstern der großen, belebten Halle auf den Bänken saßen oder so geruhsam herumschlenderten, als hätten sie alle Zeit der Welt. Alexander schien ihre Anwesenheit nicht einmal zu bemerken. »Wenn du keine Bedenken hast, daß dein ungezügeltes Benehmen hysterische Anfälle bei der gesamten weiblichen Studentenschaft auslösen könnte – mir ist das völlig gleichgültig.«

»Natürlich, mein Imperator«, sagte Frank spöttisch. »Wie konnte ich nur etwas anderes annehmen. Ein echter Schwuler unseres aufgeklärten Zeitalters, mein schöner Freund. Selbstbewußt, gepflegt, gutsituiert und völlig offen im Umgang mit seiner Homosexualität.«

Alexander zog es vor, darauf nicht zu antworten. Er hatte die Glastür aufgestoßen, die nach draußen führte, und atmete tief durch. Er ging langsamer, und schließlich blieb er ganz stehen, die Hände in den Taschen, mit gerunzelter Stirn.

»Ich verstehe das nicht«, sagte er leise.

»Du weißt doch, daß Margot dich nicht leiden kann.« Frank legte einen Arm um seine Schultern. »Das ist doch nichts Neues. Nimm das nicht so schwer.«

»Margot interessiert mich nicht. Ich verstehe Immo nicht.«

Frank seufzte. »Es ist immerhin möglich, daß er eifersüchtig war.«

Alexander schüttelte ungeduldig den Kopf. »Frank, Immo ist ein Hetero. Und zwar einer von der Sorte, die mit Schwulen überhaupt nichts am Hut haben. Homosexualität versteht er ebensowenig, wie er Frauenemanzipation verstehen kann. Immo versteht Dinge wie Sport und Biertrinken und ... du weißt schon.«

»Ja«, sagte Frank. »Er ist 'n Proll.« Einen Moment lang überlegte er, ob Alexander das genauso abstoßend fand wie er, oder ob Immos Urform männlichen Verhaltens für seinen Freund eine gewisse Faszination haben mochte.

Ein muskelbepackter Körper und Hände in der Größe von Toilettendeckeln mußten ja nicht auf jedermann abstoßend wirken, nur weil der Gesichtsausdruck mit dem leicht offenstehenden Mund, der über einem kräftigen Vierkantkinn strahlendweiße Zähne entblößte, etwas Dämliches hatte. Schließlich gab es da das allseits bekannte Sprichwort, das einen Mangel an Intellekt mit guter Leistungsfähigkeit bei Arbeiten in horizontaler Lage in Verbindung brachte.

Im Moment wirkte Alexanders Gesichtsausdruck allerdings leicht angeekelt. »Ein Proll im übelsten Sinne dieses als Schimpfwort verwendeten Ausdrucks, der eigentlich durchaus ehrenwerten Ursprungs ist. Genau. Und weil er ziemlich dämlich ist, gerät er manchmal dann trotzdem an eine Emanze wie Margot. Einfach bloß, weil er gar nicht kapiert, daß sie eine ist. Wahrscheinlich mag er sie, weil sie hochhackige Schuhe trägt.«

»Und du meinst, er war vielleicht auch blöd genug, an einen Schwulen wie Michael zu geraten, ohne zu wissen, daß er einer ist?« Frank grinste. Das war ihm selbst bekanntlich auch schon passiert. »Du meinst, Michael hätte sich auf seine nette Art ganz freundschaftlich an unseren breitschultrigen Blonden rangemacht, und Immo begriff erst, daß Michael schwul war, als ...«

»... als es ihm jemand gesagt hat, ja«, sagte Alexander. »Irgendwer muß es ihm dann wohl erzählt haben nach Michaels Tod. Jetzt jedenfalls scheint er es zu wissen.«

»Wenn er das vorher gewußt hätte, wäre ihm wahrscheinlich schlecht geworden«, vermutete Frank. »Er ist so'n Typ.«

»Ja, genau.« Alexander fuhr sich mit der Hand durch seine dunklen Haare, als hätte er Kopfschmerzen. »Vielleicht hast du recht. Jemand muß ihm wohl gesagt haben, daß Michael und ich ...« Er verstummte abrupt. Frank sah den gequälten Ausdruck in seinen Augen, und der Stich Eifersucht, der ihn unweigerlich piekste, sobald er daran erinnert wurde, welcher Art die Beziehung zwischen Michael und seinem Freund gewesen war, war vergessen. Tröstend legte er seine Wange an Alexanders.

»Komm.« Frank zog ihn weiter. »Es gibt solche Typen. Du kannst es nicht ändern. Andererseits, wenn Immo wirklich so'n krankhafter Schwulenhasser wäre, wie du ihm jetzt unterstellen willst, wieso sollte er dann Michaels Tod so schwergenommen haben?«

Alexander zuckte nur mit den Schultern. Sie gingen zum Parkplatz, und Frank stand ungeduldig neben dem Auto und trommelte mit den Fingern aufs Wagendach, während Alexander den Schlüssel herauskramte, aufschloß, einstieg und schließlich die Beifahrertür aufstieß. Frank ließ sich mit einem schweren Seufzer in die Polster fallen, und Alexander warf ihm einen Blick zu. Frank lächelte. »Hör auf, die Stirn zu runzeln. Du kriegst schon Falten.«

»Na und? Sie passen zu den grauen Haaren, die ich deinetwegen schon bekommen hab'.«

»Ha!« Frank grinste und legte den Sicherheitsgurt an. »Das wüßte ich aber. Du hast kein einziges graues Haar.«

»Ich habe ja nicht behauptet, ich hätte sie auf dem Kopf«, bemerkte Alexander trocken. Dann fügte er hinzu: »Und was immer du jetzt sagen wolltest – schluck's runter, ja? Und halt mal 'ne Weile die Klappe.«

»Ja, mach' ich«, sagte Frank gutmütig.

Sie legten die ganze Fahrt schweigend zurück, und nachdem Alexander den Wagen vor dem Haus seiner Tante geparkt hatte, trottete Frank friedfertig hinter ihm her.

Das Haus war still und leer. Sie gingen in die Küche. Frank holte den Kaffee aus dem Schrank und Alexander das Geschirr. »Trag bitte die Tassen nach oben«, sagte Alexander. »Ich komme nach, wenn der Kaffee fertig ist.«

Frank nahm das Tablett und ging nach oben.

Als sein Freund mit der Kaffeekanne die Treppe heraufkam und die Tür hinter sich sorgfältig schloß, saß Frank im Schneidersitz auf dem Bett. Er nahm seine Tasse entgegen und schaute zu, wie Alexander einen Kaffee nach dem anderen trank, als sei es Medizin, und langsam ruhiger wurde. Kaffee hatte immer diese Wirkung auf ihn, während Frank davon nur noch ungeduldiger wurde, als er ohnehin schon war.

Dann stellte er das Tablett zur Seite, nahm Alexander die Tasse aus der Hand und stellte sie auf den Nachttisch.

»Aha«, bemerkte Alexander mokant. »›Ich will mit dir schlafen‹ die Zweite?«

Frank nickte, ernster als beabsichtigt. »Richtig.«

Sein Freund betrachtete ihn mit kühlem Interesse. »Du bist hartnäckig.«

»Und du siehst aus, als hättest du Todesangst«, erwiderte Frank spöttisch. »Gedenkt Ihr Eure ohnehin zweifelhafte Jungfräulichkeit mit Waffengewalt zu verteidigen, mein Imperator?«

»Vielleicht sollte ich das tun«, sagte Alexander sachlich. »Aber vielleicht sollte ich dir auch nur einen körperlichen Verweis erteilen, weil du Dinge über mich behauptest, die ehrenrührig sind. Ich habe keine Todesangst, und ich sehe auch nicht so aus. Ganz im Gegensatz zu dir. Du hast Angst. Gib es ruhig zu. Spiel nicht den Coolen, Frank. Deine Hände zittern.«

»Ich habe höchstens Angst, daß du wieder nein sagen könntest«, antwortete Frank, und das war sogar ehrlich gemeint. Er griff nach Alexanders Handgelenken und zog ihn näher zu sich heran, ein bißchen zögernd. Vielleicht hätte er aufgegeben, wenn er auf ernsthaften Widerstand gestoßen wäre. Nicht, weil er nicht wollte – sein Kopf war ziemlich vernebelt vor Verlangen, und das einzige, was ihm deutlich bewußt blieb, war die Tatsache, daß er noch nie jemanden so hitzig begehrt hatte. Aber er hatte auch noch nie so viel Angst gehabt, zurückgewiesen zu werden. Diese plötzliche Verletzlichkeit überraschte ihn. Alexander in seine Arme zu ziehen erforderte nicht nur körperliche Kraft, sondern seinen ganzen Mut.

Aber zu seiner grenzenlosen Erleichterung gab Alexander nach. »Noch einmal werde ich dein freundliches Anerbieten garantiert nicht ablehnen«, sagte er, und Frank klammerte sich an ihn, einen Moment lang mehr von Dankbarkeit erfüllt als von allem anderen. »Dafür reicht meine Selbstbeherrschung nun wirklich nicht.«

Das Wort ›Beherrschung‹ klang in Franks Ohren völlig fremd, und er ignorierte es. Falls die Welt zur Zeit aus noch etwas anderem bestand als aus Alexander, ignorierte er das ebenso. Welt und Zeit verschwammen, und sein Bewußtsein nahm unbetrauert Abschied und verschwand. Wenn er je Ängste, Hemmungen oder Vorbehalte gehabt hatte, nahm es sie mit. Das einzige, was er hörte, war der leise, dumpfe Schlag nicht seines eigenen Herzens, sondern Alexanders.

Als würden die Neuronen in den Nervenbahnen seines Gehirns, überladen wie überlastete Schaltkreise, sinnlos elektrische Ladungen in alle Richtungen feuern, blitzten vollkommen absurde Gedanken in ihm auf und fielen wieder ins Vergessen zurück wie verglühte Feuerwerkskörper. Was um ihn herum war, nahm nur manchmal, für kurze Momente, wieder Gestalt an, wenn er sagte: »Ich halte das nicht aus«, und es auch so meinte. Weil sein Körper ihm lakonisch mitteilte, daß er gleich versagen würde, und zwar das Herz zuerst, und daß Frank sterben würde. Im nächsten Moment verblich die Welt um ihn herum und verschwand wie die Cheshire Katze, von der nur das Lächeln zurückblieb, kurz bevor er sagte: »Hör nicht auf, bitte.« Obwohl er sich in einem Rausch befand, der gewaltiger war als alles, was er je durch Alkohol oder Drogen – oder Mädchen – erreicht hatte, war das, was er tat und was er fühlte, von vollkommener Klarheit. Außer in den Momenten, in denen er über den Rand der Welt fiel und in etwas versank, das irgendwie jenseits lag, wie in einer Art Ohnmacht.

Aus dieser Ohnmacht erwachte er nicht mehr, sondern sein völlig erschöpfter Körper überrollte seinen Willen mit einem energischen Schrei nach Stille, und er schlief einfach ein. Zehn Minuten später schrak er aus einem wüsten, dunklen Traum auf, in dem er durch einen Wald gejagt war, auf dem Rücken eines Pferdes, mit einem wilden Ruf, den er so laut und deutlich gehört hatte, als hätte er ihn wirklich ausgestoßen, hier, in Alexanders Zimmer.

»Mein Gott«, sagte er. Er mußte lachen, was nicht ganz leicht war, weil Alexander mit mindestens der Hälfte seines Gewichts auf ihm lag. Frank streichelte die vollkommen glatte Haut seines Rückens und fuhr langsam mit den Fingerspitzen an der Wirbelsäule entlang, bis Alexander sich regte und aufstöhnte, als wäre das das letzte, was er ertragen konnte.

»Bitte, hör auf. Wenn du von vorn anfängst, wird es mich umbringen.«

»Daß du überhaupt in dieser Weise darauf reagierst, ist nur ein Zeichen dafür, daß wir ohne weiteres wieder von vorn anfangen können«, stellte Frank unbarmherzig fest.

»Gib mir wenigstens Zeit für eine Zigarette.«

»Deine Zigaretten liegen auf dem Schreibtisch. Ich kann nicht aufstehen, weil du auf mir liegst, und du bist körperlich außerstande, es selbst zu tun. Laß uns einfach schlafen.«

Alexander richtete sich halb auf und sah auf ihn hinab. »Du genießt es, Macht über mich zu haben.«

»Jede einzelne Sekunde davon«, erwiderte Frank spöttisch. »Und wenn ich dafür mit dir ins Bett gehen muß.«

»So ungefähr hatte ich mir das gedacht.« Alexander stand vorsichtig auf. »Macht. Jeder verschafft sie sich auf seine Weise. Und dies ist deine.« Er lächelte auf ihn hinab. »Du bist gut darin.«

»Ja«, sagte Frank trocken. »Ich weiß.«

Alexanders Lachen war etwas Seltenes, und es veränderte sein Gesicht vollkommen. Alles Düstere war verschwunden und machte Platz für einen völlig anderen Menschen. Einen, den nur wenige kennenlernten, aber der eigentlich immer da war, die ganze Zeit. Und von dem auch Frank nicht wußte, warum er sich so sorgfältig verbarg.

Aber er wußte, daß er, was immer auch passieren mochte, Alexander genau so in Erinnerung behalten würde: lachend und vollkommen entspannt, wie er am Fenster stand und sich in der Abendsonne räkelte, die ihn in goldenes Licht tauchte.

*

»Wo seid ihr denn gestern gewesen?« fragte Pia, die ihnen am folgenden Tag in der Eingangshalle der Philosophischen Fakultät begegnete. Ehe jemand antworten konnte, rief die Dozentin nach ihnen. Claudia Bertram war deutlich anzusehen, daß sie zu dem gestrigen Kurzgastspiel der beiden in ihrem Seminar gern noch das eine oder andere Wort verloren hätte. Frank stellte sich quer wie ein gereizter Kater, aber Alexander bedeutete ihm mit einer Handbewegung, daß er das regeln würde.

Frank wandte sich Pia zu, mehr aus Höflichkeit gegenüber Alexander, als daß er wirklich mit ihr reden wollte, und behielt ein Ohr bei dem Gespräch hinter sich. Aber es wurde eine ausgesprochen zivilisierte Unterhaltung. Alexander entschuldigte sich, formvollendet und unwiderstehlich.

»Wir waren Kaffee trinken«, sagte Frank zu Pia und konnte ein Lächeln nicht unterdrücken. Er hob die Arme und streckte sich ausgiebig. Dann lehnte er sich gegen das Treppengeländer und beobachtete seinen Freund mit derselben gespannten Aufmerksamkeit, die ein Kater seiner Beute entgegenbringt, aber mit wesentlich mehr Respekt.

»Worüber reden die beiden?« fragte Pia.

»Über gestern nachmittag, als wir mitten im Seminar abgehauen sind, nachdem wir reichlich gestört haben«, berichtete Frank. »Die Bertram wollte dazu ganz gern eine Stellungnahme. Und die bekommt sie gerade.«

»Komisch«, sagte Pia. »Alexander scheint sich zu entschuldigen.«

»Seine Gnaden sind heute ungewöhnlich sanft gestimmt.« Frank lächelte. Das war auch nicht weiter verwunderlich nach der ereignisreichen letzten Nacht. Alexanders Fähigkeit, schlechte Laune zu produzieren, war vermutlich vorübergehend außer Gefecht gesetzt. Frank tastete nach seinen Zigaretten, dann fiel ihm ein, daß sie wahrscheinlich irgendwo in Alexanders Auto lagen. Er wollte Pia um eine bitten, aber sie war Nichtraucherin. Genau wie er selbst übrigens, seit einer schweren Lungenentzündung vor mindestens einem halben Jahr. Er seufzte. Auch für ihn war diese Nacht also nicht folgenlos geblieben. Konzentration, Realitätssinn, Gedächtnis und die Fähigkeit, beim Anblick von Frauen Hormone auszuschütten, schienen gelitten zu haben.

»Dann muß ja was Entscheidendes passiert sein«, sagte Pia. »Normal ist das jedenfalls nicht.«

»Da hast du recht.« Frank hatte immer noch ein Gefühl, als könne er jede einzelne Körperzelle spüren. Er war vollkommen entspannt, und das einzige, was ihm nicht gefiel, war die menschliche Angewohnheit, auf zwei Beinen irgendwo herumzustehen. Er hätte sich lieber auf dem Boden geräkelt oder wäre am Geländer herumgeklettert. Dabei hätte er eigentlich todmüde sein müssen. Aber vielleicht hatte sein Körper eine Überdosis Endorphine abzubauen. Wenn er damit fertig war, würde er vermutlich Franks Knien das Signal zum Einknicken geben und ihn übergangslos in Tiefschlaf versenken.

Pia betrachtete Alexander und die Dozentin mit düsterem Gesichtsausdruck. »Ich glaube, ich würde es nicht wagen, Alexander Tiberius für etwas zur Rechenschaft zu ziehen.«

Frank warf ihr einen Blick zu. »Ich wußte gar nicht, daß du Angst vor ihm hast.«

»Ich kenne niemanden, der keine Angst vor ihm hätte«, sagte Pia. »Außer dir natürlich. Ich meine, versteh mich nicht falsch, ich mag Alexander. Allerdings ist er zu mir auch ziemlich nett. Aber er hat was Unheimliches. Ich trau' ihm so einiges zu, was ich anderen nie zutrauen würde.«

Frank beobachtete Alexander und schwieg. Das einzige, was ihm ein bißchen unheimlich vorkam, war die grenzenlose Zärtlichkeit, die er fühlte. Frank betrachtete Alexanders Hand, die rechte Hand, an der er den Ring mit dem goldenen Skarabäus trug, und verlor sich in Erinnerungen. Als Pia ihn schließlich anstieß, zuckte er zusammen.

»He«, sagte sie. »Erde an Frank Wingard.«

Er seufzte. »Zu spät. Verbindung abgebrochen.« Pia grinste, aber ihm selbst war nicht so ganz klar, ob er das lustig fand oder vielleicht eher ein bißchen erschreckend.

Alexander und die Bertram trennten sich gerade, und es wirkte überraschend freundschaftlich. Die Dozentin hatte normalerweise wenig Geduld mit Studenten, die ihrer Vorstellung von Disziplin nicht entsprachen. Andererseits hatte Alexander bei ihr einen gewissen Bonus, weil ihr Theaterseminar von seinem schauspielerischen Talent profitierte. Das bedeutete zwar nicht, daß sie ihm in anderen Anglistik-Veranstaltungen Sonderrechte einräumte. Aber sie spielte mit dem Gedanken, mit ihren Studenten in absehbarer Zeit eine Hamlet-Aufführung zu inszenieren, und Alexanders erster Versuch mit dem berühmten »To be or not to be ...« hatte sie tief beeindruckt.

Ursprünglich hätte sie lieber Frank als den Dänenprinzen gesehen, von seinem Äußeren her schien er für die Rolle geradezu prädestiniert. Aber während er normalerweise eine nicht zu übersehende Erscheinung darstellte, war es mit Franks Bühnenpräsenz nicht weit her. Und er wußte selbst, daß er bei tiefernsten Monologen nicht besonders glaubhaft wirkte. Ganz davon abgesehen, daß er in den Dialogen mit Ophelia keine gute Figur abgab. Alexander war großartig in solchen Szenen. Frank dagegen machte sich immer besonders gut in der Rolle des besten Freundes eines großen Mannes. Da lief er zur Hochform auf.

Alexander legte einen Arm um Pia und einen um Frank, und sie gingen nach oben in den Seminarraum. Pia sah ein bißchen verträumt aus, als Alexander sie wieder losließ, aber Frank achtete nicht darauf. Er schlafwandelte zu seinem bevorzugten Platz, blieb in einigem Abstand davor kurz stehen, betrachtete ihn, als sähe er ihn zum erstenmal, und setzte sich schließlich wie jemand, der einen irgendwie historischen Moment erlebt.

Seit er zum letztenmal hier gesessen hatte, hatte sich eine Menge verändert. Und das Bewußtsein, daß Michaels Tod diese Veränderungen in Gang gebracht hatte, hatte Franks Weltbild in einer Weise beeinflußt, deren Auswirkungen er nicht abschätzen konnte. Er wußte, daß er noch lange brauchen würde, um überhaupt in klare Gedanken und Worte fassen zu können, was passiert war – nicht die offensichtlichen Veränderungen in seinem Leben, aber die in seinem Innern. Derjenige, der jetzt hier saß, war nicht mehr derselbe, der noch vor kurzer Zeit hier gesessen hatte.

Frank lächelte. Genau wie das körperliche Wachstum schien auch das geistige eher in Schüben und plötzlichen Sprüngen zu passieren als in einem langsamen, kontinuierlichen Prozeß. Aber während das körperliche Wachstum ein klares Ziel hatte – nach oben – verlief der Prozeß geistiger Reife in Zickzackbewegungen, die manchmal völlig willkürlich erschienen, vor allem, weil auch die Anlässe so scheinbar willkürlich eintraten. Er verstand die Sehnsucht nach einer Vorstellung, die Willkür als Ursache solcher Veränderungen ausschloß, viel umfassender als vorher. Es war verführerisch, an eine Vorsehung zu glauben.

Aber er war nicht bereit, in Michaels grausamem Tod eine derart profane Sinnvorstellung zu suchen.

Ihm war sehr deutlich bewußt, daß Alexander still neben ihm saß, während Frau Bertram vorn ihre Unterlagen sortierte, etwas an die Tafel schrieb und sich schließlich umwandte, um ihr Seminar zu beginnen. Frank rückte ein bißchen näher an Alexander heran, verschränkte die Arme und versank mit offenen Augen in einer Welt weit weg von diesem Raum. Jedenfalls ein paar Kilometer weit weg und zeitlich gesehen etwas weiter zurück.

»Horatio«, sagte Frau Bertram laut. Es nützte nichts. Sie stand mitten im Raum direkt vor Franks Tisch, und sie sprach mit ihm. Und das schon seit einer geraumen Weile. Aber er sah sie nicht. Die anderen lachten.

»Frank«, sagte Alexander leise.

Frank blinzelte und wandte sich ihm zu. »Die Stimme seines Herrn«, flüsterte jemand, und es hörte sich an wie Immo. Das Gelächter im Raum kam hauptsächlich von männlichen Kommilitonen.

Aber nicht nur.

Frank grinste gutmütig, und inzwischen hatte er auch Frau Bertram entdeckt und wandte sich ihr zu. »Ja?«

»Frank, worüber habe ich gerade gesprochen?«

»›Er hat eine Geliebte‹«, zitierte Frank seine Dozentin wortgetreu, ohne auch nur eine Sekunde zu zögern, »›die sich von ihrem Bruder dazu verleiten läßt, so zu tun, als sei ihr nicht viel an ihm gelegen. Er hat einen Stiefvater, der seinen Vater umbrachte, und eine Mutter, die seinen Vater verriet, indem sie den Mörder seines Vaters heiratete. Er ist ein schrecklich einsamer Mann, der junge Prinz von Dänemark, und wir könnten den Wahnsinn, den er Ophelia vorspielt, oder besser, den Männern, die sich hinter dem Vorhang verstecken, durchaus glauben, es sei denn ...‹«

»Frank hat ein Tonband an der Stelle, wo bei anderen Menschen das Gehirn sitzt«, warf Alexander ein. »Wußten Sie das nicht? Und einen Fotoapparat. Er kann heute noch aus allen drei Winnetou-Bänden auswendig rezitieren, obwohl er sie vor zehn Jahren zuletzt gelesen hat. Wenn Sie wissen wollen, ob er aufgepaßt hat, müssen Sie ihm schon detailliertere Fragen stellen.«

»Danke, Alexander«, sagte die Dozentin. »Frank, worum geht es in der Beziehung zwischen Hamlet und Horatio?«

»Um Liebe«, antwortete Frank prompt. »Es geht immer um Liebe. Wenn je ein Schriftsteller ohne einen jungen

Adligen und seinen ebenso jungen, nicht ganz standesgemäßen Freund ausgekommen ist, dann muß das vor den alten Griechen gewesen sein. Drei Viertel der abendländischen Literatur befassen sich mit platonischer Liebe.«

»Wir sollten gelegentlich darüber reden, wie Sie das Wort ›platonisch‹ auffassen«, sagte Frau Bertram. »Offenbar hat Sie das Gerücht erreicht, Shakespeare sei in einen Mann verliebt gewesen.«

»Ob er es nun war oder nicht«, erwiderte Frank, »er hat es jedenfalls nicht gewagt, Horatio mit Hamlet ins Bett zu schicken. Eine Menge dieser alten Dramen, ob Shakespeare oder was auch immer, wären viel spannender, wenn das gewagt worden wäre. Aber hat man mir je gegönnt, Alexander beim Durchspielen einer dieser ewigen Der-Prinz-und-sein-treuer-Freund-Szenen mal ernstlich zu umarmen? Nie. Erst erklärt er mir seine Liebe, aber dann redet er doch bloß von seiner Mutter – immer dasselbe. Mag er sie lieben, mag er sie hassen, nie kommt der Prinz von seiner Mutter los. Ich bin's wirklich leid.«

»Oh, dem kann abgeholfen werden«, versicherte Frau Bertram. »Wir können ja mal ›Edward II.‹ aufführen, von Christopher Marlowe. Mit Alexander als dem jungen englischen König und Ihnen als Gaveston, seinem so herzlich geliebten französischen Freund. Sie werden aus dem Umarmen gar nicht wieder herauskommen. Vielleicht dürften Sie ihn sogar küssen. Wäre das genehm?«

Frank grinste. »Hört sich nach einer Menge Spaß an.«

»Und ich hätte Spaß, wenn Sie mir die Ehre antun würden, besser aufzupassen«, bemerkte die Bertram. »Übrigens geht es meiner Ansicht nach nicht um Liebe, bei Horatio und Hamlet.«

»Ja, das ist mir klar«, antwortete Frank herablassend. »Frauen glauben das nie. Ein verständlicher Irrtum, aber manchmal fatal.«

»Mädels, laßt euch das gesagt sein«, wandte sich die Bertram an die anderen. »Die Botschaft war wohl deutlich. Seinen Körper könnt ihr haben, sein Herz jedoch gehört dem Freund. Merkt euch das.«

»Das ist ein Mißverständnis«, protestierte Frank.

»Er hat überhaupt kein Herz«, behauptete Pia.

Frank seufzte. »Das Mißverständnis betraf nicht mein Herz.«

»Über Ihren Körper möchte ich mich jetzt nicht weiter streiten«, sagte Frau Bertram. »Er ist ja nicht mal vollständig, ohne Herz und mit einem Tonband statt eines Gehirns. Obwohl ich andererseits nicht behaupten will, das sei bei Männern ungewöhnlich. Nun ja. Wenden wir uns lieber wieder Shakespeare zu. Immo, wie beurteilen Sie das Verhältnis zwischen dem jungen Prinzen und Horatio?«

*

»Edward der Zweite«, sagte Alexander, als sie nebeneinander zum Parkplatz gingen. »Das würde ich gern spielen.«

Natürlich. Es dokumentierte die Homosexualität eines englischen Königs, die auch prüdeste Historiker kaum noch abzustreiten wagten. Es war ja immer nett, wenn man die eigenen Gefühle und Wirrungen bei Personen wiederfand, die irgendeinem öffentlich anerkannten körperlichen, geistigen, sozialen oder Seelenadel angehörten. Abgesehen vom königlichen Geblüt des zweiten Edward war einer seiner sogenannten ›Günstlinge‹ immerhin ein direkter Vorfahr der heißgeliebten Prinzessin Diana, deren Liebes- und Leidensgeschichte die halbe Welt in Atem gehalten hatte.

Frank beobachtete, wie Alexander sich eine Zigarette

anzündete, die Hand mit dem Skarabäus schützend über die kleine Flamme gewölbt, die im warmen Frühlingswind flackerte. Alexander war Linkshänder, aber die Versuche seiner Eltern, ihm das abzugewöhnen, hatten ihn mit beidhändiger Geschicklichkeit ausgestattet. Wenn man darauf achtete, wirkte es verwirrend. Zeichen eines zwiespältigen Wesens, dachte Frank, und versuchte sich seinen Freund als ›Günstling‹ eines Königs vorzustellen, der die Geschicke eines ganzen Landes lenkte. Es fiel ihm nicht schwer. Vermutlich hätte Alexander seine Rolle in der Politik geschickter gespielt als Gaveston.

Vielleicht auch nicht. Vielleicht würde Macht ihn in einen Rausch versetzen, der seinen Verstand benebeln und ihn dazu anstiften konnte, diktatorische Entscheidungen zu treffen, die sich verhängnisvoll auswirken mochten. Darin hatte Pia recht, auch wenn Frank das ungern zugab: Alexander hatte etwas Düsteres, und er konnte unberechenbar sein.

Frank war durch Macht nicht korrumpierbar. Das wußte er ebenso sicher, wie er wußte, daß er rote Haare hatte. Macht war ihm genauso gleichgültig wie Geld. Und das Bewußtsein, daß man beides nicht mißbrauchen durfte, wurzelte zu tief in seinem Charakter, als daß äußere Umstände daran etwas hätten ändern können. Daß er plötzlich Macht über Alexander besaß, war eine faszinierende Tatsache, aber auch das brachte ihn nur dazu, noch vorsichtiger mit ihm zu sein.

Alexander zog an seiner Zigarette und starrte durch die kühlen Silhouetten der Universitätsgebäude hindurch, als läge dahinter vor seinem inneren Auge die Pracht königlicher Paläste. »Er stürzte über seine Liebe zu Gaveston. Sie haben ihn umgebracht. Weil er Gaveston mehr liebte als sein Königreich, seine Krone – und als sein Leben.«

»Ach, komm«, sagte Frank. Das schlichte ›Sie haben ihn

umgebracht‹ machte ihm abrupt wieder klar, daß Edward der Zweite nicht nur ein Charakter aus einem Theaterstück war, sondern ein Mensch, der gelebt hatte, wie er selbst. Und wie Michael. Er fröstelte, obwohl der leichte Wind, der über den Parkplatz fuhr, warm war. »Du möchtest doch nur den Moment genießen, in dem ich vor dir auf die Knie sinke, um deine Hand zu küssen, und du mich an dich ziehst. ›Küß nicht meine Hand, umarme mich, Gaveston, so wie ich dich ...‹«

»Du kennst das Stück!« Alexander zog die Brauen hoch und musterte spöttisch seinen Freund.

Frank sah zu Boden und grinste. »Es kam mal im Fernsehen. War mir entschieden zu peinlich, mit dir drüber zu reden. Zuviel schwuler Sex. Hat mich in schwerste seelische Konflikte gestürzt. Von den körperlichen Nachwirkungen ganz zu schweigen.«

Alexander schüttelte den Kopf. Er schnippte die nicht einmal halb gerauchte Zigarette weit von sich und trat sie im Weitergehen schließlich aus. »Manchmal verstehe ich dich wirklich nicht.«

»Warum?« fragte Frank. »Das war wirklich das erste Mal, daß ich gesehen habe, daß jemand eine homosexuelle Beziehung so zärtlich darstellt, so selbstverständlich und so überzeugend. Ich fand es ergreifend. Ich könnte nicht behaupten, daß ich bei ›Romeo und Julia‹ so intensiv mitgelitten hätte. Als sie sich trennen müssen und Edward versucht, den Abschied hinauszuzögern, und Gaveston sagt ›Für jeden Blick, mein Lord, fällt eine Träne‹, da war das bei mir auch nicht anders.«

Alexander versuchte ein Lächeln zu unterdrücken, aber es gelang ihm nicht ganz. »Heulsuse.«

»Ja, war mir auch peinlich. Ein gestandener Macho wie ich hat bei einem Liebesfilm keine Packung Taschentücher zu brauchen.«

»Noch mehr Tränen?« fragte Alexander ungläubig.

Frank nickte. »Klar! Als die Königin ihm vorwirft, er würde sie ihres Herrn berauben, und er herumfährt und ihr antwortet ›Madam, Ihr seid es, die mich meines Herrn beraubt!‹, hätte ich spontan der Schwulenbewegung beitreten können und für die gesetzliche Anerkennung homosexueller Partnerschaften auf die Barrikaden gehen.«

»Ich spreche dir hiermit unseren tief empfunden Dank aus«, sagte Alexander spöttisch.

»Es hat mich verdammt verwirrt«, erklärte Frank. »Es hatte plötzlich so viel mit dir zu tun. Immerhin war mir völlig klar, daß ich dich liebe, irgendwie, wenn ich auch nicht so genau wußte, wie. Ich habe mehr als eine Frau gebraucht, um dieses Gefühl zu vergessen, dir sehr viel näher zu sein, als für unsere Freundschaft gesund sein kann. Das Ganze bekam eine heftig schwärmerische Note, und ich hatte Angst, du könntest dich vielleicht angeekelt abwenden, wenn du das merkst.«

Alexander lachte. »Autsch. Wie kannst du, ausgerechnet du, mich so wenig kennen.«

»Es mag damit zu tun haben, mein heiß geliebter Freund, daß du so ungemein bemüht warst, gewisse Dinge vor mir zu verbergen«, antwortete Frank scharf.

Alexander legte einen Arm um seine Schultern und zog ihn an sich, während sie auf den Wagen zugingen. »Ist ja gut. Kein Streit, bitte. – Hör mal, meine Tante hat mich in die Stadt zum Essen eingeladen. Danach brauche ich ...« Er lächelte. »... Bewegung.«

Frank grinste.

Alexander ließ ihn los, schloß die Beifahrertür für ihn auf und blieb stehen. »Soll ich meine Tante fragen, ob wir die Pferde haben können?«

»Mein Gott, Alexander.« Frank krauste seine sommersprossige Nase. »Pferde? Ich weiß nicht, ob mir das nicht ein bißchen zu weit geht.«

Alexander verdrehte die Augen. »Mir scheint, mir ist die Fähigkeit abhanden gekommen, mich eindeutig zu artikulieren. Also, eigentlich dachte ich, daß wir, bevor wir ...«

»Klar«, sagte Frank. »Gehen wir reiten. Das haben wir lange nicht mehr gemacht.«

»Gut. Und danach können wir uns immer noch dem zuwenden, woran du unablässig denkst. Das haben wir auch lange nicht mehr gemacht. Es muß Stunden her sein. – Irgend jemand brüllt da hinter dir her.« Alexander drehte sich um. »Es ist Pia.«

Frank sah nicht begeistert aus.

»Geh.« Alexander umarmte ihn und küßte ihn, nicht freundschaftlich, aber immerhin gerade noch zurückhaltend genug, daß man es notfalls aus einiger Entfernung für freundschaftlich halten konnte. Wenn man dazu neigte, die Welt als ausschließlich heterosexuell orientiert zu betrachten und nur zu sehen, was man sehen wollte. So, wie Frank es jahrelang praktiziert hatte. Er schloß die Augen, und als Alexander ihn wieder losließ, spürte Frank einen so sehnsüchtigen Schmerz, daß er sich beinahe erschrocken fragte, wann ihm das je passiert war. Oder ob überhaupt.

»Laß dich von Pia nach Hause bringen, die tut es gern«, sagte Alexander. »Ich hol' dich nachher ab. So gegen drei.«

Einen Moment lang stand Frank einfach da und schaute hinter ihm her. Dann hörte er Pia rufen, und er schüttelte den Kopf über sich selbst, wandte sich ab und ging zu ihr zurück. Trotzdem drehte er sich auf halbem Wege noch einmal um.

Alexander ebenfalls.

»Meine Güte, euch zu trennen ist ein Haufen Arbeit«, sagte Pia. »Alex hat vorhin gesagt, daß er nicht nach Hause fährt, und ich dachte, vielleicht kann ich dich hinbringen. Soll ich?«

»Klar.«

Normalerweise war Pia eine waghalsige Fahrerin, aber heute schien sie ausgesprochen langsam. Ganz davon abgesehen, daß man den Weg, den sie nahm, nicht gerade als Abkürzung betrachten konnte. Frank merkte es, aber er nahm es nicht weiter wichtig. Er nahm überhaupt nichts wichtig. Außer Alexander. Er schaute aus dem Fenster und fragte sich, ob das schlimmer werden würde oder ob es vielleicht irgendwann wieder nachlassen könnte, wie eine Krankheit. Fieber. Oder so was.

Risiken und Nebenwirkungen. Er hatte sich nicht viel Gedanken über das gemacht, was er tat. Warum auch. Es war ja nicht das erste Mal, daß er mit jemandem schlief. Wieso hätte er annehmen sollen, es würde ihn irgendwie mehr aufrütteln als sonst. Er hatte bisher nie Probleme gehabt, wieder zur Tagesordnung überzugehen. Normalerweise schüttelte er sich wie ein Hund, der aus dem Wasser kommt, und ging fröhlich seiner Wege.

Bisher hatten alle Wege zu Alexander zurückgeführt. Frank hatte sich oft genug mitten in der Nacht aus den Wohnungen seiner weiblichen Eroberungen geschlichen, weil er dort einfach nicht einschlafen konnte, und war in Alexanders Bett gekrochen.

»Du bist so still«, sagte Pia plötzlich. »Und Alex auch. Was ist los mit euch heute?«

»Mit mir und Alexander?« Na, herrlich, dachte er. Jetzt krieg' ich schon eine Gänsehaut, wenn ich seinen Namen ausspreche. Das kann ja heiter werden. »Och, nichts. Wir sind einfach nur ein bißchen müde.« Er grinste, als ihm plötzlich einfiel, daß er eines Nachts irgendwo im Stadtteil Bilk aus einem Flurfenster im ersten Stock gesprungen war, weil er unten vor verschlossener Haustür gestanden hatte. Seitdem nahm er bei jeder Frau den Schlüssel mit runter, wenn er nachts flüchtete, und entsorgte ihn dann im Briefkasten.

Pia hielt vor einer roten Ampel und schaute nachdenklich zur Seite. »Er ist merkwürdig.«

»Ja, so was Ähnliches hast du vorhin schon mal gesagt«, erwiderte Frank ein wenig bissig. »Hast du ein Problem mit ihm?«

»Nein«, stritt Pia hastig ab. »Ich hab' doch gesagt, ich mag ihn.«

Ja, dachte Frank, und ich hab' mich in ihn verknallt. Großartig. Ich sitze hier, träume von ihm und genieße es, über ihn zu reden. Bambi ist ein feuchter Kehricht gegen mich, wenn es um Kitsch geht.

Er wäre beinahe zusammengezuckt, als ein protziger, kupferfarbener Jaguar an ihnen vorbeifuhr. Einen Moment lang hätte er schwören können, daß Alexanders unsäglicher Cousin Oskar am Steuer gesessen hatte. Aber er wußte, daß das unwahrscheinlich war. Oskar wohnte in München. Er hatte zwar einen Freund in Düsseldorf, aber allzu intensiv war die Beziehung nicht. Das waren Oskars Liebschaften nie. Ihm schien an materiellen Dingen mehr zu liegen. Oder jedenfalls versuchte er, diesen Eindruck zu wecken. Vielleicht war das, dachte Frank plötzlich, nur Oskars Art, sich vor Enttäuschungen zu schützen.

Sanft, großäugig und verträumt. Bambis rosa Sicht der Welt. Frank grinste. Wenn er jetzt auch noch anfing, für Oskar Verständnis aufzubringen, dann wurde die Sache langsam beunruhigend.

Natürlich war Oskar mehr als einfach nur ein nerviger Kerl, der seine Finger nicht bei sich behalten konnte. Er war intelligent, hatte eine Nase für Trends, und er war mutig. Er studierte in München Betriebswirtschaft, aber das nur noch mehr oder weniger nebenbei. Er hatte das Geld, das seine Familie ihm mit auf den Weg gegeben hatte, in Investitionen gesteckt, die sich inzwischen als Goldgruben erwiesen. Im Vergleich zu ihm war Alexander vermutlich ein armer Mann.

Alexander lag nichts an Reichtum. Aber auch Oskar ging es ganz bestimmt nicht allein um das Geld, sondern auch darum, seinem Vater etwas zu beweisen. Einem Vater, der gar nicht erst versuchte, ein Geheimnis daraus zu machen, daß ein homosexueller Sohn für ihn eine Tragödie bedeutete. Keine Enkel. Keine Fortführung der alten Dynastie. Keine Heirat mit einer charmanten junge Dame von Adel. Kein Zuwachs an Macht, Reichtum und Ansehen durch die Verbindung zweier hochrangiger Familien.

Frank kaute nervös an seinen Lippen. Gedanken über väterliche Ambitionen bekamen ihm meistens nicht gut. Er wollte nicht an seinen eigenen Vater erinnert werden.

»Wollen wir ein Eis essen gehen?« fragte Pia plötzlich, als die Ampel auf Grün umsprang und sie weiterfuhr.

Frank schüttelte den Kopf. »Ich brauche ein kräftiges Mittagessen. Mir ist nicht nach Eis.«

Pia seufzte. »Hilfe.«

»Was?«

»Ach, nichts«, sagte sie resigniert. »Eine meiner Freundinnen hat mal einen Typ gefragt, ob er einen Kaffee mit ihr trinkt, und er hat gesagt ›Ich habe keinen Durst‹.«

»Hat diese Geschichte irgendeine Moral, die mir entgeht?«

»Es ging mir nicht um das Eis, Frank.«

»Dann solltest du auch nicht von Eis reden, Pia. Ich jedenfalls rede nicht nur vom Mittagessen, ich brauche es auch. Und das meine ich ganz ernst. Und ohne jede Zwischentöne oder Nebenbedeutungen oder ...«

»Was war da eigentlich los gestern im Seminar, als Margot so laut gelacht hat?« fragte Pia plötzlich. »Du weißt schon, das bei der Bertram. Old English.«

Frank biß sich auf die Lippen. Dann sagte er: »Halt mal an, bitte.«

»Wie – hier?«

»Hier oder woanders, aber bald. – Da hinten ist übrigens eine Eisdiele.«

»Oh«, sagte Pia hocherfreut und hielt nach einem Parkplatz Ausschau.

*

Sie legte den Arm um Franks Hüften, als sie vom Auto zu der Eisdiele hinübergingen. Er achtete nicht darauf. Er sprach erst wieder, als sie einen Platz gefunden und bestellt hatten. Frank hatte keinen Appetit auf Eis. Er trank Kaffee, während Pia sich über einen riesigen Schokoladenbecher hermachte.

»Ich glaube, wir haben ein Problem«, sagte Frank.

Pia schaute ihn mit großen Augen an. »Du und ich?« fragte sie ängstlich.

Er lächelte. »Ja, das vielleicht auch. Aber eigentlich meine ich Alex und mich.«

»Ich weiß, daß du keine feste Beziehung willst«, sagte Pia leise.

Frank versuchte diese Bemerkung einzusortieren. Er hatte ziemliche Mühe damit. Schließlich kam er zu dem Ergebnis, daß sie sich wahrscheinlich darauf bezog, daß er dafür bekannt war, keine festen Beziehungen zu Frauen einzugehen. Und daß Pias Feststellung mit seiner Bemerkung über Alexander nichts zu tun hatte.

»Pia, im Moment sind Beziehungen nicht mein Problem. Ich habe andere Sorgen. Es scheint Leute zu geben, die der Ansicht sind, daß Alex was mit Michaels Tod zu tun hat.«

Pia beschäftigte sich angelegentlich mit ihrem Eisbecher.

Frank spürte, wie eine Wut in ihm hochstieg, die schlimmer war als alles, was er je gefühlt hatte. Er wartete nicht, bis sie ihr volles Ausmaß zeigte, denn er wußte, daß er um sich schlagen würde, wenn es soweit war. Er griff nach dem Portemonnaie in seiner Hosentasche. Er würde bezahlen gehen. Er würde keine Sekunde länger mit diesem Weib an einem Tisch sitzen. Wenn sie glaubte, Alexander sei fähig, jemanden umzubringen, dann war es angebracht zu verschwinden, ehe sein Jähzorn überkochte.

Auch wenn er sich noch niemals dazu hatte hinreißen lassen, eine Frau zu schlagen, und er auch nicht wußte, ob er das überhaupt gekonnt hätte. Bei vielen Tierarten gab es bei den männlichen Exemplaren eine Beißhemmung gegenüber den weiblichen, sie wehrten sich nicht einmal, wenn sie von den Weibchen angegriffen wurden. Das ging Frank ähnlich.

Aber wenn dieses Gefühl in ihm hochquoll, dieses ganz spezielle Gefühl, das sich rasch zu einer Art Wolke verdichten konnte, die nicht nur seinen Verstand benebeln würde, sondern auch seine Fähigkeit zu sehen – dann war er unberechenbar, und er wußte das. Frank atmete tief aus und stützte die Arme auf den Tisch, um langsam und vorsichtig aufzustehen.

Aber dann sagte Pia: »Ich weiß. Ich habe es dir nicht gesagt, weil ... ich hatte gehofft, ihr würdet es vielleicht nie erfahren müssen. Es ist so ... widerlich. Es tut mir leid, Frank. Ich hoffe, du glaubst nicht, daß ich so etwas gemeint hätte, als ich gesagt habe, ich würde Alex eine Menge zutrauen. Er hat was Düsteres an sich, Frank, aber das heißt nicht, daß ich glaube, er könnte ... jemanden umbringen.«

»Freut mich zu hören«, sagte Frank schwach. Er richtete sich wieder häuslich ein auf seinem Stuhl, aber es dauerte noch eine Weile, bis sein gesträubtes Gefieder geglättet war. In der Zwischenzeit hatte Pia Gelegenheit, fast die Hälfte ihres Eisbechers zu vertilgen. Schließlich fragte Frank: »Sag mal, hast du was mitgekriegt von einer Aktion gegen Alexander? Hat jemand was geplant?«

Sie sah überrascht zu ihm auf und schüttelte den Kopf. »Er wird verdächtigt, und es gibt Gerede. Aber das war's dann auch schon. Und ich versuche natürlich, diesem dummen Gequatsche entgegenzuwirken.«

»Wenn also jemand was geplant hätte, dann hättest du es wahrscheinlich gar nicht erfahren«, folgerte Frank.

»Wenn ich von irgendwelchen Aktionen erfahren würde, dann würde ich sie verhindern oder euch wenigstens warnen.« Pia spielte mit ihrem Löffel herum und schleckte hingebungsvoll einen Klecks Sahne herunter. »Und ich denke, das ist auch jedem klar.«

So, wie sie ihre Zunge um den Löffel herumbewegte, outete sie sich eindeutig als eine derer, die einen Kinofilm zuviel gesehen haben, in dem eine Frau mit dem Essen spielt, um einen Mann anzumachen. Frank verzog unwillkürlich das Gesicht. Sie wurde rot. Er fragte sich, ob es sie trösten würde, wenn er ihr sagte, daß er einfach nicht erreichbar war, ganz egal, womit sie herumspielte. Aber abgesehen davon, daß das als Trost wohl kaum funktionierte, würde sie es ihm wahrscheinlich nicht einmal glauben.

Frank stemmte die Ellbogen auf den Tisch, stützte den Kopf in die Hände und starrte gedankenverloren auf Pias Eisbecher. Sein romantisches Bedürfnis, über seine Beziehung mit Alexander zu reden, wurde stark abgekühlt durch die Vorstellung, daß sie dann vermutlich anfangen würde zu heulen. Er runzelte die Stirn. »Sag mal, woher bekommt man eine Styroporpuppe? Du weißt schon, so'n Ding, wie sie manchmal in Schaufenstern stehen. Lebensgroßer Torso.«

Pia hatte es aufgegeben, ihren Eislöffel zu vermeintlich erotischen Zwecken zu mißbrauchen, und beschränkte sich darauf zu essen. »Meinst du die Dinger, die wir benutzen, um die Theaterkostüme aufzubewahren, die nicht gefaltet oder auf Bügel gehängt werden dürfen?«

Frank blinzelte verdutzt. »Ja. Ja, genau ...«

»Nimm dir eine, wenn du eine brauchst«, sagte Pia. »Laß dich nur von der Bertram nicht erwischen. Ich glaube kaum, daß die begeistert wäre, wenn wir anfangen, ihr Zeug wegzuschleppen. Aber es liegen noch ein paar unbenutzte Puppen in irgendeinem Schrank.«

*

Alexanders Wagen stand bereits wieder vor der Tür, als Frank nach Hause kam. Er verabschiedete sich hastig von Pia und stürmte in sein eigenes Zimmer, um die Kleidung zu wechseln. Er suchte ein paar alte Jeans heraus und zwängte sich in die verschlissenen Reitstiefel.

»Warum nehmt ihr mich nie mit, wenn ihr reiten geht?« fragte Benjamin nörgelig, als sein Bruder die Treppe herunterkam. Einen Gameboy in einer Hand, am Gürtel einen Schlüsselanhänger mit einem Tamagochi, das gerade zu piepen begann, und mit einem Schnurrbart, der verriet, daß er Kakao getrunken hatte, sah der Kleine jünger aus, als er war.

»Ich komme bestens ohne dich aus«, knurrte Frank und schob ihn zur Seite. Er ging hinaus und warf die Haustür mit mehr Nachdruck hinter sich zu, als nötig gewesen wäre. Zu seiner Erleichterung war Alexander schon abfahrbereit und schloß gerade den Wagen auf.

»Es war jemand aus dem Theaterkurs«, sagte Frank übergangslos, als er in Alexanders Auto gestiegen war.

»Hallo, Liebling«, erwiderte Alexander spöttisch. »Ich freu' mich auch tierisch, dich wiederzusehen. Hast du Angst, daß ich deine Frisur durcheinanderbringe, oder bist du immer so zurückhaltend?«

»Woher soll ich das wissen, ich hatte noch nie einen Liebhaber. He, wie soll ich denn die Begrüßungsformalitäten erledigen, wenn du schon losfährst?« Frank fiel in seinen Sitz zurück.

»Schnall dich bitte an«, mahnte Alexander und fuhr langsamer.

Frank klinkte den Sicherheitsgurt ein. »Alex, hör doch mal zu. Es muß jemand aus dem Theaterkurs gewesen sein, der diese Puppe in den Garten ...«

»Gott, Frank, das weiß ich auch«, unterbrach Alexander ihn ungeduldig. »Diese Styropor-Dinger werden benutzt, um die schweren Kostüme aufzubewahren, die nicht gefaltet oder auf Bügel gehängt werden dürfen. Vergiß es. Wir werden nicht rausfinden, wer es war. Margot jedenfalls bestimmt nicht, sonst hätte sie nicht gelacht. Sie wußte wahrscheinlich überhaupt nichts davon.«

»Meinst du nicht, daß die Polizei es rauskriegen wird?« fragte Frank enttäuscht.

Alexander runzelte die Stirn. »Glaubst du ernsthaft, die schicken ein Dutzend Leute in der Gegend rum, bloß weil mich jemand ärgern wollte? Und wonach sollen sie suchen? Nach jemandem, der sich eine neue Jeans kaufen mußte, weil er seine alte für die Puppe gebraucht hat? Nach den leeren Töpfen für die billige Plaka-Farbe, die er verwendet hat, um den Styroportorso hautfarben anzustreichen? Nach jemandem, der vor kurzem eine Flasche Ketchup erstanden hat?« Alexander schüttelte den Kopf.

»Ich hatte an Fingerabdrücke gedacht«, sagte Frank verlegen.

»Und was sollen sie damit anfangen, falls sie wirklich welche gefunden hätten? Sie könnten uns höchstens bitten, uns die Fingerabdrücke abnehmen zu lassen, und sie dann mit denen auf der Puppe vergleichen. Um zu schauen, ob wir das Ding doch selbst in den Garten gelegt haben. Na ja, und wir wissen sowieso, daß wir's nicht waren. Ende der Fahnenstange. Hör mir doch auf mit der Polizei.«

»Und Immos blödes Grinsen, als du im Seminar die Geschichte mit der Puppe im Garten erzählt hast?«, fragte Frank nachdenklich. »Bißchen eigenartige Reaktion, oder? Würdest du's ihm zutrauen?«

»Dem traue ich schlechten Geschmack in allen Variationen zu«, knurrte Alexander. »Genausogut kann es aber auch jeder andere aus dem Kurs gewesen sein. Ich war nie besonders beliebt.«

»Pia scheint verläßlich auf unserer Seite zu stehen.« Frank grinste anzüglich, und Alexander lächelte.

»Dann nutzen wir sie doch dazu, uns mit Informationen über das zu beliefern, was Margot und Immo betreiben.«

»Soweit sie es ihr mitteilen«, gab Frank zu bedenken. »Pia verteidigt dich wohl zu vehement, als daß sie ihr allzuviel Vertrauen entgegenbringen könnten.«

»Jedenfalls sollten wir uns bemühen, das, was da an Vertrauen ist, nicht noch weiter zu untergraben«, sagte Alexander.

*

Der Waldweg war eben und gerade, eine schöne, lange Galoppstrecke. Wäre es anders gewesen, hätte Frank ernstliche Probleme gehabt, nachdem Alexander Franks Stute mit einem Schlag auf die Hinterhand zum Laufen gebracht hatte und sie mit seinem Hengst erbarmungslos jagte. Sie würde sich jetzt nicht zügeln lassen.

Die Stute war leicht und schnell, aber der Boden war schwer nach dem Gewitterregen der letzten Nacht, und Alexanders Pferd wesentlich kräftiger. Der Hengst holte auf. Frank versuchte, ihm davonzufliegen. Er beugte sich dicht über den Hals seines Pferdes, und sein Herz schlug schneller, als er spürte, wie die Stute sich noch einmal streckte. Er trieb sie nicht an, das war nicht mehr nötig. Er machte sich nur noch leicht, stellte sich in die Bügel wie ein Jockey. Er wollte nicht zurückschauen, aber er konnte hören, daß der Hufschlag des Hengstes hinter ihm deutlich leiser wurde.

Aber das dauerte nicht lange. Die *Weiße Dame* verlor. Der Abstand war groß geworden, aber jetzt verringerte er sich ständig. Frank hätte nach links ausweichen können, in einen anderen Waldweg hinein. Er war nur nicht sicher, ob die Stute sich überhaupt noch lenken lassen würde. Vielleicht würden sie die Kurve nicht schaffen. Außerdem müßte er dann nach hundert Metern über ein Hindernis, und dazu hatte sie garantiert nicht die Konzentration. Alexander hätte das mit dem Hengst gewagt, aber er war auch ein rücksichtsloser Reiter. Frank hatte viel weniger Angst davor, zu stürzen, als davor, die zierliche weiße Lady könne sich verletzen.

Er ließ sie einfach weiterlaufen.

Auf der Kreuzung vor ihnen erschienen Leute, und Frank richtete sich im Sattel auf und versuchte vorsichtig, die Stute zu zügeln. Sie reagierte, nicht sofort, aber doch ziemlich schnell, und während die drei Spaziergänger erschrocken zurücksprangen, galoppierte er in einem gemäßigten Tempo auf sie zu. Der schwarze Hengst hinter ihm zog heran wie ein Verhängnis und drängte rücksichtslos vorbei. Seine schweren Hufe dröhnten auf dem Waldboden und warfen die Erde auf, und von seinem Maul stoben weiße Schaumflocken. Er schoß weit über die Kreuzung hinaus, bevor Alexander ihn stoppte und wendete, weil er die Spaziergänger erkannt hatte.

Frank brachte die Stute neben ihnen zum Halten. »He, was macht ihr denn hier?«

Margot, Immo und Pia. Eine merkwürdige Konstellation für einen Spaziergang. Und noch merkwürdiger, die drei ausgerechnet hier anzutreffen. Aber ihm blieb keine Zeit, darüber nachzudenken. Frank war noch zu beschäftigt mit den Launen der Stute, die nicht gewillt schien, den Gedanken, ihm durchzugehen, einfach aufzugeben. Die kapriziöse Weiße Dame bog ihren anmutigen Hals und tänzelte übermütig, und Immo trat weit, sehr weit zurück. Offenbar hegte er Vorurteile gegen lebendige Sportgeräte. Margot stand wie angewurzelt, und Pia schaute zu Frank auf, als sähe sie eine Erscheinung.

Der schwarze Hengst kehrte schnaubend zurück und wehrte sich wütend gegen den Zügel. Er galoppierte fast quer, warf den Kopf auf, und als Alexander ihn in den Trab zwang, schlug er aus und bockte. Alexander packte die Zügel so kurz, daß der Hengst das Maul bis auf die Brust senken mußte und seine prächtigen Halsmuskeln sich wölbten. Er brach plötzlich seitlich aus, umkreiste die Weiße Dame, stellte sich auf die Hinterhand und stieg. Es nützte ihm nicht viel, Alexander saß wie festgewachsen im Sattel. Er trieb den Hengst Schritt für Schritt rückwärts, bis der sich entschloß, seinen Widerstand aufzugeben, und sich in einer eleganten Volte zu den Spaziergängern zurückbringen ließ. Er schnaubte ein bißchen und kaute auf dem Gebißstück, während er schweratmend, aber friedlich dastand.

»Beeindruckend«, bemerkte Margot spöttisch.

»Das macht er immer so«, sagte Frank. »Ich glaube, er hat überhaupt nur reiten gelernt, um solche Auftritte zu inszenieren.«

»Ich habe es wenigstens gelernt.« Alexander sah nicht einmal erhitzt aus, obwohl durchaus nicht nur Geschick, sondern auch Kraft dazugehörte, mit dem Hengst fertigzuwerden. »Bei dir reicht es ja nicht mal dafür, mir mit der Weißen Dame davonzulaufen, obwohl sie mit Abstand das schnellste Pferd im Stall ist.«

»Warum sollte ich vor dir davonlaufen?« fragte Frank lächelnd. Die Dame senkte den Kopf und schüttelte ihre feine Mähne. Pia streckte vorsichtig die Hand nach ihrem zarten Maul aus.

»Ich hätte es getan«, murmelte Margot mit einem Blick auf den schwarzen Hengst und Alexander. »Dieses Vieh sieht gefährlich aus.«

»Ich hoffe doch, du meinst mein Pferd.« Der Ausdruck in Alexanders Augen, als er auf sie hinabsah, hatte etwas durchdringend Beunruhigendes.

Margot antwortete nicht.

»Natürlich meint sie das Pferd«, sagte Pia begütigend. »Es ist so riesig.«

»Als Reittier ist es nicht unbedingt vom Feinsten.« Alexander zog einen Handschuh aus und strich sich die Haare aus der Stirn. »Mein Onkel hat eine viel zu harte Hand, er hat den Hengst noch mehr verdorben, als er ohnehin schon war. – Wir sollten hier nicht stehenbleiben, Frank, die beiden sind verschwitzt und außer Atem.«

Frank ersparte sich die Bemerkung, daß es wahrscheinlich eher Oskar gewesen war, der den Hengst verdorben hatte. Alexanders Cousin konnte beunruhigend brutal sein. Frank hatte sich immer darüber geärgert, daß Oskar als Reiter trotzdem in relativ hohem Ansehen stand – allerdings nicht bei seiner Mutter. Die Weiße Dame hatte sie ihm streng verboten.

»Ich würde gern mitkommen zum Stall«, sagte Pia. Alexander streckte ihr die Hand entgegen. Einen Moment lang starrte sie ihn fasziniert an, und es sah aus, als würde sie tatsächlich in Erwägung ziehen, zu ihm in den Sattel zu steigen. Dann stampfte der schwarze Hengst auf, und Pia wich zurück.

Alexander lachte und sprang ab. »Er wird dir schon nichts tun. Zu Frauen ist er sowieso freundlicher.« Er half ihr in den Sattel, und der Hengst stand so still wie ein Standbild. Er bewegte sich erst wieder, als Alexander die Zügel kürzer nahm, und warf ungnädig den Kopf hoch, ehe er sich führen ließ.

Frank hielt die Weiße Dame zurück, um hinter dem Hengst herzureiten. Zu seiner Überraschung blieben Margot und Immo neben ihm. Pia beachtete ihn gar nicht. Sie hielt sich mit beiden Händen an der Mähne des Hengstes fest und schaute mit ihren großen, blauen Augen auf Alexander hinunter, als sähe sie ihn zum erstenmal. »Ich wußte gar nicht, daß du reiten kannst.« Er zuckte nur mit den Schultern, als sei es selbstverständlich, daß er das konnte.

»Du siehst ganz anders aus als sonst«, sagte Pia.

Frank grinste. Das stimmte allerdings. Der Unterschied zwischen dem Studenten in Jeans und grauen Rollkragenpullis und dem Reiter hätte kaum größer sein können. Sein Aufzug war eine Schande für jeden ordentlichen Stall. Ganz in schwarz, wirkte er zusammen mit dem riesigen, schwarzen Hengst ungefähr so freundlich wie ein Raubritter bei der Arbeit. Seine abgewetzten Reithosen bestanden gänzlich aus Leder. Über einem zerschlissenen

Hemd, das nicht sehr weit zugeknöpft war, trug er eine uralte Lederweste, außerdem hohe Stiefel und Handschuhe, weil das Pferd seines Onkels schwer zu zügeln war. Er sah ziemlich verwegen aus. Und die Reitpeitsche in seiner Hand war ein martialisches Instrument, mit dem Frank niemals gewagt hätte, die Weiße Dame zu berühren. Sie komplettierte das Bild des Schwarzen Prinzen auf beunruhigende Weise. Jede anständige Jungfrau wäre nicht nur errötend in die Büsche geflüchtet, statt sich von ihm aufs Pferd setzen zu lassen, sondern um ihr Leben gerannt.

Frank trug niemals Handschuhe, wenn er die Weiße Dame ritt. Für ihr weiches Maul brauchte man eine sehr sensible Hand. Alexander konnte die Dame zwar sehr galant behandeln, aber es machte ihm wenig Spaß. Sie hatte einen so leichten Tritt, als würde sie schweben. Zu leicht für Alexander, der lieber seine Kräfte mit einem Tier maß. Er brauchte Widerstand. Frank war zwar auch fasziniert davon, wenn er den schweren, lackschwarzen Hengst ritt und dessen gewaltige Kraft fühlen konnte, aber ihm war es noch lieber, zu spüren, wie der Weißen Dame auf Galoppstrecken Flügel wuchsen und sie allen davonzog.

Ganz davon abgesehen, daß er sehr genau wußte, daß er mit der eleganten, schneeweißen Stute ein hübsches Bild abgab. Sie paßten zusammen.

»Du siehst aus, als wärst du glücklich«, sagte Pia zu Alexander, und es hörte sich erstaunt an. Alexander sah zu ihr auf und lächelte.

»Sicher«, bestätigte Frank. »Reiten macht ihn immer glücklich. Wenn er auf dem hohen Roß sitzt, ist er doch in seinem Element.«

»Das ist gemein, Frank«, tadelte Pia ihn überraschend ernst. Er zog erstaunt die Augenbrauen hoch.

»Laß nur.« Alexander klopfte mit der Reitgerte gegen seine Stiefel. »Ich werde ihn dafür bestrafen. Später.«

Frank grinste. Sein Freund sah absolut nicht danach aus, als sei er in der Stimmung für Strafaktionen. Plötzlich wurde Frank der räumliche Abstand zu ihm irgendwie zu groß und schwer erträglich. Er klopfte der Stute den Hals, sprang ab und ging neben Alexander her, die Zügel der Weißen Dame vertrauensvoll locker über die Schulter gelegt. Alexander warf ihm einen amüsierten Blick zu und schüttelte den Kopf. »Halt sie lieber fest. Der Schwarze ist nicht in seiner besten Stimmung heute.«

»Mir ist noch keine Frau weggelaufen, nur weil ein anderer Mann irgendwelche Sperenzchen veranstaltet«, antwortete Frank gelassen. »Paß du auf die Dame auf, die du auf dein Ungetüm gesetzt hast.«

Sie hatten inzwischen den Reiterhof erreicht, und zwei junge Mädchen kamen auf sie zugerannt. Frank trennte sich widerstrebend von der Weißen Dame und vertraute sie der kleinen Blonden an. Das Mädchen war nicht älter als zwölf und von oben bis unten fürchterlich schmutzig. Sie schaute nicht etwa die schöne Stute, sondern Frank an, mit riesigen, feuchten, braunen Augen so voller glühender Verehrung, daß er unwillkürlich lächeln mußte. Noch so ein Bambi. Wahrscheinlich sah er im Moment nicht viel anders aus, wenn er Alexander ansah. Er fragte sich, wie das bei ihm wirken mochte – auch so niedlich?

Fürchterlicher Gedanke.

Sie wurde rot und schlug die Augen nieder, wandte sich hastig ab und führte die Stute fort. Frank seufzte. Das andere Mädchen, nicht älter als die Blonde, aber ein bißchen größer und mit dunklem Haar, stand neben Alexander und wartete respektvoll, bis er Pia vom Pferd geholfen hatte und der Kleinen die Zügel übergab. Frank wartete ebenfalls, nicht weniger respektvoll, aber ungeduldiger, und verfluchte lautlos seine plötzliche Unsicherheit auf dem sonst so vertrauten Boden seiner alten Freundschaft. Sie waren schon als Kinder Arm in Arm auf diesem Reiterhof herumgelaufen, und jetzt wollte er Alexander unbedingt umarmen und traute sich nicht.

»Reibt die beiden trocken, bevor ihr sie in den Stall bringt«, sagte Alexander. Er schaute das Mädchen nicht einmal an, nahm ihre Gegenwart hin wie eine absolute Selbstverständlichkeit. Wenn der Imperator sich vom Roß bequemte, standen Bedienstete bereit, um sich dessen anzunehmen – ein Naturgesetz.

Aber vielleicht hätte er ja hingeschaut, wenn es sich nicht um Mädchen gehandelt hätte.

»Dem kleinen Kind vertraust du das Riesenvieh an?« Immo begutachtete skeptisch die zarte Gestalt. Margot schnaubte ärgerlich, aber sie sagte nichts.

Alexander zuckte gleichmütig mit den Schultern. »Sie verstehen sich ausgezeichnet, und sie hat keine Angst, sich durchzusetzen.« Er sagte es laut genug, daß sie es hören konnte, und es war deutlich zu sehen, wie sie die Schultern straffte, während sie mit dem Hengst davonschritt. Frank grinste. Auch das noch. Der Kaiser lobte seine Sklaven. Ob er wußte, was er anrichtete? Vielleicht glaubte er ja, er hätte auf weibliche Wesen genausowenig Einfluß wie sie auf ihn.

»Hat dein Onkel noch mehr Pferde?« fragte Pia.

Alexander schüttelte den Kopf. »Nein, was sonst noch hier rumsteht, gehört uns nicht.« Frank war sich da nicht so sicher. Aber er war ja auch kein Pferd. »Obwohl einige Nachkommen von unserem Schwarzen dabei sind«, fügte Alexander hinzu.

»Würde ich gern sehen«, sagte Pia.

Sie traten in den dämmrigen Stall, und Alexander

schlenderte mit Pia an den Boxen vorbei und zeigte ihr ein paar Pferde, während Immo und Margot zu einer Stute mit Nachwuchs an die Box traten und sich darüber amüsierten, daß das Fohlen mit allen Mitteln versuchte, die beiden zu beißen. Frank ließ sich auf einem Heuballen nieder, schaute Alexander hinterher und versank in Betrachtungen darüber, ob sein Freund dabei war, ihm bei Pia den Rang abzulaufen. Und ob das eine bessere Kombination wäre als vorher.

Sekunden später entdeckte er, daß er wesentlich eifersüchtiger war, als er je angenommen hätte. Und daß er Pias Art, dicht an Alexanders Seite zu verharren und bei jeder Gelegenheit die Hand auf seinen Arm zu legen, überhaupt nicht leiden konnte. Einen Moment lang bedauerte er lebhaft, über das Alter hinaus zu sein, in dem man Mädchen an den Haaren zieht.

Na prima, dachte er, das auch noch. Jetzt hab' ich schon Lust, mich mit Pia zu prügeln, weil sie meinem Freund auf die Pelle rückt. Bambi macht auf Punk.

Er fand es albern, aber dadurch ging es nicht weg. Er hatte unbestreitbar das Bedürfnis, ausgesprochen zickig zu werden. Frank seufzte, und er haßte es, ständig seufzen zu müssen. Er stützte das Kinn in die Hand, dachte nach und gab schließlich zu, daß er noch nie so verliebt gewesen war. Es war ungewohnt. Normalerweise war er es, in den man sich verliebte, und zwar ebenso verzehrend wie vergeblich. Er pflegte solche Gefühle nicht zurückzugeben.

Er erschrak beinahe, als Margot sich neben ihn auf einen Heuballen setzte. Frank war drauf und dran, aufzustehen und wegzugehen. Er würde ihr niemals verzeihen, daß sie gelacht hatte, als Alexander ihr erzählt hatte, was man ihm in den Garten gelegt hatte. Er würde nie Alexanders fassungsloses Gesicht vergessen. Frank hatte nicht die Absicht, jemals wieder Freundlichkeit zu heucheln – nicht in Margots Richtung.

Feindschaft. Frank hatte noch nie in seinem Leben einen wirklichen Feind gehabt, und er hatte sich auch nicht vorstellen können, was das bedeutete. Was Feindschaft ist, hatte er in dem Moment begriffen, als Margot zu lachen begann. Es war keine angenehme Erfahrung.

Frank war von Natur aus ein offener Mensch. Sein Vater war der einzige, dem er sich verschloß, und das betrachtete er nicht als Feindschaft. Er war im Stich gelassen worden, und er konnte das nicht verzeihen. Aber er wünschte seinem Vater nichts Schlechtes, er wollte ihm nur niemals wieder nahe kommen. Er wollte nicht noch einmal so verletzt werden.

Für jeden anderen außer seinem Vater war es leicht, Franks Sympathie zu erringen. Er war schon als kleines Kind auf jeden zugestürmt, der ihn angelächelt hatte, und er fiel noch heute leicht jemandem um den Hals, den er kaum kannte. Frank brachte anderen Menschen generell eine freundliche Einstellung entgegen.

Das Urvertrauen, daß diese freundliche Einstellung generell zurückgegeben wird, hatte jetzt einen Knacks. Daß Margot ihn ablehnte, hatte er auch vorher gewußt, aber er fand es nicht schwer, damit zu leben. Das war etwas völlig anderes als diese klare Feindschaft, die sie Alexander gezeigt hatte. Und mit der sie sich auch Franks Feindschaft zugezogen hatte, im selben Moment, in dem er in Alexanders Augen las, wie betroffen er war. Was Margot empfand, war Haß. Haß hatte man Frank noch nie entgegengebracht. Und er wäre am liebsten davor geflüchtet, obwohl diese Empfindung auch jetzt nicht ihm gegolten hatte, sondern Alexander. Margots Nähe war unerträglich.

Aber noch bevor er den Impuls in die Tat umsetzen

konnte, aufzustehen und einfach hinauszugehen, fiel ihm plötzlich ein, wie Anni immer den Raum verließ, wenn Alexander auftauchte. Er kam zu der Überzeugung, daß es ein Fehler gewesen wäre, sich ein ähnliches Verhalten anzugewöhnen.

»Hat jemand was gesagt?« fragte Margot kryptisch. Frank schaute sie mit gerunzelter Stirn fragend an. »Wir waren gestern schon hier und haben mit ein paar Leuten gesprochen«, erklärte sie.

»Weshalb?« fragte Frank verdutzt.

Margot hob die Brauen. Bei ihr war das ein deutliches Alarmzeichen, und Frank war kurz davor, zusammenzuzucken. »Wegen Michael natürlich.«

»Michael? Konnte der denn reiten?«

Margot betrachtete ihn mit einer Miene, als habe er etwas derart Dämliches gesagt, daß sie es nicht einmal einem Mann zugetraut hätte. Es war ein unangenehmer Blick, durchdringend und aufdringlich. Frank hielt ihm stand, und zwar ohne sein berühmtes Lächeln aus der Schublade zu holen, und nach einer Weile schaute sie weg.

»Er war sogar sehr gut«, erklärte sie. »Er hatte kein eigenes Pferd, aber es gab immer genug Leute, die ihm ihren Zossen überlassen haben, weil er damit besser umgehen konnte als sie. Michael ist oft auf kleineren Turnieren geritten, und er hat nicht selten gewonnen.«

»Ich bin nicht so oft hier«, sagte Frank nachdenklich. Das war eine Seite an Michael, die er nicht gekannt hatte. Und auch nie vermutet hätte. Daher also hatte sich eine gewisse Beziehung zwischen Alexander und Michael unbeobachtet entwickeln können. Wenn man es denn eine Beziehung nennen wollte.

Und hier hatte Michael vielleicht auch Oskar kennengelernt. Alexanders Cousin hatte eine Zeitlang ein eigenes Pferd besessen. Er hatte es ohne Bedauern verkauft, als er nach München zog. Oskar hing nicht an den Tieren, er betrachtete ein Pferd als eine Art Gebrauchsgegenstand.

Das würde Frank niemals fertigbringen. Oskar hatte sich oft darüber lustig gemacht, wie Alexanders Freund mit den Pferden umging. Frank brachte der Weißen Dame wesentlich mehr Achtung entgegen als sie ihm. Alexander pflegte zu behaupten, daß ihn das daran hindere, ein wirklich guter Reiter zu werden, aber in der Hinsicht besaß Frank ohnehin keinen Ehrgeiz.

Er beachtete Margot nicht mehr, und er ließ keinen Zweifel daran, daß er ihre Anwesenheit nicht schätzte. Sie stand auf und ging wieder zu Immo hinüber, der immer noch an der Box mit dem Fohlen stand.

Pia und Alexander kehrten endlich von ihrem Rundgang zurück. »He«, sagte Pia plötzlich, legte schon wieder die Hand auf Alexanders Arm und schaute lächelnd zu ihm auf. »Hast du eigentlich vergessen, was Frank über dich gesagt hat vorhin? Daß du in deinem Element bist, wenn du auf dem hohen Roß sitzt? Du wolltest ihn doch dafür bestrafen.«

Alexander trat mit einer schnellen Bewegung hinter ihn, und Frank hatte gerade noch Zeit »Pia, du Miststück« zu sagen, bevor er mit der Nase im Heu landete. Sein Freund hatte ihm einen Arm auf den Rücken gedreht und drückte ein Knie in sein Kreuz. Das war ein Manöver, das Frank gut kannte und das mit ihm nur funktionieren konnte, wenn es absolut überraschend kam. Aber heute war es ja kein Problem, ihn zu überraschen.

Alexanders Griff war verhältnismäßig sanft, und er setzte nur gerade so viel Gewicht ein, wie nötig war, um Frank keine Möglichkeit zu lassen, sich zu bewegen. Normalerweise war er nicht so rücksichtsvoll. Er beugte sich über Frank und flüsterte dicht an seinem Ohr: »Los, sag es.«

»Niemals!« zischte Frank. Ein Ritual aus Kindertagen, uralt, aber nie ganz vergessen. Alexander hatte immer noch Vergnügen daran, Frank zu Boden zu zwingen und ihn festzuhalten, bis er seinen Imperator um Gnade anflehte, um freizukommen. Aber auch wenn Alexander seine überlegene Körperkraft unbarmherzig einsetzte, würde Frank nicht sofort um Gnade bitten. Das tat er nie. Er konnte eine Menge aushalten. Und das hier hatte er in den letzten Dutzend Jahren ziemlich oft ausgehalten, ohne betteln zu müssen. Das war noch gar nichts.

Aber das war auch nur der Anfang. Er wußte genau, daß Alexander unerbittlich sein würde. Er würde Frank nicht freigeben, ohne gehört zu haben, was er hören wollte. Bisher war es nie wirklich darum gegangen, es nicht zu sagen. Franks Sieg hatte darin bestanden, es so lange wie möglich hinauszuzögern.

Bis heute. Diesmal galt es, neue Grenzen abzustecken.

Alexander verlagerte etwas mehr Gewicht auf Franks Kreuz und schob dessen Handgelenk ein Stück höher. Frank lachte, obwohl das schwierig war, mit Alexander auf seinem Rücken. »Du kannst mir nicht weh tun, Alex. Du kannst es nicht.«

»Ach nein?« Alexander wurde noch ein bißchen schwerer. »Und warum nicht?«

»Weil du mich liebst.«

Für einen Moment wurde Alexanders Gewicht fast unerträglich, dann schwand es langsam wieder. Nur ein bißchen. Gerade so weit, daß es nicht weh tat. »Los, sag es.«

Frank schüttelte den Kopf, der das einzige war, was er bewegen konnte. »Ich denk' ja gar nicht dran.«

Er biß sich auf die Lippen, als seine Hand noch ein bißchen höher geschoben wurde. »Das wirst du aber bald«, sagte Alexander leise. »Ich muß dir nicht weh tun, um dich hier festzunageln. Irgendwann wirst du es sagen müssen. Laß mich nicht zu lange warten. Ich werde ungeduldig.« Alexanders Stimme wurde noch ein bißchen leiser, und Frank spürte seinen heißen Atem an seinem Ohr. »Vielleicht vergesse ich, daß ich dich liebe. Oder vielleicht entdecke ich, daß ich eine sadistische Ader habe.«

»Die hast du«, keuchte Frank und bog den Kopf zurück, als Alexander es bewies, indem er fester zugriff. »Aber sie ist nicht ausgeprägt genug. Versuch es. Du kannst es nicht.«

Er schloß die Augen, als Alexander sein Gewicht verlagerte und ihm die Luft aus den Lungen preßte. Er holte mit einem zitternden, kleinen Seufzer Atem und versuchte, sich dabei möglichst wenig zu bewegen. Dann streiften Alexanders warme Lippen seine Schläfe. »Du hast recht. Ich kann's nicht.« Das Gewicht auf Franks Rücken hob sich, langsam, aber spürbar.

Na also, dachte Frank. Mehr will ich ja gar nicht. Den Rest schenke ich dir. »Gnade, mein Imperator«, sagte er leise.

Alexander ließ ihn sofort los. Er wich ein bißchen zurück, vorsichtig, aber nicht vorsichtig genug – ein Fehler, der ihm schon seit Jahren nicht mehr unterlaufen war. Er hatte damit gerechnet, daß Frank aufspringen würde, und so war es vollkommen einfach, ihn aus dem Gleichgewicht zu bringen. Frank zog ihn zu sich herunter. »Mensch, Junge, wenn du mit mir im Heu liegen willst, mußt du mich doch nicht mit Gewalt festhalten.« Er schlang beide Arme um Alexanders Hals und drückte ein Knie vorsichtig, zärtlich und sehr eindeutig zwischen seine Schenkel.

»Du solltest ihn verprügeln, Alex«, sagte Pia kühl. »Echt.«

In dem spärlichen Licht, das durch die Stalltüren fiel, glänzten Alexanders Augen plötzlich schwarz wie Obsidian, als hätten die weit geöffneten Pupillen alle Farbe verschlungen. Einen Moment lang sah er aus, als wäre er geneigt, sich zu vergessen. Aber dann stand er auf und zog Frank mit sich hoch. »Nein, Pia. Damit erreicht man bei ihm nichts. Gehen wir?«

»Laßt uns zu mir fahren«, sagte Pia hastig. »Ich hab' gestern Kuchen gebacken.«

»Das ist ein Angebot«, meldete sich Immo zu Wort.

Beide strebten geschäftig der weit offenen Stalltür zu, als hinge etwas davon ab, möglichst schnell nach draußen zu kommen. Margot dagegen schlenderte so zögerlich hinterdrein, als sei es unschicklich, Frank und Alexander ohne Anstandsdame zu hinterlassen. Frank schüttelte das Heu von seinem T-Shirt, und Alexander pflückte ein paar Halme aus den langen, rötlichen Lokken. Er flüsterte ihm etwas ins Ohr, was Frank als halbwegs zivilisierten jungen Mann erst einmal leicht zusammenzucken ließ, ehe er sich erlaubte, sein Vergnügen an dieser Bemerkung zu zeigen.

»Danke, daß du dich beherrscht hast«, antwortete er grinsend, während sie den anderen hinterhergingen. Zumal er sich hier draußen in der gleißenden Sonne plötzlich fragte, wie unbefangen er eigentlich wirklich mit ihrer sexuellen Beziehung umgehen wollte – in der Öffentlichkeit. Auch da mußten neue Grenzen ausgetestet werden.

Pia hüpfte auf ihren Turnschuhen wie ein ausgelassenes Kind in Richtung Parkplatz, wo der rote Toyota säuberlich neben Alexanders grauer Limousine geparkt war.

Sie hatten also gewußt, daß Alexander hier war, als sie ihren Waldspaziergang unternahmen. Frank warf Alexander einen Blick zu und sah, daß sein Freund mit gerunzelter Stirn zum Parkplatz hinüberschaute und dann einen nachdenklichen Blick in Richtung Margot schickte.

Daß Pia irgendwo erschien, wo Frank und Alexander zu finden waren, mochte vergleichsweise harmlose Gründe haben. Daß Margot und Immo sich ihr angeschlossen hatten, konnte bedeuten, daß sie immer noch versuchten, mehr über Michael herauszufinden. Oder über Alexander? Frank stieß seinen Freund sanft an, aber Alexander schüttelte nur den Kopf. Nun gut, wenn er nicht gewillt war, danach zu fragen, dann würde Frank es auch nicht tun. Vielleicht war es wirklich das vernünftigste, diesen Unfug zu ignorieren.

Immo war etwas zurückgeblieben. Er trat nach kleinen Steinchen und umging mit übertriebener Vorsicht die Unebenheiten, die schwere Pferdetransporter in den Weg gegraben hatten. Er suchte sehr offensichtlich nach einer Möglichkeit, mit Frank zu reden.

Er fand sie schließlich, als Frank kurz stehenblieb, um einen verspielten Jack-Russell-Terrier zurückzuscheuchen, der sich ihnen angeschlossen hatte. Immo zischte leise: »Mensch, Frank, bist du verrückt?«

»Ich glaube nicht, nein«, erwiderte Frank kühl und schaute dem Hund hinterher, der auf seinen kurzen Beinen Richtung Stall wetzte. Die Staubwolke, die der Hund aufwirbelte, war wesentlich größer als er selbst.

»Hör mal, du weißt das ja vielleicht nicht, was über Alexander erzählt wird ...«

»Es gibt nicht viel über Alexander, was ich nicht weiß, Immo«, unterbrach Frank wütend. »Ich kenne ihn praktisch, solange ich lebe.«

»Ach ja?« sagte Immo. »Gut, dann weißt du ja auch, daß er keine Freundin hat.«

Eine merkwürdige Bemerkung. Immos eigenes Interesse für Frauen konnte bei weitem nicht mit der hellen Begeisterung konkurrieren, die er großzügig auf sämtliche Ballsportarten verteilte. Der breitschultrige Blonde zeigte niemals Mißtrauen gegen Männer, die von weiblichen Wesen auch bei Aufbietung sämtlicher Raffinessen nicht von Bier und Sportschau wegzulocken waren. Trotzdem hatte seine Bemerkung über Alexander einen unangenehmen Beiklang. Als sei ein Mangel an Frauenbeziehungen unter gewissen Umständen nicht nur Zeichen eines schwerwiegenden Charakterfehlers, sondern möglicherweise strafbar.

»Immo«, erwiderte Frank, »auch über Alexanders Liebesleben gibt es nichts, was ich nicht weiß.« Welch eine Lüge. Eine, die nur ihn selbst beschämte.

Immo schwieg und ging wieder schneller, um die anderen einzuholen.

Statt dessen blieb Margot ein Stück zurück. »Du, Frank ...« Frank hob die Brauen. Margot wirkte erstaunlich ernsthaft. »Hör mal, Frank, so was darfst du nicht machen.«

»Was?« fragte Frank verblüfft. Es war mittlerweile schon ein gewohnter Anblick, daß sie einherwandelte, als sei sie Immos persönliche Schutzgöttin, aber er hatte dem Kerl schließlich nichts getan.

Margot verdrehte die Augen und stieß einen ungeduldigen Seufzer aus. »Verdammt, Frank, du hast Alex angebaggert, und zwar ziemlich heftig. Ich weiß, das war'n Scherz, aber so was solltest du nicht tun. Wirklich nicht. Hast du nicht gemerkt, wie er dich angestarrt hat? Ich hab' dir doch gesagt, daß er ziemlich vertraut mit Michael Kamp war. Hast du nie darüber nachgedacht, daß Alexander schwul sein könnte?«

»Sagen wir mal«, antwortete Frank ironisch, »der Gedanke hat mich flüchtig gestreift, ja.« Daß Margot etwas dagegen haben sollte, daß er mit Alexander schlief, fand er ziemlich eigenartig. Von ihr hätte er helle Begeisterung erwartet für alles, was ihn davon abhielt, weitere Frauenherzen zu brechen. Er wandte sich ihr zu in der Absicht, sie nach dem Grund zu fragen, und dann sah er aus dem Augenwinkel heraus, daß Pia den Arm um Alexander legte. Ihm blieb die Luft weg. Er vergaß Margot und lief schneller, um zu den anderen aufzuholen.

Alexander schaute Pia an. Sein Blick war deutlich unterkühlt. Sie ließ ihn sofort wieder los. Pia wandte sich um und winkte Frank und Margot zu. »Macht mal 'n bißchen fix! Ich hab' Kaffeedurst. Und zwar heftig.«

Frank spürte das Bedürfnis, seine Hände um ihren zarten Hals zu legen und sie zu schütteln. Noch bevor er etwas sagen konnte, ging sie schneller und stürmte mit Margot und Immo voraus zum Auto. Alexander blieb zurück und fragte ihn leise: »Willst du eigentlich wirklich mit zu ihr?«

»Nein.« Grimmig stopfte Frank beide Hände in die Hosentaschen. »Ganz bestimmt nicht. Wenn ich noch 'ne Stunde mit Margot und Immo verbringen muß, wird mir garantiert schlecht.«

»Aber gegen dich haben sie nichts«, sagte Alexander.

Frank schnaubte wie ein ungehaltenes Roß. »Wer was gegen dich hat, ist wohl kaum mein Freund.«

Alexander lächelte. »Oder bist du eifersüchtig?«

»Klar«, sagte Frank düster. »Pia hat heute irgendwie einen komischen Tag, finde ich. Sie scheint dich in schwarzem Leder unwiderstehlich zu finden.«

»Tja, manche stehen drauf«, entgegnete Alexander sachlich.

»Ja, ich auch.« Frank lächelte. »Ich habe mich immer schon gefragt, wie du es schaffst, in diese Hose reinzukommen, und jetzt gibt es nur noch eins, was mich noch mehr interessiert: ob ich es schaffe, sie dir auszuziehen.«

»Es wird ein bißchen Zeit kosten«, sagte Alexander ernst. »Aber die haben wir ja.«

*

»Oh, mein Gott«, sagte Doris Wingard spöttisch. Sie kam gerade aus dem Wohnzimmer, als die beiden in den Hausflur traten. »Alexander, du düstere Schönheit. Küß mich bloß nicht – ich würde sterben.«

»Woran?« fragte Alexander interessiert.

»Angst und Begehren.« Doris betrachtete ihn von oben bis unten, die blonden Brauen hochgezogen, die Arme in die Hüften gestemmt, und wanderte um ihn herum, um ihn vollkommen ungeniert auch von hinten zu begutachten. »Herzversagen. Männer in schwarzem Leder machen mich wahnsinnig an. – He, ihr stinkt nach Pferd. Bleibt mir bloß von meinem neuen Sofa.«

»Erspare mir deine Phantasien über Alexander, schwarzes Leder und dein neues Sofa.« Frank drängelte sich in Richtung Treppe durch. »Wir gehen nach oben. Und möchten nicht gestört werden.«

»Ich wünschte, das wäre mein Text«, sagte Doris. »Nimm ihn mit, Schatz, solange ich meine Hormone noch halbwegs steuern kann. Es ist Frühling, und ich bin im gefährlichen Alter.«

»Du bist 'n Gruftie«, knurrte Frank. »Und nicht im Training. Reiß dich lieber zusammen. So'n junger Kerl ist anstrengend.«

»Kaffee in einer halben Stunde?« rief Doris hinter ihnen her.

Frank drehte sich um. »Hör mal, begreifst du, daß du unten bleiben sollst, oder muß ich die Tür abschließen?«

»Du lieber Himmel«, sagte Doris beleidigt. »Ich werde dein Zimmer bestimmt nicht betreten, mein Junge, seit wann serviere ich dir denn den Kaffee oben? Was ist los mit dir – stehst du auch auf schwarzes Leder?«

»Und wie«, murmelte Frank. Er hörte Alexander lachen und lief die Treppe hinauf.

Alexander stand in der Tür von Franks Zimmer. »Ich wünschte, sie hätte die Frage ernst gemeint«, sagte er lächelnd, »aber ich fürchte, das war ein Scherz. – Komm.«

Frank wurde schwindelig, und er atmete tief durch, bevor er Alexanders ausgestreckte Hand ergriff. Er schloß die Augen, weil er das Gefühl hatte, er würde gleich anfangen zu zittern, wenn er ihn noch länger ansehen mußte. Nur um etwas zu sagen, weil er die Spannung, die er empfand, nicht aushalten konnte, sagte er: »Du riechst wie dein Hengst.«

»Das ist nicht meiner«, antwortete Alexander. »Du bist meiner.« Er lachte. »Oh, shit. Wenn ich anfange, so abgefuckte Ausdrücke zu benutzen, dann hat's mich erwischt.« Er zog Frank an sich, schloß die Tür und lehnte sich mit dem Rücken dagegen. Frank hielt sich an ihm fest, völlig aus dem Gleichgewicht gebracht und froh, nicht aus eigener Kraft stehen zu müssen. Alexanders Kuß war so leidenschaftlich, daß Frank das Bild von Doris, wie sie seinen Freund angestarrt hatte, vergaß, und dann den Namen seiner Mutter, und dann, daß er überhaupt eine Mutter hatte. Sein Wachbewußtsein kehrte nur widerstrebend und mit großer Verzögerung zurück, als Alexander leise fragte: »Was ist mit deinen Phantasien über Alexander und schwarzes Leder – hast du welche?«

»Ich glaube, ja«, antwortete Frank und legte seine Hand genau dahin, wo sie nach allem, was er früher gelernt hatte, eigentlich erst nach einem ausgiebigen Umweg landen durfte, der zu einem Vorgang gehörte, der sich ›Vorspiel‹ nannte. »Ich bin gerade dabei, einige zu entwickeln.«

»Wenn ich mich recht erinnere, hast du vorgestern angeboten, vor mir auf die Knie zu fallen«, sagte Alexander. »Ich denke, jetzt zum Beispiel wäre ein geeigneter Moment dafür.«

Frank setzte zu einer ironischen Bemerkung an, schaute in Alexanders Augen und vergaß sie. Die Hände auf seinen Schultern schienen plötzlich mehr als ihr übliches Gewicht zu haben, und Frank gab ihrem sanften Druck einfach nach.

Einen Moment lang hielt er sich an Alexanders Schenkeln fest und lehnte seine Stirn an die Stelle, wo er eben noch seine Hand gehabt hatte. Das lange Haar fiel ihm über die Augen, und er war erleichtert darüber. Der Ausdruck, mit dem sein Freund auf ihn herabsah, war mehr, als er ertragen konnte. Noch so ein Blick, und er würde irgend etwas vollkommen Idiotisches tun oder sagen, etwas wirklich nicht wiedergutzumachend Kitschiges. Trag es wie ein Mann, dachte er und grinste. Nicht ganz einfach, in solchen Momenten einen Rest von Würde zu bewahren. Aber dazu waren sie ja auch nicht da. Und es konnte auch nicht mehr lange dauern, bis sein überlastetes Gehirn anfangen würde, Kurzschlüsse zu produzieren und Begriffe wie ›Würde‹ vorübergehend aus seinem Gedächtnis zu streichen, um ausreichend Platz zu schaffen für ein paar ältere Instinkte.

Das Wort ›Vorspiel‹ hatte es ja bereits gestrichen, vielleicht, weil es zu viele Silben hatte. Zeit, sich dem zuzuwenden, worum es hier ging. Frank ließ seine Hände nach vorn und über die empfindsamen Stellen an Alexanders flachem Bauch gleiten, mit ein bißchen Nachdruck, weil ihre Empfindlichkeit durch das Leder beeinträchtigt war. Er nahm befriedigt zur Kenntnis, daß sein Freund scharf die Luft einsog, und schaute zu ihm auf. Eigentlich wagte er das nur, weil er erwartete, daß Alexander die Augen geschlossen hatte. Hatte er aber nicht. Er beobachtete Frank, mit einem spöttischen und grausamen kleinen Lächeln. Es erinnerte ihn daran, daß Alexander gesagt hatte, er wolle nicht, daß Frank etwas täte, wonach er ihm nicht mehr in die Augen sehen könne.

Du täuschst dich, mein Freund, dachte Frank. Ich kann. Er hielt dem Blick stand, während seine Finger sich geschickt bewegten. Er hatte jahrelange Routine im Öffnen störrischer Verschlüsse von Kleidungsstücken, und das auch ohne Sichtkontakt.

Alexanders Hände verkrampften sich auf seinen Schultern, wanderten dann zu seinem Hals, und seine Finger fuhren durch Franks Haare. Er warf den Kopf zurück, atmete tief durch und sah wieder auf ihn herab. Er lächelte, als wüßte er genau, was Frank dachte, strich mit den Fingerspitzen zärtlich über seine Schläfen und dann über seine Augen. Die Frank längst geschlossen hatte, und denken konnte er auch nicht mehr.

Hätte er denken können, wäre er zweifellos froh gewesen, wenigstens ganz bestimmt nichts sagen zu können. Alles, was ihm einfiel, war entweder so pornografisch, daß er es vielleicht nicht mal hätte aussprechen können, wenn er ernsthaft gewollt hätte, oder heillos romantisch. Eine merkwürdige Mischung.

Er legte leicht den Kopf zurück, als er spürte, daß Alexander nichts anderes mehr übrigblieb, als damit aufzuhören, kühl und sarkastisch, grausam oder sonst etwas zu sein, wofür wenigstens ein Rest von Selbststeuerung nötig war, und sei er auch noch so kläglich. Kühl war er schon lange nicht mehr, aber er hatte immer noch die

Kontrolle. Jetzt verlor er sie, endlich. Frank hielt sich an ihm fest, ließ ihn nicht mehr los, und ließ Alexanders Sperma über seine Zunge fließen.

Dann öffnete er die Augen und sah zu ihm auf. Alexander ließ sich mit dem Rücken an der Tür heruntergleiten, stützte sich auf Franks Schultern und beugte sich über ihn, um ihn zu küssen, gierig und leidenschaftlich.

Er lehnte sein ganzes Gewicht auf Franks Schultern und drückte ihn hinunter auf den Teppich. Frank streckte sich aus, streichelte Alexanders Haare und fuhr mit den Fingern zärtlich über sein Gesicht, während sein Freund eine Weile über ihn gebeugt dahockte, mit geschlossenen Augen, und die verstreuten Reste seiner Beherrschung langsam wieder versammelte. Frank schaute ihm dabei zu und fragte sich, ob man in Minuten abzählen konnte, wie lange das dauerte, und daran bewerten, wie gut er als Liebhaber war. Er schloß die Augen, reckte die Arme über seinen Kopf und räkelte sich vergnügt. Allzu schlecht konnte er jedenfalls nicht sein. Er hatte sich selbst in den Betten diverser Frauen schon wesentlich schneller seine Contenance wiederfinden sehen, und er war kein sehr beherrschter Mensch.

Überrascht öffnete er die Augen, als Alexander mit der linken Hand plötzlich seine beiden Handgelenke umklammerte und sie festhielt. Er drückte Franks Arme auf den Boden. Frank wollte protestieren, weil er sich nicht bewegen konnte, schaute in Alexanders Augen und ließ es sein. Er lächelte, ein bißchen spöttisch, und sah zu, wie Alexander mit der freien Hand seine Jeans aufknöpfte.

Sein spöttisches Lächeln blieb ihm nicht lange erhalten. Und jedesmal, wenn er sich bewegen wollte, packte Alexander seine Handgelenke fester und drückte sie unbarmherzig auf den Boden zurück. Frank schaute zu ihm auf, einen flehenden Ausdruck in den Augen, weil es schwer zu ertragen war, so still liegenzubleiben, und Alexanders Mund bekam einen ausgeprägt grausamen Zug. Er beugte sich zu Frank hinunter und küßte ihn, nicht zärtlich, sondern besitzergreifend. Und dann schaute er nur noch zu, wie Frank die Beherrschung verlor und aufhörte, unterscheiden zu können, ob er versuchte, sich aus seiner Umklammerung zu befreien, oder noch näher zu ihm zu kommen. Alexander hielt seine Handgelenke unerbittlich fest, mit einem Griff, der schmerzhaft war und den Frank trotzdem nicht mehr spürte, weil er vollauf mit dem beschäftigt war, was Alexanders andere Hand tat. Er stöhnte laut auf, und als er den Kopf zurückwarf und den Mund öffnete, um zu schreien, beugte Alexander sich rasch wieder zu ihm hinunter und küßte ihn, diesmal wesentlich zärtlicher. Er ließ seine Handgelenke los und nahm ihn in den Arm, und Frank klammerte sich an ihn, keuchend und erschöpft.

Skrupellos nutzte Alexander seine Umklammerung dazu, ihn aufzuheben, als sei er federleicht, und in Richtung Bett zu befördern. Frank lachte darüber, als Alexander ihn unsanft hinunterrollen und eine Bauchlandung machen ließ. Er wollte sich umdrehen, aber Alexander packte ihn mit einem kräftigen Griff um die Taille und zog mit einer einzigen, entschlossenen Bewegung Franks Jeans ein ganzes Stück herunter. Frank sagte verblüfft: »Nein. Das willst du nicht wirklich tun.«

»O doch«, widersprach Alexander.

»Alexander, bitte, ich kann nicht mehr ...«

»Du wirst es aushalten.«

»Ich werde sterben.« Frank wehrte sich gegen das Gewicht auf seinem Rücken, aber Alexander hielt ihn unerbittlich fest.

»Nein. An einer Überdosis Lust stirbt man nicht. Nicht in unserem Alter jedenfalls.«

»Nein, bitte, Alex ...«

Er hielt ihm einfach den Mund zu. Nicht brutal, aber durchaus nachdrücklich. Frank grub die Zähne in seine Hand, als Alexander in ihn eindrang, aber er biß nicht sehr fest zu.

»Laß das, du Biest«, sagte Alexander und gab ihm mit einer wohlberechneten Bewegung seiner Hüften einen Stoß, der der Schmerzgrenze schon recht nahekam. Frank stöhnte auf, vorsichtshalber ein bißchen lauter als angemessen, und Alexander lachte. »Übertreib nicht. Das merke ich.«

»Ich werde um Hilfe schreien, wenn du das noch mal machst.«

Er tat es noch mal, und Frank schrie nicht um Hilfe. Er schnappte nur nach Luft und krampfte seine Hände in sein Kopfkissen.

»Leere Versprechungen«, sagte Alexander. »Wenn ich dich zum Schreien bringen will, sieht das ganz anders aus. Und dann würdest du auch nicht zweimal überlegen.«

»Leere Versprechungen«, höhnte Frank und fragte sich den Bruchteil einer Sekunde später, ob das klug war. Er zuckte zusammen und warf den Kopf zurück.

»Ich will dir gar nicht weh tun«, sagte Alexander und streichelte ihn zärtlich.

Frank drehte den Kopf und sah spöttisch zu ihm auf. »Oh, tut Euch nur keinen Zwang an, mein Imperator. Tobt Euch aus.« Einen Moment lang war er fast sicher, daß er das bereuen würde, aber immerhin auch noch sicher, daß er es auch beenden konnte, wenn er wollte.

»Ich habe heute schon gehört, wie du um Gnade winselst«, sagte Alexander. »Ich bin zufrieden. Und spuck nicht so große Töne. Wenn du jetzt schon zusammenzuckst ...« Er bewegte seine Hüften, und Frank keuchte und umklammerte sein Kopfkissen so fest, daß es aussah, als würde es gleich zerreißen. »... dann wird das mit dem Austoben nicht viel.«

»Du arroganter Bastard.« Frank bäumte sich heftig auf, um wenigstens einen Teil von Alexanders Gewicht loszuwerden.

»Nicht schlecht«, sagte Alexander. »Allerdings nicht gut genug. Aber du wirst besser. Vielleicht lernst du es noch. Aber nicht heute. Heute lernst du, mich einfach auszuhalten.« Er stemmte sich auf Franks Rücken, umschlang ihn und packte seine Arme, bis Frank in den Ellenbogen einknickte und Alexander schwer auf ihm lag. Dann legte er einen Unterarm über Franks Nacken und drückte ihn in die Kissen hinunter. »Halt gefälligst still.«

»Oder?« knurrte Frank rebellisch.

»Das weiß ich noch nicht. Sei froh, daß ich keine Lust habe, darüber nachzudenken. Ich glaube nicht, daß du hinterher noch den Mumm hättest, mich einen Bastard zu nennen.«

»Leere Versprechungen«, keuchte Frank atemlos und fragte sich, ob sein großes Maul ihn eines Tages vielleicht umbringen würde.

Diesmal nicht, jedenfalls. Aber es war nah dran.

*

»Schmerz?« fragte Alexander, als eine Träne über seinen Arm rollte.

»Nein«, antwortete Frank. »Erleichterung. Entspannung. Reines Glück. Irgend so was. Kein Schmerz. Laß mich bloß in Ruhe. Ich kann nicht reden.«

»Gut«, sagte Alexander friedlich.

Kurz bevor ihm die Augen zufielen, raffte Frank sich mit Mühe noch zu der Drohung auf: »Ich werde mich rächen.«

»Für etwas, was dir so gut gefallen hat?« sagte Alexander. »Das ist der Gipfel der Unlogik.«

»Würde es dir nicht gefallen?«

»Das kann ich so nicht entscheiden. Erstmal werden wir wohl herausfinden müssen, ob du nur ein heilloses Großmaul bist oder ob du es tatsächlich fertigbringst, einen Hengst zu besteigen. Nachdem du bisher ja nur beim Reiten von Stuten geglänzt hast. Falls du überhaupt geglänzt hast. Vielleicht mochten sie ja nur deine zärtlichen Hände.«

»Das wirst du erleben, du Bastard«, murmelte Frank und schlief ein.

*

Als er wieder aufwachte, war es dunkel und das Haus still. Frank brauchte einen Moment, um sich zu orientieren und zu erkennen, daß er in seinem eigenen Bett lag. Aber daß er allein im Zimmer war, wußte er sofort. Er fuhr mit der Hand über das Laken an seiner Seite. Es fühlte sich kühl an. Alexander war also schon eine Weile fort. Das war nicht ungewöhnlich. Er schlief selten ruhig und stand manchmal mitten in der Nacht auf, um im Garten eine Zigarette zu rauchen oder im Wohnzimmer, wo es niemanden störte, wenn er Licht machte, um etwas zu lesen. Er würde zurückkommen.

Frank streckte die Hand weiter aus und erwischte einen Zipfel von Alexanders Hemd, das über dem Bettpfosten hing. Er zupfte daran, bis es auf sein Kissen fiel, und legte den Kopf darauf.

Er war schon fast wieder eingeschlafen, aber irgend etwas hielt ihn wach, ganz gegen seine Gewohnheit. Normalerweise wartete er nicht auf Alexanders Rückkehr.

Frank setzte sich auf, hängte das Hemd auf den Bettpfosten zurück und rieb sich mit beiden Händen die Augen. Dann stand er auf und ging ans Fenster.

Alexander stand im Garten, direkt unter dem Fenster an einen Baum gelehnt, und schaute zu ihm hoch. Er trug nur eine Jeans. Frank öffnete das Fenster. Die Luft war kühl und duftete durchdringend nach Blütenstaub. Frank lehnte sich mit den Armen auf das Fensterbrett. »Wenn du willst, können wir in den Park gehen«, sagte er, gerade laut genug, daß sein Freund es hören konnte. »Vielleicht kannst du danach schlafen.« Der Lantz'sche Park lag nur ein paar hundert Meter weit entfernt, und sie hatten schon als Kinder sämtliche Möglichkeiten erprobt, auch bei geschlossenen Toren hineinzukommen.

»Da war ich gerade«, antwortete Alexander leise. »Wirf mir nur meine Zigaretten runter. Ich komm gleich wieder rauf.«

Frank suchte auf dem Schreibtisch herum, fand eine Zigarettenpackung und steckte ein Feuerzeug hinein. Er warf es hinunter, und Alexander fing es auf. »Oder kannst du auch nicht schlafen?«

»Doch«, sagte Frank. »Eigentlich schon. Ich lass' dich im Moment nur nicht gern im Dunkeln allein rumlaufen, solange diese Geschichte mit der Puppe im Garten nicht geklärt ist.«

Alexander lächelte. »Mir passiert schon nichts. Geh wieder ins Bett.«

Frank nickte. Er ließ das Fenster offen und legte sich wieder hin. Fast wären ihm die Augen zugefallen, aber er riß sie auf, starrte in die Dunkelheit und wartete, bis er Alexanders leisen Schritt auf der Treppe hörte. Dann schlief er ein.

*

Die Tür von Franks Zimmer öffnete sich. Aber es dauerte eine ganze Weile, bis ihm das bewußt wurde. Das hatte mehrere Gründe. Zum einen war es früher Vormittag, und er lag im Bett. Das störende Ereignis fand also praktisch in seinem Rücken statt, sehen konnte er es nicht. Außerdem war es ein sehr leises Geräusch, als hätte jemand die Tür nur vorsichtig geöffnet, weil er vielleicht dachte, Frank schliefe noch. Und drittens brauchte die Tatsache, daß ein ungebetener Gast sein Zimmer betrat, deshalb so lange, um in Franks Bewußtsein vorzudringen, weil Frank nicht schlief – jedenfalls nicht mit geschlossenen Augen, und nicht allein. Er hätte vielleicht überhaupt nichts bemerkt, hätte nicht der leise Luftzug den Schweiß auf seinen nackten Schultern berührt und gekühlt – ein durchaus willkommenes Gefühl, einerseits.

Andererseits war der Moment, den der unbekannte Besucher für sein Erscheinen gewählt hatte, äußerst ungünstig. Er hätte aber immerhin noch sehr viel ungünstiger ausfallen können. Eine halbe Minute früher zum Beispiel wäre ziemlich fatal gewesen.

Allerdings hätte Frank eine halbe Minute früher wahrscheinlich gar nichts davon wahrgenommen.

Er senkte den Kopf und schloß die Augen. Seine langen Haare, in denen immer noch der Geruch nach Stall und Pferden hing, fielen über Alexanders Schultern. Einen Moment lang hoffte er, der oder die Unbekannte würde die Tür genauso leise und vorsichtig wieder schließen, wie sie geöffnet worden war, und zwar von außen. Statt dessen hörte er hinten im Flur verblüffenderweise plötzlich die Stimme von Immo: »Schläft er noch?«

Und dann Margots dunkle Altstimme: »Ich glaube schon.«

Im nächsten Moment hörte er Schritte. Jemand blieb

neben seinem Bett stehen. Eine Frauenhand strich seine schweißfeuchten Haare zurück, und er spürte warmen, fremden Atem an seiner Wange. »Guten Morgen, Frank.« Pia küßte ihn liebevoll.

»Ja«, sagte Frank. »Danke. Ja, es war ein wirklich guter Morgen.« Gewesen. Was jetzt geschah, war zweifellos weniger gut. Frank öffnete die Augen, zog die Bettdecke ein Stück höher und warf dem Mädchen einen schrägen Blick zu. »Was machst du denn hier?«

»Schön, daß Alexander auch da ist.« Das schien Franks kühle Begrüßung mehr als aufzuwiegen. Pia lächelte, und die Zärtlichkeit, die darin lag, war nicht für ihn bestimmt.

Frank fragte sich mit einiger Verblüffung, wofür sie das, was sie sah, eigentlich hielt. Sie wirkte so unbefangen, als habe sie ihn bei nichts weiter ertappt als einer stürmischen, freundschaftlichen Umarmung. Oder im Endstadium einer kindischen morgendlichen Balgerei. Was allerdings der Wahrheit sogar einigermaßen nahekam.

Ihr Blick war vollkommen unschuldig. »Ich wollte zwar eigentlich erst mal deine Meinung dazu, aber ... vielleicht ist es so besser. Wir haben nämlich ein kleines Problem.«

»Alexander wird begeistert sein«, sagte Frank erschöpft. »Bestimmt.«

Alexander gab einen Laut von sich, der sehr merkwürdig klang und bei einem unbefangenen Beobachter unmöglich den Eindruck von Begeisterung erwecken konnte.

Jemand rief von unten, es hörte sich nach Doris an. Pia horchte auf. »Ich glaub', deine Mutter ruft. Ich geh' runter und seh' nach, was sie will. Immo, zeigst du Alexander das Zeugs schon mal, bitte?«

Alexander machte einen vergeblichen Versuch, sich auf die Ellenbogen aufzurichten, und ließ sich mit einem

Seufzer wieder fallen. »Hebe dich hinfort von mir, Satan. Du wirst mir zu schwer.«

»Och«, sagte Frank. »Was so viele Frauen ertragen konnten, wird doch dich nicht umbringen.«

»Na gut. Laß mich einfach in deinen Armen sterben.« Alexander holte ein bißchen mühsam Luft.

»Das wäre verfrüht.« Frank entschied sich, so gnädig zu sein, von ihm herunterzurollen, und streckte sich neben ihm laut gähnend lang aus.

»Aber nur wenn ich sterbe, kriegst du meine Seele«, murmelte Alexander.

»Was soll ich denn jetzt mit deiner Seele. Die gehört mir sowieso, und sie läuft mir auch nicht weg. Vorerst hab' ich mit dem Rest von dir ausreichend Spaß.«

Alexander lachte. Er wälzte sich träge auf den Rücken, setzte sich halb auf und lehnte sich gegen das Rückenteil von Franks Bett. Margot beobachtete ihn aus schmalen Augen. Ihr war anzusehen, daß sie sich fragte, warum Pia nichts begriffen hatte und wie sie es ihr möglichst schonend beibringen konnte.

Immo war stocksteif stehengeblieben, und das Unbehagen angesichts der Situation, in die er hereingeplatzt war, stand ihm deutlich ins Gesicht geschrieben. Er sah aus wie jemand, der wußte, daß er jetzt absolut auf der Hut sein mußte, um nichts zu sagen, das als nicht politisch korrekt eingestuft werden könnte.

Frank wünschte beinahe, er hätte es trotzdem getan. Darauf hätte er wenigstens eine Antwort gehabt. Aber Immos Bemühen, Ekel und Verachtung zu unterdrücken, machte lediglich die Luft dicker, und zwar ohne Hoffnung auf ein reinigendes Gewitter. Mit so etwas konnte Frank nicht gut umgehen.

Er würde es wohl lernen müssen.

Alexander schien das längst bewältigt zu haben. Die

Augen halb geschlossen, tastete er neben dem Bett nach seinen Zigaretten, fand aber nichts und zog den Arm wieder unter die Decke. Er sah aus, als würde er gleich einschlafen. Frank stupste ihn sanft an. »He, aufwachen!«

»Wozu? Meinst du, ich wäre jetzt in der Lage, mich für Pias Probleme zu interessieren? Wahrscheinlich hat sie wieder Ärger mit irgendeinem Computer, der ihre Referate frißt. Das passiert doch dauernd. Sie haßt Computer, und Computer hassen sie. Und ich hasse es, wenn sie damit hierherkommt. Schick sie zu Beate. Die versteht davon auch nicht weniger als wir.«

Frank stützte sich auf den Ellbogen und ließ seine Finger zärtlich von Alexanders Schlüsselbein aus abwärts wandern. Sie berührten das Kreuz aus mattschwarzem Stein, das Alexander von seinem Vater hatte und niemals ablegte. »Komm, du schaffst das schon. Ich denke, das ist einer der wesentlichen Vorzüge bei Männern, daß spätestens fünf Sekunden nach dem Orgasmus der analytische Verstand wieder einsetzt. – Oder waren es zehn Sekunden?«

»Derjenige, der die Theorie postuliert hat«, sagte Alexander und schloß die Augen wieder, »hat jedenfalls garantiert noch nie mit dir geschlafen.«

Frank grinste. »Danke für die Blumen.«

»War mir ein Vergnügen. – Gibst du mir bitte mal meine Zigaretten rüber, Immo? Sie liegen auf dem Schreibtisch, glaub' ich.«

Es dauerte einen Moment, ehe Immo aus seiner Erstarrung erwachte. Er blinzelte, als habe er geträumt, dann riß er sich mit einem sichtbaren Ruck zusammen und schaute sich um. Er entdeckte die Zigaretten und brachte sie ans Bett, komplett mit Feuerzeug und Aschenbecher. »Danke«, sagte Alexander, und Frank beobachtete erheitert, wie Immo sich sogar dazu verstieg, ihm Feuer zu geben. Es mußte verdammt anstrengend für ihn sein, höflich zu sein und Respekt zu heucheln. So anstrengend, daß die Flamme des Feuerzeugs zitterte.

Er schien es selbst zu bemerken, und seine Gesichtsfarbe wandelte sich langsam von ihrem üblichen teigigen Ton zu einem wesentlich gesünder aussehenderen Rosa. Seine Verlegenheit war offensichtlich, aber er tat sein Bestes, um sie zu überspielen. »Es geht nicht um Computer«, sagte er ernst.

Margot beobachtete immer noch Alexander.

Pia kam die Treppe wieder hinaufgetrabt, Doris dicht hinter ihr. »Morgen, mein Großer«, begrüßte Doris ihren Sohn. »Hör mal – oh, hallo, Alex. Ich wußte nicht, daß du noch hier bist!« Immo wich respektvoll zurück, als Doris sich auf der Bettkante niederließ. »Guten Morgen.«

Alexander lächelte. Sie beugte sich vor, küßte ihn auf den Mund, nahm ihm die Zigarette aus der Hand, zog daran und steckte sie ihm mit einer provozierenden Geste zwischen die Lippen. Er schaute mit hochgezogenen Augenbrauen zu ihr auf, und Doris grinste. Sie stand auf. »Hört mal, wollt ihr Kaffee? Ich wollte gerade welchen machen.«

»Oh, sicher«, sagte Frank säuerlich. »Und wenn du schon mal dabei bist, lad doch auch gleich die Nachbarn ein. Es ist noch massenhaft Platz in meinem Zimmer.«

»Daß du morgens immer so miese Laune haben mußt«, erwiderte Doris kühl und ging hinaus.

Margot zog den Schreibtischstuhl heran und machte es sich darin bequem. Pia zog den zweiten Stuhl dazu und forderte Immo mit einem sanften Schubs auf, sich zu setzen. Sie selbst nahm auf der Bettkante Platz und strahlte Frank an. Er lächelte unwillkürlich zurück, aber es wirkte ziemlich gequält. Sie streckte die Hand nach ihm aus. Im selben Moment zog Alexander, der zwischen ihnen lag, leicht die Knie an, und als ihre Hand die Bettdecke berührte, zog sie sie wieder zurück. Sie warf Alexander einen irritierten Blick zu, aber er rauchte schweigend seine Zigarette und hielt die Augen gesenkt.

»Tut mir leid, daß wir euch geweckt haben«, sagte Pia, die offensichtlich langsam das Gefühl bekam, eine Entschuldigung sei vielleicht angebracht.

»Du hast uns nicht geweckt«, erwiderte Alexander abweisend.

»Frank vielleicht nicht, aber dich«, antwortete sie kleinlaut.

»Keineswegs«, sagte Alexander kalt und legte den Arm um Franks Schultern, als der sich an ihn kuschelte und den Kopf an seine Brust lehnte. Mehr, um Alexander zu beschwichtigen, als daß er wirklich das Verlangen danach hatte, angesichts von so viel öffentlicher Aufmerksamkeit herumzuschmusen.

»Meine Güte, seid ihr zärtlich miteinander«, bemerkte Pia spöttisch, und Alexanders ohnehin düsterer Blick verwandelte sich in ein arrogantes Starren.

»Möchtest du die Fotos jetzt sehen?« fragte Immo hastig und kramte in der Tasche, die er mitgebracht hatte. Er schlug die Augen nieder, als er Alexander eine Mappe überreichte.

»Was für Fotos?«, fragte Alexander ohne großes Interesse.

»Wir wollten die Polizei rufen«, warf Margot ein. »Aber Pia war absolut dagegen.«

Alexander schlug die Mappe auf.

Frank sog scharf die Luft ein. Auf einem großformatigen Schwarzweißfoto, offenbar in einer privaten Dunkelkammer und in aller Eile entwickelt, war eine Figur zu erkennen, die wie der Zwilling von jener aussah, die sie nachts im Garten von Alexanders Tante gefunden hatten.

»Jemand verspürt den Drang, seine alten Jeans auszusortieren«, bemerkte Alexander trocken.

Hinter der nur mit einer Jeans bekleideten Figur, deren fleischfarbener Styroportorso mit Ketchup übergossen war, lag eine zweite Puppe. Sie war ebenfalls mit einer Jeans versehen und außerdem mit einem grauen Rollkragenpullover. Sie hatte einen Styroporkopf mit einer Perücke, die in Form und Farbe vage an Alexanders Haar erinnerte, und auf die Vorderfront des Kopfes war ein Foto von Alexander aufgeklebt. Es war nur klein, aber es erfüllte seinen Zweck.

Was die Alexander-Figur mit der anderen tat, daran konnte kein Zweifel bestehen. Es war obszön, und in Anbetracht der Tatsache, daß ein Messer daran beteiligt war, war es außerdem tödlich.

»Wo habt ihr die Fotos her?« Frank versuchte mühsam, einen heftigen Anflug von Übelkeit zu unterdrücken.

»Die haben wir selbst gemacht«, antwortete Margot. »Ich hatte zufällig meine Kamera dabei, weil ich nachher im Frauenreferat vorbeiwollte, wo wir ... na ja, ist ja egal. Spielt jetzt keine Rolle. Jedenfalls hatte ich den Fotoapparat mit. Eine Freundin von mir hat den Film in der Uni entwickelt, die kann so was. Sie studiert Germanistik und will Journalistin werden. Ich konnte sie nur mit Mühe davon abbringen, irgendeine Zeitungsredaktion anzurufen.«

»Wo habt ihr also diese Figuren gefunden?« fragte Alexander abwesend und blätterte die anderen Fotos durch, die alle mehr oder weniger das gleiche zeigten.

»Ihr wart ja wieder mal nicht im Seminar«, tadelte Pia, die ihre unangemessen gute Laune inzwischen eingebüßt hatte. Besorgt betrachtete sie Franks blasses Gesicht. »Die Bertram ist sauer hoch dreizehn, das kann ich euch sagen. Wieso schwänzt ihr nicht mal ein paar Veranstaltungen bei anderen Dozenten? Die sehen das nicht so eng.

Aber die Bertram fängt langsam an, es persönlich zu nehmen. Ihr kennt doch ihre Einstellung.«

»Scheiße«, murmelte Frank. »Phonetics. Das wird sie uns nie verzeihen. Alexander, wenn wir so weitermachen, läßt sie dich nie den Hamlet spielen.«

Alexander schnaubte. »Wer soll's denn sonst machen? Meinst du, die ist scharf drauf, sich zu blamieren mit ihren Laienaufführungen?«

»Die Figuren lagen im Seminarraum«, erklärte Margot. Claudia Bertram benutzte für alle ihre Veranstaltungen den Raum, der auch für das Theaterseminar reserviert war. Sie hatte ihn zusammen mit dem Zimmer gegenüber für sich gekapert, in dem sie die Kostüme und Requisiten lagern konnte.

»Und da lagen sie zweifellos, damit unter anderem Alexander sie zu Gesicht kriegt«, sagte Frank. Und dann hätten sie da gestanden, zwischen vierzig anderen Studenten, und diese Puppen angestarrt. Frank bekam eine Gänsehaut und zog die Decke noch ein Stück höher.

»Warum habt ihr Fotos gemacht?« fragte Alexander. Seine Stimme klang so sachlich, als sei diese ganze Angelegenheit allenfalls von akademischem Interesse.

»Weil wir die Figuren auseinandernehmen wollten, bevor jemand anders sie sieht«, erklärte Immo. »Wir haben den ganzen Krempel wieder in die Kleiderkammer zurückgepackt. Jedenfalls das, was da hingehörte. Den Rest haben wir weggeschmissen.«

Alexander lächelte dünn. »Ihr seid wahnsinnig.«

»Ich wollte die Polizei rufen«, warf Margot ein.

»Ich will nicht, daß die Kripo das sieht!« zischte Pia wütend. »Bloß weil irgendeiner hier ausflippt und Alexander beschuldigt! Das muß niemand wissen. Ich will nicht, daß der Kerl auch noch Erfolg hat mit seiner Aktion. Der ist doch krank!«

»Ja, das sagt man dann so.« Alexander packte ruhig und gelassen die Fotos wieder zusammen. »Davon bin ich nicht überzeugt. Frank, wir werden diese Bilder ... – Sag mal, schläfst du?«

»Das würde ich nie wagen«, murmelte Frank, den Kopf an seine Schulter gelehnt. Ihm war immer noch übel. »Ich befinde mich nur in der Ruhestellung, die mein Körper automatisch einnimmt, solange du seiner Dienste nicht bedarfst, während mein Geist auf deine Anweisungen wartet.«

»O Gott«, sagte Pia. »Langsam werdet ihr mir unheimlich.«

»Wir sollten Franks Mutter vielleicht helfen, die Tassen raufzutragen«, meldete Immo sich nervös und schaute Pia auffordernd an.

»Das mach' ich schon.« Margot stand auf und ging hinaus. Frank kam es vor, als hätte sie nur darauf gewartet, eine Ausrede zu finden, um sich absetzen zu können. Er fragte sich, ob es Alexanders kühle Reaktion auf die Fotos war, die sie so verärgert hatte.

»Ihr könnt die Bilder natürlich behalten«, sagte Pia. Ihr war auch der letzte Rest von dem Schwung abhanden gekommen, mit dem sie vor ein paar Minuten in das Zimmer gestürmt war. Die Zuversicht, eine gute Tat vollbracht zu haben, war der Erkenntnis gewichen, daß sie möglicherweise eine Dummheit begangen hatte. »Ich an eurer Stelle würde sie verbrennen.«

Frank überlegte verblüfft, was sie bewog, so etwas von sich zu geben, und musterte sie mißtrauisch. Alexander schüttelte den Kopf. »Verbrennen? Keineswegs, mein Kind! Wir werden damit zur Polizei gehen.«

»Siehst du«, fauchte Immo böse. »Ich hab's dir ja gleich gesagt, Pia.«

Sie biß sich auf die Lippen und schwieg.

Er hob seine starken, plumpen Hände und ließ sie in einer resignierenden Geste wieder fallen. »Tja«, sagte er sarkastisch. »Du willst deinen Angebeteten schützen – oder deine beiden Angebeteten – und wir kriegen den Ärger. Klasse.«

»Ich glaube nicht, daß ihr Ärger bekommen werdet«, meinte Alexander. »Nicht viel jedenfalls. Aber es hätte euch weiß Gott klar sein müssen, daß ich es mir gar nicht leisten kann, diese Fotos der Polizei nicht zu zeigen.«

Eine Weile herrschte Schweigen. Frank fragte sich, ob Margot diese Fotos in der Hoffnung gemacht hatte, daß Alexander damit nicht zur Polizei ging und daß man dieses Versäumnis irgendwann auffliegen lassen könnte. Ein ziemlich paranoider Gedanke. Ihm wurde abrupt klar, daß er überhaupt niemandem mehr vertraute. Und das verbesserte weder seine Laune noch den Säurepegel seines protestierenden Magens, dem Ort, in dem die Angst zu nisten schien.

»Ich glaube, ich gehe erst mal duschen.« Er hatte das dringende Bedürfnis, sich den Ekel von der Haut zu spülen.

»Erst mal«, bemerkte Alexander, »solltest du etwas anziehen.«

Frank seufzte. »Vielleicht wäre jemand so freundlich, mir meine Jeans zu reichen?«

Immo sah sich um, griff zu und warf sie ihm kommentarlos aufs Bett. Frank zog sich unter der Decke an, während Pia den Kopf schüttelte und zu einer Bemerkung ansetzte, die sie aber plötzlich zu vergessen schien, als sie Alexanders scharfen Blick auffing.

Frank wand sich geschickt an Pia vorbei aus dem Bett.

Sie stand plötzlich auf und ging hinaus. Sie lief die Treppe hinunter. Ihr Fortgang hinterließ eine Lücke im

Raum, in der irgendwie ziemlich deutlich geschrieben stand, daß es Frank gelungen war, sie zu beleidigen, indem er es vermieden hatte, sie zu berühren. Alexander nutzte die Gelegenheit, um aufzustehen.

Frank grinste. Pia würde ewig bereuen, nicht dabeigewesen zu sein. Ganz im Gegensatz zu seiner Anweisung, daß Frank sich gefälligst anzuziehen habe, ehe er sich erhob, traf Alexander für sich selbst keinerlei Anstalten, sich zu bedecken. Er gähnte und streckte sich, schaute aus dem Fenster, um die Wetterlage zu begutachten, und öffnete Franks Kleiderschrank, um für sich nach ein paar passenden Sachen zu suchen.

»Geh du ruhig zuerst ins Bad«, sagte Frank, weniger höflich zuvorkommend als vielmehr plötzlich besorgt, Pia könne zurückkommen, bevor sein Freund angezogen war. Alexander klemmte sich Jeans und ein T-Shirt unter den Arm und ging hinaus.

Frank wandte sich um, in der Absicht, nach der Mappe mit den Fotos zu greifen, und sah Immo zurückzucken.

»Was ist denn mit dir los?« fragte Frank spöttisch. »Hast du plötzlich Angst vor mir?«

»Ich habe keine Angst vor dir«, erwiderte Immo wütend. Er richtete sich in seinem Stuhl auf und straffte seine imposanten, breiten Schultern. Nicht ganz so imposant wie sonst, trotzdem, denn Frank stand immerhin über ihm, den Kopf zur Seite geneigt. Eine provozierende Haltung. Offenbar war das mehr, als Immo ertragen konnte, denn er stand auf.

Wenn er erwartet hatte, daß Frank daraufhin zurückweichen würde, hatte er sich verrechnet. Frank stand vor ihm, jetzt noch sehr viel dichter als eben. Er würde keinen Zentimeter Boden preisgeben. Nicht, solange er das deutliche Gefühl hatte, daß Immo klammheimlich seinen Spaß an diesen Fotos hatte. Ein falsches Wort, und Frank war entschlossen, Immo zu zeigen, daß breite Schultern allein nicht genügten, um einen alten Karatekämpfer aus der Ruhe zu bringen. Frank schaute zu Immo auf, und sein Lächeln war noch wesentlich provokanter als seine Haltung.

Es verschwand, als Immo plötzlich seine breiten und erschreckend kalten Hände auf Franks bloße Schultern legte. »Ich habe keine Angst vor dir. Quatsch keinen Blödsinn.«

Einen Moment lang verhakte sich der merkwürdig intensive Blick seiner blauen Augen in Franks, der mit angehaltenem Atem vollkommen still dastand, plötzlich überzeugt davon, daß Immo ihn im nächsten Moment umarmen würde, wenn nicht Schlimmeres.

Aber Immo tat es nicht. Als er Frank langsam wieder losließ, war es fast ein Streicheln, aber dann trat er zurück. Er ging zum Schreibtisch hinüber und begutachtete Franks Computer.

»Mir gefällt nur nicht, wie du Pia behandelst«, sagte er.

»Verdammt, ich ›behandle‹ sie nicht.« Verdrossen stopfte Frank die Hände in die Taschen seiner Jeans. »Ich hab' nichts mit ihr. Nie gehabt. Aber sie benimmt sich plötzlich, als wären wir verlobt oder so was.«

»Tja«, sagte Immo. »Bedauerlich, daß das alles immer irgendwie schräg läuft. Ich mag Pia, sie mag dich, du magst Alexander.« Er verzog das Gesicht, als hätte er etwas Unangenehmes gerochen. »Ironie des Schicksals, daß ausgerechnet du so'n Frauenliebling bist, was? Ein Schwuler.« Es hörte sich an, als würde er am liebsten ausspucken. »Ich hatte nie viel Glück bei Frauen. Ich bin nicht der Typ dafür.«

Frank zögerte. Eine Weile betrachtete er Immos gebeugten, breiten Rücken. Er fand es unwahrscheinlich, daß der phlegmatische Blonde tatsächlich für Pia schwärmte. Er hielt Immo für einen Egozentriker, der neidisch auf die gesellschaftlichen Erfolge anderer war.

Aber vielleicht täuschte er sich, und Immo war tatsächlich unglücklich verliebt.

Frank hatte genug Körbe von Frauen eingesammelt, um zu wissen, daß es auf Schönheit allein auch nicht ankam. Natürlich wurde er von allen Seiten angehimmelt, aber das war ja nicht der springende Punkt. Zwischen Anbetung und Bett lagen Welten, und von einem zum anderen zu kommen hatte sich für ihn oft genug als völlig unmöglich erwiesen.

Er hatte wahrscheinlich nur deshalb so viel Erfolg, mittlerweile jedenfalls, weil er geschickter darin geworden war, zu testen, wo er die besten Chancen hatte. Und wenn er ein vielversprechendes Ziel ins Auge gefaßt hatte, verfolgte er es konsequent. Und raffiniert. Der Zweck heiligte für ihn dabei so ziemlich jedes Mittel. In dieser Hinsicht war sein Gewissen mit gnädiger Blindheit geschlagen.

Jemanden leiden zu sehen, ohne zu trösten, entsprach nicht Franks Natur. »Du hast keine Ahnung, wovon du sprichst. Ich weiß nicht, was du siehst, wenn du in den Spiegel schaust, aber wenn ich dich ansehe, dann sehe ich einen Mann von beeindruckender Größe, mit mächtig breiten Schultern und faszinierenden Augen.« Seine Stimme klang völlig sachlich. »Ich wüßte nicht, was man sonst noch braucht.«

Immo warf ihm einen merkwürdigen Blick zu. Dann wandte er sich wieder dem Computer zu. Seine Finger fuhren über die Tastatur, die viel zu klein aussah für seine Hände. »War mir klar, daß du das nicht verstehen würdest. Dir liegen sie ja zu Füßen. Du brauchst sie bloß aufzusammeln.«

Frank lachte. »Aha, so also stellst du dir mein Leben

vor. Na, du wärst enttäuscht, glaub' ich.« Er ließ sich in den Stuhl fallen, lehnte sich zurück und hakte die Daumen in die Gürtelschlaufen seiner Jeans. »Immo, irgendwer liegt einem immer zu Füßen. Das Problem ist, entweder wollen sie gar nicht mehr als das – oder es sind nicht die, die man haben will.«

»Ja, ja.« Immo strich über den Bildschirm. Die Berührung hinterließ eine Spur in der hauchdünnen Staubschicht. »Du und Casanova. Zwei arme, einsame Geschöpfe. Mir kommen die Tränen. Das klingt, als wärst du aus einem akuten Notstand heraus mit Alexander ins Bett gegangen.«

»Mit Alex hat das nichts zu tun.« Frank lächelte vor sich hin, völlig aus dem Konzept gebracht. Mist, dachte er, Bambi hat sich schon wieder verirrt. Wenn das so bleibt, daß mich jede Erwähnung von Alexander völlig vom Weg abbringt, wird er mich für den Rest meines Lebens an die Hand nehmen müssen.

Ein erschreckend angenehmer Gedanke.

Er hatte das nie gekannt, diese verwirrende Mischung aus Bewunderung, Anbetung und allgegenwärtigem sexuellen Hunger. Ihm war plötzlich klar, daß es Gefühle dieser Art waren, die zu den Ausbrüchen von hemmungsloser Romantik führen konnten, die ihm sonst völlig unerklärlich erschienen waren: die in Schwüren und beglaubigten Verträgen gipfeln und traditionell mit dem Austausch von Ringen besiegelt werden.

Frank legte eine Hand über die Augen und gebot seiner Phantasie entschlossen Einhalt. Na ja, dachte er und unterdrückte ein Grinsen, immerhin erscheint es mir irgendwie würdevoller, wegen eines Mannes den Verstand zu verlieren, als wegen einer Frau.

Mühsam tastete er sich aus dem Gestrüpp seiner Gefühle, Erinnerungen und Zukunftsaussichten wieder zu

Immo zurück. »Du täuschst dich, wenn du glaubst, man hätte mir etwas mitgegeben, was man dir vorenthalten hat, und daß es das ist, was dich jetzt hindert, Erfolg zu haben. Das Problem ist nur, wenn du an dich selbst nicht glaubst, machen sie dich einfach fertig.«

»Damit könntest du recht haben«, sagte Immo.

Frank stand auf und schlenderte wie absichtslos Richtung Fenster, was zufällig auch Richtung Schreibtisch bedeutete. Er blieb ziemlich dicht neben Immo stehen. Er lehnte sich mit den Hüften an seinen Schreibtisch, verschränkte die Arme und betrachtete seinen Kommilitonen. Es dauerte ziemlich lang, bis Immo zu der Überzeugung gelangte, daß er ihn nicht ewig ignorieren konnte.

»Schau mich nicht so an«, sagte Frank lächelnd, als Immo sich aufrichtete und ihm zuwandte. Er fragte sich, was um Himmels willen es bloß war, was ihn dazu trieb, unbedingt immer austesten zu müssen, wie weit er gehen konnte. Er trat ziemlich eilig einen Schritt zurück und hob abwehrend die Hände. »Männer sind was für Fortgeschrittene. Du bist Anfänger.«

Immo hob die Brauen. »Oh, nur keine Sorge, Frank. Ich würde es ganz bestimmt nicht wagen, den Zorn Alexander des Großen herauszufordern. Ich bin sicher, er würde mich töten, wenn ich mich an seinem Eigentum vergreife.«

»Das, mein Lieber, war alles andere als respektvoll«, sagte Frank stirnrunzelnd. Er war nicht bereit, öffentlich zuzugeben, daß trotz seiner ausgeprägt rebellischen Natur der Gedanke an Leibeigenschaft unerwarteterweise seine Reize hatte.

»Kaffee«, rief Pia und stieß die Tür auf. Margot trottete hinter ihr her. Alexander kam aus dem Bad, einigermaßen korrekt bekleidet mit einer von Franks Jeans, in Franks schwarzem T-Shirt und mit feuchtem Haar. Der

Blick, mit dem Pia ihn verschlang, sprach Bände. Frank hätte sie erwürgen können. Einerseits. Andererseits bedachte Alexander sie nur mit dem selbstbewußten, amüsierten Lächeln, das er manchmal denen gönnte, die ihn wollten, aber nicht bekamen, und ging ungerührt an ihr vorüber, um sich eine Tasse Kaffee einzuschenken. Und der Blick, mit dem er Frank ansah, war um etliche Grade heißer als der Kaffee, den Doris gekocht hatte. Ganz zu schweigen von dem Blick, mit dem er Immo streifte. Der enthielt eine eindeutige Warnung.

*

Sie ließen Frank nicht mit in das Zimmer, in das Alexander gebeten wurde, um die Fotos vorzulegen. Frank ging draußen im Flur des Polizeipräsidiums auf und ab, nervös und wütend, besorgt und gereizt. Aber es dauerte nicht lange, bis sein Freund wieder herauskam. Er sah noch wesentlich gereizter aus, als Frank sich fühlte.

»Komm.« Er strebte mit langen Schritten in Richtung Ausgang. »Ich will hier weg.«

»Was haben sie gesagt?« fragte Frank, als sie wieder im Auto saßen.

»Wenig.« Alexander fuhr vom Parkplatz herunter. »Außer der Federing war niemand da von den Leuten, die diesen Fall bearbeiten. Du wirst dir denken können, daß es kein angenehmes Gespräch geworden ist.«

Frank verdrehte die Augen.

»Sie hat versucht, mir vorzumachen, daß sie an diesen Fotos keinerlei Interesse hat«, berichtete Alexander. »Aber ich wette, sie hat da oben am Fenster gestanden und darauf gewartet, daß ich wegfahre. Und jetzt schmeißt sie sich in ihre Dienstkarre und sucht den Seminarraum, die Bertram, Pia, Margot, Immo, den AStA, das Schwulenreferat, den Dekan und den ganzen verdammten Rest der Uni auf. Sie glaubt wahrscheinlich sowieso, daß ich Michael auf dem Gewissen habe. Jedenfalls ist sie mit Sicherheit absolut begeistert davon, daß andere das auch zu glauben scheinen.«

»Kann mir eigentlich mal irgendeiner sagen, warum das jemand glaubt?« fragte Frank verzweifelt.

Alexander schwieg. Er sah wieder ruhig und gelassen aus, aber Frank kannte ihn gut genug, um deutlich zu spüren, daß hinter der kühlen Fassade etwas brodelte. Wahrscheinlich Wut. Die Hände auf dem Lenkrad waren so verkrampft, daß die Knöchel weiß hervortraten. Frank hoffte, daß es Wut war. Er selbst hatte Angst. Und der Gedanke, daß Alexander vielleicht ebenfalls Angst hatte, behagte ihm ganz und gar nicht.

»Vielleicht finden sie heraus, wer die verflixten Puppen gebastelt hat«, sagte er ohne große Hoffnung und protestierte nicht, als sein Freund nur den Kopf schüttelte.

»Ich setz' dich zu Hause ab«, kündigte Alexander an. »Irgendwie rechne ich damit, daß ich heute noch Besuch kriege von der guten Frau Federing, und ich möchte nicht, daß du dabei bist.«

»Die kommt doch garantiert hinterher zu mir rüber, wenn ich nicht bei dir bin.« Ungeduldig zerrte Frank an dem Sicherheitsgurt und versuchte, eine bequemere Haltung zu finden. Er war müde, und sein Körper fühlte sich an, als hätte er Schwerstarbeit geleistet.

Hatte er auch. Frank grinste, einen Moment lang abgelenkt. Dann biß er sich auf die Lippen und kehrte widerstrebend zum Thema zurück. »Die häßliche Kuh ist doch ...«

»Häßliche Kuh?« unterbrach Alexander ihn und warf ihm einen überraschten Blick zu. »Du findest die Federing häßlich?«

Frank hob die Brauen. »Du nicht?«

Alexander lachte. »Nein. Überhaupt nicht. Gut, sie ist vielleicht keine spektakuläre Schönheit, aber groß und schlank und langbeinig, und ihre Bewegungen sind ausgesprochen elegant. Sie erinnert mich an ein Raubtier. Sie hat auch die Augen eines Raubtiers. Vielleicht sollte ich ihr mal empfehlen, es mit Leder zu versuchen. Sie würde großartig darin aussehen.« Er grinste. »Vielleicht gefällt sie dir dann auch.«

Frank zog die Nase kraus. »Darauf legt sie aber keinen Wert, glaub' ich.«

»Nein«, gab Alexander zu. »Daß sie dich nicht leiden kann, ist offensichtlich. Und sie ist gefährlich. Vielleicht hast du recht, sie würde wahrscheinlich tatsächlich zu dir kommen. Und ich sollte dich nicht mit ihr alleinlassen. Dein Charme kommt bei ihr nicht an, und Taktik ist nicht deine starke Seite, wenn es nicht gerade um die Kunst der Verführung geht.«

»Verdammt, was gibt es da zu taktieren«, schnaubte Frank wütend. »Du hast nichts getan, ich hab' nichts getan, keiner von uns beiden braucht Lügen zu erzählen. Wovor hast du Angst, Alex?«

»Ich habe keine Angst«, widersprach Alexander.

Frank warf ihm einen Blick zu. Er fand das nicht überzeugend. »Setz mich trotzdem zu Hause ab. Ich brauche endlich mal eine Dusche, und ich will mich umziehen. Ich stinke immer noch nach Pferd.«

»Genaugenommen nach Deckhengst«, bemerkte Alexander. »Eine ziemlich aufregende Mischung aus Pferdegeruch, Adrenalin, Endorphinen und Sperma. Du würdest jede Stute nervös machen. Von mir ganz zu schweigen. Mir schadet es bestimmt nicht, wenn ich eine Weile allein sein kann, um ein bißchen nachzudenken. In deiner Gegenwart kann ich das im Moment schlecht.«

»Macht nix. Hauptsache, du kannst in meiner Gegenwart ...«

»Werd nicht obszön.« Alexander parkte den Wagen. »Geh duschen und laß mich in Ruhe.«

*

Frank wollte sich eigentlich nur einen Moment hinlegen, aber er verschlief den ganzen Nachmittag. Danach knurrte ihm fürchterlich der Magen, und er pilgerte in die Küche hinunter, um den Kühlschrank zu plündern. Das Abendessen hatte er verpaßt.

Er hatte geduscht und war noch nicht wieder ganz angezogen, als Doris nach ihm rief, weil Alexander am Telefon war. »Dein Liebster«, sagte sie spöttisch und hielt ihm den Hörer hin, als er halbnackt die Treppe herunterkam. Frank grinste. Wahrscheinlich würde sie tot umfallen vor Schreck, wenn er ihr jetzt erzählte, daß der alte Familienscherz sich inzwischen bewahrheitet hatte.

»Hör mal«, sagte sie plötzlich und drehte sich auf dem Weg ins Wohnzimmer noch einmal zu ihm um.

»Warte bitte einen Moment«, sagte Frank in den Hörer.

»Sag mal, Schatz, kann es sein, daß hier wieder dauernd eine deiner unglücklichen Lieben anruft?« fragte Doris stirnrunzelnd.

»Ich habe keine unglücklichen Lieben«, widersprach Frank wahrheitsgemäß. »Ich bin ausgesprochen glücklich verliebt.«

»Schön für dich. Aber jemand anders ist vielleicht unglücklich. Jedenfalls klingelt ständig das Telefon, und wenn ich rangehe, wird aufgelegt. Bei den Zwillingen derselbe Effekt. Ich nehme an, die geheimnisvolle Person möchte dich sprechen.«

Frank zuckte mit den Schultern. »Tut mir leid, ich bin mir keiner Schuld bewußt.«

»Das bist du ja nie«, knurrte Doris unwirsch. »Übrigens war ein Brief für dich im Kasten. Ohne Absenderadresse. Liegt auf dem Garderobenschrank.« Sie klappte die Tür hinter sich zu.

»Alex?« sagte Frank ins Telefon und suchte auf der Garderobe zwischen Zeitungen und Werbeprospekten nach der Post. »Ist was passiert?«

»Nein, aber es wäre mir lieb, wenn du rüberkommen könntest. Ich bin unten.«

»Schon unterwegs.« Frank legte auf. Nachdenklich betrachtete er den weißen Umschlag, auf dem nichts weiter stand als sein Name und seine Adresse. Schreibmaschinenschrift oder ein Computerdrucker. Eine häßliche Schrift. Courier. Von der Briefmarke starrte ihm ein kleines Frauengesicht entgegen. Der Stempel war verschmiert, aber daß der Brief in Düsseldorf aufgegeben worden war, konnte man lesen.

Frank fror plötzlich. Er lief nach oben, um ein T-Shirt überzuziehen. Geistesabwesend faltete er den dünnen Umschlag zusammen und stopfte ihn in eine der hinteren Taschen seiner Jeans.

*

Als Frank über die Straße lief, begann es schon dunkel zu werden. Im Wohnzimmer von Alexanders Tante brannte Licht. Alexander stand an der Bar und arbeitete an einem großen Tablett mit Longdrinks. Er schaute auf, als Frank hereinkam und fragend die Brauen hob, und verzog schmerzlich das Gesicht. »Möchtest du auch was trinken?«

»Was ist denn los?«

»Die Bertram ist mit drei Mädchen aus dem Theaterkurs

hier angerückt. Wie ich schon sagte, die Federing ist natürlich sofort zur Uni gefahren und hat alle rebellisch gemacht. Und nun sind sie hier, um Solidarität zu demonstrieren.«

»Unsere Dozentin und drei Studentinnen?« Frank verzog geringschätzig das Gesicht. »Viel Solidarität ist das aber nicht bei einem Kurs, zu dem rund vierzig Leute gehören.«

»Das ist mir auch aufgefallen, ja.« Alexander maß Tequila ab und verteilte ihn auf die Gläser. »Mir haben sie erklärt, sie kämen sozusagen als Abgesandte, schließlich könne man hier nicht mit vierzig Leuten anrücken.«

»Ach ja?« sagte Frank unzufrieden.

»Außerdem tarnen sie sich, indem die Bertram behauptet, eigentlich seien sie ja überhaupt nur hier, weil die drei ein Problem mit der Computer-Software hätten, auf der sie ihre ganze letzte Hausarbeit zusammen geschrieben haben. Ich hab' allerdings eher den Eindruck, daß es allesamt Verehrerinnen von dir sind. Trotzdem, sie sind total scharf drauf, die Sache mit diesen Styropor-Puppen irgendwie zu klären. Wer Zugang zu den Räumlichkeiten hatte, wer die Dinger geklaut haben könnte, woher diese Jeans kommen könnten und so weiter.«

»Klar«, sagte Frank. »Sie sind sicherlich ja viel schlauer als die Polizei. Das ist so bei Frauen. Von einer gewissen Frau Federing mal abgesehen. Aber selbst die dürfte sich wohl schwer damit tun, bei einer ganz stinknormalen Jeans, wie sie in dieser Stadt zu Zehntausenden existieren, wenn nicht zu Hunderttausenden, wenn nicht noch mehr ...«

»Richtig.« Alexander öffnete eine Flasche Orangensaft. »Sie werden wohl kaum jeden überprüfen können, der Jeansgröße 32/34 trägt.«

»Die mehr oder weniger zufällig auch unsere Größe ist. Meistens und so ungefähr.«

»Eben. – Jedenfalls brauche ich bei den Damen deine Hilfe.«

Frank grinste. »Wieso? Sind es zu viele für dich?«

Die dunklen Brauen unwillig zusammengezogen, die Stirn gerunzelt, rührte Alexander in den Gläsern herum und verteilte Grenadine. »Genau vier zuviel, wenn du mich fragst. Sie besichtigen gerade den Garten. Sie sind vollkommen entzückt, hier zu sein.«

»Ja, das kann ich mir denken«, sagte Frank trocken. »Ich wette, Marion und Judith sind dabei.«

Alexander sah auf. »Woher weißt du das denn?«

Frank lachte. »Oh, mein Gott, Alexander. Außer dir weiß doch wirklich jeder, daß die beiden scharf auf dich sind. Sie sind bloß ziemlich schüchtern. Aber offenbar sind sie fähig«, fügte er anerkennend hinzu, »eine Eroberung generalstabsmäßig anzugehen. Das finde ich bewundernswert.« Sie waren zu bieder, als daß er sich ernsthaft Gedanken über sie gemacht hätte. Keine Konkurrenz für Bambi.

Alexander verzog den Mund. »Ach du großer Gott. Und wie mögen sie sich den Rest gedacht haben? Wollen sie mich teilen, oder wie?«

»Och, ich nehme an, den Rest betrachten sie als Glücksache«, sagte Frank lächelnd. »Das gemeinsame Projekt bestand wohl hauptsächlich darin, den Fuß in die Tür zu kriegen.«

Alexander schüttelte den Kopf. »Was es doch ausmacht, wenn man Kohle hat.«

Frank lachte. »Unfug. Du siehst einfach verdammt gut aus, das ist alles.«

»So?«

»Ja.«

*

Draußen im Garten stand Pia auf dem Rasen und starrte in das hell erleuchtete Wohnzimmer. Claudia Bertram sah zu ihr hinüber und sagte plötzlich: »Was ist los, Pia?«

Die anderen drehten sich zu ihr um. Alle schauten Pia an, und dann folgten sie ihrem Blick.

Claudia Bertram öffnete den Mund, um etwas Unverfängliches über gute Freunde zu sagen. Angesichts eines Anblicks, dem nichts Unverfängliches zu eigen war, versuchte sie dann rasch noch auf einen kleinen Scherz umzuschwenken, der so ungefähr das Thema ›Wahre Liebe gibt es wohl doch nur unter Männern‹ bearbeiten sollte. Aber schließlich schloß sie den Mund wieder, ohne wesentlich mehr gesagt zu haben als »Oh.« Die Umarmung im Wohnzimmer war ganz entschieden zu eindeutig, als daß ein Scherz etwas hätte abschwächen können.

*

»Bevor du den nächsten Schritt tust, würdest du freundlicherweise kurz bedenken, daß hier das Licht an ist und die Gardinen nicht zugezogen sind und daß es im Garten etwas dunkler ist als hier und daß die Damen sich dort aufhalten und wir hier wie auf einer Bühne stehen? Ich meine, ich will dich ja von nichts abhalten, wirklich nicht, ich möchte mich keinesfalls wieder dem Vorwurf aussetzen, mich meiner Sexualität zu schämen, aber ...«

»Aber?« fragte Frank desinteressiert, während seine Finger sich mit dem Öffnen von Kleidungsstücken befaßten.

»Aber Pia ist auch dabei.«

Frank hielt abrupt inne. Dann prustete er laut und nahm ein wenig Abstand. »Und wieso beunruhigt dich das, Alex?«

Alexander seufzte. »Könntest du vielleicht das, was du aufgeknöpft hast, auch wieder zuknöpfen?«

»Ich bin dein Liebhaber, nicht dein Kammerdiener«, lehnte Frank ungnädig ab. Er verschränkte die Arme und schaute ungerührt zu, wie Alexander eigenhändig seine Kleidung wieder in Ordnung brachte. »Wenn du nicht willst, daß Pia weiß, daß ich mit dir schlafe ... Findest du nicht, daß es ein bißchen spät ist, mir das mitzuteilen?«

Beschwichtigend legte Alexander die Hände auf Franks Schultern. »Unterstell mir bitte nichts. Das war keine böse Absicht. Klar, es nervt mich manchmal, daß sie hinter dir her ist. Aber es liegt durchaus in meinem Interesse, daß dir die junge Dame gewogen bleibt.«

Wenn Frank wütend war, bekamen seine grünen Augen einen wesentlich dunkleren Ton. Der plötzliche Farbwechsel war kein angenehmer Anblick. Faszinierend, aber auch äußerst alarmierend. »So. Du hast also vor, mich zu teilen.«

»Ich denke gern realistisch.« Alexanders Stimme klang gepreßt, als wäre es ihm schwergefallen, das zu sagen, und Franks Wut verrauchte.

Er betrachtete seinen Freund ungläubig. »Und das findest du realistisch?«

»Realistischer als die Proklamation meines alleinigen Herrschaftsanspruches, ja.« Er trat einen Schritt zurück und wollte sich abwenden, aber Frank griff nach ihm und zog ihn wieder zu sich heran.

»Wenn du glaubst, ich würde dir gleiche Rechte zugestehen, dann hast du dich getäuscht«, fauchte er wütend. »Ist dir das klar?«

Um Alexanders Mundwinkel zuckte ein mühsam unterdrücktes Lächeln. »Ich hatte so was schon befürchtet, ja.«

»Na, prima.« Frank ließ ihn los. Er zitterte vor Wut. Oder warum auch immer. Er begann, unruhig im Zimmer auf und ab zu gehen. »Gut, daß wenigstens das völlig unmißverständlich geklärt ist. Das ist ja schon mal was. Und was den Rest angeht ...« Frank blieb stehen und schüttelte hilflos den Kopf. »Normalerweise ist Arroganz doch dein zweiter Vorname. Aber in dieser ganz speziellen Hinsicht ...« Er wandte sich zu Alexander um und geriet ins Stocken. Es war grotesk. Was zum Teufel bildete sich die große, dunkle Schönheit da vor ihm eigentlich ein? Daß Frank mit ihm ins Bett ging, weil Bungee-Jumping out war und auch gerade nichts Vernünftiges im Fernsehen lief? »Du unterschätzt dich, weißt du das? Du kannst einfach nicht kapieren, daß mir wirklich etwas an dir liegt.«

Aus irgendeinem Grunde zitterten ihm die Knie, und er wußte wirklich nicht mehr, ob das überhaupt etwas mit Wut zu tun hatte oder mit einem völlig anderen Gefühl. Bambi in Not. Frank lehnte sich mit dem Rücken an einen uralten Schrank mit häßlicher Schnitzerei. »Du verstehst einfach nicht, wenn jemandem etwas an dir liegt, und nicht an dem Kies, den du geerbt hast. Der mich nicht die Bohne interessiert, wie du sehr genau weißt.«

»Ja«, sagte Alexander leise. »Das weiß ich.« Er drehte sich um und griff nach seinen Zigaretten, die auf der Bar lagen.

Frank starrte ihn an, beobachtete, wie Alexander die Zigarettenschachtel nahm und sie öffnete, sie in den Händen drehte, ohne eine Zigarette herauszunehmen. Er stieß sich von dem Schrank ab und ging auf Alexander zu, hielt ihn fest oder hielt sich an ihm fest, was von beiden, wußte er nicht so genau. Es war ihm auch egal. »Verstehst du das wirklich nicht, Alexander? Ich liebe dich. Ich würde für dich sterben.« Er schloß kurz die Augen. »Verdammt, ich würde für dich töten.«

Einen Moment lang sahen sie sich an. Dann wandte Frank sich ab und sagte wütend: »Aber du glaubst, du müßtest mich wegschicken, mir eine Frau warmhalten, für den Fall, daß ausschließliche Homosexualität meinem Befinden irgendwie abträglich sein sollte.« Er schnaubte verächtlich. »Ich weiß wirklich nicht, wie ich diese Opferbereitschaft einstufen soll, Alex, ob ich das liebenswert finden soll oder beleidigend oder ganz schlicht zum Heulen. Ich glaube, ich find's zum Heulen. Irgendwie.« Er fand es zum Heulen. Er hätte wirklich heulen können. Einfach so, und ziemlich heftig.

»Frank, ich versuche doch nur ...«

»... mich zu schützen«, vollendete Frank ungestüm. »Ja, ich weiß. Aber es gibt Situationen, da geht es mir einfach auf den Keks, wenn du mit den Flügeln schlägst und gakkerst. Mutterglucke.«

Alexander trat hinter die Bar. Er zündete sich eine Zigarette an und betrachtete ihn kühl. Dann streifte sein kritischer Blick die Longdrinkgläser mit dem Tequila Sunrise, in dem die Eiswürfel langsam zu schmelzen begannen. »Ich glaube, du hast keine Vorstellung davon, worauf du dich einläßt, Frank.«

Mit einer unbeherrschten Geste hob Frank beide Arme und stöhnte genervt auf. »Selbstverständlich nicht, mein Imperator, selbstverständlich nicht. Aber dafür habe ich ja dich, nicht wahr, damit du mir die Welt erklärst. Kannst du mir verraten, was ein so intelligenter Kerl wie du eigentlich an jemandem findet, der so blöd ist wie ich? Ach ja, ich vergaß ... O nein, keine Angst.« Er hob beschwichtigend die Hände und grinste spöttisch. »Ich werde deine zierliche Seele nicht eindellen, indem ich etwas so ungemein Ordinäres tatsächlich laut ausspreche. – Herrgott noch mal!« Zornig wandte er sich ab und steckte die Hände in die Taschen. »Natürlich verändert das mein Leben, das weiß ich auch. Und? Wovor hast du denn Angst? Daß ich in Ohnmacht sinken könnte, falls einer unserer älteren Mitbürger mir ein Schimpfwort hinterherruft, weil ich auf offener Straße einen Mann geküßt habe? Sag mal, wo lebst du eigentlich?«

Alexander seufzte.

»Du hast mein Leben in dem Moment verändert, in dem du mich geküßt hast«, sagte Frank böse. »Und wenn du das nicht gewollt hast, du Dussel, dann hättest du dich eben beherrschen müssen. Hör auf zu jammern, verdammt! Deine Schuldgefühle sind nicht realistisch, sie sind bloß lästig, sonst gar nichts!«

Er war sehr laut geworden, aber Alexander protestierte nicht. Frank dämpfte trotzdem seine Stimme, wenigstens ein bißchen. »Früher oder später hätten wir doch sowieso miteinander geschlafen. Du glaubst doch wohl nicht ernsthaft, du hättest das aufhalten können, oder? Ich meine, ist dir denn verdammt noch mal immer noch nicht klar, daß das hier kein vorrübergehender Zeitvertreib für mich ist oder eine meiner komischen Launen?«

Er ging auf ihn zu und lehnte sich mit den Armen auf die Bar. Alexander stand still da, die Zigarettenpackung in der Hand, und schaute ihn an. Frank schüttelte den Kopf. »Du willst mir doch nicht sagen, daß du immer noch daran glaubst, daß du eines Tages aufwachst und alles ist wie früher, oder etwa doch? Du schläfst wieder allein und ich mit irgendwelchen Weibern? Hör doch bloß auf. Bin ich so wenig überzeugend?« Er sah gekränkt aus, und er war es auch.

Er sah den Schatten eines Lächelns in Alexanders Augen. Frank erwiderte es. »Das kann ich irgendwie nicht glauben, Alex, nicht ernsthaft. Ich glaube, du willst das bloß nicht sehen, weiß der Geier, warum. – Und was andere Leute betrifft, mein Freund – so viel Charakter hab' ich grad noch, daß es mir lieber ist, sie lehnen mich ab, als daß sie mich lieben, weil sie mich für was halten, was ich nun mal nicht bin. Und ansonsten ist mir völlig wurscht, wofür mich andere Leute halten.«

»Ich habe den Eindruck«, sagte Alexander, als draußen auf der Terrasse eine Zeituhr die Gartenlaterne einschaltete und der Lichtkegel die vier Frauen beschien, die zum Fenster hereinstarrten, »daß sie dich in Zukunft für meinen Liebhaber halten werden. Da das offenbar durchaus deinem Wunsch entspricht, kannst du dich jetzt wieder abregen. Möchtest du etwas trinken?«

Frank stieß mit einem resignierten Seufzer die Luft aus. »Gib mir einen Whisky, aber einen dreistöckigen. Himmel, du kostest vielleicht Nerven!«

»Na, das ist ja Gott sei Dank etwas, was du hast. Stell dir vor, ich würde Geld kosten, da wärst du echt aufgeschmissen.«

»Ich bin nicht amüsiert«, knurrte Frank unwirsch.

Alexander lächelte. »Du gibst es bloß nicht zu, weil du sauer auf mich bist.« Er zuckte mit den Schultern. »Vielleicht zu Recht. – Hör mal, hol die Damen bitte von der Terrasse, ich trag' das hier schon mal nach oben. Ich will diese Sache hinter mich bringen.«

»Ganz wie Ihr befehlt, mein Imperator«, murmelte Frank. »Alles, was du willst.« Er nahm einen gewaltigen Zug aus dem Whisky-Glas und stellte es dann auf Alexanders Tablett, mit ziemlich viel Nachdruck und einem hörbaren Knall. Ein paar Whiskytropfen spritzten über den Rand des Glases. Frank wandte sich abrupt ab und ging in den Garten hinaus.

Er war sich in seinem ganzen Leben noch nie so hilflos vorgekommen.

*

Die Frauen drehten sich wie auf Kommando in Richtung Garten um, als Frank die Terrassentür ansteuerte. Keine schien zu bedenken, daß sie wegen der Laterne von drinnen ebenso gut gesehen wurden, wie sie hineinschauen konnten. Jede einzelne von ihnen gab sich plötzlich den Anschein, vollkommen in die Betrachtung irgendwelcher Büsche versunken zu sein. Es wirkte ziemlich eigenartig.

»Ach, Frank«, sagte Claudia Bertram kraftlos. »Sie sind auch hier?«

»Ja, welche Überraschung, nicht wahr?« antwortete er mit unüberhörbarem Sarkasmus. »Hallo, Pia.«

Ihre großen, blauen Augen übertrugen stumm eine ganze Sintflut von Leid und bitteren Vorwürfen. Und es war ihm nicht vollkommen egal. Er mochte sie. Frank trat einen Schritt auf sie zu, und sie versteifte sich unwillkürlich. Er blieb abrupt stehen, betrachtete sie eine Weile und wandte sich dann ab. Im Grunde war er hauptsächlich froh, daß sie es endlich kapiert hatte. »Kommt ihr bitte mit rauf?« sagte er ungnädig und deutlich genervt zu niemandem im besonderen, drehte sich um und ging wieder hinein.

Auf der Treppe spürte er plötzlich Pias Hand in seiner und war, beinahe gegen seinen Willen, erleichtert. Er drehte sich nach ihr um und legte den Arm um ihre Schultern. Sie fühlten sich überraschend und ungewohnt schmal an, als sei es viele Jahre her, daß er zuletzt eine Frau umarmt hatte.

Die Verlegenheit der vier Besucherinnen, in der jedes Gespräch verschwunden war wie in einem schwarzen Loch, legte sich nur langsam. Sie bewunderten Alexanders Zimmer, was er mit einer Miene hinnahm, als tropfe Regenwasser von ihm ab. Als der Strom von Komplimenten langsam versiegte, erklärte die Bertram: »Also, wie gesagt, hauptsächlich hab' ich die Mädels zu Ihnen geschickt, weil, als die drei hier gejammert haben, daß ihre ganze Hausarbeit verloren ist, da hat Margot uns erzählt, daß Sie beide in bezug auf Computer ein wahres Dreamteam sind.«

Judith trat vor wie ein Bühnenkomparse, der sein Stichwort gehört hat, und überreichte Alexander eine Tüte mit ein paar Disketten. Er schaltete ohne ein weiteres Wort den Computer ein und begann, die Programme zu installieren, während die anderen sich an ihren Cocktails festhielten.

Frank stellte zu seinem Erstaunen fest, daß Pia ihn mit einer ziemlich besitzergreifenden Geste umfaßt hatte, und befreite sich daraus. Er schaute Alexander über die Schulter. »Na klasse. Wenn die ersten Fehlermeldungen schon beim Installieren auftauchen, werden wir viel Spaß kriegen.«

»Mein Begriff von Spaß läßt für Frauen keinen Raum«, knurrte Alexander leise.

Pia stand plötzlich neben ihnen und legte Frank den Arm um die Taille. »Wird es klappen?«

Alexander gab ein Geräusch von sich, das nicht viel weniger eindeutig war, als wenn er direkt gesagt hätte, sie solle besser die Klappe halten und ihn in Ruhe arbeiten lassen. Ihre Begleiterinnen vertieften sich verlegen in ihre Longdrinks. Die Bertram hatte, unfehlbar wie durch magnetische Anziehung, Shakespeare in Alexanders Bücherregal entdeckt, und prüfte die Sammlung sachkundig auf Vollständigkeit und Wert.

Frank holte den zweiten Stuhl und setzte sich zu Alexander an den Computer – sehr dicht neben ihn, um Pia daran zu hindern, sich dazwischenzuquetschen. Am liebsten hätte er die ganze Gesellschaft rausgeworfen. Andererseits hatte er Angst davor, die hitzige Auseinandersetzung, die er da unten im Wohnzimmer begonnen hatte, könnte weitergehen. Es war schwierig geworden, sich zu streiten, ohne einander zu verletzen.

Frank seufzte. Er legte eine Hand auf Alexanders Schulter – eine breite Schulter, die sich ganz eindeutig besser anfühlte als Pias – und stützte sein Kinn darauf. Während er zusah, wie der Bildschirm exotische und sinnlose Fehlermeldungen produzierte, leisteten die Mädchen ihrer Dozentin am Bücherregal Gesellschaft, und es dauerte nicht lange, bis die Bertram über Shakespeares Sonette zu referieren begann – leise, um das ›Dreamteam‹ am Computer nicht zu stören.

Franks Gedanken schweiften ab und wanderten weit zurück. Er dachte darüber nach, daß er selten öfter als zwei- oder dreimal mit demselben Mädchen geschlafen hatte und daß das daran lag, daß er von ihnen nie bekommen hatte, was er eigentlich wollte. Er hätte allerdings auch nie sagen können, was er eigentlich gewollt hatte – damals jedenfalls nicht. Inzwischen hatte er durchaus das Gefühl, es zu wissen.

»Das ist verrückt«, sagte Alexander plötzlich.

»Ja«, erwiderte Frank versonnen. »Nein, eigentlich nicht. Es ist ziemlich logisch. – Was? Wovon redest du überhaupt?«

Alexander warf ihm einen amüsierten Blick zu. »Ich spreche von dieser Fehlermeldung. Und die ist alles andere als logisch. Wovon sprichst du?«

»Oh«, sagte Frank. »Och, ist nicht wichtig. Alles schon geklärt. – Die Fehlermeldungen, die der ausspuckt, sind alle unlogisch. Da stimmt was nicht.«

»Mein eigener bescheidener Verstand hat durchaus gereicht, um diese Feststellung ganz allein zu treffen«, bemerkte Alexander. »Was ich von dir wissen möchte, ist, ob du eine Vorstellung davon hast, was es sein könnte, was da nicht stimmt.«

Frank schloß die Augen. Das war so ziemlich das letzte, worüber er nachdenken wollte. Nachdenken wollte er genaugenommen überhaupt nicht. Er konnte sich sowieso nicht konzentrieren. Seine Wut war verraucht, und das Gefühl von Hilflosigkeit bröckelte mit jeder Minute, die er hier saß, ein bißchen mehr weg. Er wußte, daß Alexander ihn verstanden hatte. Er konnte es hören. Alexanders Stimme war nicht mehr kühl oder sarkastisch oder auch nur beherrscht. Sie klang sehr sanft. Frank lehnte sich an ihn. »Wechsel mal aufs Laufwerk, wir sollten uns die Dateien auf der Diskette ansehen.«

»Du sagst das, als sei das so ungefähr das Erotischste, was du dir heute vorstellen kannst«, sagte Alexander und gab einen Befehl ein.

Frank stupfte ungeduldig einen Finger auf die Return-Taste. »Es wird mit Sicherheit das Erotischste sein, was wir heute tun, wenn du nicht langsam zu Potte kommst. Ich hab' dir schon hundertmal gesagt, du sollst vor dem Installieren das Readme lesen. Es heißt *Readme*, damit man weiß, daß man's lesen muß.«

»Ich habe das Readme gelesen, Frank. Und mich an das gehalten, was da steht.«

»Das ist immer ein Fehler, das weißt du doch. Du sollst es lesen, nicht dich an das halten, was da steht. Deshalb heißt es ja Readme, nicht Followme.«

»Ha, ha.«

»Ich freue mich immer, wenn es mir gelingt, Euch zu erheitern, mein Imperator. Mach hin, ich will fertig werden. Ich kann mir einen angenehmeren Zeitvertreib vorstellen.«

»Ja«, sagte Alexander. »Allerdings. Ich geb' dem Ding eine halbe Stunde, dann ruf' ich Beate an.«

Frank hob die Brauen. »Meine Vorstellung von einem

angenehmen Zeitvertreib schloß Beate eigentlich eher aus.«

»Freut mich zu hören«, sagte Alexander. »Beate rufe ich an, um sie zu beauftragen, sich um den Mist hier zu kümmern. Die kennt jemanden, der Informatik studiert. Soll ein großer Crack sein. Der liebt solche Probleme.«

»›Der Mist hier‹ ... sind wir das?« fragte Pia plötzlich aggressiv.

Zu Franks maßloser Überraschung schob Alexander seinen Stuhl zurück und stand auf, ging auf Pia zu und nahm sie ohne zu zögern in den Arm. »Natürlich nicht. Sag so was nicht. Du weißt, daß ich das nicht so gemeint habe.« Er hielt sie eine ganze Weile fest umschlungen, und sie ließ es sich gefallen. Zwar lag ein verblüffter Ausdruck auf ihrem Gesicht, aber daß sie angenehm überrascht war, war nicht zu übersehen.

»Seit wann verschwendest du deinen Charme denn an Mädchen?« erkundigte Frank sich bissig.

Alexander ließ Pia los und lachte. Er kehrte zu Frank zurück. »Nur an ausgesuchte Exemplare«, sagte er, griff mit beiden Händen in Franks Haare, beugte sich zu ihm hinunter und küßte ihn auf den Mund. »Und nur, wenn sie wissen, daß ein bißchen Charme alles ist, was sie von mir kriegen.« Er ließ ihn los. »Ich geh' runter und mach' uns noch was zu trinken.«

»Meine Mutter weiß nicht, daß ein bißchen Charme alles ist, was sie von dir kriegen kann«, erinnerte ihn Frank.

»Deine Mutter ist ja auch kein Mädchen«, antwortete Alexander ungerührt und ging hinaus.

»Was finde ich nur an ihm?« murmelte Frank.

»Seine Intelligenz, sein Wissen, sein geistreicher Witz? Seine kühlen, geheimnisvollen Augen, grau wie Fels?« schlug Claudia Bertram hilfreich vor. »Oder ist es vielleicht eher etwas so Profanes wie seine phantastische Figur?«

»O Gott«, stöhnte Frank. »Noch so eine.«

»Na ja«, sagte sie trocken. »Die Sehkraft läßt mit dem Alter zwar tatsächlich nach, aber doch nicht so rapide, wie Sie zu erwarten scheinen.«

»Ich dachte, Dozenten dürften an so was nicht mal denken«, warf Pia plötzlich ein, und es klang nicht freundlich.

»Nein, unsere Gedanken sind frei«, sagte die Bertram spitz. »Nur ausführen sollen wir sie möglichst nicht. Gäbe es da keine Anziehung, bräuchten wir dieses Tabu nicht. Ich schlafe nicht mit meinen Studenten, aber das macht mich nicht blind. Ein hübscher junger Mann ist für mich ein genauso angenehmer Anblick wie für Sie, Pia. Wenn das aufhört, weiß ich, daß ich tot bin, mein Kind – wirklich und wahrhaftig gestorben, und nicht einfach nur alt geworden.«

Eine Weile blieb es ziemlich still, dann kam Lakota die Treppe hinaufgeprescht, stieß die Tür auf und brachte Unordnung in die Gesellschaft, die er vorfand. Frank warf er beinahe vom Stuhl.

»O Gott«, sagte er. »Das Grauen naht.«

*

»Schönen guten Abend«, sagte Margot und sah sich aufmerksam im Zimmer um. Dann suchte sie sich einen Platz, hockte sich im Schneidersitz auf den Teppich, lehnte sich mit dem Rücken an Alexanders Bett und holte ihren Tabak aus der Tasche ihres Hemdes. Sie begann, sich eine Zigarette zu drehen.

»Was willst du hier?« fragte Frank ohne den leisesten Anflug von Freundlichkeit.

»Wie ich hörte, versucht man innerhalb des Theaterseminars herauszufinden, wer die Styropor-Puppen geklaut hat, aus denen die Figuren gemacht worden sind«, sagte sie gelassen. »Es interessierte mich, zu welchen Ergebnissen ihr dabei bisher gelangt seid. Denn das geht ja wohl uns alle etwas an.«

»Das heißt doch wohl nicht, Immo kommt auch«, knurrte Frank.

»Er ist unten und unterhält sich mit Alexander«, informierte sie ihn, in einem Tonfall, als sei das ein alltägliches Vorkommnis.

Frank war nicht gewillt, das so stehenzulassen. »Hör mal, das ist hier kein öffentlicher Stall, in dem sich jeder nach Belieben den Dreck von seinen Stiefeln putzen kann«, fauchte er giftig.

»In erster Linie ist es ganz sicherlich nicht dein Stall.« Margot zündete ihre Zigarette an. »Wenn Alexander etwas dagegen hat, daß ich hier bin, wird er sich wohl kaum scheuen, mir das zu sagen.«

»Manchmal ist er einfach zu höflich«, sagte Frank wütend.

»Das gleichst du problemlos wieder aus«, erwiderte sie spöttisch. »Nun hör mal auf, das Fell zu sträuben, mein Tigerchen, es macht dich bei weitem nicht so groß und breit, wie du glaubst. Du kannst die Krallen wieder einziehen. Ich bin ganz bestimmt nicht hier, um dir zu schaden.«

»Was ist?« fragte Alexander, der gerade mit einem Tablett voller Longdrinks in den Raum kam, dicht gefolgt von Immo.

»Sie hat ›mein Tigerchen‹ zu mir gesagt«, murmelte Frank fassungslos.

»Tja.« Alexander stellte die Drinks auf dem Schreibtisch ab. »Daß es mich überrascht, kann ich nicht behaupten. Sie wäre nicht die erste militante Emanze, die eine peinliche und höchst fatale Schwäche für dich entwickelt.«

»Erstens«, sagte Margot, »wäre mir das keineswegs peinlich. Ein hübscher Arsch ist immer noch ein hübscher Arsch, daran ändert auch die Frauenbewegung nichts. Zweitens habe ich keine Schwäche für ihn. Und drittens, wenn ich sie hätte, wieso sollte das fatal für mich sein?«

»Weil er mir gehört«, bemerkte Alexander knapp.

»Oh«, sagte Margot. »In dem Falle lege ich Wert darauf zu betonen, daß mich Frank absolut nicht interessiert. Ich entschuldige mich für den Ausdruck ›mein Tigerchen‹. Ich werde ihn nicht wieder verwenden. Ich habe ihn überhaupt nur verwendet, weil ich der Ansicht war, Frank sei so eine Art gemeinschaftlicher Besitz der Düsseldorfer Studentinnen schlechthin. Offenbar habe ich mich geirrt. Es wird nicht wieder vorkommen.«

»Du bist unmöglich!« Pias blaue Augen waren dunkel vor Wut.

»Keineswegs«, sagte Margot. »Ich bin möglich. Hier sitze ich, um es zu beweisen. Regen wir uns wieder ab, ja? Ich denke, wir sind hier, um zu klären, wer diese Styroportorsos geklaut hat.«

»Torsi«, berichtigte Frank automatisch.

Alexander war nicht sonderlich überrascht darüber, daß danach schlagartig Stille eintrat. Ihm war völlig klar, daß es wahrscheinlich unmöglich war, diese Frage jemals zu beantworten.

Was Alexander im Moment beinahe noch mehr interessierte, war die Frage, warum Margot sich die Mühe gemacht hatte nachzuprüfen, wie er zu Frank stand. Ihr kleiner Schlagabtausch mochte zufällig und beiläufig geklungen haben, aber er wurde das Gefühl nicht los, daß mehr dahintersteckte. Aus irgendeinem Grunde war es ihr wichtig zu wissen, welcher Art Franks Beziehung zu ihm war. Und dieser Gedanke behagte ihm absolut nicht.

Aber ein paar unbehagliche Gedanken in Bezug auf Margot waren immer noch besser als ein Besuch der Federing, den er erwartet hatte und der nun doch nicht eingetroffen war. Sollte die Dame von der Kripo tatsächlich Interesse an den Fotos von den im Seminarraum aufgefundenen Puppentorsi haben, dann war sie immer noch bemüht, ihn das nicht merken zu lassen.

*

Als Frank am nächsten Morgen nach Hause ging, um zu duschen und frische Sachen anzuziehen, lag auf seinem Bett ein gefaltetes Stück Papier. Neugierig nahm er es und schaute es sich an.

Es war eine aus einem Taschenkalender herausgerissene Seite, und er brauchte nicht lange, um herauszufinden, daß es ein Frauenkalender gewesen sein mußte. *Lieber Frank*, las er, zu seiner größten Überraschung in Margots kleiner, eckiger Schrift. *Ich entschuldige mich auch bei Dir für meine unangebrachte Bemerkung, und ich möchte mit Dir darüber reden. Margot.*

Wahrscheinlich hatte sie den Zettel gestern abend in seinen Briefkasten geworfen, nachdem sie zusammen mit den anderen gegangen war. Frank verzog den Mund. Er zerknüllte das Papier in der Faust.

Beziehungsgespräche mit Margot – das war nun wirklich das letzte, was er sich antun würde.

Er warf den kleinen Papierball in die ungefähre Richtung des Korbs unter dem Schreibtisch. Dann lief er nach unten, um den Staubsauger zu holen. Seit die Zwillinge da waren, war Frank selbst dafür zuständig, sein Zimmer nicht nur aufzuräumen, sondern auch sauberzumachen. Wäre Alexander nicht gewesen, dann hätte er es aus schierem Oppositionsgeist verschlampen lassen. Aber sein Freund stellte relativ hohe Ansprüche an Ordnung und Sauberkeit, und Frank hatte sie übernommen.

Frank öffnete die Besenkammer hinter der Küchentür und hoffte, daß an dem Staubsauger nicht wieder einer der berüchtigten Zettel kleben würde. Ein Großteil der Kommunikation zwischen ihm und seiner Mutter lief über Zettel ab. Diejenigen, die am Staubsauger klebten, sagten meistens: ›Wenn du das Ding schon nach oben schleppst, mach auch die anderen Zimmer sauber.‹ Frank reagierte darauf grundsätzlich, indem er unten im Wohn- und Eßzimmer staubsaugte. Das benutzte er ja schließlich auch. Das Schlafzimmer seiner Mutter dagegen betrat er genausowenig wie das Zimmer seiner Geschwister.

Daß er seit Jahren in derselben Weise auf diese Aufforderung reagierte, hinderte seine Mutter nicht daran, sich jedesmal wieder darüber zu beschweren, daß er ihrer Bitte nicht nachgekommen war. Sie weigerte sich, seine stereotype Reaktion zur Kenntnis zu nehmen. Auf ihre Beschwerde pflegte er genauso konsequent zu antworten, er werde mit seinem Dreck gut fertig, und wenn sie es mit ihrem nicht würde, möge sie eine Putzfrau einstellen. Und jedesmal reagierte sie darauf mit derselben fassungslosen Empörung, in der Frank sie ebenso traditionell dann einfach stehenließ.

Nur einmal war ihre Auseinandersetzung eskaliert. Da war er siebzehn gewesen, eine schwierige Zeit, zu der sein Temperament wesentlich leichter hochgekocht war als heute. Sie hatte ihn angeschrien und ihm vorgeworfen, er würde sie im Stich lassen, genau wie sein Vater. Seitdem besaßen sie einen neuen Staubsauger und im Wohnzimmer außerdem eine neue Fensterscheibe. Seine Mutter hatte danach nie wieder gewagt, Frank anzuschreien. Sie behandelte ihn, gemessen an ihrem eigenen nicht unbeträchtlichen Temperament, wie ein rohes Ei und ließ ihn vollkommen in Ruhe.

Diesmal kein Zettel am Staubsauger. Frank war erleichtert.

Er genoß die Stille im Haus. Die Zwillinge nahmen an einem ganztägigen Schulausflug teil, und Doris nutzte den Tag Zwillingsurlaub für den Besuch bei einer Freundin. Als freiberufliche Übersetzerin, die zu Hause am eigenen Computer arbeitete, hatte sie den Vorteil, sich ihre Zeit frei einteilen zu können.

Frank putzte mit routinierter Schnelligkeit sein Zimmer und entschloß sich dann, den Frieden des Tages nicht weiter mit Maschinenlärm zu stören. Er packte den Staubsauger wieder weg, ohne sich um das Wohnzimmer zu kümmern. Daß er es benutzte, stimmte sowieso nicht. Er kam höchstens zum Essen hinein.

Und an Tagen wie heute, wenn es ruhig war im Haus und die offene Gartentür ihn unwiderstehlich anzog. Frank schlenderte auf die Terrasse und ließ sich mit einem genüßlichen Seufzer auf einer gepolsterten Liege unter dem Sonnenschirm nieder. Der Tag war wie geschaffen dafür, hier herumzuliegen und Zeitschriften zu lesen.

Statt dessen richtete er den Blick auf das Fenster von Alexanders Zimmer, und wenig später war er eingeschlafen.

*

Als Frank am späten Nachmittag das Haus wieder verließ, um zu Alexander zurückzugehen, fiel sein Blick, ohne daß er hätte sagen können, warum, auf eins der Autos, die am Rand der kleinen Straße geparkt waren. Wie alle anderen stand es halb auf dem Asphalt, halb auf dem ohnehin viel zu schmalen Fußweg, den niemand benutzte. Es war ein unauffälliger Wagen, weder alt noch neu, weder groß noch klein, von dunkler Farbe – und es saßen zwei Leute drin.

Frank schaute hastig weg, flankte über den flachen, schmiedeeisernen Zaun und lief zur Haustür. Sie war unverschlossen, und er trabte die Treppe hoch.

»He«, sagte er. »Ich glaube, wir werden beschattet.«

Alexander seufzte tief. »Das mußte ja kommen.«

»Ich wüßte gern, ob sie dich oder mich meinen.«

»Mich natürlich. Ich frage mich, wann sie sich zu einer Hausdurchsuchung durchringen werden. Meine Tante wird begeistert sein. Die schmeißt mich glatt raus.«

»Kein schlechter Gedanke.« Frank schlang einen Arm um Alexanders Hüften und zog ihn an sich. »Dann mieten wir uns zusammen eine Wohnung, und der Rest des Lebens wird ein Fest. – Hör mal, hast du daran gedacht, daß Pia heute abend ihre blöde Fete hat? Ich lass' dich ungern allein zu ihr gehen, aber ich kann nicht. Meine Mutter geht mit den Zwillingen und ein paar anderen Jugendlichen aus der Nachbarschaft in den Zirkus, und sie hat mich dazu verdonnert, als Aufpasser mitzukommen.«

Alexander hob die Brauen.

Frank grinste. Er ließ sich von seiner Mutter zu gar nichts verdonnern, schon gar nicht zu etwas, was mit den Zwillingen zu tun hatte, und Alexander wußte das. »Ja, ist mir ja auch peinlich, daß ich so auf Löwenbändiger und dressierte Elefanten steh'. Ist mir ganz recht, daß ich mit einem Haufen Teenies und alter Tanten hingehen kann. Ich werde cool und absolut gelangweilt aussehen und mich prächtig amüsieren. – Hoffe ich jedenfalls. Im Moment würde ich die Sache eigentlich lieber platzen lassen und bei dir bleiben.«

»Ich denke, ich werde einen Abend lang allein zurechtkommen«, sagte Alexander lächelnd. »Ich werde

Angst haben, vor allem, wenn es dunkel wird, aber es wird gehen.«

Frank nahm ihn in den Arm. Er wußte, daß Alexander sich lustig machte über seinen Drang, ihn zu beschützen, und er wußte, er hätte darüber lachen sollen, aber er konnte es nicht. Er ließ ihn wirklich nicht gern allein. Natürlich lag das zum Teil daran, daß Liebe ein Suchtpotential enthält – das war jedenfalls die Art, in der Alexander es ausgedrückt hätte. Aber es hatte auch ganz konkret etwas mit Angst zu tun. Nicht etwa Angst um sein eigenes Wohlergehen, darüber machte er sich überhaupt keine Gedanken. Die Geschichte mit den Styroporpuppen richtete sich gegen Alexander. Und sie hatte etwas Unheimliches an sich. Etwas, das Frank nicht verstehen konnte, das ihn abstieß und zutiefst verunsicherte und das er für krank hielt. Es machte ihm Sorgen.

»Kommst du nach dem Zirkus zu mir?« fragte Alexander. »Ich werde nicht lange bei Pia bleiben.«

»Okay.« Als ob er es ausgehalten hätte, die Nacht allein zu verbringen. Er wäre sowieso gekommen. Aber es tat gut, gefragt zu werden. »Ich bin gespannt, ob unsere beiden Bodyguards wirklich dich verfolgen werden oder ob ich auch einen abkriege. Achte darauf, ja?«

»Sag ihnen doch, daß du auch einen haben willst«, schlug Alexander vor. »Dann muß ich mir wenigstens keine Sorgen um dich machen.«

Es lag Frank auf der Zunge, zu fragen, was für Sorgen, aber er ließ es sein. Auch wenn Alexander darüber nicht sprach und es vielleicht nicht einmal zugegeben hätte, die Geschichte mit den Styroporpuppen beunruhigte ihn genauso wie Frank. Und sie waren es gewohnt, als Einheit betrachtet zu werden. Wahrscheinlich hatte er recht, wenn er befürchtete, daß alles, was sich gegen ihn richtete, Frank genauso treffen konnte.

Er hätte versuchen können, Alexander einzureden, er bräuchte sich keine Sorgen zu machen. Aber er ließ auch das sein. Was mit Michael geschehen war, hatte ihr Leben verändert, und es war noch nicht vorbei. Vorsicht war angebracht.

*

Frank ging schnurstracks auf den fremden Wagen zu, als er das Haus verließ. Er klopfte an das Seitenfenster. Der Fahrer sah genervt aus, aber schließlich ließ er die Scheibe herunter.

»Wir werden heute abend getrennte Wege gehen, Alexander und ich«, erklärte Frank. »Krieg' ich einen von Ihnen als Bodyguard ab? Soll ich meine Mutter fragen, ob sie noch Platz im Auto hat? Wir gehen in den Zirkus. Es würde Ihnen bestimmt gefallen.«

»Welchen von uns hättest du denn gern?« fragte der Jüngere auf dem Beifahrersitz zu Franks Überraschung. Er war vielleicht Anfang Dreißig und hatte blauschwarz glänzendes, welliges Haar. Er trug Jeans und eine abgewetzte, schwarze Lederjacke über sehr breiten Schultern. Frank lächelte ihn an.

»Ich dachte es mir«, sagte der junge Mann zu seinem Kollegen. »Ich hab' dir gleich gesagt, der steht nicht auf ältere Herren. – Hau ab, Kleiner. Wir sind nicht deinetwegen hier. Du suchst dir die falschen Männer aus, das ist alles.«

»So falsch sehen Sie gar nicht aus.« Frank senkte einen sehr direkten Blick in die graublauen, interessant gesprenkelten Augen. Der Mann hatte die längsten Wimpern, die Frank je gesehen hatte. Und ein interessantes Gesicht, das ein bißchen verlebt aussah, faltig und mit einer schiefen Nase.

Der Beamte wandte sich ab und sah stur geradeaus. »Verschone mich mit deiner Gunst, Schätzchen. Ich rede von deinem neuen Liebhaber. Und was mich betrifft: Ich kann Schwule überhaupt nicht ab.«

»Hm«, sagte Frank. »Falsch gepolt. Tragisch, bei so viel Schönheit.« Er wandte sich ab und ging nach Hause.

*

»Wo ist denn Frank?« fragte Pia, als Alexander ins Zimmer kam.

Er lächelte flüchtig. Diese Form der Begrüßung kannte er nun seit einem Dutzend Jahren. »Ein freundliches ›Hallo, Alexander‹ hätte mir vielleicht auch gutgetan.«

»Ups. Entschuldigung.« Pia trat auf ihn zu und umarmte ihn. Es geriet ein bißchen zärtlicher, als sie normalerweise im Umgang mit ihm für geboten hielt. Er nahm das zur Kenntnis. Es hatte etwas von einer Demonstration. Er war sich nicht ganz sicher, was sie demonstrieren wollte: Ihm, daß sie ihn mochte, obwohl er ihr Frank weggenommen hatte? Oder den anderen Anwesenden, daß sie zu beiden Männern ein gutes Verhältnis hatte – wenn nicht sogar mit ihnen? Oder war es eine Demonstration von Toleranz und Solidarität?

Jedenfalls war es garantiert nicht ausschließlich eine Demonstration. Sie hatte ihn natürlich nicht umarmt, ohne die Absicht zu haben, ihn zu küssen, aber dafür streckte sie sich vergeblich, denn er kam ihr nicht entgegen. Um so mehr mußte sie sich an ihm festhalten. Und die Art, wie ihre Hände sich weiterbewegten, war schon beunruhigend zärtlich. Er lächelte mit dem gut gespielten Ausdruck völliger Geistesabwesenheit, den er als Abwehrmechanismus für solche Situationen entwickelt hatte, und ging an ihr vorbei Richtung Küche.

Das hinderte sie nicht, wenig später hinter ihm zu stehen und ihn darauf hinzuweisen, wo das Wasser stand, das er meistens trank, wenn er nicht gerade gewillt war, den Wagen stehenzulassen.

»Wieso ist Frank denn nicht mitgekommen?« fragte sie.

»Vermißt du ihn?« fragte er zurück.

Sie lächelte. »Natürlich. Aber das heißt nicht, daß ich nicht froh wäre, daß du gekommen bist.«

Er verkniff sich den Hinweis, daß ihre Freude deutlich spürbar war. Ihr Kopf lag an seiner Schulter. An seinem Arm, seiner linken Hüfte und seinem linken Oberschenkel herrschte ebenfalls Körperkontakt. Sanft, aber nachdrücklich. Es fühlte sich nicht so an, als sei es lediglich dafür gedacht, Toleranz gegenüber Homosexuellen zu demonstrieren.

Alexander schenkte sich ein Glas Wasser ein und trank. Er blieb zwar stehen, aber er bewegte sich, als sei Pia nicht vorhanden. Das war unbequem für sie. Sie trat einen Schritt zur Seite, und Alexander nutzte die Gelegenheit, ins Wohnzimmer zu wandern.

Er war nicht begeistert von der Gesellschaft, die er vorfand, und er wünschte, Frank wäre hier. Aber er war es nun mal nicht.

Margot ignorierte ihn in sehr zufriedenstellender Weise. Immo schien sich sehr zu bemühen, das gleiche zu tun. Auch das war Alexander recht. Er mochte den charakteristischen Turnhallengeruch nicht, den der Sportstudent ausströmte. Und er haßte diese scheußliche Distanzlosigkeit, die Immo veranlaßte, einem ständig auf die Schulter zu klopfen, einem den Ellbogen in die Rippen zu stoßen oder sonstwie zu nahe zu kommen. Er hatte sich schon manchmal darüber gewundert, daß Frank das ertrug. Das war normalerweise nicht dessen Art, mit den Distanzlosen geriet Frank sofort in Streit und drohte ihnen Prügel an. Bei Immo hatte er das noch nie gemacht. Er schien irgendwie Mitleid mit ihm zu haben, wie so viele.

Alexander hatte kein Mitleid mit Immo. Im Moment fühlte er eher Mitleid mit sich selbst, weil er sich die Mühe gemacht hatte, zu kommen. Das war keine gute Entscheidung gewesen. Die Gästeliste entsprach nicht seinem Geschmack. Genaugenommen war Pia das Netteste, was hier herumlief. Das hieß, noch genauer genommen, sie lief nicht herum, sondern hinter ihm her. Er hatte noch nicht mit vielen Leuten gesprochen, noch nicht viele Chips gegessen und sein Glas Wasser kaum leergetrunken, als sie sich wieder neben ihn manövrierte.

Alexander stieß einen leisen, resignierten Seufzer aus. Und als sie ihn schon wieder umarmte, diesmal, weil sie eine Schüssel mit Knabberzeug haben wollte, an die sie selbst nicht herankam und die er ihr herüberreichen sollte, legte er einen Arm um ihre schmalen Schultern. Vielleicht, dachte er, sollte ich mit ihr reden. Beim letzten Mal hatte es zwar überhaupt nichts genützt, aber das hieß ja nicht, daß er es sich leisten konnte, es diesmal zu unterlassen.

Er drehte sein leeres Wasserglas in der Hand, und er mußte wohl genauso hilflos, müde und überdrüssig ausgesehen haben, wie er sich plötzlich fühlte. Denn Pia nahm ihm das Glas ab und sagte: »Ich wollte sowieso in die Küche, ich bring' dir Wasser mit.« Und schon war sie weg.

*

»Hör mal«, sagte jemand hinter ihr. Pia drehte sich um, die Wasserflasche in der Hand, die sie gerade aus dem Kühlschrank genommen hatte. Es war Margot. Sie warf einen

Blick auf die Tür zum Wohnzimmer, und Pia tat es ihr unwillkürlich nach, sah aber niemanden außer ein paar Kommilitoninnen vom Frauenreferat, die sich angeregt unterhielten. Margot nahm ihr die Flasche ab. »Das täte ich an deiner Stelle nicht.«

»Was denn?« fragte Pia verblüfft, als Margot die Flasche auf den Küchenschrank stellte, und fragte sich, was sie mit einer Flasche Wasser verkehrt gemacht haben könnte.

»Dich mit Alexander einlassen«, sagte Margot, öffnete die Flasche und schenkte sich selbst ein Glas ein.

Ach so. Pia starrte Margot an. Margot hatte immer etwas gegen Männer einzuwenden. »Wer sagt, daß ich mich mit ihm ›einlassen‹ will?« fragte sie streitbar.

»Dein Gesichtsausdruck«, antwortete Margot lakonisch.

Pia fühlte sich ertappt. Eigentlich hatte sie bis zu diesem Moment noch gar nicht darüber nachgedacht, daß ihr Interesse sich verlagert hatte. Daß Alexander angefangen hatte, sie zu faszinieren. Daß sie seine Nähe suchte. Daß sie Franks Nähe suchte, wußte sie, und auch, daß das so bleiben würde. Daß sie trotzdem anfing, sich ernstlich für Alexander zu interessieren, ließ sich aber schwer abstreiten. Sie hätte es eigentlich gern abgestritten. Bisher hatte sie stets angenommen, auch ihr Interesse an Alexander hätte eigentlich irgendwie immer mit Frank zu tun.

»Du kannst das nicht verbergen«, sagte Margot nüchtern. »Aber laß es lieber sein, Pia. Er hat einen schlechten Ruf.«

Ach je, darum ging es. Pia verzog verächtlich den Mund. »Wahrscheinlich erzählt man sich, daß er schwul ist.« Das auszusprechen tat weh. Wenn er schwul war, war er's ja schließlich nicht allein. Frank war's auch. Nein, dachte sie, Frank nicht. Das geht von Alexander aus.

»Davon rede ich jetzt nicht«, sagte Margot zu ihrer Überraschung. »Und das ist ja wohl mehr als ein bloßes Gerücht, oder?« Sie schüttelte angewidert den Kopf. Mit Frauen, bei denen Verliebheit zu Betriebsblindheit führte, hatte sie keinerlei Geduld. »Du tust ja, als wärst du nicht dabeigewesen, als er wörtlich gesagt hat ›Frank gehört mir‹. – Aber Alexander hat durchaus auch schon mit Frauen geschlafen. Und er ist Gift, Pia. Pures Gift.«

»Wie darf ich das denn verstehen?« fragte Pia angewidert. »Meine Güte, wie dramatisch.«

»Ja, er ist ziemlich dramatisch. Laß es einfach sein, okay?«

Pia schnaubte verächtlich. »Nee! Das ist nicht okay! Hör mal, wenn du über Alex was zu sagen hast, dann sag es. Und wenn nicht, dann halt den Mund. Entscheide dich.«

Margot betrachtete sie mit kühlen, ernsten Augen. Sie hatte eine hellgraue Iris mit schwarzem Rand. Schöne Augen, faszinierend und intelligent. Und, im Moment, besorgt. »Gut, wie du willst«, sagte sie schließlich. Sie stellte ihr Wasserglas ab, als sei es ihr plötzlich zu schwer geworden. »Er ist ein Sadist.«

»Ach je.« Wenn Margot so richtig in Schwung geriet bei der Darlegung ihrer feministischen Ansichten, dann konnte man ohne Probleme binnen einer halben Stunde zu der Überzeugung gelangen, jeder Mann sei ein Sadist. Das war nun wirklich nichts Besonderes.

Pia konnte nie verbergen, was sie dachte, man sah es ihr immer an. Margot verdrehte die Augen und stieß einen ungeduldigen Seufzer aus. »Pia, er ist ein richtiger Sadist. Wirklich, waschecht und total. Laß die Finger von ihm. Du bereust es sonst. Laß dir das gesagt sein.«

Pia lachte, auch wenn ihr danach nicht zumute war. »Ach, Margot, was ist es denn? Zärtliche Fesselungen mit seidenen Schals?« Sie stellte fest, daß es ihre Phantasie überstieg, weitere Szenarios auszubreiten, und kicherte. Außerdem war es mit Sicherheit nicht das, worauf Margot angespielt hatte. Wahrscheinlich entsprach eher seine Art, eine Beziehung zu beenden, Margots Vorstellungen von Sadismus. Das war nämlich meistens der Fall. In Margots Modell einer idealen Welt hatten Männer gefälligst bei ihren Frauen auszuharren, bis sie von ihnen hinausgeworfen wurden.

»Pia«, sagte Margot leise und eindringlich. »Alexander spielt keine harmlosen, kleinen Spielchen.«

»Ach, komm«, antwortete Pia wegwerfend. »Und woher nimmst du diese Weisheiten?«

»Mehr kann ich dir nicht sagen.« Margot griff wieder zu ihrem Glas Wasser und trank es in einem Zug aus.

Pia verzog verächtlich das Gesicht. »Das finde ich aber reichlich merkwürdig.«

»Wenn du die Zusammenhänge kennen würdest, dann fändest du das durchaus nicht merkwürdig«, sagte Margot leichthin. Dann fügte sie leise hinzu, so leise, daß Pia sich anstrengen mußte, es zu verstehen: »Jedenfalls habe ich dich gewarnt. Nimm es lieber ernst. Aber beruf dich nicht auf mich, wenn du das weiter rumtratschst. Ich habe nichts gesagt.«

»Das macht dich nicht gerade glaubwürdiger«, erwiderte Pia absichtlich laut.

Margot warf wieder einen Blick auf die Wohnzimmertür, aber dort war niemand außer den Frauen, die da vorher auch gestanden hatten. »Darum geht es nicht, Pia. Es geht um Alexander, und der ist glaubwürdig. Seine Drohungen sind glaubwürdig. Ich möchte nicht mit ihm aneinandergeraten. Er ist gefährlich.« Resigniert schloß sie die Augen, als Pia sie nur ungläubig anstarrte. »Ich weiß, was du jetzt denkst. Er sieht gut aus, er kann sehr galant sein, er ist faszinierend und all das. Niemand streitet das ab, Pia. Ich sage nur, es ist ein Fehler, mit ihm ins Bett zu gehen.«

»Das glaube ich erst, wenn ich einer Frau gegenüberstehe, die es getan hat und die mir denselben Scheiß erzählt wie du. Und sie müßte schon verdammt überzeugend sein.«

Margot starrte sie an. Dann lachte sie plötzlich, leise, enttäuscht und ein kleines bißchen verächtlich. »So langsam krieg' ich den Eindruck, daß alles, was ich sage, dich höchstens dazu bringen kann, dich nur noch mehr drauf zu versteifen, daß du ihn willst.« Sie schüttelte den Kopf. »Die typische Trotzreaktion. Und gerade, weil's von mir kam, nicht wahr?« Ihr schöner, rotgeschminkter Mund verzog sich zu einem unangenehmen Lächeln. »Die aufdringliche Emanze, wieder versucht sie einer glücklichen, jungen Frau ihren Angebeteten mieszumachen. Ja, ich weiß, Pia. Ich weiß.«

Ihre Stimme wurde wieder sehr leise, und sie fixierte Pia aus schmalen Augen. »Ich kann dich nicht davon abhalten zu tun, was du willst. Aber eins sag' ich dir: Wenn es so weit ist – dann ruf bitte nicht mich an, weil du mitten in der Nacht Hilfe brauchst. Ich hab' das einmal mitgemacht, und es hat mir fürs Leben gereicht. Ich will so was nicht noch mal sehen. Und bei einer Frau, die ich vorher gewarnt habe, damit ihr genau das nicht passiert, wüßte ich auch nicht, warum ich mir das antun sollte.« Sie stellte ihr leeres Wasserglas mit einem hörbaren Knall auf dem Küchenschrank ab, nahm die Flasche und goß es wieder voll. »Vielleicht hast du Glück. Vielleicht ist er mit Frank so beschäftigt, und vielleicht ist er so verliebt, daß du ihn gar nicht erst rumkriegst. Ich würde es dir wünschen, wirklich. Und ihm auch. Ich meine, nicht, daß er mir noch sympathisch sein könnte nach dem, was ich über ihn weiß. Er ist ein Vieh. Und wenn seine Beziehung zu Frank bewirkt, daß Alexander gewissermaßen aus dem Verkehr gezogen wird, dann verdient unser rotgelocktes kleines Wanderhormon wirklich 'ne Medaille, so widerwärtig ich ihn sonst auch finde.« Ihre leise, sonst so beherrschte Stimme klang dunkel vor Wut.

»Oh, hoppla«, sagte Pia kühl. »Du bist ja hart.«

Margot funkelte sie böse an. »Wenn du unbedingt was Positives hören willst, dann geh zu jemandem, der sich mit Psychologie auskennt. Der wird dir zweifellos erzählen, Alexander sei ein gequälter Mensch, der einen aussichtslosen Kampf gegen seinen inneren Schweinehund ausfechten muß und es so schwer hat, daß uns die Tränen kommen, wenn wir bloß dran denken. Aber er wird dir, genau wie ich, trotzdem raten, die Finger von ihm zu lassen. Allerdings aus rein therapeutischen Gründen.« Ihre Stimme wurde ausgesprochen hämisch. »Du mußt da nämlich auch an Alexanders Wohl denken, weißt du, wenn du ihn magst. Du darfst ihn nie in solche Situationen bringen, denn für ihn sind sie natürlich genauso bedrohlich und schlimm wie für die Frauen, die er ... ich weiß gar nicht, wie ich das nennen soll, was er mit ihnen macht.« Sie hielt inne, als sei ihr die Luft ausgegangen, und nahm ein paar tiefe Atemzüge.

Pia starrte sie ungläubig an. »Es ist dir ernst damit.«

»Ja, das ist es.« Margot drehte ihr Wasserglas unschlüssig in den Händen und stellte es dann weg. »Ich gehe jetzt. Ich hab' die Nase voll für heute abend.«

Sie strebte aus der Küche, mit großen Schritten, drängte sich mit einem erstaunlichen Anflug von unschwesterlicher Rücksichtslosigkeit durch den Pulk der anderen Frauen vor der Wohnzimmertür und verschwand.

Einen Moment lang stand Pia verblüfft da. Sie wußte beim besten Willen nicht, was sie davon halten sollte. Schließlich nahm sie Alexanders Glas, füllte es und ging ins Wohnzimmer zurück, langsam und nachdenklich. Sie schaute sich um, aber er war nicht im Raum. Sie wartete eine Weile, sein Glas in der Hand, aber er erschien nicht wieder.

Alexander war gegangen.

*

Er warf einen Blick auf seinen Wagen und das Auto, das einen halben Häuserblock dahinter parkte und in dem die beiden Polizisten darauf warteten, daß er sie beschäftigte. Das hieß, nur einer von beiden wartete im Moment. Der andere ging gerade zum Kiosk, der dem Haus gegenüber lag, in dem Pia wohnte. Er schloß erst um 22 Uhr, ein paar Minuten Zeit hatte der Beamte also noch.

Alexander beschloß, ihm die Gelegenheit zu geben, seine Geschäfte in Ruhe zu tätigen, und raffte sich dazu auf, einen Spaziergang durch den Floragarten zu machen. Es war immer noch warm.

Trotzdem war der kleine Park still und leer und schon nach wenigen Metern wie eine andere Welt. Die Geräusche von der Straße her klangen gedämpft. Die Luft schien schwer vom Duft blühender Bäume, verwirrend wie ein sinnliches Parfum, das zu großzügig aufgetragen worden war.

Alexander hatte ohnehin einen schweren Kopf, dazu brauchte er im Moment weder den Duft von Parfum oder blühenden Bäumen noch die Wirkung von Alkohol. Ein merkwürdiges Gefühl, wenn einem das Leben aus den Fugen geriet. So durchgeschüttelt zu werden war unter anderem ganz einfach anstrengend. Neuerdings hatte Alexander schon morgens beim Aufwachen das Gefühl, müde zu sein. Mit Frank im Bett zu bleiben war eigentlich alles, was er überhaupt noch wollte.

Alexander blieb stehen und betrachtete das marmorne Liebespaar. Mit Frank im Bett zu bleiben, das wäre auch unter besseren Umständen seine erste Wahl gewesen. Aber im Moment war darüber hinaus alles andere ein Seiltanz, bei dem er ständig abzugleiten schien und man ihm Knüppel zwischen die Beine warf. Irgend jemand hatte es auf ihn abgesehen. Wenn dieser Ausdruck überhaupt richtig war. ›Irgend jemand‹ bezog sich ja gemeinhin auf eine Einzelperson. Und Alexander war sich durchaus nicht sicher, ob das zutraf.

Er horchte auf, als es im Gebüsch irgendwo raschelte. Nach einer Ratte hörte es sich nicht an. Ein Zweig knackte. Alexander drehte sich nicht um. Wahrscheinlich war es hier sowieso zu dunkel, um im Gebüsch etwas zu erkennen.

Besonders geschickt gingen die Herren von der Polizei ihrer Observationsaufgabe ja nicht nach. Wahrscheinlich war es ein Bestandteil ihres Auftrags, dabei aufzufallen. Er sollte wohl wissen, daß er beobachtet wurde, sonst hätten sie sich kaum in dieser Weise verhalten.

Andererseits war das kein besonders guter Grund, sich ausgerechnet durchs Gebüsch zu schleichen. Außerdem hätten sie schon rennen müssen, um jetzt hier zu sein. Trotzdem bewegte sich dort etwas hinter ihm, und es war größer als eine Ratte. Alexander wandte sich abrupt um, wachsam und kampfbereit – und keine Sekunde zu spät.

Immo war zu langsam, und er wußte es. Er blieb stehen und funkelte Alexander wütend an. Seine langen, kräftigen Arme hielt er gesenkt, aber die Fäuste waren geballt. Im Licht der Parklaternen schimmerte sein Gesicht, als wäre es feucht von Schweiß.

Alexander wartete. Er hatte nichts zu sagen. Sollte Immo den Anfang machen.

Immo ließ ihn nicht aus den Augen. Er machte einen

Schritt seitwärts. Dann noch einen. Er begann Alexander zu umkreisen. Langsam, viel zu langsam.

Dann zuckte seine Faust vor, aber sie traf ins Leere. Er taumelte zurück und rieb sich den Unterarm, wo Alexanders Abwehrbewegung ihn schmerzhaft getroffen hatte.

»Laß es«, sagte Alexander. »Es sieht nicht aus, als seist du es gewohnt, zu kämpfen. Ich bin es gewohnt. Ich trainiere nicht gerade täglich Karate, aber es reicht, um es mit dreien von deiner Sorte aufzunehmen.«

»Angeber«, spuckte Immo ihm verächtlich entgegen. »Es hat vielleicht gereicht, um es mit Michael aufzunehmen. Das ist aber auch wirklich alles. Und Michael war klein und schmal. Der konnte sich nicht wehren. Er hat es nie gelernt. Das brauchte er nämlich gar nicht. Er war ein netter Kerl, und jeder mochte ihn.« Er fing wieder an, Alexander zu umkreisen. Diesmal war er schneller. Er duckte sich, und dann sprang er plötzlich los. Er legte sein ganzes, beträchtliches Gewicht in diesen Sprung, und seine langen Arme umschlangen Alexander mit tödlicher Kraft.

Immo sah ziemlich verdutzt aus, als er sich auf dem Boden sitzend wiederfand. Er rieb sich die Hände, mit denen er sich im Fallen abgestützt hatte. Alexander konnte im Halbdunkel erkennen, daß Immo sich auf dem rauhen Boden die Handflächen aufgescheuert hatte. Der breitschultrige, große Kerl schaute anklagend wie ein verletztes Kind zu ihm auf, völlig verblüfft, daß ihm Schmerz zugefügt worden war.

»Sei froh, daß dir nicht mehr passiert ist«, sagte Alexander. »Diese Umklammerungsversuche gehen in der Regel ziemlich übel aus. Hör auf. Wenn du so weitermachst, werde ich dich zwangsläufig irgendwann verletzen.«

Immo kam mühsam wieder auf die Füße und ging auf ihn los wie ein Stier.

Daß er ein Messer in der Hand hielt, sah Alexander beinahe zu spät. Er wirbelte herum, um sich aus der Reichweite der Klinge zu befördern, und landete selbst auf dem Boden, rollte sich ab und sprang auf. Wegzurennen wäre unter diesen Umständen wahrscheinlich das Klügste – schneller als Immo war er in jedem Fall. Aber dafür hätte er ihm den Rücken zudrehen müssen, und Alexander hatte eine ausgeprägte Abneigung dagegen, jemandem den Rücken zuzuwenden, der ihn nicht mochte.

Immo beging nicht die Dummheit, mit dem Messer drohend herumzufuchteln, und er hielt es auch richtig in der Hand. Alexander wußte zwar, daß er es ihm trotzdem wegnehmen konnte, und auch wie – aber er wußte auch, daß er sich keinen Fehler leisten konnte.

Plötzlich war jemand hinter ihm.

Alexander fuhr herum und hatte den Mann aufs Kreuz gelegt, noch bevor er wußte, was er tat, beinahe beiläufig. Der Rest seiner Aufmerksamkeit war immer noch auf Immo gerichtet, dessen Angriff er erwartete. Alexander sah gerade noch, wie ein breitschultriger Kerl in Jeans und Lederjacke den Studenten mit einem Tritt in die Kniekehlen zu Boden beförderte. Er packte ihn an den Haaren, riß ihm den Kopf zurück und hebelte mit der anderen Hand Immos Handgelenk über sein Knie. Ein Aufschrei, und Immo ließ das Messer fallen. Im nächsten Moment lag er auf dem Bauch und bekam Handschellen angelegt.

Dann schnappte der Lederjackenträger das Messer und richtete sich auf. »Wenn Sie meinen Kollegen jetzt freundlicherweise aufstehen lassen würden ...« Er wischte sich mit dem Handrücken ein paar Strähnen seiner tiefschwarz glänzenden Haare aus der Stirn. Er war kleiner als Alexander, eher Franks Größe, aber muskulöser. Kräftiger gebaut als Alexander, weniger elegant. Nur seine Bewegungen waren geschmeidig wie die einer Katze. Oder, besser gesagt, eines kampferprobten Straßenkaters.

»Entschuldigung!« Alexander half dem älteren Mann auf die Füße.

»Ihr Bodyguard zu sein hat seine Tücken.« Der Ältere rieb sich den Rücken.

»Dafür hat man Sie aber auch nicht eingestellt, vermute ich«, sagte Alexander.

»Das ist wahr. So war das eigentlich nicht vorgesehen. Sie haben nicht viele Freunde, was?«

»Im Moment nicht. Kann ich jetzt nach Hause fahren?«

»Nein«, widersprach der Jüngere. »Wir kehren den Spieß jetzt um, und Sie folgen freundlicherweise uns, mein Junge.«

»Ich bin nicht Ihr Junge.«

»Oh, keine Angst, ich würde Sie auch nicht haben wollen«, erklärte der junge Mann abfällig. »Aber Sie kommen mit uns ins Präsidium. Ich denke, wir würden alle gern die Frage klären, was hier passiert ist und wieso, nicht wahr?«

»Wenn's sein muß«, sagte Alexander und ging zu seinem Auto zurück.

*

Das Zimmer, in dem sie saßen, hatte den chaotischen Charme einer Amtsstube, in der Leute arbeiten, die sich dort wohl fühlen. Es war ein kreatives Durcheinander aus Alt und Neu, aus aufgeräumten und vollgestopften Ekken. Durch das Fenster leuchteten die Lichter des Fernsehturms aus dem Dunkel. Auf dem Schreibtisch, vor dem Alexander saß, prangte ein Totenschädel, der offensichtlich echt war. Man konnte nicht erkennen, ob er zufällig hier stand, weil er zum Gegenstand polizeilicher Ermittlungen geworden war, ober ob er als reine Dekoration diente.

»Fingerabdrücke gab es an den Puppentorsi nur, wo sie nicht mit Plakafarbe überkleistert waren. Wir haben sie mit seinen Abdrücken verglichen«, sagte der junge Mann, von dem Alexander inzwischen wußte, daß er Merzenbach hieß. »Sie stimmen nicht überein. Seine Jeansgröße ist es auch nicht. Der braucht mindestens Weite vierunddreißig.«

»Vielleicht war er früher dünner. Er wird kaum seine neuesten Hosen geopfert haben.« Alexander wischte mit einem Taschentuch an der schwarzen Stempelfarbe auf seinen Händen herum. »Und meine Fingerabdrücke sind es ebenfalls nicht.«

»Nein.« Merzenbach lehnte sich zurück und verschränkte die Arme. »Aber wir hatten auch nicht angenommen, daß Sie so dämlich wären, Ihre Abdrücke zu hinterlassen.«

»Ich glaube, daß überhaupt niemand so dämlich wäre, seine Abdrücke zu hinterlassen«, antwortete Alexander. »Nicht mal Immo. Die Fingerprints, die Sie gefunden haben, sind wahrscheinlich uralt, und derjenige, der die Puppen gebastelt hat, hat Handschuhe getragen.«

»Es weist alles darauf hin«, stimmte Merzenbach zu und betrachtete ihn nachdenklich. »Was sind Sie nur für ein kluges Kerlchen. Oder waren Sie's doch selbst? Und spielen jetzt den Klugen, die Polizei Belehrenden, damit wir, die tumben Staatsdiener, glauben, Sie hätten nichts damit zu tun? Gehören Sie zu den Tätern, die zu viele Krimis gelesen, zu viele Spielfilme gesehen haben? Und die wir letztlich immer, einfach immer erwischen? Weil das Leben nun mal kein Spielfilm ist und hier wir die Regie führen? Oder bilden wir uns das nur ein? Bin ich hier im falschen Film? Gibt es einen Gott, oder bilden wir uns auch das nur ein, weil wir sonst so einsam wären in all der Pracht und Herrlichkeit unserer herausragenden Intelligenz? Und wollen Sie Anzeige erstatten?«

»Es war ja nur eine kleine Karate-Übung zwischen guten Freunden«, antwortete Alexander spöttisch.

»Ja, das dachte ich mir.« Merzenbach brachte es fertig, vollkommen ernst zu bleiben. »So was Ähnliches hat er auch gesagt. Und ich hab' mich entschlossen, ihm das einfach mal zu glauben, wissen Sie. Wo kämen wir denn da hin, wenn wir jeden gleich einbuchten würden, der nachts im Park ein bißchen Karate übt.«

Alexander konnte nicht verhindern, daß seine Stimme bitter klang. »Ich nehme an, Sie hätten es gern gesehen, wenn seine Übung erfolgreich gewesen wäre.« Einen Moment lang hatte er das unangenehme Gefühl, sein angenagtes Nervenkostüm könne vielleicht plötzlich nachgeben. Er kam sich vor wie jemand, der im Dunkeln langsam eingekreist wird, gehetzt und gestellt.

»Na, na«, sagte Merzenbach. »Vergessen Sie nicht, daß ich mich ohne Zögern in den Kampf geworfen habe, um Ihr schwules, kleines Leben zu retten. Ich sag' ja nicht, ich hätt's gern getan. Aber wir haben noch nicht genug Beweise gegen Sie, um die Akte Michael Kamp einfach schließen zu können, wenn ein rachsüchtiger Freund Sie aus dem Weg räumt.«

»Ich hab' mal gelesen, daß Polizisten heutzutage im freundlichen Umgang mit dem homosexuellen Mitbürger geschult werden«, bemerkte Alexander. »Das war wohl eine Fehlinformation.«

»Nö«, erwiderte Merzenbach. »Es hilft bloß nicht bei jedem. Wissen Sie, ich hab' Kollegen, die haben was gegen Penner. Ich nicht. Ich komm' mit Pennern gut aus. Mit

Punkern übrigens auch, hab' ich echt 'n Draht für. Und ich hab' auch nix gegen Ausländer. Im Grunde bin ich der totale Vorzeige-Polizist. Was ich nicht abkann, das ist die Düsseldorfer Seuche. Dieses Yuppie-Gesocks mit den Versace-Sonnenbrillen und den Armani-Anzügen. Ich finde, die machen das Stadtbild echt kaputt.«

»Ja, daß so 'n echter Lederkerl wie du da nicht drauf steht, kann ich mir vorstellen«, stellte Alexander trocken fest.

Merzenbach grinste. »Guter Versuch. Vergiß es. Ich hab' 'ne Freundin.«

Alexander war zu müde, um sich Gedanken darüber zu machen, ob er diese Aussage glaubhaft fand. Er nahm es hin. »Glauben Sie eigentlich ernsthaft, daß ich Michael umgebracht habe?«

Merzenbach betrachtete ihn. Er stützte die Ellenbogen auf seinen Schreibtisch, legte die Hände zusammen und klopfte ein paarmal nachdenklich mit den Spitzen seiner kräftigen Finger an seine Lippen. Dann sagte er: »Nein, eigentlich nicht. Und wissen Sie, warum nicht?«

»Ich bin Ihnen sympathisch«, vermutete Alexander sarkastisch.

»Das nicht gerade«, erwiderte Merzenbach nüchtern. »Aber für meinen Geschmack bemüht man sich allzusehr, den Verdacht auf Sie zu lenken. Wir haben anonyme Hinweise bekommen, wissen Sie, schon vor der Sache mit diesen Puppen. Nein, ich glaube, da steckt was anderes dahinter.«

»Ach. Und glaubt Frau Federing das auch?«

»Ach, die.« Merzenbach hob seine breiten Schultern, die immer noch in der schwarzen Lederjacke steckten, und ließ sie wieder fallen. »Die haßt Männer. Ich wollte, sie hätte einen abgekriegt, dann müßten wir sie nicht aushalten.« Irgend etwas lag in seinem Tonfall, das diese Aussage ganz eindeutig unglaubwürdig wirken ließ. Merzenbach mochte ein Pokerface bewahren können, aber seine Stimme verriet ihn. Sie klang, wenn auch widerwillig, nach Respekt.

»Heutzutage arbeiten auch Verheiratete«, bemerkte Alexander desinteressiert. »Was ist mit dem Kommissar?«

»Der ist verheiratet«, sagte Merzenbach. »Wieso, sind Sie scharf auf ihn?«

»Ich stehe nicht auf den väterlichen Typ«, antwortete Alexander gelassen. »Ich möchte nur wissen, ob er glaubt, ich hätte Michael umgebracht.«

»Was der Kommissar glaubt, das weiß nur Gott allein«, erwiderte Merzenbach. »An dessen Existenz ich übrigens nicht ernstlich zweifle, denn ich bin erzkatholisch, und der Kommissar ebenfalls. Und die beiden stehen auf Du und Du miteinander. Uns niedere Dienstränge beziehen sie in ihre Konsultationen nicht ein.«

»Wenn Ihnen ein Grund dafür eingefallen ist, warum Michael auf diese Weise sterben mußte, obwohl es einen Gott gibt, dann rufen Sie mich an.« Alexander stand auf. »Oder doch lieber nicht, wenn ich's mir recht überlege. Ich kenne die Bibelsprüche, auf die Sie sich berufen würden.«

Er blieb stehen, aber er drehte sich nicht um, als Merzenbach zu seiner Überraschung plötzlich sagte: »Tiberius, ich bin gläubig, aber nicht tumb. Und es gibt Dinge auf Erden, die auch ich zum Kotzen finde. Wahrscheinlich kotzt überhaupt niemand so oft wie ein guter Polizist.«

Alexander lächelte. Und wußte, als er die Tür hinter sich schloß, daß Merzenbach es sah.

*

»Soll ich dich nach Hause fahren?« fragte Alexander, als er Immo vor der Tür des Präsidiums entdeckte, wo er stand wie bestellt und nicht abgeholt. Alexander erwartete eine wütende Antwort, aber zu seiner Überraschung ging Immo einfach neben ihm her zu seinem Wagen. Alexander hoffte, daß sie ihm das Messer im Präsidium abgenommen hatten. Sich mit ihm in ein Auto zu setzen, noch dazu eins, das er selbst fuhr, gehörte jedenfalls nicht zu den klügsten Entscheidungen.

Aber Immo verhielt sich während der Fahrt ruhig. Er saß eine Weile stumm auf dem Beifahrersitz. Schließlich sagte er: »Sie scheinen der Ansicht zu sein, daß du es gar nicht gewesen bist.«

»Potzblitz.« Alexander warf ihm einen aufmerksamen Blick zu. »Das überrascht uns aber, was? Wo wir uns doch alle so viel Mühe geben, den guten alten Alex zu diskreditieren. Ja, mein Junge, es ist nicht so einfach, jemandem einen Mord anzuhängen.«

»Wenn du es gar nicht warst«, sagte Immo stur, »dann muß das aufhören. Es geht darum, den Mörder zu finden.«

Alexander seufzte. »Schön, daß du das einsiehst. Wirklich großartig.«

Er hätte ihn vielleicht fragen sollen, wer die anonymen Hinweise gegeben und wer ihm die Puppe in den Garten und die beiden anderen Puppen in den Seminarraum gelegt hatte. Aber wozu.

Er schaute häufig in den Rückspiegel, auch nachdem er Immo nach Hause gebracht hatte, und nahm für die Heimfahrt einen Umweg, auf dem er oft abbiegen mußte. Aber für heute schien man die Observation aufgegeben zu haben.

3

Alexander war wachsam geworden, aber offenbar war es Merzenbach gelungen, seine Kollegen davon zu überzeugen, daß er als Täter nicht in Frage kam. Oder Gott und der Kommissar waren durch eigene Überlegungen zu dieser Ansicht gelangt. Jedenfalls wurde er nicht mehr beschattet.

Frank achtete ebenfalls darauf. Alexander hatte nicht die Absicht gehabt, ihm über seine Begegnung mit Immo die ganze Wahrheit zu erzählen, aber offenbar waren die Zeiten vorbei, in denen Frank sich belügen ließ. Er grub so hartnäckig nach, bis er schließlich doch alles wußte, und je mehr er das Gefühl hatte, daß Alex ihm nicht alles sagte, um so hartnäckiger und zorniger wurde er. Schließlich war es einfacher, ihm alles zu erzählen.

»Du brauchst wirklich einen Bodyguard«, sagte Frank, und er hielt Ausschau nach Polizeibeamten in allen nur möglichen Verkleidungen. Aber nach ein paar Tagen mußte auch er zugeben, daß sie es wahrscheinlich einfach aufgegeben hatten.

Er selbst ließ Alexander nicht mehr aus den Augen. Alex beschwerte sich nicht darüber. Frank war ein angenehmer Gesellschafter und kannte seinen Freund gut genug, um zu wissen, wann er ihn in Ruhe lassen mußte.

Es passierte nichts. Michaels Leiche war in ein weit entlegenes Dorf an der holländischen Grenze überführt worden. Dort waren seine Eltern hergekommen, bevor sie vor rund zehn Jahren nach Düsseldorf zogen, weil sein Vater nach langer Arbeitslosigkeit hier eine Stelle gefunden hatte, und dort war Michael in aller Stille im Familiengrab beigesetzt worden. Einen Tag später hatte Frank Alexander draußen am Briefkasten vorgefunden, wie er mit gesenktem Kopf die Kondolenzkarten anstarrte, die Oskar und er geschickt hatten. Sie waren mit dem Stempel *Annahme verweigert* zurückgekommen. Alexander war sichtlich erschüttert.

»Willst du ihnen das wirklich übelnehmen?« Frank legte einen Arm um Alexanders Taille. »Die sagen sich wahrscheinlich, wenn sie ihren Sohn nicht in dieses Sodom und Gomorrha geschleppt hätten, dann würde er heute noch leben. Alex, der Kommissar hat gesagt, es sei ein Sexualmord gewesen. Für seine Eltern muß das sein, als hättet ihr alle ihn umgebracht – die ganze homosexuelle Clique, in die ihr unschuldiges und unverdorbenes Landkind hier geraten ist. Ich kann verstehen, daß sie ihn nicht einmal hier begraben wollten. Sie werden euch mehr verflucht als für Michael gebetet haben.«

»Aber er hätte ein paar Gebete verdient«, sagte Alexander tonlos.

Es war der einzige Kommentar, den er dazu abgab. Er sprach nie wieder darüber.

Die Zeitungen schrieben nicht mehr über den Mord, und die Studenten fanden problemlos andere Themen, über die sie reden konnten. Das Frauenreferat nahm den Mord zum Anlaß, darauf hinzuweisen, daß es keine gute Idee war, mitten in der Nacht mutterseelenallein auf dem Campus unterwegs zu sein. Sie veranstalteten ein paar WenDo-Kurse. Im Schwulenreferat wurde vergeblich diskutiert, ob die Sache mit Michael dem Thema ›Gewalt gegen Schwule‹ zuzuordnen war oder nicht. Man entschloß sich, langfristig auf jeden Fall eine Aktion in dieser Hinsicht zu planen, und einige beschwerten sich über einen Polizeibeamten namens Merzenbach wegen schwulenfeindlicher Äußerungen. Es wurde erwogen, eine Dienstaufsichtsbeschwerde einzureichen.

Pia versuchte zur Abwechslung mal wieder, Frank zu verführen, umarmte ihn so häufig wie möglich und brachte es fertig, ihn mit der gerade grassierenden Dreitage-Grippe anzustecken, die sie selbst soeben mit Mühe und Not überwunden hatte. Frank verweigerte Alexander hartnäckig den Zugang zu seinem Zimmer, um ihm zu ersparen, sich ebenfalls anzustecken. Alexander langweilte sich. Er war es nicht mehr gewohnt, allein zu sein.

*

Pia blinzelte durch die Schwaden von Zigarettenrauch in der Cafeteria der Philosophischen Fakultät. Ihr war bewußt, daß sie ein bißchen schwankte. Sie riß sich gewaltsam zusammen und seufzte schwer. Um sie herum tobte eine Uni-Fete. Trotzdem fühlte sie sich allein. Alle Leute, mit denen sie gekommen war, waren längst gegangen. Pia ärgerte sich, daß sie das verpaßt hatte. Sie wollte schon längst nicht mehr hier sein. Sie war noch ein bißchen angeschlagen von den Nachwirkungen der Grippe, und es wurde Zeit, daß sie ins Bett kam.

Aber sie konnte nicht mit ihrem eigenen Auto nach Hause fahren, sie hatte zuviel getrunken. Ob noch ein Bus fuhr, wußte sie nicht. Schließlich entschloß sie sich, nachzusehen und notfalls zu Fuß zu gehen.

Sie würde sich zu Tode fürchten da draußen.

Mit ein bißchen Mühe trennte Pia sich von der mit überdimensionalen Spray-Kunstwerken verzierten Rückwand der Cafeteria, an der sie gelehnt hatte. Sie versuchte zunächst einmal, gerade und aufrecht zu stehen. Jemand stieß sie an, und sie stolperte vorwärts. Pia machte sich nicht die Mühe, sich umzusehen, um den Übeltäter ausfindig zu machen. Statt dessen bemühte sie sich, die völlig überfüllte Tanzfläche zu umgehen und den Ausgang zu finden. Das war nicht einfach. Im Moment schien die Cafeteria fast ausschließlich aus Tanzfläche zu bestehen.

Sie stutzte, als sie an einem Rücken vorbeistolperte, der ihr bekannt vorkam. Vorsichtig stupste sie ihre Hand hinein, und er drehte sich um. »Alexander!«

»Hallo«, sagte er lächelnd. »Ich wollte gerade gehen.«

»Alexander.« Sie wollte eigentlich einen Schritt auf ihn zu machen, aber jemand stieß im Vorbeigehen an ihre Schulter, und sie taumelte ein Stück zurück. »Nimm mich bitte mit, ja? Ich bin viel zu betrunken, um zu fahren. Und ich möchte vor allem nicht allein über das Unigelände gehen müssen. Ich warte schon lange darauf, daß jemand gehen will, den ich kenne. Ich hab' Schiß. Ehrlich, ich weiß nicht, wie ich überhaupt auf die blöde Idee gekommen bin, hier aufzutauchen. Ich mag solche Feten nicht mal.«

Er streckte die Hand aus, und sie ergriff sie. Es war ein merkwürdiges Gefühl. Er bahnte sich einen Weg durch die tanzende, redende, lachende, schwitzende, trinkende Menge von Studenten, und sie ging dicht hinter ihm, ihre Hand in seiner, ein Gefühl vollkommener Geborgenheit. Sie traten aus der verräucherten Cafeteria hinaus in den sauberen Abend. Pia fröstelte spontan ein bißchen, und er legte den Arm um ihre Schultern, wärmend und schützend.

Sie gingen weiter, in Richtung auf den Parkplatz, auf dem er seinen Wagen meistens abstellte und der ein ganzes Stück weit weg lag. Der Parkplatz, auf dem sie Michael gefunden hatte. Pia schob den Gedanken fort in die hinterste Ecke ihres trunkenen Hirns. Michael war das letzte, woran sie jetzt denken wollte.

Sie konzentrierte sich auf den Weg. Ein Stück des Geländes war mit Laternen ausgeleuchtet, andere Teile nicht. Sie durchquerten Licht und Dunkelheit. Die Geräusche der Fete ließen sie schnell hinter sich zurück. Es wurde still.

Plötzlich dachte sie an Margots Warnung.

Pia schüttelte den Kopf, ein unwillkürlicher, aber sinnloser Versuch, diesen unerwünschten Gedanken ebenfalls loszuwerden. Komischerweise erwies er sich als hartnäckiger als die Erinnerung an Michael. Pia wußte nicht, warum sie ausgerechnet jetzt auf Margot kam, auf dieses absurde Gerede, das sie überhaupt nicht ernstgenommen hatte.

Aber Alexander so nah zu sein war mehr als verwirrend. Pia stellte fest, daß sie Angst hatte. Es war ein bißchen spät dafür. Sie hatte im Gehen einen Arm um seine Hüften gelegt, und ihr Kopf lehnte an seiner Schulter. Sie war mit ihm allein, und es war Nacht und weit und breit niemand in der Nähe. Die Situation, in die sie sich hineinmanövriert hatte, schien perfekt.

»Ich bin gar nicht so betrunken«, sagte sie vorsichtshalber.

Er lachte, und der sanfte Druck seines Arms und seiner Hand auf ihrer Schulter verstärkte sich. Er hielt sie fest. Vielleicht, weil er gemerkt hatte, daß sie nicht sicher auf den Beinen war, vielleicht aus einem anderen Grund. »O doch, du bist betrunken.«

»Nein«, widersprach sie hilflos. Natürlich war sie betrunken, aber nicht sehr. Es war nicht das Gefühl, betrunken zu sein, was sie so hilflos machte. Es war das Gefühl, von ihm gehalten zu werden. Er war erheblich größer als sie, und sie konnte seine Kraft spüren, auch wenn er nicht viel davon aufwendete, um ihre kleine Gestalt festzuhalten. Und sie konnte sich nicht davor schützen, es angenehm zu finden, faszinierend und verführerisch.

Gerade deshalb hatte sie Angst.

»Sind wir gleich am Parkplatz?« Der Weg kam ihr unangemessen lang vor. Die Zeit dehnte sich, unheimlich, als könne Alexander sie hier, auf dem vertrauten Uni-Gelände, in unbekannte Abgründe führen.

»Ja, wir sind gleich da. Was ist los, fürchtest du dich im Dunkeln?« Er umfaßte sie noch ein bißchen fester.

»Mir kann ja nichts passieren«, sagte sie tapfer. »Du bist ja bei mir.«

»Genau das ist das Problem, würde Frank an dieser Stelle anmerken«, erwiderte Alexander.

Ihr wurde schwindelig, und sie begann zu zittern.

Abrupt blieb er stehen. »Du zitterst ja.« Er zog sie an sich, ganz eng, viel enger als vorher. Sie spürte wesentlich mehr von seinem Körper, als sie hätte genießen können, ohne unruhig zu werden. Und sie konnte kaum noch unterscheiden, was eigentlich überwog, die schiere Panik oder das Verlangen. Denn das Verlangen war immer noch da. Schreckliches Verlangen. Hungrig wie ein Wolf, und vielleicht gefährlich. Irgendwo in ihrem Gehirn gab es eine dunkle Sektion, die einen erstaunlichen Lagebericht meldete: Es war ihr egal, ob Alexander gefährlich war. Sie wollte ihn um jeden Preis. Sie wollte, daß er nicht aufhörte, sie zu umarmen. Sie wollte ihn küssen.

Sie tat es. Sie hob den Kopf und berührte seinen Hals mit den Lippen. Weiter reichte sie nicht hinauf, auch wenn sie sich auf Zehenspitzen stellte. Ihre Hände blieben nicht, wo sie vielleicht hätten bleiben sollen, irgendwo an seinem Rücken. Sie streichelte ihn. Und sie hatte Angst.

Es dauerte eine Weile, bis ihr Gehirn wieder etwas meldete. Es gab bekannt, daß eine erwartete Reaktion ausgeblieben war: seine. Verwirrt schaute sie zu ihm auf.

Er sah auf sie herab mit einem Ausdruck in den Augen, den sie nicht deuten konnte. Sein Gesicht war eine starre Maske. Seine Hände lagen sehr fest um ihre Oberarme. Sein Körper war hochaufgerichtet und völlig verkrampft. Er atmete flach.

Plötzlich überwog das Bedürfnis, ihn in den Arm zu nehmen – mütterlich, freundschaftlich, tröstend –, bei weitem die Angst, die sie hatte. Sie schlang die Arme um ihn, flüsterte seinen Namen, und dann stellte sie sich auf die Zehenspitzen, legte die Hand um seinen Nacken und bog seinen Kopf zu sich herunter. Am Rande ihres Bewußtseins strich ein Gefühl von Verlegenheit herum, weil sie dafür Kraft aufwenden mußte, aber sie war zu betrunken, um deutlich zu registrieren, daß er ihr nicht entgegenkam. Sie küßte ihn, weder mütterlich noch freundschaftlich, tröstend vielleicht, in erster Linie aber leidenschaftlich.

Soweit man jemanden leidenschaftlich küssen kann, der nicht reagiert. Er hatte die Augen geschlossen, und jetzt hob er den Kopf, gegen den Druck ihrer Hand auf seinem Nacken, und sah starr geradeaus.

Pia biß sich auf die Lippen. Sie löste sich vorsichtig von ihm, und dann griff sie nach seiner Hand und sagte leise: »Alexander?«

Sein Blick wanderte langsam zu ihr hinunter, als sei er in Gedanken ganz woanders gewesen. Er schaute sie einen Moment lang an, und dann trat er einen Schritt auf sie zu. Wäre sie nicht zu erschrocken gewesen, um überhaupt zu reagieren, sie wäre zurückgewichen. Aber er legte nur einen Arm um ihre Schultern und zog sie sanft weiter.

Er schloß die Beifahrertür von außen für sie auf, öffnete sie und stand hinter ihr, während sie einstieg. Es war ein Gefühl, als wolle er verhindern, daß sie weglief. Pia ließ sich in den Sitz fallen, und er schloß die Tür. Während er um den Wagen herumging, fragte sie sich, ob sie jetzt in Sicherheit war oder in einer Falle. Er stieg ein, steckte den Schlüssel ins Zündschloß, drehte ihn aber nicht um. Er lehnte sich zurück und saß einen Moment lang völlig still da. Plötzlich sagte er: »Tu das bitte nie wieder, Pia.«

»Nein«, flüsterte sie. Sie hatte ein Gefühl, als würde es ihr das Herz brechen. So abgelehnt zu werden war scheußlich beschämend, und es war ihr noch nie passiert.

»Es ist Frank gegenüber nicht fair. Ich dachte, du magst ihn. Oder liebst ihn sogar.«

Erleichterung flutete wie ein Welle über sie hinweg. Es dauerte eine Weile, bis sie reden konnte, und auch dann war es nicht viel mehr als das heisere Flüstern, das sie zuvor mit Mühe herausbekommen hatte. »Ich mag euch beide, Alexander. Das weißt du doch.«

Er seufzte, und dann ließ er den Wagen an. Er fuhr vom Parkplatz herunter. »Ja«, sagte er. Mehr nicht.

Sie erwartete beinahe, daß er sie mit zu sich nach Hause nehmen würde. Aber er tat es nicht. Er schlug den Weg zu ihrer Wohnung ein. Sie erwartete, daß er den Wagen parken würde, um mit hochzukommen, aber auch das tat er nicht. Er fuhr nur an den Straßenrand und wartete darauf, daß sie ausstieg.

Sie wußte nicht, was größer war, ihre Erleichterung oder ihre Enttäuschung. Widerstrebend öffnete sie die Beifahrertür und warf ihm einen Blick zu, nicht sicher, was sie zum Abschied bekommen würde. Sein Gesicht war sehr blaß. Er sah müde und angestrengt aus. Sein Lächeln, als sie »Gute Nacht«, sagte, war geisterhaft. Als er den Kopf wieder abwandte, sah es aus, als würde das alle Kraft kosten, die er noch hatte. Pia stieg aus.

Sie hätte jetzt die Autotür zuschlagen sollen, er wartete darauf, aber sie tat es nicht. Sie konnte nicht. Es lag nicht daran, daß sie betrunken war. Höchstens ein bißchen. Sie konnte ihn so einfach nicht gehen lassen. Sie wollte nicht. »Bitte.« Sie war sich darüber im klaren, daß sie bettelte und daß man das eigentlich nicht tun sollte. »Komm mit zu mir.«

Er sah starr geradeaus. »Das kann ich nicht, Pia. Und du solltest mich nicht danach fragen. Denn wenn du mich oft genug fragst, dann werde ich es vielleicht tun. Und ich habe irgendwie das Gefühl, daß dir bereits jemand gesagt hat, daß das nicht gut für dich wäre.«

Er fuhr plötzlich an, und sie ließ hastig die Tür los. Sie sah, wie er sich über den Beifahrersitz lehnte, um sie zuzuschlagen. Dann bog er in die nächste Seitenstraße ein und war weg.

*

»Du solltest doch nicht reinkommen«, murmelte Frank schläfrig.

»Ach, sei still.« Alexander riß sich mit einer ungeduldigen Bewegung das Hemd vom Leib und ließ es fallen. »Wenn ich diese blöde Grippe kriegen soll, dann kriege ich sie eben.« Er setzte ein Knie auf die Matratze und stupste gegen Franks fieberheiße Schulter. »Mach Platz.«

»Du klingst, als würdest du mit einem Hund sprechen.«

»So ähnlich komm' ich mir auch vor. Nun rück doch mal ein bißchen zur Seite. Mit dreißig Zentimetern Bett komm' ich nicht aus. Kusch.«

Frank rollte sich herum und gähnte. »Warte, bring mir bitte erst ein Glas Cola.«

»Mitten in der Nacht?«

»Ist gut gegen Fieber.«

»Das glaubst du doch selbst nicht.«

»Ich will es aber haben.«

»Na gut. Ich hol' dir eins.« Alexander stieg wieder in seine Jeans und ging leise die Treppe hinunter in die Küche. Als er mit der Cola zurückkam, schlief Frank schon wieder.

Alexander hängte seine Jeans über Franks Schreibtischstuhl, und sein Portemonnaie fiel heraus. Die Kleingeldtasche öffnete sich und verstreute ein paar Münzen über den Fußboden. Er bückte sich und sammelte sie wieder ein. Eine war tief unter den Schreibtisch gerollt, und zusammen mit der Münze hob Alexander auch ein zusammengeknülltes Blatt Papier auf, das sich zwischen Fußleiste und Schreibtischbein verklemmt hatte. Es war eine Seite aus einem Kalender, und darauf war ein kleiner Comic gedruckt. Er glättete die Seite, um ihn sich anzuschauen, und lächelte.

Dann drehte er das Blatt um und las: *Ich entschuldige mich auch bei Dir für meine unangebrachte Bemerkung, und ich möchte mit Dir darüber reden. Margot.*

Mit einer abrupten, zornigen Bewegung zerknüllte Alexander das Blatt in seiner Faust. Eine Weile blieb er still auf dem Boden hocken, die Augen geschlossen. Dann sammelte er die restlichen Münzen wieder ein, schob das Portemonnaie und das Blatt Papier in die Taschen seiner Jeans und setzte sich auf den Bettrand. Er saß eine ganze Weile so da, vornübergebeugt, die Unterarme auf seine Oberschenkel gestützt, mit hängendem Kopf.

Er nahm erst wahr, daß sein Freund wieder wach geworden war, als Frank sich aufsetzte und beide Arme um ihn schlang. »Willst du nicht endlich ins Bett kommen?«

»Trinkst du nun deine Cola oder nicht?« fragte Alexander. Frank streckte die Hand danach aus und stürzte das kalte Getränk in einem Zug herunter. Alexander nahm ihm das Glas wieder ab, legte sich neben ihn, und Frank streichelte ihn. Alexander zuckte zusammen. »Deine Hand ist ganz kalt.«

»Das Cola-Glas war kalt.« Frank schob seine Hand unter Alexanders Achselhöhle, um sie zu wärmen.

»Hast du mit Margot gesprochen?« fragte Alexander.

»Mit Margot? Wann?«

»Ich weiß nicht, wann. Sie wollte sich doch bei dir entschuldigen.«

»Ja, sie hat mir einen Zettel in den Briefkasten geworfen«, murmelte Frank. »Hab' ich weggeschmissen. Freiwillig rede ich mit der kein Wort.«

»Wahrscheinlich will sie dich warnen«, sagte Alexander.

»Warnen? Wovor?«

»Vor mir.«

»Kann sein. Die glaubt wahrscheinlich ernsthaft, du hättest Michael umgebracht. Margot kriegt so was fertig.«

»Frank ...«

»Bitte, sei endlich still. Wenn du mich nicht schlafen läßt, schick' ich dich wieder in die Küche. Wenn ich nämlich noch länger darüber nachdenke, hab' ich auch noch Hunger, nicht nur Durst.«

Alexander schwieg.

*

Pia schlug die Augen auf und schloß sie sofort wieder, weil das grelle Sonnenlicht in ihren Kopf stach wie etwas Feindliches, Gefährliches. Es war schon spät – aber trotzdem zu früh. Ihr Alkoholspiegel schwebte immer noch in beängstigenden Höhen. Ihr Magen rebellierte, und ihrem

Gehirn schienen über Nacht Nerven gewachsen zu sein, die schmerzen konnten. Pia fragte sich, warum man einen solchen Zustand einen ›Kater‹ nannte. Sie kannte Kater. Sie waren nett. Und hübsch. Wie Frank, mit seinen grünen Kateraugen.

Es war tröstlich, an Frank zu denken. Es hinderte sie daran, an Alexander zu denken. Sie hätte lieber an Alexander gedacht als an Frank. Aber sie hätte gern vergessen, wie sie sich Alexander gegenüber heute nacht benommen hatte.

Sie hatte sich ihm an den Hals geworfen wie ... Pia fiel kein geeigneter Vergleich ein. Ein Flittchen, eine Nymphomanin, ein nymphomanisches Flittchen ... Pia erwog den Gedanken, daß es scheußlich prüde war anzunehmen, sie hätte sich ihm nicht an den Hals werfen dürfen. Eine Vorstellung vergangener Zeitalter. Warum hätte sie sich den Mann, den sie haben wollte, nicht nehmen sollen?

»Aber ich hab' ihn mir ja gar nicht genommen«, murmelte Pia verzweifelt. »Er wollte ja nicht.« Und sie hatte gebettelt. Nicht mal ein letzter, schäbiger Rest Schamgefühl hatte sie davon abgehalten, ihn darum anzubetteln, mit ihr hochzukommen, damit sie heute morgen neben ihm aufwachen durfte.

Selbst jetzt war die Scham über das, was sie getan hatte, nicht so groß wie die Aufregung bei dem Gedanken, neben ihm aufzuwachen. Ein Gedanke, der alles andere erschlug.

»Ich habe keine Angst vor dir«, sagte Pia leise. Sie bewegte vorsichtig ihren schmerzenden Kopf, faltete ihr Kopfkissen zusammen und lehnte sich daran wie an Alexanders Schulter. Sie strampelte die viel zu warme Bettdecke weg, knuddelte sie zusammen und umarmte sie. »Alexander ...«, flüsterte sie leise und hielt sich fest, während das Zimmer um sie herum sich drehte wie ein Karussell. Sie war immer noch scheußlich betrunken.

Als das Zimmer aufhörte, sich zu drehen, schlief Pia ein.

Als sie zum zweiten Mal wach wurde, ging es ihr wesentlich besser, und sie entschloß sich, aufzustehen und es mit einem Frühstück zu probieren. Sie hatte zwar nicht direkt Hunger, aber ihrem Magen würde es sicherlich gut bekommen, wenn er sich mit etwas anderem beschäftigen konnte als mit sauer gewordenen Resten von diversen Alkoholika. Nach denen sie auch deutlich roch, wie sie angeekelt feststellte, und ihr Bett ebenfalls. Aber die Frühstücksvorbereitungen hatten dennoch oberste Priorität.

Schließlich war sie allein. Kein Mann vorhanden, für den sie gut riechen mußte. Obwohl sie darum gebettelt hatte.

Pia stand auf, bevor das Selbstmitleid die Oberhand gewinnen konnte, und ging in die Küche.

Sie war immer noch im Schlafanzug, als es klingelte. Sie tappte auf bloßen Füßen durch die Wohnung, die Kaffeekanne in der Hand, und drückte auf den Knopf der Sprechanlage. »Ja?«

Es knackte und knisterte, und Pia fluchte leise. Aber sie hörte etwas heraus, das wie »Anni« klang, und drückte den Türöffner. »O je«, sagte sie betreten, als Anni die Treppe heraufkam. »Daß wir verabredet waren, hab' ich total verschwitzt. Gut, daß ich so lang geschlafen habe, sonst wäre ich wahrscheinlich längst weg.«

»Na, du bist ja vielleicht gut!« Anni betrachtete sie mit offenem Mund von oben bis unten. »Ich hab' aber keine Lust, die Seminararbeit allein zu machen.«

»Brauchst du auch nicht.« Pia umarmte sie. »Komm rein. Willst du auch Kaffee?«

»Wär' kein Fehler«, sagte Anni, putzte sich die Schuhe ab und schlenderte hinter Pia her ins Wohnzimmer. »Ich bin auch noch nicht lange wach. Ich hab' schlecht geschlafen heute nacht.« Sie schlief jede Nacht schlecht, aber sie schaffte es nicht, sich daran zu gewöhnen. »Hör mal, geh du doch ins Bad, zieh dich an und so, und ich mach' währenddessen das Frühstück. Was hältst du davon?«

»Okay. Im Kühlschrank ist eine Packung Schinken, die mach bitte auf. Ich hab' richtig Hunger. Wirst du alles finden?«

»Klar.« Anni spähte um die Ecke und schaute sich in der kleinen Küche um. »So schwer ist das nicht. Wir pakken ja doch alles mehr oder weniger in dieselben Ekken. Außerdem bin ich gut im Finden. Dafür bin ich bekannt. Ständig muß ich Leuten helfen, ihre verlegten Schlüssel wiederzufinden.« Sie zog ihre dünne Sommerjacke aus und warf sie aufs Bett. »Das einzige, was ich wahrscheinlich nie wiederfinde, sind meine verdammten Fotos. Seit meinem letzten Umzug vermisse ich einen ganzen Karton.«

Pia mußte einen Anflug von Neid unterdrücken. Sie fand immer, daß sie selbst auf Fotos aussah wie ein Kind, das sich in eine Welt von Erwachsenen verirrt hat, die es verwirrt betrachten und nicht wissen wohin damit. Pia hob die meisten Fotos gar nicht erst auf. Aber sie konnte sich problemlos vorstellen, daß Anni gern fotografiert wurde und daß Anni dann auch mit dem Ergebnis zufrieden war.

»Ich weiß noch, wie wir dir damals alle geholfen haben«, erinnerte sich Pia. »Frank und Alex, Immo und Margot und – wer war noch dabei? Das war das erstemal, daß wir zusammen was gemacht haben, oder? Abgesehen von der Erstsemesterfete damals. Verflixt, ich kann gar nicht zählen, wie viele Umzüge und Renovierungen wir seitdem hinter uns gebracht haben. Dauernd zieht jemand um.«

»Kein Wunder!« Anni hatte den Kühlschrank geöffnet und packte Schinken, Butter und einen Rest Käse auf den kleinen Küchentisch. »Keiner kann sich die Wohnung leisten, die er hat. Jeder ist ständig auf der Jagd nach was Billigerem. Aber ein Umzug ist auch ganz schön teuer. Renovieren und Teppiche und all so 'n Zeugs – abgesehen von dem, was kaputtgeht oder ganz verschwindet. Siehe meine Fotos und die Tischdecke von Uroma. Wobei es um die Tischdecke weniger schade war. Ich hätte mich nie getraut, das Ding wegzuschmeißen. Es war handgestickt.«

»Tu mir einen Gefallen, falls ich mal umziehen sollte ...« Pia wies mit einer beredten Geste auf den Küchentisch und verzog das Gesicht.

»Aua«, sagte Anni und betrachtete aufmerksam den Gegenstand des Anstoßes. Auf der weißen Tischdecke tummelten sich gestickte Äpfel, Bananen und Zitronen, die nur mit großer Mühe als solche zu erkennen waren, und etwas Gemüseartiges, das gewisse Ähnlichkeit mit einer Futterrübe aufwies. »Ja, ich sehe das Problem. Mamas Werk?«

»Mamas Werk. Und Mama kommt natürlich regelmäßig nachsehen, ob ihr Werk auch geschätzt wird.«

»Geh in Ruhe duschen. Ich überleg' mir derweil, was wir versehentlich draufschütten könnten, um sie in die ewigen Jagdgründe zu befördern. Die Decke. Nicht deine Mama. Aber wir sollten das nicht überstürzen. Ich meine, meine Uroma, Gott hab sie selig, kann keinen Schaden mehr anrichten. Aber deine Mama wäre vermutlich in der Lage, den Verlust mittels einer noch sehr viel gräßlicheren Decke wieder wettzumachen.«

»Yeah«, sagte Pia. »Genau das steht zu befürchten.« Sie hob Butter und Schinken an und zog die Decke mit einem Ruck vom Tisch. »Ich schmeiße sie jetzt in den Wäschekorb – und dort wird sie bleiben, bis ich sterbe.«

Als Pia zurückkam, war das Frühstück in der kleinen Küche aufgedeckt, der Kaffee eingeschenkt, und es roch nach Toast. »Am liebsten würde ich die ganze Seminararbeit für heute vergessen«, sagte sie sehnsüchtig und setzte sich hin. »Hast du ein bißchen Zeit?«

»Zeit genug, um in Ruhe zu frühstücken«, erwiderte Anni. »Für heute hab' ich keine Termine. Ich hab' den ganzen Nachmittag gleich mit eingeplant, ich glaub' nämlich nicht, daß wir in ein paar Stunden fertig werden. Ich dachte, wir könnten uns ja heute mittag zusammen was kochen.«

*

Es war angenehm, mit Anni zu arbeiten. Sie war intelligent und aufmerksam, hatte Spaß an ihrem Studium und konnte sich gut konzentrieren. »Wir sollten öfter mal was zusammen machen«, sagte Pia, als sie nachmittags bei einer Flasche Wein zusammensaßen.

»Das hätten wir längst getan, wärst du nicht dauernd in den Fängen irgendwelcher Männer«, erklärte Anni. »Du scheinst dich da wohl zu fühlen wie ein Fisch im Wasser, und ich wollte nicht stören.«

Pia lachte. Sie hatte Anni vor allem wegen ihres Humors sofort gemocht. In den letzten Monaten hatte man davon allerdings nicht mehr so viel bemerkt. Vielleicht erholte sie sich jetzt langsam wieder. Pia hätte gern gewußt, wovon.

Es klingelte, und Pia lief in den Flur. Sie drückte auf den Öffner und stieß die Tür auf. Dann ging sie zurück ins Wohnzimmer und schenkte für sich und Anni noch ein Glas Wein ein.

»Wer ist das denn?« fragte Anni.

»Keine Ahnung«, sagte Pia. »Ich hätte ja fragen können, aber das mach' ich eigentlich bloß, wenn ich allein bin.«

Sie hatte erwartet, daß ihr Besucher für die Treppe länger brauchen würde, und deshalb hockte sie mit dem Rücken zur Tür und reichte Anni das Glas. Anni nahm es nicht. Sie starrte über Pia hinweg in Richtung Tür und wurde totenbleich.

Im selben Moment schlug die Tür zu. Erschrocken wandte Pia sich um. Alexander stand im Wohnzimmer. Er starrte Anni an, mit einem Blick, den Pia noch niemals bei ihm gesehen hatte – bei ihm nicht, und auch bei keinem anderen Menschen. Er hielt den Kopf leicht gesenkt, die Schultern fast unmerklich nach vorn geneigt, wie jemand, der gleich springen wird. Sein Mund bildete eine strenge, gerade Linie, seine steingrauen Augen fixierten Anni, und in seinem Gesicht stand blanker Haß.

Hinter Pia bewegte sich etwas, und sie fuhr herum. Anni zitterte am ganzen Leib. Sie kam mit einer unbeholfenen Bewegung aus dem Schneidersitz auf die Füße. Sie schwankte, stützte sich mit den Händen auf den Boden und richtete sich dann langsam aus der Hocke auf. Sie griff hinter sich, unsicher, haltsuchend, trat einen Schritt zurück, stolperte beinahe und krallte dann hinter ihrem Rücken die Hände in die Kante von Pias Schreibtisch vor dem Fenster. Anni schüttelte den Kopf, in einer langsamen, kleinen Bewegung, die nicht mehr aufhören wollte. Ihr Mund öffnete sich, und sie bewegte die Lippen, als würde sie sprechen, aber aus ihrer Kehle drang kein einziger Ton.

Dann sagte sie, sehr leise, heiser und kaum verständlich: »Nein, Alex.«

Vollkommen verdutzt schaute Pia ihn an. Er beachtete sie nicht. Er stand nur da wie ein Raubtier vor dem Sprung und starrte in Annis weit aufgerissene Augen. Seine Brust hob und senkte sich in tiefen, schweren Atemzügen.

Das Mädchen schüttelte immer noch den Kopf, mit beiden Händen an die Tischkante geklammert, die Schenkel so fest gegen den Schreibtisch gestemmt, als wolle sie ihn rückwärts schieben, den Oberkörper zurückgeneigt, als versuche sie, noch weiter rückwärts, noch weiter von Alexander weg zu fliehen. »Ich bin nicht deshalb hier. Bitte. Bitte glaub mir. Ich bin wegen einer Seminararbeit gekommen. Bitte. Bitte, Alexander.«

Die Zeitspanne bis zu dem Augenblick, in dem der Haß in Alexanders Augen langsam verblaßte, schien unverhältnismäßig lang, atemberaubend und quälend. Dann hob er langsam das Kinn und richtete sich auf. Schließlich wandte er sich von Anni ab und schaute Pia an, die in ungläubiger Verblüffung von einem zum anderen sah, wie ein Zuschauer bei einem Tennismatch.

Und plötzlich lachte er. »Himmel noch mal, Anni, du bist eine wahre Tragödin. Hör auf damit, sonst nimmt dir Pia die Rolle noch ab.« Er trat in den Raum hinein, an Pia vorbei, auf Anni zu, und sagte: »Und das willst du doch nicht, oder? Schau sie dir an, du hast sie erschreckt. Du willst Pia doch nicht erschrecken.«

»Nein«, sagte Anni. Ihre Stimme war tonlos. Dann räusperte sie sich. »Nein, natürlich nicht.« Es klang schon klarer, lauter. Dann lachte sie, ein kleines, atemloses Lachen, das unnatürlicher klang als alles, was Pia je gehört hatte. »Tut mir leid, Pia. Weißt du, Alexander und ich hatten mal eine ziemlich heftige Auseinandersetzung, und seitdem reagiere ich ein bißchen übertrieben auf plötzliche Begegnungen.« Sie wandte ihren Blick nicht von ihm ab.

»Es ist schon in Ordnung«, sagte Alexander, ohne Anni aus den Augen zu lassen, obwohl es eigentlich Pias Einsatz hätte sein müssen, jetzt etwas zu sagen. »Schon gut.«

Er wandte sich zu Pia um. »Ich brauche dringend das Lexikon, das ich dir für dein letztes Referat geliehen hatte, und mir blieb nichts anderes übrig, als es zu holen. Eigentlich hatte ich dich bitten wollen, es mir nach unten zu bringen, weil ich ziemlich in Eile bin, aber du hast ja die Sprechanlage nicht benutzt. – Da ist es ja.« Er griff an Anni vorbei nach einem dicken Buch mit dunkelgrünem Einband, das auf Pias Schreibtisch lag. »Gut. – Komm, Anni, ich bring' dich nach Hause.«

Pia wollte etwas sagen, aber niemand ließ ihr Zeit dafür. Alexander hatte sich abrupt abgewandt und verließ die Wohnung, und Anni griff nach ihrer Tasche, fegte flüchtig ihre Unterlagen hinein und folgte ihm auf dem Fuß. Als sei sie mit unsichtbaren Fäden mit ihm verbunden, wie eine Marionette, wie eine Schlafwandlerin, mit hölzernem Gang und leerem Blick.

Pia stand da und blinzelte verblüfft. Erst als die Wohnungstür zufiel, zuckte sie zusammen und erwachte aus ihrer Erstarrung.

Sie verstand nicht, was sie da eben gesehen hatte. Und sie hatte das dumpfe Gefühl, daß sie es auch gar nicht verstehen wollte. Etwas völlig anderes drängte vehement in den Vordergrund und erstickte jeden anderen Gedanken: Eifersucht. Eifersucht auf Anni.

*

Anni starrte das Auto an. Er hatte die Beifahrertür aufgeschlossen und hielt sie für sie auf.

»Du kannst dich entscheiden«, sagte er. »Steig ein und hoffe, daß es glimpflich abgeht, oder flüchte und verlaß dich drauf, daß ich dich erwische, und dann gnade dir Gott. Glaubst du, dir hilft jemand, hier, auf der Straße? Gut, vielleicht gehe ich das Risiko nicht eio. Aber du schaffst mich nicht aus der Welt, indem du davonläufst. Erwische ich dich jetzt nicht, dann eben später. Und je später, um so weniger kann ich garantieren, daß du es überlebst.«

Sie stieg ein.

Sie nahm nicht wahr, wohin er fuhr, und auch nicht, wo er anhielt. Sie starrte geradeaus, während er ausstieg, und sie zuckte nicht einmal zusammen, als er die Beifahrertür öffnete. Er zerrte sie aus dem Wagen. Sie stolperte, und er fing sie auf, hob sie hoch, stellte sie auf die Füße, holte aus und schlug zu, mit der flachen Hand. Der Schlag traf ihre Wange. Ihr Kopf flog herum, und sie fiel. Sie fing sich mit den Händen ab, stützte sich mit den Handflächen auf etwas, was wahrscheinlich ein Waldboden war. In ihrem Kopf summte es, so laut, daß sie seine Stimme nicht mehr hören konnte.

Sie stieß einen erstickten, kleinen Laut aus, als er mit beiden Händen ihren Hals umklammerte und sie daran ein Stück höher zog, bis sie vor ihm kniete. Unwillkürlich griff sie mit den Händen nach seinen. Er ließ sich auf ein Knie nieder. »Versuch dich zu befreien, und ich schlag' dich tot«, sagte er kalt. Sie ließ die Hände sinken, griff haltsuchend um sich und fand nichts anderes, um sich festzuhalten, als seinen Körper, seine Arme, seine Schultern.

»Was hast du Pia erzählt?«

»Nichts«, flüsterte sie. Er schüttelte sie. Sie kämpfte um das bißchen Atem, das sie bekam, und sein eiserner Griff um ihre Kehle lockerte sich. Er schlug mit geballten Fäusten zu, in ihre Seiten. Sie fiel in seine Arme und rang nach Luft.

Grob drehte er sie um, so daß ihr Rücken auf seinem Oberschenkel lag und er sie in den Arm nehmen konnte wie ein Tangotänzer seine Partnerin. Er starrte in ihre Augen. »Wirklich nichts?« fragte er sanft. »Soll ich das glauben, Anni? Du weißt, ich krieg' das raus. Das ist ja kein Problem. Meinst du nicht, daß es da noch was geben könnte, was du mir lieber gleich hier und jetzt anvertrauen möchtest? Ehe ich ohne deine Hilfe dahinterkomme und dann dafür sorge, daß aus deinem Leben ein Alptraum wird, aus dem du nicht mehr lebend erwachst?«

Sie hätte ihm sagen können, daß das bereits passiert war. Aber das wäre sinnlos gewesen. Sie kannte seine Antwort. Er hätte ihr gesagt, daß er dafür sorgen könnte, daß es noch wesentlich schlimmer werden würde. Und sie wußte, daß er recht hatte. Sie kannte ihn.

Anni hatte die Augen geschlossen. Sie hielt es einfach aus. Es war alles, woran sie denken konnte: Aushalten. Sie mußte es aushalten. »Da ist nichts, Alexander. Ich hätte nicht zu ihr gehen sollen, das weiß ich, und ich wollte es auch gar nicht.«

»Nein, das hättest du nicht«, sagte er. »Das hättest du wirklich nicht. Und warum hast du es trotzdem getan, Anni?« Der Griff seiner Hände wurde noch brutaler. Sie schnappte nach Luft, als seine Finger sich tief in ihr Fleisch gruben. Sie wand sich, und er packte härter zu. Anni kniff die Augen fest zu, biß die Zähne zusammen und hielt still. Aushalten.

»Wir haben diese Seminararbeit zugewiesen bekommen, Alexander, dafür konnte ich nichts.« Sie stöhnte auf. Ein Gefühl, als würde er ihr die verkrampften Muskeln von den Knochen reißen. Er war nicht zufrieden mit ihrer Antwort. Anni schluchzte und unterdrückte es gewaltsam. Ihr Atem kam nur noch in flachen, raschen Zügen, und er brannte in der Kehle. »Aber ich habe nichts gesagt,

Alex. Die Seminararbeit ist alles, worüber wir gesprochen haben.« Sie konnte es nicht aushalten, nicht mehr lange. Sie würde schreien. Sie wußte, sie würde gleich schreien. »Bitte, Pia weiß nicht, daß wir befreundet waren. Sie hat es damals nicht mitgekriegt, oder sie hat es vergessen! Sie weiß es nicht!«

»So, so«, sagte er. »Du willst mir sagen, die Szene da eben in Pias Wohnung war mein Fehler, ja?«

Noch bevor sie wußte, was sie tat, hatte sie beide Arme um ihn geschlungen. Es war eine panische Reaktion. Sie klammerte sich an ihn, sie legte ihre Wange an seine, und ihre Lippen berührten seine, flehend und verzweifelt. »Nein, Alex, nein – es war mein Fehler. Ich hätte nicht hingehen dürfen. Bitte, Alexander. Bitte. Verzeih mir.«

Er stand auf und zerrte sie brutal mit sich hoch, schüttelte sie und schleuderte sie zu Boden. Und dann trat er nach ihr. Anni stöhnte entsetzt auf und schlug die Hände vor den Mund. Nicht schreien. Sie durfte nicht schreien. Sie krümmte sich langsam zusammen und lag zitternd da.

»Verdammt!« Er schaute auf sie hinunter, hoch aufgerichtet, arrogant, mit kalten Augen. »Noch einmal so ein Ausrutscher, Anni, und ich verspreche dir, es war der letzte. Verlaß dich drauf.«

»Bitte, Alexander«, flüsterte sie. »Bitte. Es ist fast unmöglich, ihr aus dem Weg zu gehen. Ich sage ihr nichts, Alex. Alex, ich könnte mit ihr befreundet sein, und ich würde ihr trotzdem nichts sagen. Ich habe Angst vor dir.«

»Zu Recht.« Er nickte, beiläufig und gelassen, als sei dies nichts weiter als eine Art geschäftlicher Unterredung. »Okay, ich sehe das ein. Diesmal jedenfalls. Aber sprich nicht über mich. Brich das Gespräch ab, wenn sie über mich sprechen will. Brich es einfach ab, hörst du?« Er beugte sich zu ihr hinab, packte mit beiden Händen unter ihre Achseln und zog sie vom Boden hoch. Sein Knie traf ihren Bauch, und sie knickte zusammen. Er griff in ihre langen, schwarzen Haare und zerrte sie wieder zu sich empor. »Ich bring' dich um, Anni«, sagte er, dicht vor ihrem Gesicht. »Das weißt du. Das sind keine leeren Drohungen. Und das ist dir klar. Niemand kann dich davor schützen, Anni. Niemand. Nirgendwo. Ist dir das klar?«

»Sie wird nichts erfahren«, flüsterte Anni. »Niemals.«

»Dann ist es gut.«

Einen Moment lang dachte sie, sie würde doch noch schreien. Nicht wegen seiner Hände, nicht wegen seiner gnadenlosen Brutalität, sondern wegen des Ausdrucks in seinen Augen. Nein, dachte sie, aber sagen konnte sie nichts mehr. Nein, tu das nicht. Bitte, tu das nicht.

Dann umschlang er sie mit beiden Armen und streichelte ihren Rücken. »Ist schon gut, Kleines. Dir passiert nichts. Gar nichts. Alles ist in Ordnung.« Er griff mit einer Hand unter ihr Kinn und hob ihr Gesicht zu ihm auf. Seine Augen waren völlig ausdruckslos. »Und hiervon wirst du Margot nichts erzählen, nicht wahr?«

»Nein«, flüsterte sie und hielt sich an ihm fest. Es gab sonst nichts, gar nichts, nur ihn, und ihr Körper schmerzte. Sie wünschte, er würde sie tragen. »Nein.« Sie würde Margot nichts erzählen. Das konnte sie nicht. Da war zu viel, worüber sie niemals reden konnte. Daß sie ihn in den Armen hielt, zum Beispiel, zärtlich, wie einen Liebhaber. Weil sie dankbar war, dankbar dafür, daß der Sturm vorbei war, der ausgebrochene Vulkan sich wieder beruhigt hatte. Weil er es immer noch konnte: Sie reduzieren. Auf ein Tier, das sich duckte, wenn er zuschlug, und das ihm die Hand leckte, wenn er es streichelte, nur damit er so blieb, wie er war: ruhig. Ungefährlich. Sanft. »Nein. Davon erfährt Margot nichts.«

»Wirklich nicht?« fragte er, den Kopf leicht schräg geneigt.

»Nein. Niemals.« Aus ihrem Augenwinkel rollte eine Träne, aber nur eine. Er streichelte die feuchte Spur vorsichtig mit der Hand von ihrer Wange. Dann ließ er sie langsam los. Er steuerte sie in Richtung Wagen und hielt ihr wieder die Tür auf, während sie mühsam hineinkletterte.

»Leg bitte den Sicherheitsgurt an, mein schöner Engel«, sagte er mit einem Seitenblick auf sie, als er auf der anderen Seite einstieg und den Wagen anließ. »Du vergißt das immer.«

*

»Wo hast du dich denn rumgetrieben?« fragte Frank neugierig, als Alexander in sein Zimmer trat. »Ich bin vorhin schon drüben gewesen.« Die Quarantäne war aufgehoben, er hatte seine Grippe überwunden. Und Alexander hatte sich als immun erwiesen.

»Ich war bei Pia. Sie hat gestern mein Lexikon vergessen, und das brauche ich nun mal.«

»So.« Frank blinzelte ihn mißtrauisch an. »Du hättest mich ruhig mitnehmen können. Zu deinem Schutz.«

»Ich hätte dich auf jeden Fall mitgenommen«, sagte Alexander. »Wenn du nur dagewesen wärst. Aber du warst leider nicht da. Ich habe das bitter bereut. Glaub's mir.«

»Ach so, da war ich wohl grad einkaufen. Und? Ist sie dir wieder um den Hals gefallen?«

»Nein.«

»Aber sie würde gern.«

»Ich habe ihr keine Gelegenheit dazu gegeben.«

»Brav. Fällst du mir um den Hals?«

Alexander lächelte und nahm ihn in den Arm.

»Du siehst so müde aus«, sagte Frank besorgt.

»Das bin ich auch. Wir sollten sehr früh schlafen gehen.«

»Ins Bett gehen«, berichtigte Frank.

»Wie auch immer.« Er vergrub sein Gesicht in Franks Haaren und hielt ihn fest, sehr fest. Alexander schloß die Augen.

*

Es war lange nach Mitternacht, als er aufwachte. An seiner Seite schlief Frank, traumlos und tief. Alexander betrachtete ihn und strich ihm eine lange, rötliche Haarsträhne aus dem Gesicht. Dann stand er vorsichtig und leise auf. Er ging zum Schreibtisch und suchte nach den Zigaretten.

Über dem Schreibtischstuhl hing eine Jeans, und Alexander tastete eine Weile in den Taschen nach einem Feuerzeug herum, ehe er merkte, daß es Franks Hose war. Sie lag schon eine ganze Weile da herum, weil ihm eins der Knopflöcher zerrissen war und Frank noch keine Lust gehabt hatte, das zu reparieren.

In einer der hinteren Taschen steckte ein weißer Umschlag. Alexander hätte ihn nicht herausgenommen, wenn er nicht ohnehin schon halb herausgefallen wäre. Er nahm ihn nur in die Hand, um ihn auf den Tisch zu legen.

Aber ein Brief ohne Absender ist etwas seltsam Auffälliges. Alexander drehte und wendete den Umschlag in der Hand und betrachtete die unpersönlichen Druckbuchstaben. Aus dem Tintendrucker eines Computers. Und nichts als Franks Adresse. Eine Briefmarke, der Stempel verwischt, aber von einem Düsseldorfer Postamt, soviel konnte er erkennen.

Der Umschlag war ungeöffnet. Alexander biß sich auf

die Lippen und schaute zu Frank hinüber, der immer noch friedlich schlief, still und erschöpft. Er wußte, daß er den Brief nicht öffnen durfte. Es verstieß nicht nur gegen die Gesetze, es verstieß auch gegen seine eigenen ethischen Grundsätze. Und gegen Franks. Er hätte nicht erklären können, warum er es trotzdem tat, aber er tat es, ohne lange darüber nachzudenken. Es war eine instinktive Reaktion.

Er zog ein einzelnes Blatt aus dem Umschlag, ganz normales weißes Papier. Tadelloser Ausdruck, mußte ein gutes Gerät sein. Unter Alexanders rechtem Auge begann ein Muskel unkontrolliert zu zucken, und er fuhr mit dem Finger darüber und zwang sich zur Ruhe.

Er hatte bereits gesehen, worum es ging, ohne den ganzen Text gelesen zu haben. Es war auf den ersten Blick klar, und der Brief war auch nicht lang.

Der Text lautete: *Frank, er wird es auch mit Dir machen. Früher oder später wird er es tun. Du wirst genauso enden wie Michael, wenn Du bei ihm bleibst.*

Alexander mußte nicht überlegen, um zu wissen, wer gemeint war. Die Frage, wer diesen Brief geschrieben haben konnte, war wesentlich schwieriger zu klären.

Aber vielleicht war das auch nicht so wichtig. Wichtig war nur, daß Frank davon nichts erfuhr. Alexander nahm die Zigaretten, das Feuerzeug und den Brief und schlich leise aus dem Zimmer.

*

»Nimmst du bitte die Kaffeekanne mit ins Eßzimmer?« rief Doris Alexander aus der Küche zu, als er morgens die Treppe herunterkam, ein Buch unter dem Arm. Sie war eifrig damit beschäftigt, eine Pfütze verschütteten Kaffees vom Küchentisch zu putzen, bevor sie hinunterlaufen konnte. Ärgerlich betrachtete sie das tropfnasse, braun verfärbte Geschirrhandtuch, und dann sah sie plötzlich auf und musterte Alexander irritiert. »Ich wußte nicht, daß du hier bist.«

Er zuckte mit den Schultern. Darauf gab es nicht viel zu sagen. Er war oft hier. Und wenn er es nicht war, war Frank es im allgemeinen auch nicht. Er griff nach der großen Kanne.

»Paß auf«, warnte Doris, »die ist furchtbar heiß. Ein blödes Ding ist das. Ich weiß nicht, wieso ich mir nicht schon längst mal eine vernünftige Thermoskanne gekauft habe. – Komisch, ich dachte, Frank hätte eine seiner vielen Verehrerinnen ins Haus geschleppt.«

Alexander zog eine Grimasse, aber er antwortete nicht. Er war mit der Kanne schon im Flur, als ihm plötzlich aufging, daß die Wände zwischen den Schlafzimmern im ersten Stock wohl nicht so dick waren, wie er geglaubt hatte.

Er grinste, öffnete die Tür zum Eßzimmer und mußte sich zusammenreißen, um nicht zurückzuzucken. Der Eßtisch war zu doppelter Größe ausgezogen und bis auf ein paar Plätze am vorderen Ende voll besetzt, und zwar ausschließlich mit Frauen aus der Nachbarschaft. Alexander unterdrückte einen Seufzer und setzte die Kanne irgendwo in der Mitte auf einen Platz, den er erreichen konnte, ohne jemandem ins Gehege zu kommen. »Guten Morgen«, sagte er dann und schaute in die Runde, aus der ihm ein vielstimmig gemurmeltes »Guten Morgen« entgegenkam, eine merkwürdige Mischung aus Mißtrauen, Faszination, Ablehnung und Unterwürfigkeit.

Doris' Besucherinnen am Frühstückstisch waren das Letzte, was er erwartet hatte. Gesellschaftliche Pflichten. Er war nicht begeistert davon – schon aus Prinzip nicht, und schon gar nicht so früh morgens. Er pflegte beim

Frühstück gern zu lesen. Seine Umgebung war es gewohnt, Doris genauso wie die anderen. Aber heute morgen hätte auch sie das vermutlich als unhöflich empfunden. Er legte das Buch neben sich und seufzte unhörbar.

»Alexander Tiberius«, stellte Doris, die mit einer großen Schüssel Müsli in der Hand aus dem Flur kam, ihn völlig überflüssigerweise vor. »Franks Freund.« Das Wort ›Freund‹ hatte in seinen Ohren noch nie so komisch geklungen.

Doris machte sich nicht die Mühe, Alexander die Nachbarinnen vorzustellen, obwohl das wesentlich sinnvoller gewesen wäre als der umgekehrte Vorgang. Sein Onkel und seine Tante waren nicht gerade arme Leute, er selbst hatte eine mächtige Summe geerbt, und die ganze illustre Familie war hier bekannt wie der sprichwörtliche bunte Hund.

Alexander bedachte die Dame, neben der er Platz nahm, mit einem Lächeln, das sein Unbehagen über ihre Gesellschaft nur knapp verbarg, und bat sie um den Brotkorb. Die Unterhaltung am Tisch lebte wieder auf. Alexander nahm nicht daran teil. Er aß in Gedanken versunken sein Frühstück, den Blick sehnsüchtig auf den Schutzumschlag des Buches gerichtet, das er mitgebracht hatte. Seine Umgebung nahm er erst wieder wahr, als Frank hereinkam, einen Arm um seine Schultern legte und mit der anderen Hand an ihm vorbei nach der Schüssel mit Kräuterquark griff. Ohne auch nur einen beiläufigen Blick in die Runde zu werfen, ließ er sich auf dem Stuhl neben seinem Freund nieder, als würde ihn der ganze Rest am Tisch nicht interessieren.

»Iß doch bloß nicht dieses Zeug.« Alexander kniff die Augen zusammen. »Du wirst bis morgen früh nach Knoblauch stinken.«

»Natürlich«, sagte Frank, mit einer dramatischen Gebärde. »Das ist alles, was ich für dich bin: ein seelenloses Objekt deiner Gelüste und Begierden, das gefälligst frisch zu riechen hat.« Er wandte sich an seine Mutter, die ihm gegenübersaß. »Dabei sprach er von Liebe, und jetzt sieh mich an: Ich bin nur noch ein Schatten meiner selbst. Jede Nacht bettle ich darum, daß er mich endlich einmal schlafen läßt ...«

»Daß du gebettelt hast, daran kann ich mich erinnern«, unterbrach Alexander ihn kühl. »Allerdings nicht daran, daß du schlafen wolltest.«

Die Unterhaltung war nicht direkt verstummt, aber der Ton deutlich gedämpft. Es war relativ still am Tisch geworden.

»Hört mal lieber auf damit«, sagte Doris unbekümmert. »Das ist nicht halb so witzig, wie ihr glaubt.« Sie gestikulierte mit dem Brotmesser, und ihre Nachbarinnen links und rechts lehnten sich vorsichtig seitwärts. »Mein Sohn liebt es, meine Gäste zu schockieren. Macht euch nichts draus. Als er noch kleiner war, hat er mal einen Frosch auf den Tisch gesetzt, und der ist Oma Frerichs aufs Brötchen gesprungen. Das war viel schlimmer. Die Frau war herzkrank.«

»Sie hat es überlebt«, protestierte Frank. »Gar nichts ist passiert, nur daß der Frosch Butter an den Füßen hatte und auf der Terrasse dauernd ausgerutscht ist, als er dann weg wollte. Die Geschichte schmierst du mir in zwanzig Jahren noch aufs Brot.«

»Macht keine Scherze mit solchen Sachen«, mahnte Alexanders Tischdame ihn ernsthaft. Er brauchte einen Moment, um darauf zu kommen, daß sie vermutlich von Franks Anspielungen auf ihre gemeinsamen Nächte sprach und nicht von unter Naturschutz stehenden Amphibien. »Gesagt ist so was leicht, aber es wieder zurückzunehmen, das ist dann nämlich nicht so einfach. Das bleibt in den Köpfen der Leute hängen. Du erinnerst dich, worüber wir vor ein paar Wochen mal gesprochen haben, Doris?«

Franks Mutter zuckte mit den Schultern. »Ja, klar.« Sie wies mit dem Brotmesser über den Tisch. »Mir hat schon mal jemand das Gerücht zugetragen, du seist schwul, Alexander. Man muß das Gerede ja nicht unnötig schüren.« Die Messerspitze richtete sich auf Frank, als wolle sie sich mit ihm duellieren. »Und du darfst das schon gar nicht.«

»Das ist kein Gerücht«, teilte Alexander ihr mit, während er sich Kaffee einschenkte. »Ich bin homosexuell.« Er stellte die Kanne wieder ab und lächelte Doris an.

Doris blinzelte, als sei sie gerade geweckt geworden. Sie legte das Messer weg, so plötzlich wie man ein Tier losläßt, das einen gebissen hat, und sagte gar nichts. Sie starrte Alexander nur an, mit einer Miene, in der die Morgendämmerung des Begreifens mit dem Bewußtsein eines großen Verlustes um den Vorrang stritt.

»Er ist nicht der einzige von uns beiden, der schwul ist«, warf Frank ein. »Ich bin es auch. Reich mir bitte mal die Butter rüber.«

Doris war noch voll und ganz damit beschäftigt, zu verdauen, daß ihre neuerdings sanft erotisch angehauchte Zuneigung für Alexander vielleicht damit etwas zu tun hatte, daß er sowieso keine Gefahr für ihre Sittsamkeit darstellte. »Sehr edel von dir, dich an die Seite deines Freundes zu stellen, Frank«, sagte sie geistesabwesend und schob ihm nach einer längeren, traurigen Pause dann auch die Butterschale zu. »Aber du glaubst nicht ernsthaft, daß dir das jemand abnimmt, oder? Du hast einen gewissen Ruf als Frauenheld, mein Sohn.«

Eine der Damen lachte. Sie hatte Töchter, die ungefähr in Franks Alter waren. Und das Glück, daß Frank den beiden Mädchen aus dem Weg ging, weil er ihre Verehrung ein bißchen zu aufdringlich fand. Sonst wäre ihr Lachen vermutlich gezwungener ausgefallen. Mütter, die ihre Töchter trösten mußten, nachdem der junge Mann sich als gewohnheitsmäßiger One-Night-Stand entpuppt hatte, waren ihm weniger freundlich gesonnen.

Ihr Heiterkeitsausbruch beendete das Schweigen, das Alexanders Äußerung gefolgt war, er sei homosexuell. Man betrachtete ihn mit wohlwollender Aufmerksamkeit und begann, seine Ansicht zu unterschiedlichsten gesellschaftspolitischen Themen einzuholen.

Statt Dankbarkeit darüber zu zeigen, daß er so freundlich akzeptiert wurde, blieb Alexander relativ wortkarg. Auf die Frage, ob er gehört habe, daß sich irgendwo in Köln Homosexuelle kirchlich trauen lassen könnten, brachte er kaltlächelnd die Antwort fertig, das Thema habe ihn nie interessiert. Frank hätte ihn spontan erwürgen können.

Zu seiner Überraschung sprach sogar die Nachbarin Alexander an, die neben Doris saß und die Frank ebenso haßte wie sie ihn. Mit seinem Freund unterhielt sie sich angeregt über die Aufzucht von Hauskaninchen, ein Thema, von dem Frank nicht einmal geahnt hatte, daß Alexander davon etwas verstand.

»Ich dachte früher ja immer, die beiden wären Brüder«, wandte sich Franks Nachbarin zur Rechten an ihn. »Der Dicke und er hier.«

Frank hob die Augenbrauen. Die Bezeichnung ›er hier‹ ließ den Respekt vermissen, den er Alexander gegenüber für angemessen erachtete. Andererseits war ›der Dicke‹ eine durchaus passende Bezeichnung für Alexanders Cousin Oskar. »Sie sind bloß Vettern«, gab er ungnädig Auskunft.

»Ich mochte den Dicken ja immer gern«, vertraute ihm

die Dame an. Ihr Ton verriet, daß sie für Alexander weit weniger Sympathie hegte. »Der Dicke ist ein freundlicher junger Mann.« Das ließ sich von Alexander wirklich nicht behaupten, und sie brachte das deutlich zum Ausdruck, ohne es sagen zu müssen. Ihr Mienenspiel sprach Bände.

»Frank kann Oskar nicht leiden«, warf Doris ein. »Ich auch nicht«, fügte sie naserümpfend hinzu. »War er eigentlich schon drüben?« wandte sie sich an ihren Sohn. »Er ist wieder in der Stadt. Ich bin ihm gestern zufällig begegnet, er hat mich aber nicht gesehen. War mir ganz recht.«

Frank seufzte. »Mir wär's auch recht, wenn ich ihn nicht sehen müßte. Aber wenn er in Düsseldorf ist, wird er sicherlich in Kürze hier auftauchen.« Darauf hätte Frank liebend gern verzichtet.

Er fand es unbefriedigend, daß seine Bemerkung, er sei ebenfalls schwul, überhaupt kein Aufsehen erregt hatte, nicht einmal ernstgenommen wurde. Andererseits war er erleichert, daß man ihn in Ruhe ließ. Er frühstückte schläfrig vor sich bin, bis Alexander ihm die Hand auf den Arm legte und ihn fragte, ob er mit ihm in den Garten gehen würde, damit er eine Zigarette rauchen konnte. Die Terrassentür stand offen, denn der Morgen war warm. Sie gingen hinaus, und Frank ließ sich träge in einen der Gartensessel fallen.

Alexander stand mit dem Rücken zu ihm am Rand der Terrasse und schaute auf den moosigen und mit Klee übersäten alten Rasen hinaus, die prachtvoll bunten Tulpenbeete und die Büsche mit den frühen Rosen. Die Asche seiner Zigarette bestäubte ein armseliges, finkengrünes Büschel Federn, das die Nachbarskatze von ihrer Mahlzeit übriggelassen hatte. Er bemerkte es, hockte sich hin und blies die Asche fort. »Es ist dir schwerer gefallen, als du dachtest, oder?« fragte er plötzlich.

»Was?« fragte Frank verblüfft.

»Es zu sagen«, erwiderte Alexander und stand wieder auf.

»Ach so.« Frank blinzelte in die Sonne, um ihn nicht anschauen zu müssen. »Quatsch. Wieso?«

Alexander lächelte. Er schlenderte um Franks Sessel herum und lehnte sich mit verschränkten Armen auf die hohe Rückenlehne. Frank senkte leicht den Kopf, als Alexander spöttisch auf ihn hinunterschaute, und seine langen Haare erwiesen ihm den manchmal unschätzbar wertvollen Dienst, in sein Gesicht zu fallen und seine Augen zu verdecken. Alexander sagte: »Du hattest dir vorher ein Croissant genommen statt eines Brötchens. Und ich habe noch nie erlebt, daß du Butter auf ein fettiges Croissant tust. Aber in einem Atemzug sein Coming-out zu haben und nach der Butter zu fragen, war echt cool, mein Junge. Das muß ich zugeben.«

Frank lachte und schaute zu ihm auf. »Du weißt doch, ich habe ein ausgeprägtes Talent für Szenen aller Art und Güte. – Diesmal hätte ich allerdings beinahe die Fassung verloren«, gab er zu und schüttelte den Kopf. »Manchmal bist du wirklich erstaunlich straight.«

»Nur selten, und dann erstaunt es mich selbst.« Alexander grinste. »›Straight‹ ist in unseren Kreisen ein Ausdruck für ›heterosexuell‹, mein Kleiner.«

Frank rümpfte die Nase. »Entschuldigung. Jedenfalls hätte ich nie gedacht, daß du so was sagen würdest. Mir hast du's ja schließlich auch nie gesagt. Ich wäre fast unter den Tisch gerutscht vor Schreck.«

»Tut mir leid«, sagte Alexander achselzuckend. »Ich streite es niemals ab, wenn ich direkt darauf angesprochen werde. Prinzip von mir. Wir hätten vorher darüber reden sollen.«

»Wozu?« fragte Frank gleichmütig. Er streckte sich, lehnte sich zurück und legte seine Hände um Alexanders Hals. »Es kam ein bißchen plötzlich, das ist alles. Ich wäre jedenfalls nie auf den Gedanken gekommen, meine sexuelle Beziehung zu dir zu verstecken.«

Alexander lachte leise. »Das brauchst du ja auch gar nicht. Es glaubt dir sowieso keiner.«

»Darüber bin ich eigentlich ziemlich beleidigt«, sagte Frank verdrossen und ließ ihn wieder los. »Aber ehrlich gesagt war ich ganz froh, daß Doris das Thema gewechselt hat. Du hast völlig recht. Es ganz klar und deutlich zu sagen ist mir tatsächlich schwerer gefallen, als ich dachte. Darüber zu scherzen ist leichter. Und dich zu umarmen auch.« Er lächelte. »Das ist immer leicht. – Komm.« Er nahm Alexander die Zigarette ab und warf sie zwischen die Büsche am Rande der Terrasse, wo Doris sie bei ihrem nächsten Anfall von Gartenarbeitswut finden und fürchterlich darüber schimpfen würde. »Ich hab' keine Lust, hier rumzuhocken. Laß uns abhauen, ein bißchen die Beine vertreten.«

»Ist doch logisch, daß sie dir nicht glauben«, sagte Alexander, während sie um das Haus herum zur Straße gingen. »Dein Ruf ist wirklich eindeutig, und sie können nicht erkennen, womit sie nicht rechnen. Das können wir alle schlecht. Es ist sehr schwer.«

Frank verzog den Mund, aber er sagte nichts, bis sie die Hauptstraße erreicht hatten. Dann fragte er plötzlich: »Sag mal, seit wann geht das eigentlich schon? Ich meine ... daß du weißt, daß du schwul bist.«

»Jahre«, sagte Alexander. »Ich hab' sie nicht gezählt.«

Frank lächelte. »Und daß du in mich verliebt bist?«

»Jahre«, wiederholte Alexander. »Ich hab' sie nicht gezählt.«

»Hm«, sagte Frank. »Die ganze Zeit also gehörtet Ihr mir, mein Imperator.«

»Klar.«

Frank hob die Brauen und schaute ihn zweifelnd an. Und was war mit Michael – unwichtig? Waren das wirklich nur ›flüchtige Begegnungen‹ gewesen, wie die Federing es ausgedrückt hatte? »Treu? Willst du das ernstlich behaupten? Die ganze Zeit treu?«

»Nein. Ja. Irgendwie schon. Ich habe dich geliebt, niemanden sonst.«

»Ach, komm«, sagte Frank, plötzlich ausgesprochen bissig. »Du weißt, wie man Treue definiert – und Untreue. Von der Loyalität des Herzens und anderen edelmütigen Gesinnungen rede ich im Moment nicht.«

Alexander zuckte kühl mit den Schultern. »Ich habe es ja bereits zugegeben. Was willst du mehr? Ich bin schließlich auch nur ein Mensch.«

»Ach, wirklich?« fauchte Frank hitzig. »Und nun erzähl mir noch, mit den anderen hätte es überhaupt keinen Spaß gemacht.«

»Ich werde dir gar nichts erzählen, mein Freund«, gab Alexander gelassen zurück. »Ich frage dich nach deinen Bettgeschichten ja auch nicht.«

Frank schwieg.

Dann legte er eine Hand auf Alexanders Schulter. »Erstens kennst du den Namen jeder einzelnen, mit der ich je geschlafen habe, und außerdem bist du immerhin der einzige Mann in meinem Leben«, sagte er versuchsweise.

»Hör auf damit«, forderte Alexander streng, aber er schlang seinen Arm um Franks Taille. »Du konntest doch wohl nicht ernsthaft erwarten, eine Jungfrau zu kriegen, als du plötzlich auf den Gedanken kamst, mit mir zu schlafen. Manchmal ist dein Realitätssinn erstaunlich schlecht ausgeprägt.«

»Das nennt der Treue«, murmelte Frank und senkte den Kopf auf Alexanders Schulter.

»Ich nenne das ganz einfach Neugier, was du da versuchst«, sagte Alexander. »Hast du angenommen, ich hätte deinetwegen im Zölibat gelebt? Vergiß es.«

»Hab' ich schon. Ich weiß nicht mal, ob ich's wirklich wissen will.« Eine Weile gab er Ruhe. Aber dann konnte er einfach nicht widerstehen. »Waren es viele?«

»Nein.«

Frank seufzte. »Sag das doch gleich. Mehr wollte ich eigentlich überhaupt nicht hören.«

Alexander strich mit einer zärtlichen Geste Franks Haare zurück. »Es waren wenige, geliebt habe ich keinen von ihnen, und Spaß macht es mit dir ganz wesentlich mehr. Zufrieden?«

»Na also, es geht doch.« Frank grinste.

»Deine Eitelkeit ist manchmal ziemlich anstrengend.«

»Ist das Eitelkeit, wenn ich wissen will, in welchen Betten du rumgeschlafen hast, bevor du endlich mal so gnädig warst, dich zu mir herabzulassen?«

»Sicher. Wofür hältst du das denn?«

»Angst?«

Alexander kniff die Augen zusammen und ließ ihn los. »Oh. Damit habe ich allerdings nicht gerechnet. Welche Art von Angst? Seuchenphobie? Glaub mir, dafür hätte ich sicherlich mehr Grund als du. Ich gehe jede Wette ein, daß ich vorsichtiger war. Von meinem Geld leben ganze Gummiplantagen, und meinen letzten AIDS-Test können wir meinetwegen gerahmt übers Bett hängen, wenn dich das beruhigt. Hängen wir einen von dir daneben, dann sind wir beide beruhigt.«

Frank schüttelte unwillig den Kopf. »Davon rede ich gar nicht. Ich hab Verlustangst.«

»Unnötig«, erwiderte Alexander sachlich. »Ein Leben ohne dich kann ich mir nicht vorstellen, und ich will es auch gar nicht. Was ist denn mit dir los? Wieso läßt du dich von einer Horde Tanten am Frühstückstisch so verunsichern?«

»Nein, das ist es nicht, Alex. Wirklich nicht. Es ist etwas, was du nicht erkennst, weil du es vielleicht zum erstenmal siehst. Ein ganz normales, aber zugegebenermaßen ziemlich nerviges Stadium romantischer Liebe. Ich kann's nicht ändern.«

Alexander schwieg eine ganze Weile. Schließlich sagte er: »Ich weiß zwar nicht, wieso du meinst, ich sehe das zum erstenmal ...« Er lächelte. »Aber von dir hätte ich es eigentlich nicht unbedingt erwartet, das muß ich zugeben. Wenn ich mich recht erinnere, hast du bisher eigentlich eher zur Sorte ›Nimm mich und vergiß mich‹ gehört. Es hätte mich allerdings stutzig machen müssen, als du heute nacht plötzlich anfingst, von Einhörnern zu reden.«

»Damit hast *du* angefangen. Du hast gesagt, ich sei so überwältigend schön wie ein Elf, der plötzlich aus einem dunklen Wald tritt und ...«

Alexander lachte. »Ich weiß, was ich gesagt habe.«

Eine Weile blieb es still. Dann sagte Alexander: »Ich liebe dich. Wenn ich mit dir zusammen bin, kann ich alles vergessen. Vor allem mich selbst. Meine dunkle Seite. Du ... du bist so hell. Sogar meine dunkle Seite ist dann weniger dunkel.«

»Dunkel ist deiner Rede Sinn«, erwiderte Frank spöttisch. »Aber ich bin völlig zufrieden damit, daß du mich liebst. Das habe ich verstanden, und das ist auch alles, worauf es ankommt.«

*

Als sie in die kleine Seitenstraße zurückkamen, in der sie wohnten, öffnete sich neben ihnen plötzlich die Tür eines Wagens, der am Straßenrand geparkt war, und eine wohlbekannte Stimme sagte: »Aha. Das schöne Paar lustwandelt, während rings umher die Welt in Scherben geht.«

»Und was tun Sie hier?« fragte Alexander unbeeindruckt, als Merzenbach ausstieg.

»Sie vernehmen«, antwortete der Beamte. Er strich sich eine Strähne seiner ungekämmten, schwarzen Locken aus der Stirn und stemmte die kräftigen Hände in die Hüften. »Wenn Sie Pech haben, verhafte ich Sie sogar. Kommt auf Ihr Alibi an.«

Frank wurde blaß. Er schaute hilflos zu, wie Merzenbachs älterer Kollege ebenfalls aus dem Wagen stieg und beide Alexander höchst effektiv den Weg versperrten.

Einen Moment lang standen sie da wie ein Szenenfoto aus einem billigen Kriminalfilm. Frank schluckte nervös. Er hatte plötzlich einen trockenen Hals. Und das irgendwie unwirkliche und trotzdem scheußlich durchdringende Gefühl, daß das Standbild sich plötzlich zu einer Filmsequenz auflösen könnte, die damit endete, daß Schußwaffen gezogen wurden und Ketchup-ähnliche Substanz floß. Plötzlich wußte er, was es heißt, wenn einem ›das Blut in den Adern stockt‹. Er schien keinen Kreislauf mehr zu haben, und seine Glieder waren taub.

Dann machte Merzenbach eine einladende Handbewegung. »Fahren Sie lieber mit uns ins Präsidium, oder wollen wir es erst mal oben in Ihrem Zimmer versuchen?«

Alexander ging schweigend voran, den Weg zur Haustür, die Treppe hinauf, in sein Zimmer. Merzenbach und der Ältere blieben dicht hinter ihm, und Frank trottete hinterdrein, verwirrt und mit klopfendem Herzen.

Die beiden Herren von der Kripo nahmen unaufgefordert auf den beiden Stühlen vor dem Schreibtisch Platz. Frank setzte sich aufs Bett, Alexander blieb stehen. Merzenbach griff in die Innentasche seiner Lederjacke, nahm einen zusammengerollten, großen braunen Umschlag heraus und warf ihn Alexander zu. Alexander fing ihn auf. »Was ist das?«

»Schauen Sie hinein«, sagte Merzenbach.

Alexander öffnete den Umschlag und zog den Inhalt heraus. Einen Moment später war er leichenblaß. Zwei der Fotos entglitten seiner Hand und segelten direkt vor Franks Füße. Der griff danach. Als er sah, was sie zeigten, hielt Frank inne, mitten in der Bewegung, und seine Hand zuckte zurück, als hätte er sich verbrannt.

Dann wurde ihm schlecht. Sehr schlecht. Frank sprang auf und rannte hinaus.

Alexander machte eine Bewegung, als wolle er hinter ihm herlaufen, aber Merzenbach stand auf und befand sich wie zufällig zwischen ihm und der Tür. »Kennen Sie die junge Frau?«

Alexander hob langsam die Hand mit den Fotos und starrte die Bilder an. Dann ließ er den Arm wieder sinken, als sei er ihm zu schwer geworden. Er setzte sich auf das Bett. Alexander nickte.

Merzenbach fixierte ihn unerbittlich mit seinen hübschen, graublauen Augen. »Sie wurde vor zwei Tagen getötet. Beziehungsweise vor zwei Nächten. Es ist nachts passiert. Sie wurde heute erst gefunden.«

Die Bilder verschwammen vor Alexanders Augen. Er zwinkerte, und es wurde besser. Ihm war nicht bewußt, daß ihm eine Träne die Wange hinunterrollte, und er wischte sie weg, ohne zu bemerken, daß er es tat. Es fiel nicht leicht, die Frau auf den Fotos zu identifizieren, es sei denn, man kannte sie wirklich gut. Ihre Augen waren stark hervorgetreten, das Gesicht verquollen und verfärbt. Die Würgemale um ihren Hals waren dick. Nicht dünn und gleichmäßig wie von einem Strick, sondern eher so, als sei sie mit bloßen Händen erwürgt worden.

»Beate« sagte Alexander leise. Seine Stimme war heiser und kaum zu verstehen.

»Eine gute Freundin von Ihnen«, kommentierte Merzenbach. Es war eine Feststellung, keine Frage. »Wo waren Sie vor zwei Nächten?«

Alexander hörte Wasser rauschen und hob den Kopf. Frank kam aus dem Badezimmer, wankte über den Flur und hielt sich wie ein Betrunkener am Türrahmen fest, ehe er hereinkam. Er setzte sich neben seinen Freund, lehnte den Kopf an dessen Schulter und schloß die Augen. Alexander legte den Arm um ihn.

»Ich weiß es nicht«, sagte er. Das Reden kostete Anstrengung, und seine Stimme zitterte. »Kommt auf die Zeit an. Ich habe kein lückenloses Alibi. Bestimmt nicht. Ich weiß nicht, ob ich überhaupt ein Alibi habe. Warum brauche ich ein Alibi? Ich mochte das Mädchen. Ich habe ihr geholfen, ihre Wohnung zu renovieren. Ich war auf ihrer Einweihungsfete. Wir waren befreundet. Warum sollte ich sie umbringen?«

»Tja.« Merzenbach steckte die Hände in die Taschen seiner Lederjacke und betrachtete Frank. Obwohl er mit Alexander sprach. »Das ist das Problem. Warum sollten Sie?«

»Wieso ist das ein Problem?« Eine überflüssige Frage, Alexander wußte es, es war ihm völlig klar. Daß Merzenbach sich nicht herbemüht hatte, um den beiden schonend die traurige Nachricht über das Ableben einer guten Freundin zu überbringen, war deutlich genug. Alexander spürte, wie ihm der Schweiß ausbrach, als der Schock über die Fotos der Erkenntnis Platz machte, warum man sie ihm gegeben hatte. »Hat wieder jemand angerufen? Behauptet wieder jemand, ich sei es gewesen?«

»Genau das«, bestätigte Merzenbach. »Ganz genau das.

Und genau das ist eben auch der Grund dafür, daß ich Sie wieder mal nicht verhafte.«

»Wann kam der Anruf?« fragte Alexander.

Merzenbach nickte anerkennend. »Kluges Kerlchen. Ja, das ist wichtig. Aber der Anruf kam erst lange, nachdem wir die Leiche gefunden hatten. Und es standen eine Menge Leute herum, als wir die junge Dame aus dem Haus trugen. Nachbarn, Briefträger, Handwerker, Passanten – da war ganz schön was los.«

›Junge Dame‹. Der Ausdruck hatte mit Beate genausowenig Ähnlichkeit wie die Tote auf diesen Fotos. Beate hätte lauthals gelacht, hätte sie hören können, daß jemand sie ›junge Dame‹ nannte. Einen Moment lang kniff Alexander die Augen zu. Mit diesen Fotos in der Hand an Beates schallendes Lachen zu denken, war auf grausame Weise falsch. Es tat weh. Er wünschte, er könnte seine Gedanken kontrollieren, aber er konnte es nicht. Seine Gedanken ebensowenig wie die Situation. Alles war außer Kontrolle. Auch er war außer Kontrolle. Er konnte sich nicht mehr daran erinnern, wie es war, ein beherrschter Mensch zu sein.

Beherrschung bedeutete Sicherheit. Jetzt war nichts mehr sicher. Nur eins: daß er, trotz allem, immer noch wie ein beherrschter Mensch aussah. Das wußte er. Aber ihm war nichts geblieben außer der Fassade. Und einem gewissen Staunen darüber, wie undramatisch das war. Alexander hob den Kopf und schaute in Merzenbachs Augen. Er verstand nicht, warum er überhaupt noch registrieren konnte, daß der Polizist schöne Augen hatte. Es war so unwichtig. Nur daß es im Moment auch nichts mehr zu geben schien, das wichtig war. »Wer hat sie gefunden?«

»Eine Freundin. Sie waren verabredet, und sie hatte einen Schlüssel zu der Wohnung. Als das Mädchen nicht aufgemacht hat, ist sie einfach reingegangen.«

»Kenne ich die Freundin?«

»Marion Funk«, antwortete Merzenbach. Alexander nickte. Ein stilles Mädchen, klein, nett und bieder. Und verliebt in ihn – das jedenfalls hatte Frank behauptet. Sie hütete Schlüssel zu vielen Wohnungen. Marion war eine beliebte Anlaufstelle, wenn es darum ging, in den Semesterferien verwaiste Studentenbuden zu versorgen, Blumen zu gießen und Briefkästen zu leeren.

Wahrscheinlich würde sie das nie wieder tun. Sie mußte einen entsetzlichen Schock bekommen haben. Schon die Polizeifotos waren trotz ihrer professionellen Sachlichkeit fast unerträglich – oder auch gerade deswegen. Alexander betrachtete sie ernst. Dann schob er vorsichtig Franks Kopf von seiner Schulter und stand auf. Merzenbach erhob sich wieder, aber Alexander drängte ihn zur Seite. »Wenn Sie nicht wollen, daß ich Ihnen vor die Füße kotze«, sagte er grob, »dann lassen Sie mich besser ins Bad.«

Der Ältere stand auf und ging hinter ihm her.

Merzenbach betrachtete Frank, der still auf dem Bett hockte, blaß und mitgenommen. »Für so sensibel hätte ich Ihren Liebhaber gar nicht gehalten. Oder sagt man nicht Liebhaber? Was sagt man denn bei euch? Partner? Lebensgefährte? Beziehung? Nee, das ist wohl bloß bei normalen Leuten. Ihr nennt so was einen Lover, oder? Klingt poetischer. Heißt aber das gleiche. He, was ist los mit dir, mein Junge. Ich rede mit dir. Willst du nicht antworten?«

Frank schwieg.

»Wo war er vor zwei Nächten, Ihr Liebhaber?«

Frank schaute auf, und es sah aus, als hätte er Mühe, den Kopf zu heben. »Ich weiß es nicht«, sagte er leise. »Hören Sie auf damit. Er war es nicht, und ich glaube, Sie wissen das. Warum haben Sie das getan?«

»Was?«

»Ihm die Fotos einfach so hingeworfen. Wir waren mit dem Mädchen befreundet. Und Sie wußten das. Warum haben Sie das getan?«

»Um zu sehen, wie Sie beide reagieren«, erklärte Merzenbach sachlich.

»Na prima«, sagte Frank müde. »Das haben Sie ja nun gesehen.« Er wischte sich mit der Hand über die Augen. »Wir wissen nichts. Und Sie wissen nicht mal, wieso Sie hier sind. Lassen Sie uns in Ruhe.«

»Jemand glaubt, Ihr Liebhaber habe zwei Menschen umgebracht.« Merzenbach trat einen Schritt näher und hockte sich neben das Bett. Er starrte Frank forschend ins Gesicht. »Und ich will wissen, warum der das glaubt. So einfach ist das. Was ist mit Ihnen, wollen Sie das etwa nicht wissen?«

»Nein.«

»Haben Sie keine Angst?«

Frank hob den Kopf und schaute Merzenbach verständnislos an.

»Haben Sie nie, niemals auch nur einen Moment lang Angst gehabt?« fragte der Beamte eindringlich. »Vor ihm?«

»Nein.«

»Er könnte es durchaus gewesen sein, wissen Sie«, sagte Merzenbach und stand auf.

»Nein.«

Einen Moment blieb es still. Merzenbach schaute auf Franks gesenkten Kopf hinunter.

Plötzlich fragte er: »Wie ist er?«

»Was soll das heißen?«

Merzenbach zuckte mit den Schultern. »Wie er als Liebhaber ist. Ist er zärtlich? Ist er leidenschaftlich? Ist er grob?«

Frank schüttelte den Kopf.

»Was denn – eins davon muß er doch sein.«

»Das geht Sie nichts an.«

»Du hast Angst.«

»Mir ist schlecht. Das ist alles. Ich mochte das Mädchen.«

»Ich denke, du magst keine Mädchen.«

Frank schwieg. Er war müde. Scheußlich müde.

»Du bist kein schlechter Kerl«, sagte Merzenbach leise. »Und ich glaube, du bist nicht mal schwul. Du hast einen beachtlichen Ruf als Schürzenjäger, glaub nicht, daß ich das nicht wüßte. Wie hat er dich rumgekriegt?«

Frank schloß die Augen. Er wollte nichts sehen, nichts hören, nichts fühlen müssen.

»Ob du das nun glaubst oder nicht«, sagte Merzenbach, »aber ich mag dich, mein Junge. Nicht so wie er, nicht deshalb, weil du hübsch bist. Das ist mir egal. Für mich ist das höchstens ein Grund, dich nicht meiner Freundin vorzustellen. Ich mag dich gern, weil du ein netter Kerl bist. Und ich bin nicht scharf drauf, eines Tages deine Leiche aus irgendeinem Gebüsch zu klauben. Sag mir, wo er gewesen ist in dieser Nacht. Ich kann mir nicht vorstellen, daß du absolut nichts weißt. Irgendwas weißt du. Du weißt nur noch nicht, daß du's weißt. Es ist dir noch nicht aufgefallen. Aber du mußt darüber nachdenken. Fang an zu denken, verdammt noch mal. Fang an zu denken, bevor es zu spät ist.«

Frank spürte, daß Alexander wieder hereinkam, und rollte sich neben ihm auf dem Bett zusammen, still und stumm. So lag er immer noch, als Merzenbach und sein älterer Kollege gegangen waren und Alexander ihn in den Arm nahm und die Decke über sie beide zog.

*

»Ich möchte nicht zur Uni«, sagte Frank leise. Er hatte eine Scheibe Toast gegessen, die Alexander ihm ans Bett gebracht hatte, und eine Tasse Kaffee getrunken. Jetzt zog er die Bettdecke wieder bis zu den Ohren hoch und rollte sich zusammen.

»Ja, sicher.« Alexander schlüpfte in seine Jeans und schaute auf Frank hinunter, während er sie zuknöpfte. »Ich auch nicht. Aber ebensogut könnten wir überall Plakate anschlagen, auf denen steht: Alexander hat sie umgebracht, genau wie Michael.«

Frank blinzelte ihn an. Dann schob er die Decke weg und schickte sich an, aufzustehen.

Er war noch im Badezimmer, als es klingelte. Alexanders Tante öffnete unten die Tür, und ein paar Augenblikke später kam Immo die Treppe hoch, mit schwerem Schritt und düsterem Gesicht.

Alexander kniff die Augen zusammen und schaute ihm drohend entgegen.

»Ich bin gekommen, um euch abzuholen«, erklärte Immo. »Wir haben ein paar gemeinsame Veranstaltungen belegt. Die bei der Bertram. Eins ihrer Seminare findet gleich statt. Und ich finde, wir sollten zusammen hingehen. Demonstrativ. Ich denke, es wird Zeit, daß man den Leuten mal klarmacht, daß eine Menge Kommilitonen davon überzeugt sind, daß du mit der Sache nichts zu tun hast.«

Wie interessant. Alexander hätte eher auf das Gegenteil getippt. Aber er war nicht in der Stimmung für Diskussionen. Er befand sich auch nicht in der Stimmung, Immo zu ertragen, aber die Vernunft war stärker als der Impuls, den geschenkten Gaul unsanft die Treppe hinunterzubefördern. Alexander musterte Immos teigig blasses Gesicht. »Du hast gehört, daß Beate umgebracht wurde?«

Immo nickte. Seine Mundwinkel zuckten, und er senkte den Kopf. »Ich weiß nicht, wie das mit Michaels Tod in Zusammenhang gebracht werden könnte, wirklich nicht. Wahrscheinlich hat das gar nichts miteinander zu tun. Aber beide waren Studenten, und die Studenten werden das in Zusammenhang bringen. Diejenigen, die glauben, daß du Michael umgebracht hast, werden auch glauben, daß du Beate umgebracht hast.«

Allerdings. Alexander nahm sich eine Zigarette aus der Packung vom Schreibtisch, betrachtete sie einen Moment und dachte daran, daß er zuviel rauchte in letzter Zeit. Er steckte sie wieder zurück. Dann fragte er sich, warum er sich solche Gedanken überhaupt machte. Wenn die Dinge so weiterliefen, wie sie es im Moment taten, dann würde er bald irgendwo sitzen, wo Zigaretten wichtiger waren als die tägliche Mittagsmahlzeit.

Und wo er endlich ausschließlich unter Männern sein konnte.

Er war nicht überrascht, diesen Gedanken absolut nicht anziehend zu finden. Und er wollte auch keine Zigarette. Alexander wandte sich zu Immo um. »Und warum glaubst du nicht daran, daß ich sie umgebracht habe?«

»Weil die Polizei es auch nicht glaubt. Und ich hab' schon mal gesagt, ich will, daß Michaels Mörder gefunden wird. Ich will, daß die Polizei sich darauf konzentrieren kann. Nicht, daß sie dauernd ermitteln müssen, wer dich verfolgt. Wer dir den Mord in die Schuhe schieben will. Sie sollen Michaels Mörder suchen.« Seine Stimme war immer leiser geworden. Er schluckte schwer.

Alexander betrachtete Immo, der mit hängenden Armen vor ihm stand, seinen groben, ungeschlachten Körper, die gramgebeugten Schultern, das breite Gesicht. Er hatte Immo nie gemocht. Nichts an ihm. Er fand ihn abstoßend. Vielleicht hätte er jetzt trotzdem so etwas wie Dankbarkeit empfinden sollen. Aber etwas zu empfinden bedeutete eine Anstrengung, der er sich nicht unterziehen mochte. Alles, was er wollte, war, die Fassade aufrechtzuerhalten. Für mehr reichte seine Kraft nicht mehr, das mußte genügen. Niemand würde es merken. Er brauchte nur weiterhin zu tun, was eben zu tun blieb. Viel war es ja nicht.

»Willst du Kaffee?« fragte Alexander. »Frank ist noch im Bad. Er wird ein bißchen brauchen.«

*

Sie schoben Immos Mountainbike in den Kofferraum von Alexanders Wagen und fuhren los. Immo hatte sich wie selbstverständlich auf dem Beifahrersitz breitgemacht. Frank war zu erschöpft, um zu protestieren. Er rollte sich auf dem Rücksitz zusammen und schlief weiter. Er öffnete die Augen nicht, als Alexander anhielt und ein weiterer Passagier in den Wagen stieg und neben ihm Platz nahm. Er erkannte Margot an ihrem Parfum, einem holzigen Duft, den er immer sehr anziehend gefunden hatte. Frank wandte sich ab und lehnte den Kopf ans Fenster. Immo und Margot unterhielten sich leise. Alexander schwieg. Er hatte Margot nicht einmal begrüßt.

Auf dem Parkplatz stieß Pia zu ihnen und lächelte, als sie Alexander zusammen mit Immo und Margot entdeckte. Aber sie hatte dunkle Ringe unter den Augen, und als sie sah, daß Frank sich wie ein alter Mann aus dem Wagen quälte, wurde ihre Miene schlagartig wieder düster.

Auf dem Weg zur Philosophischen Fakultät stieß Marion zu ihnen, das Mädchen, das Beate tot aufgefunden hatte. Sie kam mir ihrer Freundin Judith. Die beiden nickten ihnen zu. Marions Gesicht war sorgfältig geschminkt. Das konnte nicht verhindern, daß ihr deutlich anzusehen war, warum sie es für nötig gehalten hatte, Farbe aufzulegen. Sie wirkte krank und elend. Sie trug ein Sweatshirt, trotz der Hitze, und sah aus, als würde sie frieren.

Auf dem Flur schloß sich Claudia Bertram der Gruppe an. Sie betraten den Seminarraum wie ein Demonstrationsmarsch, und alle drehten sich um, als sie hereinkamen. Alexander steuerte zwei freie Plätze an, und die ganze Clique schaffte Stühle herbei und scharte sich um ihn. Frank schüttelte unwillkürlich den Kopf. Ganz langsam erschien so etwas wie ein Lächeln auf seinem Gesicht. Es verschwand wieder, weil er die Fotos von Beates Leiche nicht vergessen konnte. Frank schloß die Augen. Aber das machte es auch nicht besser, im Gegenteil. Entschlossen riß er die Augen wieder auf, starrte seine Dozentin an und versuchte, sich auf das zu konzentrieren, was sie sagte.

Sie sprach über Beate. Frank klappte die Lider wieder zu. Er wünschte, er hätte auch seine Ohren verschließen können. Einen Moment lang, als Alexander plötzlich den Arm um seine Schultern legte und ihn streichelte, dachte er, er würde anfangen zu weinen.

Dann war es vorbei.

*

Beate war ebensowenig Düsseldorferin gewesen wie Michael. Sie war aus einer Kleinstadt, deren Namen niemand behalten konnte, zum Studieren hierhergekommen. Niemand kannte die Adresse ihrer Eltern, und niemand in Düsseldorf wurde über den Beerdigungstermin benachrichtigt. Es gab keinen Abschied. Beate war einfach weg. Anni hatte tiefe, schwarze Schatten um die Augen, die sich nicht wegschminken ließen, und Margot brach während eines Seminars plötzlich in Tränen aus. Pia ließ niemanden mehr in ihre Wohnung, der sich nicht über die Sprechanlage deutlich ankündigte, und saß nachts stundenlang aufrecht im Bett, bevor sie im Morgengrauen in einen unruhigen Schlaf fiel.

Nur Immo trauerte nicht um Beate. Er hatte sie kaum gekannt, und seine Trauer um Michael war vermutlich zu groß, als daß daneben noch etwas anderes hätte Raum finden können. Immo hatte abgenommen, und seine Nase stach merkwürdig spitz aus seinem kantigen Gesicht heraus. Er wirkte ständig übermüdet, und seine Bewegungen schienen täglich langsamer zu werden. Er versuchte immer noch, mit jedem, den er traf, über den Abend zu sprechen, an dem Michael seinem Mörder begegnet war, aber er fand nichts Neues heraus. Die Leute begannen, ihm aus dem Weg zu gehen.

Er machte es sich zur Gewohnheit, mit dem Rad zu Alexander und Frank zu fahren, wenn sie morgens gemeinsame Seminare hatten, und anschließend holten sie jedesmal Margot ab. Judith und Marion klebten auf dem Campus an Alexanders Seite – auf der freien, die nicht von Frank beschlagnahmt wurde. Alexander beachtete sie ebensowenig, wie er mit Margot sprach.

Inzwischen hatten sich auch andere Studenten der Gruppe angeschlossen. Sie paßten in der Mensa nicht mehr an einen Tisch. Zögerlich und vorsichtig begannen auch die Vertreter des Schwulenreferats ihre Kaffeetassen in Alexanders Nähe zu tragen und ihn zu begrüßen. Sie waren die einzigen, mit denen Frank redete. Alexander schwieg auch weiterhin.

Sie wurden eingeladen, abends mit in die Altstadt zu gehen, und irgendwann taten sie es und trafen die ganze Gruppe auf der Ratinger Straße in der ›Uel‹ wieder – Immo, Margot, Pia, Judith, Marion, Claudia Bertram und das halbe Schwulenreferat.

Frank mußte lachen, als er alle zusammen an einem

der großen, gescheuerten Holztische sitzen und eifrig zusammenrücken sah, als er mit Alexander hereinkam. Das erste Lachen seit Wochen. »Dein Fanclub«, sagte er, und Alexander lächelte.

»Ja. Vielleicht sollten wir uns mal kräftig besaufen und versuchen, uns zu amüsieren.« Er hörte sich an, als sei das Lächeln echt. Der Schatten an Franks Seite, der sich Alexander nannte, hatte einen Hauch Leben bekommen.

»Oh, ich hab' mich in den letzten Tagen und Nächten durchaus nicht wenig mit dir amüsiert«, sagte Frank und hatte zum erstenmal seit langem das Gefühl, wieder richtig durchatmen zu können. Er legte von hinten beide Hände auf Alexanders Hüften und schob ihn sanft vorwärts Richtung Tisch.

»Ja«, sagte Alexander zerstreut. »Ja, aber diese Art von Amüsement meine ich nicht. Wenn ich mit dir schlafe, vergesse ich natürlich den ganzen Mist, das ist ja auch normal. Aber irgendwann muß das Leben auch außerhalb unserer Betten weitergehen. Wir sollten mal wieder reiten gehen. Und schwimmen – es ist ziemlich heiß geworden inzwischen. Das Wasser in den Baggerseen ist bestimmt warm genug. Und die Altstadt steht auch noch, wie du siehst. Wir sollten öfter mal hingehen.«

»Wenn's sein muß«, erwiderte Frank. »Ich würde lieber mit dir schlafen, aber bitte – es muß ja nicht unbedingt im Bett stattfinden. Hier gibt es sicherlich auch die eine oder andere beschauliche Ecke. Pia, häng dich nicht so an meinen Arm, du bist kein Fliegengewicht. Sag mal, hast du zugenommen?«

»Nee, ich bin bloß ein bißchen betrunken«, antwortete sie erstaunlich friedlich und lehnte den Kopf an seine Schulter.

*

Sie waren mit der Straßenbahn in die Altstadt gefahren und kehrten mit dem Taxi zurück, früh am Morgen, angeheitert und zum erstenmal seit langer Zeit entspannt. Es war noch dunkel, aber nicht so dunkel, daß man nichts sehen konnte. Als sie an Alexanders Wagen vorbeigingen, stockte Frank plötzlich.

Er blieb stehen und drehte sich um, betrachtete das Auto, streckte zögernd einen Finger aus und tupfte damit auf den vorderen Kotflügel. »Alex?« sagte er leise.

Alexander kehrte um und kam zurück.

Frank mußte nichts sagen. Wenn erst einmal die Aufmerksamkeit darauf gelenkt war, sah man es auf den ersten Blick, auch in der Dunkelheit, die alle Farben dämpfte und verschwimmen ließ. Außerdem merkte man es am Geruch. Alexanders großer, japanischer Wagen war nicht mehr grau. Jemand mußte kübelweise Farbe darüber ausgeschüttet haben.

Rote Farbe. Blutrot.

Es war, als würde Frank von einer Welle überschwemmt – noch bevor er wußte, daß der Luftballon seiner guten Laune angepiekst worden war, quollen Tränen aus seinen Augen. Im nächsten Moment hatte Alexander ihn schon im Arm. »He, komm ... die graue Farbe hat dir doch nie gefallen.«

»Ich heul' ja nicht wegen dem Scheißauto«, schimpfte Frank heiser, völlig fassungslos darüber, daß die Tränen einfach weiter und weiter liefen. Das war ihm noch nie passiert.

»Wegen des Scheißautos«, berichtigte Alexander pragmatisch.

»Ich krieg 'n hysterischen Anfall, und du sorgst dich um meine Grammatik«, schluchzte Frank. Er fand, ihm stünde jetzt zu, haltlos zu schluchzen. In den letzten Tagen hatte er sich oft gefühlt, als sei, genau wie zu Anfang ihrer

Freundschaft, wieder er der Stärkere. Und nun war ihm plötzlich klar, daß seiner Fähigkeit, Alexander zu beschützen, enge Grenzen gesteckt waren.

Er war nicht Zorro, er war kein Robin Hood, er war nicht der Held Roland, der mit dem Flammenschwert gegen die Feinde des wahren Glaubens wütete und das eigene Leben riskierte, um bedrängte Freunde im Kampf zu stärken. Er war vom hohen Roß gestürzt, vom Podest gefallen, und er fühlte sich scheußlich. Er fühlte sich nicht wie der Macho, der er angeblich doch sein sollte. Eher kam er sich plötzlich vor wie der Inbegriff aller Vorurteile gegen Homosexuelle: weibisch und schwächlich. Nun gut, er hatte alles Recht der Welt, daraus wenigstens den größtmöglichen Vorteil zu ziehen und hemmungslos zu heulen. Ein Teil von ihm konnte darüber lachen.

Das änderte nichts daran, daß er Angst um Alexander hatte.

»Wenn du was tust, dann tust du's gründlich«, sagte Alexander. »Das muß man dir lassen. Aber diesmal übertreibst du. Das Klischee vom weinerlichen Weichling ist ein rein heterosexuelles Vorurteil. In Wahrheit haben Homosexualität und Kriegertum eine noch längere gemeinsame Geschichte als Homosexualität und Kirche. Schau mich an. Völlig gelassen blicke ich ins Antlitz des Bösen, bereit, mein Schwert zu ziehen, sobald der feige Feind es wagt, sich offen mir zu zeigen. Ich kann sogar Karate, und ich trinke Whisky. Jetzt hör auf, du ertränkst mich ja. Frank!« Er schüttelte ihn.

»Hör auf, mich zu nerven«, schniefte Frank und wischte sich mit dem Handrücken über das Gesicht. Er stellte fest, daß er die Kunst des dekorativen Tränenvergießens nicht beherrschte. Seine Nase verstopfte, und wahrscheinlich hatte er jetzt Augen wie ein Albinokarnickel. »Vergiß nicht die Traditionen der Kriegerkaste. Wenn ein Mann weint, dann nimmt man ihn in den Arm und hält die Klappe, bis es vorbei ist. Denn wenn ein Mann weint, hat er einen guten Grund.«

»Auch wieder wahr.« Alexander seufzte tief. Er zog Frank weiter. »Komm, gehen wir rein und rufen unsere lieben Freunde und Helfer vom Präsidium an.« Mit gesenktem Kopf kramte er in den Taschen seiner Jeans nach dem Haustürschlüssel. »Sie werden aufrichtig entzückt sein, wieder einmal von uns zu hören. – Was ist?«

Franks Tränen hatten so abrupt aufgehört zu fließen, als hätte jemand einen Wasserhahn abgedreht. Statt dessen starrte er jetzt die Haustür an, entsetzt und fassungslos. Alexander folgte seinem Blick, die Kiefer fest zusammengepreßt, innerlich auf alles gefaßt.

Aber es war nur ein Foto, mit Kreppband an die Tür geklebt. Ein Foto von ihm. Auch das Foto sah blutverschmiert aus, genau wie sein Auto auf den ersten Blick. Aber auch hier war es kein Blut. Allerdings roch es auch nicht nach Farbe. Jemand hatte Ketchup über das Foto gegossen, der an der Tür hinuntergelaufen war und auf der Stufe einen unappetitlichen, angetrockneten Klecks hinterlassen hatte.

Das war nicht alles. Jemand hatte in säuberlichen, anonymen Druckbuchstaben seinen Namen unter das Bild geschrieben: *Alexander Tiberius*. Dahinter ein Kreuz und die Jahreszahl.

Eine Morddrohung. »Ich soll in diesem Jahr also noch sterben? Und wann?« fragte Alexander. »Unter des Frühlings holdem, belebendem Blick? Oder erst in der Hitze des Sommers? Oder im November vielleicht, dem Totenmonat? Wirklich, diese Ungenauigkeit ist doch unerträglich schlampig. Er hätte Monat und Tag dazuschreiben sollen. Damit ich am Abend zuvor noch mal zur Beichte gehen kann. Gehört sich doch wohl so.«

Absurderweise ging Frank als erstes die Frage durch den Kopf, ob Alexander als bekennendem und vermutlich reuelosem Homosexuellen überhaupt Absolution erteilt werden konnte. Sein Gehirn zog es eine ganze Weile lang vor, theologische Tatbestände zu erörtern, bevor es einsehen wollte, daß andere Themen Vorrang hatten. Danach beschränkte es sich in der Hauptsache auf körperliche Vorgänge, produzierte Gänsehaut und brachte Franks normalerweise lebhaftes Mundwerk nachhaltig zum Schweigen.

Sie gingen ins Haus, und während Alexander mit der Kripo telefonierte, hielt sich Frank an die Grundbedürfnisse menschlichen Daseins und ging in die Küche, um eine Kanne Kaffee aufzusetzen.

*

»Trinken Sie 'ne Tasse Kaffee mit?« fragte Frank.

Merzenbach grinste. »Diese morgendlichen Besuche bei Ihnen werden langsam zur Gewohnheit. Heute begnüge ich mich noch mit Kaffee, aber beim nächstenmal möchte ich bitte 'n Toast und 'n Ei. Aber mindestens fünf Minuten gekocht. Ich mag sie nicht, wenn sie glibbrig sind.«

»Ich werde es mir merken.« Frank brachte es fertig, das so anzüglich klingen zu lassen, daß Merzenbach rot wurde.

»Sie hatten Glück, es war bloß normale Farbe«, sagte der junge Beamte, und es hörte sich stark nach reiner Ablenkung an. »Kein Lack. Ich denke, das Zeug wird sich runterwaschen lassen. Falls Ihnen das Rot nicht gefällt. Ich würd's ja drauflassen. Sieht viel besser aus als vorher.«

»Und wenn es regnet?« fragte Alexander. »Dann kleben

Sie mir'n Strafmandat auf wegen Umweltverschmutzung, oder wie das bei Ihnen heißt, wenn das Zeug sich verflüssigt und runterläuft und das Grundwasser verunreinigt.« Er trank keinen Kaffee, sondern hatte ein Glas Whisky vor sich stehen, und er sah so gelassen aus, als könne ihn überhaupt nichts mehr erschüttern. Angesichts all dessen, was sie hinter sich hatten, stellte eine Schicht abwaschbarer Farbe auf dem Auto allerdings wirklich keine allzu große Katastrophe mehr dar.

Und die Morddrohung war im Grunde das, was sie beide längst erwartet hatten. Daß ihre Befürchtung endlich eingetroffen war, brachte neben allem anderen durchaus auch ein Gefühl der Erleichterung mit sich.

Merzenbach grinste. »Vielleicht wird das Auto ja rosa, wenn die Farbe sich langsam runterwäscht. Würde doch zu Ihnen passen.«

Alexander verzog das Gesicht. »Gibt es eigentlich was Neues bei Ihren Mordermittlungen?«

Merzenbach schüttelte den Kopf. »Nichts, was ich Ihnen sagen könnte. Natürlich machen wir weiter, und wir bearbeiten beide Fälle. Es gibt zwar keine konkreten Anhaltspunkte dafür, daß sie zusammenhängen, aber ...«

»... aber ich habe beide Mordopfer gekannt«, sagte Alexander.

Der Beamte nickte. »Ja. Sonst nichts. Auch nicht bei dieser Farbgeschichte hier. Keine verwertbaren Spuren. Ich kann Ihnen nur sagen, daß der Täter Gummistiefel getragen hat. Ziemlich große, aber das muß nichts zu bedeuten haben. Die Abdrücke sind nirgends vollständig. Man kann nicht erkennen, ob seine Füße die großen Stiefel auch ausgefüllt haben, oder ob es kleine Füße waren. Manchmal sieht man das. Hier nicht. Der Täter hat Arbeitshandschuhe getragen, das kann ich Ihnen sagen, aber was nützt das schon. Die kriegt man für ein paar

Mark in jedem Baumarkt, und er wird sie weggeworfen haben.«

»Nur *ein* Täter?« fragte Frank.

»Sieht so aus«, erwiderte Merzenbach. »Aber was heißt das schon.«

»Noch mehr anonyme Anrufe?«

Der junge Beamte schüttelte den Kopf. »Das hat aufgehört.« Er legte beide Hände um die Kaffeetasse, die Frank ihm hinstellte, und betrachtete ihn nachdenklich. Als Frank ihn ansah, schlug er die Augen nieder.

Sie hatten gar nicht erst danach gefragt, ob die Morddrohung für die Polizei ein Anlaß war, Alexander auf irgendeine Art und Weise unter Schutz zu stellen. Beiden war klar, daß nichts dergleichen passieren würde. Genauso wie sie wußten, daß auch die Untersuchung des Fotos nichts ergeben würde. Es war aus einem großen Bild von einer Probe zu ›Othello‹ herausgeschnitten, bei der Alexander die Rolle des Jago übernommen hatte. Von dem Bild waren etliche Abzüge gemacht und an die verschiedensten Leute verteilt worden, und ein oder zwei Abzüge hatten monatelang an irgendwelchen schwarzen Brettern gehangen.

Abgesehen von einer gewissen Wahrscheinlichkeit, daß es ein Student war, der Alexander dieses Foto an die Tür geklebt hatte, brachte es also keine Erkenntisse, die sie wesentlich weitergebracht hätten.

Und ihnen war ebenfalls klar, daß die wenigsten Drohungen tatsächlich realisiert werden. Das Foto an der Haustür mochte nicht mehr sein als eine Methode der Reviermarkierung, die besagte: Ich könnte, wenn ich wollte.

Das war auch Frank bewußt. Aber er ahnte, daß er deshalb trotzdem nicht wesentlich ruhiger schlafen würde.

*

»Ich glaube nicht, daß ich jetzt schlafen kann«, sagte Alexander, als die Polizisten gegangen waren. Es wurde langsam wieder hell, und die Vögel begannen zu singen.

»Laß uns durch den Park gehen«, schlug Frank vor. »Ein bißchen frische Luft ist genau das, was ich jetzt brauche. Und Ruhe. Um diese Zeit dürfte es noch ruhig sein. Ich glaube nicht, daß die Hundebesitzer schon unterwegs sind.«

Sie machten beide einen großen Bogen um Alexanders blutrotes Auto, merkten es und grinsten sich zu. »Den wieder sauberzukriegen wird eine Riesenschweinerei«, sagte Frank. »Durch eine Waschanlage kannst du ihn nicht fahren, die husten dir was. Und wenn wir ihn hier waschen, beschweren sich die Nachbarn.«

»Dann laß sie sich beschweren«, meinte Alexander schulterzuckend. »Es ist mir egal. Ich weiß nicht, was ich sonst mit dem Ding machen soll. Und ich fahre keinen Meter damit, ehe er nicht wieder sauber ist. Ich denke, ich nehme nachher einfach den Gartenschlauch und spritz' ihn ab.«

»Ja, und ich nehme einen Schwamm und versuch' das Zeug abzureiben, dann geht's schneller.«

Frank wußte, daß Alexander wahrscheinlich ebensogut einen neuen Wagen hätte kaufen können, ohne seinen Kontostand dabei nennenswert durcheinanderzubringen. Aber das würde er nicht tun. Ebensowenig wie er sich einen amerikanischen Pickup-Truck kaufen würde oder einen Geländewagen, wie sie in Düsseldorf gern von anderen jungen Leuten gefahren wurden, die nicht an Geldmangel litten. Er hatte wahrscheinlich viel zuviel Geld, um sich über Prestige-Objekte Gedanken machen zu müssen. Das einzige, wofür er es ausgab, waren Bücher, die er in Bibliotheken nicht fand oder die er lieber in seiner eigenen Sammlung haben wollte.

Der Lantz'sche Park gehörte den Menschen nicht um diese Zeit, weder ihnen noch den Hunden, die hier normalerweise spazierengeführt wurden. Eine Katze kugelte sich im Gras, genau dort, wo vor der alten Villa jahrelang eine spektakuläre Skulptur gestanden hatte, eine riesige, halb ausgedrückte, knallrote Zahnpastatube, die auf einer Spirale Zahnpasta balancierte. Frank hatte sie gut gefallen, Alexander dagegen hatte sie nur verächtlich als »Effekthascherei« kommentiert und war äußerst zufrieden gewesen, als sie schließlich verschwand.

Die Katze gähnte, reckte sich und sah mit indigniertem Gesichtsausdruck zu den beiden jungen Männern hinüber, bevor sie betont zur Seite schaute und sich zu putzen begann, als sei sie allein. Amseln klopften den Rasen nach Würmern ab und warfen den Menschen, die ihr Frühstück störten, arrogante Blicke zu. Ein Eichhörnchen schaute von einem Ast herab auf sie herunter. Sein buschiger Schwanz, von einem dunkleren Rotblond als Franks Haare, zitterte vor Empörung, ehe es mit einem raschen Sprung vom Baum hechtete und über den Rasen rannte, um sich einen ungestörten Platz zu suchen.

Die Luft war frisch und klar, und es war still. Zu sprechen wäre unangemessen gewesen. Sie wanderten friedlich nebeneinander an den alten Bäumen vorbei, die noch eleganter und ausdrucksvoller wirkten als die Skulpturen – als hätte ein großer Meister sie geschickt in Szene gesetzt.

Im hinteren Bereich des Parks gab es mehr Gebüsch, und die Wege waren nicht mehr überall einsehbar. Frank mochte diesen düsteren Teil nicht besonders, aber er nahm ihn in Kauf, weil der Weg sonst für einen Spaziergang nicht lang genug war. Kurz hinter der kleinen Kapelle wollte Frank geradeaus weitergehen, aber Alexander zupfte ihn am Ärmel und bog nach links ab.

Im nächsten Moment blieb er stocksteif stehen.

Frank, der sich müde und verschlafen nach ihm umgewandt hatte und fast in seinen Rücken gelaufen wäre, zuckte zurück, so vollkommen überrascht, daß für Angst kein Platz mehr blieb. Verdutzt starrte er die beiden vermummten Gestalten an, die ihnen gegenüberstanden wie aus dem Boden gewachsen.

Sie waren groß. Und breit. Sie waren schwarz gekleidet, mit Skimasken über den Gesichtern, die nur die Augen freiließen. Einer von ihnen trug einen Totschläger, ein dünnes kleines Ding, viel gefährlicher als die großen, unhandlichen Baseballschläger, die eigentlich momentan eher in Mode waren bei vermummten Gestalten. Der andere trug eine Eisenkette mit dicken, schweren Gliedern.

Und beide gingen auf Alexander und Frank zu. Geduckt und angriffsbereit.

Es waren nur zwei, und Frank begriff sofort, daß sie nur mit Alexander gerechnet hatten, nicht mit ihm. Offenbar sahen sie Franks Auftauchen trotzdem nicht als Bedrohung an. Irgend etwas an ihrer Haltung vermittelte ganz deutlich, daß sie damit rechneten, Frank mit einem einzigen, gezielten Schlag außer Gefecht setzen zu können, um sich dann mit dem Mann zu befassen, den sie für ihren eigentlichen Gegner hielten. Und von dem sie geglaubt hatten, daß sie ihm nur zu zweit ganz sicher gewachsen waren.

Sie täuschten sich. Nicht in Alexander, aber in seinem Freund. Frank wußte genau, daß er nicht nur in den Augen einer gewissen Frau Federing mit dem klassischen Bild eines knabenhaften, homosexuellen Männerspielzeugs mehr Ähnlichkeit hatte als mit dem allgemein verbreiteten Ideal muskelbepackter Männlichkeit. Er war kein breitschultriger Kleiderschrank. Aber mit den beiden bulligen Gestalten, die jetzt mit wiegendem Gang auf ihn zukamen, die Arme weit vom Körper abgespreizt, ihre Waffen schlagbereit in den Händen, hatte er eins gemeinsam: Er prügelte sich gern. Seine grünen Kateraugen funkelten in heller Vorfreude. Er mochte niemanden daran hindern können, Farbeimer über Alexanders Auto auszukippen, aber das hier – das war sein Spezialgebiet. So weit reichte seine Fähigkeit, Alexander zu schützen. Und das war ein gutes Gefühl.

Der rechte war der mit der Kette, und er begann bereits damit, sie durch die Luft zu wirbeln. Rechts von Frank stand Alexander, dessen Spezialität es war, andere zu entwaffnen. Es bedurfte keiner Worte oder Gesten, um klarzumachen, daß der Mann mit der Kette Alexanders Gegner sein würde. Er hatte die Waffe mit der größeren Reichweite, und diese Aufgabe verlangte jemanden mit Erfahrung.

Frank konzentrierte sich auf den Herrn mit dem Totschläger. Er beobachtete dessen Augen. Er konnte das Erstaunen darin sehen, als er weder zurückwich noch abwehrend die Hände ausstreckte. Einen Moment später wußte er, daß der Kerl nicht mit dem Totschläger angreifen, sondern nach ihm treten würde. Und spätestens als die Wucht des Trittes ihn trotzdem beinahe aus dem Gleichgewicht gebracht hätte, merkte er, daß er einen Gegner vor sich hatte, der in asiatischen Kampfsportarten mindestens ebenso gut ausgebildet war wie Frank selbst. Was die Frage aufwarf, wieso die beiden Waffen mitgebracht hatten. Tödliche Schläge gab es im Karate schließlich auch. Wahrscheinlich war ihre Aufmachung bloß Imponiergehabe, eine Drohung, die sie gar nicht wahrmachen wollten.

Frank grinste. Er hatte nichts gegen ein bißchen Kräftemessen, und er schätzte gute Gegner. Alles andere war ihm viel zu langweilig. Er brauchte nur eine Sekunde, um seinen festen Stand wiederzufinden, und seine ganze, gebannte Aufmerksamkeit krallte sich in den Totschläger-Mann, der ihn langsam zu umkreisen begann. Er bereitete sich auf dessen Rückkehr vor. Mit Genuß.

Als der Mann mit der Kette ihn von hinten anfiel und die schweren Eisenglieder sich um seinen Hals wanden, wurde Frank abrupt klar, daß er einen Kardinalfehler begangen hatte: Er hatte sich von Alexander trennen lassen und dem zweiten Gegner den Rücken zugedreht. Frank wurde herumgerissen, und der Schock über den brutalen Schmerz in seinem Hals schien die Welt zum Stillstand zu bringen und machte ihm jäh bewußt, daß ihm außerdem ein schwerwiegender Irrtum unterlaufen war: Das hier war nie als kleine Freizeitbeschäftigung unter Machos gedacht gewesen. Es war ernst.

Alexander schien plötzlich auf ihn zuzufliegen, viel zu nah. Frank sah den Schreck in seinen Augen und die Bewegung, mit der Alexander im letzten Moment seinen Schlag ablenkte, um nicht seinen Freund zu treffen, dessen Körper von dem Kettenmann benutzt wurde wie ein Schild.

Alexander hatte sich nur für den Bruchteil einer Sekunde täuschen lassen, ehe er begriff, daß der Mann auf Frank losgehen würde statt auf ihn. Aber ihre beiden Angreifer waren gut aufeinander eingespielt, die Finte abgesprochen und ihre Choreografie perfekt. Der Mann mit dem Totschläger sprang Alexander mit beiden Füßen in die Seite. Einen qualvollen und schier endlos erscheinenden Moment lang hielt Frank trotz der Kette um seinen Hals ganz von allein den Atem an vor Angst und wartete darauf, daß der Totschläger sein Ziel fand. Aber Alexander war schneller. Er ging zwar zu Boden, doch er nahm seinen Gegner mit und versetzte ihm noch im Fallen einen wohlgezielten Tritt, der mit einem gellenden Schmerzensschrei quittiert wurde. Trotzdem sprang der andere sofort auf die Füße, geschmeidig und mühelos, und griff Alexander im selben Moment wieder an.

Frank rang nach Luft. Vor seinen Augen begannen schwarze Punkte zu tanzen und verwoben sich zu einem Schleier, der rasch an Dichte zunahm. Es wurde von Sekunde zu Sekunde schwerer, den völlig nutzlosen Impuls zu ignorieren, panisch nach der Kette um seinen Hals zu greifen, und sich statt dessen darauf zu konzentrieren, den Gegner in seinem Rücken loszuwerden, der sie festhielt. Frank wußte, daß er ihn verletzen mußte, um sich zu befreien. Ernsthaft verletzen. Er wußte, daß es hier nicht um eine Prügelei ging. Er wußte, daß er in Lebensgefahr war. Er wußte, daß er genug Luft in den Lungen hatte, um noch einen Moment zu überleben, auch wenn sein Gehirn ihm hartnäckig etwas anderes einreden wollte. Genug Luft, um weiterzukämpfen, wenn er nur nicht in Panik geriet.

Er geriet nicht in Panik. Er wurde ohnmächtig. Frank sackte zusammen wie ein leerer Mehlsack, und die Kette um seinen Hals und die unbarmherzigen Hände seines Gegners, die daran zogen, waren das einzige, was ihn noch hielt.

*

Frank wollte die Augen öffnen, aber an seinen Lidern schienen Gewichte zu hängen. Es ging nicht. Er wußte, daß er unbedingt die Augen aufbekommen mußte, wenn er sich auch nicht erinnern konnte, warum. Sein Bewußtsein rang verzweifelt mit seinem Unterbewußtsein um Informationen, und sein Kopf tat weh, als sei sein Gehirn ein Muskel mit dem größten Muskelkater seit Menschengedenken. Er riß die Augen auf und sah nichts. Er brauchte lang, erschreckend lang, um zu merken, daß das ursächlich damit zu tun hatte, daß sich etwas vor seinen Augen befand, das dort nicht hingehörte. Frank versuchte sich zu bewegen und stöhnte entsetzt auf, als seine Wirbelsäule ihm mitteilte, das sei eine äußerst schlechte Idee. Ihm liefen schon wieder Tränen über das Gesicht, diesmal vor Schmerz. Trotzdem stützte er sich auf die Ellenbogen und versuchte, seinen Oberkörper aufzurichten. Er wußte, daß er nicht liegenbleiben durfte. Er mußte Alexander finden. Sofort.

»Bleib liegen«, sagte Alexander sanft. »Es ist okay. Sie sind weg.«

Frank stellte plötzlich fest, daß das, was ihm die Sicht nahm, Alexanders T-Shirt war. Sein Freund hatte ihn in den Arm genommen. Alexander sah unverletzt aus, aber sein angespanntes Gesicht bezeugte überdeutlich, daß er ebenfalls Schmerzen hatte. Er war weiß wie eine Wand.

»Was ist mit dir?« fragte Frank. Seine Stimme war rauh, und er tastete nach seiner Kehle. Das Sprechen tat weh.

»Nichts, nur ein paar gebrochene Rippen.« Alexander atmete mühsam und keuchend. »Und ein paar Muskelzerrungen wahrscheinlich auch. Der Kerl war so verdammt schwer.«

»Er hat es also geschafft, dich flachzulegen.« Frank runzelte tadelnd die Stirn.

»Mich nicht, aber dich«, berichtigte Alexander. »Er zeigte gewisse Gelüste, die ich ihm gar nicht zugetraut hätte. Und ich war nicht einverstanden. Das mag ja anmaßend sein und kleinbürgerliches Besitzdenken, aber ich hasse es nun mal, wenn dich jemand auf diese Weise anpackt.« Er schüttelte den Kopf, und dann ließ er Frank vorsichtig los, preßte eine Hand auf seinen Brustkorb und biß sich auf die Lippen. »Verdammt, tut das weh. – Wie konntest du dich bloß so blöde überrumpeln lassen? Ich hab' dir schon hundertmal gesagt, deine Lust an Prügeleien wird dir eines Tages den Hals brechen. Du konzentrierst dich zu ausschließlich auf den Gegner, der dich zuerst angreift. Die beiden Typen waren nicht auf einen guten Kampf aus, Frank. Die wollten nichts weiter, als uns verletzen, und zwar möglichst schwer. Das ist ein gottverdammter Unterschied. Du ...«

»Mensch, jetzt halt doch mal die Luft an«, unterbrach Frank. »Du bist bleich wie ein Nachtgespenst, du kannst kaum atmen, du hast Schmerzen, und das ist nicht der Moment, mir Vorträge zu halten.« Er versuchte aufzustehen und stellte fest, daß es ging. Es tat weh, aber es ging. »Glaubst du, du kannst dich überhaupt bewegen, oder soll ich Hilfe holen?«

»Nein, ich kann mich bewegen«, sagte Alexander abwehrend. »Wenn du fahren kannst, dann fahr mich – ach, verdammt.«

»... in deinem blutroten Auto zum nächsten Krankenhaus«, vollendete Frank und mußte grinsen. »Wie passend.« Er ließ sich neben seinem Freund auf die Knie nieder, und Alex legte einen Arm um seine Schultern. Frank ignorierte den wütenden Protest seiner schmerzverkrampften Rückenmuskeln und zog seinen Freund langsam und vorsichtig hoch. Alexander stöhnte auf und ließ den Kopf an Franks Schulter sinken.

»Das war ziemlich ernst, was?« Franks Kehle war irgendwie eng. Er konnte kaum reden. Er betastete seinen Hals und fand Blutspuren. Die Haut war aufgeschrammt, gequetscht, von den Kettengliedern gezerrt und eingerissen. Aber daher kam die Enge in seiner Kehle nicht. Das war nur eine nachträgliche Reaktion. Angst, die zu spät kam. Alexander hatte recht. Er hätte vorher Angst haben sollen. Vielleicht wäre er dann vorsichtiger gewesen.

»Ja, das war ernst. Zieh dich wieder an, so geh' ich mit dir nicht auf die Straße.«

Frank sah an sich hinunter und stellte fest, daß seine Jeans aufgeknöpft war. Er schüttelte fassungslos den Kopf. »Sag mal, wie lang war ich eigentlich bewußtlos?«

»Nicht lange. Das Ganze ging ziemlich schnell. Als ich merkte, was er vorhatte, bin ich ihm ins Kreuz gesprungen. Deshalb tut dir der Rücken weh, weil du sein ganzes Gewicht abgekriegt hast, und meins dazu. Ich hab' ihn mit Sicherheit verletzt, denn er hat sich kaum noch gewehrt, als ich ihn von dir runtergezogen hab'. Der andere hätte mich natürlich fast erwischt, aber er war nicht mehr so entschlossen wie vorher, als er merkte, daß sein Kumpel nicht in Ordnung ist. Er hat nur noch angegriffen, um mich abzulenken. Dann hat er sich seinen Kameraden geschnappt, und sie sind abgehauen.«

»Er muß gut gewesen sein«, sagte Frank erschüttert.

Alexander nickte. »Das war er. Gut ausgebildet und gut trainiert. Meisterdan. Und zwar ein paar Stufen höher als wir. Der Kerl war ein Alptraum. Kannst du dich bücken? Dann nimm den Totschläger mit, der liegt da hinten. Den hab' ich ihm gleich zu Anfang abgenommen. Das einzige, worin ich wahrscheinlich besser bin als er. Paß auf, wegen der Fingerabdrücke. Ich wette, der hat irgendwo 'ne Akte.«

»Die haben Handschuhe getragen«, erinnerte sich Frank.

»Sie tragen ihre Handschuhe ja nicht schon beim Frühstück«, sagte Alexander. »Ihre Totschläger aber bestimmt.«

*

Der Weg vom Park bis zu der kleinen Seitenstraße, in der sie wohnten, war Frank noch nie so lang vorgekommen. Alexander ging ihn mit geschlossenen Augen, schwer auf

Franks Schulter gestützt, die Lippen fest zusammengepreßt. Frank schleppte ihn mit in den Hausflur und durchsuchte an der Garderobe die Handtasche seiner Mutter nach ihrem Autoschlüssel. Er fand ihn und verfrachtete Alexander auf den Beifahrersitz des großen Kombis, um ins Krankenhaus zu fahren.

Man ließ sie ziemlich lange warten. Ein paar gebrochene Rippen, ein schmerzender Rücken und ein Hals, der mit einer Kette mißhandelt worden war, gehörten hier zu den kleineren Problemen. Frank verbrachte die Wartezeit größtenteils mit geschlossenen Augen. Er hatte in seinem ganzen Leben noch nicht so viel Blut gesehen, wie hier von allen möglichen Körperteilen auf vorgehaltene Tücher, Kleidungsstücke und den Boden tropfte. Ihm wurde übel davon.

Inzwischen hatte er Gelegenheit gehabt, sich im Spiegel zu betrachten, und er war nicht begeistert von dem, was er vorgefunden hatte. Sein Hals sah aus wie etwas aus einem zweitklassigen Horrorfilm. Er wünschte, er hätte eins der berüchtigten Tücher dabei, egal von welcher Farbe.

»Ich weiß nicht, ob ich ein Frühstück runterkriege«, sagte er, nachdem sie verarztet worden waren und er Alexander wieder in den Kombi verfrachtete. »Mein Hals tut verdammt weh. Ich werde dich jetzt ins Bett bringen, und dann geh' ich Kaffee kochen. Willst du was essen?«

»Ruf Merzenbach an. Er soll sich seinen Totschläger selbst abholen, ich hab' keinen Bock, ins Präsidium zu fahren.« Alexander betrachtete den Sicherheitsgurt und entschloß sich, dieses eine Mal darauf zu verzichten. »Und ja, ich möchte was essen.«

*

Nachdem Frank Alexander ins Bett verfrachtet und die Kripo angerufen hatte, passierte eine ganze Weile gar nichts. Er hatte Zeit, die Autoschlüssel wieder zu Hause abzuliefern und sich umzuziehen, eine Pizza für Alexander im Ofen aufzubacken und sie in mundgerechten Häppchen zu verfüttern. Und dann war es nicht Merzenbach, der schließlich in Alexanders Zimmer auftauchte, sondern dessen älterer Kollege, und zwar ausgerechnet in Begleitung von Frau Federing. Frank betrachtete sie aufmerksam und stellte fest, daß Alexander recht hatte: So schlecht sah sie eigentlich gar nicht aus. Keine zarte weibliche Schönheit, aber durchaus beeindruckend, wenn man den herben Typ mochte. Frank mochte ihn nicht.

Die Federing betrachtete die beiden jungen Männer mit hochgezogenen Augenbrauen. »Zwei Helden«, sagte sie mokant. »Und frisch aus dem Kampf. Wie hübsch.« Ihre normalerweise ziemlich durchdringende Stimme bekam einen heiseren Unterton, als versuche sie zu schnurren wie ein zufriedenes Kätzchen.

»Oh, ich bin nur der Dussel, der es geschafft hat, seinen Freund im Stich zu lassen und halb erwürgt zu werden«, antwortete Frank bescheiden. »Alexander ist der Held. Er hat meinen Arsch gerettet.« Er zog die Nase kraus. »Buchstäblich.«

Er fragte sich unwillkürlich, ob sie ihm nachfühlen konnte, wie das war. Auf die Erkenntnis, in dieser Weise verletzlich zu sein, hätte er gern verzichtet. Er wußte, daß das eigentlich nichts Beschämendes sein sollte, aber es war ein rein intellektuelles Wissen, das mit seinen Gefühlen überhaupt nichts zu tun hatte.

»Und wir sollen jetzt annehmen, die beiden Typen, die Sie angegriffen haben, seien diejenigen, die Michael Kamp umgebracht haben«, sagte die Federing kalt.

Frank schwieg verblüfft.

»Ich entsinne mich plötzlich, Ihnen Hausverbot erteilt zu haben«, bemerkte Alexander gefährlich leise. Er atmete tiefer, trotz seiner Schmerzen. Frank konnte sehen, wie seine Brust sich hob und senkte. Und fragte sich plötzlich, ob er wirklich der einzige von ihnen beiden war, der schwere Anfälle von Jähzorn haben konnte. Im Moment sah Alexander aus, als sei er durchaus fähig, einer Mitarbeiterin der Düsseldorfer Kriminalpolizei das Wort ›Hausverbot‹ in handgreiflicher Form zu verdeutlichen. Einen winzigen Moment lang hatte Frank allen Ernstes Angst, er würde es tatsächlich tun. In Alexanders Augen glitzerte etwas, was er dort noch nie gesehen hatte. Frühmorgendliche Rippenbrüche schienen seiner Laune nicht zuträglich zu sein.

»Oh, ich gehe sofort wieder«, antwortete die Federing gleichgültig. Sie fuhr sich mit der Hand über ihre Stachelfrisur, und Frank beobachtete sie gespannt, überzeugt davon, daß das zusammengepappte Zeug am Kopf klebenbleiben würde. Aber die Stacheln richteten sich wieder auf. »Mein Kollege nimmt nur kurz das Protokoll auf, Tathergang, Personenbeschreibung, und dann packen wir den Totschläger ein und verschwinden hier. Wir haben Besseres zu tun, als uns um Sie zu kümmern. Und ganz offensichtlich sind Sie ja wehrhaft genug, um allein zurechtzukommen.«

»Das scheint Ihnen nicht zu passen«, knurrte Frank.

»Ich nehme zur Kenntnis, daß Ihr ... Freund ... ein ausgezeichneter Kämpfer ist, gut ausgebildet, gut trainiert und stark. Ist Ihnen eigentlich klar, daß man aus einer lebensbedrohlichen Situation nur herauskommt, wenn man den Willen aufbringt, seinen Gegner notfalls schwer zu verletzen? Das schafft nicht jeder. Das schaffen sogar die wenigsten.« Sie selbst sah nach jemandem aus, der in ständiger Kampfbereitschaft lebte. Die Federing steckte niemals ihre Hände in die Taschen ihrer Lederjacke, so wie Merzenbach das manchmal tat. Ihre Arme hingen locker an den Seiten hinab, die Hände offen. Und sie trug Stiefel. Nichts anderes würde zu ihr passen.

Frank funkelte sie böse an. »Komisch, das klingt nach Kritik.«

»Es klingt skrupellos«, berichtigte die Federing, hob das Kinn und starrte von oben herab zurück. »Es klingt nach jemandem, der vielleicht nicht nur in Selbstverteidigung einen Menschen verletzen kann.« Frank betrachtete ihre hochgewachsene, kantige Gestalt und fand sie widerlich. Ihr penetranter Blick bohrte sich in seine Augen, als versuche sie ihn zu hypnotisieren. »Sie sollten sich vorsehen. Ihr ... Freund ... ist ein gefährlicher Mann.«

Alexander hatte die Augen wieder geschlossen. Er war immer noch totenblaß. Entweder hatte das Schmerzmittel noch nicht gewirkt, oder er hatte es gar nicht genommen. Frank tastete nach seiner Hand, und Alexander nahm sie und hielt sie fest. Frank hätte etwas sagen, ihn verteidigen müssen. Er konnte nicht. Er wußte, daß er anfangen würde zu heulen, wenn er jetzt etwas sagte. Er wußte nicht, ob es Wut war, Angst oder Trauer, die Nachwirkung des Schocks, Haß oder sonst etwas. Aber er senkte den Kopf und hielt den Mund.

*

»Warum?« fragte Frank plötzlich, während er sich seine dritte Tasse Kaffee einschenkte.

»Warum was?« Alexander hatte die Bettdecke nur bis zum Bauch hochgezogen, als könnte er nicht den geringsten Druck auf dem Verband über seinem Brustkorb ertragen.

»Warum haben die uns überfallen?«

»Warum schüttet jemand rote Farbe auf mein Auto? Warum diese Puppen? Warum sollten sie mich nicht gleich totprügeln, wenn sie glauben, ich hätte Michael umgebracht? Das ist doch nur logisch. Ich frage mich nur, wieso ausgerechnet im Lantz'schen Park. Wir sind zwar oft da, aber andererseits hätten sie da auch eine Woche kampieren können, ohne uns anzutreffen. Und die Tageszeit war mehr als ungewöhnlich.«

»Nicht direkt«, widersprach Frank. »Nicht direkt. Wenn du nicht schlafen kannst, gehst du da auch nachts spazieren. Und die wollten dich allein treffen. Wann bist du sonst schon allein unterwegs.«

»Wenn das heißen soll, daß die notfalls nächtelang da gewartet hätten, bis ich auftauche ...«

»Wieso nicht? Hör mal, Alex, das waren keine Typen von der Uni. Die beiden hat jemand engagiert, darauf wette ich.«

»Welcher Student hat denn so viel Geld, einen Schlägertrupp zu mieten? Oder meinst du, die haben gesammelt?«

»Die Frage ist gar nicht schlecht«, sagte Frank. »Wirklich, Alex, die Frage ist gar nicht übel. Wir sollten uns vielleicht mal dafür interessieren, wer von den Leuten, die dich kennen, Geld hat. Von denen, die dich gut genug kennen, um zu wissen, daß du nachts im Park spazierengehst. Das weiß ja schließlich auch nicht jeder.«

»Vielleicht war es kein Student, der sie bezahlt hat.« Alexander bewegte vorsichtig seinen Oberkörper, um eine bequemere Lage zu finden, und verzog schmerzlich den Mund. »Vielleicht war es ein Freund von Michael, einer, der einen guten Job hat, der Geld hat. Jemand, der eifersüchtig war. Und der mich jetzt haßt.«

»Ja, das stimmt. Es gibt wohl ziemlich viele Möglichkeiten.« Frank seufzte. Einen Moment lang hatte er etwas gesehen wie einen Hoffnungsschimmer – eine Möglichkeit, an die er noch nie gedacht hatte und die plötzlich alles einfacher aussehen ließ. Trotzdem war er nicht unglücklich darüber, daß seine Idee keinen Anklang gefunden hatte. Er wollte sich keine Gedanken mehr machen. Er wollte auch nichts tun müssen. Am sympathischsten war ihm der Gedanke, daß der Ursprung des ganzen Chaos mit ihm und Alexander vielleicht gar nicht viel zu tun hatte. »Einschließlich der Möglichkeit, daß es tatsächlich diese Typen waren, die Michael umgebracht haben. Und daß du recht hattest, von Anfang an. Daß es Leute sind, die einen Haß auf Schwule haben, und denen es völlig egal ist, wen sie treffen.«

»Die würden mich aber nicht kennen und nicht ausgerechnet nachts im Lantz'schen Park auf mich warten«, sagte Alexander. »Ich wüßte nicht, daß da Cruising angesagt ist. Das wär ja wohl das Neueste.«

»Cruising?« fragte Frank. Er ließ sich vorsichtig auf dem Bett nieder, bemüht, keine Erschütterung zu verursachen, die Alexander weh tun könnte. »Nett. Ich vermute, es bedeutet so etwas wie ...«

»Vergiß es«, sagte Alexander nachdrücklich. »Nichts für dich. Du bist monogam, und falls nicht, wirst du erleben, daß ich tatsächlich gefährlich werden kann.«

Frank lächelte. Er bezweifelte Alexanders Gefährlichkeit nicht, sehr wohl aber die Vorstellung, daß sie sich je gegen ihn richten könnte. Im Moment bezweifelte er sogar, daß er ihm je Anlaß bieten könnte. Er fühlte sich vollkommen gefangen, erstens, und zweitens fand er den Gedanken unerträglich, Alexander Schmerz zuzufügen. Echten, seelischen Schmerz.

Schlimm genug, daß es Menschen gab, die ihm die Rippen brachen. Es brachte Frank zur Weißglut. Bei jedem

Gedanken daran fühlte er ein zaghaftes Echo seines Jähzorns hochkochen und hilflos wieder verebben. Seine Finger erkundeten behutsam die Fähigkeit von Alexanders nicht in Verbände gewickelten Körperteilen, Berührungen zu ertragen. »Und wenn es höchst unwahrscheinlicherweise dennoch so wäre, daß dort neuerdings Cruising angesagt ist – würdest du es denn erfahren? Bevor du es rein zufällig siehst, meine ich?«

»Natürlich.«

»Ach.«

Alexander seufzte auf. »Natürlich kenne ich mich in der Schwulenszene aus. Ich bin Bestandteil dieser Szene.«

»Und wie kommt es, daß wir gemeinsam noch nie ...«

»Es kommt daher, daß ich teuflisch eifersüchtig bin«, unterbrach Alexander ihn. »Bei mir ist Eifersucht so in etwa das, was für dich dein Jähzorn ist: ein Fluch, den ich nur schwer bändigen kann. Ich kann mich nicht überwinden, mit dir irgendwo hinzugehen, wo ich mich normalerweise so herumgetrieben habe. Ich finde uns im Moment allein oder unter Heteros – oder allein unter lauter Heteros – ganz hervorragend aufgehoben.«

Frank befürchtete, daß sich sein Lächeln zu einem triumphierenden Grinsen von so enormer Breite ausgewachsen hatte, daß es peinlich wirken mußte. Er versuchte es zu unterdrücken. »Wer war das bloß, der mir erzählt hat, daß Männer von Natur aus monogam seien, wäre bloß eine Lüge, die den weiblichen Homo sapiens zum Nestbau anregen soll?«

Alex griff nach Franks wandernder Hand, legte sie auf seinen Bauch und hielt sie fest. Er schloß die Augen. »Ich habe nicht gesagt, sie könnten es nicht sein, ich sagte lediglich, es läge nicht in ihrer Natur. Aber wir sind schließlich Produkte unserer Kultur und nicht Tiere des Waldes, und ...«

»Letztens hast du aber gesagt, ich sei ein Elf.«

»Eben. Und jedermann weiß, daß Elfen monogam sind. Absolut. Ein Elf ist auf einen Lebenspartner geprägt wie ein Gössel auf die Gänsemutter – ein Blick, und er liegt an der Kette.«

»Da bin ich aber froh, daß mein Blick nicht auf Oskar fiel«, sagte Frank spöttisch.

»Tja, da war ich wohl ausnahmsweise zur richtigen Zeit am richtigen Platz. Glück gehabt. Das wäre ein häßliches Beispiel dafür geworden, wie verhängnisvoll Monogamie sein kann. Deshalb gibt es vermutlich auch so wenig Elfen. Wohingegen der Homo sapiens weit verbreitet ist, denn er ist, sofern männlich, nachweislich polygam veranlagt. Aber wenn du Wert drauf legen solltest, wäre ich eventuell bereit, wider meine Natur zu handeln. Oder, besser gesagt, ganz wider meine Natur nicht zu handeln. Jedenfalls meistens.«

»Wie großmütig. Obwohl ich glaube, du liegst da evolutionshistorisch gesehen völlig falsch, von Ethik jetzt mal ganz zu schweigen. Ich habe noch nie davon gehört, daß ...«

»Du redest zuviel und ermüdest einen Kranken«, sagte Alexander. »Denk dran, daß ich schwer verletzt bin, und behandle mich rücksichtsvoll. Schließlich habe ich mir meine Wunden bei der Verteidigung deiner durch schiere Schlampigkeit kampfunfähig gewordenen Person geholt. Kannst du mir bitte ein Schinkenbrot machen? Sag mal, weißt du eigentlich, daß dieses gelbe Tuch was ziemlich Ekliges bedeutet?«

Frank zuckte mit den Schultern und betastete vorsichtig seinen schmerzenden Hals. »Es gehört meiner kleinen Schwester, und es war das einzige, was ich finden konnte. Außerdem ist es doch egal, du läßt ja sowieso niemanden an mich ran.«

»Du siehst aus wie ein roter Kater, dem man ein Flohhalsband umgelegt hat.«

Frank setzte zu einer Antwort an, und dann fiel ihm plötzlich etwas ein. Er griff in die hintere Tasche seiner Jeans. ›Roter Kater‹ hatte ihn daran erinnert, daß Margot ihn ›mein Tigerchen‹ genannt hatte, und an den Zettel mit ihrer Entschuldigung. Und der Zettel hatte ihn an den anonymen Brief erinnert, den seine Mutter ihm überreicht und den er überhaupt noch nicht gelesen hatte.

Aber die Tasche war leer. Die falsche Jeans wahrscheinlich.

Na, egal. Irgendwo würde der Brief schon wieder auftauchen. Frank ging in die Küche hinunter, um für Alexander ein Schinkenbrot zurechtzumachen, und vergaß die Sache wieder. Er hatte andere Sorgen.

*

Die Nachricht, daß sie überfallen worden waren, sprach sich schnell herum. In Alexanders Zimmer sammelten sich Blumensträuße und Weinflaschen und mehr Besucher, als ihm lieb waren. Aber er schickte niemanden weg. Er nahm die Aufmerksamkeiten seines ständig wachsenden Fanclubs mit der Gelassenheit hin, die man unangenehmen, aber völlig unvermeidlichen alltäglichen Pflichten entgegenbringt.

Aus dem Präsidium kam kein weiterer Kommentar zu dem Überfall. Frank rief dort an, fand aber nichts heraus. Außer, daß jeder, mit dem er sprach, eine gewisse Frau Federing für das Kompetenteste zu halten schien, was das Polizeipräsidium zu bieten hatte. Er hatte eigentlich versucht, die Dame zu umgehen, wurde aber immer wieder an sie verwiesen und gab schließlich auf. Mühsam quetschte er aus ihr heraus, daß der Totschläger keine Fingerabdrücke hergegeben hatte. Das war alles.

Alexander fragte nicht einmal danach. Er schien sich damit abgefunden zu haben, daß niemand Michaels Mörder fand, daß Beates Tod unaufgeklärt blieb und daß er die Verdächtigungen und Angriffe einfach aushalten und aussitzen mußte, bis es irgendwann nachließ.

Wahrscheinlich, dachte Frank, hatte er recht damit.

Sie hatten den Überfall zum Anlaß genommen, eine Woche Uni-Pause einzulegen und im Garten in der Sonne zu liegen, statt zu arbeiten. Es wurde noch heißer, und Frank hätte nachts gern draußen geschlafen. Aber das kam nicht in Frage. Frank ertappte sich sogar bei dem Bedürfnis, trotz der Hitze die Fenster nachts fest geschlossen zu halten. Er hatte Angst.

Der Angriff im Park gehörte in eine völlig andere Kategorie als die Prügeleien, die er bis dahin hinter sich gebracht hatte. Die beiden Kerle hatten sich weder die Zeit vertrieben noch lediglich ihren Macho-Wahn ausgetobt, und sie waren auch nicht auf sein Portemonnaie aus gewesen. Sie waren eine Waffe, eingesetzt, um Alexander zu verletzen. Und Frank war sich nicht sicher, daß ihnen lediglich aufgetragen worden war, Alexander ein paar Rippen zu brechen. Es fiel ihm schwer, daran zu glauben, daß sie die Sache damit überstanden hatten.

Und er hatte Angst vor dem, was Alexanders Gegner sich als nächstes würde einfallen lassen.

Und er hatte immer noch nicht die leiseste Ahnung, wo dieser Gegner saß. Im Moment schien Alexander nur Freunde zu haben. Ausgerechnet Margot bot ihnen großzügig an, sich ihr und Immo und Pia anzuschließen, um ein Referat auszuarbeiten. Es würde in einem der Seminare, das sie in letzter Zeit viel zu häufig versäumt hatten, einen Schein bringen.

Frank und Alexander nahmen das Angebot an. Wobei sie sich unausgesprochenermaßen darüber einig waren, daß es zwar nicht angenehm sein mochte, aber vielleicht notwendig, gewisse Leute im Auge zu behalten. Zumindest Margot trauten sie beide nicht. Vermutlich beruhte das auf Gegenseitigkeit. Keiner von ihnen wurde das Gefühl los, daß Margots plötzliche ›Solidarität‹ möglicherweise nur eine Ausrede dafür war, Alexander im Auge zu behalten.

Es war nicht angenehm, sie da zu haben, aber sie trafen sich trotzdem in Alexanders Zimmer. Es war groß genug, und er besaß alle Bücher, die sie brauchten.

»Ist Frank nicht bei dir?« fragte Pia ungewohnt schüchtern.

»Er ist losgegangen, um ein paar Getränke zu holen«, antwortete Alexander. »Uns ist der Orangensaft ausgegangen.«

Im selben Moment wurde die Tür aufgeworfen, und ein junger Mann trat mit dramatischer Gebärde über die Schwelle und blieb stehen in der Haltung eines Cäsaren, der seine Truppen inspiziert. Er mochte ein, zwei Jahre älter sein als Alexander, mehr nicht.

»O Gott«, sagte Alexander, legte den Ordner aus der Hand und erhob sich. »Oskar. Ich grüße dich, Cousin.«

Er hatte ebenso steingraue Augen wie Alexander und die gleiche schmale Nase mit den feinen, beweglichen Nüstern. Aber damit hörte die Familienähnlichkeit auf. Sein welliges Haar glänzte kastanienbraun und war zu einem modischen Kurzhaarschnitt gestutzt, der im Gegensatz zu Alexanders widerspenstigem Schopf sorgfältig gepflegt aussah. Oskar war ein paar Zentimeter kleiner als sein Cousin, dafür um etliche Kilo schwerer, und hatte ein Doppelkinn. Er wirkte wie jemand, der gar nicht anders als dick sein kann, nicht etwa aus reiner Freßsucht, sondern weil ihm das Leben ganz allgemein viel zu gut gefällt, um auf irgend etwas zu verzichten. Er hatte eine ausgesprochen sinnliche Ausstrahlung.

Er war leger gekleidet, aber leger auf eine Weise, die ein deutlich lesbares Preisschild trug, auf dem nichts weiter stand als: teuer. An seinem Handgelenk prangte eine Armbanduhr, die in ihrer schlichten Schönheit als Kunstwerk gelten konnte. An seiner rechten Hand glitzerte ein ungewöhnlich geschliffener Edelstein in einem Ring, der eine zu kühle Farbe hatte, um aus etwas so Gewöhnlichem wie Weißgold gefertigt zu sein.

»Wunderschönen guten Tag.« Leutselig und jovial wie ein Landesfürst in bester Stimmung nickte Oskar allen zu. Er sah sich im Zimmer um wie jemand, dem dieser Raum, dieses Haus und auch der Planet gehörte, auf dem es stand. Einschließlich der im Zimmer befindlichen Studenten.

Dann wandte er seine Aufmerksamkeit Alexander zu. »Geliebter Cousin!« deklamierte er, breitete beide Arme aus, trat auf ihn zu, umschlang ihn und küßte ihn auf den Mund. Wobei seine leicht geöffneten Lippen deutlich länger auf Alexanders lagen, als daß man hätte annehmen können, es sei lediglich der übliche Begrüßungskuß unter einander nahestehenden Verwandten.

Alexander stöhnte auf und verzog schmerzlich das Gesicht. »Oskar, sei vorsichtig. Ich hab' ein paar gebrochene Rippen.«

»Oho!« Der junge Mann zog seine auffallend ebenmäßigen Augenbrauen hoch. Vorsichtig legte er eine Hand auf Alexanders Brust und tastete nach dem Verband. »Unfall?«

»Karate«, erwiderte Alexander knapp, und um ihn herum senkten alle verlegen die Augen angesichts solcher Bescheidenheit.

»Ach so.« Oskars Finger strichen vorsichtig über die

Vorderseite von Alexanders T-Shirt hinunter, bis dahin, wo der Verband endete, und schienen einen Moment lang in Gefahr, die Grenzen der Schicklichkeit zu überschreiten. »Na, in dem Fall erspare ich dir, bemitleidet zu werden. Es würde deinem Heldentum Abbruch tun. – Nicht, daß mir deine Macho-Allüren nicht gefielen.« Er zwinkerte ihm vergnügt zu, und um Alexanders Mundwinkel zuckte ein unterdrücktes Lächeln.

Oskar trat zurück, stemmte die Arme in seine rundlichen Hüften und betrachtete Alexander amüsiert mit leicht schiefgelegtem Kopf. »Ich würde dir meine Verehrung zu Füßen legen, werter Cousin, aber man behauptet allgemein, das sei zur Zeit völlig sinnlos. Wie ich höre, hast du dir einen neuen Lover zugelegt, mein Bester. Und ausgerechnet Frank.« Er grinste anzüglich. »Dieser verdammte schöne Teufel. Du hast ihn also doch rumgekriegt. Verflucht, ich hätte wirklich nicht gedacht, daß er dafür zu haben ist.«

»Wenn du das nicht gedacht hast, warum hast du dann ständig versucht, ihn in dunkle Ecken zu ziehen?« fragte Alexander und legte sich vorsichtig wieder aufs Bett.

Oskar seufzte theatralisch. »Was sollte ich tun, ich bete nun mal den Boden an, über den er geht!«

»Oh, bitte«, sagte Alexander großmütig und nahm den Hefter mit seinen Unterlagen für das Referat wieder zur Hand. »Wenn es dabei bleibt.«

Sein Cousin lachte, laut und dröhnend. »Keine Angst. Er hat schon beim letzten Mal angedroht, mir die Finger zu brechen, wenn ich sie nicht bei mir behalte.«

»Dann halte dich lieber daran. Er ist ein Mann, der zu seinem Wort steht.« Er nahm den Kugelschreiber vom Nachttisch und begann, Notizen an den Rand der Seite zu schreiben, die er las.

»Das glaube ich unbesehen.« Oskar kräuselte verächtlich die Lippen. »In der Hinsicht jedenfalls bestimmt. Sein Verhalten ist mindestens so ordinär wie seine Ausdrucksweise. Wirklich, Alex, standesgemäß ist er nicht gerade.«

Jemand polterte die Treppe hoch, und schließlich kam Frank herein, unter dem einen Arm eine Einkaufstüte, unter dem anderen Arm Margots Retriever – mehr oder weniger. Lakota und Frank kämpften miteinander um etwas, was ursprünglich ein Fahrradhandschuh gewesen sein mußte. Frank schaffte es gerade noch, die Tüte mit den Flaschen einigermaßen zivilisiert neben Alexanders Schreibtisch abzustellen, dann brauchte er beide Hände, um den großen Hund abzuwehren. Schließlich nahm er Lakota einfach um die Taille, hob ihn hoch und warf ihn um, ein Trick, den Footballspieler bei ihren Gegnern mit Vorliebe vorführen. Frank landete dabei natürlich gleichermaßen auf dem Teppichboden, aber obenauf. Er knurrte wesentlich überzeugender als der Hund, der sich unter Franks Gewicht wand und spielerisch nach seinen langen Haaren schnappte.

»Wirklich ausstellungsreif schöne Haustiere, Alex«, bemerkte Alexanders Cousin in einem Tonfall, der vor Herablassung troff. »Du solltest ihnen allerdings abgewöhnen, ständig zu raufen.«

Die Bewegung, mit der Frank den Kopf hob, war die eines Raubtieres, das einen Eindringling in seinem Revier wittert. Er ließ Lakota los und stand auf. Der Hund schüttelte sich, setzte sich auf die Hinterläufe und starrte ihm mit schiefgelegtem Kopf aufmerksam nach, während Frank hochaufgerichtet, mit einem breiten, aggressiven Gang, auf Alexanders Cousin zusteuerte, bis er dicht, sehr dicht vor ihm stand.

»Und du solltest dir ganz fix mal abgewöhnen, in diesem Ton über mich zu reden«, fauchte Frank. Im nächsten

Moment fuhr seine Hand nach oben. Er packte Oskar vorn am Kragen und drehte seine geballte Faust, so daß das Hemd dem armen Kerl die Kehle einschnürte. Oskar zwinkerte einmal kurz und starrte dann mit der Faszination, die ein Kaninchen der Schlange entgegenbringt, in Franks grüne Augen. »Sonst tret' ich dich in deinen fetten Arsch, bist du quiekst, aber nicht vor Vergnügen, das versprech' ich dir.«

»Pfeif deinen Straßenköter zurück, Alexander«, zischte Oskar durch die Zähne.

»Das Nachteilige an Straßenkötern ist, daß sie nicht so gut auf Kommandos hören«, sagte Alexander desinteressiert, ohne von seinen Unterlagen aufzublicken. »Du wirst am besten mit ihm klarkommen, wenn du ihn ganz einfach freundlich behandelst. Im allgemeinen ist er eigentlich nicht bissig.«

Franks Stimme war dunkel und schwer und vibrierte vor Wut. »Wenn du mit mir nicht umgehen kannst wie ein normaler Mensch, dann verpiß dich aus meinem Gesichtsfeld, du Kröte, und zwar mit Warp neun.« Er gab Oskar einen Stoß und ließ ihn los, als Alexanders Cousin rückwärts taumelte.

»Ich gehe«, kündigte Oskar an, rückte seinen Hemdkragen zurecht und bewegte sich in einem vorsichtigen, ausgedehnten Halbkreis um Frank herum Richtung Tür. »Wir sehen uns heute abend beim Essen, Alexander. Aber vergiß nicht, einen Napf für ihn mitzubringen, falls du ihn tatsächlich dabeihaben willst. Ich weiß nicht, ob sie im Restaurant welche haben.«

Alexander stand vom Bett auf, um Frank nötigenfalls zurückzuhalten, aber der lachte nur, amüsiert und vergnügt, auch wenn die Luft um ihn herum immer noch aufgeladen schien wie mit Elektrizität. »Wenn sie dich reinlassen, dann haben sie auch Freßnäpfe.«

Alexander schloß die Tür hinter seinem Cousin, ging an den Schreibtisch und nahm sich eine Zigarette. »Du benimmst dich wirklich wie ein Straßenköter, Frank«, sagte er mit einem leisen Seufzer.

Frank trat auf ihn zu. »Ich *bin* ein Straßenköter, mein vornehmer Freund!« Er packte seinen Arm mit unangenehm festem Griff und senkte einen funkelnden Blick in Alexanders Augen. »Wenn du einen dressierten Pudel willst, dann kauf dir einen!«

Alexander schüttelte den Kopf, und seine Schultern bebten vor unterdrücktem Lachen. »Du schaffst mich, ehrlich.« Er legte eine Hand um Franks Nacken, zog ihn an sich und küßte ihn, leidenschaftlich und lange, so ausgedehnt und hitzig, als sei ihm völlig entfallen, daß sie nicht allein waren. Er stöhnte leise auf, als seine gebrochenen Rippen ihn daran erinnerten, daß innige Umarmungen für ihn im Moment nicht gesund waren.

Frank schnappte nach Luft, als Alexander ihn widerstrebend wieder losließ, blinzelte erstaunt und lächelte ihn an. Derart glutvolle Gunstbezeugungen in aller Öffentlichkeit hätte er seinem Freund nie zugetraut. Alexander war also doch so unbefangen im Umgang mit seiner Homosexualität, wie er behauptet hatte. Es auf diese Weise bestätigt zu bekommen war für Frank ebenso beruhigend wie vergnüglich.

»Was war denn das für einer?« fragte Pia empört. »Der ist ja widerlich.«

Alexander zündete seine Zigarette an. »Der Sohn meiner Tante. Mein Cousin. Er arbeitet in München. – Sag mal, Frank, willst du heute abend wirklich mit? Ihr seid schon explosiv genug, wenn Oskars Eltern dabei sind, aber heute abend wären wir allein. Und eine Schlägerei in einem Restaurant ist nicht die Art von Szene, die ich noch genießen könnte.«

Frank seufzte. Siedendheiß und sehr verspätet war ihm eingefallen, daß Oskars Laune möglicherweise bei weitem nicht so strahlend war, wie er vorgab. Laut Alexander war Michael einer von Oskars Liebhabern gewesen. Es war kaum anzunehmen, daß sein Cousin ihn nicht über das informiert hatte, was passiert war. Ein bißchen Mitgefühl wäre wohl angebracht. »Ich verspreche dir, ich werde zahm sein. Sogar dann, wenn er mich provoziert.«

Alexander betrachtete seinen Freund und blies gedankenvoll den Rauch durch die Nase. »Warum willst du das tun?«

»Weil ich nicht die Absicht habe, dich mit ihm alleinzulassen.« Frank starrte Alexander in die Augen. »Und jetzt frag mich mal, warum.« Er hatte zwar bisher nicht direkt darüber nachgedacht, trotzdem ahnte er mittlerweile, daß Alexander und Oskar sich tatsächlich ganz wesentlich besser verstanden hatten, als er geglaubt hatte.

Alexander schlug die Augen nieder. »Nein. Ich frage dich nicht. Es ist mir klar. Gut. Gehen wir zusammen hin.«

»Iih«, machte Pia. »Mit dem möchte ich aber nicht essen gehen müssen.«

Alexander lächelte. »Mit dir würde er auch gar nicht essen gehen wollen.«

»Gut so.« Pia verzog angeekelt das Gesicht. »Möchtet ihr nicht lieber mit uns gehen? Wir wollen nachher noch zum Griechen.«

»Pia, wann gibst du endlich auf?« sagte Margot.

Einen Moment lang herrschte im Zimmer unangenehmes Schweigen. Alexander betrachtete Margot aus schmalen Augen, aber sie sah ihn nicht an.

*

»Guten Abend, Schönheit!« Oskar begrüßte Frank mit einem strahlenden Lächeln und erhob sich galant von seinem Platz am Fenster des spanischen Restaurants.

»Dir auch einen guten Abend«, antwortete Frank. »Das mit der Schönheit kann ich leider nicht zurückgeben.«

Oskar seufzte tief. »Ich habe Geld.« Er grinste. »Viel mehr übrigens als Alexander.« Er ließ sich wieder auf seinen Stuhl nieder und strahlte Frank an wie ein Kind einen Weihnachtsbaum.

»Du redest ein bißchen zusammenhanglos.« Frank überließ mit Bedacht Alexander den Stuhl Oskar gegenüber und setzte sich neben seinen Freund. Es ging immer schief, wenn er Oskar gegenübersaß, oder, schlimmer noch, neben ihm. Frank konnte sich lebhaft an einige unangenehme Zwischenfälle aus der Zeit erinnern, in der Oskar noch zu Hause gewohnt hatte. Einmal hatte er beim gemeinsamen Mittagessen Oskar vor Wut über dessen unerschrockene Annäherungsversuche mitsamt dem Stuhl umgekippt.

Daß Oskars Vater sich vollkommen auf Franks Seite gestellt hatte, hatte für ihn die Sache nur noch peinlicher gemacht. Er hatte keine Skrupel, sich mit Oskar zu prügeln. Aber daß dessen Auseinandersetzungen mit seinem Vater unfair verliefen, das hatte selbst er begriffen. Wenn es überhaupt etwas gab, wofür er Oskar bewundern mochte, dann dafür, daß der sich dabei trotz allem stets als der Stärkere erwiesen hatte.

Jedenfalls in Franks Augen. Oskars Vater blieb unbeirrbar anderer Ansicht. Auch als die Zeit, da er seinen Sohn noch gnadenlos verprügeln konnte, längst vorbei war.

»Ach, komm!« sagte Oskar leichthin. »Schätzchen. Das ist doch nicht dein Ernst, daß du da keinen Zusammenhang erkennst.«

Oskar schaffte es immer wieder, ihn in Wut zu versetzen. Völlig problemlos. Frank betrachtete ihn voller Widerwillen. »Hast du schon einen Aperitif genommen? Oder zwei oder drei oder vier?«

»Ist er nicht süß?« sagte Oskar zu Alexander.

»Süßer als du in jedem Fall«, erwiderte der und klappte die Speisekarte auf. »Sollen wir einen Vorspeisenteller bestellen?«

»Unbedingt«, antwortete Oskar enthusiastisch.

»Ich möchte die gebratenen Sardellen«, sagte Frank. »Ich werde es bereuen, wenn ich mitten in der Nacht in den Keller muß, weil sämtliche im Kühlschrank gelagerten Wasserflaschen schon meinem Nachdurst zum Opfer gefallen sind. Aber ich will sie trotzdem.«

»Uff.« Oskar lehnte sich zurück und betrachtete Frank ausgiebig von oben bis unten. Soweit er nach unten kam bei jemandem, von dem ihn ein Tisch trennte. »Sag bloß, du göttlich schlankes Wesen nimmst wirklich Nahrung zu dir. Und auch noch gern. Wie machst du das? Ich meine, ohne hinterher so auszusehen wie ich?«

Es würde ein langer Abend werden. »Erstens fresse ich weniger«, gab Frank kühl zurück, »und zweitens bin ich von Natur aus schön.«

»Ja, das ist wahr.« Oskar lächelte, und es hätte ein Kompliment sein können, das Frank gern entgegennahm. Er hatte allerdings den Verdacht, daß das, was er im Moment an seinem linken Bein fühlte, weder ihm noch Alexander gehörte. Dem er diese Berührung nicht übelgenommen hätte, ganz im Gegenteil. Oskar dagegen sehr wohl.

»Wenn du glaubst, daß ich Hemmungen hätte, dich in einem öffentlichen Restaurant mitsamt deinem Stuhl umzukippen«, sagte Frank, »dann hast du dich getäuscht.«

Natürlich würde er nichts dergleichen tun. Er hatte die Bereitschaft mitgebracht, Oskar quasi als in Trauer befindlich zu respektieren, gleichgültig, wie der sich benahm. Und Frank würde sich an diesen Vorsatz halten, so gut er konnte. Es wäre allerdings einfacher gewesen, wenn er tatsächlich irgendwelche Anzeichen von Trauer an Oskar hätte entdecken können. Das war nicht der Fall.

Vielleicht waren die »kurzen, aber heftigen Affären«, die er laut Alexander immer wieder mit Michael gehabt hatte, ein längst abgeschlossener Teil seiner Vergangenheit. Vielleicht war seine Trauer über Michaels Tod ebenfalls nur ein kurzer, heftiger Schmerz gewesen und inzwischen so gut wie vorbei.

Er hatte ihn ja auch nicht gesehen, blutig und zerschunden, weggeworfen wie ein zerbrochenes Spielzeug, leblos wie eine Kleiderpuppe. Frank klappte die Speisekarte zu und legte sie weg. Er hatte keinen Appetit mehr.

Oskar zog sein Bein zurück und grinste gutmütig. »Alexander, wenn du mit ihm fertig bist, will ich ihn haben.«

Alexander sah nicht von der Karte auf. »Ich fürchte, so lange wirst du nicht leben.«

»Mein Gott, wie antiquarisch. Und so romantisch. Ich hätte nicht gedacht, daß du so sein kannst.« Oskar seufzte tief. »Weißt du, diese ganzen Schwulenhochzeiten, die neuerdings zur Standardausrüstung jeder anständigen Seifenoper gehören, fangen langsam an, die Szene zu verderben. Ich meine, schau dich an. Früher hast du deine Männer nicht mal nach dem Vornamen gefragt. Und nun so was.«

Alexander lächelte nur.

»Nicht, daß ich dich nicht verstehen könnte«, wandte Oskar sich an Frank. »Er ist wirklich gut im Bett. Aber ich habe tatsächlich erheblich mehr Geld. Nicht nur ein bißchen mehr. Was immer du willst, Frank – von mir kannst du es haben.«

Was immer Frank auch fühlte, und es war eine Menge, vor allem zügellose Wut – etwas drang trotzdem zu ihm durch und gewann Priorität: Alexanders betroffener Gesichtsausdruck, als Oskar so en passant herausposaunte, er sei gut im Bett.

Frank kämpfte seine Wut nieder, ohne sich davon auch nur das geringste anmerken zu lassen. Er atmete nicht einmal tiefer, obwohl er das Gefühl hatte, zu ersticken. »Das, was ich will, hast du nicht in deinem Sortiment. Aber du wirst es verschmerzen. Wenn du mich von der käuflichen Ware nicht unterscheiden kannst, dann weißt du sowieso nicht, was dir entgeht.«

»Ach, Frank«, sagte Oskar liebenswürdig, »das sagt sich so leicht: käufliche Ware. Als wenn das billig wäre. Daß du ein Luxusartikel bist, ist mir auch klar.«

Frank hatte ganz entschieden etwas dagegen, als ›Artikel‹ bezeichnet zu werden, aber es war sinnlos, mit Oskar über solche Dinge zu diskutieren. Er würde nie begreifen, daß es Menschen gab, die er nicht kaufen konnte.

Jedenfalls hatte Frank das bis jetzt geglaubt. Plötzlich war er sich da gar nicht mehr so sicher. Michael hatte auf ihn nicht den Eindruck gemacht, käuflich zu sein. Und Alexander? Der war jedenfalls ganz bestimmt nicht für Geld zu haben. Und die Bestätigung, daß er für Oskar zu haben gewesen war, gehörte für Frank nicht zu den humoristischen Glanzlichtern dieses Abends. Irgend etwas mußte an Oskar dran sein, was Frank noch nicht an ihm aufgefallen war. Aber im Moment verspürte er absolut keine Lust, darüber nachzudenken. Frank biß sich auf die Lippen, um sich weitere Kommentare zu verkneifen.

»Ich könnte dir eine Menge bieten«, fuhr Oskar fort, beiläufig, ein wenig abgelenkt durch das Studium der Speisekarte und die Frage, ob er sich für Lamm oder Fisch entscheiden sollte. »Eigentlich esse ich ja lieber

Fisch«, murmelte er zerstreut. »Aber Lamm ist doch jedesmal eine Vorstellung, die ich irgendwie unwiderstehlich finde.«

Frank verdrehte die Augen. Alexander sagte: »Nimm die Jakobsmuscheln als Vorspeise und etwas mit viel Gambas als Hauptgang, Oskar, und hör um Himmels willen auf, Unsinn zu reden.«

»Danke, Schatz. Du weißt immer, was ich brauche.« Oskar grinste ihn an und klappte die Speisekarte zu.

Sein Blick ruhte noch eine ganze Weile auf Alexander. Frank beobachtete Oskar aus den Augenwinkeln. Liebe. War überhaupt nicht schwer zu sehen, wenn man erst mal darauf kam. Das war nicht die Art von Blick, die er selbst von Oskar gewohnt war. Nicht, daß es keine Ähnlichkeit damit gehabt hätte. Aber das hier war viel mehr.

Trotzdem wandte Oskar sich jetzt ab und richtete seine Aufmerksamkeit wieder auf Frank. »Natürlich bist du ein absolutes Luxusgeschöpf. Aber ich kann's mir leisten. Stell dir das doch mal vor! Weltreisen. Motoryachten. Frauen ... Schöne Frauen, Frank. Die schönsten.«

Er war ein Ablenkungsmanöver, mehr nicht. Ein Appetithäppchen. Der eigentliche Gegenstand von Oskars Verehrung und Liebe saß neben Frank, nahm eine Zigarette und ließ sich mit der Gelassenheit jahrelanger Gewohnheit von Oskar Feuer geben. Er erwiderte ebenso gelassen den zärtlichen Blick und wandte sich dann wieder der Speisekarte zu.

Frank grinste. »Jetzt wirst du aber exotisch, mein Lieber. Was soll ich denn mit Frauen. Hör auf, Oskar. Ich hab' keine Lust, mit dir zu schlafen. Ich komm' vielleicht auf dich zurück, wenn Alexander mich rausschmeißt. Es wäre eine angemessene Rache.«

»Welch eine Drohung«, murmelte Alexander.

»Du bist wirklich gut im Bett«, bemerkte Frank, während er die Getränkekarte überflog, ebenso beiläufig wie Oskar das bemerkt hatte und ohne im geringsten die Stimme zu dämpfen. »Hab ich' dir das schon mal gesagt?«

»Nein.«

»Entschuldige. Ein echtes Versäumnis. Ich kann verstehen, daß er stocksauer ist.«

»Oh, ich bin nicht sauer«, widersprach Oskar. »Es entzückt mich immer, dem Aufblühen einer jungen Liebe beizuwohnen. Ihr seid reizend. Und so ernsthaft.«

Ja, sehr ernsthaft, dachte Frank. Und es gibt kein Zurück, weder für mich noch für dich, Oskar. Damit müssen wir leben, sowohl du als auch ich. Und deine Taktik ist falsch.

Frank betrachtete Alexanders Cousin nachdenklich. »Kannst du eigentlich auch normal reden?« erkundigte er sich. »Ich meine, wenn du dir wirklich ernsthaft Mühe gibst?«

»Ich weiß nicht.« Oskar legte die Speisekarte zur Seite und grinste Frank freundlich an. »Vielleicht habe ich es verlernt. Wirst du es mir beibringen?«

»Notfalls mit Gewalt«, erwiderte Frank trocken.

»Apropos Gewalt.« Oskar hob einen Zeigefinger.

»Oskar«, sagte Alexander kalt. »Auch das, was du dir erlauben kannst, hat seine Grenzen. Du hast deine gerade erreicht.«

»Okay.« Oskar ließ den Zeigefinger wieder sinken. Er lehnte sich zurück und sah erwartungsvoll dem Kellner entgegen, der ihren Tisch ansteuerte. »Okay. Lassen wir das Skelett im Schrank.« Er grinste anzüglich und zwinkerte seinem Cousin vielsagend zu. »Oder, besser gesagt, im Käfig.«

*

»Puh«, sagte Alexander, als sie vor dem Restaurant standen und dem Taxi hinterherschauten, das Oskar zum Apartment seines Freundes brachte, bei dem er meistens übernachtete, wenn er in Düsseldorf war. Alexander atmete tief, als würde die Luft langsam besser, als sie vorher gewesen war. Dabei hatten sie sich eigentlich ganz gut unterhalten.

Er legte den Arm um Frank, deutlich erleichtert und entspannt, und sie machten sich über die Rheinuferpromenade auf den Weg zum Parkhaus. Es war nicht warm, aber die Luft fühlte sich relativ mild an, und die Altstadt war voll wie ein Rummelplatz.

»So, so«, sagte Frank, legte im Gehen den Kopf auf Alexanders Schulter und schaute zu den Sternen auf, die über dem Rhein glitzerten. Viel sah man in der Stadt nicht davon, dazu war es hier auch nachts zu hell. Frank betrachtete sie trotzdem fasziniert. »Deine sadistische Ader ist also ausgeprägter, als ich dachte.«

Alexander antwortete nicht, aber er war mit einem Schlag wieder angespannt. Es dauerte eine Weile, bis er fragte: »Wie kommst du darauf?«

»Ach, komm.« Frank hob den Kopf und stieß Alexander sanft mit der Schulter an. »Ich bin doch nicht blöd.«

Alexander gab den Stoß zurück, aber weniger behutsam, und brachte Frank aus dem Gleichgewicht. Er fing ihn auf und umarmte ihn so liebevoll, als sei er ein zerbrechlich zartes Wesen. Obwohl er im Moment derjenige war, der mit gebrochenen Knochen herumlief, ein Umstand, den er vergessen hatte und an den er jetzt prompt erinnert wurde. Er vergrub sein schmerzverzerrtes Gesicht in Franks langen, rotblonden Kringellocken. »Bin ich etwa nicht immer absolut sanft und zärtlich zu dir?«

Frank grinste. »Oh, nein. Gott sei Dank nicht.«

»Aber meistens«, sagte Alexander ernst.

Frank lachte laut auf. »Nein, auch nicht meistens.«

Alexander ließ ihn los. Er senkte den Kopf und steckte die Hände in die Taschen. »Na ja. Was immer ich auch bin, es scheint dir ja zu gefallen.«

»Eben«, bestätigte Frank und legte eine Hand auf Alexanders Schulter, während sie weitergingen. Er registrierte, daß manche Leute sich nach ihnen umdrehten, aber es störte ihn nicht. Früher hatten sich Mädchen nach ihm umgedreht. Beides konnte lästig sein, an beides konnte man sich gewöhnen. Trotzdem spürte er, daß er wachsamer war als sonst und wie ein Sensor die Reaktionen seiner Umgebung auffing. Vielleicht war das nur eine Nachwirkung des Überfalls im Park. Vielleicht auch nicht. Er seufzte. »Weißt du, daß du blaß geworden bist, als Oskar damit anfing?«

»Im Ernst?«

»Ja, wirklich.«

Alexander zuckte mit den Schultern. »Es gibt halt Dinge, die ich dir lieber selbst sagen würde. Zum Beispiel, daß ich mit ihm geschlafen habe.«

»Es war nicht nötig, mir das zu sagen.«

»Ich weiß.« Alexander zog seine Zigaretten aus der Tasche und blieb stehen, während er sich eine anzündete. »Daß dir das inzwischen aufgegangen ist, hattest du mir ja mehr oder weniger deutlich schon mitgeteilt. – Aber außerdem gibt es Dinge, über die ich überhaupt nicht reden will. Weil sie, wenn man darüber redet, ein Gewicht bekommen, das sie sonst gar nicht haben.« Er rauchte ein paar Züge und fügte plötzlich hinzu: »Ich bin kein Sadist.«

»Nein, ganz sicher nicht«, sagte Frank spöttisch. »Nur herrschsüchtig und ein bißchen grausam.«

Alexander lächelte. »Auch nicht immer. Ich könnte dir nicht wirklich weh tun. Und was Oskar ...«

»Ja?« Hör jetzt nicht auf, dachte Frank. Sag es mir. Er

wollte mehr über Oskar erfahren. Je mehr, um so besser. Er mußte lernen, mit Oskar fertigzuwerden – besser als vorher.

Alexander schüttelte den Kopf, steckte die Zigarettenschachtel zurück in die Tasche seiner Jeansjacke, legte einen Arm um Frank und ging weiter. »Das willst du gar nicht wissen. Jedenfalls geht mir das zu weit.«

»Ich nehme an, er besitzt eine professionell ausgerüstete Folterkammer«, vermutete Frank. Er hoffte, daß es nicht allzu angeekelt klang. Er wußte nicht, was er davon hielt. Nicht mehr.

»So ähnlich.« Alexander kniff die Augen zusammen. »Ich mag das Ding nicht mal betreten. Ich meine, wenn ich wütend genug bin ...«

»Aha?« sagte Frank.

»Ja, sicher. Ich kann grausam sein, und nicht nur ein bißchen. Das weiß ich auch. Aber das ist dann schon ein spontaner Ausbruch, nicht eins dieser ausgefuchsten Spielchen, die sich Leute wie Oskar ausdenken. Die finde ich fürchterlich langweilig.«

Frank sah zu ihm auf. Er betrachtete zweifelnd Alexanders Gesicht, seinen Mund, der oft einen grausamen Zug hatte, auch wenn er lächelte. Und die steinkühlen, grauen Augen, die unablässig die Menschenmenge beobachteten, wachsam wie die Augen eines Jägers. Oder eines Raubtiers. »Du hörst dich wesentlich gefährlicher an, als Leute wie Oskar es sind. Weißt du das?«

»Herrgott, Frank, bitte!« Alexander war stehengeblieben und ließ ihn abrupt los. Er schüttelte unwillig den Kopf und strich sich mit einer ungeduldigen Gebärde eine Haarsträhne aus den Augen. »Sag so was nicht. Ich kann dir nicht weh tun. Ich hab' wirklich Probleme damit, ganz ernsthaft, und das finde ich auch völlig in Ordnung so. Wenn ich in deinen Augen Schmerz sehen würde, dann würde ich heulen. Das ist nicht sehr erotisch.« Er ging weiter, mit gesenktem Kopf, eine Hand in der Hosentasche, irritiert und ärgerlich.

Frank lachte und lief schneller, um zu ihm aufzuholen. Er schlang einen Arm um Alexanders Taille und zog ihn sanft wieder zu sich heran. »Nein, hört sich ein bißchen komisch an. Aber du kannst ruhig zugeben, daß du eine Menge von Unterwerfungsritualen hältst.«

»Das ist etwas anderes«, beharrte Alexander, immer noch die Hand in der Hosentasche, mit steifem Rücken und nicht gewillt, dem leisen Druck von Franks Hand weiter nachzugeben. Er zog noch einmal an seiner Zigarette, dann warf er sie weg und steckte auch die andere Hand in die Tasche. »Und außerdem brauche ich dafür schon jemanden, der so jähzornig und hitzig ist wie du. Wirkliche Unterwürfigkeit würde mich noch schneller langweilen als raffinierte Schmerzspielchen mit ...«

»Mit?«

»Hör bloß auf«, sagte Alexander ungeduldig. »Erspar mir die Aufzählung von Oskars Instrumentarium. Wenn du neugierig bist, kauf dir 'n Porno. Es gibt genug. Jedenfalls hätte ich da keinen Bock drauf, wenn du nicht in der Lage wärst, die Rollen umzukehren. Dir macht es doch Spaß, den Kampf zu gewinnen, und du kannst verdammt grausam sein. Mir macht das allerdings nichts aus, ich kann das ab. Besser als du wahrscheinlich.«

»Ja«, gab Frank zu. »Das ist wahr.« Er legte den Kopf an Alexanders Schulter. Was ziemlich unbequem war, solange sein Freund die Hände in den Taschen behielt.

»Und du kannst Schmerz in meinen Augen sehen, ohne zu heulen.«

»Ja. Kann ich.« Frank richtete sich wieder auf und ließ Alexander los. Es hatte keinen Sinn, ihn zu bedrängen. »Aber ich weiß auch, wann es dir was ausmacht und wann nicht. Ich kenn' deine Grenze. Wir haben uns als Kinder oft genug geprügelt. Wenn ich zu früh nachgebe, verletzt es deinen Stolz. Und das ist zweifellos das Schlimmste, was man dir antun kann.«

Alexander lachte. »Das ist zwar die merkwürdigste Rechtfertigung für Sadismus, die ich je gehört habe, aber du hast durchaus recht damit.« Er stieß Frank mit der Schulter an. »Wir haben uns nicht geprügelt, du Straßenköter. Wir haben miteinander gekämpft. Kräfte gemessen. Richtig geprügelt haben wir uns noch nie.«

»Och, manchmal hatte es aber schon Ähnlichkeit damit«, widersprach Frank. »Und du hast mir oft genug Prügel angedroht.«

»Ja, wenn du wieder mal drauf und dran warst, irgendwelchen Mist zu machen.« Alexander hielt ihm die Tür zum Parkhaus auf und stieg vorsichtig die Treppen hinunter, während Frank leichtfüßig neben ihm herhüpfte, ungeduldig und übermütig wie immer. Das Treppenhaus war ziemlich belebt, und mit dem zartgelben Anstrich wirkte es freundlicher als die Flure so mancher Wohnhäuser, die er gesehen hatte.

»Wenn deine Mutter geahnt hätte, auf was für blödsinnige Gedanken du schon gekommen bist, die hätte keine Nacht geschlafen«, sagte Alexander leise.

»Ach was«, erwiderte Frank wegwerfend und öffnete die Tür zum Parkdeck. »Sie wußte ja, daß du über mich wachst.« Seine Stimme hallte unangenehm laut durch die Betonhalle. Sie sah endlos aus. Er schaute sich um, betrachtete die langen Wagenreihen, die Frauenparkplätze direkt links neben der Tür, und plötzlich dachte er an Vergewaltigung. Nicht an Spiele in privaten, kleinen Folterkammern, nicht an das langsame und vorsichtige Austesten der Grenzen zwischen Schmerz und Lust mit Dingen, die zärtlich ›Toys‹ genannt wurden, nicht an spannende Herausforderungen an das Vertrauen eines anderen Menschen und an die eigene Fähigkeit zum Vertrauen, sondern an Vergewaltigung. Und er sah Michael vor sich. Den toten, nicht den lebenden Michael. Alles in ihm krampfte sich zusammen.

»Ja, und du wußtest auch, daß ich auf dich aufpasse, du verdammter Hund«, sagte Alexander überraschend heftig. »Darauf hast du dich verlassen. Und wenn ich nicht neben dir stand, um zu sagen ›Tu das nicht, das ist gefährlich‹, dann hast du's einfach gemacht.« Er kramte in den Taschen seiner Jacke nach den Autoschlüsseln.

Frank verbannte die unerwünschten Gedanken zurück in die dunklen Ecken, aus denen sie gekrochen waren. »He«, sagte er sanft. Er blieb stehen und hielt Alexanders Hände fest. »Ich habe die Schlüssel. – Das wirfst du mir immer noch vor? Diese blöde, alte Drogenstory? Hör auf.«

Alexander holte tief Luft. »Entschuldige. Aber das war ein Moment, in dem ich Angst um dich hatte. Wirklich und ernstlich Angst.« Frank hielt ihm die Beifahrertür auf, und er stieg ein. »Daß das Arschloch mich damals angerufen hat, damit ich dich aus seiner dreckigen Bude schaffe, war ja noch gar nicht mal schlimm«, sagte er, als Frank sich ans Steuer setzte und den Wagen anließ. »Ich war besorgt, aber nicht gerade in Panik. Ich komm' da hoch, um dich abzuholen, und du ... Du weißt ja gar nicht, wie du mich angeguckt hast, als du dieses Zeug intus hattest. Ich kann's dir auch nicht beschreiben. Du warst irgendwie – weg.«

Frank beeilte sich, aus dem Parkhaus herauszukommen, und hätte um ein Haar einen Poller gerammt. Erleichtert registrierte er, daß sein Freund es nicht bemerkt hatte. Der alte Wagen hatte ohnehin eine ziemlich verbeulte Karosserie – aber nach der Arbeit, die es gekostet hatte, die scheußliche blutrote Farbe vom gewohnten Schlachtschiffgrau zu waschen, wäre Frank jetzt ein weiterer Blechschaden wie ein Sakrileg vorgekommen.

Alexander steckte in Gedanken immer noch mitten in dieser uralten Geschichte. »Weißt du, wie verdammt unheimlich das ist, wenn jemand vor einem steht, der so weggetreten ist, daß man sich fragt, wieso der eigentlich stehen kann? Ich wußte, daß du im nächsten Moment umkippen würdest wie eine Kleiderpuppe. Das war völlig klar. Und als ich dich dann im Arm hatte, schlug dein Herz so schnell, daß ich dachte, du stirbst. Ernsthaft. Ein Vogelherz. Ich dachte, es zerbricht gleich oder rast sich tot, ich weiß nicht was. Ich konnte nicht mehr klar denken. Und dann hatte dieser Dreckskerl, der dir die Pillen aufgeschwatzt hat, auch noch die Stirn, mir zu sagen, ich dürfte dich nicht ins Krankenhaus bringen.«

»Er hatte Angst, sein Drogenhandel fliegt auf, ist doch klar.«

Alexander tastete nach seiner Zigarettenpackung und sog scharf die Luft ein, als seine angeknacksten Rippen gegen die Bewegung protestierten. Frank warf ihm einen Blick zu, streckte die Hand aus und holte die Schachtel aus Alexanders Jackentasche. Er zündete eine an und gab sie ihm.

»Danke. Weißt du, daß ich ihn fast umgebracht hätte?«

»Ich hab' nicht viel darüber gehört, nein.« Alexander hatte überhaupt noch nie über diese Sache gesprochen. Jedenfalls nicht richtig. Er hatte Frank eine Predigt gehalten, die der sein Leben lang nicht wieder vergessen würde, aber mehr nicht. »Ich weiß, daß er im Krankenhaus lag, aber er hat nie drüber geredet, wieso. Jedenfalls nicht mit mir.«

»Er hatte sich mir in den Weg gestellt.«

Frank lächelte. »Das sollte man nicht tun.«

»Nein. Nicht, wenn ich dich im Arm habe und Angst habe, daß du stirbst. Ich hab' ihn mit einem Fußtritt aus dem Weg befördert, und der ist nicht getaumelt, der ist geflogen. Er ist die halbe Treppe runtergekugelt. Ich bin über ihn weggestiegen. Was mit dir auf den Armen nicht ganz leicht gewesen sein kann. Ich weiß sowieso nicht, wie ich das geschafft habe, dich die Treppe runterzutragen. Aber ich hab' nichts davon gemerkt. Außer am nächsten Tag, da konnte ich mich kaum bewegen. Ich hab' geheult vor Schmerzen.«

»An meinem Bett hast du nicht geheult.«

»O doch, das hast du nur nicht gemerkt. Du warst nicht bei Bewußtsein. Ich hab' geheult wie ein Tier. Und das nicht, weil ich Schmerzen hatte.«

Frank schwieg. Einen Moment lang griff er nach Alexanders Hand und hielt sie fest. Dann mußte er vor einer Ampel herunterschalten und ließ ihn wieder los. Er hatte verflixt viel nicht mitgekriegt in den letzten Jahren. Nicht einmal das. Er erinnerte sich nur an Schwestern, die mit bösen Gesichtern und zusammengekniffenen Lippen an sein Bett traten und mit ihren Spritzen seine Venen zerstachen. »Haben die mich vielleicht deshalb da so hundsgemein behandelt?«

»Ja, kann sein.« Alexander lächelte. »Das hast du auch verdient. Und das wußtest du. Du warst lange Zeit sehr sanft und friedlich.«

»Ich habe dir mein Leben geschenkt«, sagte Frank. Sie hatten die Innenstadt hinter sich gelassen, und der Verkehr ließ nach. Er kurbelte das Fenster ein Stück herunter und lenkte den Wagen mit einer Hand. »Der Arzt hat behauptet, du hättest es mir vielleicht gerettet, und ich habe gesagt: ›Mein Leben gehört jetzt dir.‹ Und du hast gesagt: ›Es gehört mir sowieso, und du wirst gefälligst lernen, verantwortungsvoll damit umzugehen, oder ich prügel' dich so windelweich, daß dein verdammtes, kleines Leben nicht mehr viel wert ist.‹« Er grinste verlegen. »Du warst ziemlich laut.«

»Ja, ich weiß. Es war dir peinlich, aber du wußtest auch, daß du da an eine Grenze gestoßen bist. Und plötzlich warst du ganz sanft und lieb. Es wurde mit jedem Tag schwieriger, wütend auf dich zu sein. – Tu so was nie wieder.«

Vielleicht war das Alexanders Art, damit fertigzuwerden, daß er seinen Freund inzwischen vor Dingen beschützen mußte, die mindestens so lebensgefährlich waren wie Drogen und auf die er keinen Einfluß hatte. Frank hätte die alte Geschichte lieber vergessen, aber über die Sache im Park nachzudenken war auch keine Alternative. »Ich habe dir damals im Krankenhaus schon versprochen, es nie wieder zu tun. Du dürftest ruhig mal zugeben, daß ich mittlerweile relativ gut darin bin, verantwortungsbewußt mit meinem Leben umzugehen.« Er bog in die stille, kleine Seitenstraße ein und parkte den Wagen.

»Ich gebe es zu.« Alexander öffnete die Tür und stieg vorsichtig aus. »Wie kam ich jetzt überhaupt darauf? Dieser blöde Oskar. Weckt die merkwürdigsten Erinnerungen. Eigentlich warst du gar nicht so schlimm. Nur nicht so zivilisiert wie ich. Aber nicht wirklich schlimm.«

»Danke.«

»Bitte.«

Frank schloß die Haustür auf – Alexanders Haustür. Sie schliefen meistens in Alexanders Zimmer. Es war größer als seins, und das Haus war ruhiger. Sein Freund stützte sich auf seine Schulter, während sie die Treppe hinaufgingen. Er sah erbarmungswürdig müde aus, als er seine Jacke auf den Schreibtischstuhl warf und sich mit beiden

Händen über das Gesicht fuhr. »Meine Güte, ich bin völlig fertig. Und ziemlich durcheinander, glaub' ich. Ich möchte was zu trinken.«

»Soll ich dir was holen?«

»Ja, bitte. Whisky. Einen dreistöckigen.«

Frank trabte die Treppe hinunter, im Dunkeln, weil er kein Licht brauchte, um sich zurechtzufinden. Er öffnete die Tür zum Wohnzimmer und stand eine Weile unschlüssig vor der gutsortierten Bar. Er wußte, daß Alex den irischen Whisky trank, aber er konnte sich nicht entscheiden, was er selbst wollte. Zum Essen hatte er nur Wasser getrunken, weil er fahren mußte.

Er entschied sich, dabei zu bleiben.

Als er hochkam, saß Alexander am Schreibtisch und starrte vor sich hin. »He.« Frank drückte ihm das Whiskyglas in die Hand. »Schlaf nicht im Sitzen ein. – Hör mal, Oskar weiß doch, was passiert ist, oder?«

»Mit Michael?«

Frank nickte.

»Ja. Ich habe ihn angerufen.«

Frank spürte einen Stich. Eifersucht. Alexander hatte ihn nach Hause geschickt und seinen Cousin angerufen. Von Handy zu Handy, wie es sich geziemte für zwei Kinder aus gutem Hause.

Er schüttelte den Kopf über sich selbst und schämte sich ein bißchen. »Wie hat er es aufgenommen?«

Alexander zuckte nur mit den Schultern. Dann trank er den Whisky aus, in einem einzigen, langen Zug, und stellte das Glas auf den Schreibtisch.

»Komm ins Bett«, sagte Frank und knöpfte Alexanders Hemd auf.

Alexander stand auf. »Und? Was willst du? Ausprobieren, wie weit mein Sadismus geht?« Seine Stimme klang bitter.

»Hör auf«, erwiderte Frank. »Danach ist dir doch gar nicht. Nein. Ich wüßte eigentlich ganz gern, wie das ist, wenn du absolut sanft und zärtlich bist.«

*

Frank bewegte sich unruhig. Alexander umfaßte ihn fester, obwohl sein zerschundener Körper ihm mitteilte, ein bißchen Sicherheitsabstand sei angebracht, und streichelte beruhigend seinen Rücken. Er öffnete die Augen. Es war dunkel, so dunkel, wie es am Rande einer Großstadt eben sein kann. Er konnte gut sehen.

Frank rollte sich herum und umarmte ihn vorsichtig.

»Bist du wach?« fragte Alexander leise.

»Da war irgendwas.« Franks Stimme klang nicht verschlafen, sondern hellwach, mit einem Unterton von Schärfe, als würde er schon seit einiger Zeit wach liegen und lauschen.

»Du hast geträumt«, sagte Alexander versuchsweise.

»Laß uns aufstehen«, erwiderte Frank leise. »Da ist etwas.«

»Ich höre nichts«, murmelte Alexander, aber als Frank über ihn hinwegkletterte und aus dem Bett stieg, richtete er behutsam den Oberkörper auf. Er preßte die Lippen zusammen. Still liegenzubleiben brachte zwar auch keine völlige Schmerzfreiheit, aber Bewegung war eindeutig die schlechtere Wahl. »Was hast du denn gehört?«

»Ich weiß es einfach nicht«, flüsterte Frank. Er stand geduckt neben dem Bett und starrte unverwandt in Richtung Fenster. »Aber es hat mich geweckt.«

Alexander wußte, daß Frank das Haus ebenso gut kannte wie er. Er wachte nicht auf von nächtlichen Geräuschen, die ihm vertraut waren. Wenn Alexanders Tante die Treppe hinunterschlich, um mitten in der Nacht den Kühlschrank zu plündern, drehte Frank sich im Bett um und schlief friedlich weiter. Das tat er auch, wenn Alexander aufstand, um ins Bad zu gehen. Er hatte einen tiefen Schlaf.

Alexander preßte eine Hand auf den Verband über seinen schmerzenden Rippen. Frank war ans Fenster geschlichen, duckte sich über das Fensterbrett und spähte hinaus. »Ich sehe nichts«, murmelte er nach einer Weile.

»Es ist auch völlig ruhig.« Alexander wollte nicht aufstehen.

»Laß uns nachsehen.« Frank ging zur Tür.

»Frank«, sagte Alexander leise. »Bist du sicher, daß du nicht nur einfach ziemlich durcheinander bist und schlecht geschlafen hast?«

Frank blieb stehen und wandte sich um. »Ich habe Angst«, sagte er ganz ruhig.

Alexander schaute ihn an. »Komm mal her.«

Frank sah zur Tür, dann zum Fenster, und lauschte eine Weile angestrengt. Schließlich kam er zögernd zurück und blieb neben dem Bett stehen.

Alexander griff nach seiner Hand und hielt sie fest. »Frank? Bist du völlig sicher, wovor du Angst hast?«

»Wie meinst du das?« Ein Lichtstrahl von irgendwoher huschte durch das Zimmer, ein schwacher, müder Schein, und Franks Augen reflektierten ihn und sahen für den Bruchteil einer Sekunde aus wie die einer Katze.

»Ich meine, ob du sicher bist, daß das, wovor du Angst hast, da draußen ist.«

Frank runzelte die Stirn. »Psychologie ist nicht meine Stärke, Alex. Was willst du mir sagen?«

»Hast du Angst vor mir?«

Etwas schepperte. Ein leises Geräusch eigentlich nur, das allein deshalb so deutlich bis ins Zimmer drang, weil es im ganzen Haus still war. Frank schoß zur Tür und rannte die Treppe hinunter. Alexander sprang auf. Ein scharfer Schmerz durchfuhr seine Brust, aber er achtete nicht darauf. Er lief hinter seinem Freund her. »Warte!«

Frank wartete nicht. Er riß die Terrassentür auf, witterte einen Moment lang wie ein Tier, dann rannte er weiter, durch den Garten, um das Haus herum, auf die Straße hinaus.

Eine Katze stob zwischen den parkenden Autos davon. Ein Mülleimer stand offen, und eine leere Blechdose, die Tomatenmark enthalten hatte, war auf die Straße gerollt.

Alexander erreichte Frank, der keuchend auf dem Fußweg stand, die Hände zu Fäusten geballt, und blieb taumelnd stehen, zitternd vor Schmerzen. »Verdammtes Vieh!« brüllte er unbeherrscht, und Frank wandte sich um und lachte.

»Du meinst die Katze, ja?«

»Ja, die Katze.« Alexander legte eine Hand auf sein Herz, das heftig klopfte, nicht von der Anstrengung des Laufens, sondern weil Frank ihm so weit voraus gewesen war und er einen Moment lang Angst gehabt hatte vor dem, was da draußen passieren könnte. Er fluchte unterdrückt und schüttelte heftig den Kopf. »Mein Gott, Frank, das muß aufhören! Das kann doch nicht ewig so weitergehen!«

»Es ist ja nichts passiert«, sagte Frank begütigend. »Komm, gehen wir wieder ins Bett.« Er legte den Arm um Alexanders Taille, und sie gingen langsam durch den Garten zurück.

Als sie um das Haus herum auf die Terrasse zugingen, blieb Alexander ruckartig stehen.

Frank stutzte. Er schaute seinen Freund an, der mit weit geöffneten Augen völlig unbeweglich auf den Rasen starrte, und dann folgte er seinem Blick.

Irgend etwas war falsch. Es war sehr dunkel hier hinten im Garten, und Farben waren schwer zu erkennen, aber etwas war falsch. Mit einer plötzlichen Eingebung schaute Frank auf seine nackten Füße hinunter, und dann begann sein Herz einen wilden Trommelwirbel zu schlagen.

Seine Füße waren rot, und der ganze Rasen war naß von Blut.

*

»Schweineblut«, sagte Merzenbach, der so frisch und ausgeschlafen aussah, als seien nächtliche Einsätze seine ganz besondere Spezialität. »Eimerweise Schweineblut. Würde ich jedenfalls drauf tippen. Wir müssen's natürlich untersuchen.«

Sie waren dabei, den ganzen Garten zu durchsuchen, der inzwischen mit tragbaren Scheinwerfern hell ausgeleuchtet wurde. Auch in den umliegenden Häusern brannte fast überall Licht. Einige Nachbarn waren aufgestanden und in hastig übergeworfenen Mänteln auf die Straße herausgekommen, um zu sehen, was das Durcheinander zu bedeuten hatte. Franks gesamte Familie stand jenseits der Absperrung, die die Polizei um den Garten gezogen hatte, und seine Mutter versuchte, seine Aufmerksamkeit zu erregen. Aber Frank ignorierte sie. Er war zu wütend, um mit jemandem zu reden.

»Wir werden ein paar Fußspuren bekommen«, berichtete Merzenbach. »Aber wir werden nicht viel damit anfangen können. Wie gehabt. Ich tippe auf billige Gummistiefel, und derjenige, der sie getragen hat, wird sie naß abspülen und fertig. Sie irgendwo verschwinden zu lassen, wo's nicht auffällt, ist ja auch kein Problem. Er ist auch längst weg. Das Blut liegt schon eine Weile. Der Rasen ist taufeucht, und deshalb ist es nicht so schnell eingetrocknet. Was Sie geweckt hat, war jedenfalls nicht derjenige, der es Ihnen in den Garten gekippt hat. Und ich wette, wir kriegen nicht raus, woher er das Zeug hat. Wir hatten hier vor ein paar Jahren mal Probleme mit fanatischen Tierversuchsgegnern, und bei deren Aktionen ist auch gern mal nachts mit Blut rumgeschmiert worden. Und da haben wir auch nicht rausgekriegt, woher sie's hatten. Einige Möglichkeiten, aber keine konkreten Ergebnisse.«

Frank schnaubte verächtlich, aber als Merzenbach ihm einen fragenden Blick zuwarf, wandte er sich ab. Lächerlich. Gar nichts konnten sie herausfinden. Nichts, worauf man sie nicht mit der Nase stieß.

Konnten sie das wirklich nicht? Oder wollten sie es nur nicht? Angeblich gab es doch immer mehr und immer weiter verfeinerte Methoden, Täter dingfest zu machen. Das Auffrischen uralter Fingerabdrücke mit Hilfe von Bakterien, den sogenannten ›genetischen Fingerabdruck‹, Spezialkameras, die weiß Gott was aufnehmen konnten, was das menschliche Auge nicht wahrnahm – was war damit? Zu teuer für ein kleines Schwulendrama? Oder war das letztlich alles nur eine nette, hoffnungsfrohe Zukunftsmelodie, von Werbestrategen komponiert, um den Bürger ruhig zu halten, während die Kriminalitätsrate immer weiter stieg?

Falls sie das wirklich tat. Frank wußte eigentlich nichts darüber. Er wußte nur, daß er so langsam sauer wurde. Vor allem, weil er nicht gerade den Eindruck hatte, daß die Kripo mit Hochdruck nach den Schlägern suchte, die Alexander die Rippen gebrochen hatten. Andererseits konnten sie natürlich allein mit dem Totschläger, den Alexander erbeutet hatte, nicht viel anfangen, wenn die Fingerabdrücke darauf in keiner Kartei gespeichert waren. Und die Beschreibung, die Frank und Alexander von den beiden vermummten Männern geliefert hatten, war zwangsläufig recht dürftig. Natürlich bekam man einen relativ genauen Eindruck von einem Menschen, mit dem man kämpfte – aber nichts, was für ein Fahndungsfoto getaugt hätte.

»Sonst noch irgendeine Nachricht?« fragte Alexander. »Ein Zettel oder ein anonymer Anruf?«

»Bislang nichts«, sagte Merzenbach.

Nein, dachte Frank wütend, und auch sonst nichts. Was macht ihr eigentlich die ganze Zeit? Über euren Personalnotstand meditieren? Falls sie einen hatten. Er nahm es an. Aber auch darüber wußte er nichts. Er hatte bisher nicht viel Anlaß gehabt, sich mit solchen Dingen zu befassen. Jetzt hatte er Anlaß. Einen ganzen Garten voller Anlaß.

Es war, als wäre er durch Michaels Blut gewatet. Allein daran zu denken brachte ihn schon wieder dazu, zu würgen.

»Ein Mann oder eine Frau?« fragte Alexander.

»Was?« Merzenbach runzelte die schwarzen Brauen.

»Der anonyme Anrufer, der mir die beiden Morde anzuhängen versucht. Mann oder Frau?«

Der Polizist verschränkte die Arme und betrachtete Alexander aufmerksam. »Danach haben Sie bisher nie gefragt.«

»Richtig. Und das war ein Fehler.«

Ja, das war es, das wurde Frank auch gerade bewußt. Sie hätten eine Menge mehr Fragen stellen sollen, und zwar von Anfang an.

Merzenbach zuckte mit den breiten Schultern unter seiner abgewetzten Lederjacke. »Ich kann es Ihnen nicht sagen.«

»Das nehme ich Ihnen nicht ab«, antwortete Alexander kühl.

»Ich will es Ihnen nicht sagen, darf es Ihnen nicht sagen«, berichtigte Merzenbach sich.

Frank ballte unwillkürlich die Fäuste. Er hätte Alexander gern einfach an der Hand genommen und wäre gegangen. Aber er wußte nicht, wohin. Nur weg. Aber wie? Vor ihm lag der blutverschmierte Rasen, den er mit Sicherheit nicht betreten würde. Hinter ihm lauerte seine Mutter am Zaun. Ins Haus wollte er auch nicht. Ihm war es schon hier draußen zu eng mit seiner Verzweiflung.

Merzenbach stand vor Alexander, in einigem Abstand – er kam Alexander nie so nah wie Frank – aber in einer Haltung, als würde er ihn am liebsten am Kragen packen und durchschütteln. »Warum? Was würde es nützen, wenn ich Ihnen sage, ob es ein Mann oder eine Frau war? Wenn Sie einen Verdacht haben, dann spucken Sie ihn aus. Uns würde es verdammt noch mal weiterhelfen. Los, machen Sie schon!«

Alexander schüttelte stumm den Kopf.

*

Es war bereits hell, als die Polizei abrückte. Alexander hatte die Aufgabe übernommen, mit Franks Mutter zu sprechen und die Aufregung abzuwiegeln. Merzenbach hatte angemerkt, daß er weder Toast noch Ei wolle, da er mit einer Dame zum Frühstück verabredet war, die hübscher sei als Frank. Er hatte nicht mehr geerntet als einen absolut genervten Blick und sich verzogen, ohne nach Kaffee auch nur zu fragen. Frank war ins Bett gegangen, hatte noch eine Stunde lang geschlafen, völlig erschöpft, und dann geduscht und sich angezogen. Als er ins Zimmer zurückkam, saß Alexander auf dem Bett. Er hatte sich drüben in Franks Elternhaus gewaschen und trug eine von Franks Jeans.

»Komm«, sagte Alexander und stand auf. »Ich möchte jemanden besuchen.« Frank wollte etwas sagen, aber sein Freund schüttelte den Kopf. »Bitte frag nicht. Komm einfach mit.«

Sie gingen hinunter. Die Luft draußen war scharf und frisch, aber der Himmel war blau, und die Sonne begann, ihre Kraft zu entfalten. Es würde ein heißer Tag werden.

Alexander nahm ihm die Autoschlüssel ab, und nach einem Blick auf sein bleiches, angespanntes Gesicht wagte Frank nicht, zu protestieren. Als sie im Wagen saßen, sagte Alexander plötzlich: »Du hast mir nicht geantwortet heute nacht.«

Frank runzelte irritiert die Stirn, aber dann nickte er. »Als du mich gefragt hast, ob ich Angst vor dir habe? Das ist Blödsinn, Alex. Sag so was bitte nie wieder.« Er lächelte schwach. »Du bist derjenige, der immer mißtrauisch ist, auch jetzt wieder. Ich vertraue dir.«

Alexander ließ den Wagen an.

Sie fuhren quer durch die Stadt, bis nach Pempelfort. Der Berufsverkehr war bereits unterwegs, die Straßen verstopft, und sie kamen nur langsam voran. Aber um den Carl-Mosterts-Platz herum war es relativ ruhig. Es war nicht einmal schwierig, eine Parklücke zu finden.

Frank bewegte sich unruhig auf dem Sitz. Er war froh, als er endlich aussteigen und sich strecken konnte, aber die Bewegung änderte nichts an dem unangenehmen Gefühl, daß sein Körper vor Nervosität vibrierte. Hier wohnte Anni. Frank wußte, daß irgend etwas jetzt auf ihn zukam, und daß es nicht angenehm sein würde, war nicht schwer zu erraten. Er hielt die Fahrertür auf, half seinem Freund heraus und blieb neben dem Wagen stehen, während Alexander abschloß. Dann hielt er sich dicht neben ihm, während sie über die Straße gingen und auf das Haus zuliefen, in dem

Anni ihr Apartment hatte. Alexander drückte auf den Klingelknopf.

Er mußte noch einige Male klingeln, und Frank wollte ihn gerade darauf aufmerksam machen, daß Anni vielleicht gar nicht zu Hause war, als der Summer ertönte und Alexander die Tür aufstieß. In diesem Haus gab es zwar auch eine Gegensprechanlage, aber sie funktionierte schon seit vielen Jahren nicht mehr.

»Geh bitte vor«, sagte Alexander.

Frank warf ihm einen fragenden Blick zu, aber dann ging er die Treppe hinauf. Alexander blieb nicht zurück, er hielt sich dicht hinter ihm. Frank schaute nach oben, als er eine Bewegung hörte, aber er konnte nichts sehen.

Anni wohnte unter dem Dach. Sie mußten fünf Treppen hochsteigen, und Frank konnte hören, daß Alexander von Stockwerk zu Stockwerk mühsamer atmete. Als sie um die letzte Biegung kamen, stand Anni im Flur, in Jeans, die sie offenbar in aller Eile über ihren Schlafanzug gezogen hatte, ihre schwarzen Locken ein wildes, ungekämmtes Gewirr, die Augen vom Schlaf verquollen. Frank mußte unwillkürlich lächeln.

Aber sie war so weiß geworden wie die Wand, vor der sie stand, während sie auf die beiden hinunterstarrte, und sie machte eine Bewegung, als wolle sie fliehen.

»Anni, wir müssen mit dir sprechen.« Alexanders Stimme klang angestrengt und heiser. »Bitte lauf nicht weg. Ich habe Frank mitgebracht, damit du weißt, daß du keine Angst haben mußt. Du hast keine Angst vor Frank, Anni. Du weißt, daß er dir niemals etwas tun könnte. Du weißt, daß du in Sicherheit bist, wenn Frank da ist.«

Sie zögerte. Alexander war stehengeblieben, und Frank ebenfalls. Er schaute von einem zum anderen. Die beiden sahen sich an, und dann schlug Anni die Augen nieder. Sie zuckte mit den Schultern, hilflos und geschlagen, erschreckt und unfähig, sich zu wehren. Frank ging auf sie zu und berührte vorsichtig ihre Schulter. Sie nickte langsam, und dann ließ sie beide in ihre Wohnung.

Es war ein Apartment, in dem nicht viel mehr Platz hatte als ein Bett und eine Couch, ein Schreibtisch, ein Herd und ein Kühlschrank. Die Wände waren mit Bücherregalen vollgestellt, und wo keine Bücher standen, hingen Bilder von Frauen, die vermutlich berühmt waren, die Frank aber nicht kannte. Bis auf Virginia Woolf. Die kannte er. Erstaunt stellte er fest, daß Annis Gesicht trotz ihrer zarteren, feinen Züge mit dem der Schriftstellerin viel gemeinsam hatte. Vielleicht war es auch nur die leicht geneigte Haltung des Kopfes, der anmutige Schwung des Halses, der verlorene Ausdruck der Augen. Irgend etwas verband die beiden jedenfalls.

Das Fenster stand sperrangelweit offen, und die Sonne schien herein. Es war heiß in der Wohnung. Frank bemerkte, daß keine Blumen auf der Fensterbank standen, sondern eine Reihe kleiner Skulpturen aus einem bräunlichen Material, das er nicht identifizieren konnte. Sie sahen aus, als hätte Anni sie selbst angefertigt.

Alexander blieb stehen, bis Anni auf die Couch wies. Frank setzte sich aufs Bett, und Anni nahm zögernd auf dem Schreibtischstuhl Platz. Mehr Sitzgelegenheiten gab es nicht.

»Erzähl es ihm«, sagte Alexander leise.

Annis rauchblaue Augen weiteten sich vor Überraschung.

»Sag es ihm«, wiederholte Alexander. »Alles. Erzähl es ihm. Und du brauchst nie wieder Angst vor mir zu haben.«

Anni starrte ihn an.

Draußen klingelte die Straßenbahn, grell und ungeduldig, weil ein Autofahrer, der einen Parkplatz suchte, den Weg versperrte. Vor dem Haus schimpfte eine Frau lautstark und schrill in einer fremden Sprache. Ein Lastwagen donnerte vorbei, und Frank konnte die Vibrationen spüren.

Anni blieb still.

Sie schaute Frank an, schaute nicht in seine Augen, sondern auf seine Brust, auf das verwaschene, blaue T-Shirt. Einen Moment lang sah es aus, als sei sie plötzlich weit, weit fort. Nicht in Erinnerungen versunken, sondern als hätte sie sich in ihr Inneres zurückgezogen wie in eine Fluchtburg. Das Wort ›katatonisch‹ schoß Frank durch den Kopf, und er spürte, wie sich seine Pulsfrequenz erhöhte. Als ob sein Körper auf etwas reagieren könne, was sein Gehirn noch gar nicht begriffen hatte.

Und dann begann sie zu sprechen.

»Ich hatte mich in Alexander verliebt. Dich hätte ich haben können, aber dich wollte ich nicht. Ich mag die Dunklen, die Geheimnisvollen, und Alexander war dunkel und geheimnisvoll. Je mehr er versuchte, sich mir zu entziehen, um so mehr wollte ich ihn. Ich war völlig verrückt nach ihm. Ich war noch nie in meinem Leben so verrückt nach jemandem gewesen. Er reagierte überhaupt nicht, und das machte mich immer verrückter. Ich bin nicht gewohnt, daß jemand nicht reagiert. Es machte ihn nur noch interessanter. Es wurde zur Besessenheit. Ich habe alles darangesetzt, ihn zu verführen. Das gelang mir schließlich auch.«

Sie stockte. Frank wurde plötzlich bewußt, daß er wie hypnotisiert in ihre schönen Augen starrte, und er blinzelte. Sie schaute immer noch auf seine Brust. »Trotzdem hatte ich das Gefühl, daß er distanziert blieb, als gäbe es etwas in ihm, das er nie offenbaren würde, an das ich nicht herankommen konnte. Ich habe nicht geglaubt, daß er mich liebt. Aber es gelang mir wenigstens, so etwas wie seine Freundschaft zu bekommen. Er mochte mich. Jedenfalls glaubte ich das.«

Es klang, als hätte sie diese Geschichte schon oft erzählt, und in immer demselben Wortlaut. Es erinnerte Frank an seinen Großvater, einen Mann, den er nie besonders gemocht und zu dem er keinen Kontakt mehr hatte, seit sein Vater ausgezogen war. Sein Großvater besaß ebenfalls die Gabe, aus den Ereignissen in seinem Leben Geschichten zu machen, sorgfältig durchformulierte Erzählungen, die er in immer demselben Wortlaut wieder und wieder zum besten gab.

Frank schloß die Augen. Er hatte plötzlich Angst.

Ihre Stimme war vollkommen emotionslos und monoton. »Aber ich wollte mehr als seine Freundschaft. Ich wollte an das herankommen, was er nicht preisgeben wollte. Ich wollte seine Seele, seine Leidenschaft, seine Liebe, und ich habe darum gekämpft. Als er zum erstenmal zuschlug, dachte ich, er hätte es aus Angst getan.«

Angst. Frank spürte nicht mehr, daß es in der kleinen Dachwohnung immer heißer wurde, je mehr die Sonne herumrückte. Er hatte eine Gänsehaut.

»Ich dachte, ein Mensch, der Angst hat vor seiner eigenen Leidenschaftlichkeit und vor Liebe, muß geheilt werden. Heilen tut man mit Liebe, und davon hatte ich mehr als genug. Ich dachte, ich könnte ihn heilen. Ich habe alles versucht. Ich merkte nicht, daß er immer brutaler wurde. Ich hielt es für etwas anderes. Bis er mich vergewaltigt hat.«

Frank zuckte zusammen, obwohl er im selben Moment wußte, daß er dieses Wort erwartet hatte. Er stützte die Ellenbogen auf die Oberschenkel und legte beide Hände über seine Augen. Er konnte es nicht ertragen, Anni anzusehen. Sein ganzer Körper tat weh, und plötzlich hatte er Angst, er würde einfach zusammenbrechen, losheulen, schreien. Aber nichts passierte. Er saß nur da, und Anni sprach weiter.

»Er war von einem Moment zum anderen ein Fremder. Seine Augen veränderten sich, und dann griff er mich an. Es war nicht, als würde er die Kontrolle verlieren. Ihm war bewußt, was er tat. Ich kann dir nicht erzählen, was er getan hat. Ich kann darüber nicht reden. Manches von dem, was er getan hat, habe ich auch meiner Therapeutin nicht erzählt. Ich kann es nicht aussprechen. Ich kann dir nur sagen, daß er mich geschlagen hat. Er hat zugeschlagen, als würde er mich umbringen. Ich hatte Angst, daß ich sterbe. Ich konnte mich nicht wehren. Er hat mir den Mund zugehalten, damit ich nicht schreien kann, und dann hat er mir gedroht, daß er mich umbringen würde, wenn ich schreie. Ich habe ihm geglaubt. Hinterher hat er mir gedroht, daß er mich umbringen würde, wenn ich jemandem etwas sage.«

Sie schwieg abrupt, und es wurde still. Draußen kläffte ein Hund, bellte wie verrückt, kläffte sich seine kleine Seele aus dem Leib, und Kinder brüllten. Frank saß völlig still auf dem Bett und versuchte zu denken. Es gelang ihm nicht. Er nahm die Hände von den Augen und schaute auf. Anni starrte immer noch auf seine Brust.

Plötzlich sagte Alexander: »Es war eine Lüge, Anni. Du warst nie in Gefahr. Und ich werde dir nie wieder drohen. Ich werde dich nie wieder berühren. Wenn du mich anzeigen willst, dann tu es. Angst brauchst du vor mir nicht mehr zu haben. Das ist vorbei. Kannst du mir das glauben?«

Eine Weile saß sie vollkommen reglos da. Dann sagte sie: »Nein. Ich glaube, daß du gefährlich bist.« Abrupt wandte sie sich um und sah ihn an.

Einen Moment lang vergrub Alexander das Gesicht in den Händen. Frank hätte vielleicht das gleiche getan, aber sein Körper war so schwer, er fühlte sich an, als würde er die Arme nicht heben können.

Er hätte gern gewußt, was Alexander hinter seinen Händen verbarg. Frank spürte Wut, er konnte sie im ganzen Zimmer spüren, und es war nicht seine eigene. Er war nicht wütend. Er hatte überhaupt kein Gefühl mehr. Er wußte nicht, ob die Wut von Anni kam oder von Alexander. Es mußte Alexanders sein, wenn es nicht seine eigene war. Er hatte keine Verbindung zu Annis Gefühlsleben. Er sah nur, was jeder gesehen hätte: daß Haß in ihren Augen brannte.

Alexander nahm die Hände vom Gesicht und schaute Anni an. Ja, es war Wut. Nicht nur, aber hauptsächlich. »Ich habe dir gesagt: Laß mich in Ruhe, ich vertrage das nicht. Ich habe mit dir darüber gesprochen. Ich habe niemals zuvor jemandem so viel über mich erzählt wie dir. Ich hab' dir sogar so weit vertraut, daß ich dir gesagt habe, daß ich schwul bin und daß Frank das nicht wissen soll. Und du hast es überhaupt nicht begriffen, weder das eine noch das andere. Statt mich in Ruhe zu lassen ...« Er machte eine Bewegung, als wollte er aufspringen, aber dann tat er es doch nicht. Er preßte die Hand auf seinen Brustkorb, als hätte er wieder Schmerzen. »Du hast es genossen, mit dem Feuer zu spielen. Ich weiß nicht, was du dir vorgestellt hast, Anni.« Plötzlich versagte seine Stimme, und zu Franks grenzenloser Bestürzung liefen Tränen über Alexanders Gesicht.

»Du armer Mensch«, sagte Anni kalt.

Er öffnete die Augen. »Ich will dein Mitleid gar nicht.« Alexander wischte mit einer ungeduldigen Handbewegung die Tränen fort, als würde er eine Fliege verscheuchen, etwas Lästiges, Juckendes. Vielleicht hatten seine Tränen mit dem körperlichen Schmerz zu tun, mit seinen gebrochenen Rippen, der Anstrengung des Treppensteigens und Annis niedriger, unbequemer Couch.

Alexander griff nach seinen Zigaretten und zündete sich mit zitternden Fingern eine an. »Ich will, daß du keine Angst mehr vor mir hast, daß du einsiehst, daß ich dir nichts tun will und daß ich dir auch gar nichts mehr tun kann. Das, denke ich, ist das wichtigste. Daß du begreifst, daß ich dir nichts tun kann.«

»Mußten zwei Menschen sterben, damit ich aufhören kann, Angst vor dir zu haben?«

Alexander schwieg. Er sah plötzlich aus, als würde ihn das Thema nicht mehr interessieren.

»Du bist doch nicht meinetwegen hier.« Anni starrte ihn an. Ihre Augen waren völlig ausdruckslos. »Du bist doch hier, weil du Angst hast um dein eigenes, beschissenes Leben.«

»Geh zur Polizei, Anni«, sagte Alexander müde. »Ich bin nicht hier, um das zu verhindern. Ich bin hier, um diese Sache zu bereinigen.«

Anni lachte, bitter und laut.

»Ja, ich weiß. Ein schlecht gewähltes Wort.« Alexander fuhr sich mit den Händen über die Augen. »Das kann man nicht bereinigen und auch nicht wiedergutmachen. Das brauchst du mir nicht zu sagen. Wenn ich etwas für dich tun kann, dann sag es mir, und ich werde es tun.«

»Bring dich um«, sagte Anni kalt.

Die Worte fielen in den Raum wie Steine. Draußen war es mit einem Mal still, sekundenlang, als sei die Welt stehengeblieben. Dann schlug irgendwo im Hausflur eine Tür zu, und ein Schlüsselbund fiel klappernd zu Boden. Die Erde drehte sich weiter. Aus der Wohnung unter Annis hörte Frank das Gedröhn eines Fernsehers. Wie konnte jemand um diese Zeit auf den Bildschirm starren? Was konnte man sich überhaupt um diese Zeit ansehen? Vielleicht eins dieser grotesken Reportage-Magazine, mit Geschichten, mitten aus dem prallen, bunten Leben gegriffen – perversen, absurden Geschichten von genau der Art wie das, was sich hier gerade abspielte, eine Etage höher und völlig unbemerkt.

Frank wünschte, er könnte auch vor dem Fernseher sitzen. Staunend und unberührt. Ihm wurde plötzlich bewußt, daß er seinen Freund unverwandt anstarrte, und dann senkte er den Blick, weil er den Ausdruck in Alexanders Augen nicht ertragen konnte.

»Weshalb soll ich mich umbringen? Weil du die verdammte Arroganz besessen hast, dich für meinen rettenden Engel zu halten, vom lieben Herrgott höchstpersönlich entsandt, um mich von jeglicher Perversität zu kurieren? Ich kenne meine Schuld, niemand muß mir erst erklären, daß ich das nicht hätte tun dürfen, was ich getan habe. Aber du hast mich maßlos provoziert, Anni, und du warst verdammt geschickt darin, mich über den Punkt hinauszutreiben, bis zu dem meine Selbstkontrolle noch funktioniert. Und ob es dir paßt oder nicht, ich bin wütend darüber.«

Frank schluckte schwer.

»Ich bin das Opfer«, sagte Anni. »Nicht die Schuldige. Der Täter bist du. Nicht ich. Und du wirst mich nicht dazu bringen, zu behaupten, ich sei selbst dran schuld, daß ich vergewaltigt worden bin.«

»Ich weiß.« Alexander sah sie nicht an.

Anni saß immer noch regungslos da, den Blick starr auf sein Gesicht gerichtet. »Ich will, daß du gehst. Ich ertrage deine Gegenwart in diesem Raum nicht. Nicht nur deine nicht. Auch sonst keinen Mann. Ich muß kotzen, wenn mich einer anfaßt. Ich hab' letztens gekotzt, nachdem mir einer zur Begrüßung die Hand gegeben hat. Verpiß dich. Sonst wird mir wieder schlecht. Mir ist schon schlecht.« Sie stand abrupt auf.

»Ich bin nicht deinetwegen hier«, erwiderte Alexander

mühsam beherrscht und blieb sitzen. »Ich bin wegen dieser beiden Morde hier. Ich kannte Michael. Ich habe mit ihm geschlafen. Ich kannte Beate. Ich war mit ihr befreundet. Und ich will, daß man diejenigen, die die beiden auf dem Gewissen haben, für den Rest ihres Lebens in den Knast steckt. Ich will nicht, daß du bei der Polizei anrufst, oder Margot, und sie auf eine falsche Spur setzt. Es stört die Ermittlungen, Anni. Ruf die Kripo entweder an und sag ihnen klipp und klar, warum du mich verdächtigst, oder sorg dafür, daß der ganze Rummel aufhört. Es ist sinnlos, mir Puppen in den Garten zu legen und mit Ketchup zu begießen, mein Auto rot zu streichen und Schweineblut über meinen Rasen zu kippen. Die Kripo ist ständig damit beschäftigt, diesen Mist aus meinem Garten zu räumen und nach Fußabdrücken zu suchen und so weiter. Und das alles in der Zeit, die sie eigentlich damit zubringen sollte, die Morde aufzuklären. Und es bringt sie auch nicht dazu, mich zu verdächtigen. Es bringt sie eher dazu, mich für das Opfer einer Verschwörung zu halten. Verstehst du das denn nicht? So erreichst du dein Ziel nicht. Du behinderst nur die Ermittlungen. Und das, Anni, ist absolut unverantwortlich.«

Anni blinzelte. Sie sah verwirrt aus. Dann lächelte sie. »Schweineblut?« sagte sie. »Schweineblut.« Sie lachte bitter auf. »Das ist gut. Ja, das hätte mir einfallen können, Alexander. Da hast du recht. Aber du hast Pech. Ich war es nicht.«

»Das glaube ich auch gar nicht, aber ich dachte, daß Margot vielleicht etwas damit zu tun hat. Und du kannst sie dazu bringen, es zu lassen. Ich kann es nicht.«

»Ich weiß darüber nichts«, sagte sie steif. »Und jetzt raus.«

Alexander stand auf. »Bitte, Anni, sorg dafür, daß es

aufhört. Nicht meinetwegen. Sondern wegen Michael und wegen Beate.«

Sie schwieg.

»Und denk daran: Ich meine es ernst. Du hast keinen Grund mehr, vor mir Angst zu haben. Nie wieder.«

Anni rührte sich nicht, und Alexander ging hinaus.

Frank erhob sich vom Bett. Er schaute Anni nicht an, als er das Zimmer verließ, er nahm sie nicht einmal wahr. Er trottete hinter Alexander her die Treppe hinunter, über die Straße, zum Auto. Er hatte völlig vergessen, daß im Moment normalerweise er derjenige war, der fuhr. Er wartete darauf, daß Alexander ihm die Tür öffnete, und ließ sich auf den Beifahrersitz sinken wie ein alter Mann.

»Schnall dich bitte an«, sagte Alexander.

Frank tat es, und Alexander fuhr los. Frank sah starr geradeaus. Er blieb völlig still neben ihm sitzen.

*

»Was wirst du jetzt tun?« fragte Alexander leise, als er den Wagen vor dem Haus geparkt hatte.

Frank bewegte sich mit einem Ruck, als habe sein Freund ihn aus einem tiefen Traum geholt. Er sah immer noch starr geradeaus. Er holte Luft und stieß sie mit einem langem Seufzer wieder aus. Dann sagte er: »Ich werde gar nichts tun. Ich lege mich bloß in dein Bett. Du wirst mir Kaffee kochen und mir etwas zu essen machen. Ich will ein Frühstück. Ein großes Frühstück. Und danach wirst du mich in den Arm nehmen, und ich werde schlafen. Wenn ich wieder aufgewacht bin, sehen wir weiter. Ich muß dich ein paar Dinge fragen. Wir müssen darüber reden, über deinen Sadismus. Aber um der Frage, die du nicht mehr stellen sollst, zuvorzukommen: Ich habe keine Angst vor dir. Du mußt mich das nicht fragen, heute nicht und auch niemals wieder. Und jetzt laß uns aus dieser Karre aussteigen. Ich will ins Bett.«

*

»War es so, wie Anni es geschildert hat?« fragte Frank und nahm die Kaffeetasse entgegen, die Alexander ihm reichte. Er lag im Bett, ausgezogen, in die Decken gewickelt wie in einen schützenden Kokon.

»Nein. Ja. Nicht ganz.«

Natürlich nicht. Ganz wahr waren auch die Geschichten von Franks Großvater nie gewesen. Die Wahrheit ließ sich nie so perfekt durchformulieren, sie klang nicht so schlüssig, sie war nicht so rund. Sie hatte Ecken und Kanten, und die Pointen saßen nicht so gut.

»Sondern?« fragte Frank.

»Sie hat mich bis aufs Blut gereizt, aber ich hätte ja auch einfach gehen können. Sie hat das eigentlich ziemlich gut beschrieben, als sie sagte, daß sie versucht hat, an etwas heranzukommen, was ich nicht preisgeben wollte. Kannst du dir vorstellen, daß man aus Hilflosigkeit zuschlägt?«

»Ich kann mir überhaupt nicht vorstellen, Anni zu schlagen, Alexander!« fauchte Frank. Er fühlte sich selbst wie zerschlagen, so verletzt, daß er sich am liebsten nur noch die Decke über den Kopf gezogen hätte. »Weder aus Hilflosigkeit noch aus einem anderen Grund. Außerdem warst du nicht zu hilflos, um eine Tür aufzumachen und rauszugehen.«

»Nein. Das ist wahr. Ich habe auf jemanden eingeprügelt, der sich nicht wehren konnte, weil ich das Gefühl hatte, mich wehren zu müssen, und dabei hätte ich einfach weggehen können.«

»Du redest nur davon, daß du sie geschlagen hast? Was ist mit ...« Er konnte es nicht aussprechen.

»Ich habe sie nicht vergewaltigt«, sagte Alexander.

Frank wandte sich ab. Er wollte nicht, daß Alexander den Ausdruck maßloser Erleichterung auf seinem Gesicht sah, von dem er wußte, daß er da sein mußte. Vielleicht log Alexander. Aber Frank konnte nicht glauben, daß es so war. Er hatte von Anfang an nicht angenommen, daß Annis Schilderung den Tatsachen entsprach. Nicht, daß sie nicht überzeugend gewesen wäre, Anni war glaubhaft genug. In gewisser Weise schämte sich Frank dafür, daß er nicht fähig war, sich auf ihre Seite zu stellen und Alexander für das zu hassen, was er getan hatte. Von dem sie jedenfalls behauptete, er habe es getan. »Und warum behauptet sie das?«

»Sie sagt, sie hätte Todesangst gehabt, und ich nehme an, das ist die Wahrheit. Im Vergleich zu mir ist Anni körperlich gesehen klein und schwach, und wehrhaft ist sie nun weiß Gott nicht. Wenn sie das, was sie getan hat, nur aus Angst getan hat, dann kann man das, was ich getan habe, abgesehen davon, daß ich sie verprügelt habe, als Vergewaltigung interpretieren.«

»Hilfe«, sagte Frank. Er wollte nichts mehr hören. Schon lange nicht mehr. Vielleicht hatte er sich an der Hoffnung festgehalten, daß Alexander eine grundsätzlich andere Geschichte erzählen würde als Anni und daß er sie glauben konnte. Aber das war nicht der Fall. Die Geschichten waren sich auf unheimliche Weise ähnlich. Und die Unterscheidung zwischen Gut und Böse wuchs zu einer Aufgabe, der er sich von Sekunde zu Sekunde weniger gewachsen fühlte. Er wollte nicht urteilen müssen. Er hatte Angst davor. Und wußte doch, daß er sein Urteil längst gesprochen hatte – und daß es keine Konsequenzen haben würde. Was er bis vor kurzem noch für Moral gehalten hatte, war nur noch ein Scherbenhaufen.

»Ja«, sagte Alexander trocken. »Ich hätte damals auch manchmal gern um Hilfe geschrien, irgendwie. – Als Anni bewußt wurde, daß ich völlig außer mir war und nicht mehr zu bremsen, wurde sie absolut hysterisch. Das hat mich endlich wieder zur Besinnung gebracht, aber sie hat sich nicht beruhigt. Zum Schluß wußte ich mir überhaupt nicht mehr anders zu helfen, als ihr zu drohen. Das hat gewirkt. – Frank, ich kann mich nicht rechtfertigen. Das ist dir klar, oder?«

»Ja, das ist mir klar.« Allerdings. Anni war zwar nicht so winzig und zart wie Pia, aber bei der Vorstellung, daß ein Mann wie Alexander auf sie losging, wurde Frank übel.

»Ich war in mancher Hinsicht in einer Ausnahmesituation, und Anni war es auch. Es war eine merkwürdige Beziehung, von vornherein verkehrt, eine einzige, lange Psychodrama-Sitzung, aus der keiner von uns einen Ausweg fand, als hätte man uns zusammen eingesperrt. Anni kam mir vor, als würde sie ständig verzweifelt an einer Käfigtür rütteln, und manchmal wußte ich nicht so genau, ob sie an meiner rüttelte oder an ihrer eigenen. Ich glaube nicht, daß sie mich befreien wollte, Frank. Ich glaube daran, daß sie eine pure Egoistin ist. Sie wollte mich besitzen. Auch sie hätte gehen können, im übertragenen Sinne natürlich, nicht aus ihrer Wohnung, sondern aus dieser Beziehung, aber sie hat sich an mich geklammert wie besessen, bis zuletzt. – Bis zuletzt, als sie zwangsläufig den kürzeren ziehen mußte, weil ich ihr körperlich überlegen bin, verdammt, und ich wollte die Konsequenzen daraus nicht tragen. Statt dessen habe ich ihr gedroht, und sie hat den Mund gehalten.«

»Fehlt nur noch, daß du mir erzählst, sie hätte dir Drogen eingeflößt«, sagte Frank bitter.

»Hat sie.«

Franks Stimme bekam einen gefährlichen Unterton von Schärfe. »Alex, du überspannst den Bogen.«

»Ich weiß, aber ich kann es nicht ändern, Frank. Die Wahrheit ist in mancher Hinsicht häßlicher als die Lüge, die Anni dir aufgetischt hat. Die Wahrheit ist nicht so hübsch schwarzweiß gestrickt.«

Ja, das war ihm klar. Aber so leicht konnte er es Alexander nicht machen. »Nichts, was du bisher gesagt hast, vermittelt den Eindruck, Anni hätte gelogen«, sagte Frank.

Obwohl er sich nicht sicher war, ob sie es nicht doch getan hatte. Ob bewußt oder unbewußt. Sein Großvater hatte ständig gelogen. Obwohl es in dessen Geschichten um nichts weiter gegangen war als um Banalitäten. Sorgfältig aufbereitete Banalitäten, die den Eindruck erzeugen sollten, er führe ein interessantes Leben. Vielleicht nicht einmal dafür gedacht, andere davon zu überzeugen, sondern vielmehr ihn selbst. Er hatte sich selbst belogen und es niemals bemerkt. Wenn man seine Geschichten nur oft genug erzählte, dann wurden sie zur Wahrheit.

»Ich finde, man kann sich durchaus auch ihrem Standpunkt anschließen«, sagte Frank. »Man könnte auch sagen, ihre Lüge sei glaubhafter als deine Wahrheit.«

»Das ist mit vielen Wahrheiten so«, antwortete Alexander resigniert. »Die Wahrheit ist oft das, was am wenigsten glaubhaft klingt, denn sie schert sich nicht um die Logik, so wie wir es tun. Und um wirklich bei der Wahrheit zu bleiben: Anni hat mir selbstverständlich die Drogen nicht buchstäblich eingeflößt, schon gar nicht ohne mein Wissen. Sie hat sich nur alle Mühe gegeben, mich dazu zu überreden, sie zu nehmen. Sie hat sich eingebildet, ihr Prinz Eisherz bräuchte ein bißchen chemische Hilfe, um sich gehen lassen zu können. Aber ich reagiere auf alle Drogen, die ich kenne, mit Aggressionen – und sie mit Angst. Wir hätten nichts Dümmeres tun können. Wir sind beide nicht der Typ dafür, uns mit so was zu amüsieren.«

»Hör auf«, sagte Frank. Er war völlig fertig. In seinem Kopf verdrehten sich Halbwahrheiten und Ahnungen, Erklärungen und Gewissensentscheidungen zu einem unentwirrbaren Knäuel, daß sich jedesmal zu einem betonharten Knoten zusammenzuziehen schien, wenn man nur hinsah. »Es reicht. Deine Beziehung zu jedermanns Traumfrau war also ein Alptraum und das schöne Schneewittchen der Teufel selbst. Mein Beileid. Glaub bloß nicht, daß ich dich freispreche.«

»Das kannst du nicht. Ich kann es selbst nicht.«

»Reue auch noch?« fragte Frank mit dem kläglichen Rest von Sarkasmus, den er noch aufzubringen imstande war. »Wozu? Ist das jetzt nicht wirklich ein bißchen dick aufgetragen? Findest du etwa nicht, wir sollten in fröhlicher chauvinistischer Selbstherrlichkeit davon ausgehen, daß sie verdient hat, was sie bekam?«

Alexander schwieg.

Eigentlich hätte die Atmosphäre im Raum aufgeladen sein müssen bis zum Platzen. Statt dessen verflüchtigte sich die Gewitterstimmung so plötzlich, daß Frank wie betäubt auf dem Bett lag.

Nichts. Nichts war anders geworden. Der Himmel hatte sich nicht geöffnet, kein Blitz war herabgefahren und hatte ihn, Anni oder Alexander getroffen. Keine Regenwolken waren aufgezogen, keine Sintflut schickte sich an, das Böse auf Erden hinwegzuschwemmen. Weder das, noch brach die Erde auf, um einen schwefelstinkenden Luzifer zu enthüllen, der Anspruch auf die Kanzlerkandidatur anmeldete. Die Welt blieb einfach die gleiche. Schmutzig, hübsch und absolut chaotisch.

Nicht einmal Frank hatte sich geändert. Und Alexander auch nicht.

»Ich könnte beinahe glauben, ich kenne dich gar nicht, nach allem, was ich in den letzten Wochen über dich erfahren habe«, sagte Frank nach einer Weile. »Und das macht mich völlig fertig. Aber auch wenn ich das meiste nicht gewußt habe ...« Er stockte. »... Ich kann es nicht erklären. Aber du bist mir nicht fremd geworden.«

»Ein Widerspruch«, sagte Alexander müde.

»Ich weiß. Vielleicht wußte ich aber immer, daß ich an einigen Dingen vorbeisehe. Meine Aufmerksamkeit ist genauso selektiv wie die jedes anderen Menschen, und wir alle sehen vorzugsweise das, was wir sehen wollen.«

»Wie philosophisch.«

»Mach dich nicht über mich lustig. Ich habe ständig ein Gefühl von Schuld, Alex. Als hätte ich dich im Stich gelassen. Du hast Kämpfe ausgefochten, von denen ich keine Ahnung hatte. Und das ist nicht richtig. Es war nicht richtig von dir, mich darüber im unklaren zu lassen. Und nicht richtig von mir, es nicht irgendwie zu bemerken.«

Alexander verzog den Mund und schwieg.

Plötzlich sagte Frank: »Ich wette, er hat dich vergewaltigt.«

Alexander lächelte schwach. »Du bist wirklich nicht besonders gut in Psychologie, Frank. Nein, Oskar hat mich nicht vergewaltigt. Er hat mich ziemlich gepiesackt, nicht umsonst hast du ihn mehrmals verprügelt, als wir noch klein waren. Aber da ging es um andere Dinge. Kinderkram. Und ich hab' mich nie gewehrt. Anfangs jedenfalls nicht. Das mußtest du mir erst beibringen, und das hast du getan. Mit Erfolg. Danach hatte er ziemlichen Respekt vor mir, und das hat er auch heute noch.«

»Wer war es dann?«

»Niemand. Es ist überhaupt nichts dergleichen passiert,

Frank. Oskar wußte immer schon, daß er schwul ist – der ist schwul zur Welt gekommen, wenn du mich fragst – und er hat mich angemacht. Sehr direkt, sehr fordernd, aber mit Gewalt hatte das nichts zu tun. Und daß ich homosexuell bin, wußte ich auch vorher schon.« Alexander verzog das Gesicht. »Er war nicht gerade mein Typ, aber ich war wiederum nicht der Typ, der die nächstbeste Schwulenberatung aufsucht und sich informiert, wo man in Düsseldorf so hingeht, wenn man Sex will. Ich war frustriert genug, um zu nehmen, was ich so leicht kriegen konnte. Um's mal hart auszudrücken. Oskar ist ganz okay. Er kann beträchtlichen Charme entwickeln, und er kann ein richtig guter Kumpel sein. Er ist nicht gerade meine große Liebe, aber unsere Beziehung war keineswegs schlecht.«

Frank starrte Alexander mit offenem Mund an. »Das ist das letzte, was ich zu hören erwartet habe.«

Alexander nickte. »Ich weiß. So ist es aber. Frank, ich weiß nicht, wie viele Bücher ich über Sadismus gelesen habe. Zwanzig? Fünfzig? Hundert? Das meiste, was da an Theorien entwickelt wird, klingt ziemlich logisch, aber auf mich scheint es nicht zuzutreffen. Außer den Dingen, die wahrscheinlich auf so ziemlich jeden zutreffen, wie zum Beispiel eine Erziehung, die nicht ganz frei von körperlicher Gewalt war. Ich weiß nicht, warum ich so bin.«

»Du bist sanft und zärtlich«, sagte Frank hilflos.

»Ja. Zu dir. Bei dir habe ich niemals das Gefühl gehabt, daß du Angst vor mir haben müßtest. Der Gedanke ist mir nie gekommen. Ich meine, natürlich, in den letzten Wochen habe ich darüber nachgedacht, aber ich weiß einfach, daß das nicht so ist. Oskar hat Gewalt und Grausamkeit aus mir rausgekitzelt, weil er es braucht, das ist alles. Ansonsten bin ich eigentlich relativ friedlich. Und frag mich bitte nicht, ob ich Frauen hasse. Und erzähl mir bloß nicht, alle Homosexuellen hätten einen unbewußten Haß auf Frauen. Das ist Käse.«

»Das ist mir auch klar.« Frank lächelte schwach. »Guck mich an, ich hab' auch keinen.«

Alexander verzog den Mund zu etwas, was nur sehr klägliche Ähnlichkeit mit einem Grinsen hatte. »Sehr witzig.«

»Also kein Frauenhaß«, sagte Frank.

Alexander schüttelte den Kopf. »Unfug. Ich gehöre eigentlich zu dieser Sorte von Schwulen, die sich für Frauen selten bis gar nicht interessieren. Nicht nur nicht als sexuelle Wesen, sondern einfach überhaupt nicht. Die meisten, die ich kenne, pflegen mit Frauen intensive Freundschaften. Nicht alle, natürlich.« Der Schatten eines Lächelns zog über Alexanders Gesicht. »Ich kenne einen, der jede Frau grundsätzlich ›Hannelore‹ nennt, weil er keine Lust hat, sich ihre Namen zu merken. Aber er haßt sie nicht. Sie interessieren ihn nur nicht.«

»Manche verachten sie aber doch.«

Alexander zuckte mit den Schultern. »Und nun erzähl mir noch, heterosexuelle Männer täten das nicht.«

Frank seufzte. »Auch wieder wahr. – Nein, mir ist schon klar, daß das nichts mit Homosexualität zu tun hat. Aber irgendeine Erklärung muß es dafür geben, daß du jemanden, der dich bloß zu verführen versucht, so brutal angreifst.«

Sein Freund kniff die Augen zusammen und schüttelte den Kopf. »Meinst du, ich fühle mich besser, wenn ich weiß, warum ich so brutal werden kann? Daran glaube ich nicht. Und Verführung würde ich das nicht nennen, Frank. Nicht, wenn du das meinst, was Anni getan hat. Halt das bitte auseinander.«

»Darum geht es nicht«, erwiderte Frank kühl. Er schüttelte den Kopf, verwirrt und traurig. »Du bist mir genauso vertraut, wie du es immer warst, und ich liebe dich. Auch wenn ich dir nicht garantieren kann, daß ich dir die Sache mit Anni nicht irgendwie vorwerfe und nachtrage und was weiß ich – so was ist unverzeihlich. Das verzeihe auch ich dir nicht. Denn wenn du so eine Gefahr für sie dargestellt hast, dann war es doch nicht ihre Aufgabe, dafür zu sorgen, daß nichts passiert, Alex.«

»Mein Gott, Frank, sie hat mir keine Ruhe gelassen. Sie hat mich bewußt provoziert. Sie wollte, daß ich aufhöre, mich zu beherrschen, und sie hat alles getan, um das zu erreichen. Ich weiß nicht, was sie sich eingebildet hat, was hinter dem steckt, was ich ihr ja durchaus geben wollte und was ihr nicht gut genug war. Als sie dann endlich ihren Willen bekam und ich wirklich die Beherrschung verlor ...«

»Hör auf damit!« brüllte Frank und schlug die Decke zurück. Alexander zuckte heftig zusammen und wich ein Stück zurück.

»Du bist nicht die einzige Schönheit im Land, die verfolgt wird!« Frank sprang auf und schnappte seine Jeans. Er zog sie an und knöpfte sie zu, und als er wieder aufsah, lag Alexander mit geschlossenen Augen auf dem Bett. Er sah aus wie jemand, dem alles weh tut, nicht nur sein Körper, sondern seine Seele, sein Leben, seine Vergangenheit, seine Zukunft. Frank hockte sich neben ihn und nahm seine Hand. Alexander griff danach und klammerte sich an ihn.

Frank dämpfte seine Stimme. »Hinter mir sind manche auch ziemlich her, und die sind weiß Gott nicht gerade zimperlich in ihren Methoden. Aber wenn ich sie nicht an mich ranlassen will, dann tu' ich es auch nicht. Du hättest das schon gar nicht tun dürfen.«

Alexander schwieg.

»Was hast du dir dabei gedacht?« fragte Frank wütend. »Wenn du so viel Verstand hattest, ihr sagen zu können, was ihr passieren wird, wenn sie dich so bedrängt, dann kann ich doch wohl erwarten, daß du auch den Verstand aufbringst, dich von ihr zu trennen. Daß sie nicht freiwillig aufhört, hast du ja schließlich schon gemerkt, bevor du so ausgeflippt bist, oder? Du hättest gehen müssen, und zwar lange bevor du sie zum erstenmal geschlagen hast, Alexander. Auch, wenn sie so dämlich war, dich nicht einmal danach gehen lassen zu wollen. Sie wäre ja wohl verzichtbar gewesen, schließlich interessierst du dich für Frauen sonst auch nicht.«

Alexander blinzelte und wandte den Kopf ab.

»Mal ganz davon abgesehen, mein Junge, daß du den Grips haben solltest, dir Hilfe zu holen, wenn dir eine Situation auswegslos vorkommt. Du hast jemanden, dem du vertrauen kannst und der dich notfalls vor dir selbst beschützt. Aber du behauptest, du hättest keine Hilfe. Das ist bitter für mich, Alex. Du hast dich ernsthaft da reingesteigert, in diesen Glauben, du seist allein. Aber das warst du nicht. Nie. Du solltest dich mal fragen, was es eigentlich wirklich war, was dich daran gehindert hat, mit mir zu reden. Vielleicht wolltest du das ja gar nicht verhindern, das mit Anni. Vielleicht hast du dafür gesorgt, daß es genau dahin kommt, auf deine Weise. Du hast ihr ja gesagt, was passieren würde, wenn sie so weitermacht, und sie hat weitergemacht – und alles, was du dazu tun mußtest, war dazubleiben. Hast du darüber nachgedacht, ob es so sein könnte? Warst nicht in Wirklichkeit vielleicht doch du derjenige, der seinen Willen bekommen hat?«

Alexander flüsterte etwas, was Frank nicht verstehen konnte. Er hörte nur seinen Namen. Er legte sich neben ihn, nahm ihn in den Arm und hielt ihn fest. »Ich gehe nicht weg. Ich hab' mich nicht angezogen, um zu gehen.

Ich verlasse dich nicht. Niemals. Du bist nicht allein. Niemals. Sag das nie wieder.«

*

Vielleicht hätten sie die Zusammenkunft am Nachmittag, die Arbeit am Referat, diesmal abgesagt, wenn sie rechtzeitig daran gedacht hätten. Aber es fiel ihnen erst ein, als Immo vor der Tür stand und klingelte. Frank ging hinunter und ließ ihn herein. Nach einer Weile trudelte auch Pia ein, hektisch, weil sie zu spät gekommen war. Der Strom ihrer Entschuldigungen versiegte langsam, während sie Alexander anstarrte, der blaß und schweigsam am Schreibtisch hockte und niemanden ansah.

Margot kam eine halbe Stunde später. Daß sie bei Anni gewesen war, sah Frank ihr sofort an. Sie warf einen Blick auf Alexander, und er schaute auf.

»Wir reden später darüber«, sagte Margot kalt. »Irgendwann mal. Nicht jetzt. Wenn ich jetzt was sage, flipp' ich aus.«

Er nickte nur.

Immo schaute von einem zum anderen und sah aus, als wollte er fragen, aber Frank legte ihm die Hand auf die Schulter und schüttelte stumm den Kopf.

»Was ist los?« fragte Pia leise und ängstlich.

»Nichts«, sagte Frank. »Laßt uns anfangen zu arbeiten. Wir müssen fertig werden.«

Sie wurden fertig an diesem Nachmittag, aber Frank trug nicht viel dazu bei. Er brauchte den gesamten Rest seiner Konzentrationsfähigkeit, um sich überhaupt aufrecht zu halten. Er hätte sich aufs Bett gelegt und wäre eingeschlafen, wenn er nicht das Gefühl gehabt hätte, daß Alexander ganz einfach zusammenklappen würde, wenn er nicht neben ihm saß.

Pia und Immo sammelten ihre Unterlagen zusammen und gingen. Margot war ebenfalls aufgestanden, aber sie blieb mitten im Zimmer stehen. Frank stand auf. Ihr Kopf war gesenkt. Er ging auf sie zu. »Bitte«, sagte er leise. »Laß ihn in Ruhe. Jedenfalls heute. Bitte.«

Er rechnete nicht damit, daß sie gehen würde. Sie hob den Kopf und schaute ihn an. Einen Moment lang dachte er, sie würde ihn schlagen oder wenigstens anschreien.

Dann wandte sie sich ab und ging hinaus.

4

Alexanders gebrochene Rippen heilten, und die Schmerzen ließen langsam nach. Aber er blieb still und ernst. Und er blieb in Franks Nähe. Als könne er es plötzlich nicht ertragen, nur eine Minute alleingelassen zu werden, folgte er ihm wie ein Schatten. Frank schreckte auf und sah sich nach ihm um, wenn er Alexanders Hand nicht mehr spürte. Alexander merkte das und lächelte darüber. Aber das hinderte ihn nicht daran, wieder näherzurücken und sich an Franks Schulter zu lehnen, mit geschlossenen Augen, in sich gekehrt, müde und schutzbedürftig wie ein Kind.

Anni hatte behauptet, heilen könne man mit Liebe – ihr war das zwar bei Alexander nicht gelungen, aber von dem, was sie Liebe genannt hatte, hielt Frank auch nicht viel. Das hatte sich weder in ihrer noch in Alexanders Schilderung gut angehört. Trotzdem wollte Frank sich nicht darauf verlassen, daß seine Liebe ausreichen würde, Alexander in dem Maße zu helfen, in dem es wirklich notwendig war. Und er wollte sich vor allem nicht auf seine eigene Einschätzung verlassen. Er hatte sich in Alexander schon einmal getäuscht.

Frank hörte sich im Schwulenreferat um und ergatterte die Adresse eines guten Therapeuten, der keine langen Wartelisten hatte. Er suchte ihn auf, begutachtete ihn und faßte Vertrauen zu ihm, und erst dann schleppte er Alexander in die Praxis und ließ ihn mit ihm allein.

Alexander sah erleichtert aus, als er wieder herauskam. Frank, der im Wagen gewartet hatte, stellte plötzlich fest, daß er eine Stunde lang völlig nervös gewesen war, und sackte in seinem Sitz zusammen.

»Was grinst du so?« fragte Alexander.

»Es war ein Lächeln, und es war die Antwort auf dein Lächeln. Du lächelst nämlich. Zum erstenmal seit Wochen. Zufrieden mit dem Therapeuten?«

»Ich mag ihn«, sagte Alexander. »Auch wenn er sich manchmal benimmt, als wäre er eine Frau. Nicht tuntig – das meine ich nicht. Irgendwie ist das bei ihm anders. Mir kommt er vor wie ein Zwitter. Aber er hat einen männlichen Verstand. Komm, hör auf zu lachen. Du weißt, wie ich das meine.«

»Nein«, sagte Frank grinsend. »Nein, das weiß ich nicht.«

»Woher solltest du auch wissen, was ein männlicher Verstand ist.« Alexander schloß den Sicherheitsgurt und lehnte aufatmend den Kopf zurück. Er starrte geradeaus aus dem Fenster, auf die parkenden Autos, das zum Rhein hin abfallende Gelände und die niedrige, graue Betonmauer, auf der ein breites Graffiti eine Botschaft verkündete, die offenbar nicht verstanden werden sollte. Die Buchstaben waren so verdreht und ineinander verschlungen, daß außer ihrer schreiend roten Farbe nichts mehr entzifferbar blieb. »Kannst du dir vorstellen, wie das ist, wenn du weißt, daß du dich ändern mußt, und es eigentlich gar nicht willst, weil du Angst hast, daß deine ganze Persönlichkeit auseinanderbricht?«

Frank fuhr vom Parkplatz herunter und schlug den Nachhauseweg ein. »Nein. Aber du brichst nicht auseinander. Ich halte dich zusammen. Wahrscheinlich hast du bloß Angst, daß du vom Sockel kippst. Aber ich kannte dich schon, als du ein kleiner Junge warst. Da warst du auch nicht kühl, stark und allem überlegen, und ich hab' dich trotzdem geliebt. Willst du 'ne Pizza?«

»Du bist wie eine Mutter zu mir«, sagte Alexander spöttisch.

Frank rümpfte die Nase. »Bitte sag so was nicht zu jemandem, mit dem du schläfst. Hast du nun Hunger oder nicht?«

»Nein. Mochtest du ihn auch?«

»Den Therapeuten?« Frank nickte. »Ja. Der ist mir wenigstens nicht mit dem Quatsch gekommen, daß mich das alles nichts angeht und du allein und aus eigenem Antrieb kommen mußt. Und deine Homosexualität ist für ihn bloß ein Stück Personenbeschreibung, so wie ›Er hat graue Augen‹.«

»Du hast auch Angst, daß ich mich verändere.«

»Nein. Ich vertraue dir viel mehr als du dir selbst.« Frank trommelte mit nervösen Fingern auf dem Lenkrad herum. »Ist noch eine Pizza in der Tiefkühltruhe? Das würde mir auch reichen.«

»Meine Identität löst sich auf, und alles, woran du denken kannst, ist Pizza.«

»Nicht nur. Ich denke auch daran, mit dir zu schlafen. Mein Gott, guck mich doch nicht an, als würdest du denken ›Was, schon wieder?‹ Was ist denn los, haben wir Migräne?«

Alexander grinste. »Ich habe nicht einmal entfernt so etwas ähnliches wie ›Was, schon wieder?‹ gedacht. Halt mal fünf Minuten den Rand, fahr schneller und vergiß die Pizza – halt! Halt, warte.«

»Worauf?« fragte Frank verwirrt, schaute in den Rückspiegel und trat auf die Bremse.

»Fahr hier rechts rein, schnell. Und halt den Wagen an.«

Frank bog in eine kleine Seitenstraße ein und hielt. »Was ist denn los?«

Alexander löste den Sicherheitsgurt und schickte sich an, auszusteigen. »Das war Margot.«

»Und? Jetzt warte doch mal. Was ist so wichtig an Margot, daß du sie unbedingt sehen mußt?«

Alexander wandte sich zu ihm um. »Die beiden Typen, mit denen sie sich unterhält.«

*

»Du hast recht«, sagte Frank leise.

Sie beobachteten das Straßencafé aus einiger Entfernung. Besser gesagt war es eigentlich eher eine Art Schnellimbiß, und man hatte den breiten Bürgersteig dafür genutzt, ein paar wacklige Tische mit billigen Plastikstühlen nach draußen zu stellen.

Frank stand halb hinter einem Baum versteckt. Er wußte, daß seine hellen, rotblonden Haare auch von weitem auffällig waren. »Nicht der Typ Mann, mit dem ich Margot in angeregter Unterhaltung erwartet hätte. Aber wenn das wirklich die beiden Schläger sind und sie die Kerle angeheuert hat, wieso sollte sie heute hier mit denen rumhocken und Konversation betreiben?«

»Das weiß ich nicht. Meinst du, daß du sie wiedererkennst, wenn du direkt vor ihnen stehst? Wenn du mit ihnen redest?«

»Möchtest du dir die restlichen Rippen auch noch brechen lassen?«

Alexander spähte mit zusammengekniffenen Augen zu dem Café hinüber. »Wer weiß, ob sie nicht genau das im Moment gerade absprechen? Wenn wir hingehen, wissen sie jedenfalls, daß wir gewarnt sind.«

»Ja, genau. Dann bleibt ihnen nur noch, uns zu erschießen.«

»Dein Optimismus ist ja rührend.«

»Alex, ich hab' Schiß, und du bist nicht in bester körperlicher Verfassung. Ruf Merzenbach an. Vielleicht schicken sie jemanden vorbei, der die Kerle überprüft.«

»Und was soll das bringen? Was ist denn los mit dir, du bist doch sonst nicht so ängstlich.«

Frank seufzte. »Also gut.« Aber es war nicht gut. Alles andere als gut. Während sie auf das Café zugingen, pendelte sein Blick unablässig zwischen den beiden Männern hin und her. Er wollte ihnen nicht näherkommen. Nicht dem, der ihm die Kette um den Hals gelegt hatte. Und das hatte nichts mit der Kette zu tun, sondern mit dem, was Alexander verhindert hatte.

Aber je näher er kam, um so aggressiver wurde er. Er wünschte, er hätte eine Waffe, und im nächsten Moment dachte er, daß er keine brauchte. Den Typ mit bloßen Händen zu erwürgen war ein viel attraktiverer Gedanke.

Aber so große Hände hatte er nicht, um diesen Stiernacken packen zu können. Na ja, es gab genug andere Möglichkeiten. Zutreten. Ihm das Nasenbein brechen. Frank ging schneller, und Alexander legte eine Hand auf seinen Arm und hielt ihn zurück. Frank atmete tief durch und versuchte, ruhiger zu werden. Es gelang ihm nicht.

Sie zogen zwei leere Stühle heran und setzten sich an den Tisch, ignorierten die überraschten Gesichter, schwiegen. Frank saß schon eine Weile, als er merkte, daß er nicht nur wußte, daß er tatsächlich die beiden Schläger vor sich hatte, sondern auch, wer von ihnen der Mann mit der Kette gewesen war. Er biß die Zähne zusammen, bis seine Kiefermuskeln weh taten.

»Kein schlechter Kampf«, sagte Alexander nach einer Weile in das betretene Schweigen hinein. »Wo habt ihr gelernt?«

Frank hatte eigentlich kahlrasierte Schädel erwartet oder wenigstens Bürstenhaarschnitte. Aber der Ketten-

Mann hatte fast so langes Haar wie er selbst, nur daß es dünn war und weizenblond und im Nacken zu einem Pferdeschwanz gebunden. Dem anderen fiel pomadig dunkles Haar bis auf die Schulter und umrahmte ein weiches, fleischiges Gesicht wie das einer Buddha-Figur. Beide waren groß und kräftig, mit gut trainierten Muskeln unter weiten T-Shirts. Ansonsten hatten sie weder miteinander Ähnlichkeit noch mit dem, was Frank sich unter einem Schläger vorstellte. Sie waren relativ jung, älter als Frank und Alexander, aber keine dreißig. Sie schwiegen hartnäckig.

»Woher kennt ihr euch denn?« fragte Margot.

Alexander kniff die Augen zusammen und betrachtete sie mißtrauisch.

»Machst du auch Karate?« fragte sie ihn. Sie erweckte nicht den Eindruck, als sei sie von seiner Anwesenheit erbaut, im Gegenteil. Aber sie sah auch nicht schuldbewußt aus oder erschrocken. »Welcher Dan?« fragte sie sachlich.

Endlich öffnete einer der beiden Schlägertypen den Mund. Der mit dem Totschläger. Der Buddha. »Der hat den schwarzen Gürtel«, sagte er. »Ich hab's gemerkt.« Dann klappte er den Mund wieder zu und sah nicht aus, als würde er ihn jemals wieder öffnen. Jedenfalls nicht, um zu reden.

Margot betrachtete Alexander, als hätte sie ihn nie zuvor gesehen. »Oh, hoppla. Dann bitte ich dich wohl besser nicht um eine Trainingsrunde.« Sie verzog angeekelt das Gesicht. »Hätte ja sein können, daß du so'n kleiner Grüngurt bist oder so was. In dem Fall ... Es wäre mir ein Vergnügen gewesen, ein paar ganz besondere ...«

»Ich kann's mir denken«, unterbrach Alexander. »Meinetwegen kannst du's gern versuchen. Aber beschwer dich nicht, wenn es nicht klappt.«

»Mit meinem WenDo wirst du auch als Karatekämpfer Probleme haben.«

»Verlaß dich nicht drauf«, sagte der Buddha überraschend. »Um ihn bekämpfen zu können, mußt du erst mal an ihn rankommen.«

»Versuch's mit dem Goldlöckchen«, warf der Ketten-Mann ein. »Den schaffst du. Jedenfalls von hinten. Von hinten schafft den jeder.«

Alles, was Frank noch sehen konnte, war eine rötliche Wolke. Er war aufgestanden, ohne es zu merken. Er schüttelte Alexanders Hand ab und noch eine weitere, von der er nicht wußte, woher sie kam. In seinem Kopf hatte es zu summen begonnen, und falls jemand mit ihm sprach, konnte er es nicht hören. Er hatte irgend etwas in der Hand und wußte nicht, was es war, er schlug zu und legte seine ganze Kraft in den Schlag, aber er spürte wenig Widerstand. Er hatte nicht gut getroffen. Die Wolke verflüchtigte sich, die Geräusche kehrten zurück, sein Arm schmerzte, und ihm wurde klar, daß jemand den Schlag abgelenkt hatte. Er hörte seinen Namen wie durch eine Wand aus Watte und konzentrierte sich auf Alexanders Stimme. Er wußte, daß es Alexander war, der ihn festhielt, und Frank brauchte seine ganze Kraft, um zu verhindern, daß er sich dagegen wehrte. Der Ketten-Mann lag auf dem Boden und hielt sich die Schulter, der Buddha war aufgesprungen und stand kampfbereit hinter dem Tisch, der ihn von Frank trennte. Margot diskutierte lautstark mit dem Kellner.

Frank lehnte sich zurück, gegen Alexanders Schulter, und schloß die Augen.

»Du mußt ihn ja nicht gleich umbringen«, sagte Alexander. »Herrgott noch mal, du verdammter Wutkopf, hast du alles vergessen, was ich dir beigebracht habe?«

»Dein Zorn ist ein Tiger«, zitierte Frank. »Wenn er dir im

Nacken sitzt, ist er ein Gegner, gegen den du nicht gewinnen kannst. Setz ihn neben dich, und er wird Seite an Seite mit dir kämpfen. Alexanders chinesische Weisheiten, aus dem Handgelenk, Teil drei, Lektion vierzehn.«

»Zum Beispiel. Von deinen Tischsitten ganz zu schweigen. Man wirft nicht mit Bierflaschen.«

»Was ist denn das für 'ne Kneipe, wo Flaschenbier ausgeschenkt wird!«

»Hör auf zu nörgeln. Wer Tiefkühlpizza frißt, kann auch Flaschenbier trinken. Willst du eins?«

»Ihr verschwindet hier«, mischte sich der Kellner ein. »Und zwar sofort. Sonst gibt das ein Nachspiel. Ich ruf' die Polizei. Und zwar gleich. Wenn ihr nicht sofort ...«

Der Ketten-Mann war aufgestanden und schlenderte mit dem Buddha in gemütlichem Tempo die Straße hinunter. Auf dem Tisch lag ein Zwanzigmarkschein unter einem Bierdeckel.

Der Kellner steckte ihn hastig ein. »Ich geh' jetzt rein und ruf' die Polizei.«

»Nicht nötig«, sagte Alexander. »Er möchte kein Bier. Wir gehen. Kommst du mit, Margot?«

»Ja, sie kommt mit«, ereiferte sich der Kellner. »Hier bleibt sie jedenfalls nicht. Ihr geht. Alle. Sofort.«

»Seid ihr eigentlich wahnsinnig?« fragte Margot und lief hinter den beiden her. »Was fällt euch denn ein, da plötzlich die große Macho-Nummer abzuziehen? Frank, hast du verdammt noch mal nicht gelernt, daß man niemanden angreift, wenn man Karateka ist? Was ist mit dir los?«

»Wieso triffst du dich mit den Typen, die uns überfallen haben?« fragte Frank zurück.

Margot blieb stehen und starrte ihn mit offenem Mund an.

»Du hast sie angeheuert.« Franks Zorn mochte vielleicht ein Tiger sein, aber im Nacken saß er ihm bestimmt nicht.

Er prickelte in seinen Adern, und Frank hätte immer noch zuschlagen können. »Du hast sie angeheuert, und ...« Ihm blieb plötzlich die Luft weg, und er schüttelte hilflos den Kopf. Es gab keinen Grund, warum er nicht zuschlagen sollte. Er konnte jedenfalls keinen sehen.

»Das hat sie nicht«, sagte Alexander.

»Das habe ich nicht«, widersprach Margot gleichzeitig. »Du spinnst wohl. Wie kommst du denn auf so was!«

»Hast du nicht?« Frank grunzte verächtlich.

»Hat sie nicht.« Wenn Alexander wütend war, wurde er eiskalt. Es hatte im Gegensatz zu Franks heißblütigen Wutausbrüchen den Vorteil, daß er klar sehen und analytisch denken konnte. Margots Reaktionen paßten ganz eindeutig nicht zu der Theorie, daß sie die Schläger angeheuert hatte. Sie hätte sich niemals so verstellen können. Sie mochte einiges verbergen können, wenn sie sich Mühe gab, aber nicht den Triumph über einen Mann. Daß sie ausgerechnet mit den Kerlen zusammensaß, die Frank und Alexander im Park überfallen hatten, konnte sie unmöglich gewußt haben. »Margot, woher kennst du die beiden?«

Sie zuckte mit den Schultern. »Sie sind in derselben Karateschule wie ich. Ich mag sie nicht. Aber sie sind gut. Manchmal übernehmen sie ein paar Trainingsstunden. Ich trainiere normalerweise bei einer Frau. Aber manchmal will ich wissen, ob ...«

»Ja. Wer ist noch in dieser Karateschule, den du kennst?«

»Niemand«, antwortete Margot. Sie nahm ihre Tabakpackung aus der Tasche ihrer Bluse und begann, sich eine Zigarette zu drehen. »Ich meine, natürlich kenne ich da einige Leute, aber die kennst du nicht. Und ich kannte sie vorher auch nicht. Die Frauen, die ich normalerweise kenne, trainieren alle in den Sportkursen der Uni oder in reinen Frauenkursen.«

»Und die Männer? Jemand dabei, den ich kenne?«

»Nein. Glaub' ich nicht. Keine Studenten.« Sie steckte den Tabak weg, und Alexander gab ihr Feuer.

»Ich will nach Hause«, sagte Frank.

Margot sog an ihrer Zigarette, verschränkte die Arme und betrachtete ihn kühl. »Du siehst aus wie ein zerzauster Kater. Meine Eltern hatten mal einen, der hat sich auch dauernd geprügelt. Er ist nicht alt geworden. Eines Tages hat er sich mit einem Schäferhund angelegt und verloren.«

»Leg du dich nicht mit mir an«, fauchte Frank. »Du verlierst in jedem Fall.«

Margot starrte ihn verblüfft an. Alexander legte ihm die Hand auf die Schulter. »Sei still. – Margot, kümmere dich nicht um die beiden Typen. Sie sind gefährlich. Ich will nicht einmal, daß du mir ihre Namen sagst.«

»Kann ich auch nicht«, warf Margot mürrisch ein. »Weil ich sie nicht kenne. Weil mir ihre Namen egal waren. Weil ich ...«

»Ja, schon gut«, unterbrach Alexander. »Ich werde mich selbst nach ihnen erkundigen. Und komm bloß nicht auf die Idee, sie zu fragen, wieso sie uns überfallen haben oder wer sie angeheuert hat. Halt dich raus aus dieser Sache. Ganz.«

»Bitte«, sagte Margot verächtlich und schnippte die Asche von ihrer Zigarette. »Wenn das dein Wunsch ist ...«

»Ja, ist es.« Er wandte sich ab und zog Frank mit sich fort. »Gib mir die Autoschlüssel.«

»Wieso läßt du mich nicht fahren?«

»Frank, halt die Klappe und steig ein.«

Frank stieg ein, und es dauerte ziemlich lange, bis er wieder etwas sagte.

*

Alexander hatte nach ein paar Telefonaten die Namen der beiden Schläger herausgefunden und rief das Präsidium an. Er gab seine Nachricht so kurz und knapp weiter, daß Frank nicht fragen mußte, um zu wissen, daß er mit der Federing gesprochen hatte.

Sie ließen sich in der geräumigen Küche der Wingards nieder, froh, daß außer ihnen niemand im Hause war. Doris machte mit einer Freundin einen Einkaufsbummel, und Maren besuchte irgendwo um die Ecke eine Klassenkameradin, deren Eltern heute mit einer Horde Nachbarskinder ihren Swimmingpool im Garten wiedereröffneten. Benjamin, der Angst vor Wasser hatte, aber auf seinen Rollerskates halsbrecherische Salti vollführen konnte, trieb sich irgendwo mit einer Gang von jungen Skatern herum, um neue Kunststückchen zu lernen.

Frank hatte die Tiefkühltruhe unten im Keller durchforstet, in der Doris einen Vorrat von schnellen Mahlzeiten für hungrige Söhne aufbewahrte, und hatte eine von den amerikanischen Pizzen gefunden, die er mochte. Seine Kochkunst beschränkte sich fast gänzlich darauf, Fertiges zum Aufwärmen in den Backofen zu schieben. Seine strikte Ablehnung, sich mit anderen Möglichkeiten der Nahrungszubereitung zu befassen, fußte auf der Angst, daß Doris ihn zum Knecht seiner Geschwister machen würde, sobald er Geschick in Haushaltsdingen vermuten ließ.

»Die beiden werden ein wasserdichtes Alibi haben«, knurrte Alexander. »Ich wette, die kennen uns nicht, die haben uns nie zuvor gesehen, und zur fraglichen Zeit haben sie zu Hause mit Mama, Papa und der Skatrunde vor dem Fernseher gehockt. Oder ähnlich. Wir werden nie wieder davon hören.«

»Vergessen wir es«, sagte Frank.

»Wie bitte?« Alexander sah von dem Stück Pizza auf, das Frank ihm gegeben hatte.

Frank fuchtelte mit der Gabel in der Luft herum. »Alles«, sagte er kauend. »Vergessen wir's. Versuchen wir es wenigstens. Wir müssen vorsichtig sein, und das werden wir auch sein, aber mehr kann man nicht tun. Weißt du, ich glaube, die finden Michaels Mörder nicht. Und Beates. Es ist schon so lange her. Zu lange. Es heißt doch immer, sie finden ihn entweder nach ein paar Tagen oder nie.«

»Das stimmt aber auch nicht immer«, warf Alexander ein.

Frank winkte ab. »Egal. Wir müssen weiterleben. Die ganze Sache ergibt keinen Sinn, ich weiß nicht, wo wir ansetzen sollen, und aus den beiden Karatetypen würden wir nie was rauskriegen. Wir geraten nur immer mehr in Schwierigkeiten.«

Alexander lächelte. »Du bestimmt. Ich versuche ja nur, dich aus Schwierigkeiten rauszuhalten.«

Frank rollte die Augen. »Ja, das mußt du gerade sagen.«

Die Küchentür flog krachend auf, und Franks Bruder kam in den Raum gestolpert, unter dem einen Arm seine Inline-Skates, unter dem anderen den Fahrrad-Helm. »Alex, Alex, bist du da?«

»Nee, ist er nicht«, knurrte Frank. »Du Intelligenzbestie.«

Benjamin war bereits in Alexanders Arme gefallen und betrachtete hungrig dessen Pizza. Alex hielt ihm ein Stück hin. Der Junge schnappte danach wie ein Hund. »Du hast mir versprochen, mit mir was zu unternehmen, wenn ich die Mathe-Arbeit nicht verhaue«, sagte er undeutlich, während er gleichzeitig mit vollen Backen kaute. »Und ich hab eine Drei.« Die Inline-Skates polterten krachend zu Boden, der Helm segelte hinterher, und Benjamin nahm auf Alexanders Schoß Platz. Wie ein schmusebedürftiges Kleinkind schmiegte er sich an ihn und schloß genüßlich die Augen. Frank wußte, daß sein kleiner Bruder nur versuchte, ihn zu provozieren, aber das änderte nichts daran, daß ihm vor Eifersucht schlecht wurde.

Alexander schob den Jungen von seinem Schoß. »Sei ein bißchen vorsichtig mit mir, mir tun immer noch die Rippen weh. Okay, wir unternehmen was zusammen.«

»O Gott«, sagte Frank.

Benjamin zog eine Grimasse. »Du sollst sowieso nicht dabeisein.«

»Ich lasse Alexander nicht allein.«

Alexander lächelte. »Das kannst du ruhig. Wir werden keine einsamen Orte aufsuchen. Benjamin möchte mit mir reiten gehen oder ins Karatestudio, und ich denke, das können wir ruhig auch ohne deinen Schutz riskieren.«

Frank seufzte. »Ja. Ja, das ist wohl akzeptabel.«

»Wenn du dich langweilst, kannst du dir ja deine Schwester zum Spielen nach Hause holen«, empfahl Benjamin boshaft.

»Ach, halt doch bloß die Klappe«, entgegnete Frank unwirsch. »Ich glaube, ich schlafe einfach ein bißchen«, sagte er zu Alexander. »Ich bin todmüde.«

*

Es kam ihm vor, als sei er seit Wochen nicht mehr in seinem Zimmer gewesen, obwohl das nicht stimmte. Anders als sonst war lediglich die Tatsache, daß er jetzt allein hier war. Er war lange nicht mehr allein gewesen, und er hatte auch nicht das Bedürfnis danach. Alexander nicht in der Nähe zu haben, war angesichts dessen, was die letzten Wochen an Ereignissen gebracht hatten, immer etwas leicht Beängstigendes. Er konnte ihn nicht gehen lassen, ohne sich Sorgen zu machen.

Trotzdem fühlte er sich nicht mit ihm eingesperrt. Er hatte nie das Bedürfnis gehabt, sich abzugrenzen. Er konnte allein sein, aber er hatte normalerweise eigentlich kein Verlangen danach. Er ging seinen Geschwistern aus dem Weg, aber mit Alexander war er immer gern zusammen.

Alexander war eher der Typ, der Ruhe brauchte. Aber Ruhe war für ihn nicht gleichbedeutend mit Franks Abwesenheit. Er konnte sich vollkommen auf sich selbst konzentrieren und seinen Freund ignorieren, und trotzdem hatte er ihn dann gern in seiner Nähe.

Im Gegensatz zu Franks Geschwistern, den Zwillingen, die sich ununterbrochen stritten und die man kaum zusammen alleinlassen konnte, existierte zwischen Frank und Alexander eine enge Verbindung, die Worte oft unnötig machte. Sie kamen ohne große Absprachen miteinander aus, schlossen leicht Kompromisse und waren auf positive Weise empfänglich für die Stimmungen und Launen des anderen. Sie hatten es leicht miteinander, obwohl sie so unterschiedlich waren. Oder auch deswegen. Sie ergänzten sich.

Und in den letzten Wochen hatte Frank sich an Alexanders ständige Anwesenheit so gewöhnt, daß er sich jetzt, wo er allein in seinem Zimmer saß, ein bißchen merkwürdig vorkam. Er hatte sich aufs Bett gelegt, aber der Schlaf wollte sich nicht einstellen. Frank lag mit weit offenen Augen da, als wäre es gefährlich, sie zu schließen, und spürte sein Herz klopfen.

Es war beinahe beunruhigend still im Haus. Maren würde nach der Poolparty mit Sicherheit noch zum Grillabend bleiben, das gehörte traditionell dazu. Und seine Mutter war vermutlich immer noch in der Stadt unterwegs, um für sich und für Benjamin ein paar neue Sommersachen zu kaufen. Benni hatte überhaupt keinen Sinn für Einkaufsbummel. Er pflegte Doris zu beschreiben, was seine Schulkameraden im Moment gerade für angesagt hielten, und sie brachte es ihm mit. War ja kein großes Problem. Markenname, Farbe, Größe, Preis – Benjamins Informationen waren umfassend genug.

Frank wäre beinahe aufgesprungen vor Schreck, als die Tür zu seinem Zimmer plötzlich aufflog und Merzenbach hereinstürmte wie ein Kampfstier in die Arena.

»Wo ist er?« Der Polizist sah sich in dem kleinen Raum um, als hätte Frank hier irgendwo jemanden verstecken können.

Frank hielt es für überflüssig zu fragen, wer gemeint war. Und er verfluchte sich für die typisch Wingardsche Angewohnheit, das Abschließen der Haustür zu vergessen. Er glaubte sich allerdings auch zu erinnern, daß ein Polizist keineswegs das Recht hatte, ein Haus zu betreten, ohne dazu ausdrücklich aufgefordert worden zu sein.

Aber andererseits: Es war ja nur Merzenbach.

Frank gab der völlig unwiderstehlichen Versuchung nach, sich besonders dekorativ auf dem Bett zu räkeln, und lächelte sanft. »Er ist mit meinem kleinen Bruder unterwegs. Er hatte ihm schon lange versprochen, ihn mal mit zum Reiten zu nehmen.«

»Mit Ihrem Bruder?« Merzenbach starrte ihn an. »O mein Gott. Das ist nicht gut.« Er drehte sich auf dem Absatz um und polterte über den Flur und die Treppe hinunter.

»He!« Frank rappelte sich vom Bett auf und rannte hinter ihm her. Als er aus der Haustür kam, sah er Merzenbach die Tür zu seinem Wagen öffnen und fürchtete schon, der Polizist würde einfach einsteigen und wegfahren. Aber das tat er nicht. Er ließ sich bloß in den Sitz fallen, behielt die Beine draußen und sprach hektisch in sein Funkgerät.

»Was ist denn los?« fragte Frank verstört und blieb neben dem Auto stehen. Er hatte nicht viel von dem verstanden, was Merzenbach durchgab.

»Wir haben endlich rausgekriegt, wo Michael Kamp ermordet wurde«, erklärte Merzenbach und hängte das Gerät wieder ein.

»Aha«, sagte Frank. »Und wo?«

»In dem Reitstall, in dem Alexanders Onkel seine Pferde stehen hat.«

Frank brauchte eine Weile, um diese Information zu verdauen. Der Reitstall war ein absolut friedlicher Ort, eine Enklave, die pure Idylle. Dort konnte so etwas gar nicht passieren. Was Frank zunächst zu verarbeiten versuchte, war einfach nur die Information an sich, das Ungeheuerliche daran. Bis er darauf kam, was Merzenbach ihm eigentlich damit hatte sagen wollen, dauerte es ein bißchen länger. »Verdammt«, zischte er. »Michael Kamp war Reiter, Merzenbach! Er war viel öfter in dem Stall als Alexander und ich. Daraus, daß er dort ermordet wurde, können Sie doch jetzt nicht schließen, daß Alex ihn umgebracht hat!«

Der Polizist erhob sich. Er stand dicht vor Frank und starrte mit einem unerträglich intensiven Blick direkt in seine Augen. »Als Sie ihn an dem Abend gesehen haben, Ihren ... Lover«, sagte Merzenbach, die Stimme beherrscht, aber heiser, als hätte er am liebsten gebrüllt. »Als er Sie vom Campus abgeholt hat und Ihre Freundin den Michael Kamp gefunden hatte ...«

»Sie ist nicht meine Freundin«, protestierte Frank ganz automatisch.

»Sollte sie aber sein.« Merzenbach roch nach Leder und einem teuren Rasierwasser, nach Kaffee und Pfefferminz. »Ein nettes Mädchen. Und hübsch. Als Sie ihn gesehen haben, Frank – hat er da nach Pferd gestunken?«

Frank schüttelte den Kopf. »Natürlich nicht.«

»Und wenn es so gewesen wäre, hätten Sie es dann gerochen, Frank?«

»Ja, das hätte ich gerochen«, sagte Frank störrisch und trat endlich einen Schritt zurück, um den jungen Polizisten nicht mehr riechen zu müssen. »Und ich hätte ihn sofort danach gefragt. Aber er roch nicht nach Pferd.«

Merzenbach verschränkte die Arme und nickte. »Und genau das, junger Mann, genau das ist merkwürdig. Denn Alexander Tiberius war an dem fraglichen Abend im Reitstall. Er ist sowohl in der Box des Hengstes als auch in der Box der weißen Stute gesehen worden, die seinem Onkel gehört. Er hat die Stute gestreichelt, und er hat sich gegen den Hengst gelehnt und mit ihm gesprochen, ihm den Hals geklopft und so weiter und so weiter und so weiter. Er hätte nach Pferd stinken müssen, mein Lieber, und nicht zu knapp. Aber das tat er nicht! Kapierst du, Frank?«

Frank schüttelte den Kopf. »Er tut das manchmal. Wenn er allein ist, fährt er zum Stall, auch spät abends noch.«

Merzenbach stöhnte auf, verdrehte die Augen und wandte sich wütend ab. Er hieb mit der Faust auf das Wagendach. »Du willst einfach nicht verstehen, was ich sage!«

»Doch«, erwiderte Frank. »Doch, ich habe das verstanden. Sie glauben, daß er mit Michael dort war, daß er Michael dort umgebracht hat, daß er Michael dann am Campus abgeladen hat und daß er dann nach Hause gefahren ist, um zu duschen und sich umzuziehen. Und daß er mich anschließend vom Campus abgeholt hat, wo wir Michael inzwischen gefunden hatten. Und daß er ein Irrer ist und nun meinen Bruder in seiner Gewalt hat, den er ebenfalls umbringen wird. Weil er sowohl ein homosexueller Sexualmörder ist, siehe Michael, als auch ein heterosexueller Mörder, siehe Beate, als auch ein pädophiler Sexualmörder, siehe mein Bruder, und ein Serienmörder außerdem, siehe Michael, Beate und mein Bruder. Doch, das verstehe ich. Aber deshalb muß ich's ja nicht glauben.«

»Ihr kleiner Bruder, Frank!« brüllte Merzenbach plötzlich unbeherrscht los. »Was ist mit Ihrem kleinen Bruder?«

»Er ist mit Alexander zusammen«, antwortete Frank ruhig, »und deshalb mache ich mir keine Sorgen um meinen Bruder. Alexander würde ich meinen Bruder, meine Schwester und meine Mutter jederzeit anvertrauen. Letztere allerdings ungern, denn sie mag ihn ein bißchen zu sehr für meinen Geschmack. Merzenbach, Sie sind auf dem falschen Gleis.« Er drehte sich um und ging ins Haus zurück.

»He, was willst du jetzt machen!« schrie Merzenbach hinter ihm her. »Dich ins Bett legen, dir die Decke über den Kopf ziehen und zu allen Heiligen beten, daß du recht hast?«

Frank wandte sich in der Tür um. »Nein«, sagte er lächelnd. »Ich werde Alexander anrufen. Er hat ein Handy. Wußten Sie das nicht?«

Als er die Nummer gewählt hatte und das Rufzeichen ertönte, kam Merzenbach, der hinter ihm hergerannt war, wild fluchend durch die Haustür in den Flur gestolpert. Frank nahm den Hörer des Funktelefons und ging damit ins Wohnzimmer. Er schlug die Tür hinter sich zu, lehnte sich dagegen und ließ sich ein Stück nach unten rutschen, um seinen Schwerpunkt möglichst tief zu legen. Merzenbach stemmte die Schulter gegen das Türblatt, aber er konnte Frank nicht wegschieben – jedenfalls ganz bestimmt nicht, ohne die Tür zu beschädigen. Frustriert hämmerte er mit der Faust gegen den Rahmen.

Zwei Rufzeichen. Drei. Normalerweise wäre Alexander

längst dran gewesen. Fünf. Frank versuchte mit dem Zählen aufzuhören, aber als ein Dutzend Rufzeichen rausgegangen waren, wußte er trotzdem, daß es ein Dutzend gewesen waren.

Beim dreizehnten Klingeln hob jemand ab. »Ja?«

Frank öffnete die Tür. »Hallo, Schatz«, sagte er und zwinkerte Merzenbach spöttisch zu. Der Kripobeamte hatte seinen Einsatz verpaßt. Er hatte nicht damit gerechnet, daß Frank die Tür aufmachen würde, und als er verspätet versuchte, ihm den Hörer aus der Hand zu schnappen, tauchte Frank unter seinem Arm durch und legte Abstand zwischen sie. »Hör mal, du wirst polizeilich gesucht. Wo immer du bist, wundere dich nicht, wenn plötzlich ein paar fürchterlich nervöse grüne Männchen mit gezückten Laserpistolen vor dir stehen.« Er lauschte einen Moment und tänzelte um Merzenbach herum, der sich jetzt, wo es sowieso zu spät war, offenbar nicht mehr zu einem gewaltsamen Angriff durchringen konnte und nur noch halbherzig nach dem Hörer griff.

»Sie haben herausgefunden, wo Michael gestorben ist«, berichtete Frank. »Er ist im Reitstall umgebracht worden. Und da du an dem Abend da warst, steckst du jetzt bis über beide Ohren in Pferdeäpfeln. Ich fürchte, diesmal verhaften sie dich doch. Merzenbach schäumt. Soll ich euren Anwalt anrufen?« Er lauschte.

»Alexander ist mit Benjamin nicht im Stall, er ist im Karate-Studio«, informierte Frank den Kripobeamten schließlich und hielt ihm den Hörer hin. »Er will mit Ihnen sprechen.«

Merzenbach schnappte ihm den Hörer aus der Hand. »Wenn Sie den Jungen anrühren, Alexander Tiberius, dann sorge ich dafür, daß Sie die passenden Zellengenossen kriegen, das verspreche ich Ihnen. Sie werden sich im Knast aufhängen, wenn dem Kind was passiert. Das garantiere ich.«

Frank drückte die Mithör-Taste am Basisgerät im Flur. Merzenbach drehte sich wütend zu ihm um, als Alexanders Stimme durch den Raum klang.

»Seien Sie nicht albern, Merzenbach«, sagte Alexander ruhig. »Ich bringe den Jungen jetzt nach Hause, und dann können Sie mich gleich dort verhaften oder was auch immer Sie wollen. Wir sind in einer Viertelstunde etwa da, wenn der Verkehr mich nicht länger aufhält als gewöhnlich. Pfeifen Sie Ihre Trachtengruppe zurück, und kriegen Sie bloß keine Panik. Wollen Sie mit Benjamin sprechen, bevor ich fahre?«

»Packen Sie ihn ein und karren Sie ihn her«, brüllte Merzenbach. »Und fix!« Er warf Frank den Hörer zu, und der fing ihn auf und begann zu wählen. Er hatte im Telefonbuch die Nummer des Anwalts herausgesucht, mit dem Alexanders Familie befreundet war.

*

Es dauerte Stunden, bis alle fünf wieder aus dem Präsidium herauskamen: Franks Mutter, die Arme schützend um Benjamin gelegt, Frank, den Arm schützend um Alexander gelegt, und der Anwalt, die Hände locker in den Taschen seines eleganten Anzugs und professionelle Zuversicht ausstrahlend. »Du mußt dir wirklich abgewöhnen, zur falschen Zeit am falschen Ort aufzutauchen«, sagte er grinsend zu Alexander. »Das gleich mehrmals täglich zu machen ist nicht gut. Erst der Campus, dann der Reitstall, dann wieder der Campus – soviel schlechtes Timing auf einmal würde ja selbst bei mir Verdachtsmomente wekken, wenn ich euch zwei Rotzbengel nicht schon so lange kennen würde. Aber mach dir keine Sorgen. Für eine

Anklage reicht das alles sowieso nicht aus. Ich glaube nicht, daß sie sich dazu entschließen werden, denn daß ich dich da problemlos raushaue, das ist denen auch klar. So blöd werden die nicht sein.«

Alexander zuckte mit den Schultern. »Ich werde dich anrufen, wenn du dich irren solltest. Wir werden sehen.«

»Komm morgen in meine Praxis, so gegen Mittag. Dann essen wir zusammen und gehen die ganze Sache mal gründlich durch.«

Sie nickten sich zu, und der Anwalt ging. Alexander drehte sich zu Doris um und sagte spöttisch: »Soll ich euch zurückfahren, oder möchtest du lieber ein Taxi nehmen?«

Doris sah müde aus, und zwischen ihren Augenbrauen stand eine steile Falte. Sie war gerade noch rechtzeitig von ihrem gemütlichen Einkaufsbummel zurückgekommen, um mitten ins Chaos zu geraten, und hatte reichlich Probleme damit gehabt, Maren zu überreden, bei ihrer Freundin zu übernachten. Die bohrenden Fragen der unfreundlichen Kripobeamtin hatten ihren Nerven dann den Rest gegeben, noch bevor sie überhaupt so richtig erfahren hatte, worum es eigentlich ging. »Mach keine dummen Witze, Alexander. Fahr uns einfach nach Hause und Schluß.«

»Sie haben mich gefragt, ob du mich anfaßt«, berichtete Benjamin beleidigt, während sie zum Parkplatz gingen. »Und als ich gesagt habe, daß du mich heute dauernd angefaßt hast, haben sie einen Riesenaufstand gemacht. Dabei hab' ich bloß gemeint, daß du mir diese ganzen Judo-Griffe gezeigt hast.«

Alexander seufzte. »Ich hoffe, du hast es ihnen erklärt.«

»Ja, aber irgendwie haben die mir nicht geglaubt. Die sind dauernd drauf rumgeritten, daß du Karate gelernt hast. Daß du von Judo und Aikido und so auch ein paar

Sachen weißt, fanden die wohl total merkwürdig. Die haben echt geglaubt, ich kapier' das nicht, was die wollen. Ich hab' ihnen aber gesagt, daß ich ganz gut weiß, wovon sie reden, und daß mir total klar ist, daß sie wissen wollen, ob du mir an die Eier gehst.«

»Benni!« zischte Doris entsetzt.

»Ja, aber das wollten sie doch wissen«, beharrte Benjamin bockig.

»Er hat völlig recht«, sagte Frank. »Laß ihn doch in Ruhe, Mama.«

»Tut mit leid, Benjamin«, sagte Alexander.

Franks kleiner Bruder schaute ihn verblüfft an. »Das ist ja wohl jetzt voll daneben. Du kannst doch nix dafür. Kann ich vorne sitzen?«

Frank wollte protestieren, aber Alexander kam ihm zuvor. »Natürlich. Heute sitzt du vorn. Du hast es am schwersten gehabt.«

»Ich fand's ganz interessant im Polizeipräsidium.« Benjamin kicherte. »Die eine Frau hat mich ein ganzes Stück rumgeführt. Wahrscheinlich hat sie gedacht, wenn sie das macht, erzähl' ich ihr mehr. Aber da war ja nun nix, was ich ihr erzählen konnte. Stimmt das eigentlich, daß du mit Frank pennst?«

»Haben die dir das erzählt?« fragte Alexander. Doris schlug die Hände vors Gesicht, und Frank grinste. Er hielt seiner Mutter die Tür auf, und sie ließ sich in den Rücksitz fallen wie eine gebrochene Frau. Er klappte die Tür zu und ging um den Wagen herum auf die andere Seite.

»Sie haben es natürlich etwas anders ausgedrückt.« Benjamin kuschelte sich gemütlich in den bequemen Beifahrersitz. »Die eine Frau hat ganz vornehm gesagt, du liebst ihn. Und ein Mann hat ein Wort benutzt, daß ich nicht sagen darf, solange meine Mutter in der Nähe ist.« Er verdrehte die Augen und seufzte übertrieben. Dann griente er Alexander an. »Stimmt es denn?«

»Ja«, bestätigte Alexander. »Sowohl das Vornehme als auch das andere.« Er zündete sich eine Zigarette an, bevor er den Wagen anließ. »Leg bitte den Sicherheitsgurt an«, sagte er mit einem Seitenblick auf Franks Bruder, und Benjamin schnallte sich hastig an.

»Ach so«, sagte er. »Deshalb. Ich wußte nicht, daß du schwul bist. Ich hab' mich bloß gewundert, daß die mich diesen Mist gefragt haben. Kann ich auch eine Zigarette haben?«

»Frag mich noch mal, wenn du sechzehn bist.« Alexander fuhr vom Parkplatz herunter.

»Und pennst du dann auch mit mir?« fragte Benjamin grinsend und legte ihm die Hand auf den Oberschenkel.

Doris schnappte hörbar nach Luft. Frank machte ein Gesicht, als sei ihm danach, seinen kleinen Bruder zu erwürgen. Alexander schüttelte nur gelassen den Kopf. »Nimm die Pfoten von mir. Dein Bruder hat schon Schaum vorm Mund. So viel Judo kannst du noch nicht, daß du dem gewachsen bist, weißt du.«

»Ich finde KenDo sowieso besser«, brummelte Benjamin. »Mit Schwertern und so.« Er zog seine Hand zurück und wühlte ein Päckchen Kaugummi aus seiner Tasche. »Willst du auch eins?« Er hielt Alexander das Päckchen hin.

Alexander schüttelte den Kopf, sah aber für einen Moment zur Seite. »Dir ist was aus der Jacke gefallen«, bemerkte er. »Liegt auf deinem Fuß.«

»Das ist 'n Foto von dir.« Benjamin bückte sich danach. »Wollte ich Frank geben, aber hab' ich vergessen. Ich hab's vor 'n paar Tagen im Garten gefunden.« Er hob es auf und hielt es Alexander hin.

Alexander warf einen Blick auf das Foto, dann einen

Blick in den Rückspiegel. Er hielt mit quietschenden Reifen, wendete den Wagen und raste mit führerscheingefährdender Geschwindigkeit zum Präsidium zurück.

*

»Aber Sie haben uns doch gesagt, daß das Allerweltsfotos waren, die auf den Köpfen der Puppentorsi geklebt haben«, nörgelte Merzenbach argwöhnisch. »Fotos, die jeder hat, der mit dem Theaterseminar zu tun hatte, und auch eine Menge anderer Leute. Sie haben gesagt, die Foto-AG und die Kunst-AG und ...«

»Das ist richtig«, unterbrach Alexander ihn. »Das ist völlig richtig, aber es betrifft nur die Fotos, die ich vorher gesehen habe. Dieses hier, das Benjamin zu Hause im Garten gefunden hat, ist kein Allerweltsfoto.«

Alexander hatte unaufgefordert vor Merzenbachs Schreibtisch Platz genommen und war ganz offensichtlich fest entschlossen, diesen Platz nicht wieder zu räumen, ehe er dem Polizisten klargemacht hatte, weshalb er gekommen war. Frank stand hinter ihm, schaute ihm über die Schulter und versuchte, einen Blick auf das Foto zu erhaschen, das Merzenbach in der Hand hielt und unzufrieden drehte und wendete. Alexander hatte sich nicht die Zeit genommen, es ihm zu zeigen, bevor er Merzenbachs Büro gestürmt hatte.

»Dieses hier ist unterbelichtet«, erklärte Alexander. »Außerdem haben meine Pupillen den Blitz reflektiert, und deshalb glühen meine Augen rot. Ich sehe aus wie ein verdammter Vampir.«

Frank dämmerte etwas. Das hatte er schon einmal gehört, und sie hatten darüber gelacht. Er beugte sich über den Schreibtisch, und Merzenbach sah irritiert auf. Frank beachtete ihn nicht. Er betrachtete das Foto.

Alexander blieb zurückgelehnt sitzen. Seine Hände umklammerten die Armlehnen von Merzenbachs Besucherstuhl, als fürchte er, der Kripobeamte würde einen Versuch machen, ihn aus seinem Dienstzimmer zu entfernen. »Es gibt nur eine Person, die dieses Foto hatte. Und das war Beate. Die fand es so witzig, daß sie die Bertram um den Probeabzug gebeten hat.«

Die Erinnerung kam zurück, plötzlich und mit einem körperlich schmerzhaften Stich, als habe jemand Frank ein Messer in den Magen gerammt. Er krümmte sich unwillkürlich zusammen, und dann trat er einen Schritt zurück und setzte sich ebenfalls hin. Beate. Sie hatte schallend gelacht, als sie das Foto zum erstenmal sah.

Und das Foto, das Frank im Moment vor seinem inneren Auge sah, war das, was Alexander aus der Hand gefallen war, als Merzenbach es ihm gegeben hatte. Das Bild von Beate, wie sie auf dem von Frank und Alexander so sorgfältig aufbereiteten Holzfußboden ihrer Wohnung gelegen hatte. Mit blutunterlaufenen Würgemalen am Hals und eingedrücktem Kehlkopf, blauen Lippen, vorquellenden Augen und heraushängender Zunge – einem Gesicht, das kaum noch Ähnlichkeit aufwies mit dem der Frau, die er gekannt hatte.

Frank lehnte sich in seinem Stuhl vornüber und ließ den Kopf hängen. Angeblich sollte das gegen Übelkeit helfen. Ihm half es nicht.

»Das Negativ ist zusammen mit den anderen schlechten aussortiert worden«, erklärte Alexander. »Es existiert nicht mehr. Von diesem Foto gibt es nur diesen einen Abzug. Wenn wir also herausfinden könnten, wie es in den Garten der Wingards gekommen ist, wo Benjamin es gefunden hat, dann wüßten wir eine ganze Menge mehr als jetzt.«

Einen Moment lang war Frank nicht überzeugt davon, ob er wirklich mehr wissen wollte.

»Vielleicht.« Merzenbach klang nicht begeistert. »Vielleicht. Und wie lange hat das da schon gelegen, bevor der Kleine es in die Finger gekriegt hat? Das weiß keiner, oder?« Er zuckte mit den Schultern. »Nun gut. Wir werden uns das Foto ansehen. Es auf Fingerabdrücke prüfen. Es wird nichts bringen. Das ist Ihnen klar, oder?«

Ja, Frank war das klar. Bisher hatte überhaupt nichts irgend etwas gebracht. Seinetwegen hätte man das Polizeipräsidium abreißen können. Er hatte nicht den Eindruck, es sei zu etwas nutze. Die Zeit vertreiben konnte er sich anderswo besser. Er wäre gern ins Bett gegangen und hätte sich die Decke über den Kopf gezogen. Wieder einmal.

»Warten Sie es ab«, sagte Alexander. »Prüfen Sie es einfach erst mal.« Er erhob sich, und es sah aus, als hätte er Mühe, seine verkrampften Hände von den Stuhllehnen zu lösen.

Merzenbach schaute ihn nachdenklich an.

*

»›Familienheimfahrt‹ die Zweite«, sagte Benjamin fröhlich. »Hör mal, Alex, der eine, du weißt schon, der mit den schwarzen Haaren, der Frank immer so anguckt, der hat mich im Flur tatsächlich noch mal gefragt, ob du mir ...«

»Jetzt ist Schluß, Benjamin«, unterbrach Doris laut.

»Du läßt ihn gefälligst darüber reden«, forderte Frank. »Sonst kriegt er noch ein Trauma oder so was.«

»... ob du mir an den Arsch gehst«, vervollständigte Benjamin trotzig die schmale Palette seiner Obszönitäten. »Was ist ein Trauma, Alexander?«

»Eine starke seelische Erschütterung oder eine Wunde. Was Frank eigentlich meint, ist, daß er befürchtet, daß dir das schadet, was du heute alles so gesehen und gehört hast.«

»Wieso denn? Ich fand das echt stark. Du, die eine hat mir ihre Waffe erklärt. Sie hat die Munition rausgenommen, und dann durfte ich die Pistole in der Hand halten. Sie hat gesagt, ich soll's aber nicht weitersagen. Ich glaub', ich geh' auch zur Polizei, wenn ich aus der Schule komm'.«

»Du gehst dich jetzt erst mal waschen, und dann gibt's Abendessen, und dann geht's ab ins Bett«, sagte Doris, und es hörte sich an, als sei ihr Geduldsfaden bis zum Ende abgewickelt und kurz davor, endgültig zu reißen. »Und was euch beiden Großen betrifft, ich möchte mit euch reden. Nach dem Essen.«

Alexander war nicht der Mensch, dem man mit diesem Kasernenhofton kommen durfte. »Ich stehe nicht zur Verfügung. Ich möchte nichts essen, und ich gehe ins Bett, wenn wir zu Hause sind. Es läuft sowieso darauf hinaus, daß du mir entweder vertraust oder nicht, Doris, und das ist eine Entscheidung, die du allein treffen mußt. Ich kann dir dabei nicht helfen.«

»Alex, es geht doch nicht um Benni!« begehrte Doris auf.

»Wenn es um seine Beziehung zu mir geht«, unterbrach Frank seine Mutter energisch, »dann gibt es darüber nichts zu reden. Sie geht nur uns was an. Alex, ich komme mit zu dir. Ich bin scheußlich müde. Brauchen wir für das Seminar morgen früh noch irgendwas, das ich erst aus meinem Zimmer holen müßte?«

»Das darf doch nicht wahr sein.« Völlig fassungslos legte Doris die Hände an ihre Schläfen und schloß die Augen. »Alex wird von der Polizei gesucht, weil sie glauben, er hätte meinen kleinen Sohn entführt, um ihn zu vergewaltigen und umzubringen, und sie kommen darauf, weil er mit meinem großen Sohn schon seit Wochen schläft und einer seiner früheren Liebhaber vergewaltigt und umgebracht worden ist, und zwar in dem Reitstall, in dem Alexander verkehrt und in dem er an dem Abend auch gesehen wurde – und ihr lehnt es einfach ab, mit mir darüber zu reden?«

So ausgedrückt klang es ziemlich grausig, das mußte Frank zugeben. Und auch in Alexanders Stimme schwang hörbar weniger Selbstbewußtsein mit, als er antwortete: »Ich kann dir über die ganze Geschichte nichts erzählen, weil ich darüber nicht mehr weiß als du, Doris. Und ich bin fix und fertig, weil man seit Wochen versucht, mir die Sache anzuhängen. Ich bin zu irgendwelcher Rücksichtnahme einfach nicht mehr fähig. Mir liegen die Nerven blank, und wenn noch viel passiert, gehen sie mir durch. Ich will mein Bett und Frank und Ruhe.«

Man hörte ihm an, daß er es ernst meinte. Seine Stimme war kurz davor, zu brechen. Es gab Frank einen Stich. Mitleid – nicht nur wegen Alexanders Nervosität, sondern auch, weil Alexander Hoffnung zu haben schien. Und weil Frank sich nicht vorstellen konnte, daß diese Hoffnung sich erfüllen könnte. Das Foto würde keine verwertbaren Fingerabdrücke bringen. Es würde überhaupt nichts bringen. Genausowenig wie der Totschläger, den Alexander aus dem Lantz'schen Park mitgebracht hatte, die Stiefelabdrücke der nächtlichen Schweineblutaktion, das Taschenmesser, das in der Puppe gesteckt hatte, die im Garten gefunden worden war, und der ganze verfluchte Rest.

Frank traute sich durchaus zu, mit der momentanen Situation bis in alle Ewigkeit weiterzuleben – den unaufgeklärten Morden, den Verdächtigungen, und auch mit gelegentlichen Terroranschlägen, mochten sie nur lästig sein oder auch gefährlich. Er würde damit leben können, wenn er sich damit abfinden konnte, daß die Lage sich nicht ändern würde. Hoffen war aber das Gegenteil von Abfinden. Ob er damit klarkommen konnte, mit Alexanders Hoffnung, daß die ganze Sache doch noch aufgeklärt und beendet werden konnte, das wußte er nicht.

»Frank, verdammt noch mal«, appellierte Doris hilfesuchend an ihren Sohn, »ich bin deine Mutter. Laß mich wenigstens mit dir darüber reden. Du kannst doch nicht erwarten, daß ich das alles einfach so hinnehme, daß ich ...«

Sollte Frank überhaupt jemals über so etwas wie Geduld verfügt haben, dann war sie jetzt verbraucht. »Mensch, Mama, sei bloß still. Mir brummt der Schädel. Ich will mit niemandem reden. Ich will ins Bett. Und Alexander braucht mich. Rede mit deinem eigenen Liebhaber. Der ist zuständig für deine Bedürfnisse. Und wenn du keinen hast, dann such dir einen.«

Doris sah aus wie eine Stange Dynamit, die ins Schwitzen geraten war. Eine minimale Erschütterung würde reichen, sie zur Explosion zu bringen. Aber nichts passierte.

Wahrscheinlich war ihr klar, daß auch Frank dann explodieren würde. Und sie wußte schließlich aus Erfahrung, daß sie dem nicht gewachsen war. Die Erinnerung an den Staubsauger, der durchs Wohnzimmerfenster flog, würde sie garantiert nie wieder loswerden. Genausowenig wie Frank die Erinnerung daran loswerden konnte, daß seine eigene Mutter vor ihm schreiend davongelaufen war, hinaus auf die Straße und in die Arme einer völlig entsetzten Nachbarin. Die kurz darauf weggezogen war.

Alexander parkte den Wagen, Doris ging mit Benjamin in das Haus der Wingards, und Alexander und Frank verschwanden im Haus schräg gegenüber.

In Alexanders Zimmer war es wenige Minuten später dunkel. In den Fenstern der Wingards sah man noch lange Licht.

*

Alexander hielt sich an Frank fest mit derselben verzweifelten Kraft, mit der er die Stuhllehnen in Merzenbachs Büro umklammert hatte. Frank verzog schmerzlich das Gesicht, aber er protestierte nicht. Er streichelte Alexanders Hände, bis sie sich langsam entspannten. »Alex, bitte lieg nicht da und starr ins Leere«, sagte er leise. »Wenn du nicht schlafen kannst, dann laß uns was anderes machen.«

»Was willst du denn machen?«

Er hörte das Lächeln in Alexanders Stimme. »Nein, das nicht. Nicht jetzt. Meinetwegen können wir spazierengehen, wenn du Bewegung brauchst.«

»Hier im Zimmer vielleicht?« knurrte Alexander. »Oder im Garten – mal nachschauen, was man uns diesmal auf den Rasen gekippt hat? Oder möchtest du lieber wieder in den Lantz'schen Park? Ich hab' mir lange keine Rippe mehr gebrochen.«

»Komm«, sagte Frank und richtete sich halb auf. »Gehen wir runter und essen was. Das haben wir nämlich total vergessen. Du mußt Hunger haben wie ein Stier.«

»Wie ein Stier, ja, Hunger nein.« Er rappelte sich trotzdem aus dem Bett auf. »Na gut. Wenn du drauf bestehst ...«

»Ja, tu' ich. Du wirst schon Hunger kriegen, wenn ich dir was zu essen vorsetze.«

Sie gingen in die Küche hinunter. Alexander ließ sich am Tisch nieder, stützte den Kopf in die Hände und starrte vor sich hin. Frank wärmte eine Gulaschsuppe aus dem Fundus von selbstangefertigten Tiefkühlvorräten auf, die Alexanders Tante angelegt hatte, und buk Knoblauchbrot dazu auf. Knoblauchbrot war unwiderstehlich. Alexander schnupperte nur einmal daran und griff dann zu, als hätte er seit Tagen nichts mehr zu essen bekommen.

Danach schien er langsam wieder ruhiger zu werden.

»Alex, ist dir klar, daß das mit dem Foto vielleicht überhaupt nichts bringt?« fragte Frank. »Bisher haben die mit nichts was anfangen können, was wir zu bieten hatten. Warum sollte das diesmal anders sein?«

»Weil ich so nicht leben kann«, sagte Alexander mit stoischer Ruhe.

»Das mußt du auch nicht«, erwiderte Frank. »Wir können gehen. Nicht sofort, aber gehen können wir. Wir müssen nicht hier studieren. Wir müssen nicht hier wohnen.«

»Ich will aber hier wohnen.«

»Du kannst nun mal nicht alles kriegen, was du willst. Du hast mich. Sei gefälligst zufrieden.«

»Okay.«

»Ist das alles, was du dazu zu sagen hast?«

»Ja«, bestätigte Alexander kauend und griff nach einem zweiten Knoblauchbaguette. »Ich find's okay. Du hast völlig recht. Gib mir noch einen Teller Suppe, bitte.«

»Du bist ja erstaunlich unkompliziert heute nacht«, sagte Frank mißtrauisch.

Alexander lächelte müde. »Ich bin nicht unkompliziert. Du bist es. Deshalb brauche ich dich ja. Laß uns morgen noch mal drüber reden. Wir sollten uns einen festen Zeitrahmen abstecken. Sagen wir mal, wenn sich in vier Wochen die Situation hier nicht entscheidend geändert hat, dann sehen wir uns ernsthaft nach einem anderen Studienort um. Samt Wohnung und allem Drum und Dran.

Wenn, dann sollten wir gleich zum Wintersemester wechseln. Und sollte das nicht klappen, dann legen wir eben ein Urlaubssemester ein.«

»Ich weiß nicht, ob das geht, Alex«, wandte Frank ein. »Ich glaube, wenn ich ein Urlaubssemester mache, verliere ich meinen Anspruch auf BAFöG, oder?«

»Herrgott, das ist doch völlig wurscht!« Alexander schwenkte ungeduldig die übriggebliebene Hälfte seines Knoblauchbrotes. »Frank, verdammt noch mal, nimm endlich zur Kenntnis, daß du den Prinzen gekriegt hast. Von meinem Geld kann ich locker zwei deiner Sorte durchziehen. Und erzähl mir jetzt bloß nichts von Selbständigkeit und Abhängigkeit. Du bist schließlich derjenige, der dauernd vom Heiraten redet. Dein männliches Ego wird es also verkraften, wenn du mit mir ins Bett gehen mußt, damit ich für deinen Lebensunterhalt aufkomme.«

Frank legte den Kopf in die Hände und seufzte. Bambi in der Zielgeraden. Und er war auf ziemlich merkwürdigen Wegen dorthingelangt.

*

Der Entschluß, die Stadt notfalls zu verlassen, machte alles ein bißchen leichter. Es würde ihnen polizeiliche Nachforschungen nicht vom Hals halten, aber sie waren überzeugt davon, auf diese Weise wenigstens nicht mehr mit Überfällen rechnen zu müssen. Sie fanden es beide unwahrscheinlich, daß Alexanders anonymer Verfolger die Energie aufbringen würde, sein Leben ebenfalls so radikalen Veränderungen zu unterwerfen und ihnen hinterherzuziehen. Sie schätzten die Chance hoch ein, daß er sich mit dem Gedanken begnügen würde, sie aus der Stadt verjagt zu haben.

Ein Pyrrhussieg. Keiner von beiden hatte Bedenken, wegzuziehen. Sie würden manches vermissen, aber sie zweifelten auch nicht daran, dafür anderes und vielleicht Besseres zu bekommen.

Im selben Moment, in dem sie anfingen, darüber nachzudenken, wie viele Zimmer ihre gemeinsame Wohnung haben würde, begannen das Haus der Wingards und sogar die relativ große Villa von Alexanders Onkel und Tante zu klein und zu eng zu wirken. Ein Schlafzimmer *und* ein Wohnzimmer zu haben, vor allem aber Küche und Bad nicht mit anderen Leuten teilen zu müssen, mauserte sich sehr schnell zu einer unabdingbaren Voraussetzung für Lebensqualität. Mütterliche Fragen wie »Wo geht ihr hin?« oder »Wann kommt ihr zurück?«, so selten sie auch gestellt wurden, trugen plötzlich den kaum noch erträglichen Stempel von Frechheit und unmanierlichem Mangel an Respekt.

»Was machen wir nur, wenn diese Sache sich tatsächlich aufklärt und sich herausstellt, daß wir gar nicht wegziehen müssen?« fragte Frank ein paar Tage nach Ablieferung des Vampir-Fotos im Polizeipräsidium – von dem sie, genau wie er erwartet hatte, noch nichts an Ergebnissen zu hören bekommen hatten.

»Ich denke, dann nehmen wir uns hier eine eigene Wohnung«, antwortete Alexander. Sie saßen auf dem Rasen in der Nähe der Uni-Mensa in der Sonne, tranken Cola und teilten sich ein Eis. »Es wird vielleicht einfach Zeit, daß wir uns selbständig machen.«

»Selbständig!« prustete Frank. »Ich liefere mich dir auf Gedeih und Verderb aus, und du redest von Selbständigmachen. Meine Mutter wird mir nicht die Miete für eine eigene Wohnung finanzieren, und ...«

»Jetzt fang nicht schon wieder davon an«, unterbrach Alexander. »Wenn's dich beruhigt, können wir ja eine Art

Ehe-Vertrag aufsetzen. Du wirst jedenfalls nicht arbeiten gehen, solange du noch studierst. – Hör mal, ich hätte Appetit auf einen Salat. Meinst du, man könnte es riskieren, in der Mensa einen zu essen?«

Frank zuckte mit den Schultern. »Was können sie an einem Salat schon großartig falsch machen.«

»Ihn in einer Sauce ertränken, die Magenschmerzen verursacht.«

»Stimmt. Probieren wir's trotzdem?«

*

Es gab sogar zwei Salate zur Auswahl, und die Warteschlange war bei beiden Gerichten nur kurz. »Das muß ein schlechtes Zeichen sein«, sagte Frank.

»Ganz im Gegenteil«, erwiderte Alexander. »Du weißt doch, daß von dem Essen hier der größte Teil sowieso kaum genießbar und garantiert unverdaulich ist. Die Studenten fressen's trotzdem. Wenn sie also etwas nicht haben wollen, muß es gut sein.«

»Klingt logisch, ist aber möglicherweise trotzdem falsch. Euer Hochwohlgeboren sollten bedenken, daß die meisten überhaupt bloß hier essen, weil es nicht nur die einfachste, sondern auch die billigste Möglichkeit ist, eine mehrgängige Mittagsmahlzeit vorgesetzt zu kriegen.«

»Sie haben mein Beileid.« Alexander lud im Vorbeigehen einen Vanillepudding mit Früchten auf sein Tablett. An Früchten konnten sie nun wirklich nichts verderben, und den Pudding konnte er ja notfalls stehenlassen.

Sie suchten sich einen Tisch am Fenster. Dort war es relativ leer, weil es den meisten überall, wo die Sonne hinschien, schnell zu heiß wurde. Aber Frank war kein Höhlenmensch und seine helle Haut bei weitem nicht so empfindlich, wie jedermann zu befürchten schien. Und

Alexander hatte ausgesprochen sonnenfreundliche Gene. Er bräunte schnell und war wetterfest bis weit über vierzig Grad.

Der Salat schmeckte gar nicht schlecht und der Pudding auch nicht. Frank wollte gerade eine Bemerkung dazu machen, als Margot plötzlich an den Tisch trat, nonchalant grüßte und unaufgefordert Platz nahm. Ihr Tablett quoll fast über, und für so etwas Leichtes wie Salate schien sie keinen Platz gehabt zu haben.

Frank betrachtete sie und ließ die Augen wohlgefällig auf dem großzügigen Ausschnitt ihrer ohnehin fast durchsichtigen Bluse ruhen. Allerdings nicht lang. Erstens pflegte Margot dergleichen schnell zu registrieren, und sie mochte es nicht. Zweitens interessierte es ihn nicht mehr in dem Maße, wie er es von früher gewohnt war. Trotzdem fragte er sich, ob das darunter Befindliche der Körperteil sein mochte, dem Margot solche Mengen an Kalorien zuführen mußte, damit er in Form blieb. Der Rest von ihr war jedenfalls sehr schlank.

Frank schaute sich um. Dann blieb ihm der Mund offen stehen, als Anni mit ihrem Tablett in der Hand den Mensatisch ansteuerte, an dem er mit Alexander saß.

Natürlich – Margot, Annis beste Freundin, saß ebenfalls hier. Aber seit wann war das für Anni ein ausreichender Grund, Alexanders Anwesenheit zu ertragen?

Anni setzte sich neben Margot. Es war der Platz Alexander direkt gegenüber.

Alexander hielt den Blick auf seine Salatschüssel gesenkt. Er sah erst auf, als Anni sagte: »Was machen deine gebrochenen Rippen?«

»Sie heilen«, anwortete er. »Ich merke nicht mehr allzuviel davon.«

»Hast du das Karate-Training wieder aufgenommen?«

»Ja.«

»Gut«, sagte Anni. »Du wirst es brauchen. Sonst brichst du dir beim nächsten Mal vielleicht mehr als nur ein paar Rippen.«

Margot drehte sich zu ihr um und starrte Anni an. Sie blinzelte, ihr Mund stand offen, und sie sah ziemlich komisch aus in ihrer Verblüffung.

Das ging Frank nicht anders. Er warf Alexander einen Seitenblick zu und stellte zu seinem noch größeren Erstaunen fest, daß sein Freund nicht im mindesten überrascht wirkte.

»Ich habe gehört, Leute zu entwaffnen sei eine Spezialität von dir«, sagte Anni und begann hingebungsvoll ihr Besteck mit der Serviette zu polieren. »Man sagt, du hättest das besonders trainiert. Das ist nicht unbedingt üblich, oder? Normalerweise geht man ja wohl davon aus, den Gegner so schnell wie möglich kampfunfähig zu machen, und zwar bevor er dazu kommt, seine Waffe einzusetzen.« Sie hielt kritisch das Messer ins Sonnenlicht, befand es für tadellos und nahm sich dann ebenso penibel der Gabel an. Vorsichtig zog sie die Serviette zwischen den einzelnen Zinken hindurch. »Aber ich kann dich verstehen. Ich halte deine Methode auch für sicherer. Erstaunlich, nicht wahr, wie viele Leute Waffen mit sich herumtragen? Alles verbotenes Zeugs, natürlich. Übrigens, was machst du, wenn dir jemand mit einer Schußwaffe gegenübersteht? Ich habe gehört, in solchen Fällen wird Beten empfohlen.« Sie war fertig mit dem Polieren ihrer Gabel und betrachtete nun unzufrieden ihre Serviette.

Alexander nahm seine Serviette auf und warf sie ihr hin wie einen Fehdehandschuh. »Ich bin nicht der Typ, der abwartet, bis ein anderer die Entscheidung über Leben und Tod trifft. Ich würde angreifen, und zwar sofort. Ein bewegliches Ziel trifft man mit einer Kugel außerdem nicht so leicht. Die Chance, daß ein tödlicher Schuß abgegeben wird, verringert sich.«

Anni nahm seine Serviette und wischte sich die Hände so betont daran ab, als seien sie tatsächlich schmutzig. Dann zerknüllte sie das Papiertuch und warf es zur Seite. »Und die Chance, daß überhaupt ein Schuß abgegeben wird, steigt im gleichen Moment um mehrere tausend Prozentpunkte. Die Techniken der Deeskalation scheinen nicht zu deinem Repertoire zu gehören.« Sie zog die kleine Schale mit der Vorsuppe näher zu sich heran und widmete sich ihrem Essen. »Na, ich wünsche dir jedenfalls weiterhin so viel Glück, wie du beim letztenmal hattest.«

Frank traute seinen Ohren nicht mehr.

Auf Annis Tablett lag ein Apfel als Nachtisch. Schneewittchens vergifteter Apfel. So halb und halb erwartete Frank, daß er gleich feststellen würde, daß er sich inmitten eines Alptraums befand. Und daß Alexander ihn wekken würde. Ob es sich wirklich um einen Traum handelte, würde er merken, wenn er lang genug diesen Apfel anstarrte. Er würde auseinanderbrechen und eine Flut von schwarzen Käfern freigeben. Mistkäfer – wie der Skarabäus an Alexanders Hand. Frank haßte Käfer. Bis auf Alexanders Skarabäus natürlich. Er war gut konditioniert. Er hatte gelernt, ihn zu lieben.

»Warum, Anni?« fragte Alexander, ohne von seinem Salat aufzusehen. »Warum wünschst du mir Glück? Ich hätte gedacht, du wünschst mir den Tod.«

»Ja, sicher«, bestätigte sie. »Aber doch nicht schnell. Das würde ja gar keinen Spaß machen.«

Frank biß sich auf die Lippen. Kein Alptraum. Nur die profane Realität, in der eben auch ein Schneewittchen nicht so reinweiß sein konnte wie im Märchen. Er brachte es fertig, zu schweigen, aber es kostete ihn einiges an Anstrengung. Das Schweigen breitete sich zwischen ihnen aus, und nach einer Weile wurde es ihm zuviel. »Was ist mit dir los, Anni?« fragte er. »Warum plötzlich so mutig?«

»Oh«, sagte sie leichthin, »euer Besuch neulich hat mir gutgetan. Ich arbeite seitdem in meiner Therapie mit einer etwas anderen Methode an der ganzen Angelegenheit. Und ich werde langsam damit fertig. Wenn auch auf völlig andere Weise, als ich dachte.«

Alexander fixierte sie mit kalten Augen. »Wieviel mußtest du bezahlen, Anni?«

Sie hielt dem Blick stand. »Welche gekauften Schläger?« fragte sie spöttisch.

Frank schnappte nach Luft. Anni also. Anni, das schöne Schneewittchen. Ja, er konnte sich denken, daß Margot Anni ins Karate-Studio geschleppt hatte, um deren Selbstbewußtsein aufzupolieren. Und daß Anni es vorzog, sich beschützen zu lassen.

Daß Anni es sogar vorgezogen hatte, sich rächen zu lassen, und dafür Geld bezahlt hatte, war allerdings eine Vorstellung, die ihm eine Welle von Übelkeit durch den Körper jagte. Trotzdem – darauf hätte er längst kommen können. Jemand, der mit Alexander gemeinsame Nächte verbracht hatte, mußte auch wissen, daß er nachts aufstand und herumwanderte. Und da man solche Gewohnheiten wohl selten kommentarlos hinnahm, sondern darüber sprach, wußte Anni natürlich auch, daß Alexander nachts im Lantz'schen Park spazierenging.

Und vielleicht gab es außer Anni tatsächlich niemanden, der über Alexanders nächtliche Gewohnheiten orientiert war – Alexander hatte nämlich in der Vergangenheit höchst selten seine Nächte auswärts verbracht. Genau wie Frank war er fast immer zu seinem Freund zurückgekehrt – beziehungsweise in sein eigenes Bett, in das, wie er wußte, früher oder später auch Frank zu kriechen pflegte.

»Sie haben Frank angegriffen, Anni«, erwiderte Alexander. Es hätte beinahe wie beiläufig hingesagt gewirkt, hätte seine Stimme nicht so eishart geklungen.

»Das wird nicht wieder vorkommen«, sagte sie. »Mach dir keine Sorgen um Frank.«

»Ich werde dafür sorgen, daß die beiden aus dem Verkehr gezogen werden«, fauchte Frank. Die traurige Tatsache, daß der Kripo dieses Kunststück ganz erwartungsgemäß nicht mal ansatzweise gelungen war, gefolgt von der Frage, wie zum Teufel er es dann bewerkstelligen wollte, trug nicht dazu bei, seine Laune zu heben.

»Vergiß die beiden«, sagte Anni. »Du wirst sie nicht wiedersehen. Und was willst du ihnen anhängen? Sie waren zu dem Zeitpunkt anderswo. Du hast dich geirrt. Es gibt tausend Typen wie diese. Und sie waren ja vermummt. Wie willst du einen Vermummten erkennen? Das glaubt dir doch kein Richter.«

Genau das hatte die Federing ihnen auch mitgeteilt, und auch sie hatte sich keinerlei Mühe damit gegeben, es wenigstens bedauernd klingen zu lassen. Franks Wut verknäuelte sich in seinem Magen zu einem unverdaulichen Klumpen. »Was du hier sagst, dürfte doch wohl reichen!«

»Wer hat es denn gehört?« erkundigte Anni sich. »Der Mann, der mich vergewaltigt hat, will mich beschuldigen, ihm gedroht zu haben? Macht euch nicht lächerlich.«

»Margot hat es gehört.«

»Wie bitte?« Margot legte eine Hand hinter das Ohr. »Entschuldige bitte, Frank, aber ich hab' heute morgen beim Duschen Wasser in die Ohren gekriegt. Ich bin so gut wie taub. Du mußt etwas lauter reden.«

»Sie wird alt«, bemerkte Anni. »Im Gegensatz zu dir, Alex. Daß du alt wirst, glaub' ich nicht. Diese Stadt ist gefährlich. Man kann einfach alles kaufen. Und – komisch, die Lebenshaltungskosten sind hier doch so enorm hoch, aber manche Dinge, andererseits, kosten wirklich fast nichts. Hier legen Leute andere Leute um, einfach so aus einer Laune heraus, aus Spaß, oder um jemandem einen Gefallen zu tun. Aber es ist eine unterhaltsame Stadt. Die Menschen sind freundlich und kommunikativ. Man ist nie allein. Ich bin nicht allein, Alexander.«

Frank starrte sie fassungslos an. Dann sah er sich um, um sich zu vergewissern, daß dies wirklich Realität war. Uni-Mensa, kauende, redende, lachende Studenten. Offenbar wurden nicht an jedem Tisch Morddrohungen ausgestoßen. Hinter Frank diskutierte man AStA-Angelegenheiten rein verwaltungstechnischer Art mit einer Hingabe, als handele es sich darum, hochbrisante politische Entscheidungen zu treffen. Und am Tisch vor ihm schnatterte eine Gruppe untersetzter, schwarzhaariger Anzugträger in einer Sprache miteinander, die Frank nicht identifizieren konnte. Am Nebentisch bemängelte jemand den Umfang einer soeben überstandenen Mathe-Klausur, für die nur zwei Stunden Zeit zur Verfügung gestanden hatten.

Dinge, die sich ziemlich albern ausnahmen neben dem, was Anni gerade von sich gegeben hatte. Und das würde Frank nicht kommentarlos hinnehmen.

»Alexander ist aber auch nicht allein, Anni«, antwortete er. »Okay, ein paar gebrochene Rippen und mein eingedelltes Selbstwertgefühl, das schenk' ich dir. Ich gönne dir deinen Triumph. Ich verstehe dich. Aber ich kann dir nur empfehlen, es dabei zu belassen. Denn wenn Alexander das nächstemal etwas passiert, dann weiß ich, aus welcher Ecke das Problem kommt. Und so schnell kannst du gar nicht rennen, daß ich dich nicht erwische. Ich werde dich erwischen. Und dann gnade dir Gott.«

»Jetzt redest du wie Alexander«, sagte Anni tonlos.

Es war nicht einmal so sehr das, was er sagte, als vielmehr die Art, wie er das tat. Man sah ihm deutlich an, daß es ihn Kraft kostete, nicht über den Tisch zu springen. Sitzenzubleiben. Er sah aus, als würde er Anni an die Kehle wollen. Seine Stimme war tiefer geworden, und seine Augen waren dunkel wie Turmalin. »Du hast dich nicht mit Alexander angelegt, Anni, du hast dich mit mir angelegt. Du wirst feststellen, daß das ein Fehler ist. Versuch es nicht noch einmal.«

»Wir werden sehen.« Sie griff nach Alexanders Zigarettenschachtel und zündete sich eine Zigarette an. Alle starrten sie an. Sie hatte nie zuvor öffentlich geraucht. Schneewittchen mit Zigarette, das sah mindestens so merkwürdig aus wie Bambi mit einer Packung Kondome.

»Ich übernehme übrigens auch die Verantwortung für den Eimer Schweineblut und die rote Farbe auf dem Auto«, sagte Anni und nahm einen tiefen Zug. »Ich habe das nicht in Auftrag gegeben, aber ich hatte Freundinnen, die der Ansicht waren, das sei passend. Ich kann ihnen im nachhinein nur zustimmen. Tut mir leid, daß ich es abgestritten habe, damit etwas zu tun zu haben, Alex. Ich wußte nichts davon. Aber ich bin entzückt.«

Er nickte nur.

»Aber das mit den Puppen«, fuhr Anni fort. »Das hatte nichts mit mir zu tun. Das Blut und die rote Farbe, das hast du meinetwegen abgekriegt. Bei den Puppen ging es ja um Michael. Wer für die Idee mit den Puppen verantwortlich ist, haben wir nicht rausgekriegt. Du hast noch mehr Feinde.«

*

»Mir ist schlecht«, sagte Frank wütend, als sie draußen waren. Er stand mit gebeugten Schultern da, die Hände tief in die Taschen seiner hellen Jeans gerammt. Die Sonne brannte grelle Reflexe in seine rotblonden Locken. »Das darf doch nicht wahr sein. So einfach ist das, jemanden zu finden, der für ein paar Mark Leute zusammenschlägt?« Er schüttelte den Kopf und atmete tief aus. Er hatte das Gefühl, die Mensa-Luft loswerden zu müssen, die seine Lungen verklebte, als sei es das, was ihm Übelkeit verursachte. »Na ja, sie wird ihnen wohl erzählt haben, du seist ein Vergewaltiger.«

»Mhm«, brummte Alexander. »Möglich, ja.«

»Was sonst«, murmelte Frank und rieb sich mit beiden Händen über das Gesicht. Er war müde, und seine Augen schmerzten in der stechenden Sonne.

Alexander schnaubte leise, und Frank warf ihm einen schrägen Blick zu. Er war nicht in der Stimmung, sich auslachen zu lassen, auch nicht leise. Er warf ungnädig den Kopf zurück, als Alexander ihm eine Haarsträhne aus den Augen strich und ihn fragte: »Hast du wirklich geglaubt, wenn du schwul bist, bestünde die einzige Gefahr darin, daß dich gelegentlich jemand mit Ausdrücken bezeichnet, die dir nicht gefallen?«

Frank wandte sich bockig ab. »Ich habe noch nie gehört, daß hier jemand zusammengeschlagen worden ist, nur weil er schwul ist!«

»Ich erinnere mich, dir schon häufiger gesagt zu haben, daß es sinnvoll ist, Zeitung zu lesen, Frank. Du bist schlecht informiert. Die sogenannte Toleranz erstreckt sich nie bis in jedes Rattenloch. Es gibt politische Gruppen, Religionsgruppen und ganze Volksgruppen, die Schwule als Abschaum ansehen, den vom Antlitz der Erde zu tilgen sie für eine der großen Aufgaben der Menschheit halten.«

»Hört sich an, als befänden wir uns in einer Art Kriegsgebiet«, knurrte Frank, nur halb überzeugt.

»Nein«, erwiderte Alexander ungeduldig. »Nein. Hier nicht. Trotzdem passiert auch hier mehr, als du glaubst. – Aber ich gebe zu, es liegt nicht nur an dir, daß du schlecht informiert bist. Wenn sieben deutsche Faschos einen Türken zusammenschlagen, dann ist das ein Ereignis, das gute Chancen hat, es in die Fernsehnachrichten zu schaffen. Und das ganz unbestritten zu Recht. Aber wenn sieben Türken einen Schwulen kaputtkloppen, wirst du schon eine Schwulenzeitung kaufen müssen, um davon zu erfahren. Für alle anderen ist das Ausländerhetze. Und wenn ausgerechnet der türkische Botschafter wieder Magenschmerzen kriegt, weil er was im Fernsehen gesehen hat, was er nicht passend fand, dann rülpst ganz Europa. Und das geht ja nicht. – Verdammt noch mal, Frank, was glaubst du eigentlich, wovor wir Angst haben? Daß man über uns lacht? Vielleicht, ja, vielleicht auch das. Aber das ist doch nicht alles!«

Frank stopfte die Hände wieder in die Hosentaschen. »Ja. Ich weiß. Jetzt guck mich nicht so zweifelnd an, bitte – ich weiß es wirklich. Mich erschreckt es nur nicht so wie dich. Kann ich auch nicht ändern. Ich bin nun mal von Natur aus rebellisch, und vor Raufereien hatte ich noch nie Angst.«

»Darum allein geht's auch nicht«, sagte Alexander leise. »Das wirklich Schlimme ist, daß man die Menschheit von einer Seite kennenlernt, die sie nicht jedem präsentiert und die ziemlich häßlich ist. Es verändert einen.«

Frank betrachtete ihn. »Möglich, ja. Manche wird es verändern. Bei mir wird es in manchen Dingen vielleicht meine Einstellung verändern, aber nicht meine Persönlichkeit. Außerdem hat die Schwulenbewegung eine Menge bewirkt. Die Toleranz ...«

»Ich scheiß' auf Toleranz, Frank Wingard!« fauchte Alexander plötzlich unbeherrscht und richtete sich hoch auf. »Ich verlange Respekt!«

Frank war zusammengezuckt, und trotzdem mußte er unwillkürlich lachen. »Ja, ich weiß. Nichts anderes würde zu dir passen.«

»Und ich verlasse mich auch nicht auf Toleranz!« fügte Alexander scharf hinzu. »Ich verlasse mich auf politische Macht, und, vor allem, auf wirtschaftliche Macht. Die lassen uns doch nicht in Ruhe, nur weil wir uns bemühen, nett, unterhaltsam und harmlos zu sein. Das sind Karnikkel auch. Gefangen, totgeschlagen und gefressen werden sie trotzdem.«

Frank legte ihm besänftigend die Hand auf den Arm. Sein überschäumendes Temperament hatte ihn zu oft in Schwierigkeiten gebracht, als daß er vor ein paar Problemen mehr oder weniger den Schwanz einziehen würde. Buchstäblich. Er war nie ein friedlicher Vertreter seiner Rasse gewesen. Alexander schon. Er hätte ebensogut ein weltfremder Bücherwurm werden können.

Und Frank ein ständig raufender Straßenkater, seit Jahren auf Trebe, drogensüchtig und von keinerlei Bildung überschattet. Ohne Alexander hätte er an der Schule wenig Interesse gehabt. Natürlich gelüstete es ihn durchaus nach Wissen, aber ›Wissen‹ und ›Schule‹ hatten seiner Erfahrung nach oft erschreckend wenig miteinander zu tun. Er hatte viel mehr aus dem gelernt, was Alexander nebenher in den Unterricht einbrachte.

Frank blinzelte in die Sonne und schaute zur PhilFak hinüber. Bei der Vorstellung, dort hineingehen zu müssen, zog sich alles in ihm zusammen. »Mir ist hundeelend. Ich hab' keinen Bock auf das Seminar. Laß uns was anderes machen.«

Alexander zündete sich eine Zigarette an, rauchte ein

paar Züge und trat sie dann aus. Es war zu warm. Der Kontrast zwischen der mit duftenden Blütenpollen geschwängerten Luft und dem Gestank des Zigarettenqualms war widerlich.

Er wußte, daß er einen Fehler machte, wenn er Frank nachgab und jetzt weglief. Nichts anderes konnte seine Feinde zum Aufgeben bringen als die stetige, gelassene Konsequenz seiner Anwesenheit, als Beweis, daß ihre Zermürbungstaktik wirkungslos blieb.

Aber sie blieb nicht wirkungslos.

Er hatte immer mühelos akzeptieren können, daß Anni Angst vor ihm hatte. Mit ihrem tödlichen Haß konfrontiert zu werden war ein gänzlich anderes Gefühl. Ihm wurde zum erstenmal klar, daß sie sich vielleicht doch als die Stärkere erweisen mochte – sie war skrupellos. Und sie war es kalten Herzens, nicht etwa nur, wie Frank und wie er selbst, in den Momenten, in denen die Wut außer Kontrolle geriet.

Trotzdem: Gerade deshalb blieb es falsch, wegzulaufen. Ihr das Gefühl zu geben, daß er Angst vor ihr hatte, das war nicht nur falsch, es konnte gefährlich sein. Sie würde dieses Gefühl genießen, die Chance, endlich Macht über ihn zu haben. Sie würde mehr davon wollen.

Aber er hatte genug für heute.

»Ich würde gern zum Stall fahren«, antwortete Alexander. »Ich war lange nicht mehr da, und meine Tante hat mir gestern erzählt, daß die Weiße Dame ein bißchen fiebrig ist. Ich würde gern nach ihr sehen.«

»Ich bin verdammt müde.« Frank rieb sich die Augen und blinzelte in die Sonne. »Ich würde mich am liebsten ins Bett packen und einfach pennen.« Er schaute an seinem Freund vorbei und grüßte jemanden, und Alexander wandte sich um und stellte fest, daß Immo hinter ihm stand. Genau das, was ihm zu seinem Glück noch fehlte. Er nickte ihm abweisend zu und hoffte, daß Immo nicht auf den Gedanken kommen würde, mitfahren zu wollen.

Andererseits, wenn er mit dem Fahrrad hier gewesen wäre, dann hätte er seinen Helm unter dem Arm gehabt. Immo fuhr nie ohne Helm. Obwohl zweifellos jeder, der ihn mit dem Ding sah, sich dringlichst wünschte, er würde ihn absetzen. Aber Immo war nun mal kein Mensch, der sich für sein Aussehen interessierte. So, wie er manchmal zurechtgemacht war, mußte man vermuten, daß er zu Hause nicht mal einen Spiegel besaß.

Daß Immo also helmlos unterwegs zu sein schien, bedeutete vermutlich, daß seine Eltern ihm wieder ihr Auto geliehen hatten und keine Gefahr bestand, daß er auf der Suche nach einer Mitfahrgelegenheit war. Trotzdem kein Grund, länger in seiner Nähe zu verweilen. Seine Solidaritätskundgebungen mochten noch so grundehrlich gemeint sein, Sympathie konnte Alexander deshalb noch lange nicht für ihn aufbringen.

»Ich bringe dich nach Hause«, sagte er zu Frank und wandte sich zum Gehen.

Frank schlenderte hinter ihm her und nestelte am Verschluß seines Rucksacks herum, der neuerdings ständig von selbst aufzugehen schien. Als ob sich das billige Material in der Hitze verziehen würde, wenn es zu lange in der Sonne lag. Unzufrieden betrachtete er den zerschlissenen Stoff und die schon häufig geflickten Nähte und überlegte, ob es an der Zeit sein mochte, das gute alte Stück aufzugeben. Wenn er lange genug herumnörgelte, würde seine Mutter ihm vielleicht sogar das Geld für eine neue Tasche geben.

Er sah auf und stellte fest, daß er ins Hintertreffen geraten war. Frank schwang den Rucksack über die Schulter, ging schneller, um Alexander einzuholen, und legte ihm den Arm um die Taille. »Du brauchst mich nicht nach Hause zu bringen. Ich fahre lieber mit dir zum Stall.«

Er hatte nicht die Absicht, Alexander allein zu lassen. Grundsätzlich nicht und schon gar nicht nach dieser Auseinandersetzung mit Anni.

*

Als sie an einem China-Imbiß vorbeikamen, hob Frank den Kopf, und noch ehe er etwas sagen konnte, grinste Alexander ihm zu, bremste ab und schaute sich nach einem Parkplatz um. »Saté?« fragte er, während er den Wagen abschloß. Frank nahm sich kaum die Zeit zu nicken, ehe er zielbewußt die mit kitschigen rotgoldenen Ornamenten beklebte Tür ansteuerte. Als hätte die Auseinandersetzung mit Anni jede einzelne Kalorie gefressen, die der Mensa-Salat samt Pudding hergegeben hatte, grummelte sein Magen plötzlich vor sich hin wie ein mißgelaunter Bär. Eigentlich hätte ihm der Appetit vergangen sein müssen, aber er hatte es in seinem Leben nur selten fertiggebracht, an Fleischspießen mit Erdnußsauce vorbeizugehen. Und in Krisensituationen bedeuteten sie reine Nervennahrung. Frank stieß die Tür auf und bestellte, ohne für irgendwelche zierlichen, puppenhaften Chinesinnen auch nur einen Blick zu erübrigen.

Sie aßen im Wagen, schweigend, hungrig, friedlich, als gäbe es nichts Wichtigeres. Es war ein gutes Gefühl, eine Weile nichts anderes zu tun, als ein so schlichtes und elementares Bedürfnis zu befriedigen.

»Als könne eine Schale Saté die Welt in Ordnung bringen«, sagte Alexander und leckte Erdnußsauce von seinen Fingern.

»Meine hat sie in Ordnung gebracht«, antwortete Frank und warf die Pappschale mit den abgenagten Holzspießen samt Alufolie und Plastiktüte aus dem Fenster. Er zog die Augenbrauen hoch, als Alexander ihn schräg ansah. »Was denn? Möchtest du dir Gedanken über Mülltrennung, Umweltschutz und die Aktion ›Saubere Innenstadt‹ machen? Laß uns lieber für Arbeitsplätze sorgen – gib mir deine Tüte, damit ich sie hinterherschmeißen kann. Mir ist danach.«

Alexander gab ihm die Tüte, und Frank warf sie hinterher. Er traf den Pudel einer älteren Dame, und sie warteten nicht ab, bis Hund und Herrin begriffen hatten, was passiert war.

»Sie wird sich die Autonummer notieren, uns anzeigen, es wird eine Verhandlung geben, und jeder von uns wird ein gewaltiges Bußgeld hinlegen müssen«, vermutete Frank. »In solchen Sachen ist die Polizei echt gut.«

»Und so wie du jetzt drauf bist, wirst du die Frau im Gerichtssaal erschießen«, sagte Alexander. »Haben deine Vorstellungen von Gerechtigkeit Schaden genommen?«

Frank zuckte mit den Schultern. »Das weiß ich noch nicht. Und ein voller Bauch denkt nicht gern. Gib den Rössern die Peitsche, Kutscher, ich will noch vor dem Dunkelwerden ans Ziel kommen.«

*

Die Weiße Dame zupfte an dem Heu in ihrer Raufe herum und schien sich durchaus wohl zu fühlen. Sie stieß Alexander mit dem Kopf zur Seite und knabberte spielerisch an seinem T-Shirt. Er gab ihr einen Klaps auf die Nase und zog ihr den Stoffzipfel aus dem Maul. »Sie ist wirklich ein bißchen heiß hinter den Ohren«, sagte er zu Frank. »Fühl mal.«

»Sie macht aber nicht den Eindruck, als wäre sie krank.« Frank trat heran und klopfte ihr beruhigend den Hals, ehe er seine Hand hinter ihr Ohr legte. »Ich weiß nicht.« Er griff nach Alexanders Hand. »Du hast kalte Finger, würde ich sagen. Deshalb kommt sie dir heiß vor. Periphere Durchblutungsstörungen. Du solltest aufhören zu rauchen.«

»Das sind keine Durchblutungsstörungen«, widersprach Alexander. »Mir ist kalt.«

Frank schlang beide Arme um ihn, aber die Weiße Dame rieb ihren Kopf an seinem Rücken und hätte sie damit beinahe alle beide umgeworfen. »Dem Mädchen geht's gut«, sagte Frank und wehrte die übermütige Stute ab. »Komm bloß raus hier, ehe sie ernsthaft den Spieltrieb kriegt.« Er mußte seine Schulter gegen ihre stemmen und sie zurückdrängen, um die Tür der Box schließen zu können. Sie schnappte nach ihm und hätte fast eine Haarsträhne erwischt. »He, du Ziege. Laß das, sonst zieh' ich dich auch an den Haaren.«

Alexander betrachtete sie verblüfft. »Was ist denn mit der los? Die hat doch vorher noch nie versucht, dich zu beißen. Völlig aufgedreht. Irgendwas muß sie aufgeregt haben.«

»Wahrscheinlich.« Frank rieb sich einen Streifen Schmutz und ein paar Pferdehaare von den Händen und schaute sich um. »Die anderen sind auch ziemlich unruhig. Hör mal, ich kämm' dem Hengst schnell noch die Mähne, die ist ja richtig verknotet. Wenn das weiter verfilzt, hilft bloß noch abschneiden.«

»Laß mich das lieber machen«, sagte Alexander. »Er ist schlecht gelaunt. Keine Ahnung, was dem über die Leber gelaufen ist. So miese Stimmung hat er sonst bloß, wenn Oskar da ist. Den konnte er noch nie leiden.«

»Besser er stößt mich herum als dich mit deinem knapp verheilten Knochengestell«, lehnte Frank ab. »Kein Wunder, daß er Oskar nicht mag. Ich krieg' jedesmal 'ne Krise, wenn ich sehe, wie der die Sporen einsetzt. Ich hab' noch nie Sporen gebraucht, auch nicht bei dem Hengst. – Ist die Sattelkammer abgeschlossen?«

»Ich gehe mit, ich habe einen Schlüssel.«

Auch im rückwärtigen Teil des dämmrigen Stalls war es nicht ruhiger. Obwohl die Reiter sich vor spätestens einer halben Stunde ins Hauptgebäude zurückgezogen hatten, wo es eine kleine Gaststätte gab. Normalerweise herrschte um diese Tageszeit herum Hochbetrieb im Stall, aber heute fand die monatliche Versammlung statt. Sie war ein beliebtes Ereignis, denn dort wurden nicht nur knochentrocken die notwendigen Tagesordnungspunkte abgehakt. Die Zusammenkunft war meistens ziemlich unterhaltsam und endete, zumindest für die Erwachsenen, nicht selten in einem Besäufnis. Die jungen Reitschüler hatten mindestens ebenso viel Spaß an der Monatsversammlung wie die älteren und ließen es sich nicht nehmen, von Anfang bis Ende dabeizusein.

Trotzdem war es im Moment weder friedlich noch still in dem verwaisten Stallgebäude. Die Pferde scharrten in ihren Boxen und steckten schnaubend die Köpfe heraus, um sich auf dem Gang umzusehen.

»Hier muß es sein, wo Michael umgebracht worden ist«, sagte Frank plötzlich. Sie standen an einer kleinen Kreuzung, an der ein paar Ballen Heu gestapelt lagen.

»Nein, es war da hinten«, antwortete Alexander. »Vor der Sattelkammer. Wo der abgesägte Baumstamm steht, der Hackklotz.«

»Woher weißt du das?« Frank wandte sich zu ihm um.

Alexander starrte ihn an.

Frank schluckte.

»Merzenbach hat den Baumstamm erwähnt.« Alexanders Stimme klang dumpf. »Da warst du nicht dabei.«

»Nein«, sagte Frank. »War ich wohl nicht.« Er blinzelte

ein paarmal, als ihm bewußt wurde, daß er seinen Freund anstarrte wie hypnotisiert. Aber den Blick abzuwenden hätte Kraft gekostet, die er nicht mehr zu besitzen schien.

Der Geruch nach Heu und Pferden war plötzlich erstikkend. Franks Kehle wurde eng. Er zuckte heftig zusammen, als ein Pferd in seiner Box aufstampfte. Etwas schepperte, als sei ein leerer Blecheimer umgestoßen worden.

Alexander stand dicht vor ihm, hoch aufgerichtet, die Arme an den Seiten – leicht gespreizt, als wäre er bereit zu einem Kampf, und ganz gegen seine Gewohnheit mit fest geballten Fäusten. Sein Körper wirkte völlig verkrampft. Er atmete flach und schnell. Seine schwarzen Augen verrieten nichts, kein Gefühl. Er schaute Frank an. Starrte nicht in seine Augen, sondern auf seinen Mund.

Die Bewegung seitlich von ihm sah Frank zu spät. Die Tür einer leeren Box flog auf, und jemand sprang.

Alexander gab einen überraschten Laut von sich, als das Messer ihn traf, und schwankte. Frank hatte das Gefühl, daß ihm die Zeit davonlief, daß er eine Ewigkeit brauchte, um eine sichere Stellung einzunehmen, seinen Fuß hochzubringen und nach Alexanders Angreifer zu treten. Er hätte weinen können vor Verzweiflung. Das lenkte ihn zusätzlich ab, und er wußte es. Seinem Angriff fehlte die Durchschlagskraft. Immo taumelte zwar zurück, aber er fiel nicht. Immerhin griff er mit der freien Hand nach einem Halt, eine rein instinktive Reaktion, die ihn Zeit kostete – das einzige, was Frank einen Vorteil verschaffte. Sein nächster Tritt saß. Immo brach zusammen wie ein gefällter Baum.

»Nein«, flüsterte Alexander, als Frank sich über ihn beugte. »Nimm ihm das Messer ab. Und nimm die Longe oder den Zügel, der da hängt, oder den Strick da hinten –

du mußt ihm die Hände fesseln. Mach schnell, Frank. Bitte. Mach schnell.«

Er kniete neben der Box, eine Schulter an das Holz gelehnt, und zitterte am ganzen Körper. Ihn nicht in den Arm zu nehmen kostete Frank mehr Überwindung als irgend etwas sonst in seinem Leben. Er schnappte sich den Strick, zog Immos Arme hinter dessen Rücken und band die Hände fest zusammen. Das Messer mußte er suchen, Immo hatte es fallenlassen, und es lag zwischen den Heuballen verborgen. Es dauerte eine Weile, bis er es fand. Es kam ihm vor wie eine Ewigkeit.

Als er sich wieder zu Alexander umwandte, hatte sein Freund die Augen fest geschlossen und atmete mühsam. Frank ließ sich neben ihm auf die Knie fallen. Alexander hielt eine Hand auf seine Brust gepreßt, und Frank sah das Blut darunter hervorquellen. »Halt dich nicht damit auf, mir helfen zu wollen«, flüsterte Alexander. »Ich brauche einen Arzt. Ich brauche ihn schnell.«

»Halt durch«, sagte Frank. »Ich hole Hilfe.«

Alexander trug das Handy nicht mit sich herum, wenn Frank bei ihm war. Es lag irgendwo im Auto, Frank wußte nicht einmal, wo. Er würde im Haupthaus Hilfe suchen, das ging schneller. Er rannte aus dem Stall, und er war schon die halbe Strecke gelaufen, als ihm einfiel, daß er schreien sollte. Er tat es, und zwar mit aller Kraft. Obwohl seine Kehle eng war und seine Brust schmerzte, vom Rennen und von noch etwas, was nichts mit seinem Körper zu tun hatte. Sondern damit, daß er Alexander allein lassen mußte und daß ihm eine wahnsinnige, grauenhafte Angst im Nacken saß: die Angst, daß Alexander sterben würde, bevor er zurückkam.

In seinem Kopf liefen wie auf einem Spruchband Sätze ab. Dinge, die er Alexander sagen wollte. Die er längst gesagt hätte, wenn er sich nicht immer darauf verlassen hätte, daß er ein ganzes Leben lang Zeit haben würde, sie ihm mitzuteilen.

Ihm war nie bewußt gewesen, daß ›ein ganzes Leben‹ eine sehr kurze Zeitspanne bedeuten konnte.

Niemand kam nachsehen, was der Krach zu bedeuten hatte. Frank stürmte die Tür, die Gott sei Dank unverschlossen war. Er hatte nicht aufgehört zu schreien, und plötzlich waren Menschen um ihn herum. Sie verstanden ihn nicht, das wußte er. Er sah es an ihren Gesichtern. Jedenfalls befürchtete er das. Die Zeit lief, und sie lief zu langsam ab. Hier zu langsam, und da drüben, wo er herkam, im Stall, zu schnell. Es dauerte eine Ewigkeit, bis jemand einen Telefonhörer in die Hand nahm. Das Wählen schien eine halbe Stunde in Anspruch zu nehmen, und das Gespräch mit der Notrufzentrale trieb Frank Tränen der Ungeduld in die Augen.

Er wußte kaum noch, wie er zurückgekommen war in den Stall, aber das war auch nicht wichtig – jedenfalls war er nicht mehr allein. Er hielt Alexander im Arm, und irgend jemand anders kümmerte sich um das, was man Erste Hilfe nennt. Während Frank nicht einen einzigen der Sätze sagte, die er Alexander unbedingt noch hatte sagen wollen, sondern weinte wie ein Kind.

»Hör auf«, sagte Alexander leise. Er suchte Franks Hand, aber er hatte nicht genug Kraft, und sein Arm fiel herunter. Sein Gesicht war nicht mehr nur blaß, es schien grau zu werden und sah von Minute zu Minute eingefallener aus. »Das ist nicht halb so schlimm, wie es aussieht«, preßte er mühselig hervor. »Es tut bloß so verdammt weh.«

Es war das letzte, was er sagte, bevor die Stalltür wieder aufgerissen wurde und eine Horde Weißbekittelter im Laufschritt auf ihn zustürmte. Seine Augen schlossen sich. Frank wurde entfernt, und das alles andere als behutsam, aber er beschwerte sich nicht. Der junge Arzt und die beiden Sanitäter gingen mit Alexander mindestens so liebevoll um wie er selbst.

»Ja, das nehme ich Ihnen ab, daß das weh tut«, sagte der Arzt. »Das wird 'ne interessante Narbe abgeben. Ich versuche jetzt erst mal, Ihren Kreislauf zu stabilisieren, in diesem Zustand möchte ich Sie nicht transportieren. He, wieso wollen Sie denn jetzt bewußtlos werden, das lohnt sich doch gar nicht mehr.«

»Ich brauche Ihre Aussage«, sagte plötzlich jemand hinter Frank. Er drehte sich um und schaute in die braunen Augen des Kommissars.

»Immo hat ihn mit dem Messer angegriffen, und er hätte Alexander getötet, wenn ich ihn nicht außer Gefecht gesetzt hätte.« Frank sprach wie ein Automat, dessen Einschaltknopf gedrückt worden war. »Das war alles.« Seine Augen waren unverwandt auf Alexander gerichtet, den Kopf, der zur Seite gefallen war, das stille, bleiche Gesicht und das schwarze Onyx-Kreuz auf seiner Brust.

Immo regte sich. Er trug Handschellen. Frank wußte nicht, wann er sie bekommen hatte. Er starrte verblüfft die beiden uniformierten Polizeibeamtinnen an, die links und rechts seinen Kommilitonen flankierten. Er hatte keine Ahnung, wie sie in den Stall geraten waren.

»Das Schwein hat Michael umgebracht«, keuchte Immo, kurzatmig vor Schmerz, weil er versuchte, sich loszureißen, und unerbittlich festgehalten wurde. »Er hat ihn vergewaltigt. Er hat ihn gewürgt. Er hat ihn mit einem Hufkratzer traktiert. Er ist ein Sadist. Er ist ein Vieh. Er verdient den Tod. Er hat Anni vergewaltigt. Margot hat es mir erzählt.«

»Abführen«, sagte der Kommissar gelangweilt. Die beiden Beamtinnen nickten unisono und brachten Immo hinaus.

Frank schüttelte verzweifelt den Kopf. »Alexander hat Michael nicht umgebracht.«

»Ich weiß«, antwortete der Kommissar. »Immo hat ihn umgebracht.«

Frank starrte ihn an. Der Kommissar zuckte mit den Schultern. »Woher sollte er sonst wissen, daß Michael mit einem Hufkratzer traktiert worden ist? Das wußten ja nicht mal wir. Auf einen Hufkratzer sind die Herren Experten natürlich bei der Obduktion auch nicht gekommen, die haben sich bloß gewundert, was die inneren Verletzungen verursacht haben könnte. Schließlich wußten wir bis vor kurzem noch nicht, daß er in einem Pferdestall umgebracht wurde. Bei der Durchsuchung hier haben wir dann natürlich auch so was gefunden ...« Er trat einen Schritt vor und nahm ein kleines Gerät mit einer Bürste an der einen und einem Dorn an der anderen Seite in die Hand, das neben einer Box an einem Nagel hing. »Aber das paßt nicht zu den Wunden.«

»Es gibt mehrere Formen von den Dingern«, sagte Frank geistesabwesend. »Die Springreiter benutzen andere Hufkratzer, mit einem Stollenschlüssel unten dran, aber der wird eigentlich nur für die Turniere gebraucht. Wenn einer fehlen würde, würde man das wahrscheinlich gar nicht merken, ehe ...« Er stockte, als ihm mit brutaler Plötzlichkeit aufging, worüber sie überhaupt sprachen. Ihm wurde übel. Übergangslos, ohne Warnung. Er ging in die Knie, und er mußte wohl alarmierend schlecht ausgesehen haben, denn der Kommissar starrte ihn deutlich erschrocken an.

*

Einer der Sanitäter drehte sich um. »Na, das dachte ich mir, daß der uns auch noch umkippt«, sagte er. »Kleiner, halt mal ein paar Minuten durch, wir haben noch keine Zeit für dich.«

Jemand griff Frank unter die Achseln und hob ihn hoch, nahm ihn in den Arm und schleppte ihn aus dem Stall. Franks Augen waren verschleiert, er konnte nichts sehen. Aber er roch Leder, teures Rasierwasser, Kaffee und Pfefferminz. »Nicht so weit, Merzenbach«, sagte er leise. »Ich will bei Alexander bleiben.«

»Du kriegst ihn ja gleich wieder. Jetzt brauchst du frische Luft. Und mein Kollege bringt dir einen Kaffee. Aus unserer Thermoskanne. Nicht älter als 'ne Stunde. Willst du Zucker reinhaben? Klar willst du Zucker. Was frag' ich so blöd. Würde so einer wie du seinen Kaffee ohne Zukker trinken? He, du Weichei, stell dich auf die Füße. Du willst mir hier doch wohl jetzt nicht umfallen, oder?«

»Doch«, sagte Frank störrisch, aber er tat es nicht.

Seine Hände zitterten so, daß Merzenbach den Kaffeebecher festhalten mußte. »Komm, trink schon, das ist gut gegen den Schock. Ihr Jungs haltet aber auch gar nix aus. Ich denke, Schwule stehen auf Männer. Wo sind denn die Männer unter euch, mein Schätzchen?«

»Nur weil ich deinen Kaffee trinke, bin ich noch nicht dein Schätzchen«, sagte Frank, griff selbst nach dem Becher und trank ihn leer. Dann gab er ihn zurück und strebte auf wackligen Beinen wieder dem Stall zu.

»Warte, ich komm' lieber mit.« Merzenbach lief ihm nach. »Irgendwer muß schließlich auf dich aufpassen, solange dein Lover indisponiert ist. Da haste dir ja vielleicht 'n Herzchen eingefangen. Kann nicht mal auf sich selbst aufpassen, dein Prinz. Bleib schön an meiner Seite. Damit du wenigstens mal einen flüchtigen Eindruck davon bekommst, was breite Schultern sind und wie sich 'n richtiger Mann benimmt.«

Die Tür sprang auf, und die Sanitäter brachten Alexander auf einer Trage heraus. Frank faßte nach seiner Hand, und sein Freund öffnete die Augen. »Bleib bei mir«, sagte er leise.

»Natürlich komme ich mit«, sagte Frank. Der Notarzt nickte. Er sah abgekämpft und besorgt aus.

Alexander lächelte und schloß die Augen wieder. Seine Stimme war kaum noch zu verstehen. »Das hab' ich eigentlich gar nicht gemeint. Aber komm trotzdem mit.«

*

»Na, was haben Sie Ihrem Schätzchen vorgeflunkert, Merzenbach?« fragte die Federing, als die Kollegen von der Spurensicherung die Tür zu Immos Wohnung geöffnet hatten und sie einließen.

»Nix«, knurrte Merzenbach biestig. Seine Miene hellte sich nur unwesentlich auf, als sie mit der Hand durch seine schwarzen Haare wuschelte.

»Doch, haben Sie«, sagte sie. »Machen Sie mir nichts vor. Er hat Ihren Beschützerinstinkt geweckt. Jedesmal, wenn Sie ihn sehen, möchten Sie ihm am liebsten einen Anorak anziehen und eine warme Mütze aufsetzen. – Meine Güte, was ist das denn?« Stirnrunzelnd betrachtete sie einen hellblauen Müllsack, der neben der bis zum Beinah-Zusammenbruch mit Jacken zugehängten Garderobe an der Wand lehnte. Er war bis obenhin vollgestopft mit roten Plastikzylindern, den ausgebrannten Hüllen von Grablichtern. Es mußten mindestens hundert Stück sein.

»War vielleicht bloß 'ne Fetendekoration«, vermutete Merzenbach. »Sind ganz praktisch, die Dinger. Flackern nicht und fallen nicht um.«

»Na, wie anheimelnd!« Die Federing wandte sich naserümpfend ab. Dann stupste sie ihrem Kollegen einen spitzen Zeigefinger in die Rippen. »Ich wette, Sie haben Ihrem Frankieboy gesagt, es kommt alles wieder in Ordnung.« Angeekelt musterte sie den Holzfußboden von Immos kleiner Diele, auf dem deutliche Schmutzspuren die Wildwechsel nachzeichneten, die Immo hier von Tür zu Tür ausgetreten hatte. Abseits der vielbenutzten Wege war der Boden grau von Staub. »Hoffentlich stimmt es. Der Notarzt sah nicht aus, als sei er davon überzeugt.«

»Machen Sie sich Sorgen um Alexander Tiberius?« fragte Merzenbach überrascht.

»Wünsche ich meinen Feinden den Tod, Merzenbach?« fragte sie und warf einen Blick ins Badezimmer. »Schätzen Sie mich so ein?« Sie ließ ihren Blick schweifen. Der Fußboden war nicht sichtbar, er lag voller Handtücher und Socken. Das Waschbecken wirkte einigermaßen sauber, auch wenn ein paar Flecken eingetrockneter Zahnpasta daran klebten. »Jetzt, wo klar ist, daß Tiberius nicht unser Mörder ist ...«

»... wie Sie es ja so gern gehabt hätten, werte Kollegin ...«

Die Federing rümpfte nur abfällig die Nase. »Ich hatte durchaus auch andere Ideen.« Sie ging eine Tür weiter und inspizierte die Küche. Sie war relativ groß und wirkte leer. Sie hatte Platz für einen Eßtisch, der nicht aussah, als hätte jemals jemand daran gegessen. Vielleicht nahm Immo seine Mahlzeiten vor dem Fernseher ein.

»Ja!« schnaubte Merzenbach laut und begutachtete angeekelt die verstaubten Arbeitsplatten. Dort stand nichts weiter herum als eine Kaffeemaschine und ein paar Dosengerichte, einige Dosen noch intakt, andere offen und leer. »Ja, ich erinnere mich. Durch sämtliche Schwulenkneipen haben Sie mich gehetzt. Am nächsten Morgen bin ich mit dem Kater meines Lebens aufgewacht.«

»Ach ja?« sagte die Federing grinsend. »Wie nett. War er auch so jung wie Frank? Und was sagt Ihre Freundin dazu?«

»Soll das jetzt witzig sein?« fragte Merzenbach. »Sie waren doch diejenige, die sich prächtig amüsiert hat. Ich hatte jedenfalls den Eindruck, daß Sie da am liebsten auf ewig Ihre Zelte aufgeschlagen hätten.«

»Finden Sie es so überraschend, daß ich Männer mag?« Sie warf einen Blick auf das Geschirrhandtuch, das zusammengeknüllt neben dem Herd lag. Es sah aus, als hätte jemand es benutzt, um den Boden damit aufzuwischen.

Er grunzte ungläubig. »Jedenfalls hatte ich Kopfschmerzen am nächsten Morgen, und mir war speiübel. Und das alles bloß, weil Sie aufs falsche Pferd gesetzt haben.«

»Alexander Tiberius saß auf dem falschen Pferd«, berichtigte die Federing. Sie stand vor dem einzigen Bild, das bisher in dieser Wohnung zu bewundern gewesen war und das etwas schief mit Tesafilm an die Wand über dem Tisch geklebt hing. Es war ein scheußlich kitschiges Fantasy-Motiv, eine schöne, langhaarige Frau, die auf einem Einhorn ritt.

»Ach, Ihre ganzen komischen Einfälle waren doch durchweg der reine Kokolores«, schimpfte Merzenbach. »Also ehrlich. Man muß schon ziemlich verzweifelt sein, um derart verquere Ideen zu entwickeln. Klar, wir haben ziemlich im dunkeln getappt – und wenn etwas so sehr nach einem Sexualmord aussieht, dann mußten wir in diesem Fall natürlich annehmen, daß der Täter schwul ist.«

»Schwul und pervers, Merzenbach. Schwul und pervers. Schwul allein hat da ja wohl nicht ausgereicht.«

Merzenbach seufzte tief. Er hob verzeihungheischend beide Hände, während er die Augen in scheußlich übertriebener Duldsamkeit gen Himmel richtete. Oder eher, in diesem speziellen Fall, gegen die schmierig wirkende Zimmerdecke von Immos Küche. »Ja, ja, ja. Pervers. Sag' ich doch. – Jedenfalls haben wir unter Schwulen nach dem Täter gesucht. Und damit saßen wir dann ja wohl total im Düstern. Uns' Immo ist nämlich gar nicht schwul.«

Sie grinste. »Steht das schon fest?«

»Für mich ja. Ich rieche so was.« Unzufrieden betrachtete er die Frau auf dem Einhorn. »Was für'n Scheiß. Das finde ja nicht mal ich schön. Finden Sie so was schön?«

»Bei mir verursacht es Übelkeit.«

»Und mir hat Ihre Idee Übelkeit verursacht, daß Michael Kamp rein versehentlich zum Opfer eines Mordanschlags geworden ist, der eigentlich Alexander Tiberius galt.«

»So abwegig fand ich das nun nicht«, wehrte die Federing ab. »Okay, es wurde mit gutem Grund von einem Sexualmord gesprochen, aber ich habe eigentlich nie so ganz daran geglaubt. Meiner Ansicht nach hätte das ebensogut ein Racheakt gewesen sein können. Und Tiberius mit seinem schauderhaft schlechten Ruf wäre für einen Racheakt ein viel wahrscheinlicheres Opfer gewesen als Michael Kamp. Ich hatte nie Probleme damit, mir vorzustellen, daß es Leute gibt, die Alexander Tiberius lieber tot sehen würden.«

»Ich weiß ja, daß Sie ihn nicht mögen. Wissen Sie was, Federing? Ihr Problem ist, daß Sie eine tiefsitzende Abneigung haben gegen große, gutgebaute, schwarzhaarige Männer.« Er reckte seine beachtliche Brust unter der Lederjacke und fuhr sich mit der Hand durch die schwarzen Locken. »Und das bringt Sie auf die blödesten Ideen. Wenn Tiberius eigentlich das Mordopfer hätte sein sollen, dann hieße das doch, man hätte Michael Kamp mit ihm verwechselt. Mensch, Federing. Als ob die beiden Ähnlichkeit miteinander hätten!«

»Ich hab' ja gesagt, es könnte ein Auftragskiller gewesen sein, der keinen von beiden gekannt hat!«

»Verdammt noch mal, man bringt doch keinen um, der einem nicht verflixt gut beschrieben worden ist. Oder von dem man kein Foto kriegt. Die beiden waren vollkommen unterschiedlich – Tiberius groß, Kamp klein, Tiberius muskulös, Kamp ein Knäblein, und so weiter und so weiter und so weiter – sie waren ja die reinsten Gegensätze! Wie zum Teufel soll denn da eine Verwechslung passieren? Bloß weil auf dem letzten Turnier Michael Kamp mit irgendeinem schwarzen Hengst angetreten ist, den ein Nicht-Pferdekenner für das Pferd von Alexanders Onkel hätte halten können? Und Alexander mit der weißen Stute angetreten ist statt mit besagtem Hengst?«

»Es hätte doch sein können«, erwiderte die Federing unbeeindruckt und verzog zutiefst angeekelt das Gesicht, als sie sich von dem Poster abwandte. »Eine Verwechslung ist immer möglich. Jeder weiß, daß Alexander normalerweise den schwarzen Hengst reitet, der seinem Onkel gehört.«

»Ach, Himmel noch mal!« Merzenbach fuhr sich mit beiden Händen durch die Haare und verzog das Gesicht. Er hatte Kopfschmerzen. Er war nervös wie ein Tier im Käfig, und so fühlte er sich auch. Der Fall war aufgeklärt, und dennoch war nichts besser geworden. Niemandem war damit geholfen, daß Immo jetzt ins Gefängnis wandern würde. »Es war trotzdem eine blöde Idee. Man sagt doch einem Killer nicht ›Geh zu diesem Turnier und guck dir den Kerl an, der auf dem schwarzen Hengst sitzt, den sollst du nächste Woche umlegen.‹ Das wäre ja wohl mehr als fahrlässig.«

»War ja bloß so 'n Gedanke.« Die Federing zuckte mit den Schultern. Sie zog zwei Paar Einweghandschuhe aus der Innentasche ihrer Lederjacke und warf Merzenbach eins davon zu. »Hätte mich halt nicht gewundert, wenn man eigentlich Alexander Tiberius aus dem Weg räumen wollte und bloß versehentlich den Falschen erwischt hat. Aber ich geb' ja zu, daß ich schon bessere Ideen hatte. Als Tatverdächtiger gefiel er mir sowieso viel besser.«

Merzenbach streifte die Handschuhe über, auch wenn er das eigentlich überflüssig fand. Er hatte nicht die Absicht, in dieser Wohnung etwas anzufassen. Er ekelte sich. Nicht vor dem Dreck – er hatte Schlimmeres gesehen als das. Er ekelte sich vor der Persönlichkeit, die hier gehaust hatte. Vor Alexander Tiberius hatte er sich niemals geekelt. Er mochte ihn nicht, aber er respektierte ihn. »Tja, das war ein weiterer Holzweg, Kollegin. Sein Herz ist rein.«

»Nee«, widersprach sie. »Nee, Merzenbach, das ist es nicht. Aber Michael Kamp hat er wohl doch nicht umgebracht.« Merzenbach betrachtete immer noch das Poster, und sie grinste und legte ihm im Vorbeigehen die Hand auf die Schulter. »Tiberius' rothaariger Kobold würde auf dem Einhorn eine bessere Figur machen.«

»Ich bin erstaunt, zu hören, daß er Ihr Typ ist.« Merzenbach folgte ihr ins Wohnzimmer. »Ich dachte immer, Sie mögen ihn nicht.«

»Daneben«, sagte sie. »Sie sollten eigentlich wissen, daß ich nur deshalb dafür war, Tiberius merken zu lassen, daß er observiert wird, weil ich Frank damit einen gewissen Schutz geben wollte.«

Auf dem niedrigen Couchtisch im Wohnzimmer lag ein Pizzakarton, der noch einen vertrockneten Rest Sardellenpizza enthielt. Immo schien tatsächlich am liebsten vor dem Fernseher zu essen. Außerdem hatte er entweder einen erzkonservativen Geschmack oder gar keinen. Die Polstergarnitur sah aus, als hätte jemand sie gekauft, der eher aus der Generation seiner Großeltern stammte. Vielleicht hatte ihn einfach nicht interessiert, was er um sich herum sah.

Im Wohnzimmer gab es keine Bilder an der Wand. Dafür blieb allerdings auch wenig Platz, denn der Raum war relativ klein und die Wände mit Regalen vollgestellt. Sie enthielten hauptsächlich eine beeindruckende Sammlung alter Schallplatten und jede Menge CDs, aber auch Bücher. Mehr, als Merzenbach erwartet hatte. Er fand eine Reihe Fantasy-Romane neben einem Sammelsurium aus alten und neuen Klassikern, das er Immo nicht zugetraut hätte.

Er zuckte mit den Schultern und beugte sich über das Stück Pizza. »Noch gar nicht so alt. Riecht noch nach Käse.«

»Moment«, sagte die Federing plötzlich. Er wandte sich irritiert zu ihr um. Sie stemmte die Hände in die Hüften und furchte die Stirn. »In der Küche.«

»Ja?« Er hob die Brauen.

»Der Geruch.«

»Ja?« wiederholte er ungeduldig.

»Roch nicht nach Essen.«

»Fertigkram riecht nicht nach Essen«, behauptete Merzenbach.

»Seien Sie bloß froh, daß Ihre Freundin kochen kann«, sagte die Federing geistesabwesend, »sonst ständen Sie ganz schön blöd da.«

Er war beleidigt. »Ich hab' keine Probleme damit, 'n Spiegelei in die Pfanne zu kriegen, und die ›Reispfanne Merzenbach‹ ist eine international anerkannte Spezialität.«

Die Federing wirbelte auf den Absätzen herum. »Es roch nach Farbe!« Sie strebte mit langen Schritten in Richtung Küche und tippte dort einem der Herren von der Spurensicherung auf die Schulter. »Hör mal, Kollege, wonach riecht's hier?«

»Farbe«, antwortete der, ohne mit der Wimper zu zukken.

»Rosa Farbe«, sagte die Federing. Der Kollege hob die Brauen. Sie grinste. »Schauen Sie sich um. Ich wette, es ist rosa Farbe.«

»Es ist rosa Farbe«, bestätigte der zweite Kollege, der vor dem Unterschrank der Spüle hockte und den Inhalt inspizierte. »Plakafarbe. Der Deckel sitzt nicht richtig drauf, die Oberfläche ist schon angetrocknet.«

»Mit äußerster Vorsicht damit umgehen«, befahl die Federing. »Das ist ein Beweisstück, Jungs.«

»Beweis für was denn«, grummelte Merzenbach. »Daß der die Puppen gebastelt hat, hab' ich mir sowieso gedacht. Das bringt uns doch nirgendwohin! Ich hab' doch gleich gesagt, der ist nicht so blöd und hinterläßt seine Fingerabdrücke auf den Dingern. Was wir da drauf gefunden haben, das waren doch uralte Spuren von anderen Seminarteilnehmern. Wieder das falsche Pferd, Federing. Wir wollen den Kerl schließlich nicht wegen dem Rufmord an Alexander Tiberius drankriegen, sondern wegen dem Mord an Michael Kamp.«

»Dann finden Sie den Hufkratzer.«

»Mann, erinnern Sie mich bloß nicht daran ...« Merzenbach glaubte nicht, daß der Hufkratzer, mit dem Michael die inneren Verletzungen beigebracht worden waren, jemals auftauchen würde. Immo hatte Grund gehabt, ihn aus dem Stall zu beseitigen, aber ganz bestimmt keinen Grund, ihn statt dessen in seiner Wohnung aufzuheben. Es sei denn, er wäre eine Art Trophäensammler. Das war eigentlich eher bei Serienmördern der Fall, und zu denen gehörte er wohl kaum.

»Ich finde den Gedanken auch nicht angenehm«, gab die Federing zu, »aber seit wann leisten wir uns Empfindlichkeiten? Mit dem Ding in der Wohnung wäre er überführt. – Deshalb hab' ich ja eher auf einen Racheakt getippt, gerade weil die Sache so bestialisch war.« Die Federing strebte wieder zurück ins Wohnzimmer. Merzenbach trottete hinterher. Seine Kollegin öffnete die Tür zum Schlafzimmer und trat ein.

Sie stutzte, dann ging sie langsam bis in die Mitte des Raums. Merzenbach betrachtete ihr verdutztes Gesicht, folgte ihr und sah sich um. Dann pfiff er leise durch die Zähne. »Oh, hoppla. Da ist aber jemand verliebt.«

»Das, werter Kollege«, sagte die Federing langsam und nachdenklich, »das allerdings erklärt manches – und zwar nicht nur, wofür er all die Grablichter gebraucht hat!«

Das Schlafzimmer war ein Alptraum aus schwarzen und weißen Draperien, mit denen Immo auch die Fenster verhängt hatte. Die kleinen Flammen der ewigen Lichter in ihren roten Zylindern warfen flackernde Schatten durch den dämmrigen Raum, dessen Wände tapeziert waren mit Fotos in allen Größenordnungen. Farbfotos, Schwarzweißfotos, detailscharfe Atelieraufnahmen, Porträtfotos, Theaterszenen, Schnappschüsse im Freien, beim Baden in einem Baggersee, im Wald, am Schreibtisch, am Fenster eines Hörsaals ... Hunderte von Fotos. Sie zeigten alle nur eine Person: Anni.

»Sie kann das hier nie gesehen haben«, vermutete Merzenbach. »Sonst wäre sie schreiend davongerannt. Oder?«

»Davon gehe ich aus«, stimmte die Federing zu. »Jeder halbwegs vernünftigen Frau sollte so was mehr als nur ein bißchen unheimlich sein.«

»Und wo hat der die Fotos her?«

Sie seufzte. »Was halten Sie von der These ›geklaut‹?«

»Tja. Möglich.« Er wandte sich zu ihr um. »Wieso? – Ich meine, wieso meinen Sie, das würde manches erklären? Was soll das denn erklären, Ihrer Meinung nach? Also, mir erklärt das gar nix. Außer, daß er verrückt ist. Aber das wußte ich vorher auch.« Ja, jetzt. Seit ein paar Stunden. Aber vorher? Nichts hatte ihn gewarnt. Nicht einmal, daß Immo im Floragarten mit dem Messer auf Alexander Tiberius losgegangen war. Sie hätten ihn einsperren sollen, aber sie hatten es nicht getan. Sie hatten ihn als einen harmlosen Studenten betrachtet, der nach dem Tod eines engen Freundes unter der psychischen Belastung zusammengebrochen war. Sie hatten ihm Verständnis entgegengebracht. Obwohl er ein Unsympath war. Er wirkte so hilflos.

Und so dumm. Niemand hatte ihn für den Mörder gehalten. Jedermann hatte nach einem undurchsichtigen, geheimnisvollen, intelligenten Mann gesucht – nach jemandem wie Alexander Tiberius. Auch er, Merzenbach. Er hätte es besser wissen müssen. Mörder waren selten intelligent. Das Gesicht des Bösen war im allgemeinen ein dummes Gesicht.

»Tiberius war eine Zeitlang mit dem Mädchen liiert«, sagte die Federing.

»Das weiß ich auch«, knurrte Merzenbach. »Gut, das erklärt vielleicht, wieso Immo ausgerechnet Alexander den Mord anhängen wollte. Okay. Es erklärt aber nicht, wieso er Michael Kamp umgebracht hat.«

»Tiberius war mit Michael Kamp aber ebenfalls liiert«, erinnerte ihn die Federing. »Was, wenn die beiden über Anni gesprochen haben? Und was, wenn Michael so dumm war, Immo davon zu erzählen?«

»Sie glauben doch nicht ernstlich, Immo hätte Michael

Kamp umgebracht, bloß weil Michael ihm vielleicht ein paar Details über Annis Intimleben erzählt haben könnte, die er von Alexander wußte?« fragte Merzenbach störrisch.

»›Bloß‹?« fragte die Federing zurück. »›Bloß‹ ist gut. Sie unterschätzen Alexander Tiberius. Denken Sie an das, was Sie über ihn wissen. Und dann gucken Sie sich den Altar hier an.« Sie wanderte wieder in die Mitte des Zimmers, drehte sich langsam einmal um ihre eigene Achse und wies mit der Hand auf die mit Fotografien bepflasterten Wände. »Das hier drückt aus, was Immo von Anni gehalten hat. Und nun stellen Sie sich vor, jemand erzählt ihm ...«

»Michael Kamp ist gestorben, weil er so dumm war, den Falschen anzubaggern«, behauptete Merzenbach. »Das ist es, was ich glaube.«

»Nein«, sagte eine Stimme hinter ihm. »Er starb, weil er über Anni gelacht hat.«

Beide fuhren herum. Der Kommissar stand in der Tür. Sein kurzärmliges Hemd war knittrig und verschwitzt. Das leichte Sommerjackett hatte er ausgezogen und sich an einem Finger über die Schulter gehängt. Eine kalte Zigarre im Mund, ein Feuerzeug in der Hand, stand er gegen den Türrahmen gelehnt. Eine der dünnen Haarsträhnen, die er über seine beginnende Glatze gekämmt hatte, war verrutscht und hing ihm schräg über das Ohr.

»Blödsinn«, erregte sich Merzenbach und warf die Hände in die Luft. »Wieso hätten sie denn überhaupt über Anni reden sollen? Michael war schwul!«

»Ja, und sein Liebhaber hätte ihn beinahe wegen einer Frau sitzenlassen«, sagte der Kommissar. Seine gelblichbraunen Augen musterten aufmerksam die Schlafzimmereinrichtung, die Grablichter, die Draperien. »Und zwar wegen der Frau, von der Immo ihm nun anvertraute, daß sie ihm gefällt. Das hat die ganze verhängnisvolle Sache in Gang gesetzt, Merzenbach. Michael muß Immo zur Weißglut gereizt haben mit seinen Sticheleien. Glauben Sie nur nicht, das seien Kleinigkeiten gewesen!«

Er stieß sich vom Türrahmen ab und kam langsam, Schritt für Schritt, heran, während sein Blick über die mit Fotos tapezierten Wände streifte. »Michael muß auf Anni eine Stinkwut gehabt haben, und als er endlich jemanden fand, der auf das Thema ansprang, da hat er sich bestimmt diebisch gefreut. Er wollte wahrscheinlich überhaupt nicht Immo damit verletzen – er wollte eigentlich bloß seine eigene Wut loswerden.« Der Kommissar kaute auf seiner Zigarre und streckte den Kopf vor, um sich ein Bild von Anni anzusehen, auf dem sie auf einem hübschen Schimmel saß und aussah wie eine Märchenprinzessin. »Aber da ist er gründlich an den Falschen geraten.«

»Ach, kommen Sie!« Merzenbach strich sich die verschwitzten Haarsträhnen aus der Stirn und schüttelte den Kopf. »An den Falschen geraten ist er allerdings, aber das hatte doch nichts mit einem Mädchen zu tun.«

»O doch«, behauptete der Kommissar, »das hatte es.« Er wippte auf den Zehenspitzen. Er sah sich nach einem Platz um, auf dem er sein Jackett lassen konnte, und hängte es schließlich vorsichtig an einen Haken in der Tür. Es war unangenehm heiß in diesem Raum, trotz der Draperien, die das Sonnenlicht abhielten. Die brennenden Grablichter glichen das wieder aus. »Michael wollte gar nichts von Immo. Michael Kamp hat nämlich Alexander Tiberius sehr geliebt. Und er war mit ihm wesentlich enger befreundet, als der junge Mann zugibt.«

»Und ob«, warf die Federing ein. »Tiberius hat zwar nicht völlig unrecht, wenn er sagt, daß er eigentlich mit Michael nicht das hatte, was man eine feste Beziehung nennt, aber sie kannten sich schon lange, und sie kannten sich gut. Deshalb war es ja so schwierig, den Mord aufzuklären.«

Merzenbach zuckte mit den Schultern. »Ich weiß. Und wir konnten es durchaus verstehen, daß Sie's Tiberius anhängen wollten, werte Kollegin. Er ist in der Szene bekannt dafür, daß er seine Männer nicht gerade mit Samthandschuhen anfaßt.« Merzenbach knurrte einen Fluch. »Jedesmal, wenn ich ihn mit Frank sehe, frage ich mich, ob der Wolf bloß Kreide gefressen hat, oder ob er friedlich geworden ist, weil er endlich hat, was er immer wollte.«

»Kann schon sein.« Die Federing grinste schwach, als Merzenbach sie mit einem Ausdruck in den Augen anschaute, der ihn aussehen ließ wie einen Hund, der für eine Liebkosung dankbar ist. »Jedenfalls wäre ihm nach allem, was wir über sein sogenanntes Liebesleben erfahren haben, durchaus zuzutrauen gewesen, daß er mit Michael sozusagen versehentlich zu weit gegangen ist.« Ihre Schultern unter der viel zu warmen Lederjacke zogen sich unwillkürlich hoch, als sie das sagte – als würde sie frieren. Ihre Abneigung gegen Alexander Tiberius saß so tief, als hätte sie nur mit ihren Instinkten zu tun. Vielleicht machte sie sich etwas vor, wenn sie sich einbildete, auf den ersten Blick erkannt zu haben, daß er nicht der friedliche Bücherwurm war, der er nach außen hin vorgab zu sein. Aber sie hatte ihn von Anfang an gehaßt, und sie hatte aufmerksam jede Information über ihn gesammelt, derer sie habhaft werden konnte. Vielleicht nur, weil er mit seiner herrischen Art genau der Typ Mann war, der ihr spontan akute Magenschmerzen verursachen konnte.

Jedenfalls war er ihr von vornherein wie ein guter Kandidat für genau die Art von gnadenlosem SM-Freak vorgekommen, nach der sie suchten. »Außerdem war mir völlig klar, daß er in bezug auf Michael Kamp nicht die ganze Wahrheit sagt. Er wußte verdammt gut, wie Michael zu ihm stand.«

»Federing, ich kann mir nicht vorstellen, daß Alexander mit dem über Anni gesprochen hat«, lehnte Merzenbach kategorisch ab und verschränkte die Arme.

Der Kommissar lächelte. »Merzenbach, mit irgendwem mußte er drüber sprechen. Und Michael kannte Anni. Er hat sich darüber lustig gemacht, daß das Schneewittchen es fertiggebracht hat, Tiberius ins Bett zu zerren.« Er nahm seine halbzerkaute Zigarre aus dem Mund, betrachtete sie, und einen Moment lang schien er geneigt, sie an einer der Kerzen anzuzünden. Die Federing machte eine Bewegung, als wolle sie ihn davon abhalten. Aber dann steckte er die Zigarre wieder in den Mund und verstaute endlich auch sein Feuerzeug in der Hemdtasche. »Im Grunde fand Michael die ganze Sache wahrscheinlich nicht halb so witzig, wie er Immo gegenüber behauptet hat. Im Gegenteil, ich glaube, daß ihn dieses merkwürdige Verhältnis zwischen seinem Liebhaber und diesem Mädchen tief gekränkt hat, vielleicht viel mehr gekränkt als Alexanders Liebe zu Frank. Das Problem war ja immerhin altbekannt und sowieso unausweichlich. Wer Alexander gut kannte, in der Szene, meine ich, der wußte auch, daß er an seinem hübschen Heterofreund mehr geliebt hat als nur dessen feinen Charakter und die freundliche Seele.«

»Na, er hat ihn ja rumgekriegt«, knurrte Merzenbach und wandte sich ab.

Der Kommissar nickte. Die verrutschte Haarsträhne fiel ihm über die Augen, und er strich sie behutsam an ihren angestammten Platz zurück und pappte sie mit leichtem Druck dort fest. »Ja, das hat er. Aber vorher ... Michael war nicht sein einziger Liebhaber. Tiberius hat ständig andere gehabt. Michael hat das hingenommen. Nur auf Anni durfte man ihn nicht ansprechen. Dann wurde er giftig.«

»Ob sie Alexander immer noch liebt?« fragte Merzenbach. Er trat an den Spiegel über einer kleinen, mit Grablichtern vollgestellten Kommode und betrachtete die Fotos, die am Rahmen steckten. »Sie weigert sich strikt, über ihn zu reden.«

Die Federing verdrehte die Augen. »Ob sie ihn immer noch liebt! Himmel, Merzenbach, Sie sind ein hoffnungsloser Romantiker und außerdem ein Blindfisch. Das Mädchen hat Angst vor ihm. Sie wird wissen, warum. Mit mir wollte sie nicht drüber reden. Aber die Andeutungen, die andere Frauen gemacht haben, sind ziemlich unappetitlich. Ich wünschte, ich würde den Kerl mal in die Finger kriegen.«

Merzenbach drehte sich zu ihr um und zog die Brauen hoch. »Ich ahnte immer schon, daß Sie 'nen Hang zur Domina haben.«

»Quatsch!« sagte sie nachdrücklich. »Ich hab' bloß 'ne merkwürdige Abneigung gegen große, starke Männer, die kleine, zarte Frauen schlagen. Abwegig, ich weiß. Ich kann einfach nichts dafür. Ich bin so.«

»Aha.« Er musterte sie aufmerksam. Das war ein Teil der Ermittlungen, über den er bislang nichts gehört hatte. Es waren zwei Frauen dabeigewesen, die es strikt abgelehnt hatten, sich von Männern befragen zu lassen. Er war nie dazu gekommen, sich um ihre Aussagen zu kümmern. Offenbar ein Fehler. »Das ist es also, wofür Sie ihn so hassen? Okay. Davon wußte ich noch nichts. Dafür hasse ich ihn dann allerdings auch.«

»Herzlichen Dank auch«, sagte die Federing trocken. »Im Namen des weiblichen Teils der Bevölkerung.«

Der Kommissar hatte die Hände hinter dem Rücken verschränkt und schritt die Wände ab, um die Fotos zu betrachten. »Michael mußte sterben, nur weil Alexander ihm zuviel über Anni erzählt hatte.«

»Das ist doch nur eine Vermutung«, wehrte Merzenbach ab. »Nur weil Immo sein Schlafzimmer mit Fotos von Anni tapeziert hat, glauben Sie jetzt, die junge Dame sei der Anlaß für den Mord an Michael gewesen.«

»Ja, das war sie allerdings.« Der Kommissar wischte sich mit dem Handrücken über die Stirn. Ihm war ekelhaft heiß. Ihm war ein Rätsel, wieso seine beiden jungen Kollegen hartnäckig ihre Lederjacken anbehielten. Vielleicht eine Art Schutzpanzer. Wie seine Fettschichten. Der Kommissar seufzte tief, und sein Atem brachte die Kerzenflammen zum Flackern. Am liebsten hätte er sie ausgepustet. Oder besser noch: umgeworfen. Von den Tischen gefegt. Die Altäre zerstört. »Wissen Sie, wofür Tiberius außer für seine maßlose Brutalität noch bekannt ist? Daß er seinen, äh, längerfristigen Liebhabern andere Kontakte strikt verbietet.«

»Hab' ich gehört«, gab Merzenbach widerwillig zu. »Und wer sagt, daß die sich dran halten?«

»Sie riskieren viel, wenn sie's nicht tun«, erinnerte die Federing ihn. »Er ist ein Tyrann von der gewalttätigen Sorte. Außerdem, wie gesagt, Michael Kamp hat ihn geliebt.«

»Eben«, sagte der Kommissar. »Michael mochte Immo sicherlich, aber er hätte nicht riskiert, es sich wegen dieses Kerls mit Alexander zu verderben. Ihr Verhältnis war wacklig genug. Er hätte befürchten müssen, daß ein Seitensprung diesmal nicht nur Prügel bedeutet, sondern daß Alexander ihn endgültig verläßt. Nein, Merzenbach,

Michael hat nicht mit Immo geflirtet. Das war eine rein platonische Beziehung. Sie mochten sich, und sie haben da zusammengesessen und erzählt.«

»Schwer zu glauben«, murmelte Merzenbach. »Daß sie da sitzen und über Frauen reden. Nä. Das kaufe ich Ihnen nicht ab.«

»Nicht über Frauen, lieber Kollege, sondern über eine ganz bestimmte Frau. Immo hat Michael zaghaft versucht anzuvertrauen, daß er sich in Anni verliebt hat. Er kam nicht weit damit. Zum Thema Anni hatte Michael Kamp nämlich eine Menge zu sagen. Er hat Immo in aller Ausführlichkeit berichtet, was seine heilige Anni alles so angestellt hat, um Alexander Tiberius zu kriegen. Wie sie hinter ihm hergekrochen ist und wie mies der sie behandelt hat. Er wollte sich ausschütten vor Lachen über Immos Ansicht, Anni sei ein engelreines Wesen. Er hat ihn gründlich darüber aufgeklärt, auf welche Art Mann Anni scharf war.«

»Michael Kamp war ein netter Kerl«, sagte Merzenbach. »So etwas hätte er nicht getan.«

»Der nette Kerl hatte einen Aussetzer«, behauptete der Kommissar. »Denn auch nette Kerls haben ihre Grenzen und können mal schäumen vor Eifersucht. Michael hat geschäumt. Der nette Kerl hatte einen mächtigen Haß auf das Mädchen, das versucht hat, ihm den Liebhaber zu klauen. Er war, einmal in seinem Leben, gar nicht nett und ist ganz mächtig über Anni hergezogen. Er hat Dinge gesagt, die kein Mann über eine Frau sagen sollte. Und als Immo wütend wurde, da beging Michael den Fehler, nicht aufhören zu können. Er nahm ihn nicht ernst. Er lachte. Er lachte, und er redete sich um Kopf und Kragen. Er machte weiter, bis Immo ihm das erste Mal den Mund zuhielt. Statt wenigstens das ernstzunehmen, hielt Michael, der ein freundlicher, netter Mensch war, das für eine Art freundschaftliches Gerangel. Schließlich war er schwul, und er mochte Immo. Er hatte keine Berührungsängste, keine Scheu, sich von ihm festhalten zu lassen. Er neckte ihn weiter. Als er endlich begriff, was los war, war es zu spät. Da kämpfte er schon um sein Leben. Und Immo nahm bittere Rache. Rache an Alexander Tiberius, der dem märchenhaft schönen Schneewittchen, das Immo so gern für unschuldig und rein halten wollte, auch das letzte bißchen Unschuld genommen hatte. Und Rache an Michael, der sich darüber dann auch noch lustig gemacht hat.«

»Du liebe Zeit«, knurrte Merzenbach angewidert. »Nä, wat is dat romantisch, Sie! Und nun fügen Sie noch ein paar liebevolle Details dazu, den Geruch des Heus, das Wiehern eines Pferdes, und ich fange an, Ihnen zu glauben.«

»Tun Sie das.« Der Kommissar starrte in den Spiegel und fing die aufmerksamen Blicke seiner beiden jungen Kollegen auf. Er lächelte verhalten. »Tun Sie das ruhig. Immo hat vor einer halben Stunde gestanden.«

*

Frank schrak hoch, als die Tür des Krankenzimmers aufschwang. Er war eingeschlafen auf dem unbequemen Stuhl, den er ans Bett gezogen hatte, die Arme auf die Matratze und den Kopf auf die Arme gelegt.

Er stand auf und beugte sich über Alexander. Sein Freund schlief tief und fest.

»Ich habe erwogen, einen Strauß Blumen mitzubringen«, sagte Merzenbach leise, »aber meine Kollegen fanden, das könntest du vielleicht in den falschen Hals kriegen.«

Frank lächelte müde.

»Hast du schon was gegessen?«

Frank schaute ihn an, als könne er sich an die Bedeutung des Wortes ›essen‹ nicht erinnern. Merzenbach nickte, öffnete den Reißverschluß seiner geräumigen Lederjacke und brachte eine McDonald's-Tüte zum Vorschein.

Frank blinzelte. Er hatte seit Stunden jede Nahrung verweigert, hatte nur neben dem Bett gesessen und Alexander angestarrt. Jetzt stieg ihm der Geruch von Fleisch, Fett und Ketchup in die Nase, und plötzlich war er hungrig. Er griff nach der Tüte und packte einen Hamburger aus.

»Willst du gar nicht wissen, was mit Immo ist?« fragte Merzenbach lächelnd.

»Bring ihn in eine Zelle, schließ ab und schmeiß den Schlüssel weg«, sagte Frank kauend. »Der Rest ist mir wurscht.«

»Auf dem Foto, auf dem dein Prinz wie ein Vampir aussieht – nicht, daß er normalerweise viel anders aussähe, aber na ja. Über Geschmack läßt sich ja nicht streiten. Auf dem Foto jedenfalls, da sind Immos Fingerabdrücke drauf. Und da nur diese Beate das Foto hatte, wird er es wohl aus ihrer Wohnung haben, und das heißt, wir hängen ihm den Mord an dem Mädchen auch noch an.«

»Warum hätte er sie umbringen sollen?« fragte Frank desinteressiert.

»Wir haben im Stall nachgefragt, und sie ist da bekannt.«

»Das weiß ich.«

Merzenbach stöhnte auf, stützte die Ellbogen auf die Knie und ließ den Kopf in seine Hände sinken. »Mein Gott, Kleiner, hast du deine ganze Intelligenz denn unterhalb der Gürtellinie?« Er raufte sich die Haare, als wolle er sie ausreißen, und dann lehnte er sich im Stuhl zurück und starrte Frank wütend an. »Weißt du, wie spät wir darauf gekommen sind, daß die Dame überhaupt je mit Pferden zu tun hatte? Wir haben in ihrer Bude keine Reitklamotten gefunden!«

»Sie war Allergikerin«, erklärte Frank. »Sie mußte Tabletten nehmen, bevor sie in den Stall gehen konnte. Sie hat ihre Reitklamotten in einem Spind in der Sattelkammer aufbewahrt und nach dem Reiten im Haupthaus geduscht, bevor sie nach Hause ging.«

»Ja«, stieß Merzenbach bitter hervor, »ja – das wissen wir *jetzt* auch! Wir wären schon längst auf den verdammten Stall gekommen, wenn Michael nicht eine frischgewaschene Jeans getragen hätte an dem Abend, als er umgebracht wurde – da hat die Laboruntersuchung nicht viel Ernstzunehmendes ergeben. Die ist an dem Abend nicht mit einem Pferd in Berührung gekommen. Hätten wir seine Schuhe gehabt, dann ... aber die waren verschwunden. Und das sind sie bis heute. Genauso wie der Pullover oder das T-Shirt oder was immer er obenrum getragen hat. Ist nicht aufgetaucht. Auch in Immos Wohnung nicht. Leider. Ich wette, wir hätten Pferdehaare dran gefunden und so ... Wahrscheinlich hat er das Ding aus genau dem Grunde entsorgt, wegen irgendwelcher Spuren, die er uns nicht frei Haus liefern wollte.« Merzenbach fuhr sich mit allen zehn Fingern durch die Haare, fassungslos und wütend. »Wieso hast du das bloß niemandem gesagt, daß Beate Reiterin war?«

»Woher hätte ich wissen sollen, daß das wichtig ist?« Frank pflückte ein schon halb herausgerutschtes Stück Gurke aus seinem Hamburger und steckte es in den Mund.

Merzenbach betrachtete ihn und schüttelte schließlich

resigniert den Kopf. »Wir haben jedenfalls inzwischen rumgefragt, und die Leute sind sich einig, sie am Mordabend da gesehen zu haben. Immo ist von niemandem gesehen worden. Michael ja auch nicht. Jedenfalls nicht von denen, die wir damals befragt haben. Aber da wußten wir ja noch gar nicht, daß Beate auch Reiterin war und im selben Stall verkehrte wie Michael. Vielleicht hat Beate Immo oder Michael dort gesehen und irgendwann zwei und zwei zusammengezählt und fünf rausgekriegt und Immo dann ganz unschuldig danach gefragt. Vielleicht war ihr gar nicht klar, von welcher Tragweite das war, was sie beobachtet hat. Sonst hätte sie wohl kaum ausgerechnet ihn als ersten damit konfrontiert. Aber ihm war's klar. Worauf er sehr folgerichtig die Entscheidung traf, daß Beate zuviel gesehen hatte.«

Frank hatte den Hamburger aufgegessen und kramte in der Tüte herum. Er fand einen Cheeseburger und begann wieder zu kauen.

»Der Mord an Michael war mit Sicherheit nicht geplant«, sagte Merzenbach. »Der Kerl ist einfach ausgeklinkt.«

»Wieso?« fragte Frank und erledigte den Cheeseburger mit dem vierten Biß. »Ein ›Nein, danke‹ hätte genügt, Merzenbach. Er hätte Michael nicht umbringen müssen.«

»Frank, Michael hat ihn wahrscheinlich gar nicht angebaggert. Ich glaube, Immo wußte nicht, daß Michael Kamp schwul ist«, erklärte Merzenbach. »Ich meine, manche Männer haben da ja eine Alarmglocke, die gleich anschlägt, wenn sie so was sehen wie dich, aber Immo hatte das eben nicht. Der hat von jedem Mann erstmal angenommen, er sei ein anständiger Kerl. Sag mal, wußtest du, daß Immo in Anni verliebt ist?«

Frank schüttelte desinteressiert den Kopf und leckte Ketchup von seinen Fingern. »Wer ist das nicht.« Aber auch das war nicht mehr interessant. Das schöne Schneewittchen hatte sich seine Gunst verscherzt.

»Echt, wenn du die Wohnung gesehen hättest …« Merzenbach stockte. Das gehörte eigentlich nicht zu den Dingen, über die er allzuviel sagen wollte. »Der Typ macht wahrscheinlich schon seit Jahren eine Gratwanderung zwischen normal und völlig abgedreht. Und Michael muß irgendwas getan oder gesagt haben, was Immo mit einem Schlag über die Grenze getrieben hat.«

»Es lag nicht bloß daran, daß Michael schwul war?«

Merzenbach zog langsam die Schultern hoch und ließ sie dann wieder fallen. »Ich weiß nicht recht. Ich meine, ich kann ja verstehen, wenn einer Schwule nicht leiden kann, ich kann sie auch nicht leiden. Schon gar nicht diese elfenhaften Geschöpfchen wie dich, die bei jeder Aufregung gleich heulen, bis die Wimperntusche verläuft. Aber … nein, das war's wohl nicht. Sieht eher aus, als hätte Michael sich über Immos Anbetung für Anni lustig gemacht.«

Frank holte eine Packung Pommes frites aus der Tüte und drückte die Mayonnaise auf eine Serviette. »Ein guter Grund, zuzuschlagen. Hätte ich an seiner Stelle wohl auch getan. Aber ich hab' Michaels Leiche gesehen, Merzenbach. Er war übel zugerichtet. Als Ergebnis für einen Streit um die Ehre einer Frau ist das ziemlich mittelalterlich.«

Das fand Merzenbach auch. Er konnte durchaus Männer verstehen, die sich um eine Frau prügeln. Aber die Art von Blutrache, die Immo betrieben hatte – Auge um Auge, Zahn um Zahn, machst du mir die Frau kaputt, die ich haben wollte, dann mach' ich dein Spielzeug auch kaputt – das war Merzenbach mehr als fremd. Und das fand er auch sehr gut so. Er seufzte. »Was ist dem bloß passiert. Diesem Immo, meine ich.«

»Nicht das, was Michael passiert ist«, antwortete Frank.

»Ja, ich kann dich verstehen«, nickte Merzenbach. »Ist schon klar. Du willst nicht wissen, was Immo zu einem Schlächter gemacht hat. Ich will das normalerweise auch nicht wissen. Hat mich noch nie interessiert. Aber bei dem wüßte ich's wirklich gern. Weißt du, wenn so einer so was sozusagen grundlos machen würde, das bekäme meinem Weltbild nicht.«

»Der Mensch stammt von Raubtieren ab«, erklärte Frank herzlos.

»Du nicht«, widersprach Merzenbach. »Du stammst höchstens von Stofftieren ab.«

Frank stopfte sich Stück für Stück die Pommes frites in den Mund, als seien sie das erste, was er heute zu essen bekam. »Ich verstehe nicht, wieso er Alexander angegriffen hat.«

»Michael hat das alles ausgelöst«, sagte Merzenbach. »Beate wurde umgebracht, um die Sache mit Michael zu vertuschen. Und spätestens dann, Frank, spätestens dann war es mit Immos Zurechnungsfähigkeit komplett vorbei. Und Alexander hat er für alles die Schuld gegeben. Weißt du, Alexander hat in seinen Augen in dieser Angelegenheit eine große Rolle gespielt.«

Frank hob die Brauen.

»Na ja.« Merzenbach senkte verlegen den Blick. »Alexander hat nun mal eine Beziehung zu Anni gehabt, und Immo nicht. Und Alexander war wohl nicht gerade ...«

»Ich weiß«, sagte Frank kalt. »Wollen wir es so drehen, daß Alex nun doch schuld ist an dem Mord?«

»Quatsch«, lehnte Merzenbach nachdrücklich ab. »Wie kommst du denn auf das schmale Brett. He, ein bißchen mehr Loyalität kann dein Prinz erwarten, Schätzchen. – Aber Immo sieht das so. Das ist das einzige, was sein kaputtes Gehirn noch geregelt kriegt: Alexander hat seine Angebetete besudelt, die schöne, engelreine. Den Rest packt Immo nicht. Den hat er verdrängt. Was da rausgekommen ist, das muß ein maßloser Haß gewesen sein, und das hat bestimmt mit irgendwas zu tun, was ihm ...«

»Ja, ja«, sagte Frank. »Schon gut. Er ist ein armes Schnukkelchen. Wahrscheinlich hat seine Mama ihn zu früh auf den Topf gesetzt. Habt ihr rausgekriegt, wer die Puppen ...«

»Die Puppen, ja.« Merzenbach nickte. »Wir waren in seiner Wohnung, wie gesagt. Die rosa Plakafarbe stand noch rum. Der Kerl besitzt übrigens eine beeindruckende Messersammlung. Sieht so'n bißchen nach Fetischismus aus. Ich sag' ja, mit dem hat die ganze Zeit was nicht gestimmt. Er hat auch am ganzen Körper ...«

»Ich will es nicht wissen«, unterbrach Frank.

»Is klar.« Merzenbach verstummte.

Sie saßen lange schweigend nebeneinander.

»Ist er eigentlich übern Berg, dein Prinz?« fragte Merzenbach schließlich leise.

Frank nickte. »Sah schlimmer aus, als es war. Knapp daneben. Das Messer ist an einer Rippe abgerutscht. Es ist halt nicht so einfach, das Herz zu treffen. Aber die Waffe war lang und spitz genug. Er hätte es schaffen können. Er hätte es auch beinahe geschafft.«

»Knapp daneben ist auch vorbei«, sagte Merzenbach. »He, heulst du etwa schon wieder?«

»Ich dachte, er stirbt«, flüsterte Frank. »Ich wußte, daß er stirbt. Ich war vollkommen davon überzeugt. Ich hab' die ganze Zeit nur gebetet, daß er's nicht ohne mich tut. Daß ich noch einmal mit ihm reden kann, bevor er stirbt. Daß ich ihm wenigstens sagen kann ...«

»Du bist echt kitschig, weißt du das?« sagte Merzenbach. »Mensch, du machst ja mein Hemd naß, und das ist das einzige, was ich noch hatte, das gebügelt war. Hör auf damit.«

Die Feuchtigkeit drang durch bis auf die Haut. Franks Schultern zuckten krampfhaft. Merzenbach seufzte. Er legte einen Arm um den Rücken des Jungen und streichelte mit der anderen Hand den Kopf mit den lockigen, rotblonden Haaren, der an seiner Brust lag.

Und betete zu allen Heiligen, daß nicht ausgerechnet jetzt eine Krankenschwester reinkommen würde.

Rätselhafte Vorfälle halten Venedigs Polizei in Atem. Vier junge Touristinnen verschwinden spurlos im Labyrinth der Stadt, alle stammen sie aus wohlhabenden Familien. Handelt es sich um Entführungen mit erpresserischer Absicht? Leben die Frauen überhaupt noch? Einiges spricht dafür, aber Zweifel sind angebracht, seitdem einheimische Fischer immer wieder sorgsam verschnürte, geheimnisvolle Pakete im Röhricht der Lagune finden, über deren Inhalt Presse und Öffentlichkeit spekulieren.
Commissario Benedetti, von seinen Vorgesetzten als schwer durchschaubarer Außenseiter gleichermaßen gefürchtet und geachtet, wird nach Mißerfolgen eines Kollegen mit dem Fall betraut. Neben einem deutschen Touristen, einer ehemaligen Mailänder Lebedame und einem Mafioso gerät auch der zwielichtige Padre Albertus ins Fadenkreuz von Benedettis Ermittlungen, die schließlich zu einem unerwarteten Ergebnis führen ...

ISBN 3-404-12949-0

BASTEI
LÜBBE

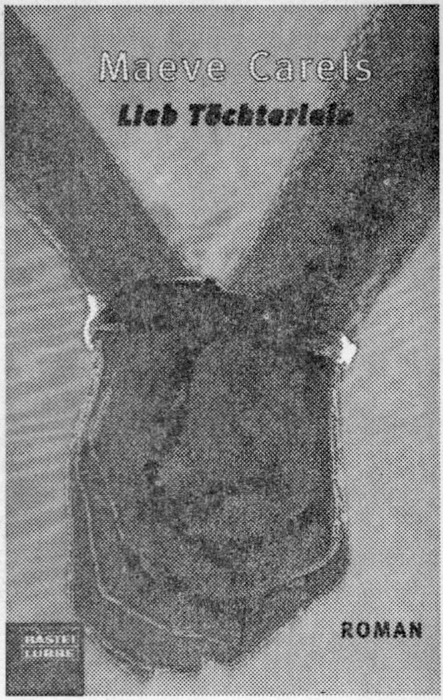

Band 13 979
Maeve Carels
Lieb Töchterlein
Originalausgabe

Mitte Dreißig, unverheiratet und beruflich gescheitert, ist Patrizia für die Rolle der treusorgenden Tochter die Idealbesetzung. Ihre gut verheiratete Schwester hat Besseres zu tun, als eine chronisch mißgelaunte Mutter zu pflegen. Patrizia gibt ihr eigenes Leben auf, erfüllt die töchterliche Pflichten und kapselt sich innerlich von der Umwelt ab. Ihr zwanzigjähriger Bruder Bodo bleibt ihr einziger Verbündeter – und auch der einzige Mensch, den Patrizia liebt.
Der verhaßte Aschenputtel-Alltag, den Patrizia mit stoischer Disziplin absolviert, um nicht zu zerbrechen, gerät mit dem Mord an ihrem reichen Schwager plötzlich aus den Fugen. Die festgeschriebenen Rollen in der Familie sind nur noch Makulatur, als ein Kriminalkommissar die Karten neu zu mischen beginnt ...

Als Ute Ikemannn nach jahrelangem Schweigen ihrer Zwillingsschwester von dieser eine Grußpostkarte von den Kanaren erhält, spürt sie, daß sich hinter den be-langlos klingenden Zeilen ein verzweifelter Hilferuf verbirgt. Julia schwebt in großer Gefahr, das steht für Ute fest! Voller Sorge reist sie mit ihrem Freund Martin auf die Urlaubs- und Aussteigerinsel Gomera, um die Schwester dort zu suchen. Es soll eine Reise in tragische menschliche Verstrickungen und tiefe psychologische Abgründe werden – mitten in das Reich einer gefährlichen Sekte, in dem noch eine alttestamentarische Losung ihre Gültigkeit hat: ›Auge um Auge, Zahn um Zahn ...‹

ISBN 3-404-14200-4

BASTEI
LÜBBE

Seit ihrer Scheidung hat die 34jährige Computerexpertin ihr Leben unter Kontrolle. Niemand wird Susan Harris jemals wieder fremdbestimmen. Und niemand wird ungebeten in ihr abgeschiedenes Leben eindringen. Dafür sorgt schon *Alfred*. So nennt sie ihren unsichtbaren Diener: ein ausgetüfteltes computergesteuertes Überwachungssystem, das jede Veränderung in ihrer Villa registriert. Eines Nachts schlägt das Security-System Alarm. Susan fährt aus dem Schlaf hoch. Die Kameras zeigen keine Veränderungen in und um das Haus herum. Als sie *Alfred* nach dem Grund des Alarms fragt, erklingt immer die gleiche Antwort: *Es ist alles in Ordnung, Susan.* Aber sie spürt, daß nichts in Ordnung ist. Irgendwo im Haus lauert eine Gefahr ...

ISBN 3-404-14218-7

BASTEI
LÜBBE